Solar Max

Pierre-Jean Verhoye

Solar Max

- Après No Trace -

Édition de l'auteur

Dépôt légal 1ère édition : janvier 2017

ISBN : 9781791306496

Pour les sœurs de la Sainte Fleur, Lola et Garance…
évidemment !

« Et si ces fils téléphoniques courant d'un pylône à l'autre emmagasinaient les milliards de mots qu'ils transmettent, chaque nuit, toutes les nuits, et en conservaient le sens et la signification. Et toujours dans la nuit, les brassaient telles les pièces d'un puzzle. Puis en prenant une obscure conscience, tentaient de former des mots comme un enfant idiot… Ce Monstre qui sur les fils chuchote avec délectation, dans un temps lui aussi atteint de folie. »

Ray Bradbury, *Barton appelle Barton.*

« Nous sommes si infirmes, si désarmés, si ignorants, si petits, nous autres, sur ce grain de boue qui tourne délayé dans une goutte d'eau. »

Guy de Maupassant, *Le Horla.*

PREMIÈRE PARTIE

Avant Solar Max

Mardi 13 août 2030

VICTORIA

Des incapables.

Des putains d'enfoirés d'incapables.

Sitôt la communication coupée, Victoria s'était saisie du vase posé sur la table basse pour le projeter à terre, de toutes ses forces et à deux mains. Elle avait lâché un cri de rage, les poings fermés et tous muscles tendus, jusqu'à ce que ses yeux captent dans le miroir du salon le reflet de son visage écarlate, déformé par une expression de haine paroxysmique. Elle s'était instantanément calmée, avait respiré à fond et rejoint la terrasse en contournant les débris de cristal.

En observant la baie de San Francisco, elle avait repris peu à peu le fil de ses pensées articulées, maîtrisées. Avec toujours cette prodigieuse colère, intacte, installée derrière le paravent de ses réflexions logiques et froides. Cette colère qui était son moteur, sa principale force, le carburant qui alimentait son ambition.

Quinze ans. Cela faisait quinze années qu'elle tentait de reproduire ce que le professeur Garcia avait réussi à Riga. Elle avait embauché les meilleurs chercheurs en biologie moléculaire, les avait convaincus de bosser dans un secret absolu, dans des laboratoires suréquipés et avec des salaires astronomiques. Trois équipes successives avaient été montées et pas une n'avait obtenu ne serait-ce que le quart de ce que Garcia avait atteint en un peu plus d'une année. Tout ça pour un coût équivalent à une dizaine de millions de dollars par an. La brève discussion téléphonique qu'elle venait d'avoir avec le responsable du labo lui avait apporté la confirmation de ce qu'elle redoutait : le bilan de l'ultime campagne de clonage était catastrophique, avec sept fausses-couches, quatre enfants mort-nés et deux nourrissons débiles, ratés, bons à foutre à la poubelle.

La vue du dernier étage de l'hôtel était somptueuse, comme d'habitude. À cette heure de la journée, les rayons du soleil s'étiraient vers le large et la luminosité était à la fois cruelle et douce ; l'océan Pacifique s'étalait au loin comme une plaque lustrée. Victoria désactiva à son oreille droite son piercing-modem afin de ne plus être dérangée par aucun appel ou SMS vocal. Elle fit un aller-retour à l'intérieur de la suite pour se chercher un soda et une cigarette, sans un regard pour les restes du vase éparpillés au sol et pour l'i-bot 6 qui venait de s'autoactiver pour faire le ménage. De retour sur la terrasse, elle se tint à nouveau immobile, face à l'ouest, concentrant son attention sur le déplacement de quelques nuages solitaires qui s'effilochaient dans le ciel. Pour faire le vide et réfléchir à la situation.

Après une douzaine d'années passées à investir dans des startups internet, Victoria s'était orientée au début des années 2010 vers les nanosciences et la biotechnologie. Les rencontres avec deux hommes d'affaires russes puis avec le professeur Alberto Garcia, au milieu de l'année 2014, lui avaient permis de monter une équipe, une structure complète dédiée au clonage humain. Car c'était ça l'avenir des milliardaires qui, comme elle, voulait en finir avec un mode de reproduction d'un autre temps. Pour que la procréation ne soit plus le résultat d'une loterie monstrueuse, inacceptable, et qu'enfin l'homme puisse engendrer des êtres optimisés, parfaits. Sans tares, beaux et intelligents. Pour permettre aux femmes *évoluées* de tirer un trait définitif sur des grossesses animales, barbares, pour qu'elles ne portent plus en elles des embryons, des fœtus puis des nourrissons. Des corps étrangers qu'il fallait expulser de leur ventre dans des souffrances de bêtes, dans des contractions spasmodiques infernales, des déchirements de chairs, des projections de plasma et de liquide amniotique. Un processus ancestral que l'homme moderne devait *délocaliser* et laisser au bétail, à l'humanité grouillante et sale, inculte et misérable.

Mise à part la prouesse réalisée par Garcia en 2015, aucune des équipes qu'elle avait montées au fil du temps n'était parvenue à fabriquer un clone viable. Il fallait qu'elle mette fin aux expériences menées dans l'ultime laboratoire, en Alaska, et qu'elle tire un trait définitif sur ce projet. Qu'elle fasse un grand nettoyage et n'y repense plus jamais. Elle téléphonerait dans la journée à Matthew, son responsable de la sécurité, pour qu'il élimine les acteurs de ce qu'il convenait d'appeler une farce, pour en détruire les décors et accessoires. Le plus proprement possible. Pas comme à Londres et à Riga.

Victoria porta la cigarette à sa bouche et l'alluma. La charge de nicotine la détendit immédiatement, effaçant la contrariété lourde qui l'avait saisie trop tôt, à peine une heure après le petit déjeuner. Ce qui s'était passé à Londres en 2015 restait une double énigme… Un inconnu était intervenu devant la morgue, à l'endroit où l'équipe de nettoyage devait rayer de la carte la compagne de Garcia : le premier frère Kraftchek s'était emparé du nourrisson, comme prévu, mais son jumeau avait été percuté et tué par une moto surgie de nulle part. Première énigme. Seconde énigme : la disparition quelques heures plus tard de Raja Connor, enlevée inconsciente de l'hôpital où elle venait d'être admise. Un véritable tour de magie… Malgré ses efforts, Matthew n'avait réussi ni à localiser la jeune femme ni à identifier le motard.

Contre toute attente, ce fiasco avait contribué à remettre Garcia au travail, puisqu'il ne lui avait fallu qu'un mois pour réaliser le clonage de sa propre fille. Les grossesses s'étaient déroulées sans souci, les bébés étaient nés le même jour et toute l'opération avait été un succès complet, prodigieux et inespéré : les trois nourrissons étaient viables, en pleine forme et parfaitement identiques.

Un mois après les naissances, en mars 2016, Victoria avait délégué Matthew à Riga pour qu'il la représente à l'assemblée générale annuelle de XY-Labs. La grippe foudroyante qui avait cloué son collaborateur à l'hôtel lui avait sauvé la vie : Garcia avait été exécuté le soir même par le frère Kraftchek survivant, en même temps que les deux autres scientifiques du projet et la totalité du conseil d'administration. Avant de se faire descendre lui aussi, par la police… Un désastre inouï.

Victoria écrasa son mégot dans le pot d'un palmier, ouvrit la cannette de soda. Elle s'assit dans un fauteuil, à deux mètres du bord de la piscine et à l'ombre des végétaux soigneusement entretenus. Tout comme l'épisode londonien, la tuerie en Lettonie restait auréolée de mystère : les deux clones sur place avaient été enlevés, subtilisés par quelqu'un qui, là encore, avait pris soin de nettoyer toutes les traces de son passage. Ce qui n'était pas gravissime comparé aux conséquences de la perte de Garcia, mais qui laissait à Victoria un goût amer auquel elle était très peu accoutumée : ce double ratage reflétait une absence de maîtrise, la preuve qu'elle n'avait pas *contrôlé* le projet XY-Labs.

En dépit d'efforts colossaux, les deux clones et leur mère biologique n'avaient pas été retrouvés. Un mystère toujours entier, une atteinte personnelle à son pouvoir et à tout ce qu'elle pouvait s'autoriser grâce à l'argent et à sa vision des choses. Un affront irréparable et qui demeurait impuni.

Le regard de Victoria suivit le ballet multicolore, à la fois anarchique et parfaitement synchronisé d'un essaim de papillons électroniques qui volait en silence de fleurs en fleurs. Une invention développée par une société dans laquelle elle avait investi dès la phase d'incubation. Pour une mise de fonds modeste comparée aux dizaines de millions qu'elle engrangerait bientôt, avec la commercialisation à grande échelle de ce dispositif qui associait biotechnologies et intelligence artificielle. Et qui permettait de se substituer au travail des abeilles et autres insectes pollinisateurs dépassés par le monde moderne et, pour la plupart, en voie d'extinction. Là où la nature périclitait, le progrès technologique continuait d'avancer, remplaçant des organismes faillibles par des procédés maîtrisés, inaltérables. Pour Victoria, il était *équitable* que des espèces animales ou végétales disparaissent si elles étaient incapables de s'adapter pour survivre. C'était la loi de la nature domptée par l'homme, telle qu'elle était inscrite dans l'Ancien Testament : la *soumission* de la Terre et *l'assujettissement* de toutes ses créatures, au nom de Dieu. *Amen.*

Victoria quitta la terrasse et ses 30° pour rejoindre l'espace climatisé du salon. En s'asseyant dans le canapé, elle attrapa sa flextab pour la dérouler. Un rapide coup d'œil sur l'écran rigidifié lui apprit qu'elle avait trois nouveaux messages vocaux, deux SMS et trois mails. Elle les ignora et décida de rester injoignable le temps de se plonger dans une synthèse préparée par son équipe de veille technologique.

Il s'agissait du résumé d'une étude scientifique publiée deux jours plus tôt par une chercheuse franco-belge du nom de Louise Eiberg qui, depuis 2016, consacrait son temps aux *propriétés mémorielles* des particules d'eau. Grâce au soutien financier d'une fondation baptisée *No Trace*, une dizaine de laboratoires indépendants avaient certifié ses résultats. Les applications potentielles de cette découverte étaient stupéfiantes, mais elles risquaient, d'après l'auteur de la synthèse, de mettre à mal des pans entiers de l'industrie pharmaceutique et chimique.

Victoria s'alluma une nouvelle cigarette, en enfreignant pour la deuxième fois de la journée sa sacro-sainte règle personnelle de ne jamais fumer avant midi.

Grâce à ses travaux, la scientifique démontrait que l'absorption de médicaments serait bientôt à ranger au rayon des pratiques désuètes : il suffirait d'un simple émetteur de signaux électromagnétiques pour administrer à l'homme les propriétés de n'importe quelle molécule. La synthèse concluait sur la probabilité d'une forte baisse du portefeuille d'actions de Victoria, et lui recommandait d'assister à la conférence internationale prévue le 15 août à l'office des Nations Unies, à Genève. La chercheuse avait fait don de ses brevets et découvertes à l'ONU, afin de s'assurer que les profits générés par leur utilisation reviennent à la communauté des hommes plutôt qu'à des intérêts privés. Victoria fronça les sourcils en serrant les lèvres : cette Louise Eiberg était sans aucun doute possible *une vraie fouteuse de merde.*

Victoria positionna sa tablette verticalement sur la table basse avant d'activer la projection du clavier holographique à la base de l'écran. Celui-ci s'afficha sur la surface du bois exotique, en adaptant les teintes de ses touches à l'environnement chromatique.

À la lecture de ses mails, Victoria comprit qu'un mouvement de panique se propageait chez les investisseurs et au sein des multinationales du médicament. Il fallait agir vite pour éviter une dégringolade en bourse : d'abord diffuser des communiqués de presse rassurants, puis élaborer des contre-attaques argumentées et agressives. Elle rédigea un mail à destination de la société qu'elle sollicitait chaque fois qu'elle avait besoin d'informations sur des individus ou des entreprises : elle voulait tout savoir sur Louise Eiberg et sur cette fondation No Trace. Histoire de bien cerner qui venait bêcher dans ses plates-bandes. Elle ajouta Matthew Ellesmere en copie : Matt avait l'habitude de suivre de près tous les sujets qui réclamaient des efforts de renseignement.

Les deux SMS provenaient de collaborateurs qui lui demandaient de se joindre à eux pour une visioconférence prévue à midi, heure de Californie, soit 15 heures sur la côte est. Victoria leur envoya une courte confirmation, en notant mentalement qu'il ne lui restait que quarante-cinq minutes pour faire le point avec ses interlocuteurs au sein des trois sociétés pharmaceutiques où elle disposait d'un siège d'administrateur.

Les deux premiers messages vocaux émanaient justement de deux directeurs très nerveux, qui voulaient qu'elle les rappelle urgemment. Le dernier enregistrement provenait de chez elle, à Miami. C'était sa plus jeune fille, Alice : *Maman, excuse-moi de te déranger, mais Juliet n'est pas dans sa chambre ce matin, j'ai l'impression qu'elle n'a pas dormi à la maison cette nuit. Elle va détester que je te dise ça, mais je suis inquiète, elle ne répond pas à mes appels et à mes SMS. Tu peux essayer de l'appeler ? Ou demander à Murdoch de la chercher ? Merci Maman.*

Victoria balaya la contrariété d'un sourire : elle n'en finissait pas d'être étonnée par ses deux filles. Autant l'aînée, Juliet, était imprévisible, spontanée, intuitive et impulsive, caractérielle même, autant Alice était posée, réfléchie et attachante dans toutes ses intentions, dans sa façon de vouloir tout contrôler sans léser personne. D'un côté une punk à crête, rebelle, insupportable et en pensionnat, avec qui les clashs pouvaient être violents, et de l'autre, une fille modèle, sportive, très intelligente, gentille, et qui veillait toujours à ce que tout soit équilibré. Elles étaient aussi différentes que deux sœurs pouvaient l'être. Tout en étant parfaitement identiques d'un point de vue génétique. Même s'il était évident qu'Alice avait été, d'une manière ou d'une autre, *optimisée* par son père… Garcia avait vraiment fait du bon boulot.

Après la catastrophe de Riga, en 2016, le rapatriement de Juliet et d'Alice à Miami s'était déroulé très vite. Les démarches d'adoption avaient été finalisées en moins de deux semaines, après le graissage de quelques pattes en Russie où le modèle et sa copie avaient été placés chez une nourrice. La décision de récupérer les fillettes avait été instinctive : elles étaient tout ce qui restait du projet XY-

Labs.

Étudier la croissance de Juliet et d'Alice avait été passionnant, et c'était précisément cela qui rendait les derniers échecs de clonage encore plus frustrants, intolérables : en dépit de ses efforts répétés, elle ne pourrait pas produire de copies d'elle-même…

Victoria quitta le canapé et traversa le salon pour se planter devant le miroir. Elle demeura immobile, les jambes légèrement écartées, à contempler les contours de sa silhouette en tenue de fitness : des muscles fins et souples, des épaules bien dessinées, aucune ride, une peau lumineuse et ferme, pas un seul cheveu blanc. À 48 ans, elle continuait de ressembler à une étudiante, à une adulte éternellement jeune. Suffisamment femme pour que les hommes la jugent séduisante sans la trouver attirante. L'apparence parfaite pour utiliser le charme et l'autorité, pour imposer sa vision des choses.

Elle activa son piercing-modem pour appeler Juliet. Sa fille ne décrocha pas, évidemment, et Victoria lui laissa un message vocal pour lui intimer de rassurer sa sœur au plus vite en précisant où elle était, et en confirmant que tout allait bien, sans quoi elle enverrait Murdoch à sa recherche. Victoria reçut une réponse deux minutes plus tard : Juliet avait passé la nuit chez les parents de Tom, son petit copain, elle était désolée de ne pas avoir donné de nouvelles, son smartpad était déchargé, elle allait joindre Alice et rentrer à la maison.

Lorsque la vidéoconférence débuta, à midi, Victoria était satisfaite de ses conversations avec les trois directeurs généraux. Elle avait réussi à les apaiser, à leur suggérer les réactions à mettre en œuvre pour contrer les effets de la publication de miss Eiberg. Tout en se faisant la réflexion qu'il était navrant que des hommes aussi bien payés disposent d'aussi peu de recul sur les évènements et soient incapables de prendre des décisions rapides et adaptées. Des *clowns* tout juste bons à se traîner de déjeuners d'affaires en réunions et à surnager dans les centaines de mails qu'ils recevaient quotidiennement. Des types qui finiraient par être remplacés par des robots et qui, en attendant, s'étaient attelés à la rédaction de communiqués de presse propres à rassurer leurs actionnaires. Des textes qui évoqueraient l'absence de sérieux de la publication, son manque de rigueur scientifique et la probabilité que *la mémoire de l'eau* ne soit rien d'autre qu'un canular, une mauvaise blague. La réputation de la revue professionnelle était remise en question, tout comme la fiabilité des essais cliniques effectués, qui seraient taillés en pièces sans trop de difficultés, à coup de contre-études bien menées.

La vidéoconférence ne dura qu'une dizaine de minutes, les instructions données par Victoria à ses collaborateurs avaient été claires, concises, comme toujours. Parmi ces ordres, il fallait que le directeur de la revue informe les médias de ses réserves sur l'étude publiée et qu'il recommande à la communauté scientifique de prendre ses distances par rapport aux découvertes décrites, le temps que leurs conclusions soient définitivement validées. Voire invalidées.

Avant le déjeuner, Victoria reçut les deux rapports succincts qu'avait réussi à produire en un temps record la société de renseignement. Elle n'apprit pas grand-chose sur la fondation No Trace, sinon que le fonctionnement de cette structure était opaque et qu'elle offrait plusieurs angles d'attaque utilisables pour écorner sa crédibilité : les origines de son financement étaient dissimulées, mais surtout, il était probable qu'elle soit liée à une organisation d'activistes qui portait le même nom. Un groupe dont le projet sociétal visait une décroissance générale, aussi bien économique que démographique, et qui dirigeait la plupart de ses actions médiatiques contre les multinationales, *hégémoniques et égoïstes*. Qui, soi-disant, avaient construit au fil du temps des centres financiers et de pouvoir qui défiaient les nations en dictant leurs lois. Qui siphonnaient les richesses et détruisaient les concurrences locales, tout en échappant à la plupart des fiscalités territoriales. Victoria sourit pour la deuxième fois de la journée. *Bande de crétins, bien sûr qu'ils ne paient pas d'impôts. C'est le jeu non ?* Elle rédigea une note résumant les points d'attaque à cibler pour casser cette fondation. Elle demanda ensuite par mail à la société de renseignement de fouiller dans la vie privée de ses responsables afin d'identifier des angles qui permettraient de procéder à des frappes personnalisées.

Le deuxième rapport concernait Louise Eiberg. À la grande surprise de Victoria, celui-ci était vide. Aucune trace de diplômes universitaires, pas la moindre expérience dans des laboratoires privés ou des instituts de recherche, aucun autre article scientifique publié. *Bien.* La société de renseignement collectait à présent des informations auprès des professionnels avec lesquels la biologiste avait travaillé, mais cela prendrait du temps. Une seule photo montrait la chercheuse au milieu d'un groupe d'hommes et de femmes en blouses blanches. Le visage de Louise Eiberg y apparaissait de face, mais le cliché avait été pris au moment où elle passait une main dans ses cheveux, cachant en partie ses traits. Victoria contempla longuement la photographie, en se disant que cette figure lui parlait.

Trente minutes de natation, puis déjeuner à l'ombre de la terrasse.

En buvant son café, elle fit le point avec Matt pour qu'il s'occupe du démantèlement du laboratoire en Alaska et de la désactivation des personnels qui avaient pris part aux expériences. Un bon paquet de dollars et un contrat de confidentialité draconien suffiraient pour s'assurer du silence définitif de chaque participant. Ce serait son ultime investissement sur ce projet, qui serait à classer en *charges exceptionnelles de liquidation.*

À 15 heures, elle se prépara pour la visite guidée, en hélicoptère, des nouveaux champs de cannabis plantés dans l'arrière-pays californien.

La généralisation planétaire de la légalisation de la marijuana avait ouvert des marchés fabuleux à tous les entrepreneurs qui s'y étaient engouffrés, et le fonds de capital-risque dirigé par Victoria avait su parier très tôt sur deux sociétés très prometteuses qui contrôlaient maintenant près du quart de la production légale mondiale. Les sommes allouées au démarrage étaient largement remboursées depuis plusieurs années et, à présent, l'argent coulait à flots.

Le premier argument pro-légalisation avait été de priver les mafias de revenus colossaux. Cet objectif était atteint, même si les organisations criminelles continuaient de prospérer grâce aux trafics de cocaïne, d'héroïne ou d'êtres humains. Le second argument majeur avait été la génération de milliards de dollars dans les caisses des États, via les systèmes d'imposition. Ce second objectif n'était évidemment que partiellement atteint, les fiscalistes ayant été aussi efficaces en ce qui concernait ce nouveau marché que sur tant d'autres. Entre les aides et subventions aux agriculteurs, les défiscalisations propres à certains pays, ou les montages juridiques habituels, Victoria estimait que seuls 15 % des bénéfices mondiaux étaient taxés. Avec quelques disparités locales, sur lesquelles les spécialistes travaillaient encore, histoire de pousser un peu plus loin ce jeu tellement gratifiant et enrichissant qui consistait à aspirer les capitaux partout où ils se trouvaient, en partageant le moins possible. Et l'industrie du cannabis s'annonçait beaucoup plus lucrative que celle du tabac, devenu un produit de consommation *has been*. Et surtaxé.

Avant de quitter l'hôtel, Victoria réafficha sur l'écran de sa tablette flexible la photographie de groupe où Louise Eiberg apparaissait. Elle n'avait plus de doute à présent : aussi délirant que ce soit, cette femme lui rappelait ses filles, Juliet et Alice. C'était un jeu dans le regard, une position de tête. Et ce geste : l'inclinaison de la main pour ramener une mèche de cheveux vers l'arrière. Elle téléphona à son responsable des trajets et déplacements pour qu'il fasse préparer le jet pour un départ vers New York, puis Genève. Au plus tôt. Il n'était pas question qu'elle rate cette conférence et l'occasion de rencontrer cette chercheuse sortie de nulle part. Elle rentrerait ensuite à Miami pour le week-end, afin de passer du temps avec ses filles.

En traversant le salon, un bout de cristal lui entailla la plante du pied. Victoria maudit aussitôt l'i-bot 6, immobile dans son coin, les bras ballants, parfaitement insensible aux reproches qu'on pouvait lui faire. Cette prouesse de technologie ne parvenait toujours pas à être aussi efficace qu'une femme de ménage et, comble du comble, on ne pouvait même pas le renvoyer pour faute grave. Ou pour le plaisir. Elle appliqua un adhésif sur la coupure, tout en suivant des yeux le parcours lent et minutieux du robot qui nettoyait à présent les gouttes de sang sur le sol en remontant la trace jusqu'à elle, consciencieusement. Elle envisagea de lui fracasser un objet sur ce qui lui servait de tête, puis renonça devant l'absolue inutilité d'un tel geste.

Lorsque l'hélicoptère atterrit sur la plateforme de l'hôtel, le regard de Victoria était froid, métallique. La journée était riche en décisions importantes, en manœuvres tactiques et stratégiques, et il lui sembla un instant qu'elle était un chef de guerre, capable d'occuper plusieurs fronts en avançant ses pions patiemment, impitoyablement.

Le survol des champs de cannabis dura trois quarts d'heure. Le guide de Victoria lui présenta, parcelle par parcelle, les différentes variétés testées, leurs rendements et prix de vente. Le type, dans les 35 ans, avait du charisme et un charme indiscutable, exotique. L'écouter avait été un plaisir.

L'hélicoptère se posa à 17 heures dans la cour du ranch

qui servait de base à l'exploitation d'une plantation qui avait dépassé depuis l'année 2029 le seuil des dix mille hectares. Une conférence d'une heure se tint dans une salle en vieilles pierres, d'où l'on pouvait admirer à perte de vue les reflets si particuliers des plants de chanvre récréatif qui épousaient en ondulant les courbes du relief montagneux.

Au milieu de l'apéritif, Victoria confirma par SMS à Matt qu'elle serait à l'aéroport de San Francisco à minuit. Compte tenu des trois heures de décalage horaire avec la côte est, elle atterrirait à New York vers 10 heures puis repartirait autour de midi pour Genève. Elle travaillerait ensuite pendant les huit heures que durerait la traversée de l'Atlantique, pour arriver en Suisse vers 4 heures du matin, où elle aurait le temps de se reposer avant de rejoindre le lieu de la conférence de Louise Eiberg. Le timing était parfait.

Victoria programma la désactivation d'une heure de son smartpad, afin de n'être dérangée par aucun appel, message textuel ou vocal, et de pouvoir se consacrer à l'étude attentive et rapprochée de l'homme qui lui avait servi de guide plus tôt, dans l'hélicoptère.

Elle le repéra dans un cercle de sept personnes où elle s'inséra, verre en main et tout sourire. Le soleil était au centre de la conversation : des quantités anormalement élevées de taches à sa surface étaient observables depuis plusieurs jours, les spécialistes expliquaient qu'elles étaient le signe d'une activité intense, synonymes de probables *sursauts* et tempêtes solaires. Un homme d'une quarantaine d'années évoqua la nécessité de se réfugier dans un abri équipé de générateurs autonomes, afin d'échapper aux conséquences forcément dramatiques de coupures prolongées d'électricité.

Peu intéressée par cette discussion en particulier et par toutes les fantaisies survivalistes d'une manière générale, Victoria planta là ce groupe pour rejoindre deux types qui dirigeaient chacun une société dans laquelle son fonds était présent au capital. Elle participa à leur conversation, en glanant quelques informations sur la marche de leurs business… Le soleil pouvait bien se taper une petite crise de temps en temps, en attendant, il fallait bien que les affaires continuent…

THÉAU

Ce qui se passait dans cette pièce était digne de figurer dans un film de science-fiction. La scène était surréaliste, et Théau avait savouré la sensation de sidération qui le saisissait à chaque début de séance.

Il n'avait fallu qu'une poignée de minutes pour que les six participants tracent dans l'air les contours de leurs cubes luminescents : les formes géométriques grésillaient à présent dans l'espace, au bout de leurs doigts tendus.

L'exercice consistait à les faire changer de couleur.

Max, l'aîné des protégés d'Elizabeth, en était déjà à coloriser les six faces de son cube avec la collection complète des chromatiques de l'arc-en-ciel : la figure géométrique parfaite clignotait au rythme des nouvelles vagues de teintes qui, l'une après l'autre, la recouvrait comme un liquide épais pour en chasser la précédente. La structure diffusait une lueur de néon déglingué qui enluminait le visage impassible de l'adolescent.

L'enfant assis à sa gauche, âgé de 9 ans et que Max avait adopté comme son petit frère, affichait une mine concentrée à l'extrême, grimaçante. Il monopolisait son énergie et son attention sur son index, au bout duquel grésillait une brique qui hésitait sur les proportions qu'elle devait prendre : parallélépipède rectangle, trapèze, ou forme vaguement carrée dont la couleur changeait involontairement. Le gamin s'appelait Enzo, son visage était pourpre d'efforts et ses pupilles oscillaient sans discontinuer de droite à gauche, frénétiquement. Comme à chaque fois qu'il se connectait au Psycosme. Enzo était sans conteste doué, totalement en phase avec cet univers bioélectrique, mais il manquait d'entraînement pour maîtriser l'exercice. Par contre, tout le monde au Centro savait qu'il était imbattable sur d'autres terrains. Le meilleur d'entre eux même, lorsqu'il s'agissait de brouiller les ondes et de neutraliser les connexions téléphoniques dans un rayon d'une dizaine de mètres. Mais également le seul qui soit capable de localiser dans le noir n'importe quelle personne connue à cent mètres à la ronde.

À la droite de Max se tenait Ashitaka, 14 ans. Son niveau de maîtrise se situait entre ceux de Max et Enzo : son cube changeait de couleur sur un rythme régulier, avec de belles teintes homogènes, mais ses proportions restaient instables. À la faveur d'une baisse de concentration, son artefact luminescent se contracta pour s'évanouir totalement, avant de retrouver sa forme cubique ainsi que sa teinte naturelle, d'un blanc laiteux aveuglant.

Ashitaka prit une profonde inspiration puis canalisa une nouvelle dose d'énergie vers son index tendu. Théau l'observa en constatant que les progrès réalisés par l'adolescent étaient impressionnants. Il réussissait à concentrer son attention sur la transformation de ses perceptions abstraites en prismes concrets, parfaitement géométriques, via les courants d'ions du Psycosme. Mais surtout, il était parvenu à contrôler le champ électromagnétique atypique qu'il émettait en permanence, pour ne plus déclencher de saignements du nez autour de lui. Ce qui en faisait quelqu'un de beaucoup plus fréquentable qu'auparavant.

Au milieu du cercle des participants, trois autres objets s'incrustaient dans l'air, tels des hologrammes en suspension. Elles étaient l'œuvre de Magnus, 13 ans et originaire de Norvège, d'Obayana 15 ans et né au Nigéria, et d'Elizabeth, 62 ans, native du pays de Galles et fondatrice du Centro : une unité spécialisée dans l'accueil et l'éducation d'enfants que les statuts officiels définissaient comme autistes ou schizophrènes, mais qui avaient la particularité d'être, depuis leur plus jeune âge, connectés au Psycosme. Elizabeth s'était assise entre les deux adolescents afin de s'assurer qu'il n'y aurait pas de chahut entre eux : un unique mouvement de la main dans l'air, un simple souffle suffisait à dissoudre dans l'espace les structures fluorescentes.

La pièce bourdonnait, comme sous l'effet d'une tension électrique. Elizabeth se concentra sur le parallélogramme translucide et multicolore qu'elle déplaçait à présent dans l'air en ne bougeant que l'extrémité de son index. La forme géométrique pivota sur son axe, dans un mouvement doux, irréel, et glissa pour se positionner au centre de l'anneau dessiné par les autres quadrilatères.

La chaleur dans la pièce avoisinait les 30° et une odeur de salle de sport se déployait en cercles concentriques autour des corps rassemblés pour l'exercice. Aux carreaux des fenêtres, la buée dissimulait les palmiers, cactus en fleurs ou morceaux de ciel bleu.

Les propriétés du Psycosme demeuraient un sujet d'émerveillement pour Théau. Depuis ses premières excursions dans cet envers du monde réel, au début de l'année 2016, il l'avait adopté dans son fonctionnement interne, intégré dans son quotidien comme une nouvelle dimension. Pour lui, le Psycosme était autant un moyen de communication qu'un lieu à part entière, dont il poursuivait la cartographie en explorateur, aidé par les intuitions d'Elizabeth, qui continuait d'être une guide parfaite. Ces séances collectives qu'elle supervisait une fois par semaine représentaient une aire de jeu et d'expérimentation fabuleuse. Théau y participait en simple observateur, et cela depuis plus de six ans qu'il s'était définitivement installé au Centro.

Après la mort de Sonia, en 2022, il n'avait mis que quelques semaines pour démissionner de ses fonctions de directeur financier de MyEn. Cette année-là avait été une double fracture : un coup de tronçonneuse dans sa vie amoureuse et affective, ainsi qu'un frein brutal et définitif dans son activité professionnelle. Il venait d'avoir 60 ans et cela faisait plus de six ans qu'il vouait toute son énergie à l'accompagnement administratif, financier et organisationnel de la société créée avec Thomas, spécialisée dans les installations autonomes de production d'électricité : MyEn, pour *My Energy*.

Les années 2010 s'étaient achevées avec la mise au point par Thomas de piles et boîtiers de gestion électrique pour les foyers et collectivités disposant de panneaux solaires, de pompes à chaleur ou d'éoliennes. MyEn avait lancé sa première offre en 2019, avec l'ambition de rendre l'homme du XXIe siècle énergétiquement autonome. Le succès avait été immédiat, grâce à la simplicité d'utilisation des batteries, panneaux solaires et arbres à vent commercialisés, et de nombreuses sociétés avaient été montées depuis 2022, en Europe mais également en Asie, en Afrique et en Amérique du Sud.

Au cours des dernières années, les foyers, collectivités et entreprises s'étaient équipés frénétiquement en batteries, et il n'était pas rare, dans certaines zones géographiques, de constater que la totalité de l'énergie consommée était verte et locale. Seuls les USA et le Canada continuaient d'interdire les solutions de stockage d'électricité autogénérée, déclarées illégales par plusieurs lois successives votées pour protéger les intérêts des exploitants de gaz de schistes et des sociétés de production de pétrole issu de la fracturation hydraulique.

Malgré les invitations répétées d'Elizabeth, Théau ne s'était jamais résolu à se rendre à Cuba avant cette année 2022 et le cancer foudroyant de Sonia. Il avait pris l'avion au début de l'automne, en pleine tristesse et probablement à l'orée d'une phase dépressive aiguë, alors que, depuis l'été, il se traînait du matin au soir sans ressort, sans envie. Ses six années de travail ininterrompu pour MyEn l'avaient laissé exsangue, et sa vision du monde en construction autour de lui ne lui inspirait plus qu'abattement et pessimisme : les États ne régulaient plus rien, la planète était aux mains des multinationales, l'intérêt public ne se lisait plus qu'au travers du prisme des intérêts privés de quelques-uns. Les politiciens et gouvernants ne faisaient plus que gérer des querelles domestiques sans enjeu économique, ou œuvrer à court terme pour se maintenir au pouvoir, tout en continuant, tant bien que mal, à administrer les fonctions de police, de justice et d'éducation, ou les quelques chantiers publics que les puissants leur laissaient comme autant d'os à ronger. Les conflits nationalistes qui agitaient les États çà et là les rendaient tour à tour belliqueux ou porteurs de paix, en fonction d'alliances dictées par des intérêts économiques de plus en plus liés aux ressources en eau. Autant de sujets qui, à force de pilonner ses certitudes optimistes, avaient creusé des brèches mortifères dans sa vision de l'avenir de l'homme sur la planète Terre. Quant à sa propre existence, Théau en était arrivé à la conclusion qu'elle n'avait plus aucun sens.

Elizabeth lui avait posté le billet d'avion Paris-La Havane accompagné d'un mot tout simple : *viens*. Théau l'avait reçu chez lui, à la ferme, le 12 novembre 2022 autour de midi. Le vol était réservé pour le 14 au matin. Il avait vérifié que son sac à dos contenait son matériel habituel avant d'y fourrer quelques vêtements et sa trousse de toilette. Il avait ensuite demandé à Thomas de l'accompagner à Limoges pour prendre le train. Arrivé à Paris, il avait tracé sa route à pied, vers le nord, le GPS intégré dans son boîtier Memo2 lui indiquant six heures pour rallier l'aéroport de Roissy depuis Montparnasse. Après quatre heures de marche, il était entré vers minuit dans la forêt du Sausset. Il y avait déniché l'arbre parfait au bord d'un chemin, après avoir distingué sa silhouette dénudée se découper, magistrale, dans l'obscurité. Il avait grimpé à tâtons pour installer son hamac à deux mètres du sol.

Théau avait pleuré cette nuit-là, les yeux fixés sur une

frondaison d'ombres chinoises, scrutant sur l'écran noir du ciel, à travers les feuillages, le pivotement complexe de la voûte étoilée. Il avait pleuré Sonia et les années derrière lui, pleuré sur son manque d'envie de continuer à exister dans un monde qui ne lui plaisait plus, pleuré sur son désir d'être mort plutôt que vif. Il s'était endormi d'un sommeil de pierre et s'était réveillé avec l'impression d'être revenu trente-deux années en arrière, en 1990 précisément, avec la certitude que cette nuit l'avait rénové, alors qu'il était suspendu à deux cordes tendues aux branches d'un chêne. Il avait effectué les deux dernières heures de marche à un rythme rapide et rejoint à contrecœur un hôtel pour se plonger dans un bain chaud.

C'est ce jour-là, dans le Terminal 2 de l'aéroport de Roissy, que Théau avait pris sa décision de ne plus exercer de fonctions au sein de MyEn et de la fondation No Trace. Il avait appelé Thomas et Raja, et tous deux avaient accepté son choix, s'étaient concentrés sur des questions pratiques. En fin d'après-midi, Théau avait acheté un guide sur Cuba qu'il avait lu page par page, en se demandant ce que cela lui ferait de mettre les pieds dans un pays différent de tout ce qu'il avait visité jusqu'alors. Bien loin des villes occidentales européennes ou américaines qu'il connaissait, à des années-lumière du coin de campagne française où il s'était installé. Il n'avait pu réprimer un sourire en constatant que sa curiosité lui était revenue, et il avait embarqué dans l'avion en se sentant touriste, détaché de toutes problématiques, débarrassé d'un harnais. *Libre.*

La découverte de la ville de La Havane avait finalement été un choc assez doux. Les points de repères pour un Occidental étaient nombreux, ils lui avaient permis de se sentir suffisamment à l'aise pour profiter de tout ce qui était nouveau pour lui. Une certaine façon de vivre, une facilité à se laisser gagner par la joie alors même que les conditions de vie étaient moins faciles qu'en Europe. La ville lui avait offert un visage très similaire à ce qu'il se sentait être devenu au fil des ans : un mélange de ruines et d'élan, un mix de délabrement et d'euphorie, l'impression d'avoir une histoire riche, mais qui finalement comptait moins que le quotidien ou l'avenir. La certitude que de belles choses pouvaient pousser sur des décombres. Ces paradoxes qu'il lisait sur les façades héritées de la colonisation espagnole – somptueusement décrépies – et qu'il retrouvait sur les visages qu'il croisait, d'une résignation épanouie, tous ces paradoxes l'avaient renvoyé à l'état de son corps et à celui de son esprit.

Son premier séjour chez Elizabeth avait été une thérapie parfaite pour les mises au point, pour l'ajustement de ses pensées, de ses désirs et de ses ambitions de sexagénaire. Pour ressentir en lui le baume apaisant produit par sa propre curiosité rassasiée, l'effet galvanisant de ses émerveillements et de sa déconnexion totale aux déséquilibres du monde moderne. Il était resté à Cuba pendant quatre semaines, à s'occuper de travaux de réparation et d'entretien, en se sentant jour après jour revivre, reprendre goût à la vie. En se liant aux cinq jeunes garçons qu'Elizabeth accueillait alors au Centro. Et en redécouvrant le champ magnétique de cette femme, l'aura de chaleur qu'ils produisaient ensemble et dans laquelle il avait tant de plaisir à se plonger. La possibilité d'aimer encore.

Depuis leur rencontre pendant le coma de Raja, en 2015, et jusqu'à ce mois de novembre 2022, ils avaient toujours été surpris de se retrouver en présence de l'autre, une ou deux fois par an, à l'occasion de Noël ou de l'anniversaire des jumelles. Chaque fois, l'évidence du lien qui les unissait s'était fait ressentir violemment, produisant de la gêne, de la culpabilité, de la nervosité ou de la froideur. Elizabeth était venue le chercher à l'aéroport de La Havane, ce matin de novembre 2022, et, plutôt que de rentrer directement, elle l'avait conduit jusqu'à une plage où ils s'étaient baignés en silence, surpris et attentifs. Ils avaient ensuite rejoint le Centro, à l'extrémité ouest de l'île, où ils étaient restés enfermés dans la chambre d'Elizabeth jusqu'au matin suivant, coupés de tout. Où ils avaient parlé, où ils s'étaient étreints, pétris, embrassés, réchauffés de leurs souffles et caresses, où ils s'étaient réappropriés l'un l'autre. Après cette longue nuit, Elizabeth lui avait fait visiter le Centro et l'avait présenté aux personnes qui travaillaient avec elle ainsi qu'à ses pensionnaires.

Il était reparti, puis revenu, pour des séjours de plus en plus longs. Son installation définitive à Cuba remontait au début de l'année 2024, et il ne quittait plus l'île qu'une ou deux fois par an, pour des parenthèses courtes, soit à New York, soit en France. Sa vie était avec Elizabeth, avec les enfants du Centro, au cœur de ce qu'elle avait si longtemps désigné sous le nom de Schizosphère. Le nombre des pensionnaires était passé à quinze. Ils étaient tous étonnants, attachants, en plus d'être parfois incontrôlables, dangereux pour eux-mêmes et pour les autres.

L'existence du Psycosme était restée secrète. Théau réétudiait régulièrement la question de l'opportunité de communiquer, de manière scientifique, sur l'existence de cette autre dimension, cet envers physique aux choses que de nombreux chercheurs semblaient discerner derrière les mystères de l'expansion continue de l'Univers ou de la naissance de la vie sur Terre. Mais, pour lui, les huit milliards d'êtres humains ne seraient sans doute jamais prêts à comprendre la vérité paradoxale, électrique, des dessous de la réalité organique ou minérale. Le Psycosme était la structure de tout, mais il était immatériel, à la fois infini et minuscule, impossible à appréhender pour un esprit moderne. Sa divulgation pourrait, au mieux, aboutir à la création d'un nouveau terrain de jeu pour l'humanité, au pire amener les hommes vers une folie certaine, synonyme de conflits, d'incivilités et de catastrophes en tous genres. Pour Théau, elle marquerait la fin des religions, celle de toutes nos croyances, celle des bases de notre civilisation. Et pour Elizabeth, cette divulgation génèrerait un double cataclysme, aussi bien pour les humains que pour les millions de consciences réfugiées là-bas. Des consciences fragiles, qui se délitaient avec le temps et qu'elle avait toujours chéries.

Théau avait été surpris du couple qu'il avait rapidement formé avec Elizabeth, de l'évidence simple de leur rapprochement. Lorsqu'ils faisaient l'amour, il n'était pas cet homme qui avait été amoureux de Sonia, il était une autre personne et ressentait des choses différentes. Il avait été amoureux de Sonia, totalement, et sa grâce et sa douceur lui manquaient toujours, tout comme sa féminité surnaturelle. Mais il était à présent autant épris d'Elizabeth que de l'association qu'ils formaient ensemble. Ils dormaient dans la même chambre et dans le même lit, chaque nuit, se couchant et se réveillant en même temps, à l'unisson d'une association qu'il n'aurait jamais crue possible. Alors qu'avec Sonia, ils avaient toujours désiré maintenir leurs vies cloisonnées, Théau avait soudé son quotidien biologique et intime à celui d'Elizabeth… qui s'était elle aussi donnée à ce mode de fonctionnement, tout aussi inédit pour elle.

Pour Théau, plus rien n'était envisageable sans la présence physique d'Elizabeth à ses côtés ou pas loin, quelque part, à quelques mètres de lui. Sans jamais qu'il ne ressente le moindre enfermement, la moindre impossibilité de faire, une quelconque bride sur ses désirs ou son épanouissement. Et sans jamais qu'il ne se sente à nouveau seul, prisonnier de cette solitude glacée qui l'avait accompagnée jusqu'à ses 60 ans, en dépit de toutes ces années qu'il avait passées à côtoyer autant de gens. Cette union parfaite, leur couple, cela avait été une révolution tranquille, nécessaire, désirée au plus profond de lui-même autant qu'elle avait été désirée par Elizabeth. Un apaisement mutuel, la fin de deux inquiétudes.

En se bornant au Centro et ses environs, l'univers qui entourait Théau avait atteint une taille idéale. Et le monde partout ailleurs pouvait dorénavant disparaître ou devenir fou, cela ne le concernait plus.

D'un léger mouvement circulaire de l'index, Elizabeth transforma son cube en une boule à facettes de couleur menthe et grenadine. La sphère se mit à tourner sur elle-même, projetant des reflets sur des visages qui perdirent aussitôt leur concentration. Les sourires apparurent progressivement. La forme lumineuse attira à elle les cinq volumes aux contours azurés, pour les absorber en douceur avant de s'élever et de se fondre dans les poutres du plafond. Les yeux d'Elizabeth se posèrent sur ses cinq protégés, l'un après l'autre, et dans chaque regard échangé, Théau savait qu'il y avait de l'amour, de la force et de la faiblesse, de la colère et de la paix.

Théau quitta la place qu'il avait occupée, en retrait du groupe. Ashitaka lui envoya un sourire et Théau y répondit en lui ébouriffant les cheveux, tandis que Magnus et Obayana se lançaient dans un concours de grimaces. Elizabeth fit sortir tout le monde et ferma la porte du bâtiment qui servait de gymnase autant que de salle de méditation.

La température était moins lourde dans les jardins, aérés par des brises intermittentes, chargées d'odeurs d'algues en saumure. Les enfants s'éparpillèrent, profitant des dix minutes de pause avant le prochain cours.

Théau s'occupait des leçons de français, quelquefois d'anglais, en binôme avec Elizabeth. Il animait également des ateliers d'histoire-géographie, de logique et d'informatique. La salle de classe disposait de quinze ordinateurs et les cours s'affichaient sur le mur du fond. Les élèves apprenaient à leur rythme, s'aidant les uns les autres. Deux autres professeurs exerçaient au Centro, pour l'apprentissage de l'espagnol, des maths et de la physique-chimie, et deux profs de sports alternaient, avec pour mission d'épuiser les gamins dans le gymnase ou dehors, en les faisant jouer au basketball ou au football, et en leur permettant de faire de la gymnastique au sol ainsi que pas mal d'athlétisme. L'organisation du Centro était bien rodée et les pensionnaires participaient aux tâches collectives. La *siesta* était obligatoire, de 13 h 30 à 15 heures, et tous s'y consacraient dans leurs chambres ou dans les hamacs disséminés dans le jardin. Les journées étaient intenses et cette coupure quotidienne assurait à chacun un temps intime qu'il n'avait à partager avec personne, et où le sommeil léger permettait de se retrouver soi-même, de méditer en pensant à son passé, au présent et à l'avenir, aux mondes visibles et invisibles et à leurs interactions.

Les quinze enfants et adolescents s'étaient rassemblés dans la salle de cours et Théau anima l'heure de français en se basant sur une fable de La Fontaine, *le lièvre et la tortue*. À 11 heures, il laissa la place à Ophilio, le prof de maths et de physique-chimie, pour rejoindre la *Cantina* et aider à préparer le déjeuner. Le menu de midi était composé de lasagnes aux légumes et d'ananas frais. Sous les ordres d'Esteban, le cuisinier en chef, Théau éplucha ce qu'il fallait de tomates, oignons, courgettes et aubergines pour une vingtaine de personnes, puis passa à la coupe de cinq ananas.

Elizabeth le retrouva sous le préau quelques minutes avant midi. Elle se glissa dans son dos pour lui poser les mains sur les épaules.

— Tu viens marcher ?

Ils rejoignirent la côte après avoir emprunté un sentier à travers la forêt de palmiers et de pins, en discutant de sujets divers, relatifs à des problématiques d'intendance du Centro. Ils traversèrent la zone étroite réservée aux cactus et cocotiers avant d'atteindre le sable et d'ôter leurs nu-pieds. Ils marchèrent dans l'eau, le long de la plage qui partait droit vers la pointe de l'île. Ils rebroussèrent chemin au bout d'un quart d'heure, à contrecœur, mais sans regret puisqu'ils pouvaient s'offrir ces moments d'intimité plusieurs fois par jour.

Théau avait senti qu'Elizabeth était préoccupée, et il ne fut pas surpris lorsqu'elle se décida à lui parler.

— J'ai mal dormi cette nuit.

Théau savait ce que cette phrase voulait dire : la fondatrice du Centro était en train de pister un enfant en détresse dans le monde réel et perdu dans un Psycosme encore effrayant pour lui. Il l'invita à continuer d'une caresse sur le bras. Elle tourna son visage vers lui et il y lut la détermination habituelle, tout entière incarnée dans le mouvement synchronisé dessiné par ses sourcils et ses lèvres.

— Je suis sur les traces d'un petit garçon qui s'appelle Aditya. Je le sens dans le Psycosme depuis plusieurs jours. Il est indien et doit avoir 8 ou 9 ans. Il souffre, mais impossible de discerner où il se trouve exactement. Je vais avoir besoin d'un coup de main, je pense que ça urge…

— On fait ça après déjeuner si tu veux… Tu crois que je pourrais capter sa signature EM facilement ?

— Oui. Enfin, j'espère. Il ne parle ni anglais, ni espagnol ou français… Il a détecté ma présence, j'espère qu'il a compris que je pouvais l'aider.

— On va réussir à le repérer, ne t'en fais pas.

Ils s'arrêtèrent à l'entrée du parc du Centro pour s'enlacer. Théau plaqua la paume de sa main sur le crâne d'Elizabeth, piqueté de courts cheveux roux et gris, sa tête de bonze comme il l'appelait. La cloche de la Cantina résonna dans l'air et ils marchèrent main dans la main jusqu'à l'immense préau qui servait de réfectoire. Ils furent accueillis par des acclamations et des réflexions amusées qui firent légèrement rougir les joues d'Elizabeth. Ils s'installèrent sur des chaises libres à deux tables différentes et le repas commença dans un brouhaha de conversations, foisonnantes d'accents et de vocabulaires mixés.

Le rapatriement des enfants, ou plutôt l'exfiltration de

l'enfer de leur quotidien avait à chaque fois été une aventure à part entière. Lorsqu'Elizabeth les repérait, les gamins étaient livrés à eux-mêmes, abandonnés ou en fuite, ou enfermés dans des institutions plus ou moins sordides, rejetés par leurs familles et gavés de neuroleptiques. Tous accédaient au Psycosme et maîtrisaient ses rudiments de fonctionnement jusqu'à en faire leur univers privilégié. Un territoire secret qui leur permettait d'échapper à une réalité qu'ils ne comprenaient pas, désespérément bornée et figée, et dans laquelle ils devaient composer avec des besoins physiologiques et des convoitises trop terrestres, ainsi qu'avec des familles larguées, incapables de piger ce que vivaient leurs enfants ou d'écouter, encore et encore, leurs récits où apparaissaient des briques translucides dans de l'air transformé en gelée, et d'où certains ramenaient des souvenirs douloureux, racontés par des ancêtres, morts depuis longtemps. Deux points inacceptables pour les parents, dont l'incompréhension et la colère se changeaient en violence, en peur, en enfermement, en situations extrêmes pour des mômes qui se retrouvaient en danger. Étiquetés fous, dangereux, hyperactifs à tendances schizophrènes ou possédés par le démon.

Elizabeth avait connu tout cela en entrant dans l'adolescence, c'est-à-dire à un âge plus avancé que pour les pensionnaires du Centro. Avec Théau, ils en avaient déduit que les filles et les garçons qui possédaient ce don ou cette malédiction ne le déclenchaient pas aux mêmes âges : chez les enfants mâles, les incursions dans le Psycosme se faisaient dès les premières années, quelques fois dès leur naissance, alors que chez les filles cette faculté ne devenait active qu'à la puberté. Ce qui leur permettait de mieux gérer, d'intérioriser ou d'en parler, mais aussi de continuer à vivre dans un monde réel qu'elles avaient appris à connaître pendant leurs années *normales*. Contrairement aux garçons, qui discernaient dans le Psycosme un univers rêvé, sans souffrance, alors que la vie incarnée était un cauchemar effarant de faim, de soif, de douleur et de tortures physiques ou psychologiques.

Sitôt qu'Elizabeth entrait en contact avec eux, via le Psycosme, elle devenait une apparition rassurante et bienveillante. Une fée. Il s'en suivait une enquête minutieuse, la préparation d'une sorte de dossier d'admission. Le principal critère de décision était l'abandon par la famille. Venaient ensuite les critères d'urgence : extrême précarité et souffrance, dangerosité pour soi ou pour autrui... Il était arrivé deux fois qu'Elizabeth intervienne trop tard et elle en avait gardé deux blessures vives.

Sur les quinze enfants et adolescents pensionnaires, Elizabeth était allée, seule, récupérer les cinq premiers. Théau avait suivi ces opérations de chez lui, en pleine campagne française, avec l'aide de Thomas pour tout ce qui concernait les travaux de localisation exacte ou la préparation des documents officiels et papiers d'identité nécessaires. Max, Magnus et Obayana étaient aujourd'hui les plus anciens élèves d'Elizabeth.

Marek avait été le tout premier enfant qu'Elizabeth avait sauvé. Il avait quitté le Centro en 2028 pour retourner vivre dans son pays, en République tchèque. Aux dernières nouvelles, il allait bien et consacrait son temps à des études universitaires brillantes.

Le cinquième pensionnaire s'appelait Maurice, il était originaire de l'île du même nom, et sa mort, volontaire, continuait de planer au-dessus du Centro. Il était parti se noyer, en pleine nuit. Ça remontait à un peu plus de trois ans. Il avait voulu cela pour ne plus vivre que dans le Psycosme, d'où il planifiait des farces auxquelles les habitués du Centro s'étaient accoutumés. Ce suicide restait un échec pour Elizabeth, tout en constituant un exemple pour les autres élèves, dont l'enseignement principal était basé sur les plaisirs du corps et de l'esprit incarnés dans le monde réel : tous savaient qu'ils basculeraient un jour définitivement dans le Psycosme, mais qu'avant cela, il fallait qu'ils réussissent leur *première vie*. Ce qui incluait de profiter des plaisirs de la musique et de la danse, du sport, de la bonne nourriture et de la chaleur humaine, et de tout ce que nos alchimies organiques pouvaient produire de magique. Sans compter les délices mystérieuses de l'amour physique, qu'ils découvriraient une fois adultes. Autant de choses qu'ils perdraient à jamais en abandonnant leur enveloppe corporelle, en devenant des pures consciences.

Après le déjeuner, tout le monde s'activa pour le débarrassage, la vaisselle et le rangement, puis chacun vaqua à ses occupations pour un temps libre qui se prolongerait jusqu'à 13 h 30 et la siesta obligatoire.

Théau et Elizabeth regagnèrent leur chambre au dernier étage de la maison coloniale décrépie qui leur était réservée. Ils se déshabillèrent et s'allongèrent l'un contre l'autre. Il la suivit dans le Psycosme jusqu'à ce qu'ils tombent sur un petit corps prostré, celui d'Aditya. Théau le regarda lever la tête vers la silhouette d'Elizabeth et sourire. Il accéda à la couche d'informations intermédiaire pour copier la signature du garçon, ainsi que ses coordonnées GPS. Il s'endormit ensuite, heureux de plonger dans ce temps de sieste qui lui était devenu aussi indispensable que le sommeil de ses nuits.

Théau se réveilla quelques minutes avant Elizabeth. Il vérifia sur son boîtier Memo2 que les données captées dans le Psycosme avaient bien été sauvegardées. Il se rhabilla et saisit la carafe posée sur la table de nuit pour se servir un verre d'eau tiède. L'air dans la chambre exhalait un parfum complexe, un mélange de vieux bois chauffé, de varech et de sable.

Il contempla Elizabeth qui se réveillait lentement, éblouie par la faible clarté de la pièce, striée de bandes de lumière.

— Tu as soif ?

— Oui. Merci.

Elle leva un bras et il lui tendit le verre. Les sourcils roux d'Elizabeth s'arquèrent au-dessus de ses yeux brillants d'une lueur de désir amusé. Théau réalisa qu'il était urgent qu'il trouve un sujet de conversation s'il espérait pouvoir quitter la chambre sans entamer la dose d'énergie nouvelle accumulée pendant la sieste :

— Ça s'est bien passé avec Aditya ?

— Oui. Je crois qu'il ne va pas trop mal. Il a compris que j'étais son amie. Il m'a envoyé le plus beau sourire que j'ai jamais vu.

— Tu veux qu'on commence les préparatifs pour aller le chercher ?

— Ce serait bien. Et je vais appeler Goran ce soir, pour qu'il m'apprenne quelques mots d'hindi.

— Pas évident qu'il soit disponible. Il est au Mexique en ce moment, tu sais ?

— Ha oui, c'est vrai…

Elizabeth leva les bras pour s'étirer et le drap qui la recouvrait s'écarta de son buste pour dévoiler deux seins blancs, parfaitement dessinés. Elle se cambra et darda ses yeux sur lui.

— Tu ne veux pas te recoucher un peu ?

— Tu me tentes, mais il est presque 15 heures et j'ai promis à Ophilio de l'aider pour son cours. Il a prévu de faire des expériences de chimie élémentaire et j'ai bien peur, si je n'y vais pas, qu'il réussisse à tout faire sauter.

— Tant pis pour toi.

Théau se pencha au-dessus du visage d'Ez et lui plaqua un baiser pas trop appuyé, léger et humide, avant de s'écarter vivement pour échapper aux mains qui venaient de s'élever dans l'air pour l'agripper.

— Dégonflé !

Il lui envoya un dernier sourire, complice et désolé, avant de s'éclipser pour rejoindre la salle de cours. Il traversa le jardin en observant la lumière, attentif aux odeurs de fruits et d'herbes grillées.

Il pénétra dans la salle de classe. La leçon du jour avait pour objectif la réalisation de réactions chimioluminescentes. Théau savait que les élèves seraient captivés par ce qu'il avait préparé avec Ophilio. Et qu'obtenir l'attention de toute la troupe ne serait pas compliqué, malgré l'excitation palpable qui montait au fur et à mesure que s'approchait la fin de semaine, ce vendredi midi où Mona et Lisa arriveraient au Centro. Ces retrouvailles semestrielles étaient attendues fébrilement depuis le début du mois d'août. Et elles seraient l'occasion d'une grande fête qui génèrerait une ferveur débridée ainsi que des pulsions plus ou moins maîtrisées.

Encore totalement hermétiques au Psycosme, les jumelles étaient pour les pensionnaires la preuve que la vie sur Terre avait du bon. Que la magie existait bel et bien dans le monde réel et qu'il était nécessaire d'en profiter avant de passer définitivement de l'autre côté. Et le fait était que Mona et Lisa veillaient en permanence à être équitables, à ne pas avoir de favoris et à partager leurs temps de jeu ou d'étude avec chacun, distribuant des rires et des marques d'affection à tous.

Les journées au Centro se terminaient par des activités physiques ou de la musique, au choix. Le sport permettait aux énergies de se dissoudre en apportant aux muscles et aux complexes biochimiques encore en croissance des impressions de maîtrise et de plaisir que la plupart des pensionnaires avaient cru ne jamais pouvoir connaître un jour. Les temps de repos, après le défoulement des corps, étaient toujours synonymes de plénitude. Quant à la musique, il s'agissait du domaine de prédilection d'Elizabeth, qui enseignait plusieurs instruments au fur et à mesure qu'elle en poursuivait elle-même l'apprentissage. Pour elle, la musique proposait encore un autre monde, quelque chose réservé à l'homme terrestre, mais qui lui permettait d'atteindre une dimension supplémentaire. Des suites d'accords à la guitare ou au piano, mais aussi des ensembles de percussions pouvaient nous ouvrir totalement à ce bien-être, à cette musicalité ou cette transe, à cette envie de chanter, d'être harmonique, de danser.

Théau observa la classe se vider puis rangea le matériel de chimie avec Ophilio. Ils sortirent en fermant la salle de cours, et le jeune professeur partit pour rejoindre le préau. Alors que Théau regagnait sa chambre pour enfiler un short et un t-shirt, il entendit les premières notes d'Ophilio, à la trompette. Il composait, avec quelques boucles répétitives cuivrées et tonitruantes, un appel parfait à la fête, à l'envie de se mettre au djembé ou à exécuter quelques pas de salsa.

Lorsque Théau entama ses premières foulées vers la mer, un orchestre entier jouait déjà, avec percussions, guitare et basse, un piano et une seconde trompette, le tout plus ou moins en phase, mais débordant de notes et d'énergie. Théau cala le rythme de ses pas sur celui du *Centro Big Band* aussi longtemps qu'il put l'entendre puis le distinguer au loin. Il se laissa ensuite hypnotiser par la cadence de la course et le bruit des vaguelettes qui ourlaient le sable.

À 68 ans, il était conscient d'avoir un corps qui continuait de bien fonctionner. Si l'on excluait de l'arthrose à l'épaule gauche, un adénome à la prostate, une vision de près totalement déficiente. Ainsi qu'une moindre résistance à l'effort et le besoin de dormir plus qu'avant. Sans oublier une colonne vertébrale de moins en moins souple, sur laquelle des nœuds se nouaient et dénouaient quotidiennement. Il continuait de courir tous les trois ou quatre jours, environ une heure à chaque fois, et de marcher le plus possible. Son visage était raisonnablement ridé, suffisamment pour qu'on lui donne dix années de moins, et ses cheveux coupés courts avaient atteint une teinte gris foncé uniforme, une couleur qu'Elizabeth avait baptisée *vieux loup*. Quant à Elizabeth, elle portait son début de soixantaine de manière flamboyante : tout en elle exprimait la vitalité, la curiosité et l'allant. L'explosivité même, avec des yeux toujours rieurs ou fonceurs, et ce menton et ces lèvres qui commandaient tout. Son port de tête et sa façon bien à elle de la bouger un peu trop vivement, les mouvements de ses épaules, la vivacité qui l'habitait toute entière, tout ça lui donnait une silhouette de femme ninja, de nonne-karatéka. Il suffisait qu'elle se joigne à un groupe pour qu'il n'y ait plus qu'elle.

Au retour, Théau se concentra sur les cris d'oiseaux et leurs claquements d'ailes, sur les secousses dans les feuillages et les craquements de bois secs. L'interruption du pilotage de son activité mentale lui permit de ressentir avec une acuité inouïe les senteurs des poches d'air qu'il transperçait en courant, tantôt sucrées, tantôt salées, qui exhalaient des frondaisons, des fougères ou des orchidées, et que les souffles vifs de la marée ascendante embrouillaient.

Après avoir remonté le cours des notes de musique jusqu'au préau, Théau observa l'assemblée improbable des pensionnaires venus des quatre coins du globe et qui dansaient à présent en suivant la chanson interprétée par Elizabeth.

Assise sur une caisse en bois, elle improvisait au ukulélé une version latino de *Tainted Love*. Elle était leur mère à tous, sa voix était chaude, caressante. Elle était une déesse celte, formée dans les meilleurs pubs du Pays de Galles, capable de sortir des accords parfaits de n'importe quel instrument et d'imposer à tous des moments uniques, hors du temps et des dimensions. Théau demeura plusieurs minutes scotché sur place, victime du même sortilège que tous, les yeux brillants d'une émotion pétillante et euphorisante, jusqu'à ce que d'autres instruments fassent vibrer leurs premières notes et que le concerto intime se change en une explosion cacophonique.

Il partit se doucher : il fallait encore qu'il appelle Thomas au sujet d'Aditya et qu'il donne un coup de main pour le dîner. Sans regret puisque, la musique, Théau ne savait en profiter qu'en auditeur. Il connaissait bien quelques accords, au piano ou à la guitare, mais il n'avait aucun sens du rythme et chantait faux. Quant à la danse, il s'y laissait aller quelquefois, maladroitement, mais avec plaisir, pour le plus grand bonheur des pensionnaires qui trouvaient toujours son style *inimitable*, très proche de ce que donnerait celui d'un *robot détraqué*.

Théau enfila un vieux jeans et une chemise en lin unie, bleu clair, puis envoya un message à Thomas via le réseau NoT : *dispo pour un appel ?* Il reçut une réponse moins d'une minute après, qui lui confirma que Thomas continuait de se coucher très tard. Théau en conclut qu'il lui téléphonerait vers 19 heures, après avoir aidé en cuisine.

Esteban avait commencé à préparer le dîner. Théau se chargea d'éplucher des patates puis, voyant qu'il n'y avait plus besoin de lui, se décida à retrouver Elizabeth.

Il la trouva dans le préau, occupée à discuter musique, en anglais, avec Magnus et Obayana ainsi qu'Abdel et Mokhtar. Les quatre adolescents, à peu près tous du même âge, étaient d'excellents chanteurs. Ils formaient ensemble une petite chorale très soudée, un groupe vocal qui fonctionnait de mieux en mieux, et la conversation était informelle et amicale, un échange de titres de chansons, de conseils. Abdel et Mokhtar parlaient beaucoup et semblaient à l'aise, heureux. Ce qui constituait un miracle si l'on considérait leur début de vie dans le monde réel. Ils étaient arrivés l'un après l'autre, à quelques mois d'intervalle, il y a six ans, et les arracher aux pays en guerre où ils étaient nés avait été compliqué, voire dangereux. Goran avait contribué à leurs sauvetages de manière très efficace, très pro, en montant des petites équipes d'opération commando. Les deux garçons avaient chacun une main en moins et la blague habituelle consistait à dire qu'ensemble, ils faisaient la paire. Mais c'était vrai : ils formaient un être humain à deux corps, d'une sagesse et d'une intériorité éblouissante, orientale, et les plus jeunes se bousculaient pour les écouter raconter des histoires à deux voix, des contes fascinants aux origines mystérieuses, remplis de sons gutturaux et de noms de lieux magiques, d'elfes et de créatures. Et ils étaient imbattables au ping-pong.

Thomas décrocha après la deuxième sonnerie. L'enfant de 4 ans que Théau avait rencontré en 1990 dans le camping des parents de Sonia était à présent un homme de 44 ans qui trimbalait avec lui, en permanence, une sorte de tristesse que rien ne semblait pouvoir entamer. Le couple qu'il formait avec Marion ne l'avait jamais totalement épanoui et la perte de sa mère avait été un choc irréparable. Sans enfant et malgré leurs efforts pour en avoir un, Thomas s'était réfugié depuis toujours dans les lignes de codes informatiques, dans des schémas complexes faits d'ondes et d'électricité, dans des mondes conceptuels froids où il brillait par son intelligence et ses intuitions fulgurantes. Pour Théau, Thomas était sans aucun doute un génie. C'était lui qui avait découvert le principe des signatures EM et conçu les plateformes de stockage d'électricité. C'était avec lui qu'il avait créé NoT, ce réseau privé mis en sommeil quinze ans plus tôt mais que Thomas continuait de maintenir opérationnel, *au cas où*.

Théau commença par prendre des nouvelles de Marion. La discussion passa ensuite à Raja et sa conférence à venir. Théau l'avait presque oubliée. Thomas lui expliqua que les retombées de l'article sur la mémoire de l'eau étaient d'une ampleur sans précédent et qu'il communiquait avec Raja plusieurs fois par jour sur le sujet. Il n'était pas à exclure que la fondation No Trace et la scientifique Louise Eiberg soient bientôt l'objet d'attaques virulentes. Théau éluda ce sujet qu'il ne suivait plus que de loin depuis son arrivée au Centro, et sur lequel il avait depuis longtemps donné son avis à Raja : la publication de ses résultats dynamiterait l'industrie chimique traditionnelle, susciterait des réactions violentes, et conduirait à la mise au point d'applications perverties, néfastes, voire incontrôlables. Mais puisqu'il avait décidé de ne plus s'intéresser qu'au Centro… Il n'était de toute manière probablement plus à la page, enraciné dans des valeurs et des raisonnements bloqués à la fin du siècle précédent. Oui, le mieux était sans doute de se dire que la mémoire de l'eau était un truc sensationnel, que sa publication était une bonne décision et que Théau Brodeur n'était pas encore un vieux schnock grincheux…

Il dicta les informations concernant le jeune Aditya, pour que Thomas parvienne à le localiser, à le photographier via des caméras de surveillance, à récupérer son identité complète pour ensuite collecter ses données d'état civil, rapports médicaux, fiches de police, etc.

Théau allait clore la discussion lorsque, après un silence, Thomas redémarra sur un sujet nouveau :

— Je ne sais pas si tu es au courant, mais de nombreux observateurs ont l'attention braquée sur le soleil, depuis plusieurs jours. Ça chauffe là-haut. Enfin, je veux dire, plus que d'habitude. Le soleil a des cycles d'activité et il est actuellement en pleine effervescence…

— Tes observateurs, ils détectent des éruptions solaires, c'est ça ?

— Oui. Ça n'arrête pas et, franchement, j'ai un peu peur qu'on s'en prenne une maousse dans les jours qui viennent.

— Qu'est-ce qui te fait penser ça ?

— Plusieurs rapports alarmistes et confidentiels sur lesquels j'ai pu mettre la main. Pas mal de pays sont en train de réviser leurs plans d'urgence en la matière. La plupart ont commencé à vérifier les générateurs de secours de leurs installations sensibles… Centrales nucléaires, hôpitaux, prisons, etc.

— C'est quoi le risque ?

— Le risque, si la planète est touchée par une tempête solaire de grande ampleur, c'est qu'il n'y ait plus d'électricité sur les zones impactées, que les générateurs et transformateurs crament s'ils ne sont pas débranchés à temps. Ce qui peut impliquer des coupures de courant de plusieurs jours sur les territoires les plus touchés.

— C'est le moment de faire vérifier les installations MyEn non ?

— Oui, on a commencé ce matin. Les équipes interviennent pour charger les batteries à bloc et j'ai passé le mot aux autres boîtes avec lesquelles je suis en relation. Ce sera toujours ça de fait si les réseaux de distribution s'écroulent. Et puis j'ai demandé à tout le monde de se tenir prêt au cas où il faille tout éteindre.

— C'est bien, Thomas. Tu as raison, il vaut mieux être prudent.

Les deux hommes restèrent silencieux un instant, puis Thomas donna le signal de la fin de la conversation téléphonique.

Théau se rendit sous le préau et aida les deux plus jeunes garçons du Centro à mettre le couvert pour dix-neuf personnes. Il observa en souriant les deux petits gars se consacrer à la mise en place des fourchettes et des cuillères, disposées avec minutie de chaque côté des assiettes. Les plats arrivèrent dix minutes plus tard et Théau fit résonner la cloche de la Cantina.

La troupe des pensionnaires se rassembla en moins de cinq minutes. Elizabeth apparut, en jeans et débardeur, et Théau la trouva splendide. Il plongea ensuite dans l'ébullition fertile, dans le bouillon de culture du monde miniature auquel il appartenait. En se disant qu'il se foutait pas mal de la planète et de son soleil, ou de tout le pataquès qui serait déclenché par les travaux de Raja. L'humanité qu'il chérissait était là, tout entière, sous ses yeux. Et l'arrivée dans trois jours de Mona et Lisa serait une grande fête.

Tard, en fin de soirée, il partit avec Elizabeth pour une promenade jusqu'à la plage. Ils y contemplèrent un coucher de soleil impeccable et Théau repensa brièvement à sa discussion avec Thomas. Il se fit la réflexion que des coupures totales d'électricité de plusieurs jours offriraient peut-être à l'humanité l'opportunité d'apprendre de cette expérience. Sur elle-même et sur l'incroyable fragilité de son mode de fonctionnement. Car, au-delà de deux ou trois jours de pannes complètes d'électricité, les situations ne pourraient que dégénérer, devenir incontrôlables. Il n'y aurait plus de réseaux téléphoniques, plus d'internet, plus de lumière, plus d'ascenseurs, plus d'eau dans les tuyaux, ni froide, ni chaude, ni potable, plus de pompiers, plus de secours, plus de centres de contrôle. Plus d'informations, plus de cotations boursières, plus de moyens de paiement. Plus de satellites.

Avant de repartir vers le Centro, Théau activa discrètement à son boîtier Memo2, l'envoi d'une dose des propriétés d'une molécule efficace pour pallier les insuffisances érectiles. La nuit avec Ez serait douce, chaude, parfumée. Amoureuse.

En tenant la main d'Elizabeth sur le sentier faiblement éclairé par la lune, Théau se fit la remarque que les choses les plus belles, les plus abouties et épanouissantes de sa vie lui étaient toutes arrivées à partir de ses 60 ans. Ce qui était tard et pouvait générer une frustration, un grand regret. Mais pas trop tard puisqu'il ne regrettait rien de tout ce qu'il avait vécu avant, et qu'il était conscient qu'il aurait pu passer à côté de tout cela, ne rien connaître de ce qui constituait son bonheur actuel.

Ce qu'il vivait maintenant, sa vie avec Ez, les enfants du Centro, la famille et les amis, tout ça lui faisait sentir qu'il avait atteint quelque chose. Une sorte de pic, une forme de sérénité indéniable, de joie d'exister et de ressentir tout ce dont un corps et une âme ont besoin pour s'épanouir.

Et chaque jour, Théau éprouvait une difficulté croissante à refouler une peur qu'il n'avait jamais connue : celle de mourir et que tout s'arrête.

RAJA

Publier l'intégralité des résultats de ses recherches sur la mémoire de l'eau était l'aboutissement logique de quinze années de travail.

Raja n'avait aucun doute là-dessus. Tout comme elle n'avait aucun doute sur sa décision de confier ses brevets à l'ONU Pour elle, il était inconcevable que les propriétés mémorielles de l'eau soient privatisées et, en cela, elle était heureuse d'avoir trouvé en Théau un allié sincère, qui n'avait aucun doute sur cet aspect fondamental des conclusions de ses travaux. En revanche, il s'était toujours opposé à la publication de ses découvertes dans une revue scientifique. Compte tenu des milliards en jeu pour les multinationales du médicament, la pression subie serait énorme et Théau n'anticipait rien d'autre qu'un tollé général qui se transformerait en agressions de toutes sortes contre Raja, ou plutôt Louise Eiberg, et contre ses équipes et laboratoires associés.

Cela faisait plus de cinq ans que Raja portait en permanence à son poignet gauche le boîtier qui lui permettait, à volonté, d'*instruire* son sang des fréquences électromagnétiques de molécules dont elle avait régulièrement besoin. Pour l'essentiel, il s'agissait des signatures EM de l'aspirine, de la vitamine C, ainsi que celle d'un psychostimulant dont elle se servait de temps à autre, lorsqu'elle souhaitait être boostée. Ce boîtier, très vite baptisé Memo2, était aujourd'hui porté par une cinquantaine de personnes à travers le monde, dont Théau, Thomas et Goran, qui tous, l'utilisaient pour des besoins spécifiques.

Ce procédé avait prouvé qu'il était totalement fonctionnel et efficace, y compris pour des traitements antibiotiques ou anti-inflammatoires. Parmi les molécules testées, pas une seule n'était restée sans effet sur les organismes-récepteurs des fréquences électromagnétiques. C'était le cas pour la nicotine ou pour un composé chimique de la même famille que le Viagra, mais également pour la morphine et pour le cannabis. Cette administration directe des propriétés des substances constituait un progrès majeur pour la médecine et pour le genre humain : l'accès aux traitements devenait universel et la posologie par ondes n'entraînait aucun effet secondaire. En contrepartie, et personne n'en était dupe, les conséquences de l'utilisation à mauvais escient de ces découvertes étaient terrifiantes : empoisonner des populations serait un jeu d'enfant. Ce dernier argument avait pesé dans le choix de confier la propriété des brevets déposés à une structure internationale soucieuse de la santé humaine et du bien-être des populations.

Avant sa conférence prévue à Genève le jeudi 15 août, Raja avait décidé de faire le vide et de quitter le laboratoire perdu dans la campagne limousine pour venir se ressourcer, seule, quelques jours à Paris. Dans l'appartement de son père, rue Cler. C'était son refuge, le lieu qu'elle rejoignait à chaque grande fatigue. Pour y dormir, lire et arpenter les boulevards en s'émerveillant de la diversité du monde, du grouillement dans les artères populaires. Pour s'y recharger en énergie. Elle appelait cet endroit, situé en plein centre de Paris, sa *maison de campagne*.

Thomas avait proposé à Raja de lui faire une revue de presse complète des articles de journaux en ligne qui comporteraient les mentions « mémoire de l'eau » et « Louise Eiberg ». En se levant ce matin, Raja avait vérifié dans son interface NoT le comptage du nombre de documents qui incluaient les deux termes : 3 233 occurrences avaient été recensées par l'outil, alors que la revue scientifique était seulement parue l'avant-veille. À midi, ce chiffre avait bondi à plus de 250 000. Les découvertes de Louise Eiberg étaient à présent relayées par les médias du monde entier, qui évoquaient tous la fin des industries chimiques et pharmaceutiques traditionnelles.

Thomas lui avait fait suivre l'article de l'éditorialiste d'un grand quotidien américain, où celui-ci n'hésitait pas à parler de *saut quantique* pour désigner les conséquences à moyen terme de l'application des découvertes de Louise Eiberg. Pour le journaliste, l'humanité se tenait au seuil d'une nouvelle ère, à l'aube d'un changement de civilisation. Il terminait son papier en indiquant qu'il se sentait à la fois émerveillé et terrifié.

Vers 13 heures, Raja reçut un énième mail de Thomas, qui comportait une étude de la connotation des retombées médiatiques, en se basant sur un algorithme de tri piloté par un moteur d'analyse sémantique. Sa conclusion était qu'environ un tiers des articles étaient clairement hostiles et remettaient en cause les expériences menées par une scientifique totalement inconnue. Les synonymes de *farce* ou *supercherie* étaient associés au quart des éditoriaux de presse généraliste ou spécialisée, et Raja se fit la remarque qu'elle n'avait jamais douté de la pertinence des inquiétudes de Théau. Mais qu'elle se sentait forte comme jamais, prête à recevoir des coups et à les rendre.

Il était inutile qu'elle passe encore du temps à relire le texte de sa conférence : elle le connaissait par cœur et aurait pu tenir plusieurs heures d'affilée sur le sujet sans y jeter un seul coup d'œil. Non, ce qui était primordial, c'était que les représentants des laboratoires de tests ne se désolidarisent pas de ses travaux. C'étaient eux et leur présence à la conférence qui attesteraient du sérieux de ses découvertes. Il faudrait qu'elle leur téléphone un par un pour réévaluer leur robustesse.

En déjeunant, Raja envoya un SMS à Mona et Lisa – *ça va les filles ? Vous me manquez, bises* –, histoire de leur rappeler que, même pendant les vacances d'été et même si leur mère travaillait beaucoup, elle était toujours là, attentive. Elle réalisa quelques minutes plus tard que les jumelles étaient en train de dormir : il n'était que 7 heures du matin sur la côte est des États-Unis.

Mona et Lisa étaient encore à New York pour quelques jours, dans le loft qu'Elizabeth avait conservé là-bas. Elles s'entendaient à merveille avec les filles de Steven, l'ancien collègue tatoueur de leur grand-mère, et leur présence là-bas avait été l'occasion, au cours de la première semaine d'août, de tous se retrouver à Brooklyn : Elizabeth et Théau, Goran et les jumelles, Steven et sa femme. Raja avait rejoint toute la troupe deux jours après qu'elle se soit réunie. Elle avait eu du mal à y trouver sa place, alors même que tous étaient heureux et contents de la voir. Elle avait fini par se détendre en abandonnant, pendant trois jours, toutes ses pensées sur la mémoire de l'eau et le stress lié à la publication imminente de ses résultats. Cela lui avait fait du bien de se plonger dans un quotidien humain, chaleureux, et, le lendemain de son arrivée, elle s'était sentie partie intégrante du groupe. Sa famille. C'était Goran qui l'avait le plus surpris : elle l'avait rarement vu autant en forme, aussi attentionné et bien dans sa peau. Raja s'était fait la réflexion qu'il lui paraissait *décoincé*, à des années-lumière de l'homme qu'elle avait connu quinze années auparavant et avec qui elle avait tenté de vivre pendant cinq années. À aucun moment, au cours de ces trois jours à Brooklyn, elle avait eu envie de le secouer, de le faire réagir, pas une seule fois elle avait regretté un manque d'allant, de spontanéité.

Goran irradiait d'une présence confiante et douce, paisible, mais habitée par une volonté. Il était heureux de ce qu'il accomplissait au sein de l'ONG pour laquelle il bossait, de parcourir le monde en conseillant des agriculteurs en termes de gestion énergétique et d'eau, ou en matière de choix de traitements, de semences, de variétés végétales. Il avait rejoint les équipes de GROW en 2018 et en était à présent l'un des directeurs historiques. L'organisation employait plus de trois cents spécialistes à travers le monde. Le cœur de l'activité consistait à aider les producteurs à reprendre le contrôle de leurs cycles de production, et donc de leurs produits et de leurs marges. À cette mission récurrente et patiente s'ajoutaient des opérations d'urgence, où il s'agissait d'intervenir sur des exploitations en danger, pour aider des fermiers au bout du rouleau, financièrement et psychologiquement. Goran gérait en direct cette partie de l'activité de la société. Il avait passé la première moitié de l'année en Inde et au Pakistan, sur cinq exploitations différentes, et il prévoyait de terminer l'été au sud du Mexique, sur une grosse coopérative qui, elle, tournait très bien depuis plus de dix ans.

Malgré ses longs séjours à l'étranger, Goran parvenait à passer du temps avec Mona et Lisa, qu'il considérait comme ses filles et qu'elles chérissaient comme père. Le fait était qu'il jouait ce rôle à la perfection, naturellement et posément, avec beaucoup de tendresse et de fermeté. Un savant mélange que Raja continuait d'admirer, se sentant elle-même incapable de tant de justesse. Elle adorait les jumelles, bien sûr. Et, bien sûr, elles étaient intimement liées comme mère et filles. Mais une distance entre elles s'était mise en place au cours des premières années, qui perdurait à ce jour. Cette distance qui expliquait que Raja continuait de les observer comme deux sujets d'étude. Comme les enfants de quelqu'un d'autre.

Mona et Lisa avaient grandi au cœur d'un foyer à géométrie variable, entourée de Raja, Goran, Théau et Sonia puis Théau et Elizabeth, Thomas et Marion, dans le corps de ferme qui servait de laboratoire pour la Fondation et de base de réunion pour MyEn. L'endroit était une ruche, un lieu de brassage des cultures et des idées où les jumelles avaient facilement trouvé leur place. Elles avaient très vite compris qu'elles constituaient un centre d'attraction, que leur ressemblance parfaite était admirable, tout comme l'étaient leur intelligence vive et leur don pour les langues. Elles avaient toujours su se fondre dans le décor, devenir transparentes en se tenant tranquilles, dans un coin du salon, pas loin du feu de cheminée, pour écouter, l'air de rien, les discussions des adultes.

Elles avaient tout appris seules, de manière autonome et spontanée. Ou plutôt : toutes les deux ensemble. Il n'y avait aucun savoir qu'elles ne partageaient pas : il s'agissait de tout comprendre, de tout retenir, et de vérifier régulièrement, entre elles, que leurs connaissances étaient aux mêmes niveaux. Comme deux disques durs synchronisés en permanence, en osmose. Elles dévoraient des livres identiques, regardaient des films et participaient aux conversations ensemble et, alors qu'elles entraient dans l'adolescence, Raja n'avait jamais observé chez elles le moindre désaccord. Par contre, elles avaient toujours voulu se distinguer physiquement. Mona avait conservé une coupe de cheveux très courte, comme sa grand-mère, alors que Lisa les portait mi-longs, comme sa mère. Mona était pantalons, Lisa plutôt robes et jupes. Les jumelles ressemblaient à Raja, mais encore davantage à Elizabeth. Les mêmes yeux marron-vert piquetés d'or, une mâchoire carrée, autoritaire, des lèvres et des sourcils mobiles, dont les mouvements subtils pouvaient aisément remplacer l'usage de la parole. Sans oublier cette façon si particulière d'occuper l'espace, cette manière tellement reconnaissable de se déplacer en traçant des gestes à la fois nerveux et zen dans l'air. Et ça ne s'arrangeait pas en grandissant. Avec la puberté, les filles développaient un corps de femme athlétique, avec moins de poitrine, mais davantage de hanches que Raja, qu'elles avaient dépassé en taille de quelques centimètres. Il ne manquait guère plus de deux ou trois millimètres pour qu'elles grillent à son tour leur grand-mère sur la toise.

Mona et Lisa parlaient couramment le français, l'anglais et l'espagnol, et s'étaient mises à apprendre l'hindi depuis deux années, encouragées par Goran. Leur père adoptif s'était découvert une passion pour l'Inde, où il passait quatre mois par an dans des fermes dont il suivait les performances. L'Inde était le pays le plus dynamique au monde et les enjeux liés à l'eau et à la nourriture étaient là-bas d'une importance cruciale. Goran était tombé amoureux de ce pays et de ses habitants, de la cuisine, des sourires et de la musique indienne. Il considérait que l'Inde était *l'Italie de l'Asie*, et le fait était que, lorsqu'il parlait hindi avec ses filles, le résultat était déconcertant, drôle, frais. Leur appropriation du fameux mouvement de tête de droite à gauche des Indiens était hilarante et était devenu un signe de ralliement pour toute la famille.

L'apprentissage des langues était un terrain de jeu pour Mona et Lisa, ainsi qu'un moyen de rester connecté à Goran, dont la présence leur manquait trop souvent. Au cours des trois dernières années, elles avaient en outre monopolisé leur intelligence sur l'appropriation patiente des langages de programmation et des subtilités de la construction des bases de données, sous le patronage impeccable de Thomas. Elles maîtrisaient à fond le fonctionnement du réseau NoT et des outils de codification et de reconnaissance de signatures EM.

Dès qu'elles avaient été en âge de l'entendre, Raja leur avait révélé qu'elles avaient une grande sœur, Juliette, qui avait été *perdue* avant leur naissance. Leur père biologique à toutes les trois avait disparu puis était mort, et ni elle ni Théau n'avaient jamais réussi à localiser Juliette. Raja leur avait expliqué qu'ils arriveraient à la retrouver lorsqu'elles auraient atteint leur quinzième anniversaire environ, dès que leurs signatures EM se seraient stabilisées. Il ne restait plus qu'une année à attendre et cette recherche mobiliserait toute la famille en 2031, dans quelques mois.

Après le déjeuner, Raja décida de quitter l'appartement. Elle remonta les quais de Seine jusqu'à Notre-Dame, attentive aux vieilles pierres, aux parfums de l'eau du fleuve, à cette atmosphère si particulière qu'elle retrouvait là à chaque fois qu'elle s'y promenait. Un lieu intemporel qui n'avait pas changé d'un iota, malgré les années et les progrès technologiques. Un endroit où elle se ressourçait en se trempant toute entière dans une solution revitalisante qui la renvoyait à ses années universitaires, à l'énergie intacte, monolithique et pure qui l'habitait alors, au vaste champ des possibles qui s'ouvrait à elle, sans embûches.

Le soleil à son zénith cuisait la ville à petit feu. Raja veilla à rester à l'ombre, sur les quais de la rive gauche. Août était le mois idéal pour arpenter les rues et les bords de Seine, et Raja se surprit à ne plus penser ni à la conférence qui approchait ni aux répercussions de ses publications. La machine était lancée et elle n'avait aucun doute sur l'exactitude scientifique de ses études ou sur le bien-fondé de sa décision de rendre le tout public.

Une flopée de pigeons multicolores remonta la Seine en direction de l'île de la Cité. La pigmentation inhabituelle des ailes des volatiles parisiens datait de l'année 2026. Il ne devait s'agir au début que d'une expérience temporaire, menée pour le compte d'une marque internationale de sodas et destinée à communiquer sur son changement de logo, constitué des trois couleurs primaires, jaune, bleu et rouge. L'objectif avait été de créer l'événement, d'attirer l'attention sur la nouvelle identité visuelle, en profitant de marqueurs biologiques qu'il suffisait de faire ingérer aux pigeons. La campagne de publicité avait généré son lot de polémiques, notamment au sein des organisations de protection de la nature, ce qui avait encore amplifié le succès de l'opération médiatique. Depuis, toute cette agitation était retombée, et les plumes des oiseaux parisiens étaient restées pigmentées. Quatre années après ce coup de com', les colorants primaires s'étaient mélangés pour produire des plumages arborant une variété infinie de palettes métissées, unies, dégradées ou multicolores. Les observateurs du phénomène constataient avec amusement cette *contagion biochromatique* et suivaient sa progression territoriale. Aux dernières nouvelles, un pigeon bleu et rouge avait été aperçu au sud de l'Angleterre. Les gens pensaient que tout ça, c'était bien. Ces volatiles n'avaient jamais servi à rien, ils devenaient enfin un sujet d'attention et d'étonnement. C'était *fun*.

En descendant les marches de la station Pont-de-l'Alma, le smartpad de Raja téléchargea automatiquement le quotidien d'information distribué sur le réseau de métro parisien. Sitôt assise, elle l'ouvrit et passa les deux premières pages occupées par des annonces de produits financiers. Ses yeux s'arrêtèrent sur un titre accrocheur, *Solar Storm*. L'article était bref, écrit dans un style sensationnel, et il était bien difficile d'y trouver la moindre information un tant soit peu fiable d'un point de vue scientifique. Raja comprit néanmoins que le soleil connaissait des pics d'activité jamais mesurés, et que les éruptions à sa surface pouvaient libérer des orages électromagnétiques de très forte puissance qui, s'ils étaient orientés vers la planète, pourraient endommager les installations électriques sous tension. Le rédacteur anonyme qui avait pondu l'article concluait sur le fait que le gouvernement français avait mis en œuvre un plan d'urgence consistant à vérifier les dispositifs de secours dans les lieux sensibles tels que les hôpitaux et prisons.

Raja fit quelques courses rue Cler avant de rentrer à l'appartement. Sitôt arrivée, elle s'installa avec son ordinateur portable sur la table de la cuisine, pour consulter ses mails et voir où en étaient les statistiques de Thomas. Le million d'occurrences avait été dépassé à 16 heures.

Elle n'avait reçu qu'un mail sur sa messagerie NoT. Thomas lui recommandait d'utiliser le réseau interne pour communiquer par écrit, et de se servir de son interface téléphonique NoT pour ses appels. D'après lui, il était probable que son email et sa carte SIM soient déjà surveillés. Il lui conseillait également de se rendre à Genève en voiture plutôt qu'en avion ou en train, afin d'être certain qu'il ne lui arrive rien en cours de route. Raja sourit en relisant le message de Thomas : sa première qualité avait toujours été d'être paranoïaque, de veiller sans cesse à ne laisser aucune trace de ses activités physiques ou numériques. Elle savait qu'il avait raison en la matière et lui faisait confiance pour tous les sujets qui concernaient la sécurité. Elles suivraient ses conseils. Faire le trajet en voiture était une bonne idée, elle adorait conduire et Genève n'était qu'à cinq heures de route. Et puis, à l'hôtel, elle s'enregistrerait sous le nom de Raja Connor, histoire de rester discrète.

Elle téléphona à ses quatre associés, deux femmes et deux hommes, patrons de laboratoires de tests indépendants, pour s'assurer qu'ils tenaient le cap face à la pression exercée par les médias. C'était le cas. Ils étaient à la fois inquiets, excités et en colère, impatients d'être au jeudi et que la conférence soit terminée. Pour eux, la fièvre retomberait aussi vite qu'elle était montée. Et tous l'avaient assurée de leur soutien indéfectible : cet aspect négatif des conséquences de la publication avait été clairement identifié dès le début de leur collaboration, pas une seule fois ils ne s'étaient dit que ces découvertes échapperaient à des charges brutales. Il fallait faire le dos rond et espérer que leurs détracteurs n'utiliseraient que des armes *conventionnelles*. Mais sur ce point précis, chacun s'attendait au pire et plusieurs avocats se tenaient prêts à intervenir à la moindre information calomnieuse ou attaque personnelle injustifiée. Il s'agirait de répliquer au coup par coup.

Il était 18 heures lorsque Raja réalisa que ni Mona ni Lisa n'avait répondu à son SMS, expédié six heures plus tôt. Elles devaient être trop occupées, avec les filles de Steven, au cinéma ou en excursion dans New York. Elle leur envoya un nouveau SMS : *Vous faites quoi ? Tenez-moi au courant. Bises.*

Il était prévu que les jumelles rejoignent Elizabeth et Théau au Centro en fin de semaine, pour une quinzaine de jours, jusqu'au 31 août. Tout en rangeant les courses, Raja réalisa qu'il serait sans doute bien qu'elle s'accorde quelques journées de vacances après la conférence. Là-bas, à Cuba. Pour se laisser aller à un rythme plus doux. Et que ce serait parfait si Goran pouvait les rejoindre…

Raja prit une douche puis dîna en silence. Elle essaierait ensuite de lire et se coucherait tôt, après avoir instruit son sang des fréquences électromagnétiques d'un somnifère léger qui, elle le savait, lui convenait parfaitement. Et, au cœur de la nuit, elle retrouverait son père, Azul, devant la maison blanche au bord de la plage. Pour discuter de la vie, de l'avenir.

Raja lut finalement pendant deux heures, accoudée à table, avec un bol d'infusion qu'elle avait rempli trois fois. Elle avait tiré un bouquin au hasard dans la rangée de livres derrière le lit et était tombée sur un vieux polar. *Le Dahlia noir*. Le récit avait fonctionné immédiatement et, en tournant les pages, elle s'était demandé par qui ce livre avait été lu avant elle.

Avant de se coucher et d'utiliser son boîtier Memo2, elle reçut un SMS de Mona : *Nous sommes à Miami*. Raja écarquilla les yeux. Il n'était pas prévu que les filles aillent en Floride, à Miami ou ailleurs. Non seulement elles n'y connaissaient personne, mais ce lieu n'avait jamais suscité le moindre intérêt chez elles. Et il n'était pas dans leur habitude de faire des coups en douce ou de prendre des initiatives de ce genre… Raja se dit qu'elle avait peut-être loupé une information. Elle répondit une minute plus tard – *Vous faites quoi là-bas ??!* – et envoya un SMS à Goran : *Les filles sont à Miami, tu étais au courant ?*

Raja soupesait la décision de mettre Elizabeth dans la boucle pour lui demander si les jumelles l'avaient informée de ce projet, lorsqu'elle reçut un nouveau SMS, de Lisa cette fois-ci : *Tourisme, on part pour Cuba vendredi matin, comme prévu. T'inquiète pas*. Miami n'était qu'à quatre heures de ferry de La Havane, les filles avaient décidé de faire un détour par la

Floride… OK, pourquoi pas…

Raja posa son smartpad sur la table de la cuisine, puis se coucha en éteignant la dernière lumière. Elle s'endormit sur des pensées confuses où défilèrent les hommes et les femmes qu'elle aimait. Et qui, tous, lui manquaient depuis trop longtemps.

MONA ET LISA

Comment entrer en contact avec Juliette ?

Elles avaient longtemps réfléchi à la question, le soir, dans le loft de Brooklyn.

Repérer la trace électromagnétique de leur sœur aînée n'avait pas été très compliqué. Grâce à leur maîtrise des outils No Trace, Mona et Lisa avaient en début d'année 2030 isolé une centaine de signatures EM très similaires à la leur, puis lancé des recherches approfondies sur chacune, collectant patiemment les informations personnelles et de géolocalisation. Sans en parler à personne. Elles avaient ensuite cerné les comptes correspondants sur les réseaux sociaux pour éliminer des *candidates*, comme elles les appelaient, qui affichaient des photographies de profils aux particularités morphologiques trop éloignées des leurs. Au printemps, la sélection ne comptait plus que onze candidates qui auraient pu ressembler à leur sœur aînée. Mona et Lisa avaient ensuite mis plus de deux mois à pénétrer, via les réseaux wifi domestiques, à l'intérieur des appareils connectés utilisés par chacune des onze adolescentes.

Elles avaient trouvé Alice Banks-Melville comme ça. C'était un soir de semaine, en juin dernier, et elles avaient fixé l'écran de leur ordinateur pendant un défilé de minutes vertigineuses, les yeux rivés sur le visage d'une jeune fille qui ne pouvait qu'être leur sœur. La ressemblance était parfaite, si ce n'était la coupe de cheveux, qui donnait à Alice une allure très *pom-pom girl.* Mona et Lisa avaient récupéré l'adresse de son domicile et repéré les lieux du mieux qu'il était possible de le faire à distance. Leur grande sœur vivait dans un complexe ultra-sécurisé d'habitations de luxe, situé au sud de Miami, avec plage, yachts et terrains de tennis. Un truc de milliardaire. Alice était inscrite dans un collège privé et participait à plusieurs entraînements de basketball par semaine. Sa signature EM collait parfaitement à la leur : les jumelles en étaient persuadées, Alice était leur sœur aînée, Juliette, enlevée à leur mère en juin 2015 et que personne n'avait jamais réussi à retrouver.

Lorsqu'elles s'étaient rendues à New York à la fin du mois de juillet, elles avaient réservé deux billets d'avion New York-Miami, départ le 13 août au matin. Leur plan était simple : rencontrer Alice et la convaincre de venir avec elles à Cuba en prenant le ferry qui reliait Miami à La Havane. Le but était de faire une surprise à tout le monde, et elles n'anticipaient aucun problème qui aurait pu les empêcher d'atteindre cet objectif. Mona et Lisa considéraient que c'était à elles et personne d'autre de prendre en main cette mission. Car leur grande sœur était la clé du mystère qui entourait depuis toujours leur naissance, leur père disparu puis mort, leur mère souvent triste ou fatiguée, distante.

Mona et Lisa avaient rejoint l'aéroport JFK en taxi, à l'aube, engourdies de sommeil mais remplies d'une excitation de mission secrète, en route pour le voyage le plus important de leur vie. Elles avaient reçu chacune le SMS de Raja alors qu'elles faisaient la queue pour embarquer sur le vol pour Miami. *Ça va les filles ? Vous me manquez, bises.* Elles s'étaient regardées et avaient éteint leurs smartpads simultanément, tacitement d'accord sur le fait qu'il était encore trop tôt pour tenir leur mère au courant de l'objectif de leur expédition.

Dans l'avion, elles s'étaient assises côte à côte et s'étaient endormies aussitôt, tête contre tête, inattentives aux autres passagers ou aux membres d'équipage. Dans leur bulle. Elles s'étaient réveillées près de trois heures plus tard, au moment de la descente, et s'étaient collées au hublot pour admirer le paysage, fait de plages d'un bleu turquoise, de villas posées au ras de l'eau et de bâtiments entourés de jardins exotiques, de gratte-ciels qui reflétaient la lumière du soleil. Après avoir récupéré leurs valises, elles avaient été saisies par la chaleur tropicale qui régnait en Floride en plein mois d'août. Elles étaient montées dans un taxi après quinze minutes d'attente, vêtements collés à la peau. Ce ne fut qu'une fois installées dans la voiture que Mona et Lisa avaient réalisé l'énormité de ce qu'elles étaient en train de faire.

Elles étaient arrivées à leur hôtel tendues et avaient pris possession de leur chambre sans dire un mot, un simple échange de regards étant suffisant pour confirmer que, oui, ça y était : elles étaient à Miami, à quelques centaines de mètres de là où habitait leur grande sœur. Une adolescente qui avait probablement une vie parfaite, épanouie, avec des parents adoptifs qui lui donnaient tout l'amour possible, un quotidien bien réglé, sans nuages ni désirs d'ailleurs ou d'autre chose. Et qui aurait forcément du mal à comprendre la situation en réalisant qu'elle avait des deux petites sœurs cachées, des jumelles…

Elles avaient pris une douche et s'étaient changées pour ne porter que leurs vêtements les plus légers.

L'énergie et l'optimisme étant peu à peu revenus, elles quittèrent leur chambre un peu avant 13 heures. En sortant de l'hôtel, un nouveau SMS de Raja fit biper leurs smartpads. *Vous faites quoi ? Tenez-moi au courant. Bises.* Les jumelles déambulèrent pendant trente minutes avant de s'arrêter pour déjeuner, en terrasse et à l'ombre. Face à l'océan que la ville ne surplombait que de quelques centimètres, comme si Miami était une plateforme flottante.

— Il se passe quoi, à marée haute, s'il y a une tempête ?

— Ça inonde tout.

— Ouais. Trop classe. Ils pourront pêcher du balcon. Une vraie cité lacustre…

Les burgers furent engloutis à une cadence excluant toute tentative de conversation.

Mona abandonna ses dernières frites et s'adossa contre le dossier de sa chaise. Lisa ramena l'assiette vers elle et arrosa les restes de ketchup, tout en observant sa sœur, un sourire aux lèvres.

— On appelle Juliette ?

— OK. Vas-y.

— Non, toi.

— Non, toi.

— T'es chiante.

— T'es chiante.

Elles s'esclaffèrent bruyamment en vérifiant que personne ne prêtait attention à elles. Mona ajusta ses lunettes de soleil sur son nez et sortit son smartpad.

— OK, je l'appelle.

Lisa fronça les sourcils et redevint sérieuse en balayant du regard les autres tables. Elle piqua l'ultime frite du bout de sa fourchette et ses yeux vinrent se poser dans ceux de sa sœur.

— La communication ne passe pas. Je tombe sur une voix qui dit que je ne suis pas autorisée à joindre ce correspondant.

— Merde. Ses appels sont filtrés, c'est ça ?

— Oui. Elle doit avoir un portable sécurisé… À mon avis, seuls les numéros des personnes habilitées peuvent la contacter.

— On fait quoi ?

— On y va ?

— Chez elle ?

— Ben oui. Pas en Laponie.

— OK.

Mona remit sa casquette de baseball sur la tête et Lisa son chapeau de paille façon cow-boy, puis, lunettes de soleil sur le nez, elles quittèrent le restaurant.

Les jumelles marchèrent pendant trois quarts d'heure, se

repérant grâce à la fonction GPS du smartpad de Lisa, jusqu'à l'entrée d'un ensemble de plusieurs villas. Un portail métallique barrait le passage, réservé aux résidents. La rue était truffée de caméras de surveillance et les filles ne s'arrêtèrent pas plus de quelques secondes. La plage était à cinquante mètres et la température à son maximum.

Elles se baignèrent en nageant et jouant, puis se séchèrent au soleil avant de rejoindre un banc, à l'ombre d'un palmier, le long de la route qui longeait la côte. Elles restèrent silencieuses quelques minutes, à regarder les voitures passer. Puis Mona sortit son smartpad :

— Je réponds à Maman ?

— Oui. Ce serait sympa, elle doit se demander ce qu'on fout.

— Je lui dis quoi ?

— Qu'on est à Miami.

— Carrément ?

— Ben oui. Je pense que c'est mieux qu'on lui dise, maintenant qu'on est ici. Ça amortira le choc non ?

— Ouais. T'as raison : on va y aller progressivement.

La réponse de Raja ne mit qu'une minute pour leur revenir : *Vous faites quoi là-bas ??!*

Lisa sortit à son tour son smartpad et tapa une explication plausible et rassurante à l'attention de sa mère : *Tourisme, on part pour Cuba vendredi matin, comme prévu. T'inquiète pas.* Mona relut le message sur l'écran de sa sœur et les filles confirmèrent par un regard qu'elles étaient en phase. Lisa l'envoya.

— Et maintenant, on fait quoi ?

— On coupe nos smartpads pour être tranquilles et on cherche Juliette pour être sûr qu'elle est bien dans le secteur.

Elles vérifièrent la géolocalisation de la signature EM d'Alice Banks-Melville. L'outil NoT l'avait repérée dans un restaurant de Palm Beach trois heures plus tôt, puis dans plusieurs magasins. Sa dernière position était située sur la plage, pas très loin du banc sur lequel elles étaient assises. Les jumelles se levèrent pour se diriger vers le point précis indiqué par le GPS. Elles marchèrent sur le sable trop chaud puis les pieds dans l'eau en se tenant par la main, leurs deux rythmes cardiaques synchronisés sur un tempo rapide.

Elles aperçurent Alice simultanément. À cinquante mètres devant, dans l'enceinte d'un club de plage privé borné par des palmiers en pots et des palissades en bois. En pleine partie de beach-volley avec trois autres filles de son âge, à deux contre deux. Ça jouait bien, pour la gagne autant que pour le plaisir. Mona et Lisa observèrent la scène pendant plusieurs minutes, avant de rejoindre le bord de la route, en léger surplomb, et de s'asseoir sur un nouveau banc, à l'ombre. Mona indiqua d'un signe du menton à sa sœur un homme en maillot de bain, musclé et à la peau sombre, qui semblait garder un œil sur Alice, debout à l'ombre d'un parasol aux couleurs du drapeau américain.

— C'est peut-être son père, non ?

— Bof, ça m'étonnerait, il a l'air trop jeune. Il me fait plus penser à un garde du corps ou à quelqu'un qui la surveille, tu trouves pas ?

Lisa confirma l'impression de sa sœur en hochant la tête et en affichant un visage concentré, sérieux :

— Ça va pas être facile de l'approcher…

— Ouais. Surtout qu'on peut pas rentrer, c'est une sorte de club privé.

— On fait quoi alors ?

— On fait rien pour l'instant, Lisa. On l'a trouvée, c'est déjà énorme… On a retrouvé Juliette, tu te rends compte ?

Une des joueuses de beach-volley attira l'attention d'Alice en pointant le doigt vers les jumelles. Alice regarda dans leur direction, puis reprit le cours du match après avoir hoché la tête et haussé les épaules.

— Ha non, ça, c'est sûr, tu nous connais pas, ma vieille.

— Ouais. Pas encore.

Au bout d'une dizaine de minutes, Alice et la jeune fille qui jouait avec elle quittèrent le terrain de beach-volley pour boire un soda au bar. Elles furent rejointes par le type en maillot de bain. Il avait passé un t-shirt, un short et des mocassins, et avait libéré ses cheveux auparavant retenus par un catogan. Alice termina son verre puis fit une bise à son amie. Elles échangèrent encore quelques phrases rapides et Alice suivit l'homme jusqu'à un énorme 4x4 garé devant le club. Les portières claquèrent et les jumelles regardèrent le véhicule quitter son emplacement pour rejoindre la route en direction du centre-ville.

Mona et Lisa demeurèrent silencieuses de longues minutes, les yeux perdus au loin vers le large.

— J'ai soif.

— Ouais, moi aussi. On rentre à l'hôtel ?

— On se baigne d'abord une dernière fois ?

— Dak.

De retour dans leur chambre, vers 18 heures, elles se douchèrent à tour de rôle avant de s'asseoir l'une à côté de l'autre sur le bord du lit. Il s'agissait d'établir un plan pour entrer en contact avec Alice.

Mona et Lisa se mirent rapidement d'accord : il fallait qu'elles réussissent à lui faire parvenir un SMS malgré son outil de filtrage téléphonique. Mona tapa *Salut Alice* sur son smartpad et l'envoya au numéro qu'elle avait essayé d'appeler pendant le déjeuner. La réponse automatique ne mit que deux secondes à lui revenir : *unauthorized access*. OK, l'accès était effectivement sécurisé. Les filles discutèrent des différentes techniques qu'elles pouvaient utiliser pour contourner ou casser cette protection. Après avoir parcouru plusieurs articles sur le sujet, elles réalisèrent qu'elles pourraient tout simplement passer par NoT pour envoyer le texte à Alice : un SMS expédié via le réseau privé à un numéro classique n'étant pas signé, il ne pouvait pas être bloqué. Par contre, Thomas n'aimait pas qu'on fasse ça : le réseau NoT ne devait être utilisé qu'entre membres NoT. Tant pis.

— On fait un essai ?

— On va d'abord manger Mona, j'ai trop faim.

Le dîner ne dura qu'une trentaine de minutes, dans le restaurant de l'hôtel. Les sœurs se servirent copieusement d'une nourriture tex-mex industrielle adaptée à leurs goûts et besoins en calories. Elles engloutirent leur repas à un rythme effréné, en chahutant et en s'amusant à se balancer des vannes dans plusieurs langues, inattentives aux quelques regards réprobateurs ou intrigués des autres clients.

De retour dans leur chambre, elles rédigèrent dans leur interface NoT un message en anglais : *salut Alice, on est deux sœurs, on voudrait te voir demain matin. Tu serais dispo ?* Lisa envoya le SMS. Une minute entière passa au compte-gouttes, interminable, au terme de laquelle les filles comprirent que leur sœur aînée était probablement en train de se demander ce qu'elle devait leur répondre. Le smartpad de Lisa émit un bip électronique et Mona colla son visage contre celui de sa sœur pour pouvoir lire en même temps qu'elle la réaction d'Alice : *Vous êtes qui ? Vous avez eu mon numéro comment ? Pourquoi devrais-je vous voir ?*

Lisa tapa un nouveau SMS : *On t'expliquera. C'est important.* Elle interrogea sa jumelle du regard :

— Oui, c'est bien comme ça… Pas la peine d'en faire des tartines.

Le SMS partit et le retour d'Alice fut immédiat : *C'était vous sur la plage ?*

Lisa confirma et les deux sœurs attendirent plus de cinq minutes interminables qu'Alice leur réponde à nouveau. Les jumelles soufflèrent en lisant le SMS qui leur donnait rendez-vous le lendemain matin : *OK. À 10 heures, sur la même plage. Vous avez intérêt à m'expliquer ce qui se passe.*

Lisa tapa un dernier SMS pour confirmer : *Oui Alice. Ne t'en fais pas. Bonne nuit. Mona et Lisa.* Mona donna son accord pour l'envoi du message par un regard brillant. Lisa posa ensuite son appareil sur la couverture du lit et les jumelles s'étreignirent en pleurant silencieusement.

Elles visionnèrent un vieux film sur leurs deux smartpads, associés pour obtenir un écran plus grand. À la fin du long-métrage, les filles firent un tour sur les réseaux sociaux, pour jeter un coup d'œil sur ce qui faisait le buzz et voir quelles étaient les dernières nouvelles de leurs groupes d'amis. Leurs connaissances ne parlaient que du soleil, de la possibilité qu'une tempête solaire s'abatte sur la Terre et prive l'humanité d'électricité pendant plusieurs jours. Entre ceux qui y voyaient la fin du monde et ceux qui s'amusaient de vivre quelques heures sans appareils électroniques, elles ne parvinrent pas à se faire une idée précise de la situation. Mona et Lisa se contentèrent de partager quelques *posts* et d'en *liker* d'autres. Après tout, ça changeait des stupidités habituelles... Même si le traitement était le même.

Avant d'éteindre, les jumelles envoyèrent un message à Raja pour la prévenir de ce qu'elles avaient prévu de faire le lendemain. La discussion entre elles sur le sujet avait été, comme d'habitude, assez brève, et aussi bien Mona que Lisa était d'accord pour dire que le temps des cachotteries était terminé. Il était 23 heures à Miami et 5 heures du matin en France lorsque le SMS fut envoyé à leur mère : *Maman, on a retrouvé Juliette, on la voit demain matin.*

THOMAS

En 2030, tout était mieux. Mais en pire.

Quand Thomas regardait en arrière, le chemin parcouru depuis l'année 2016 et la décision de créer MyEn, il lui semblait que tout allait à la fois trop lentement et trop vite. Trop lentement lorsqu'il s'agissait de mettre en œuvre des nouveaux modèles de batteries ou de faire aboutir des projets de recherches, ou quand il fallait structurer, embaucher ou gérer. Et trop rapidement lorsqu'il s'agissait d'étudier la dégradation de l'état écologique de la planète, la baisse inexorable du niveau de vie d'une classe moyenne mondiale qui comptait à présent plus de quatre milliards d'individus, ou encore d'observer le contrôle hégémonique et croissant qu'exerçaient les multinationales sur les paramètres de gestion de l'humanité. Le politique n'existait plus, ou si peu, puisqu'il ne disposait plus des leviers d'accès aux services, aux financements, à l'alimentation et la santé, ou même à la sécurité et à l'éducation. Quant aux programmes économiques des gouvernements, ils ne servaient plus depuis longtemps que les intérêts des plus grosses entreprises.

Oui. Tout était mieux, car l'on continuait de ne manquer de rien, ou à peu près. L'extrême pauvreté avait été éradiquée, les enfants partout sur Terre avaient accès à l'éducation et le taux de mortalité infantile était devenu un indicateur désuet. La vie en 2030 n'était plus un combat inégal contre la maladie ou contre la menace d'un dénuement total.

Mais tout était pire, lorsqu'il s'agissait d'observer les courbes de chômage à travers le monde : un humain en âge de travailler sur cinq était inactif. Quant à la mainmise des technologies sur le quotidien de chacun, elle était totale. L'humanité hyperconnectée ne se souciait plus que de divertissements et se gavait en permanence d'informations inutiles et, souvent, anxiogènes. Quand ce n'était pas d'antidépresseurs, de compléments alimentaires en tous genres, ou de drogues plus ou moins douces, devenues légales pour la plupart.

En 2030, l'homme passait son temps connecté, à *discuter* avec des objets et à pseudo-communiquer avec des individus qu'il n'avait pour la plupart jamais croisés. Le paiement du moindre achat était prélevé sur son compte Google, FaceApp ou Baïdex, ses déplacements étaient mémorisés afin d'améliorer ses trajets, d'optimiser ses possibilités de coups de cœur en passant devant des boutiques, ou pour favoriser des rencontres, en fonction de l'*historique* ou du *profil* de chacun. L'homme moderne savait en permanence s'il y avait dans son secteur quelqu'un qu'il avait croisé à l'école primaire ou sur les bancs de l'université, ou un ancien voisin, ou quelqu'un qui revenait d'un voyage dans un pays qu'il avait lui-même visité. Ou encore une personne qui jouait à un jeu interactif identique, lui ou elle aussi plusieurs heures par jour, ou qui allait également tel ou tel médecin. L'humanité de 2030 était bombardée d'ondes et de données en tous genres, vingt-quatre heures sur vingt-quatre. Et elle aimait ça.

L'homme moderne était mené par le bout du nez, rendu inapte à une existence sans écran, incapable d'interpréter le monde ou sa propre vie sans l'aide de filtres communautaires, sans tous ces *avis* qu'il consultait à la moindre occasion. Bien sûr, la notion de donnée privée avait explosé et appartenait à l'histoire au même titre que les dinosaures. L'intime n'existait plus, mais puisqu'il s'agissait *d'enrichir l'expérience utilisateur…*

Thomas était toujours apparu comme le plus pessimiste des proches de Théau, mais ses analyses continuaient d'emporter l'adhésion de tous. En tout cas, chaque fois qu'il ne noircissait pas trop le tableau. Mais, en ce matin du 13 août 2030, à la lecture des informations qu'il avait remontées de deux centres d'observation du soleil, Thomas dut se rendre à l'évidence : il s'agissait, ici, d'être le plus pessimiste possible si l'on voulait éviter le pire pour la planète et ses habitants insouciants. Car l'humanité moderne n'avait jamais été à ce point fragile, aussi démunie face à l'arrivée sur Terre d'une tempête d'ondes électromagnétiques d'une puissance phénoménale, déclenchée par un pic d'activité solaire sans précédent. Les deux rapports qu'il venait de consulter ne présentaient qu'un risque ayant une probabilité très forte, l'éruption solaire tant redoutée n'ayant pas encore eu lieu. Car, pour que la catastrophe se réalise, il fallait que cette explosion à la surface du soleil envoie une vague d'ondes qui soit parfaitement orientée, dirigée vers la Terre. Il n'en restait pas moins qu'après avoir constaté l'intense phase solaire et le nombre extrêmement élevé des éruptions, couplées à leur portée et leur puissance démultipliées, les scientifiques estimaient que la possibilité qu'une déflagration d'ondes atteigne la Terre était de l'ordre de 40 % sur les trois journées à venir. Deux chances sur cinq.

Autant dire que ça se jouerait à pile ou face.

En milieu de matinée, Thomas décida d'alerter les équipes de MyEn pour que toutes les installations placées sous leur responsabilité soient dans un premier temps chargées à bloc et que, dans un second temps, chacun se tienne prêt à tout débrancher à son signal, afin qu'aucune des surtensions générées par la déferlante d'ondes gamma et de rayons X ne vienne les faire griller.

Le message à ses quatre cents collaborateurs partit vers 11 heures et, en prenant son café dans la cuisine du corps de ferme, Thomas décida de contacter Goran, en mission au

Mexique. Il envoya le mail vers 11 h 30, pour l'informer sur le risque de tempête solaire et demander à ce qu'il passe le message à tous les personnels de GROW afin qu'ils s'assurent, où qu'ils se trouvent, que les exploitations agricoles sur lesquels ils intervenaient aient vérifié le bon état de fonctionnement de leurs centrales privées ainsi que de leurs générateurs de secours. Il précisa que les réserves en eau devaient également être contrôlées et que chacun devait s'assurer qu'il disposait de sauvegardes physiques de ses données numériques.

Il envoya une dizaine de mails à ses contacts chez des concurrents de MyEn, pour les informer du dispositif qu'il mettait en place. Il fit ensuite de même avec ses correspondants employés par des sociétés privées ou publiques de distribution d'électricité. La plupart de ses interlocuteurs répondirent dans les minutes suivant la réception des mails. Tous rassurèrent Thomas : ils étaient sur la même longueur d'onde et procédaient à des préparatifs similaires.

À midi, il se décida à se changer les idées et fit une synthèse à Raja de ses observations concernant les retombées de sa publication sur la mémoire de l'eau. Comme il s'y attendait, l'ambiance générale était en train de passer de l'admiration et l'étonnement à une forme de violence, de rejet que Théau avait lui aussi anticipé. Ce n'était pas la première fois dans l'histoire de l'humanité qu'une grande découverte ferait l'objet d'attaques virulentes. Il faudrait attendre que l'orage passe. Cela ne devrait pas être plus compliqué que ça.

Thomas déjeuna seul dans la cuisine. Le corps de ferme était désert : Marion était en vacances chez ses parents, dans les environs de Marseille, et Raja avait donné congé à ses deux assistants jusqu'à début septembre et son retour de Paris. Il n'attendait lui-même aucune visite avant la fin du mois d'août et avait décalé le plus possible les réunions de rentrée. Afin de pouvoir se consacrer à ses propres recherches sans être accaparé par les problématiques financières, comptables, réglementaires, et tous ces sujets qui n'avaient d'autre but que d'entraver ses capacités à innover, à sentir l'air du temps et à y capter les tendances, les lames de fond du véritable progrès.

La ferme servait de lieu de réunion tout au long de l'année, Thomas refusait les déplacements au-delà de Limoges, où la direction financière et la DRH de MyEn étaient installées. Les bâtiments accueillaient des séminaires de GROW, ainsi que des groupes de travail de MyEn, et Raja y recevait régulièrement des scientifiques avec lesquels elle bossait.

Thomas avait naturellement pris la présidence de la société qui regroupait les activités liées à l'autonomisation de l'énergie. La marque MyEn avait été créée en 2020, deux ans avant que Théau quitte ses fonctions opérationnelles. La société vendait à présent des batteries domestiques ou collectives dans tous les pays du globe, à l'exception de l'Amérique du Nord. La majorité des fournisseurs d'électricité publics ou privés avaient progressivement cédé face à des solutions de stockage qui, bien qu'elles aillent à l'encontre de monopoles étatiques ou d'intérêts capitalistes cotés en bourse, avaient été peu à peu plébiscitées par les collectivités et les ménages. La plupart de ces fournisseurs d'électricité avaient d'ailleurs fini par intégrer les outils d'autonomie dans leurs catalogues de produits et services.

Ces dernières années, l'essentiel de l'activité de Thomas s'était concentré sur l'amélioration continuelle de ses installations techniques et sur la négociation d'accords avec des partenaires industriels, fabricants de piles et batteries. MyEn ne vendait pas directement ces installations qui aujourd'hui équipaient plus du quart des villages et des villes de moins de cent mille habitants, ainsi qu'environ 20 % des ménages européens, mais intervenait en amont sur les études de faisabilité et sur la définition exacte des besoins en électricité et du dimensionnement des appareils à installer. Un contrat de maintenance était ensuite signé entre MyEn et des entreprises locales, qui se chargeaient du contrôle des chantiers puis des vérifications annuelles. Le bilan 2029 de la société MyEn avait fait ressortir un bénéfice d'une centaine de millions d'euros, qui serait employé au financement du poste Recherche et développement.

En Europe, Thomas estimait que l'électricité autoproduite représentait environ 40 % des besoins des ménages. Il évaluait à 20 % les économies réalisées sur les ensembles équipés, les utilisateurs ayant pris l'habitude de contrôler leurs niveaux de consommation en fonction de leurs propres stocks. Ce qui avait grandement contribué à la fermeture de dernières centrales nucléaires en Europe de l'Ouest, aujourd'hui arrêtées ou en passe de l'être. La Russie s'équipait à marche forcée auprès de la filiale locale de MyEn ou de celles de ses concurrents, tout comme la Chine et l'Inde. Avec les progrès permanents des technologies, des chercheurs affirmaient que chaque personne pourrait d'ici la fin du XXIe siècle être autonome en termes de consommation d'énergie. Ce qui était une évolution majeure autant pour chaque individu que pour la communauté des hommes et les règles qui avaient gouverné les politiques étrangères des États depuis la première révolution industrielle.

La société MyEn employait directement quatre cents personnes dans le monde, et indirectement plusieurs dizaines de milliers, en comptant les salariés des unités de maintenance, indépendantes, et ceux travaillant dans les usines de batteries.

De son côté, Raja était naturellement devenue la présidente de la Fondation No Trace. Depuis sa création en 2019, cette organisation scientifique couvait deux projets majeurs : celui de la mémoire de l'eau, auquel Raja vouait toute son énergie depuis son arrivée à la ferme, et celui des signatures EM, placé sous la responsabilité de Thomas, et sur lequel Raja collaborait régulièrement.

Thomas adorait discuter de ses théories avec Raja, de la même manière qu'elle semblait apprécier ses remarques ou suggestions concernant ses propres recherches et expérimentations. Ils avaient fini par se sentir frère et sœur, complices, et les années de cohabitation avec elle, ses filles et Goran, étaient passées en souplesse, avec beaucoup de plaisir.

Goran était arrivé à la ferme avec ses grandes théories sur la défense des producteurs, sur le fait que le monde libéral ne favorisait plus que les multinationales qui contrôlaient les tuyaux financiers, d'accès à l'information et aux services, ou de distribution. Six mois après son arrivée, il avait été embauché comme responsable de la sécurité par une première ONG qui envoyait des vétérinaires aider les éleveurs en difficultés dans des zones reculées du globe. Il avait ensuite rejoint GROW, quelque temps après sa création, début 2020, cette fois-ci comme directeur pour l'Amérique du Sud. Thomas savait que ça marchait bien pour lui, qu'un label avait été lancé et que Goran et ses équipes constituaient d'excellents relais lorsqu'il s'agissait de présenter à leurs interlocuteurs partout dans le monde les solutions d'autonomie énergétiques développées par MyEn.

Thomas venait de manger un plat réchauffé suivi d'un morceau de fromage, l'esprit absorbé par ses pensées confuses sur les dernières années et sur la relativité de nos perceptions lorsqu'il s'agissait d'apprécier les effets du passage du temps.

Il se servit un café et sortit de la cuisine pour le boire sur la terrasse, à l'arrière du corps de ferme. La chaleur et la lumière l'expulsèrent de ses réflexions pour le recentrer sur le sujet du jour, à savoir le soleil et ses hoquets d'enfant hyperactif.

Le principal effet de l'arrivée sur Terre d'une déferlante d'ondes électromagnétiques serait de déclencher des coupures d'électricité. Ce qui voulait dire : plus d'eau courante, plus de chauffage ni de refroidissement, plus de systèmes de sécurité. Au-delà de quelques heures, la situation deviendrait gravissime dans les hôpitaux et les prisons, dans tous les centres urbains, dans les tours d'immeubles avec ascenseurs, chez les éleveurs de poules, de cochons, de vaches laitières privées de traite automatique. Des silos à grains et des entrepôts surchauffés exploseraient, des émeutes éclateraient un peu partout. Et, sans téléphone ni internet, l'information ne circulerait plus nulle part. Il était à prévoir que de nombreux satellites grillent et tombent en flammes dans l'atmosphère. À partir de là, les services de police et de secours ne pourraient plus être joints ni communiquer entre eux. Les serveurs logés par dizaines de millions dans des data centers seraient vidés de leurs données et programmes, et grilleraient lentement après l'arrêt des systèmes de ventilation et d'air conditionné.

Le pire du pire concernait le risque nucléaire. Car la probabilité était élevée que, sur plus de quatre cents réacteurs encore en activité dans le monde, quelques-uns d'entre eux se situent sur des territoires qui seraient privés d'électricité suffisamment longtemps pour que même leurs générateurs de secours ou groupes électrogènes s'arrêtent. À partir de là, il n'était pas à exclure qu'un ou deux réacteurs souffrent d'une absence de refroidissement et entrent en fusion. Avec les conséquences bien connues en termes de rejets radioactifs mortels, sur des milliers de kilomètres carrés… Thomas secoua la tête pour en expulser ce sujet sur lequel il n'avait aucune prise : en ce qui concernait le risque nucléaire, l'homme n'avait qu'à continuer de serrer les fesses…

Il but un second café, debout dans la cuisine, avant de remonter travailler.

L'essentiel de l'après-midi fut consacré au développement d'une application qu'il baptisa *Solar Storm*. Celle-ci servirait à monitorer en direct l'état des centrales électriques gérées par la société et ses partenaires, ainsi qu'à pouvoir s'assurer du niveau de charge maximale des batteries puis de leurs coupures en cas d'attaque solaire avérée. Vers 17 heures, il envoya l'application à ses directeurs régionaux. Il passa ensuite une heure à paramétrer une mise à jour du système d'exploitation des batteries domestiques MyEn, installées chez plusieurs millions de foyers et collectivités. Pour qu'elles se rechargent d'elles-mêmes puis s'arrêtent dès qu'il le décidera. Le programme tenait dans quelques lignes de codes informatiques et Thomas l'envoya sur les serveurs de mises à jour pour installation immédiate. Les batteries MyEn s'upgraderaient toutes avant minuit heure française, sur plusieurs continents.

Il referma les applications restées actives sur son PC puis se leva pour s'étirer. Il quitta son bureau, installé au dernier niveau de la tour d'angle du vieux corps de ferme, et descendit l'escalier à vis jusqu'à l'étage de sa chambre et de sa salle de bains. Il était temps d'ôter son pyjama et de faire un brin de toilette.

Sous la douche, il repensa au risque de tempête solaire, à ce qu'il représentait pour l'humanité du XXIe siècle. Le virtuel était partout, il était devenu impossible de vivre sans smartpad et sans être identifié sur l'un des quatre réseaux planétaires. Même pour une action aussi simple que celle d'acheter du pain ou de conduire une voiture. Ou celle, tellement anodine, de déverrouiller une porte d'entrée pour rentrer chez soi. La moindre activité de l'homme supposait une géolocalisation et une authentification. Ce qui n'était pas un mal en soi. Par contre, cela se basait sur des réseaux informatiques et de télécommunication fonctionnels. Qui reposaient tous sur des dizaines de millions de serveurs, sur des milliers de satellites et sur la fourniture continue d'un courant électrique. Autant d'installations et d'appareils bien réels, non virtuels, fragiles, qui pouvaient être balayés en quelques secondes par une seule vague de tempête solaire, pourvu qu'elle soit puissante et bien ajustée.

Thomas sentit une pensée précise prendre forme dans les synapses de son cerveau, une sensation qu'il connaissait bien et qu'il ressentait chaque fois qu'un concept se matérialisait progressivement dans son esprit. Comme un agrégat de molécules qui, peu à peu, s'agloméraient pour dessiner un corps, une structure, la visualisation d'un raisonnement.

Il se sécha en s'efforçant de n'effectuer que des gestes lents, l'attention focalisée sur le processus intérieur qu'il avait depuis longtemps appris à suivre plutôt qu'à précéder. Pour ne rien brusquer de la mécanique interne qui pétrissait les informations pour en faire jaillir des conclusions parfaites ou des intuitions fulgurantes.

En s'habillant, il se repassa en boucle les sujets qu'il avait brossés depuis la matinée, afin de les incorporer à l'abstraction qui prenait forme autour de la possible déflagration d'ondes solaires qui allait frapper la planète. Les centrales MyEn : non, il avait fait le tour du sujet. Son outil de comptage et de suivi sémantique des articles sur la mémoire de l'eau : non plus, ça n'avait aucun rapport. Il passa sur les minutes qu'il avait consacrées au risque nucléaire, ressentant intuitivement non seulement que ce n'était pas, là encore, le sujet qu'il recherchait, mais que la prochaine connexion serait la bonne.

Le réseau NoT.

L'obsession première de Thomas avait toujours concerné le réseau privé, jadis utilisé par plusieurs milliers de membres No Trace. C'était lui qui en avait eu l'idée en sortant de l'adolescence, alors que Théau l'avait pris sous son aile. Ils l'avaient développé ensemble pour qu'il devienne, au tournant du siècle, un réseau de communication privé parfaitement opérationnel, discret et intraçable, d'une stabilité à toute épreuve grâce à sa structure basée sur les lignes et câbles électriques qui maillaient les territoires occupés par l'homme. Le langage ternaire et le protocole NoT, c'était lui qui avait tout inventé, tout comme il avait réalisé l'architecture des nœuds logiciels disséminés au cœur des transformateurs électriques. Thomas contrôlait aujourd'hui les serveurs qui, à travers le monde, assuraient une continuité et une stabilité parfaite au réseau NoT. Même s'il n'était plus que quelques centaines à l'utiliser, pour des communications totalement sécurisées entre ses cadres et lui, ou avec Théau, Raja et Goran. Et voilà qu'une tempête solaire risquait de faire griller les satellites, les antennes, les centrales téléphoniques, les relais hertziens et les data centers des géants du net. Cela pouvait-il représenter une opportunité pour la technologie qu'il avait patiemment mise au point depuis trente ans ?

Thomas descendit au rez-de-chaussée pour rejoindre le salon. Il nettoya la cheminée en faisant des gestes lents, toujours attentif au processus cognitif en œuvre dans ses pensées et qui continuait de palpiter au rythme de ses battements de cœur. Il déposa du papier journal et des branches sur les briques du foyer, puis installa trois bûches de taille moyenne. Faire du feu en plein mois d'août n'était pas dans ses habitudes, mais Thomas savait que l'observation des flammes et la chaleur irradiante de l'âtre contribueraient au processus lent de la maturation d'un projet qui, il le sentait, commencerait bientôt à totalement l'habiter.

Pour lui, le réseau NoT était capable d'offrir une vraie alternative à internet et à toutes les sociétés qui l'avaient investi pour le transformer en outil de contrôle de l'accès aux informations et à la plupart des services. NoT était utilisable à partir de n'importe quelle prise électrique, il permettait déjà aux salariés MyEn de communiquer entre eux par mail et par la voix, grâce à un système d'exploitation rudimentaire ainsi qu'aux milliers de serveurs répartis dans le monde. Des machines dont Thomas s'occupait personnellement et qu'il pouvait toutes éteindre en quelques minutes, pour les protéger de surcharges fatales. NoT était tout simplement le réseau de communication le plus fiable de la planète, car architecturé autour du plus dense des maillages physiques : les fils et câbles électriques.

Si les systèmes et infrastructures de télécom modernes grillaient en même temps, NoT représenterait la seule alternative face à une impossibilité de communiquer à distance qui se prolongerait au-delà de quelques jours. Car, partout dans le monde, les pouvoirs publics concentreraient leurs premiers efforts sur le rétablissement des installations électriques et donc sur le redémarrage du réseau NoT.

Thomas se dirigea vers la cuisine dans un état second, à peine contrarié par le fait qu'il n'y avait plus aucun produit frais à se mettre sous la dent. Il fit cuire des coquillettes qu'il arrosa d'huile d'olive. Il les mangea à la cuillère, directement dans la casserole, assis dans le fauteuil face à la cheminée, en se laissant hypnotiser par la danse saccadée des flammes sur deux nouvelles bûches. Lorsqu'il se releva pour retourner dans la cuisine et faire la vaisselle de son dîner, Thomas savait exactement à quoi il allait occuper la nuit à venir.

Il se préparait un café lorsque son smartpad sonna. C'était Marion. Elle revenait de la plage avec son neveu et sa nièce. Tout allait bien et Thomas se surprit à avoir du plaisir à échanger quelques phrases sans souffrir d'être interrompu dans son bouillonnement intérieur. Il avait passé une bonne journée et s'apprêtait à bosser une grande partie de la nuit sur un nouveau programme, pour le réseau NoT, et ça, ça ne serait que du plaisir. Marion l'embrassa et il relogea son smartpad dans la pochette accrochée à la ceinture de son pantalon.

Thomas demeura immobile, debout devant l'évier de la cuisine, un sourire aux lèvres. Marion lui manquait, c'était indéniable. Et l'éloignement qu'il lui imposait régulièrement en refusant de quitter la ferme ne faisait que raffermir leur attachement l'un à l'autre. Ce lien qu'ils avaient patiemment tissé depuis leur entrée simultanée dans l'âge adulte et les études d'infirmière de Marion. Une relation très forte qui n'avait pas souffert de leur stérilité, diagnostiquée chez l'un et l'autre.

C'était il y a dix ans, en 2020, et ils avaient compris pourquoi ils n'avaient jamais réussi à concevoir un enfant. Ils avaient accepté cette sentence irrémédiable, et Marion s'était sans doute davantage intéressée à la croissance de Mona et Lisa, prenant en charge de plus en plus de choses du quotidien des jumelles. Cette stérilité, la sienne et celle de sa compagne, continuait d'intriguer Thomas. Tout comme l'intriguaient les nombreux cas similaires diagnostiqués autour d'eux, parmi les habitués de la ferme, collaborateurs permanents ou visiteurs occasionnels. Chaque fois qu'il y pensait, Thomas ne pouvait se départir du sentiment que tout ceci avait un sens. Ou plutôt, qu'il devait y avoir une raison rationnelle, quelque part, pour qu'autour de lui, aucun couple n'arrive à avoir d'enfants.

Thomas but son café puis regagna son bureau pour s'atteler à cette nouvelle phase de programmation qu'il visualisait à présent parfaitement dans son esprit. Il démarra à 20 h 30 et tapa la dernière ligne de code vers 23 heures. Il n'avait plus qu'à l'envoyer pour validation aux principales plateformes de diffusion d'applications pour smartpads, smartphones, tablettes et ordinateurs. Si, comme il le prévoyait, les utilisateurs de ces appareils se retrouvaient privés de réseaux téléphoniques sans fil, alors ils seraient heureux de pouvoir télécharger cette application de communication ultrabasique. Baptisée NoT, bien sûr. Mais pour qu'elle fonctionne, il fallait encore ajouter aux serveurs NoT existants plusieurs dizaines de milliers de machines supplémentaires, capables de traiter des requêtes de connexion dont le nombre risquait de monter en flèche. Pour cela, il fallait qu'il planche sur un ultime programme, qui lui permettrait de prendre le contrôle d'un maximum de data centers de sociétés privées. Afin de pouvoir utiliser leurs puissances de calcul, de stockage et de transmission. De manière illégale mais temporaire, en attendant la mise en place de nouvelles machines, entièrement dédiées à NoT. La nuit serait longue.

Théau lui envoya un SMS un peu après minuit pour lui demander s'il était joignable. Thomas lui confirma que, oui, pas de souci, il pouvait lui téléphoner quand il voulait.

Il était une heure du matin lorsqu'il reçut l'appel de Théau. Il s'agissait de collecter des informations sur un jeune Indien qu'Elizabeth avait repéré via le Psycosme. Thomas nota les coordonnées EM du garçon et garda pour lui ses travaux en cours sur NoT. Il mentionna le risque de tempête solaire, imminent d'après les observateurs, et la discussion s'acheva sur la nécessité pour Théau de vérifier les installations du Centro.

Dès la fin du coup de fil, Thomas se replongea dans ses lignes de codes. Il descendit se coucher au milieu de la nuit, incapable de conserver plus longtemps les yeux ouverts.

Il fut tiré du sommeil par la sonnerie de son smartpad. Il était 6 heures du matin et son alarme lui signalait l'émission d'un nouveau rapport en provenance du Centre international de prévision de météorologie spatiale. Il s'assit au bord du lit, se gratta l'arrière du crâne et saisit ses lunettes sur la table de nuit. Il mit deux secondes à atteindre un niveau de conscience de plein éveil, et son activité cérébrale se régla immédiatement à son maximal : une vague massive d'ondes électromagnétiques avait été lâchée par le soleil huit minutes avant minuit, heure de New York, soit un peu avant 6 heures du matin en Europe de l'Ouest. Cette tempête solaire, ou plutôt cette *CME wave*, pour *vague d'émission de matière coronale*, se dirigeait droit vers la Terre, avec une vitesse de déplacement jamais enregistrée à ce jour. Le temps avant l'impact était estimé à environ douze heures, alors que jusqu'ici les observations effectuées par le passé concluaient sur des durées de trajet comprises entre deux et trois jours. Le rapport se terminait en notant que, d'un point de vue sémantique, les *CME waves* qui se dirigeaient vers la Terre étaient bien plus proches d'un tsunami que de simples *vagues.*

Thomas contempla le cadran du réveil posé derrière le lit. Cela voulait dire qu'un peu après 18 heures, en France, un déluge de particules subatomiques emboutirait la magnétosphère, crevant ainsi le champ magnétique protégeant notre atmosphère. Et qu'il faudrait alors que chaque équipement électrique sur le globe soit débranché, à l'arrêt.

Thomas se leva, constata qu'il était déjà habillé en passant devant le miroir du palier, puis grimpa les marches jusqu'à son bureau. Il fallait qu'il s'assure que toutes les centrales MyEn avaient été chargées à bloc et qu'elles seraient coupées dès 17 heures, heure française, partout dans le monde. Il fallait qu'il alerte, qu'il vérifie, qu'il peaufine des logiciels et les distribue. Il n'y avait pas une seconde à perdre et Thomas réalisa qu'il ne dormirait plus avant plusieurs dizaines d'heures.

Mercredi 14 août 2030

VICTORIA

Le type s'appelait Ezequiel. Il était Argentin et avait été embauché deux années auparavant par KanaBuy en qualité de directeur des exploitations californiennes. Intarissable sur les variétés de plants, il était également un goûteur hors normes, capable d'identifier au nez n'importe quel cannabis : de quelle lignée il provenait, s'il s'agissait d'un hybride ou non et, pour certains *grands crus*, son aire de production. Un vrai œnologue du pétard... Il était de taille moyenne, très brun, avec des traits mélangés qui lui composaient un visage à la fois oriental et latino. Les contours de ses paupières, dessinées en amande, étaient sombres et faisaient ressortir un regard clair, franc. Il était un parfait exemple de la beauté qui pouvait émerger d'un imbroglio génétique, et, aux yeux de Victoria, il incarnait la possibilité d'un amant vigoureux et romantique, capable de douceur et de machisme.

Elle l'avait abandonné pour se concentrer sur une conversation avec deux hommes d'affaires qu'elle souhaitait rencontrer depuis longtemps. Des crétins qu'elle voulait à la fois amadouer et secouer. Un de ses jeux préférés.

Peu après 22 heures, elle avait quitté la fête en hélicoptère. Elle détestait ce moyen de transport, qu'elle utilisait beaucoup trop souvent à son goût : trop bruyant, pas assez confortable, avec un système de climatisation peu efficace et des odeurs de fuel, de tôles et de transpiration. Une aberration en 2030. Elle avait préparé une petite valise puis nagé quelques longueurs dans la piscine avant qu'un chauffeur vienne la chercher pour se rendre à l'aéroport de San Francisco.

Arrivée dans son jet, elle s'était mise en chemise de nuit et avait réglé son smartpad sur l'heure de la côte est : 3 heures du matin. Alors que l'avion se dirigeait vers la piste de décollage, Victoria s'était assise dans un des fauteuils du salon de l'appareil et avait déplié sa flextab pour consulter ses derniers mails, en espérant qu'elle y trouverait de quoi continuer à cerner le cas Louise Eiberg.

La société de renseignement était tombée sur deux informations qui captèrent immédiatement son attention : l'adoption de jumelles en mai 2016 – *tiens donc…* – et une hospitalisation remontant à l'année 2015. Le 19 mai exactement, Louise Eiberg avait été admise dans un centre médicalisé, en Belgique, dans la région de Bruges, à la suite d'un accident de voiture qui s'était produit dans la matinée. La patiente était restée dans le coma une dizaine de jours, puis avait quitté le centre après deux semaines de rééducation, au terme desquelles elle était repartie sans aucune séquelle. Le patronyme de Louise Eiberg était apparu dans une étude très détaillée sur les sorties de comas, signée par un docteur hollandais nommé Janssens. Le rapport de la société de renseignement mettait en avant le fait que l'information n'était pas anodine, même si elle ne semblait pas pouvoir être utilisable directement pour permettre d'attaquer la scientifique en fragilisant son image médiatique.

À la lecture de ses lignes, Victoria formula une conclusion personnelle très différente : la date du 19 mai 2015 lui disait quelque chose. Elle vérifia sur internet que le jour correspondait à un mardi et n'eut, à partir de cet instant, plus aucun doute sur le fait que derrière Louise Eiberg se cachait une femme qui avait mystérieusement disparu ce jour-là : Raja Connor. La mère biologique de Juliet. Cette information miraculeuse venait confirmer à Victoria que son intuition était fondée, qu'elle avait bien identifié quelque chose de familier en étudiant la photographie de groupe où apparaissait la scientifique. Elle tenait à la fois dans ses mains le sort de la chercheuse, de l'ancienne campagne d'Alberto Garcia, et de la responsable du vol des deux clones subtilisés à Riga.

Victoria envoya un sourire carnassier à son reflet dans le hublot face à elle, qui découpait un rond parfait dans l'obscurité d'une nuit sans étoiles. Elle abandonna son rictus de triomphe au bout d'une poignée de secondes, en secouant la tête. Le temps n'était pas encore aux réjouissances, il convenait d'abord de resserrer les mailles du filet.

Un mail reçu de son directeur juridique lui annonçait que plusieurs plaintes avaient été déposées contre Louise Eiberg auprès de la justice suisse. Pour pratique illégale de la médecine et des infractions multiples sur les droits de propriétés intellectuelles relatifs à des brevets pharmaceutiques. Le contact en Suisse affirmait qu'avec les éléments retenus à sa charge, il envisageait de procéder au placement en garde à vue de Louise Eiberg dès son arrivée à Genève, avant même la conférence.

Victoria rédigea un premier mail, pour la société de renseignement, en leur demandant de collecter des informations sur une dénommée Raja Connor. Sans rien préciser de ce qu'elle savait déjà afin de ne pas orienter leurs recherches. Elle envoya ensuite un message à son directeur juridique pour lui expliquer que le patronyme de Louise Eiberg n'était qu'un nom d'emprunt, que la scientifique s'appelait en réalité Raja Connor, et qu'il fallait, pour l'arrêter, faire établir les mandats et plaintes sous ses deux noms.

Enfin, elle écrit un dernier mail à l'attention de Matthew Ellesmere pour qu'il ressorte sans tarder le dossier « Raja Connor ». Avec pour objectif de monter et d'étayer toutes les accusations qu'il serait possible de lancer contre elle grâce aux informations compilées quinze années plus tôt, à Paris, à Londres et à Riga. *Ça y est, on la tient Matt.*

Elle avala deux cachets d'un somnifère léger accompagnés d'un verre d'eau avant de s'allonger sur la couchette spacieuse de la chambre attenante au salon. Elle s'endormit quelques minutes après le décollage, pour sept heures de sommeil non-stop, pressée de reposer totalement son corps et son cerveau, et ivre de satisfaction : la publication sur la mémoire de l'eau allait passer directement à la trappe, Louise Eiberg était cuite et Raja Connor serait bientôt supprimée de la circulation. Châtiée pour avoir contribué à la mort d'Alberto Garcia ainsi qu'au plus gros échec de son existence de femme d'affaires qui parachevait toujours ce qu'elle entreprenait.

Victoria petit-déjeuna dès l'immobilisation de l'avion, puis prit une douche rapide et s'habilla. Le décollage pour Genève était prévu à midi, cela lui laissait environ deux heures d'escale pour travailler dans de bonnes conditions, sans secousses, et en bénéficiant de liaisons téléphoniques parfaitement stables.

Elle s'apprêtait à faire le point sur toutes les affaires en cours lorsque son smartpad sonna. C'était Alice. Victoria ne décrocha pas et attendit en tapotant la surface du bureau du bout des ongles que sa fille lui laisse un message vocal. Au son de la voix de l'adolescente, Victoria comprit qu'il se passait quelque chose d'inhabituel. D'extraordinaire même : *Maman, tu ne devineras jamais avec qui j'avais rendez-vous ce matin, avec deux françaises, elles s'appellent Mona et Lisa, elles me ressemblent comme deux gouttes d'eau, c'est dingue ! On va passer un peu de temps ensemble. Je vais t'envoyer une photo, tu vas voir, c'est hallucinant. Ah, et puis aussi, j'aimerais beaucoup les inviter à la maison. Dis-moi oui. Bises Maman. Essaie de m'appeler, s'il te plaît, c'est trop dingue* !

Victoria resta immobile jusqu'à ce qu'un sourire interminable se déploie sur son visage. Oui, c'était dingue. C'était dingue de constater comment, parfois, les évènements pouvaient se télescoper, pour venir exhumer et résoudre des mystères vieux de plusieurs années, pour effacer des remords, pour transformer des défaites en victoires.

Elle décida d'appeler Murdoch là-bas, à Miami. Il décrocha tout de suite.

— Oui madame ?

— Murdoch, il y a deux jeunes filles en ce moment avec Alice, n'est-ce pas ?

— Oui. D'ailleurs, c'est dingue, j'allais justement…

— Je sais, oui, c'est dingue, apparemment c'est le mot qui colle le mieux à la situation. C'est exactement ça, c'est une journée de dingues, Murdoch ! Quoi qu'il en soit, ces deux filles, je ne veux pas qu'elles s'en aillent. Faites comme vous voulez, faites des tours en voiture avec elles, allez au club, au cinéma, ou que sais-je encore, mais il est hors de question qu'elles repartent. C'est compris ?

— Parfaitement. Je leur propose de venir à la villa et d'y rester dormir ?

— Oui. Je serai de retour à Miami dans, disons, quatre-huit heures. Je veux les voir quand j'arrive.

— Très bien. Comptez sur moi…

— Juliet est là ?

— Elle est partie tôt, Tom est passé la chercher. Elle était plutôt sympa, de bonne humeur.

— Elle vous a dit quand elle rentrera ?

— Vers midi, pour déjeuner.

— OK. Très bien. Vous avez bien compris pour les deux filles ?

— Oui, bien sûr. Elles seront là à votre retour.

— Au besoin, vous les coffrez. D'accord ?

— Oui. C'est clair.

— Je décolle dans une heure pour Genève, je vous rappelle en fin de journée. Bonne après-midi Murdoch.

— Bonne après-midi madame.

Murdoch Parry était cent pour cent fiable. Un vrai chien de garde. Champion de karaté et tireur d'élite. Un ancien Marine qui avait quitté l'armée cinq ans plus tôt, après autant d'années passées dans une unité commando des *Seals*. Victoria l'avait embauché en 2025 et elle n'avait eu de cesse de se féliciter d'avoir pu se l'attacher définitivement. Il était efficace et totalement dévoué, capable de prendre en main des missions parfois douteuses, sans poser de questions. Victoria le trouvait même drôle par moments. Et beau. D'une beauté métissée, avec une peau légèrement foncée et des yeux d'un vert étrange, venus d'ailleurs, qui lui faisait régulièrement regretter de ne pouvoir être qu'une patronne pour lui. Mais la vie était ainsi faite, où les humains devaient rester gentiment dans leurs petites cases sans en déborder. Et Murdoch, sa case, c'était de veiller à la sécurité d'Alice et Juliet. En plus d'être chauffeur et cuisinier… Mais pas *sex toy*.

Juste après avoir coupé la communication avec Murdoch, elle reçut un SMS d'Alice. Avec une photographie. Le mot *dingue* s'afficha à nouveau dans l'esprit de Victoria lorsqu'elle contempla, bouche bée, le portrait des trois filles, parfaitement identiques, qui lui souriaient. Avec la mer et quelques cocotiers en décor de fond. L'image lui fit penser à une publicité pour un coiffeur ou une marque de shampoing : elles avaient toutes les trois des coupes de cheveux différentes, qui allaient bien avec la forme de leurs visages. Des visages qui reflétaient l'intelligence, l'honnêteté, la curiosité et la gentillesse. À des années-lumière de la figure butée et fermée de Juliet qui, jusqu'à preuve du contraire, avait encore tout à prouver côté intellect. Alberto Garcia avait mieux réussi ses clones que sa propre fille, et de loin. Ce qui n'était pas un comble, mais bel et bien la confirmation que le clonage était l'avenir d'une humanité améliorée, perfectionnée. Optimisée.

Victoria chassa de son esprit l'image des trois adolescentes pour se plonger dans les mails qu'elle avait reçus pendant qu'elle dormait. La société de renseignement avait eu le temps de préparer un rapport sur Raja Connor, qui corroborait ce qu'elle savait déjà, c'est-à-dire qu'il n'y avait aucune trace officielle d'elle depuis l'année 2015. La police française avait classé l'enquête concernant sa disparition en 2018, en concluant que la jeune femme était probablement décédée. Du côté de ses collaborateurs, ils lui confirmaient qu'un mandat d’arrêt international avait été lancé à l’encontre de Raja Connor, alias Louise Eiberg, sous quatre chefs d’inculpation. La police suisse, déjà alertée sur le cas de Louise Eiberg, se mettrait à la recherche de Raja Connor dès la validation des démarches officielles. Pareil pour Interpol. Son signalement avait été transmis à tous les aéroports et son interpellation n’était plus qu’une question d’heures.

Vers 11 h 30, le visage du pilote apparut au hublot de la porte du salon et Victoria lui fit signe d’entrer. Il fit quelques pas, en affichant un air désolé.

— On a un souci, madame.

— Oui ? Quoi ?

— Nous n’avons pas l’autorisation de décoller.

— C’est quoi le problème ?

— Il y aurait des risques importants d’orages magnétiques. Les contrôleurs aériens ne sont pas très loquaces, mais, d’après ce que j’ai compris, tous les vols commerciaux ont été annulés jusqu’à ce soir, 20 heures. Et c’est pareil pour tous les aéroports de la côte est.

— Il n’est pas question qu’on attende. On s’en fout.

— Ils ne vont pas nous donner l’autorisation de décoller, madame, je ne vois pas comment…

— Qu’est-ce que vous voulez qu’ils fassent ? Ils vont nous envoyer un missile ? Bien sûr que non. En plus, ceci n’est pas un vol *commercial* mais privé, *professionnel*. Donc, on part comme prévu. Il est hors question qu’on attende là pendant huit heures, comme des cons de touristes.

— Vous voulez qu’on décolle ?

— C’est ce que je viens de vous dire. On risque quoi ? Des turbulences ?

— Oui, probablement. Ainsi que des dérèglements des instruments de…

— Stop ! Arrêtez votre baratin, vous êtes deux pour piloter ce jet non ? Et grassement payés en plus. Alors, s’il vous plaît, ne me dérangez plus pour des broutilles. J’ai du boulot. Et je suis prête pour le décollage. Du coup, on y va quand on veut ?

— Ha ça, oui, les pistes sont totalement vides.

— Donc c'est parti. Fin de la discussion, merci, ciao.

L'avion d'affaires quitta la côte est des États-Unis, pour atteindre son altitude de croisière à midi passé de quelques minutes.

Elizabeth sortit un jus de tomate du frigo, ainsi qu'un paquet de snacks salés. De la marque *Insect We Trust*, une société spécialisée dans l'élevage et la transformation d'insectes, qui produisait des millions de tonnes de farines que l'on retrouvait dans des préparations alimentaires variées, des gâteaux apéritifs aux steaks, en passant par les pâtisseries ou la nourriture pour chiens et chats. Victoria sourit en pensant qu'elle préférait survoler des champs de cannabis plutôt que de visiter des fermes d'élevage d'insectes. Même si les deux étaient très rentables.

Elle se replongea pendant trente minutes dans ses mails, répondant à plusieurs demandes d'informations et distribuant des instructions précises à plusieurs de ses collaborateurs. Les principaux titres en bourse des sociétés pharmaceutiques étaient revenus à leurs cours normaux dès l'ouverture de Wall Street. Son directeur financier se félicitait même d'avoir pu procéder à quelques ordres d'achat, la veille, pour profiter de la chute de 10 % des actions. Le bénéfice réalisé en quelques heures se chiffrait à 57 millions de dollars. Victoria ne put s'empêcher de penser qu'elle devait ce petit gain facile à la scientifique et à son article sur la mémoire de l'eau. *Merci mademoiselle Connor* !

Son smartpad sonna à midi trente. C'était Juliet. Victoria observa l'écran de l'appareil plusieurs secondes, puis se décida à décrocher. Avec Juliet, il était toujours préférable de ne rien laisser traîner, de régler tout de suite les choses, pour éviter que ça dégénère. La voix de Juliet explosa dans le récepteur :

— C'est quoi ce bordel et tous ces clones à la maison ?

— Je t'expliquerai, ne t'en fais pas. Je te promets que…

— Tais-toi, j'ai pas besoin de tes explications. C'est encore tes expériences à la con. Tu m'as clonée c'est ça ? Tu te prends pour qui ?

— Je te défends de me parler comme ça Juliet. Calme-toi.

— Je t'emmerde Victoria. T'es pas ma mère, t'es juste une grosse malade. Va te faire foutre !

Victoria hurlait encore dans le récepteur de son smartpad plusieurs secondes après que Juliet ait mis fin à la conversation téléphonique. Personne ne lui avait jamais parlé comme ça, personne ne lui avait jamais dit *je t'emmerde* ou *va te faire foutre*. Ou qu'elle était *une grosse malade*. Elle lui paierait ça, chèrement. Dès son retour à Miami.

Victoria essaya de rappeler, mais il n'y avait plus aucune tonalité. Elle vérifia l'indicateur de réseau sur sa tablette et constata que le wifi de l'avion était lui aussi inactif.

Elle émit un dernier juron, décrocha sa ceinture de sécurité et se leva pour aller prendre une cigarette dans son sac à main lorsqu'un trou d'air fit brutalement chuter le jet pendant plusieurs secondes. Victoria s'écrasa l'épaule contre la cloison du salon, puis tomba lourdement au sol. Elle ressentit immédiatement une douleur aiguë dans les côtes, un bris de cartilages dans son nez, ainsi que le goût du sang sur sa lèvre supérieure.

La porte qui séparait l'appartement privé de la partie de l'appareil réservée au personnel de bord s'ouvrit lorsque l'avion vira sur la gauche et elle entendit très nettement les voix paniquées des pilotes. Victoria se cramponna à la table de travail, rivée au sol, et parvint à rejoindre son fauteuil pour s'y rasseoir et accrocher la ceinture de sécurité juste avant que l'appareil plonge en piqué et que ses fesses décollent de l'assise du siège. La douleur fulgurante, insoutenable à ses tympans, lui fit perdre connaissance en moins de cinq secondes.

Elle ne s'aperçut ni de la dislocation de l'avion ni de la puissance de son impact sur la surface de l'océan.

Elle n'eut pas non plus conscience de son démembrement ni du goût de l'eau de mer sur ses lèvres, sa langue et le long de son œsophage. Ni de la morsure de l'eau salée sur ses chairs déchirées.

GORAN

Des milliers de bigorneaux recouvraient tout, à perte de vue.

Goran avait longé le bord de mer en observant la surface des rochers se couvrir de ces gastéropodes jusqu'à ce qu'il ne puisse plus avancer sans les écraser par dizaines à chaque pas. Il avait laissé le rivage derrière lui pour remonter un sentier de sable tassé qui traçait vers une pinède. Le soleil était aveuglant, les dunes trop blanches, il avait ressenti un éblouissement de tout son corps. Il avait fermé les paupières et s'était réveillé l'espace d'une ou deux minutes, le temps de se retourner dans son lit et d'identifier le grincement des ressorts métalliques du sommier.

Il s'était rendormi directement dans son rêve bizarre.

Les coquilles luisantes avaient envahi le sentier pendant sa courte absence. Il avait avancé vers quelques arbres isolés, dans un tintamarre de coques concassées, les narines assiégées par leur parfum iodé, goudronné. Il s'était arrêté au pied d'un pin parasol au tronc large comme deux torses, et avait posé une main sur l'écorce recouverte de bigorneaux. Ils étaient immobiles, dans un repos de mortes-eaux, et formaient ensemble une croûte compacte sur le bois. Goran se figura que la prochaine marée aurait une amplitude telle qu'elle submergerait tout.

Il s'était à nouveau réveillé, en détectant une douleur sourde à l'arrière de son crâne. Il avait ouvert les yeux et parcourut le décor de la chambre plongée dans une obscurité quasi totale, en percevant le bruit régulier des vagues sur la plage, quelque part au loin, entrecoupé de rafales de chants de cigales. Un de ses deux collègues ronflait faiblement, dans le lit face au sien. Goran se rendormit d'un sommeil identique, peu profond, pour ressentir rapidement des démangeaisons sur les bras et dans le dos. Il bougea, repoussa le drap trempé, remua encore. Le parfum puissant des bigorneaux écrasés monopolisa à nouveau tout ce que ses narines sentaient, et il posa ses doigts sur son front, intrigué par la sensation bizarre que des choses glissaient sur son crâne, ses tempes… Toujours les mêmes foutus coquillages, partout sur sa peau. Sur ses bras et ses cuisses, sur son ventre. Il en détacha plusieurs grappes en deux coups de balai des mains sur sa poitrine et sa tête. Ils tombèrent par paquets en produisant des cliquetis d'osselets ou de billes. Ce ne fut que lorsqu'il devina que les murs de sa chambre étaient eux aussi recouverts d'escargots de mer que Goran conclut qu'il fallait qu'il abandonne son lit pour semer ce rêve absurde qui ne voulait décidément pas relâcher sa mainmise sur ses perceptions sensorielles détraquées.

Debout, Goran distingua la faible lueur du soleil levant en même temps qu'il réalisa sa langue pâteuse et le retour des piqures dans sa boîte crânienne. Le dîner de fruits de mer de la veille ne passait pas. Pas plus que le vin rouge local et le pousse-café au Mezcal. Il but un verre d'eau, debout devant le miroir fêlé de la salle de bains, puis entra dans la cabine de douche en posant les mains à plat sur les carreaux de céramiques frais. Il accueillit les premiers jets d'eau froide en frissonnant, puis ferma les yeux en se concentrant sur la douleur tapie derrière ses globes oculaires. Il releva brusquement les paupières en réalisant que la cabine de douche qui s'affichait dans son esprit s'était recouverte de bigorneaux, et qu'il détectait à nouveau la sensation grotesque du glissement des pieds de mollusques sur son épiderme. Il rit bruyamment puis se tut en se rappelant qu'il partageait la chambre avec Robert et Carlos. Il profita du réconfort de l'eau tiède sur sa peau en se forçant à garder les yeux ouverts, et se décida à ne sortir de la douche qu'une fois certain d'être pleinement réveillé, de retour dans la réalité.

Goran se sécha, satisfait d'avoir définitivement repoussé l'invasion des gastéropodes de ses méninges, puis attacha à son poignet gauche son boîtier Memo2 pour y activer une dose d'un antidouleur qu'il réservait aux lendemains de soirées trop arrosées.

C'était chaque fois la même chose : dès qu'il séjournait dans la région d'Oaxaca, c'était Mezcal obligatoire, un alcool d'agaves qui était l'une des fiertés locales. Avec les fruits de mer incontournables, alors que chacun des océans qui bordaient le Mexique était à plus de cinq heures de route. Et alors que l'on était en plein mois d'août, avec 35° à l'ombre, et qu'il était inévitable que les crustacés et coquillages transpirent beaucoup avant d'arriver, cuisinés ou crus, dans une assiette. Il avait beau se jurer à chaque fois qu'il serait prudent, qu'il ne boirait que de l'eau et ne toucherait ni aux moules ni aux crevettes, rien n'y faisait, il retombait dans le piège systématiquement…

Goran quitta la salle de bains et s'habilla dans la lueur du petit jour, en renonçant à réveiller les deux hommes endormis et qui ronflaient à présent en canon, l'un après l'autre, en reproduisant à la perfection le ronronnement si particulier d'une microturbine MyEn.

La *cooperativa Alvarez* était la plus grosse exploitation agricole de cette région centrale du Mexique. Goran s'y était rendu dès l'année 2020 pour une étude globale des plans de production, de récolte et de distribution. Depuis, il revenait à Oaxaca une fois par an pour faire le point et définir de nouveaux objectifs. En dix ans, la production de maïs avait doublé, grâce notamment à la réintroduction de variétés locales abandonnées depuis des dizaines d'années sous la pression de semenciers mondiaux qui ne toléraient rien d'autre que leurs plants *transgéniqués*. La coopérative avait enregistré ses premiers bénéfices dès la deuxième année, augmenté les salaires, amélioré ses modes de production, et adopté de nouvelles cultures, pour commercialiser aujourd'hui un café biologique très apprécié, ainsi que des pommes de terre et du blé.

Lors de ses visites, Goran consacrait toujours un peu de son temps à auditer les profils de consommation énergétique. Dès qu'il avait rencontré Théau et Thomas, en 2016, il avait été épaté par les solutions de stockage d'électricité qu'ils avaient mises au point. Pour lui, cela ne faisait aucun doute que la prochaine grande révolution humaine serait l'autonomie énergétique. Pour s'affranchir des réseaux de distribution et des multinationales du gaz ou du pétrole, pour en finir aussi avec la centralisation du pouvoir économique et politique. Pour enfin gérer au plus près les consommations, en fonction des besoins et des capacités de production. C'était tout naturellement que Goran avait décidé que GROW subventionnerait des installations de stockage MyEn chaque fois que cela représentait un investissement rentabilisable en quelques années. En cela, Goran s'était toujours considéré comme un excellent V.R.P. pour la société présidée par Thomas.

Il descendit l'escalier monumental de l'hacienda et traversa le palier pour pénétrer dans la salle à manger collective où une dizaine de travailleurs agricoles prenaient déjà leurs petits déjeuners. Il lança un *hola* à la cantonade et se dirigea jusqu'au buffet pour se servir de salade de fruits, d'une tortilla qu'il garnit de grains de maïs, de tranches de tomate et d'olives dénoyautées, ainsi que d'un bol de café noir. Il s'assit à une table où trois ouvriers qu'il connaissait discutaient du sujet dont tout le monde parlait depuis deux jours : le risque de tempête solaire. Il comprit que cette menace s'était précisée pendant la nuit et qu'il avait été décidé au niveau national d'une coupure générale d'électricité à 11 heures, ce matin. Au Mexique comme dans toute l'Amérique du Sud, les pays se préparaient à un impact d'ondes électromagnétiques d'une ampleur inédite, prévu autour de 11 h 30, heure locale.

Il termina son petit déjeuner puis débarrassa son plateau et sortit du bâtiment, une bouteille d'eau minérale en main, pour rejoindre la cour centrale et l'ombre d'un groupe d'oliviers. Il s'assit sur le banc placé entre deux troncs noueux, multicentenaires, et déploya l'écran de sa tablette flexible. Il consulta ses derniers messages qui, tous, concernaient le souci qui occupait l'humanité en cette veille de quinze août, puis activa l'icône de l'application créée pour l'occasion par Thomas, baptisée *Solar Storm.* Ce programme permettait d'un coup d'œil à tous les cadres de MyEn, de GROW et de leurs partenaires, de s'assurer du niveau maximal de stockage des batteries puis de leur coupure, sur tous les sites dans le monde. Plus aucune installation ne s'affichait en rouge ce matin : elles avaient toutes été chargées à bloc, probablement au cours de la nuit. Environ 60 % clignotaient en orange et le reste en vert, ce qui signifiait que ces dernières étaient déjà coupées, mises à l'arrêt pour éviter les surtensions. De ce côté-là, tout allait bien, et les quelques heures à venir ne serviraient qu'à s'assurer que ces 60 % d'installations électriques encore actives seraient coupés d'ici là. Et ça, Goran n'avait aucun doute que ce serait fait puisque Thomas y veillait personnellement.

Goran porta la bouteille d'eau à sa bouche et en but deux gorgées. Il le percevait nettement, les toxines du dîner de la veille finissaient de se dissoudre dans son organisme. Il repensa une dernière fois à son rêve étrange, à son corps recouvert de bigorneaux et au parfum virtuel prodigieusement exact qu'il avait humé *en songe*, et dont il se souvenait avec une précision surprenante. Le cortex cérébral humain était décidément d'une puissance stupéfiante…

Il contempla les bâtiments et suivit du regard deux gros lézards verts occupés à se faire la course sur un mur de pierres. Des hommes et des femmes habillés de vêtements multicolores passaient continuellement devant lui, dans un sens et dans l'autre. C'était l'heure où l'hacienda ressemblait à une fourmilière géante. Il but une nouvelle gorgée d'eau et sortit son smartpad de la poche avant de son jean en même temps qu'il se rappela le SMS reçu la veille de Raja, dans l'après-midi. Il réalisa qu'il n'y avait pas répondu et s'en voulut de ne pas l'avoir fait dans l'instant : quel que soit le message ou l'expéditeur, s'il ne réagissait pas tout de suite, il oubliait. Et la personne que ça énervait le plus au monde était Raja.

Il vérifia l'heure, 8 heures passées de quelques minutes, puis rouvrit le SMS de la femme qu'il avait rencontrée quinze années auparavant, dans un commissariat de Paris. Une femme dont il était toujours amoureux, avec qui la cohabitation au quotidien avait été un échec, mais avec laquelle il distinguait depuis quelque temps le retour d'un désir mutuel. Il le sentait, les choses allaient changer. Il n'y avait plus qu'une année à attendre pour recommencer à chercher Juliette et Raja abandonnerait la distance et la froideur qui l'avaient submergée au fil des ans. La publication de ses découvertes sur la mémoire de l'eau, qui lui avait pris tout son temps depuis 2016, Goran devinait également qu'elle marquerait un tournant. Une délivrance autant qu'une reconnaissance, la fin d'une tension ainsi qu'un nouveau départ.

Il relut le SMS de Raja. *Les filles sont à Miami, tu étais au courant ?*

Non, il n'était pas au courant. Et, lorsqu'il avait reçu ce court SMS, l'information l'avait contrarié l'espace de quelques minutes, le temps qu'il se concentre à nouveau sur l'ordre du jour de la réunion de la matinée pour laquelle il devait finaliser plusieurs synthèses. Non, Mona et Lisa n'étaient pas censées faire un détour par la Floride avant de partir pour Cuba, cela n'était pas prévu et elles n'avaient d'ailleurs pas évoqué ce projet avec lui. Goran commença à taper sa réponse lorsque ses yeux furent attirés par une nouvelle notification qui venait d'apparaître sur l'écran. C'était Raja. Elle lui avait laissé un message vocal deux heures plus tôt, et son smartpad n'avait pas sonné. Goran pesta contre le réseau téléphonique mexicain défaillant, avant de se souvenir qu'au moment de l'appel, il se démenait avec un rêve totalement délirant. Et que l'appareil était programmé pour se mettre de lui-même en mode silencieux pendant la nuit. Il approcha le smartpad de son oreille.

Salut Goran. J'espère que tu vas bien. Je t'ai envoyé un SMS hier… En fait, les filles ont juste voulu faire un détour par Miami pour jouer aux touristes, donc rien d'inquiétant. Elles prendront le ferry pour La Havane vendredi prochain, mais, franchement, elles auraient pu nous prévenir avant de décider ça toutes seules. J'imagine qu'avec l'adolescence, ça ne va pas s'arranger tout ça… Il faudra qu'on les recadre quand même et je compterai sur toi. Je suis en route pour Genève, pour la conférence. Bon, sinon, dans trois ou quatre jours, je vais retrouver les filles au Centro pour au moins une semaine, ça me fera du bien de prendre des vraies vacances, de passer du temps avec Maman et Théau et de débrancher du boulot. Ça me ferait très plaisir que tu nous rejoignes là-bas, si c'est faisable pour toi. Je t'embrasse Goran… Tu me manques.

Goran sourit largement en réalisant qu'il venait de décider en une fraction de seconde d'abréger son séjour au Mexique pour se rendre, lui aussi, au Centro. Il rédigea un SMS à Raja pour lui expliquer qu'il n'avait pas touché terre depuis son arrivée et qu'il était désolé de ne pas lui avoir répondu plus tôt. Il précisa qu'il s'envolerait pour Cuba samedi ou dimanche prochain et qu'il l'embrassait. Fort.

Goran passa la main sur son menton recouvert d'une barbe de quinze jours. Il ne s'était pas rasé depuis son départ de Brooklyn au début du mois et, Raja l'appréciant barbu, il décida de laisser pousser ses poils jusqu'à nouvel ordre. Il se leva du banc, fourra son smartpad dans sa poche de jean et traversa la cour pour retourner au réfectoire. En entrant, il aperçut Carlos et Robert en train de déjeuner. Il se resservit une tasse de café avant de les rejoindre.

— Bien dormi les gars ?

Carlos hocha la tête avant de replonger dans son assiette d'œufs brouillés, de patates et de saucisses. Goran savait que l'estomac du brésilien, directeur régional de MyEn sur toute l'Amérique centrale et du Sud, était à toute épreuve.

Robert, par contre, ouvrit la bouche en grimaçant :

— Bof, non pas vraiment… Je me suis battu toute la nuit avec des poulpes. C'était horrible…

Goran regarda l'assiette de son collègue américain et constata que l'appétit n'était pas là : deux tranches de tomate, un morceau de concombre. Avec un verre de lait. Il le rassura :

— Moi, c'était des bigorneaux.

Les deux hommes rirent sous le regard impassible de Carlos, occupé à mastiquer une énième fournée de calories bien lourdes. Robert reprit à l'attention de Goran :

— La réunion est à 9 heures, c'est ça ?

— Oui. On fera ça ici, dans la salle à manger.

— Et… pardon, je n'ai pas les idées claires ce matin, mais c'est quoi le sujet ?

— Parcourir ensemble le bilan financier complet de l'année dernière.

— C'est important que j'y sois ?

— Oui. Ça m'évitera ensuite de tout te répéter. Mais, t'inquiète pas, tu n'auras qu'à écouter. On ne va pas parler d'agrobiologie. Rien que des chiffres.

Son interlocuteur fit une nouvelle grimace que Goran ne parvint pas à interpréter.

Robert était ingénieur agronome, passionné de semences anciennes et, à ce titre, l'un des principaux artisans des succès rencontrés avec les variétés de maïs récemment testées sur plusieurs hectares de la coopérative. C'était également lui qui, de manière très discrète, avait procédé depuis deux ans aux premiers essais d'irrigation des plantations avec de l'eau instruite qui avait véhiculé les fréquences électromagnétiques de trois fertilisants courants, habituellement répandus sur les champs sous forme de granulés. Robert avait transmis les résultats directement à Raja, et Goran savait que ceux enregistrés sur les quatre sites testés étaient excellents : les mêmes effets pour moins de manipulations, avec une meilleure absorption par les sols et les plantes, pour zéro impact écologique. Mais cette expérimentation était restée confidentielle, uniquement connue d'eux deux chez GROW. Robert n'avait d'ailleurs jamais été à l'aise avec ces essais : utiliser les propriétés de la mémoire de l'eau pour remplacer des fertilisants lui paraissait être une prise de risques énorme compte tenu de la surveillance dont GROW faisait déjà l'objet de la part des industriels.

Carlos consulta une information sur l'écran de son smartphone et se tourna vers Goran.

— Alors, la tempête solaire va arriver ici vers 11 h 30, c'est ça ?

— Oui. Mais le courant sera coupé dans tout le pays à 11 heures. Histoire de protéger l'ensemble des équipements.

Carlos reposa la tasse de café qu'il venait de porter à ses lèvres.

— Et tu crois qu'il va se passer quoi ?

— Tu as lu les messages de Thomas ?

— Ouais. Mais bon, il y a toujours trop de baratin dans ses textes. Ta conviction, à toi, c'est quoi ? Ça va faire mal ou pas ?

— Ça va faire très mal. Rien qu'à voir ce que les sociétés gestionnaires de satellites ont mis en œuvre depuis hier pour les positionner dans des orbites éloignées de la Terre, ça donne une idée de ce que ça aura comme impact sur notre quotidien connecté.

— Comme ?

— À mon avis, les réseaux téléphoniques vont s'écrouler les uns après les autres. Internet va montrer page blanche pendant plusieurs jours. Si vous avez besoin d'envoyer des SMS ou des mails, c'est le moment. Pareil si vous avez des fichiers stockés autre part que sur vos appareils, assurez-vous de les uploader. Mais bon, franchement tout ça, c'est pas encore le pire…

Robert releva la tête qu'il avait tenue entre ses mains, au-dessus de l'assiette à laquelle il n'avait toujours pas touché.

— C'est quoi le pire ?

Goran inspira profondément avant de répondre.

— Le pire, c'est les prisons, les hôpitaux. Les centrales nucléaires aussi. Et si l'électricité est coupée plus de quarante-huit heures aux États-Unis, ça va être un carnage. Ils vont tous sortir leurs flingues. Sans compter qu'ils ont la plus grosse population carcérale au monde, avec deux millions et demi de prisonniers prêts à tout pour se faire la malle. Mais la situation va être explosive dans toutes les métropoles, il va y avoir des émeutes dans les quartiers sensibles, les vitrines des magasins vont voler en éclat. Et puis les gens risquent de paniquer si ça se prolonge, sans eau, sans informations, sans pouvoir téléphoner ou s'envoyer des SMS. Et vous me connaissez, je ne suis pas du genre pessimiste. Après, comme le dit si bien Thomas dans son dernier mail, on n'a plus qu'à croiser les doigts pour que tout se passe le moins mal possible.

Les trois hommes restèrent silencieux. Puis Goran but une gorgée d'eau et se redressa.

— Hé, je ne voulais pas plomber l'ambiance, les gars. Bon, on se retrouve ici dans trente minutes, à 9 heures, pour la réunion ?

Carlos et Robert hochèrent la tête et, lorsque Goran sortit de la salle à manger pour se diriger vers les toilettes, il comprit en entendant leurs voix que les deux hommes poursuivaient la conversation sur le même sujet.

Il retourna s'asseoir dehors, à l'ombre des oliviers. Un type passa, cigarillo aux lèvres, et Goran activa à son boîtier Memo2 l'émission de la fréquence EM d'une dose de nicotine. Depuis plus de dix ans qu'il avait arrêté de fumer, le désir violent d'allumer une cigarette continuait de l'assaillir régulièrement. Dans les phases de grands stress, de grosses fatigues ou de joies intenses. Il déploya à nouveau sa flextab et se força à se plonger dans les données comptables de la coopérative pour en tirer des notes et des questions, ainsi que des pistes de travail pour les prochaines années.

La réunion dura un peu plus d'une heure. Les performances d'exploitation 2029 montraient des progrès sur tous les postes, aussi bien du côté des dépenses que des recettes, et l'année 2030 était partie pour afficher des chiffres en progression. Mais, en écoutant les différents participants, Goran ne parvint pas à se départir d'un sentiment de lassitude qui le saisissait de plus en plus souvent. Il le savait, toute organisation vivait selon ses propres rythmes, faits de périodes fastes, dynamiques et pleines d'enthousiasmes, et de temps creux où la tension retombait, où le traintrain et le découragement s'incrustaient. Goran sentait que lui-même, ainsi que de nombreux directeurs de GROW étaient entrés dans cette phase depuis un ou deux trimestres. Le mois de septembre serait occupé par des séminaires de management, d'organisation et de dynamisation, au siège de la boîte, à Paris. Il y retrouverait son ami Vlad, rencontré en 2015 à Riga et qui était devenu directeur régional pour la Russie et l'Europe centrale. Il s'agissait, avec lui et les autres cadres de la société, de renouer avec une excitation, un projet commun exaltant. Pour casser le ronron d'une activité qui, depuis quelque temps, était entrée dans un rythme qui, tôt ou tard, serait préjudiciable à tous. Goran se dit qu'un stage collectif de saut à l'élastique pourrait être une bonne idée pour recharger en adrénaline l'équipe dirigeante. Il faudrait qu'il en parle à Vlad.

Après la réunion, quelques-uns des participants formèrent des groupes pour continuer à travailler sur différents axes de progrès. Robert avait préparé un point sur la rouille du blé, une maladie qui faisait des ravages en Chine et dans certains pays d'Europe de l'Est. Carlos allait de son côté présenter les chiffres d'une installation pilote située en Argentine. Goran décida de sortir, de partir marcher dans les collines, pour transpirer et achever la détoxification de son organisme.

En longeant une plantation d'agaves, il repensa au Centro, là-bas sur l'île de Cuba. Elizabeth lui avait envoyé un SMS la veille au soir, au sujet d'un jeune Indien prénommé Aditya, qu'il s'agirait d'aller chercher après voir vérifié les informations habituelles. Il décida de ne pas répondre au SMS et d'attendre son arrivée à Cuba pour travailler en direct avec Elizabeth et lui servir de traducteur.

Il se réjouissait de partir bientôt là-bas. Il avait toujours admiré la mère de Raja et ressenti le fait que lorsqu'elle déboulait quelque part, tous les regards se tournaient vers elle. Comme si Elizabeth Connor allait se mettre à briller dans le noir. Et puis, là-bas, il retrouverait aussi Théau. Ce type aux yeux étranges qui émettait de bonnes ondes. Cet homme auprès de qui il avait senti qu'il pourrait réaliser concrètement son désir d'aider, partout où cela était nécessaire, des producteurs et éleveurs étranglés par une civilisation qui, de plus en plus, les considéraient comme quantités négligeables.

En marchant ce midi-là, une heure avant que la plus grande tempête solaire jamais enregistrée atteigne la Terre, Goran se remémora son arrivée dans le corps de ferme de Théau, début 2016. Le courant était tout de suite passé entre lui et l'homme qui l'avait sauvé dix mois plus tôt, à Londres. Puis les deux premières années avaient filé en un éclair, entre les couches et les biberons, les premiers mots et premiers pas des jumelles, son premier job dans une ONG et le quotidien partagé avec Raja. Tout avait été parfait jusqu'à ce que Mona et Lisa atteignent leur cinquième anniversaire. La distance avec Raja avait commencé à s'immiscer entre eux à cette époque, quelques mois avant que Théau ne décide de tout plaquer pour s'installer à Cuba. Et voilà qu'on était en 2030. Le temps passait trop vite, Mona et Lisa lui manquaient, tout comme Raja.

Sur le chemin de retour à l'hacienda, Goran reçut un SMS de Thomas. Visiblement un envoi groupé à tous ses contacts : *Impact dans quinze minutes. Où que vous soyez, assurez-vous d'être à l'air libre, avec de l'eau et des billets de banque. À plus et bonne chance.* Il vérifia l'heure sur son boîtier Memo2 : 11 h 16. À présent, toutes les installations MyEn, où qu'elles se trouvent sur Terre, devaient être à l'arrêt, tout comme la distribution d'électricité publique ou privée. L'humanité n'avait plus qu'à retenir son souffle et prier pour que tout se passe l*e moins mal possible.*

Il était précisément 11 h 33 lorsque son smartpad bipa : l'appareil ne détectait plus aucun réseau de téléphonie actif. Goran en déduisit que le déluge d'ondes magnétiques venait de trouer l'atmosphère terrestre pour heurter la planète.

Au bout de quelques pas, il eut la vague sensation que quelque chose avait changé dans l'air ou la luminosité autour de lui. Il leva les yeux et resta cloué sur place devant le spectacle inouï qui s'offrait à lui : celui d'un ciel transformé en eau, submergé par des vagues d'ondes translucides, d'un rose violine.

ELIZABETH

La sonnerie de son portable avait mis plusieurs secondes à trouer son sommeil. D'abord lointaine, familière, Elizabeth l'avait interprétée comme un son échappé d'un rêve, avant de tendre le bras et de s'y appuyer pour se redresser. Ses yeux avaient parcouru l'espace de la chambre éclairée par la lueur de la lune. Elle s'était assise sur le bord du matelas, une main posée à plat sur ses cheveux drus, le temps de réaliser qu'il ne pouvait s'agir que de Raja. En pleine nuit.

Elle s'était levée d'un bond, avec la certitude que quelque chose n'allait pas, que sa fille avait besoin d'aide. Elle avait saisi son téléphone sur la commode et la voix de Raja lui était parvenue à l'oreille, paniquée : Mona et Lisa avaient fait un détour par Miami avant de rejoindre le Centro, à Cuba. Pour retrouver leur grande sœur, Juliette, avec qui elles avaient rendez-vous.

Elizabeth avait vérifié le cadran du réveil, 3 heures du matin, avant de bondir sur le lit pour secouer l'épaule de Théau. *Debout, les jumelles sont en Floride, sur les traces de Juliette.* Il s'était redressé, totalement lucide, avait hoché plusieurs fois la tête et s'était levé pour ramener son ordinateur portable ainsi que ses lunettes de lecture. Il avait commencé à pianoter sur les touches du clavier puis s'était tourné vers Elizabeth : *il faut qu'on y aille.*

Elle avait essayé de rassurer Raja. Bien sûr qu'ils allaient se rendre là-bas, il devait y avoir un ferry pour Miami vers 7 heures. Et puis, c'était finalement une bonne nouvelle qu'on sache où était Juliette. Il y avait juste à espérer que rien ne foire et que les filles ne se soient pas jetées dans la gueule du loup.

Théau avait repéré Mona et Lisa, grâce à leurs signatures EM, dans un hôtel du centre-ville de Miami. Il s'était mis à la recherche d'une trace électromagnétique similaire dans le même secteur, qu'il avait localisée une dizaine de minutes plus tard. La signature EM de Juliette était parfaitement identique à celle des filles et Elizabeth avait été surprise d'entendre Théau remarquer que cela n'était pas possible… Qu'avec dix mois de plus, Juliette aurait forcément dû avoir un code d'identification EM très différent de ceux de Mona et Lisa. Ils avaient alors échangé un regard long et aiguisé, réalisant progressivement et simultanément ce que cela signifiait, comme si leurs deux cerveaux en cet instant n'avaient fait qu'un : ce n'était pas Juliette qui était là-bas. C'était un troisième bébé, cette *troisième jumelle* qu'Elizabeth avait dessinée il y a bien longtemps, au début de l'année 2016, quelques jours avant que Raja ne parte pour Riga. Ce portrait à l'encre bleue qui montrait trois nourrissons sur le dos, trois petites filles âgées d'à peine quelques semaines, et qu'Elizabeth avait placé, encadré, au-dessus de la vieille table de chevet, de son côté du lit. Comme un rappel, la matérialisation d'un manque, la nécessité qu'un jour, la famille soit enfin réunie, recomposée.

Mona et Lisa avaient décidé de retrouver leur sœur aînée sans rien dire à personne… Elizabeth se fit la remarque que ses petites-filles avaient du cran. Même si elles s'étaient lancées dans cette aventure imprudemment. Et même si elles allaient au-devant d'une surprise à laquelle elles n'étaient pas préparées : la découverte d'une sœur qui leur serait parfaitement identique, qui ne serait pas Juliette, mais une réplique d'elles-mêmes. Mona et Lisa n'auraient alors pas d'autre choix que de se poser une question potentiellement perturbante quant aux conditions de leurs trois conceptions respectives. Comment réagiraient-elles en comprenant qu'elles étaient des copies, des *clones* de leur sœur aînée ?

Elizabeth était partie se doucher, laissant Théau réserver

les allers-retours La Havane-Miami pour cette journée du 14 août. Il terminait tout juste lorsqu'elle était ressortie de la salle de bains, et il s'était levé en pestant contre les formulaires à rallonges qu'il avait dû renseigner et les questions *débiles* posées par les services des douanes américaines, du type *Prévoyez-vous d'organiser un attentat sur le sol des États-Unis ?* Ils avaient ensuite chacun préparé un petit sac à dos, avec t-shirt de rechange, serviette de bain, chapeau. Dans la cuisine accolée au préau, ils s'étaient confectionné des sandwichs et avaient rempli des gourdes, rassemblé quelques fruits, avant de laisser un mot à Ophilio et Esteban sur le plan de travail, pour leur dire qu'ils étaient partis à La Havane pour la journée.

Le trajet en moto dura deux heures.

L'air de la nuit à Cuba était continuellement surprenant, constitué de couches plus ou moins chaudes et humides, de parfums et d'odeurs parfaitement dissemblables ou improbables, une sorte de mille feuilles de sensations à travers lequel ils étaient propulsés à vive allure. Elle se revit, assise sur la moto de l'homme qu'elle ne connaissait pas encore et qu'elle venait juste de rencontrer, quinze années plus tôt, en route pour rejoindre sa fille Raja, dans la clinique belge qui abritait son coma depuis plusieurs jours. Et voilà qu'elle était là, sur ce bolide à 5 heures du matin, occupée à rallier un port pour y monter à bord d'un bateau, avec comme mission de sauver les filles de Raja. Cramponnée à l'homme assis devant elle et avec qui elle partageait cette grande chaleur tapie entre leurs corps et qui réchauffait toutes ses journées.

Elizabeth avait fait son premier voyage à Cuba au milieu de l'année 2017, profitant du dégel des relations Washington-La Havane. Elle y était allée par curiosité, intriguée par l'histoire révolutionnaire du pays et encouragée par des connaissances qui avaient trouvé ce lieu magique. Avec le recul des années, Elizabeth comprenait qu'elle l'avait senti dès son arrivée dans le port de La Havane, cette évidence à la fois douce et puissante qu'elle s'installerait là, que c'était ici, sur l'île de Cuba, qu'elle poserait ses valises et qu'elle construirait sa nouvelle vie. Et pas en Europe, comme elle l'avait prévu jusque là.

Son premier séjour avait été enivrant, dans tous les sens du terme et pour chacun de ses cinq sens. La simplicité des gens et leur façon unique de se laisser aller à la joie, un sentiment très fort de solidarité que les tempêtes tropicales régulières venaient à chaque fois tester et raffermir, une communauté humaine et touchante où la musique était partout, comme un lien tendu entre chacun. Elle était restée trois semaines et repartie à contrecœur, pour revenir à la fin de l'année et commencer à chercher l'endroit où elle poserait ses valises pour démarrer une nouvelle étape de son existence. Et puis tout s'était enchainé, un premier lieu d'accueil, les premiers pensionnaires, puis le Centro, plus grand, plus beau, suivi de l'installation définitive de Théau auprès d'elle et de la formation, miraculeuse, de leur couple.

Au cours de la dernière demi-heure de route, ils transpercèrent les brumes et les lueurs de l'aube pour finir aveuglés par le soleil levant, droit devant eux. Ils arrivèrent à La Havane quarante minutes avant le départ du ferry et Théau gara la moto sur le parking du terminal *Sierra Maestra*, à quelques pas du *Castillo de la Real Fuerza*, la plus ancienne forteresse d'Amérique selon les applications touristiques pour smartpads. Les vieilles pierres, blanchies par les siècles, donnaient au port de faux airs de Méditerranée.

Une caravane de nuages lourds et gris approchait, annonciatrice d'une de ces grosses pluies du mois d'août qui pouvaient détremper des journées entières. Elizabeth guida Théau jusqu'à un bistrot qu'elle connaissait, à cinq minutes de l'embarcadère, où ils se posèrent en terrasse. Il sortit son téléphone portable en indiquant qu'il fallait qu'il parle à Esteban au sujet des batteries du Centro. Elle l'écouta discuter en anglais avec le cuisinier – dès que c'était sérieux,

Théau abandonnait son espagnol rudimentaire – et comprit qu'il s'agissait de vérifier dans la matinée que toutes les batteries étaient pleines et, si ce n'était pas le cas, qu'il fallait les recharger sur le réseau national. Les deux cafés arrivèrent et Théau raccrocha.

— C'est quoi cette histoire de batteries à charger ?

— C'est Thomas. Je l'ai eu hier au téléphone. Il m'a prévenu qu'une tempête solaire allait frapper la Terre aujourd'hui ou demain.

— D'après ce que je vois, c'est surtout une tempête tropicale qu'on va se prendre.

Théau se retourna pour contempler la masse sombre et boursoufflée de la horde de nuages qui avalait lentement le sud de la cité.

— Oui, cette tempête-là, on sait ce qu'elle va déclencher. De la pluie et des bourrasques. Mais une tempête solaire peut faire des dégâts monstres sur les réseaux électriques, les centrales et les transformateurs. Je préfère être prudent, comme ça, au moins on est sûr qu'au Centro, on ne se sera pas privés d'électricité.

Elizabeth aimait bien les discussions techniques. Elle se définissait elle-même comme totalement nulle en programmation, en physique comme en chimie et, d'une manière générale, dans toutes les matières scientifiques. Mais elle arrivait souvent à deviner les failles dans les raisonnements, même les plus complexes.

— Et pourquoi notre installation électrique résisterait à cette tempête solaire ? Tu ne crois pas que ce serait mieux de tout débrancher ?

Théau but son café en deux gorgées rapides. Il reposa la tasse, secoua imperceptiblement la tête, et regarda Elizabeth sans parvenir à réprimer un sourire spontané et désolé.

— Tu sais qu'elle est vachement bien ta remarque, Ez ?

— Ben oui. Bien sûr. Comme toujours, non ?

— Ouais. T'es quand même un peu lourde, il faut que je rappelle Esteban maintenant...

Théau expliqua au cuisinier qu'il fallait, une fois que les batteries seraient chargées, qu'il coupe avant midi toute l'alimentation électrique du Centro jusqu'à ce qu'ils soient rentrés, a priori dans la soirée. Il précisa ensuite qu'avec Elizabeth, ils comptaient sur Ophilio et lui pour gérer toute la troupe pendant leur courte absence. Il redit qu'ils étaient désolés d'avoir dû partir en urgence, mais, qu'à leur retour, ils ramèneraient Mona et Lisa. Elizabeth perçut nettement le son de la voix du cuisinier lorsqu'il cria de surprise.

Théau raccrocha après avoir répété plusieurs fois *Si*, en hochant la tête et en souriant, puis *Hasta pronto*. Il rangea son téléphone dans sa veste en jean et Elizabeth l'interrogea du regard.

— Esteban m'a dit qu'ils allaient préparer une fête pour l'arrivée des filles.

— Cool. Ça va les occuper en notre absence.

— Oui. Par contre, ils vont être déçus si on rentre sans elles.

Elizabeth confirma d'un mouvement du menton et laissa des pièces sur la table pour payer les cafés.

— On y va ?

Ils rejoignirent la file d'attente devant le ferry. Elizabeth constata que le ciel bleu avait totalement disparu : un voile crépusculaire venait de recouvrir la luminosité du petit matin.

Le contrôle des passeports et des billets ne prit que quelques minutes. Ils s'installaient côte à côte dans la vaste salle à l'avant du navire lorsqu'une pluie diluvienne s'abattit sur le port, engloutissant l'espace sous une brume d'humidité et un vacarme de crépitements.

Elizabeth se blottit contre Théau et s'assoupit plusieurs minutes, jusqu'à ce que le bateau se mette à bouger. Elle sentit le corps de Théau se raidir et lui caressa la cuisse en disant *ça va aller*. En sachant pertinemment que non, ça n'irait pas, que le mal de mer allait bientôt le saisir et ne plus le lâcher de toute la traversée. Soit environ quatre heures de calvaire. Elle s'approcha de son oreille pour lui murmurer *tu es un mec courageux*. Il opina en composant la plus belle figure qu'il pouvait lui offrir. Elle contempla la grimace sur le visage de l'homme qu'elle aimait et lui envoya un sourire attendri avant de l'embrasser sur la joue.

Au bout de vingt minutes, la pluie s'arrêta d'un coup et le soleil refit son apparition, inondant le navire d'embruns de lumière. Elizabeth s'empara de la main moite de Théau et se leva de son fauteuil. *On va prendre l'air.*

La mer étalait une surface de lac à perte de vue. Le bateau pouvait contenir trois fois plus de passagers et il ne leur fallut que deux minutes pour atteindre l'avant du ferry. L'air marin, frais, redonna des couleurs au visage de Théau. Il la tira contre lui tout en se maintenant fermement à la rambarde métallique, elle glissa une main sous son t-shirt pour la plaquer contre son flanc. Ils scrutèrent l'horizon droit devant, en silence, jusqu'à ce qu'Elizabeth parle enfin et partage avec Théau l'idée qui ne la quittait plus depuis le coup de fil de Raja.

— Tu crois que la vraie Juliette est là-bas elle aussi ?

— Oui. J'en suis certain.

— Pourquoi ?

— Parce qu'il y avait une autre signature EM, ce matin sur mon outil de géolocalisation, trop semblable à celle des filles. Et dans le même quartier.

— Ça signifie que la troisième clone et Juliette ont été élevées ensemble ?

— Oui. Probablement. Par quelqu'un qui souhaitait étudier leurs croissances parallèles.

— Quelqu'un qui avait un rapport avec Garcia alors ?

— Oui. Forcément.

Elizabeth contempla le profil de Théau, impressionnée par son calme, sa sérénité. Ils étaient en route pour une mission qui risquait d'être mouvementée, voire dangereuse, ils n'avaient aucune idée de l'endroit où ils allaient tomber, et lui, il restait de marbre, confiant.

— On fait quoi en arrivant ?

— On les rejoint là où elles seront quand on débarquera. On leur dira qu'on doit partir, qu'elles sont en danger. On verra avec Juliette et sa sœur si elles veulent venir avec nous. On improvisera. Je t'avoue que je n'ai aucune idée de ce que ces deux filles décideront ni quel sera leur état d'esprit. Après tout, elles sont certainement très heureuses là-bas, je ne vois pas de quel droit on les ramènerait de force.

— Et si ça dégénère ?

— Si ça dégénère ? On fait un petit détour par le Psycosme et on fout la gerbe et la chiasse à tous ceux qui nous emmerdent.

— Il est pas mal ton plan. Ça me plait. On va pouvoir se défouler.

Le sourire qu'elle lui envoya était totalement sincère, honnête. Elizabeth aimait les situations de crise, de celles qui nécessitent qu'on en vienne aux mains. Les épisodes de tension extrême avaient souvent du bon, ils pouvaient révéler des choses étonnantes sur soi-même et sur les autres. Ils n'excluaient pas, par contre, de devoir encaisser des coups et que ça fasse mal. C'était ça la vie, aller de l'avant, ne pas tout calculer d'avance et, parfois, s'en prendre plein les dents. Avant de se relever, renforcé, prêt à se défendre encore un peu mieux ou à frapper plus fort.

Elizabeth finit par s'asseoir sur un banc, face au soleil. Théau resta accroché à sa rambarde.

Le ferry traçait sa route vers le nord, sans bruit ni fumée, et Elizabeth concentra son attention sur la mer à tribord ainsi que sur les bateaux à voiles ou à moteur qu'elle distinguait au loin. Il lui sembla apercevoir quelque chose qui aurait pu passer pour le dos d'une baleine, puis ses pensées se reportèrent sur le Centro. Sur cet endroit qu'elle avait patiemment créé, en partant de rien, et qui à présent lui ressemblait et abritait tout ce qui était important pour elle. Elle en avait fait un refuge, un lieu humain, d'amour et d'autorité, d'humilité et d'intelligence. De tolérance et de foi en l'homme. Elle repensa à chacun de ses pensionnaires, à chacun de ses fils qu'elle était allée chercher aux quatre coins du monde, après les avoir repérés dans le Psycosme. Et elle repensa à toute la souffrance qu'elle avait toujours ressentie en chacun d'eux, avant qu'elle aille les arracher à ces mondes qui ne voulaient plus d'eux. Elle revit en esprit le sourire incroyable d'Aditya et se sentit désolée de ne pas pouvoir s'occuper de lui tout de suite. Il fallait continuer de tout apprendre de sa situation familiale, et poursuivre la collecte des informations qui leur permettraient d'organiser une mission de sauvetage. Plus tard.

Elizabeth n'aimait pas quitter son île. Elle se sentait en territoire ennemi : trop de particules fines, trop d'ondes, trop de mauvaises vibrations. Et Miami était bel et bien un des lieux qu'elle détestait le plus au monde, un endroit froid, un véritable cauchemar pour quiconque aimait les hommes et les relations simples et chaleureuses qu'ils parvenaient à tisser ensemble. Un ghetto pour riches, pour vieillards, pour malades. Le dernier bateau repartait à 18 heures, il n'était pas question de le louper.

Vers 9 heures, elle envoya un SMS à Raja pour lui confirmer qu'ils étaient sur le ferry. Ils avaient repéré les filles, ils iraient à leur rencontre dès leur arrivée.

Théau finit par se tourner vers Elizabeth, et elle constata dans son regard que son mal de mer était passé, ou du moins qu'il le contrôlait, et que cet état de maîtrise lui permettait de lancer des sourires qui ne ressemblaient plus à des rictus de douleur. Il vint la rejoindre pour s'asseoir à côté d'elle. Elle sortit un sandwich et la bouteille d'eau.

— Tu en veux ?

— Oui, j'ai soif. Mais rien que la vue du sandwich me donne la nausée.

Ce n'était pas encore le top, mais au moins, il arrivait à parler. Elizabeth but une gorgée et colla ensuite sa bouche toute fraîche contre celle de Théau, en forçant ses lèvres à s'écarter du bout de la langue. Il écarquilla les yeux puis les referma et se laissa faire pendant quelques secondes avant de se prêter volontiers au jeu. Ils rouvrirent les paupières en même temps, en clignant à plusieurs reprises, et leurs bouches se détachèrent. Ils se tournèrent à nouveau vers la mer et demeurèrent silencieux le temps de retrouver souffle et esprit.

— Ça tue !

— Ouais, c'est franchement mortel.

Théau extirpa de son sac à dos une casquette élimée et se la planta sur le crâne avant de boire une gorgée d'eau. Ses yeux se posèrent sur Elizabeth et il lui envoya un sourire totalement libéré. Elizabeth rit en constatant que, derrière ce regard et ce sourire qu'elle connaissait parfaitement bien, se cachait une idée amusante ou une blague qu'il s'apprêtait à formuler.

— Quoi, Théau ? Qu'est-ce que tu cherches à me dire ? Tu ne sais plus parler ? Tu as perdu ta langue ? Oh non, ce serait tellement dommage !

— Elles vont halluciner…

— Qui ça, Mona et Lisa ?

— Non. Juliette et la troisième *clonette*.

— Ha ça, c'est sûr ! Quand elles vont voir débouler les jumelles, elles seront sur le cul.

— C'est certain. Mais, le pire, ce sera quand elles vont découvrir la tête et la dégaine d'*Ezzie*, leur grand-mère. Là, elles seront carrément scotchées.

— Ouais. Y a intérêt !

Théau finit par piquer un sandwich dans le sac d'Elizabeth. Il le mangea lentement, perdu dans ses pensées, pendant qu'Elizabeth le regardait. Amoureusement.

Elle avait toujours su qu'ils auraient un jour une seconde chance. Ce qui s'était passé en Belgique, lorsqu'ils avaient attendu puis aidé Raja à sortir de son coma, leurs promenades sur la plage et leurs discussions, leurs baignades et ces quelques fois où ils avaient fait l'amour, tout ça, Elizabeth avait immédiatement compris que c'était de l'or en barre.

Des vrais moments entre deux personnes symétriques, conçues pour s'emboîter. Elle avait toujours su que ce ne serait qu'une affaire de temps, de bon timing. Bien sûr, elle avait été désolée d'apprendre la maladie puis le décès de Sonia et, bien sûr, elle en avait souffert pour Théau. Elle avait attendu, patiente, et avait fini par comprendre, par Raja, qu'il n'allait pas bien, qu'il s'enfonçait dans la dépression et n'avait plus envie de rien. Alors elle lui avait envoyé ce billet d'avion et il était arrivé sans poser de questions, ni à elle ni à lui-même. Il avait été tout de suite curieux de tout, excité par tout ce qu'il voyait ou sentait ou touchait. Il était reparti puis revenu, puis encore reparti et encore revenu. Et puis il n'était plus parti et ils avaient formé ce couple ensemble, une association parfaite, un corps à deux têtes, pourvu de deux cœurs battants à l'unisson. Deux amants qui dormaient nus et faisaient l'amour une ou deux fois par semaine, grosso modo. Pour des rapports sexuels qu'Elizabeth trouvait en tous points satisfaisants. Voire extrêmement satisfaisants lorsque, quinze ou trente minutes avant d'en venir aux mains, aux fesses et à toutes les parties qu'un corps pouvait compter, Théau tripotait plus ou moins discrètement son boîtier Memo2…

Elle reporta son regard sur l'homme assis à côté d'elle et qui, visiblement, était occupé à la dévisager d'un air béat.

— Quoi ?

— Quoi, quoi ?

— Ben oui, tu me fixes comme un chien amoureux. Qu'est-ce que t'as ?

— Je peux reprendre un sandwich ?

Elizabeth lui tendit son sac à dos et Théau y engouffra la main. Elizabeth en profita pour sortir elle aussi un deuxième sandwich, tout en ajoutant :

— Compte pas sur moi si tu vomis partout.

Ils se levèrent un quart d'heure plus tard pour rejoindre un banc situé à l'ombre. Ses lunettes de vue sur le nez,

Théau sortit de son sac à dos son vieil ordinateur portable et l'alluma. Elizabeth suivit, au-dessus de son épaule, le parcours du curseur de la souris sur l'écran. Les jumelles avaient quitté leur hôtel. Compte tenu du lent déplacement du couple de pastilles lumineuses le long d'un boulevard côtier du centre-ville, elles marchaient.

Elizabeth vérifia sur son billet l'heure d'arrivée à Miami. 11 h 5.

— On va accoster où ?

Théau pointa du doigt un point sur la carte, plus au nord. À vue de nez, c'était à une bonne heure à pied de l'endroit où se situaient les jumelles.

— On prendra un taxi en arrivant.

— D'accord. Et tu en sais un peu plus sur la fille qu'elles vont rencontrer ? Elle a un nom de famille, des parents ?

— Elle s'appelle Alice Banks-Melville. Et figure-toi qu'elle a une sœur aînée de 15 ans dont le prénom est *Juliet* avec un seul *t* et sans *e* à la fin. Elles n'ont pas de père adoptif d'après ce que NoT a réussi à remonter comme information, mais leur mère, Victoria Banks-Melville, est une milliardaire très influente, à la tête d'un des fonds d'investissement les plus puissants au monde. Elle est spécialisée dans les bio et nanotechnologies, et elle est connue pour ses prises de position en faveur d'un libéralisme extrême qui autoriserait toutes sortes d'expérimentations scientifiques pourvu qu'il y ait un marché potentiel derrière.

— Mouais… Donc, cette Victoria Machin-Chose ne serait pas contre le clonage. C'est ça que tu penses ?

— Oui, exactement. À mon avis, elle était déjà là en 2015, et il n'est pas impensable qu'elle ait été à l'origine de XY-Labs. Je ferai des recherches approfondies en rentrant ce soir…

Théau replongea son regard dans l'écran, en pianotant sur les touches du clavier.

Elizabeth refit un tour du bateau pour se dégourdir les jambes. Les côtes de Floride étaient en vue, le ferry longeait à présent le pont interminable qui reliait le chapelet des îles Keys les unes aux autres, jusqu'à Miami. Elle eut un flash d'images surgies d'un lointain passé, celles d'un voyage avec Azul dans les îles anglo-normandes. La conscience du père de Raja était toujours présente dans le Psycosme, comme une antique attention bienveillante qui lui envoyait des signes de plus en plus ténus. Le Psycosme n'était pas la vie éternelle, là-bas aussi le vieillissement existait. Il se matérialisait par l'affaiblissement progressif de l'énergie qui permettait aux capsules de consciences de se maintenir connectées, organisées, attentives. Comme ici, tout avait une fin dans le Psycosme. Et c'était bien comme ça.

Pour Elizabeth, atteindre 60 ans avait été quelque chose d'irréel, d'abstrait. Elle se sentait toujours comme un être en devenir, une gamine qui avait toute la vie devant elle. Une petite Galloise perdue dans Paris, Brooklyn ou Cuba. Son corps continuait de bien fonctionner et les années derrière elle formaient une sorte de traîne d'étoiles filantes, où ses souvenirs les plus anciens s'estompaient peu à peu, tout comme la conscience d'Azul. L'essentiel était d'entretenir le feu quotidien, la lumière du présent et tout ce qu'il restait possible de faire plus tard.

Elle vint se rasseoir à côté de Théau environ vingt minutes avant l'arrivée. Il affichait une mine concentrée.

— Tu as vérifié la position des filles ? Elles sont où ?

— Elles sont restées assez longtemps sur une plage, probablement à l'endroit où elles avaient rendez-vous. Elles sont maintenant dans une maison, celle où j'ai repéré les deux autres signatures. Chez Juliette et sa frangine.

— OK. Donc on va directement là-bas, c'est ça ?

— Oui.

Théau fourra l'ordinateur dans son sac puis se leva. Elizabeth le regarda rejoindre la rambarde et ne put s'empêcher de le trouver attirant. Elle quitta le banc à son tour et fit les quelques pas qui la séparaient de Théau pour se coller contre lui et contempler le paysage de buildings et de palmiers qui s'approchait d'eux, tel un mirage de béton au milieu d'un désert d'eau. D'une pression sur le bras, elle capta son attention.

— Théau. Ça va être chaud pour les filles. Pour Mona et Lisa.

— Comment ça ?

— Elles s'attendent à découvrir leur sœur aînée, Juliette. Le fait qu'il existe une troisième jumelle, je ne pense pas que ce soit dans leur plan…

— Oui. Mais franchement, je ne sais pas lesquelles de ces quatre filles sont les mieux préparées à ce qui est en train de se passer. Chacune va halluciner en découvrant les deux autres. Elles vont toutes comprendre des choses qui vont remettre en question leur existence jusqu'à maintenant, leurs certitudes. Comment elles se sont construites et qui elles sont.

Elizabeth réalisa en écoutant Théau qu'il avait passé une grande partie de la traversée à penser aux filles, à ce qu'elles allaient ressentir en se découvrant les unes et les autres, à ce que pourraient être leurs réactions. Alors qu'elle-même ne s'était pas posé de questions, prête à foncer dans la mêlée et à improviser, lui s'était concentré sur le sujet pour affronter toutes les éventualités… C'était beau la complémentarité.

Théau reprit :

— Je pense que c'est Juliette qui va le plus accuser le coup. En découvrant Mona et Lisa, elle va réaliser qu'elle a trois copies d'elle-même, je ne sais pas comment on peut réagir à ça. Et, à mon avis, les trois clonettes seront en phase, soudées. Fortes.

— Pourquoi tu penses ça ?

Théau tourna légèrement son buste vers Elizabeth tout en remontant une main sur son épaule.

— Parce qu'une copie ne peut pas rejeter une autre copie…

Elizabeth fronça les sourcils, serra la mâchoire et affronta le regard de Théau.

— Je n'aime pas ce mot, *copie*. Elles ne sont pas des copies, elles sont des personnes uniques.

— Oui, tu as raison, Ez. Chacune est unique, et se sent unique. Même si elles se ressemblent toutes prodigieusement. Mais le mot *copie* est là, tapi dans l'esprit de tout le monde, car elles sont issues de la reproduction parfaite de Juliette.

— OK. Donc, il faut espérer que Juliette sera costaud, qu'elle supporte bien le choc.

— Oui. Et c'est là que tu interviens. Tu es sa grand-mère maternelle, tu es la première personne qu'elle va rencontrer qui est de sa *vraie* famille. Il faut qu'elle t'accepte, qu'elle t'adopte. Sinon, on la perdra.

Elizabeth reporta son attention sur les bâtiments du port de Miami, en serrant les lèvres. Oui, la situation était explosive, mais il n'y avait pas d'alternative, aucun choix à faire. Il fallait y aller, protéger Mona et Lisa coûte que coûte et les ramener à l'abri, à Cuba. Si possible avec leurs sœurs. Pour les détails, ils improviseraient sur place. En tout cas, elle avait hâte de rencontrer et connaître Juliette... Elle ne serait pas étonnée que sa petite fille sorte du moule, qu'elle soit un peu déjantée. 15 ans, c'était le bon âge pour commencer à se désincruster des voies trop bien tracées et faire des conneries, plus ou moins maîtrisées.

Théau reprit :

— Ce serait peut-être bien d'envoyer un SMS aux jumelles... Histoire de leur dire qu'on vient les chercher. Pour qu'elles se préparent. Non ?

Elizabeth opina en affichant un léger sourire et Théau s'empara de son téléphone pour saisir un court message. Il l'envoya et remit l'appareil à sa place, dans une poche de son jean. Dans la queue pour quitter le bateau, elle rédigea un SMS à l'attention de Raja pour la prévenir qu'ils étaient arrivés à Miami et qu'ils seraient avec les filles dans moins d'une demi-heure.

Ils se dirigèrent vers la file de taxis qui attendaient devant l'embarcadère et montèrent à l'arrière d'une berline blanche imposante. Théau indiqua une adresse au chauffeur, en forçant volontairement son accent français, histoire d'être certain que le type n'essaierait pas d'engager la conversation. L'air dans l'habitacle était imprégné d'un parfum entêtant, un mélange de menthe et de vanille, et une Sainte Vierge trônait au centre du tableau de bord, accompagnée d'un chapelet en imitation de bois d'olivier, suspendu au rétroviseur. Théau ressortit son téléphone de sa poche après que celui-ci eut émis un petit bip.

— Zut. Mon SMS à Mona est revenu en erreur.

— Ça dit quoi ?

— Rien d'autre que *delivery failed.* Elle ne peut pas recevoir mon message apparemment.

— Essaie avec Lisa, non ?

— Bof, ça fera pareil. À mon avis, elles sont dans un endroit qui dispose d'un brouilleur d'ondes. Ou d'un système de sécurité qui repousse les numéros non autorisés.

— OK. Ben, comme ça, on leur fera la surprise.

Le chauffeur, visiblement contrarié de ne pas pouvoir discuter, augmenta le son de la radio puis se contenta de hocher la tête en écoutant la voix d'un prédicateur religieux survolté, dont les fins de phrases étaient ponctuées de clameurs hystériques.

La température avoisinait les 18° dans la voiture.

— On va choper la crève, ça caille.

— Oui, Ez. Bienvenue au pays de la clim.

Elizabeth sortit un pull-over qu'elle enfila en envoyant des coups d'œil rageurs dans le rétroviseur. Théau consulta l'écran de son boîtier Memo2.

— Les filles sont toujours là-bas. On est bientôt arrivés.

Elizabeth laissa son regard défiler sur le décor d'une métropole moderne qui respirait la richesse et l'insouciance, sur les passants en débardeurs, shorts et jupettes. Trop blonds, trop bronzés. Trop gros. Peu avant d'arriver, elle distingua à une cinquantaine de mètres, dans une rue adjacente, une silhouette qui jurait dans le décor, celle d'une zonarde avec une crête rousse, t-shirt et jean déchirés. L'aperçu ne dura que quelques secondes, mais la vision des godasses rouges de la fille la fit largement sourire. Elizabeth décida que cette vision furtive qui lui rappelait sa propre jeunesse ne pouvait être qu'un bon présage pour la suite des évènements.

Le taxi s'arrêta et Théau tendit au chauffeur ce qu'il fallait de dollars pour régler la course. Elizabeth s'expulsa de la voiture en claquant la porte, puis fit quelques pas en retirant son pull. Théau sortit à son tour et se débarrassa de sa veste qu'il mit en boule et fourra dans son sac à dos.

— C'est où ?

— Par là.

Théau indiqua le bas de la rue. Ils descendirent la voie sur une douzaine de mètres et s'arrêtèrent à un carrefour. Le quartier, écrasé par une chaleur avoisinant les 40°, était totalement figé, silencieux et sans relief, rutilant. Le bitume de la route miroitait. De chaque côté de la rue, les propriétés étaient fermées par des murs de deux mètres de haut, surplombés de drones ou de caméras de surveillance. Elizabeth se fit la remarque qu'elle se promenait à l'intérieur d'un prospectus publicitaire pour milliardaires à la recherche d'un ghetto pour riches. À droite, une route partait vers la mer et l'on distinguait tout au bout un ponton, des yachts amarrés.

Ils prirent une allée moins large, sur la gauche.

— C'est un plus loin, à vingt mètres, sur le côté droit.

— On y va et on sonne. C'est ça le plan ?

— Oui Ez. Je ne vois pas trop ce qu'on pourrait faire d'autre.

Elizabeth s'arrêta en posant une main sur le poignet de Théau. Elle enroula ensuite ses bras autour de son cou et colla son torse contre le sien.

— Embrasse-moi.

Théau lui sourit en plaquant les paumes autour de ses hanches, sous le tissu du débardeur, et ils échangèrent un baiser qui extirpa Elizabeth de l'angoisse qui l'avait saisie en sortant du taxi.

— Ça va le faire, Ez. On sonne, on dit qu'on est les grands-parents de Mona et Lisa. Qu'on vient les chercher. Tout simplement.

Elizabeth aurait alors voulu dire à Théau que, non, ça n'irait pas, que ce serait plus compliqué que ça. Mais il le savait déjà, elle en était certaine.

Ils marchèrent main dans la main jusqu'à un portail métallique noir imposant, au-dessus duquel un drone de la taille d'une pastèque était punaisé dans l'air, parfaitement immobile et silencieux. Il y avait trois interphones avec écrans, incrustés dans le mur d'enceinte.

— Banks-Melville. C'est là.

Théau appuya sur le bouton d'appel. Elizabeth reporta son attention sur l'appareil en vol stationnaire au-dessus de la grille, et il lui sembla que la microcaméra qui le coiffait avait pivoté vers elle. Une voix de femme ou de fille se fit entendre, suivi d'un silence et de ce qui ressemblait à des bruits de pas. Puis un timbre d'homme résonna.

— *Yes ? What do you want ?*

Elizabeth s'approcha de l'interphone et, en anglais, annonça qu'elle était la grand-mère des deux Françaises, Mona et Lisa, et qu'avec Théau, leur grand-père, ils devaient les récupérer pour aller déjeuner en ville et continuer leur visite de Miami en famille. Qu'elle ne voulait pas déranger, mais qu'elle n'avait pas pu prévenir les filles car leurs smart-pads ne répondent pas. La voix de l'homme annonça qu'il venait les accueillir.

Quelques secondes plus tard, le portail s'entrouvrit et Elizabeth entendit des pas approcher dans du gravier. Elle passa devant. Un jardin tropical apparut, ainsi qu'une piscine en contrebas. Ils pénétrèrent dans la propriété et Elizabeth nota que le drone suivait leurs déplacements, en glissant dans l'air. Son regard pivota sur la droite, vers l'homme qui remontait l'allée dans leur direction. Un métis d'environ 30 ans, peut-être un peu moins, baraqué et athlétique, qui avoisinait le mètre quatre-vingt-dix, brun, en jean et chemise en lin passée par-dessus son pantalon, les cheveux longs rassemblés en chignon, façon catogan. Le type avançait vers eux d'une démarche assurée et Elizabeth n'apprécia pas le sourire faussement décontracté qu'il affichait. Ni ses yeux trop clairs, trop verts.

Elle s'arrêta au milieu du chemin et se retourna vers Théau.

— Lui, il est pas jardinier. Faut qu'on fasse gaffe.

Théau envoya un sourire dans sa direction, qui était également celle de l'homme qui marchait vers eux. Il saisit la main d'Elizabeth et la porta à ses lèvres pour l'embrasser et lui parler discrètement.

— T'inquiète. Je gère.

Elizabeth réalisa qu'elle aurait préféré être seule, que c'était justement parce que Théau était là qu'elle était nerveuse. Elle aurait souhaité qu'il soit ailleurs, en sécurité. Il s'adressa à l'homme, en anglais, mais cette fois avec le meilleur accent qu'il pouvait produire.

— Bonjour. Excusez-nous de vous déranger. On vient chercher Mona et Lisa.

Le type fit encore quelques pas en souriant et s'arrêta à deux mètres d'eux.

— Vous êtes les bienvenus. Les filles sont à la maison, elles s'amusent. On va les rejoindre, suivez-moi.

Ils marchèrent au milieu de l'allée bordée de palmiers et cactus géants. Elizabeth, en observant leur accompagnateur de dos, se fit la remarque qu'il pouvait avoir un pistolet dans sa ceinture, sous sa chemise.

Un 4x4 noir géant était garé sous un auvent, à côté d'une voiture plus petite, électrique. Ils passèrent devant une double porte en verre fumé et contournèrent la villa aux formes arrondies, blanche, construite sur trois niveaux. L'homme se retourna :

— On va entrer par-derrière, ce sera plus rapide.

Théau marchait à côté d'Elizabeth, l'air décontracté. Elle savait qu'il était sur ses gardes et qu'il serait capable de réagir efficacement s'il le fallait. Mais il lui manquait quelque chose d'important, quelque chose qu'elle avait, elle. De la peur. Cette peur qui avait augmenté en elle à chacun de ses pas dans les cailloux gris de l'allée. Il fallait sauter sur cet homme avant qu'il ne prenne l'avantage, elle n'avait aucun doute là-dessus. Le tout était de bien calculer son coup et de choisir le bon moment.

Ils longèrent un côté de la maison, dépourvu de la moindre ouverture et recouvert de panneaux solaires, puis tournèrent à nouveau à droite pour se retrouver le long de la façade arrière, où l'allée bordait un mur végétal formé par une forêt de bambous qui montaient à quatre mètres de hauteur. Elizabeth se retourna et constata que le drone de surveillance était toujours derrière elle. L'homme s'arrêta devant une porte en bois et posa la paume de sa main sur la surface d'un terminal de reconnaissance palmaire. Il s'écarta ensuite pour les inviter à entrer et, lorsqu'Elizabeth réalisa qu'elle aurait dû prendre l'initiative, d'un coup violent porté sur la tête ou la gorge, il était déjà trop tard : Théau avait avancé vers la porte en passant devant elle et en lui décochant un sourire confiant.

Elizabeth resta immobile pendant deux ou trois secondes, face à l'homme solidement campé sur ses jambes, les bras légèrement écartés du corps. Prêt à l'envoyer au tapis dès qu'elle ferait un mouvement vers lui. Elle estima à cet instant qu'elle n'aurait aucune chance de le neutraliser, et décida de pénétrer à son tour dans la villa. Il s'agirait, une fois à l'intérieur, de le mettre KO le plus rapidement possible. Elle entra dans le bâtiment, le type à trois mètres derrière elle, et se retrouva dans l'entrée d'un salon faiblement éclairé. Elle fit trois pas vers le fond de la pièce et se retourna en effleurant le bras de Théau, immobile et dont le visage avait perdu son sourire. En reposant ses yeux sur l'homme, elle réalisa qu'il était bien trop tard pour faire des plans sur la comète : il tenait un pistolet et le pointait dans leur direction. Il referma la porte derrière lui. Théau fit un pas vers l'homme.

— Vous faites quoi là ?

— Ne bougez pas. Je prends mes précautions, c'est tout. Vous n'avez rien à craindre si vous faites ce que je vous dis.

— Vos précautions de quoi ? Nous voulons uniquement récupérer nos petites filles.

— C'est bien ça le problème. Vous allez devoir rester ici quelque temps, bien sagement.

— Rester ici ? Il n'en est pas question. On va appeler la police vite fait.

— Vous n'allez appeler personne. Vos appareils ne vous serviront à rien. Tout ce que vous avez à faire, c'est de vous tenir tranquille.

Le type glissa une main dans la poche arrière de son jean et en sortit deux paires de menottes. Elizabeth distingua les volets roulants se fermer sur les fenêtres du petit appartement alors que plusieurs lumières électriques s'allumaient derrière eux.

— Vous allez mettre ça, ce sera un gage de tranquillité pour tout le monde. D'accord ?

Il envoya les menottes à Théau. Elizabeth s'exprima alors en français, sans détourner son regard de l'arme pointée sur eux.

— C'est pas la peine d'essayer de discuter avec lui. Il n'est pas question qu'on passe ses trucs à nos poignets, on est déjà assez mal comme ça.

— OK, on fait un détour par le Psycosme…

Elizabeth confirma d'un mouvement du menton alors que le garde recommençait à leur parler, en anglais, énervé par leur petite conversation échangée dans une langue qu'il ne comprenait pas. Théau posa discrètement l'index sur le côté de son Memo2 tout en tendant à Elizabeth une des paires de menottes. Lorsqu'elle leva le bras pour la saisir, l'espace autour du type affichait déjà la structure du Psycosme. Les briques translucides palpitaient au rythme des petites secousses de leurs apparitions successives dans la pièce, encerclant progressivement l'homme et gélifiant l'air contre lui.

— *What the fuck ?*

Théau et Elizabeth fermèrent leurs paupières. Un murmure infrabasse se forma qu'ils concentrèrent immédiatement sur l'homme. Celui-ci vacilla en criant *Stop that !*, une main plaquée contre une oreille, puis se redressa en pointant encore son pistolet sur eux. Elizabeth rouvrit les yeux et réalisa qu'il fallait augmenter la dose. Sans attendre.

Ils envoyèrent vers l'homme plusieurs secousses infrabasses très puissantes. Les briques devinrent multicolores dans l'air densifié autour de lui et, dans ses yeux verts, Elizabeth vit l'incompréhension se changer en frayeur. Il fléchit les jambes puis réussit à se redresser à nouveau, en pointant toujours le canon de son arme devant lui. Elizabeth distingua à la périphérie de son champ de vision la lueur des capsules psychiques de Théau qui irradiaient à présent autour de son crâne. Ils n'étaient ni l'un ni l'autre jamais allés aussi loin dans la matérialisation du Psycosme et de la puissance de leurs forces mentales réunies.

L'homme était résistant et suffisamment costaud pour parvenir encore à effectuer des mouvements dans l'espace compacté, aggloméré contre lui. Il pointa une dernière fois son pistolet et son index se crispa d'un coup sur la détente de l'arme qui fit feu.

Théau reçut la balle et s'écroula un mètre en arrière. Quelques dixièmes de secondes après que la détonation eut rempli la pièce et assourdi ses tympans, Elizabeth distingua une projection fulgurante, un jet de capsules luminescentes jaillir du crâne de Théau vers celui du tireur, comme une ultime attaque cérébrale, une décharge de psychomortier. Elizabeth hurla au moment où des milliers de fragments translucides et irisés explosèrent en feu d'artifice autour de la tête du type qui venait de tirer, alors que Théau s'affaissait derrière elle contre le mur. Elle regarda leur agresseur tomber lourdement au sol puis se tourna vers Théau en criant à nouveau, horrifiée de voir autant de sang sur son bras et son torse.

Elle allait se précipiter vers lui lorsque toutes les lumières dans la pièce s'éteignirent. Elizabeth se retrouva dans le noir complet et dans un silence total. Elle rampa et, à tâtons, remonta la jambe de Théau jusqu'à son buste. Elle parvint à s'asseoir, dos plaqué contre un mur, en tirant Théau à elle, de façon à pouvoir entendre le souffle de sa respiration, pour pouvoir le toucher, lui parler, l'embrasser.

— Théau, putain. Dis-moi quelque chose !

Les épaules, le cou, la tête de Théau ne bougeaient plus. Elle remonta encore son buste contre le sien et lui passa la main sur les joues, le front, dans les cheveux.

— Merde ! Tu me fais pas ça, tu restes là !

Les doigts d'Elizabeth s'arrêtèrent sur les narines, puis dans le cou de Théau, sur la jugulaire. Il respirait et l'artère battait sur un rythme qui lui parut normal. L'odeur écœurante de l'hémoglobine lui parvint d'un coup, submergeant son sens de l'odorat, et elle poussa un dernier cri pour évacuer les résidus de terreur.

Elizabeth perçut le parfum de poudre et d'arme à feu, puis entendit du bruit à l'étage, quelque part au-dessus. La tête de Théau bougea légèrement. Elle le secoua et elle distingua nettement dans l'air qu'il venait de remuer un bras.

— Théau. Ça va ?

Elle comprit que ça irait en percevant ses mouvements dans le noir. Ceux d'un homme qui se redressait lentement en testant son équilibre. Qui reprenait ses esprits. Elle le chercha à tâtons et retrouva le tissu de son t-shirt. Ses mains se collèrent à nouveau à lui et ils se relevèrent ensemble, en se cramponnant l'un à l'autre.

— Putain. Ez. C'est fini ?

— Oui. Je pense que ce connard est KO. Et toi, ça va ?

— Non. J'ai mal. Je me suis pris une balle dans le bras.

Les lumières se rallumèrent et les yeux d'Elizabeth localisèrent le corps étendu sur le sol face à elle, bras en croix et jambes écartées. Elle lâcha Théau après avoir constaté dans son regard qu'il allait bien et s'avança vers l'homme qui avait tenté de les piéger. Elle s'accroupit et s'empara du pistolet encore chaud, en flairant l'odeur âcre de l'urine qui avait inondé le pantalon du type. Elle vérifia qu'il respirait puis ramassa une des paires de menottes tombées au sol pour la lui passer aux poignets.

Elle se releva lorsque la porte d'entrée, celle qu'ils avaient franchie quelques minutes plus tôt, s'écarta. Elizabeth leva l'arme en direction de l'encadrement sur le jour et ses yeux mirent plusieurs secondes à s'accommoder à la trop forte lumière.

Au centre de l'ouverture découpée sur le mur de bambous, se dessina peu à peu la silhouette fluette d'une jeune fille coiffée d'une crête de cheveux rouges.

RAJA

Raja se souvenait d'avoir perçu pendant la nuit le bip électronique de son smartpad. Le son s'était faufilé dans son rêve et Azul avait tourné son visage vers elle, en lui souriant, pour lui dire qu'elle avait reçu un message. Il avait ensuite reporté son regard sur la plage étroite, à une dizaine de mètres en contrebas, au-delà de l'herbe sèche. De minuscules vagues venaient tour à tour se dissoudre dans le sable jaune, résignées. Raja avait longuement contemplé le profil de son père qui, par instants, faiblissait d'intensité, à la manière d'un tube cathodique épuisé. Les années qui passaient produisaient une usure, une sorte de vieillissement de ces capsules mémorielles qui, ensemble, avaient reconstitué dans le Psycosme la conscience d'Azul après sa mort. Une conscience qui continuait de recouvrir Raja d'une attention bienveillante et qui, par moments aussi, lui insufflait de la force ou l'aidait à balayer les doutes qui l'empêchaient d'avancer. Les doutes sur ses travaux, sur ses relations avec Mona et Lisa, sur le lien complexe qui la reliait à Goran. Sur la certitude qu'elle retrouverait sa fille Juliette.

Il lui avait dit : *bientôt.*

La sonnerie du réveil se déclencha à 8 heures et Raja se leva pour prendre une douche rapide. L'objectif de la matinée était simple : réserver une voiture de location et partir le plus tôt possible pour Genève, pour y arriver en début d'après-midi. Elle mit de l'eau à chauffer et, tout en sortant du frigidaire du beurre et de la confiture, elle se souvint qu'elle avait reçu un SMS pendant la nuit. C'était

Mona. Raja se rappela alors que ses filles étaient en Floride, à Miami. Elle ouvrit le message et elle comprit instantanément que la journée qui commençait ne se passerait pas comme prévu. Et qu'elle pourrait même très mal tourner.

Maman, on a retrouvé Juliette, on la voit demain matin.

Le smartpad lui était tombé des mains et Raja était restée debout, immobile devant l'évier de la cuisine, statufiée, pendant plusieurs minutes. Elle s'était ensuite tenue à deux mains sur la table avant de s'écrouler sur une chaise, saisie de vertiges, de souvenirs de chocs violents, de vacarmes de bris de glace et de torsions métalliques. Elle avait revu Juliette âgée de quelques semaines, sanglée dans son siège-auto, dans la voiture qu'elle avait conduite jusqu'à Londres, devant une grande bâtisse en briques rouges censée abriter le cadavre du père biologique du nourrisson. Juliette lui avait été enlevée et le véhicule avait été pulvérisé sans que Raja, au volant, ait pu faire autre chose que s'accrocher à sa propre vie, le corps assailli de douleurs aiguës sur tout le côté droit. Alberto était mort dix mois plus tard, exécuté froidement à Riga, sans avoir eu le temps de lui rendre l'enfant ou d'indiquer l'endroit où il était caché. Mais en laissant derrière lui deux petites filles parfaites, Mona et Lisa, clones de Juliette. Les jumelles avaient grandi avec tout l'amour que Raja avait pu leur donner, mais elle n'avait jamais réussi à se débarrasser du sentiment monstrueux qui lui faisait considérer ses deux filles comme des substituts, des copies brillantes.

Et voilà que Mona et Lisa avaient pris les choses en main et qu'elles étaient parties à la rencontre de leur sœur. Dans un lieu qu'elles avaient trouvé au terme de recherches menées sans rien dire à personne.

Raja pleura. Non pas parce qu'elle pourrait sans doute bientôt la serrer dans ses bras, non, elle pleura sur le sentiment injuste qu'elle avait toujours ressenti au sujet de Mona et Lisa. En se mettant elles-mêmes à la recherche de leur sœur disparue, les jumelles lui avaient donné une preuve d'amour ultime, définitive et violente. Elles étaient allées la retrouver pour elle. En connaissant parfaitement le risque qu'elles prenaient, de se voir davantage privé d'affection maternelle au profit de la fille aînée, trop longtemps absente.

Raja se releva pour préparer du thé. Elle se servit un verre de lait qu'elle but en plusieurs gorgées lentes. Juliette. Mona et Lisa l'avaient retrouvée. À Miami.

Elle avait toujours pensé que si elle parvenait à récupérer Juliette, ce serait en Lettonie, en Lituanie ou en Estonie. Ou en Russie, dans une famille d'accueil chargée de veiller sur elle. Mais certainement pas aux États-Unis… À cet instant de ses réflexions, tout en remplissant son bol, Raja réalisa que Mona et Lisa étaient en danger : leur sœur aînée avait forcément été élevée par quelqu'un en lien avec ce qui s'était passé à Londres et à Riga. C'était évident. Et cela risquait d'être dangereux.

Raja avala un petit déjeuner rapide, dans un état de panique générale, le souffle court, la mâchoire comprimée, observant les objets à travers un rideau de larmes. Elle tapa des poings sur la table et se leva. Elle se débarrassa du peignoir dans la salle de bains puis s'habilla en se forçant à adopter des gestes lents et mesurés, et en reprenant la maîtrise de sa respiration. Le visage de sa mère s'imposa dans son esprit comme une évidence : avec Théau, ils étaient à quelques heures de bateau de Miami. Il fallait qu'ils y aillent, qu'ils rejoignent les jumelles et s'assurent qu'elles ne courent aucun danger. Il n'était pas question qu'il leur arrive quoi que ce soit. Juliette passait après.

Raja envoya un SMS à ses filles : *Je vous aime, faites attention à vous.* Elles le liraient en se réveillant. Et ce n'était pas la peine de leur demander de renoncer à leur plan… D'abord parce qu'elles n'y changeraient rien, c'était trop tard. Mais aussi parce que ce qu'elles souhaitaient que leur mère leur dise, c'était d'y aller. De ramener Juliette.

Elle appela Elizabeth, en priant pour qu'elle décroche même s'il n'était que 3 heures du matin à Cuba. Il y eut une dizaine de sonneries, puis la voix endormie et déjà inquiète de sa mère résonna à l'autre bout du fil.

— Oui Raja. J'espère qu'il n'est rien arrivé…

— Maman. Je t'appelle à cause des filles. Elles sont à Miami.

— On est en pleine nuit là. C'est quoi le problème ?

— Je ne sais pas comment elles se sont débrouillées, mais elles ont retrouvé Juliette, elles doivent la voir aujourd'hui, ce matin.

— Putain de merde.

— Oui, comme tu dis. Putain de merde.

Raja entendit Ez réveiller Théau avant qu'elle reprenne la parole.

— Elles sont où exactement, tu sais ?

— Non, je n'en sais rien Maman. En fait, je ne sais rien à part qu'elles vont la rencontrer dans la matinée… Quelque part à Miami…

— Tu penses qu'elles ont besoin d'aide ?

Raja sentit à nouveau la panique et les larmes affluer.

— Il faut que vous y alliez. Avec Théau. Ça va forcément mal se passer.

La voix de Théau résonna au loin. Raja comprit quelque chose comme *il faut qu'on y aille*. Elle retenta de parler, mais les mots ne sortaient plus.

— Raja, on va prendre le ferry, il y en a un vers 7 heures, on sera à Miami à 11 heures. Et, d'ici là, on va tâcher avec Théau de les localiser précisément. Il a déjà branché son ordinateur. Il va les trouver.

Il y eut un nouveau silence, au bout duquel Raja s'envoya un grand sourire forcé, en ravalant un dernier sanglot.

— Merci Maman.

— Compte sur nous. Ne t'en fais pas. Tout va bien se passer, on va être sur place rapidement, il ne leur arrivera rien.

— Oui. Je me monte peut-être la tête pour rien, mais…

— Non Raja, tu as raison. Ça pourrait être dangereux. On

sait ce qui s'est passé à Riga et à Londres. Autant ne pas prendre de risques. Et puis, ça va les secouer de découvrir leur grande sœur. Il faut qu'on soit là.

— Je ne peux pas y aller. J'ai ma conférence demain à Genève. Elles font chier.

— Oui. Elles font chier. Mais elles vont peut-être réussir à ce qu'on ne parle plus jamais de tout ça. Et qu'on rencontre enfin Juliette, qu'elle sache qu'on existe et qu'on ne l'a jamais oubliée.

— Oui. Tu as raison. Merci beaucoup à tous les deux.

— Ça va aller Raja. Concentre-toi sur ta conférence, ça fait des années que tu la prépares. On s'occupe du reste.

— D'accord… Et, Maman, je vais venir au Centro, dès samedi ou dimanche. Il faut que je sois là.

— Super nouvelle. Bien sûr qu'il faut que tu sois là… Tu me dis dès que tu as les horaires d'avion. Dak ?

— Oui.

— Je te laisse, il faut qu'on bouge.

— Je t'embrasse Maman.

— Nous aussi on t'embrasse. C'est une grande journée.

— Oui. J'espère.

— Compte sur nous pour que tout se passe bien. Je te rappelle qu'on est des spécialistes des opérations de sauvetage.

— Ha oui. C'est vrai. Bises.

— Salut ma belle.

Raja contempla le smartpad après l'avoir posé sur le plateau en bois de la table, les mains à plat sur les cuisses. Ça irait bien. Elizabeth et Théau étaient des professionnels quand il s'agissait d'aller récupérer des enfants, y compris dans des endroits dangereux. Et Raja allait enfin retrouver Juliette, son bébé perdu. Rencontrer cette adolescente de 15 ans, l'aînée des jumelles. Et ce serait une nouvelle vie qui commencerait, loin de la mémoire de l'eau et de tous ses travaux qui n'avaient contribué qu'à immerger le gouffre créé par la perte de Juliette.

Raja s'habillait et rangeait sa trousse de toilette lorsque son smartpad sonna. En constatant que c'était Thomas, elle se souvint de l'article qu'elle avait lu la veille. *Solar Storm.* Elle décrocha… il l'appelait pour ça. Une éruption solaire surpuissante avait libéré une déferlante électromagnétique qui se dirigeait droit vers la planète, pour un impact prévu entre 18 et 19 heures. Thomas voulait savoir où elle serait pendant ce créneau horaire. Lorsque Raja lui confirma qu'elle serait à Genève, il parut rassuré : il fallait éviter les centres urbains, ne pas prendre de transport en commun, n'utiliser ni les ascenseurs ni même les voitures qui risquaient de rester verrouillées. Genève était une grande ville, mais c'était en Suisse, la situation serait a priori gérée posément, avec toutes les précautions possible. Il l'avertit que l'électricité serait coupée partout dès 18 heures. Raja le remercia et lui promit d'être prudente. Thomas raccrocha sans relancer la conversation, probablement pour continuer de téléphoner, d'envoyer des mails, de donner des instructions… En tout cas, il avait pris la peine de l'appeler, elle, directement. C'était gentil.

Raja prépara quelques affaires qu'elle fourra dans une petite valise à roulettes. Elle sortit de l'appartement de la rue Cler vers 10 heures, après avoir réservé en ligne une voiture. Elle se rendit ensuite en métro chez le loueur et quitta Paris à 10 h 34, après s'être bagarrée pendant cinq minutes avec l'ordinateur de bord qui voulait absolument qu'elle s'identifie avec un compte FaceApp, Google ou Baidex. Le système d'exploitation du véhicule accepta difficilement que Raja voyage en mode *non connecté* et le programme l'avertit à plusieurs reprises que de nombreuses fonctionnalités lui seraient interdites pendant son temps de conduite. Telles que la synchronisation avec son smartpad, l'accès à ses photos et à sa musique, ou encore la possibilité de repérer sur le trajet les amis à proximité ou les bonnes affaires à ne pas louper dans ses enseignes préférées. Sans oublier le passage des péages sans s'arrêter ou l'utilisation de ses paramètres habituels de conduite assistée.

Le second sujet d'énervement pour Raja concerna la programmation du GPS : le système de navigation lui proposa à plusieurs reprises de choisir l'itinéraire payant, à 4 euros, qui lui permettrait de gagner vingt minutes. Raja suggéra finalement à la machine d'*aller se faire foutre* et l'ordinateur de bord lui demanda de *reformuler l'instruction*, ce qui eut pour effet de la faire rire. Le GPS finit par afficher l'itinéraire gratuit, qui prévoyait une arrivée à Genève un peu avant 16 heures, ce qui lui convenait parfaitement.

Tout au long du trajet vers la Suisse, les pensées de Raja effectuèrent une revue complète de tout ce qui avait constitué sa vie, de tout ce qui l'avait construite. Sur ses recherches scientifiques et la grande famille rassemblée autour de Mona et Lisa, sur les moments de bonheur partagés avec sa mère et Théau, avec ses filles. Sur Goran et l'impossibilité qu'elle avait toujours ressentie de se livrer totalement, de former un couple avec lui et d'abandonner la solitude qu'elle avait adoptée comme une force, un écran protecteur, une manière de ne jamais renoncer à sa propre souffrance et à son incapacité de vivre heureuse sans Juliette. Car la douleur d'être privée de sa fille, Raja avait toujours pensé qu'elle n'appartenait qu'à elle, qu'elle était impossible à partager et qu'elle l'entraverait éternellement en la rendant incapable de placer sa confiance dans la construction d'un couple. Mona et Lisa aussi avaient dû souffrir de cette absence, de cette dureté permanente. C'était à cause de ça qu'elles avaient décidé, ensemble, d'aller chercher leur sœur, Raja en était persuadée. Pour délivrer tout le monde. Pour retrouver une maman douce, aimante, apaisée, totalement présente au lieu d'être écartelée.

Un peu après Auxerre, Raja tenta de joindre Goran, sans succès. Elle sourit en réalisant qu'il faisait encore nuit au Mexique et en se souvenant que Goran était sans doute le plus gros dormeur qu'elle ait jamais connu. Elle décida de ne pas l'inquiéter au sujet de Mona et Lisa, et lui laissa un message vocal en lui expliquant que les filles étaient à Miami pour faire du tourisme quelques jours avant de prendre le ferry pour La Havane, mais qu'elles auraient pu prévenir au lieu de planifier ça toutes seules. Elle termina en invitant Goran à la rejoindre d'ici une semaine à Cuba. Elle avait envie de le voir. Elle raccrocha après avoir ajouté : *tu me manques.*

Elle s'arrêta dix minutes sur une aire d'autoroute, le temps d'acheter de l'eau, un sandwich et des chips. Après avoir redémarré, le GPS l'avertit qu'un accident avait été détecté sur l'itinéraire restant à parcourir et que des ralentissements étaient à prévoir. L'ordinateur de bord évaluait à quinze minutes le risque de retard et suggérait de l'éviter en payant 3 euros afin qu'il calcule un trajet optimisé. Raja désactiva l'appareil en pestant contre la multinationale à l'origine de ce système d'exploitation automobile, qui était passée d'un modèle pseudo-gratuit à un business très proche du racket. Et puis, l'itinéraire, elle l'avait parfaitement en tête. Il n'y avait plus qu'à espérer que les panneaux de signalisation n'aient pas tous disparu sur la route.

Vers 15 heures, elle reçut un SMS d'Elizabeth qui l'informait qu'avec Théau, ils étaient sur le ferry pour Miami. Théau avait le mal de mer, comme d'habitude. Ils avaient repéré l'hôtel où avaient dormi les filles et pourraient les pister en temps réel grâce à leurs signatures EM. Le texte était rassurant et Raja se convainquit une nouvelle fois que tout irait bien là-bas. Quelques minutes plus tard, elle reçut un SMS de Goran qui, enfin, semblait avoir pris connaissance de son SMS de la veille et du message vocal qu'elle lui avait laissé deux heures plus tôt. Vu le style minimaliste de ses phrases, il était clair qu'il était débordé. En tout cas, il lui confirmait qu'il viendrait à Cuba dès que possible, probablement le samedi ou dimanche suivant. Et il l'embrassait.

Elle monopolisa ensuite son attention sur la conférence du lendemain. Avec en tête une certitude : elle en avait terminé avec la mémoire de l'eau. Elle ne se concentrerait plus que sur l'étude du Psycosme, cet immense territoire des possibles auquel elle avait renoncé en ne ramenant pas Juliette de Riga.

Raja trouva l'hôtel facilement, dans le centre-ville de Genève, et se gara à l'arrière du bâtiment. En rassemblant ses affaires avant de sortir de la voiture, elle se fit la remarque qu'elle n'avait constaté aucun ralentissement ou accident au cours des deux dernières heures de conduite. Elle pesta intérieurement une ultime fois contre ces systèmes de navigation qui *baladaient* les utilisateurs en leur extorquant de l'argent.

À l'accueil de l'hôtel, elle sortit sa carte d'identité au nom de Raja Connor. Des pancartes annonçaient une coupure d'électricité dans l'établissement entre 18 et 19 heures. Badge d'accès en main, elle rejoignit sa chambre, où elle brancha immédiatement son ordinateur portable.

Elle avait reçu une douzaine de mails, tous urgents. Suivant les recommandations de Thomas, elle utilisa NoT pour appeler les deux directeurs de laboratoire qui venaient d'annuler leur participation à la conférence. Malgré ses arguments, il n'y eut rien à faire, les deux responsables de tests refusèrent de revenir sur leur décision. Raja n'insista pas, comprenant qu'ils avaient subi des pressions de leurs actionnaires, publics et privés. Ils étaient totalement paniqués, prêts à reconnaître eux-mêmes que leurs travaux ne tenaient pas la route. La conférence risquait de tourner au fiasco.

Thomas lui avait envoyé un mail, à 14 h 12, pour la prévenir de la sortie d'un article dans un quotidien international, où une journaliste descendait en flèche sa publication, qu'il fallait considérer comme la *bouffonnerie du siècle* et d'*arnaque gravissime*. Le même quotidien, très bien renseigné, avait réussi à collecter des informations privées sur Louise Eiberg, qualifiée d'*imposteur* à plusieurs reprises. Cette femme n'était qu'une pseudo scientifique ne disposant d'aucun diplôme, d'aucune formation de chercheur et d'aucune expérience vérifiable dans le moindre laboratoire connu. Le journaliste concluait sur le fait que cette Louise Eiberg *n'existait probablement pas.*

Raja appela son contact à l'ONU, avec qui elle avait organisé la conférence. Il ne décrocha pas et Raja décida de ne pas lui laisser de message vocal. Comme le remarquait judicieusement Thomas dans son dernier mail, la situation était devenue sérieuse, voire grave. Raja se rendit compte à quel point Théau avait eu raison en lui conseillant d'être discrète et de ne rien dévoiler de manière aussi *brutale.*

D'après Théau, qu'elle avait bien sûr consulté à plusieurs reprises sur le sujet, le plus grand risque qu'elle courait en publiant concernait les molécules que les multinationales pharmaceutiques et chimiques avaient découvertes au fil des ans. Ces molécules étaient protégées par des brevets qui garantissaient à ces entreprises de pouvoir les exploiter sans concurrence pendant vingt ans. C'était sensiblement la même chose en matière d'engrais et de pesticides. Mais si les molécules de tous ses produits étaient bel et bien protégées, leurs fréquences électromagnétiques, elles, ne l'étaient pas. En tout cas pas jusqu'à ce que Louise Eiberg les dépose au nom de l'ONU. Ce qui avait pour conséquence de placer dans le domaine public des molécules qui pourraient appliquer leurs effets sur les corps humains ou sur les cultures agricoles, grâce à de simples enregistrements électromagnétiques copiables sur n'importe quel support numérique. Les médicaments et produits chimiques deviendraient gratuits, disponibles librement comme n'importe quel logiciel open source. Téléchargeables à volonté, sans passer par la *case Banque.* Raja se souvenait parfaitement de la dernière discussion avec Théau sur le sujet. Il l'avait conclue en lui disant qu'il craignait que cela se termine sur la *case Prison.*

Valise en main, Raja quitta l'hôtel vers 17 h 45. Les rues étaient bondées, les gens excités ou nerveux, et des policiers avaient pris position dans toute la ville, par paires. Elle se dirigea droit vers les rives du lac Léman. Pas une voiture ne circulait. Tout le monde semblait attendre la coupure d'électricité, annoncée par de multiples panneaux et affiches à chaque carrefour ou sur les devantures des magasins. Elle marcha jusqu'à un parc situé en bordure du lac et s'assit sur un banc. Face à elle, au-delà de la pelouse, une vingtaine de cabines de w.c. de chantier avaient été disposées en ligne.

Raja essaya d'appeler les deux autres responsables des laboratoires avec qui elle avait travaillé, sans succès. Elle observa ensuite les berges, avec la certitude soudaine que la conférence du lendemain n'aurait jamais lieu. Et qu'elle s'en foutait.

Quelques minutes avant 18 heures, elle reçut un SMS d'Elizabeth. Il n'était pas encore midi à Miami, la chaleur là-bas était déjà insupportable. Avec Théau, ils avaient repéré les filles, elles n'étaient plus très loin. Elizabeth lui promit de l'appeler dès qu'elle aurait du nouveau.

À 18 heures, elle entendit une exclamation monter des artères de la ville, ponctuée d'applaudissements et de cris. L'électricité venait d'être coupée. Raja suivit des yeux un groupe de musiciens qui terminait de s'installer dans l'herbe à vingt mètres d'elle. Ils commencèrent à jouer. De nombreuses personnes convergèrent naturellement vers la formation musicale qui interprétait un tube des Beatles. L'ambiance dans la ville semblait tourner à la fête, à la décontraction.

À 18 h 12, elle essaya de téléphoner à Mona, puis à Lisa, mais quelque chose empêchait la communication d'aboutir, un message préenregistré avertissait que l'appel non autorisé avait été rejeté.

À 18 h 16, elle reçut un SMS de Thomas. Visiblement un

envoi groupé à tous ses contacts. *Impact dans quinze minutes. Où que vous soyez, assurez-vous d'être à l'air libre, avec de l'eau et des billets de banque. À plus et bonne chance.* Il était trop tard pour aller à un distributeur d'argent et, pour l'eau, Raja se dit que celle du lac devrait faire l'affaire si jamais la coupure d'électricité devait se prolonger. Au pire, elle aurait mal au bide. Et pour ce qui était de sa sécurité, elle savait qu'elle pouvait compter sur la population suisse pour rester paisible, sous contrôle, même si la situation devait perdurer jusqu'au lendemain.

Raja reporta son attention un instant sur le soleil encore haut, en partie dissimulé par un nuage en forme d'os de seiche, puis sur l'enfilade de pics montagneux qui encerclaient la ville, au loin. Ses yeux se reposèrent ensuite sur la foule toujours plus dense qui s'agglomérait devant elle. Elle quitta le banc pour se rapprocher des musiciens, puis s'assit sur sa valise.

À 18 h 33, Raja perçut un murmure se propager autour d'elle, qui se changea rapidement en brouhaha. À la fin du morceau, les musiciens sortirent leurs portables pour vérifier de leurs yeux ce qu'ils venaient de comprendre en observant les gens autour d'eux et en interceptant quelques mots échangés. Raja extirpa elle aussi son smartpad de la poche de son jeans et un rapide coup d'œil sur l'écran lui confirma que l'appareil ne captait plus aucun réseau téléphonique. La tempête solaire venait de frapper la Terre.

Des camions et camionnettes de l'armée sillonnaient les avenues à faible allure. Ils distribuaient de l'eau en bouteille et répondaient aux questions que les gens leur posaient. Une sirène de pompier résonna au loin et le regard de Raja fut attiré de l'autre côté du lac par la colonne de fumée qui s'échappait d'une voiture en proie aux flammes.

À 18 h 40, plusieurs dizaines de milliers de voix nourrirent une clameur unique, effarante, formée d'exclamations de frayeur ou d'admiration. Toutes les têtes se tournèrent vers le ciel devenu liquide, pour s'émerveiller d'un défilé hallucinant d'aurores boréales. Alors, partout, les hommes et les femmes se mirent à pleurer, à rire ou à crier. Les artères de la ville se vidèrent et la foule gigantesque, coagulée, se figea dans les parcs, le long des rives du lac. Des gens se donnèrent la main et beaucoup s'assirent ou s'allongèrent pour contempler le spectacle hypnotique des voiles de couleurs émeraude, prune et indigo glisser dans l'atmosphère, comme s'ils étaient agités par un souffle ou déformés par les vagues timides d'un ciel d'aquarelle.

À 19 heures, le courant électrique ne revint pas.

MONA ET LISA

Les filles avaient programmé leur réveil pour 8 h 30.

Sitôt debout, elles se douchèrent à tour de rôle puis s'habillèrent en silence. Elles découvrirent en même temps le SMS de leur mère reçu pendant la nuit : *Je vous aime, faites attention à vous*. Mona et Lisa échangèrent un regard en comprenant qu'elles ressentaient la même chose : le désir de ne plus être à Miami, de rentrer chez elles, en famille, d'être avec Raja, Goran, Ezzie et Théau, l'envie de se retrouver à Cuba aussi, au Centro, et de se laisser happer par le quotidien chaleureux, créatif et délirant que tout le monde partageait là-bas… Mais pas sans Juliette.

Quelques secondes après être entrées dans la salle à manger, l'application de l'hôtel s'imposa sur l'écran de leurs smartpads pour afficher les choix habituels, à savoir thé ou café, lait, jus d'orange, si elles voulaient des céréales, des fruits, des œufs, des toasts, etc. Elles s'assirent et firent leur sélection, amusées de constater qu'elles étaient toutes les deux affamées. Elles validèrent leurs commandes et posèrent les smartpads dans un mouvement impeccablement synchronisé. Une employée les servit, en plusieurs allers-retours lents, et les filles ne lui accordèrent aucune attention, totalement accaparées par l'absorption méthodique de leur première fournée calorique de la journée.

Leurs pensées se concentrèrent sur leur rendez-vous de 10 heures, avec Alice/Juliette… Avec cette grande sœur qu'elles étaient venues chercher dans l'espoir non seulement de nouer le contact, mais aussi de pouvoir repartir de Miami avec elle, pour la présenter à toute la famille, à Cuba. Oui, c'était ça le projet des filles, de faire la surprise à tout le monde et de démontrer qu'elles étaient capables de réaliser des prodiges, d'organiser des voyages en avion, de réserver des nuits d'hôtel et de retrouver des personnes disparues. Toutes seules, comme des grandes.

— Terminé ?

— Oui. Pareil pour toi ?

— Ouais. On remonte, on prépare nos affaires et on y va ?

— *Yep.*

De retour dans leur chambre, les filles remplirent chacune un petit sac de plage avec casquettes, pulls, bouteilles d'eau, jeans et maillots de bain. Sans compter leurs papiers d'identité et leurs smartpads. Elles temporisèrent ensuite, allongées côte à côte sur le grand lit, les yeux perdus dans l'observation d'un plafond immaculé.

— Ce serait peut-être mieux qu'on ne lui parle pas tout de suite de Juliette ?

— Tu veux dire qu'on ne lui explique pas qu'elle est notre sœur aînée ?

— Ben oui. On pourrait juste lui raconter qu'on est en vacances, que quelqu'un nous a dit qu'elle nous ressemblait trop et qu'on avait envie de vérifier.

— Et que c'est pour ça qu'on est allées à la plage hier ? Ouais, c'est pas mal comme idée. Pour enclencher la conversation et pas trop la flipper… Plutôt que de lui balancer franco : tu es notre frangine, tu as été kidnappée par des méchants et toute ta vie est un mensonge.

— Ouais. Et que tu vas découvrir ta vraie mère et toute une bande de barjots qui parlent avec les morts, repèrent les gens avec leurs traces électromagnétiques et se téléportent quand ils ont envie d'aller faire un tour n'importe où sur la planète.

— Et aussi que tu vas trop kiffer ta grand-mère qui

s'occupe d'une école de garçons mutants qui brouillent les ondes ou sont capables de fouiller dans les données de ton téléphone avec leur force mentale.

— Ouais, on va pas lui dire tout ça. On va y aller mollo…

— T'as raison, sinon elle va avoir les boules et on va la perdre…

Elles rirent très fort et se défoulèrent quelques minutes dans un combat de chatouilles endiablées, à grands cris. Où, à force de contractions abdominales, il y eut quelques salves de petits prouts, *trop mignons*, qui les firent s'esclaffer de plus belle. À 9 h 30, elles arrêtèrent leur jeu et quittèrent la chambre après l'avoir observée du pas de la porte, satisfaites de laisser l'endroit dans un tel bordel : le lit avait explosé, draps et oreillers projetés en tous sens, et leurs deux valises éventrées au milieu de la pièce semblaient avoir été fracturées et soumises à une fouille rapide par un cambrioleur paniqué.

— On rangera en rentrant.

— Ouais. Ou pas.

Elles dévalèrent les marches jusqu'à la réception en criant et se calmèrent en traversant le hall de l'hôtel, où toutes les têtes se tournèrent vers elles lorsqu'elles firent claquer la porte d'accès à l'escalier, ouverte trop violemment.

La chaleur implacable de l'extérieur les assomma et les renvoya au sérieux de leur mission, à l'importance de cette journée hors du commun. Elles fouillèrent chacune dans leurs sacs pour en sortir leurs casquettes et se mirent en route vers la plage où elles avaient rendez-vous vingt minutes plus tard.

Mona et Lisa marchèrent à un rythme soutenu. En chemin, elles croisèrent trois voitures de police qui roulaient à faible allure, vraisemblablement occupées à patrouiller dans le centre-ville comme elles le faisaient tous les jours. Elles longèrent la côte durant les cinq dernières minutes du trajet, en regardant les gens qui se baignaient ou doraient au soleil. Elles arrivèrent devant la porte d'accès à la plage privée deux minutes avant 10 heures, où elles attendirent en plein soleil pendant un instant avant de rejoindre l'ombre protectrice d'un palmier, de l'autre côté de la route.

Cinq minutes plus tard, un 4x4 noir se gara quelques mètres devant elles. Mona et Lisa restèrent immobiles et suivirent des yeux Alice et son accompagnateur jusqu'à ce qu'ils rejoignent l'entrée du club privé. Les jumelles se levèrent et firent ensemble un signe de la main vers Alice, en l'appelant. La jeune fille se retourna et leur adressa un sourire forcé alors qu'elles traversaient l'avenue pour se porter à sa rencontre.

— Vous êtes Mona et Lisa, c'est bien ça ?

— Oui. C'est nous qui t'avons envoyé les messages hier soir.

Les jumelles s'immobilisèrent deux mètres devant Alice et l'homme en retrait derrière elle. Mona réactiva la conversation avant que le silence s'installe pesamment.

— Merci d'avoir accepté de nous rencontrer. On était curieuses de faire ta connaissance, on a croisé quelqu'un qui nous a dit qu'on avait un sosie, ici, sur cette plage, et on est venues hier pour essayer de t'apercevoir.

— Et on t'a vu. C'est hallucinant comme tu nous ressembles.

Alice retira ses lunettes et plissa les paupières. Elle observa Mona et Lisa l'une après l'autre, puis afficha un large sourire en tendant la main.

— C'est qui Mona ?

Mona se débarrassa de sa casquette et tendit la main à son tour :

— C'est moi. Avec les cheveux courts…

Alice et Mona se serrèrent la main en se dévisageant l'une l'autre, puis Lisa retira également sa casquette et fit un pas, main tendue. Ce fut son tour d'offrir son visage à Alice.

— Donc toi, c'est Lisa.

— Yep. Avec les cheveux plus longs. Et un meilleur Q.I.

aussi…

Mona remit sa casquette en ricanant :

— Oui, pour le Q.I., peut-être, mais Lisa a un caractère de chien. En fait, elle a pas d'amis.

Les trois filles partagèrent un rire spontané qui les libéra de la tension qu'elles avaient ressentie jusqu'à leur rencontre. Ce fut Alice qui renoua le fil des présentations :

— Pour des Françaises, vous parlez super bien anglais…

— Ouais, notre mère est à moitié américaine. Et notre père parle plusieurs langues.

— On se débrouille pas mal aussi en espagnol et on apprend l'hindi.

— L'hindi ? Et pourquoi pas le chinois ?

— Notre père est amoureux de l'Inde. Et on trouve ça marrant de parler indien. Ça change !

L'homme qui accompagnait Alice fit un pas vers l'entrée du club et leva le bras pour placer son smartpad devant un détecteur. Un déclic se fit entendre et il poussa la porte en s'écartant. Alice remit ses lunettes de soleil et invita Mona et Lisa à entrer.

— On rentre ? On pourra boire un truc et se baigner en discutant. D'accord ?

— Oh oui, merci Alice !

Mona et Lisa passèrent la porte sans un regard pour l'homme. Elles accompagnèrent Alice le long d'une piscine où six dames faisaient des exercices dans l'eau en écoutant les indications d'un moniteur d'une trentaine d'années. La plupart des visages se tournèrent vers les trois adolescentes pour les suivre jusqu'à ce qu'elles s'arrêtent devant quatre sofas et une table basse installés au fond du club, côté plage. Alice s'assit et enleva ses chaussures de sport en invitant Mona et Lisa à faire de même. Le sable était frais à l'ombre du parasol et l'ambiance se changea d'un coup en quelque chose qui évoquait des retrouvailles entre copines.

— Vous voulez boire quelque chose ?

Mona et Lisa précisèrent en même temps *un jus de fruits* et

Alice les observa à tour de rôle en affichant un sourire qui devait probablement être le plus large qu'elle pouvait produire.

— Vous faites tout le temps ça ?

Les jumelles répondirent *quoi ?* à nouveau simultanément, avec la même mine étonnée, spontanée, et Alice s'esclaffa en rebondissant sur le coussin de son sofa.

— Ben ça : de dire la même chose en même temps, avec la même expression !

Mona et Lisa échangèrent un regard à la fois amusé et désolé avant de se tourner à nouveau vers Alice en ouvrant leurs mains et sans plus oser prononcer un seul mot, ce qui eut pour effet de déclencher un nouveau rire.

— OK, j'ai compris les filles. On va faire autrement. Tu veux boire quoi, Mona ?

— Un jus d'orange.

— Et toi, Lisa ?

— Un jus de pomme.

Alice observa les jumelles à tour de rôle, en souriant et en hochant la tête, puis se leva et marcha jusqu'au bar où l'homme qui l'accompagnait buvait un café. Elle s'adressa au serveur pour commander et revint s'asseoir face aux filles. Lisa ayant décidé de ne plus rien dire, Mona posa la question qui lui brûlait les lèvres depuis qu'elles étaient entrées dans le club privé :

— C'est qui l'homme avec toi ?

— C'est Murdoch, c'est lui qui s'occupe de moi quand ma mère est absente. Il me conduit où je veux, il prépare les repas et il s'assure que tout va bien. Pour ma sécurité, tu vois ?

— Ta mère n'est pas là ?

— Non, elle ne rentrera que ce week-end. Elle bosse en Californie la plupart du temps et se déplace beaucoup dans le pays et même en Europe ou en Asie… Et vous, vous vivez en France, c'est ça ?

— Oui, à la campagne, dans un coin paumé.

— Ils font quoi vos parents comme boulot ?

— Maman est chercheuse en biologie, son labo est dans notre maison. Et notre père travaille pour GROW, une société de conseil pour les producteurs. Il est toujours en déplacement, à l'étranger.

— Et vous êtes en vacances, c'est ça ?

— Oui, on est juste venues quelques jours à Miami avant de partir à Cuba, chez notre grand-mère.

— Cuba ? J'adore ! On a un bateau et on y va une ou deux fois par an. C'est pas loin en fait.

— Oui. On va prendre le ferry, demain. Et là-bas, on va retrouver nos parents pour deux semaines avant de rentrer en France.

Un serveur apporta les boissons qu'il posa sur la table basse. Lisa se redressa pour verser le jus de pomme dans son verre et Mona comprit qu'elle pouvait à présent la laisser parler à son tour.

— Et ta mère elle fait quoi ?

— Elle gère un fonds d'investissement avec des participations dans pas mal de grosses sociétés. Elle m'explique ce qu'elle fait, c'est passionnant. Ça marche bien pour elle, mais elle n'arrête jamais…

— Et ton père ?

Mona se redressa à son tour pour se servir à boire, en s'efforçant de rester détendue, comme si cette information était aussi banale que les autres. Le visage d'Alice ne montra aucun indice de contrariété ou de gêne lorsqu'elle répondit à la question de Lisa.

— Je n'ai pas de père. Enfin, si, j'en ai forcément un, mais je ne le connais pas.

— Il n'est pas resté avec ta mère ?

— En fait, j'ai été adoptée quand j'avais quelques mois. Mes parents biologiques sont morts dans un accident de voiture, quelque part en Russie d'après ce que ma mère m'a expliqué.

— Pardon. Désolé.

— Non, y a pas de problème. Je l'ai toujours su et ma mère s'occupe très bien de moi. Je ne manque de rien, je suis heureuse. À mon avis, j'ai même beaucoup de chance. Et puis c'est comme ça, on ne peut rien y faire de toute manière…

Mona et Lisa avaient absorbé cette information comme une délivrance finale, la preuve définitive qu'Alice était Juliette, qu'elle était leur grande sœur puisqu'elle avait été adoptée. Elles avaient confirmé d'un mouvement de tête que, oui, c'était *comme ça* : Alice avait été soustraite à sa vraie mère et avait connu une enfance parfaite. Quinze années plus tard, ses deux frangines l'avaient retrouvée. Il ne restait plus qu'à tout lui dire.

Mona et Lisa échangèrent un regard bref et constatèrent qu'elles étaient en phase : il n'y avait qu'à passer un bon moment avec Alice et obtenir davantage de renseignements avant de lui expliquer qu'elles étaient certaines d'être ses sœurs.

Alice reprit.

— Vous avez envie de faire quoi ? Un beach-volley ou nager ? Ou autre chose ?

Lisa répondit après avoir observé le mouvement habituel des lèvres de Mona, légèrement pincées, qui signifiait qu'elle lui laissait la parole.

— Franchement, moi j'aimerais bien me baigner, j'en ai marre de cette chaleur.

Alice se tourna vers Mona :

— T'as envie de te baigner aussi ?

— Oui. On laisse nos affaires là ?

— Bien sûr. Prenez juste vos serviettes.

Les trois filles se levèrent et ôtèrent ensemble leurs vêtements et lunettes de soleil pour se retrouver en maillot de bain. Elles constatèrent toutes les trois que leur ressemblance physique était quasi parfaite : les mêmes hanches qui avaient commencé à s'élargir, des épaules, jambes et morphologies identiques, des poitrines similaires.

Alice étant plus bronzée et davantage musclée.

Elles marchèrent côte à côte vers la mer distante d'une vingtaine de mètres, et se mirent rapidement à courir sur le sable trop chaud. Elles plongèrent après avoir fait quelques bonds dans l'eau, en hurlant. Elles nagèrent et s'éclaboussèrent, ravies de la sensation de fraîcheur et de pouvoir effacer toutes les traces du stress qu'elles avaient chacune ressenti en se rendant à ce rendez-vous peu ordinaire. Alice s'essaya à quelques phrases en français, très convenables et avec un accent plutôt réussi, ce qui fit réaliser à Mona et Lisa qu'elles ne devraient pas tenter d'apartés entre elles dans cette langue. Au besoin, elles communiqueraient en hindi si elles avaient quelque chose de privé à se dire. En tout cas, leur sœur leur paraissait cool. Elle serait probablement assez costaud pour entendre ce qu'elles avaient à lui expliquer.

En remontant vers le club, Mona et Lisa virent l'homme, Murdoch, s'approcher. Il s'adressa à Alice :

— Je préfèrerais qu'on rentre pas trop tard.

— Pourquoi ? On est bien là. C'est quoi le truc, on est pressés ?

— La ville a annoncé des coupures d'électricité à partir de midi. Et visiblement, d'après mes informations, ça va durer longtemps.

— C'est à cause de ce risque de tempête solaire, c'est ça ?

— Oui. Il vaut mieux qu'on soit à l'abri dans la villa. Au-delà d'une heure de coupure, j'ai peur que ça dégénère dans tout le centre-ville. Les policiers parlent de possibilités d'émeutes ou de descentes de bandes armées qui viendraient tout casser. Bref, je préfère qu'on soit à la maison plutôt qu'en ville ou ici. OK ?

— OK, Murdoch. Si tu le dis. Mais alors, je peux inviter les filles à déjeuner ?

— Demande à ta mère Alice. Elle n'aime pas trop ça…

— Ouais. Je sais. Je vais l'appeler.

L'homme regarda Mona et Lisa, toutes deux occupées à se sécher, puis à nouveau Alice :

— C’est incroyable à quel point vous vous ressemblez toutes les trois. Avec vos cheveux mouillés, impossible de vous reconnaître.

— Oui. C’est complètement dingue. Elles sont mes sosies, tu te rends compte ?

Murdoch afficha un léger sourire, glissa une dernière fois son regard sur les jumelles en secouant la tête, puis fit demi-tour pour remonter vers l’ombre des palmiers du club.

Mona et Lisa avaient suivi la conversation en reliant l’information de la coupure de courant aux éléments lus la veille sur les réseaux sociaux. La maison d’Alice était forcément sécurisée, avec un générateur de secours et tout ce qu’il fallait pour soutenir un siège. À la mode survivaliste, si prisée des Américains. Avec des stocks d’eau, de nourriture et même un abri antinucléaire pendant qu’on y était. Et des armes.

Les trois filles rejoignirent les sofas en se séchant. Alice attrapa son smartpad.

— J’appelle ma mère pour lui dire qu’on s’est rencontrées et pour lui demander si vous pouvez venir chez moi, au moins pour le déjeuner. D’accord ? De toute manière, vous avez toute la journée, non ?

Les filles confirmèrent et Alice porta son smartpad à l’oreille après avoir, du bout de l’index, tracé sur l’écran un caractère en zigzag. Elle fit une petite moue de déception lorsqu’elle comprit qu’elle devrait laisser un message vocal : *Maman, tu ne devineras jamais avec qui j’avais rendez-vous ce matin, avec deux Françaises, elles s’appellent Mona et Lisa, elles me ressemblent comme deux gouttes d’eau, c’est dingue. On va passer un peu de temps ensemble. Je vais t’envoyer une photo, tu vas voir, c’est hallucinant. Ah, et puis aussi, j’aimerais beaucoup les inviter à la maison. Dis-moi oui. Bises Maman. Essaie de m’appeler, s’il te plaît, c’est trop dingue.*

— C’est rare qu’elle décroche. Elle est souvent en réunion ou en avion. Mais elle va vite réagir. Et à mon avis, elle sera d’accord. Vous voulez boire autre chose ?

Mona et Lisa répondirent affirmativement et simultanément, ce qui eut pour conséquence de déclencher une nouvelle hilarité générale.

Alice partit vers le bar pour commander la deuxième tournée. En passant à côté de Murdoch, elle comprit qu'il était en train de parler à sa mère. Et qu'elle acceptait que les copines de sa fille viennent la maison.

Alice courut rejoindre les jumelles pour leur dire que c'était bon, qu'elle pouvait les inviter chez elle pour déjeuner. Mona et Lisa la remercièrent et Alice s'empara à nouveau de son smartpad.

— On va se prendre en photo les filles, d'accord ? Comme ça, j'en envoie une à ma mère, elle sera contente.

Mona et Lisa acceptèrent en cachant leur hésitation. Elles n'avaient pas prévu de laisser des traces trop visibles, évidentes, de leur passage.

— On la fait avec la mer au fond, ça sera plus joli, d'accord ?

Les trois adolescentes redescendirent vers le rivage et Alice paramétra son smartpad pour qu'il prenne cinq clichés d'elles à un mètre cinquante du sol. L'appareil se figea dans l'air et les trois filles reculèrent ensemble dans le sable brûlant. Bras dessus, bras dessous, elles lancèrent leurs plus beaux sourires vers l'objet en vol stationnaire devant elle, tout en criant en chœur :

— Gorilla [1] !

Le smartpad émit cinq bips en rafale. Alice se précipita sur l'appareil, vérifia les photos et leva le pouce vers Mona et Lisa.

— Nickel, les filles. On est magnifiques !

Les boissons fraîches les attendaient sur la petite table et

[1] Ce mot est utilisé depuis le milieu des années 2020 pour photographier de beaux sourires. Il est également employé internationalement pour désigner tout ce qui est *trop bien*. Son contraire est *shark* : quelque chose de shark est mauvais, pas cool, horrible.

elles se ruèrent sur les bouteilles pour se servir. Elles trinquèrent :

— À nous !

Alice envoya une des photos à sa mère en disant qu'elle hallucinerait de les voir toutes les trois, comme ça, tellement ressemblantes. Elles terminèrent ensuite leurs verres et partirent se baigner dans la piscine à présent vide de tout nageur.

Elles jouèrent dans l'eau avec un ballon pendant une demi-heure, jusqu'à ce que Murdoch arrive et s'accroupisse au bord du bassin. Il informa Alice qu'il était l'heure de quitter le club et la jeune Américaine s'approcha des deux Françaises en trois brasses :

— Vous venez chez moi alors ?

— Ça dépend. Il y aura quoi à manger ?

Alice se figea avec un air interrogatif et Mona intervint aussitôt :

— T'inquiète Alice. En fait, Lisa a un sens de l'humour assez pourri…

Mona et Alice s'associèrent pour asperger Lisa et la faire couler, ce qui eut pour conséquence de relancer leurs jeux d'eau, les cris et éclaboussements. Qui se transformèrent en une mini tornade de claques aquatiques, d'eau crachée et de jets en tous sens.

Cinq minutes plus tard, Murdoch s'approcha à nouveau.

— Les filles, vous allez vider la piscine si vous continuez. Et je veux qu'on y aille. Maintenant.

Murdoch avait retiré ses lunettes de soleil et ses yeux verts, perçants, avaient convaincu Mona et Lisa qu'il était effectivement l'heure de sortir de l'eau et de se sécher. Les trois adolescentes se rhabillèrent en riant.

— Comment t'as pris trop cher, Lisa !

— Ouais, c'est clair. Mais je peux pas faire le poids si vous vous liguez contre moi.

— Tu t'es bien défendue quand même. T'as gagné ton repas.

— Cool, mais t'as pas répondu à ma question. Il y aura quoi à manger ?

Mona et Alice se regardèrent en levant les yeux au ciel et les trois filles finirent de ranger leurs sacs de plage et de se rhabiller en pouffant et gloussant. Murdoch fit quelques pas dans leur direction et Alice dit aux jumelles qu'il était temps de partir.

— Vaut mieux y aller maintenant. Sinon, Lisa, Murdoch va s'énerver et on va vraiment manger un truc pourri.

— Oh putain, non. J'ai trop faim moi.

Alice lui passa le bras autour du cou.

— Tu préfères quoi : des frites ou des brocolis ?

— Des frites, carrément !

— Mouais. Ça m'étonne pas.

— Pourquoi ?

— Moi aussi je préfère les frites. Tout le monde préfère les frites, enfin !

Les trois filles rirent une dernière fois bruyamment en se claquant les mains, et quittèrent l'enceinte du club en suivant Murdoch jusqu'au 4x4. L'homme bipa la voiture et les quatre portières s'ouvrirent. Elles s'installèrent toutes les trois sur la banquette en cuir et le véhicule entama une marche arrière dans un silence complet pendant que Murdoch pianotait sur l'écran de son smartpad. Le trajet ne dura pas plus de cinq minutes et se déroula dans cet instant suspendu et parfait, mutique, qui prolonge les épisodes de défoulement intenses. Les rues étaient désertes et les jumelles reconnurent le mur d'enceinte de la propriété qu'elles avaient longé la veille. Le 4x4 s'arrêta face au portail, Murdoch descendit et referma la portière avant d'avancer devant un bloc d'identification palmaire et d'y poser la paume de sa main droite. Le portail s'ouvrit et la voiture pénétra lentement dans la propriété sécurisée, en longeant une allée de gravier encadrée de massifs de plantes exotiques, des cactus en fleurs et des palmiers géants. Le véhicule s'immobilisa sous un porche et les portières arrière s'ouvrirent. Les jumelles descendirent et accompagnèrent Alice jusqu'au perron de la villa, où Murdoch les attendait.

La porte en verre teinté glissa sans bruit et Alice entra en invitant les filles à la suivre. Le hall d'entrée était immense, un escalier en bois exotique montait droit devant pour desservir un premier étage, puis repartait sur la gauche vers le second niveau de la villa. Elles gravirent les quelques marches jusqu'au premier et pénétrèrent dans un grand salon ouvert sur une cuisine et une salle à manger bordés sur trois côtés par une terrasse en métal qui surplombait une piscine. Un mur de bambous faisait face à la cuisine. Lisa distingua immédiatement dans l'air l'odeur de frites qui réchauffaient au four.

— Ça sent bon !

Alice posa une main sur l'épaule de Lisa.

— Oui. J'ai bien peur qu'on ne mange pas de légumes ce midi. Trop dommage !

Alice jeta son sac de plage au pied d'un canapé en peau tannée avant de saisir une flextab posée sur le tapis.

— Bon, je vais checker mes messages et mes pages. Vous pouvez utiliser le wifi de la maison si vous voulez.

Les trois adolescentes se vautrèrent dans les coussins confortables.

— Mona et Lisa, il faudra quand même que vous me racontiez comment vous avez fait, hier, pour m'envoyer un message. Normalement, ce n'est pas possible avec le bloqueur activé sur mon compte.

— On t'expliquera ça, t'inquiète.

— Ouais. En fait, on a des pouvoirs secrets, c'est pour ça qu'on y est arrivé.

— Mouais.

Alice consulta l'écran de la flextab pendant cinq minutes puis se leva.

— Je vais aux toilettes.

Les jumelles exécutèrent un mouvement parfaitement synchronisé du menton et Alice disparut de la pièce. Elles lancèrent ensuite un regard vers Murdoch qui, dans la cuisine ouverte, s'affairait à préparer le déjeuner. Elles vérifièrent l'heure : il était presque midi. Elles décidèrent de parler en hindi.

— Y a quelque chose qui cloche, Mona.

— Oui. Elle a pas l'air d'avoir dix mois de plus que nous. On dirait qu'elle a notre âge. C'est ça que tu penses ?

— Exactement. Mais bon, elle nous ressemble vraiment beaucoup. Et puis elle a été adoptée et sa mère adoptive l'a trouvée en Russie. Ça colle, non ?

— Oui. Et d'après Maman, on n'est plus censée beaucoup grandir à notre âge. Donc, il n'y a pas trop de doutes. Mais faudrait quand même qu'on lui dise qu'on pense qu'elle est notre sœur, non ?

— Ouais. Mais ce serait mieux qu'on lui déballe tout sans la présence de son ange gardien.

— D'accord avec toi. Il me fout les chocottes ce type.

— Pareil.

Alice revint au bout de quelques minutes avec trois assiettes et des couverts qu'elle posa sur la table basse. Elle apporta ensuite de l'eau, du lait, une grande bouteille de soda et trois verres.

Alors qu'elle reprenait sa place dans le canapé, le son de l'ouverture de la porte d'entrée se fit entendre, en bas de l'escalier. Les yeux de Mona et Lisa se croisèrent un instant avant de se poser sur Alice qui releva le visage pour préciser :

— C'est ma frangine.

Mona s'adossa et resta bouche bée en interprétant l'information, tandis que Lisa avança les fesses au bord du canapé en ajustant la bretelle de son haut de maillot de bain. Une voix retentit dans le hall du rez-de-chaussée :

— Alice, t'es là ?

— Oui, dans le salon. Avec deux copines.

— Oh merde. Fait chier.

Des bruits résonnèrent dans l'escalier, invisible de là où

étaient les filles. Des pas rapides, tapés sur les marches en bois, avec un son de boucles en métal. Les pas continuèrent jusqu'au troisième palier et disparurent quelque part dans les pièces au-dessus. Alice glissa une mèche de cheveux autour de son oreille tout en reportant son attention sur l'écran translucide de la flextab.

— Vous occupez pas d'elle. Elle est toujours énervée.

Les yeux de Mona avaient commencé à briller alors qu'elle demeurait immobile, le regard dans le vide. Lisa se pencha vers Alice :

— Elle a quel âge ta frangine ?

— Elle a 15 ans. En fait, on n'a que dix mois d'écart. On a été adoptées ensemble.

Lisa inclina la tête sur le côté pour observer sa sœur, Mona, qui semblait en position de veille… Elle n'était plus dans le coup et c'était à elle, Lisa, de continuer d'éclaircir une situation qui venait de se compliquer très sérieusement.

Dans la cuisine ouverte, Murdoch indiqua que le repas était prêt en traversant le salon pour se diriger vers le palier de l'étage. Il disparut du champ de vision des jumelles et haussa la voix pour demander à la nouvelle arrivée si elle voulait déjeuner. Une voix répondit *non, j'ai déjà mangé.* Murdoch réapparut et marcha droit jusqu'à la cuisine où il sortit du four une portion individuelle d'un plat cuisiné avant de s'installer sur un tabouret le long du bar, dos aux filles. Alice se leva et Lisa l'accompagna pour ramener les frites et un plateau garni de nuggets de poulet.

— Tu es née quand, toi, Alice ?

— Mon anniversaire, c'est le 12 février.

— 2015 ?

— Non 2016. C'est Juliet qui est née en 2015…

— Juliette ?

— Ben oui, ma sœur. La folle qui vient de débarquer !

Alice posa le plat de frites sur la table basse en riant avant de se rasseoir à sa place et de commencer à remplir les assiettes. Lisa fit de même avec les nuggets, en les piquant un par un du bout de sa fourchette avec d'infinies précautions. Elle lança un regard à Mona, dont les yeux s'étaient encore davantage voilés, puis lui demanda en hindi :

— Donc, c'est l'autre notre grande sœur ?

Mona fit un signe positif de la tête.

— Et Alice, elle est notre jumelle, c'est ça ?

Mona confirma à nouveau et Lisa comprit que sa sœur allait bientôt craquer. Les trois adolescentes demeurèrent immobiles pendant de longues secondes, puis Alice demanda :

— Vous vous racontez quoi là ?

Les larmes commencèrent à couler abondamment sur les joues de Mona et Alice se rapprocha d'elle avec un air désolé.

— Qu'est-ce qu'il y a, Mona ? Pourquoi tu pleures ? C'est quoi le problème les filles ?

Lisa finalisa la distribution des nuggets avec une figure concentrée, attentive à ce qu'elle faisait. Elle reposa la fourchette et plaqua ses mains à plat sur ses genoux.

— Excuse-nous Alice. On est super fatiguées. Mais il faudrait qu'on te parle d'un truc…

— Mais quoi ? C'est quoi vos mystères là, c'est lourd !

— En fait, on n'est pas venues ici par hasard…

— Non ?

Lisa parcourut une nouvelle fois le visage en larme de Mona, qui ne cherchait même plus à croiser son regard. Son attention se reporta sur Murdoch. Il avait déplié une flextab et regardait une vidéo, un écouteur à l'oreille. Lisa reprit en parlant tout bas, penchée vers Alice.

— Notre grande sœur a été kidnappée avant notre naissance. Elle s'appelait Juliette… C'était en 2015.

— Quoi ? C'est quoi votre délire les filles ?

Mona se redressa et ouvrit la bouche pour parler, comme si elle avait réussi à rassembler suffisamment d'énergie pour participer aux explications, mais les mots ne se formaient plus. Elle observa alternativement ses deux sœurs en écrasant les larmes sur ses joues. Lisa inspira profondément puis se pencha pour saisir une anse de son sac de plage.

— C'est pas un délire Alice. Et toi aussi tu es notre sœur… Attends, je vais te montrer quelque chose…

Lisa fouilla dans ses affaires pour en extraire une pochette en plastique colorée qui représentait Ganesh, le dieu indien à tête d'éléphant. Alors qu'elle allait tendre son passeport à Alice, un carillon électrique retentit dans l'entrée, immédiatement suivi par les mêmes pas que dix minutes plus tôt, qui dévalèrent l'escalier à toute blinde. Murdoch quitta son tabouret pour se diriger vers le palier en même temps que la voix de Juliette lança :

— Murdoch. Il y a un couple de vieux au portail. Ça doit être pour toi !

Les pas métalliques retentirent et remontèrent pour aller se perdre au deuxième étage. Lisa porta un nugget à sa bouche puis piqua nerveusement quelques frites du bout de la fourchette, attentive aux sons qui lui parvenaient des pièces au-dessus et du hall en bas. Murdoch demanda à l'interphone ce que les personnes voulaient puis il y eut un court silence et il annonça qu'il allait à leur rencontre, au portail. La porte d'entrée de la villa émit son bruit caractéristique d'ouverture et de fermeture et les pas de Murdoch résonnèrent dans le gravier de l'allée, dehors. Lisa regarda à nouveau le visage en larmes de Mona puis ficha ses yeux dans ceux d'Alice en lui tendant son passeport :

— Tiens Alice, vérifie ma date de naissance là-dedans.

Alice arracha le document des mains de Lisa, feuilleta nerveusement les premières pages pour s'arrêter sur celle qui contenait toutes les informations d'état civil.

— 12 février 2016. Tu es née le 12 février 2016. Et Mona aussi ?

— Oui. Comme toi. On ne le savait pas. On s'est trompées… Avec Mona, on pensait que c'était toi Juliette.

Lisa laissa quelques secondes à Alice avant de reprendre

ses explications.

— On est des triplées. Je veux dire, toi, Mona et moi. On est nées ensemble…

Alice jeta le passeport de Lisa sur la table et s'enfonça dans le canapé. Elle allait dire quelque chose lorsqu'une nouvelle rafale de coups de pieds et de boucles métalliques ébranla l'escalier. Les pas s'arrêtèrent une seconde sur le palier du premier étage avant de reprendre leurs foulées nerveuses en direction du salon.

Juliette déboula.

Les trois filles tournèrent la tête en même temps vers l'entrée de la pièce pour suivre des yeux l'adolescente qui fila vers la cuisine, d'une démarche nerveuse, des rangers rouges à moitié ouvertes aux pieds. Les fermetures de ses chaussures cliquetaient à chacun de ses pas, les lacets défaits traînaient derrière elle. Elle portait un t-shirt troué en plusieurs endroits, laissant apparaître un soutien-gorge noir, et son crâne rasé s'ornait d'une courte crête rousse. Ses yeux étaient entourés de khôl et sa bouche recouverte de deux rayures de rouge à lèvres fuchsia. La punk parfaite.

Mona s'avança sur le bord du canapé en s'essuyant les joues avec son t-shirt tandis que Lisa ne quittait plus des yeux l'apparition soudaine, qu'elle trouva être une parfaite incarnation de ce à quoi avait dû ressembler sa grand-mère, Elizabeth, au même âge. Juliette saisit un mug dans un placard puis sortit du frigidaire une bouteille de lait en verre. Elle referma la porte trop fort, se retourna et s'arrêta derrière le plan de travail qui séparait la cuisine du salon. Elle ouvrit la bouche en même temps que son regard se braqua enfin vers le canapé. Sur sa sœur Alice et ses deux copines. Vers les trois visages terriblement identiques tournés vers elle et qui affichaient une expression similaire, désemparée.

Elle lâcha la bouteille de lait qui éclata à ses pieds et se figea sur place, pétrifiée. Elle referma la bouche, serra la mâchoire. Puis explosa :

— Putain de merde !

Juliette tapa plusieurs fois des pieds au sol, violemment en criant plusieurs fois *fuck* !

Alice se leva et Juliette, les yeux brillants et les joues devenues écarlates, pointa immédiatement l'index sur sa sœur.

— Toi, tu bouges pas et tu la fermes… Putain, rassis-toi ! Je comprends très bien la situation, j'ai pas besoin de tes explications ma vieille, tout est parfaitement clair pour moi. J'appelle tout de suite notre soi-disant mère et je lui règle son compte.

Alice se laissa retomber sur un coussin et lança un regard désemparé à Lisa qui se leva pour se rasseoir à côté d'elle. Mona fit de même et les trois filles se mirent ensemble à pleurer silencieusement en se tenant la main, face à la cuisine. Juliette émit un dernier *fuck* tonitruant et porta son smartpad à l'oreille. Les triplées écoutèrent ensuite les phrases hallucinantes hurlées par Juliette à sa mère adoptive.

— C'est quoi ce bordel et tous ces clones à la maison ?

— …

— Tais-toi, j'ai pas besoin de tes explications. C'est encore tes expériences à la con. Tu m'as clonée, c'est ça ? Tu te prends pour qui ?

— …

— Je t'emmerde Victoria. T'es pas ma mère, t'es juste une grosse malade. Va te faire foutre !

Juliette mit fin à la conversation en envoyant son smartpad s'écraser par terre. Elle le piétina plusieurs fois en criant de rage et les bruits de l'objet électronique pulvérisé se mêlèrent à ceux du verre brisé et des projections de lait.

L'aînée des filles de Raja s'arrêta net lorsqu'une détonation claqua dans la maison, quelque part en dessous.

Les quatre adolescentes demeurèrent silencieuses, à l'écoute. Il leur sembla entendre des bruits de lutte et des cris. Alice se leva et fit quelques pas en direction de la cuisine lorsque les lampes allumées dans la pièce s'éteignirent, tout comme l'écran de télévision géant qui avait affiché jusqu'alors le décor en mouvement d'une vue prise au cœur d'une forêt tropicale. La soufflerie de la climatisation s'estompa progressivement pour devenir muette, puis un silence complet prit possession des lieux. Juliette contourna le plan de travail à pas de chat et s'approcha du canapé en plaçant un doigt sur sa bouche.

Un hurlement de femme résonna sous leurs pieds, Juliette se précipita vers la baie vitrée et l'ouvrit en grand :

— Je vais jeter un œil en dessous. Vous, vous bougez pas d'ici.

Juliette disparut en cinq ou six pas rapides en même temps que la lumière revint dans le salon et que le ronronnement du climatiseur retrouva graduellement son bourdonnement familier.

Une sirène de police s'infiltra dans le paysage sonore. Mona dévisagea ses deux sœurs alternativement.

— On n'est pas des clones. Putain.

Ce fut au tour de Lisa de craquer. Elle se mit à pleurer d'un coup quand Alice répondit à Mona.

— Non. On n'est pas des clones. On est des personnes. Et on les emmerde tous.

DEUXIÈME PARTIE

Après Solar Max

Mercredi 14 août 2030

ELIZABETH

— Vous êtes qui ?

Elizabeth baissa son revolver en souriant devant la silhouette de l'adolescente qui venait d'ouvrir la porte. Il ne pouvait s'agir que de Juliette. Avec des rangers peintes en rouge et une crête de la même couleur, comme la punkette qu'elle avait suivie des yeux quelques instants, avant que le taxi ne les dépose pas loin d'ici. Comme elle-même, des millions d'années plus tôt.

Elle se décida à entamer les présentations, en anglais.

— Tu es Juliette ?

— Ouais. Et vous deux, vous êtes qui ? Vous faites quoi, là ?

Elizabeth pivota vers Théau et constata qu'il s'était rapproché d'elle. Il se tenait debout, à un mètre, un peu en retrait. Il avait retiré son t-shirt et le maintenait pressé contre la blessure de son bras gauche, au niveau du biceps. Ils échangèrent un sourire et Elizabeth comprit que son compagnon allait plutôt bien, qu'il avait totalement repris le contrôle. Elle savait que la vue du sang ne l'impressionnait pas, même lorsqu'il s'agissait du sien. Elizabeth posa le pistolet à ses pieds avant de reporter son attention sur sa petite-fille et de lui répondre.

— Je suis Elizabeth… La mère de ta mère.

L'adolescente fit un pas en avant dans la pièce, bouche serrée et menton légèrement relevé. Elle pencha la tête et pointa l'index en direction de l'homme évanoui à terre, à sa gauche.

— C'était lui le coup de feu ?

— Oui. Il voulait nous enfermer, avec des menottes. On ne s'est pas laissé faire et il a tiré. On l'a neutralisé.

Juliette observa sa nouvelle grand-mère en hochant la crête, puis ses yeux firent plusieurs trajets entre Théau, Elizabeth et l'homme au sol. Elle finit par arquer ses lèvres en secouant la tête.

— Il était supposé être plus efficace que ça. Franchement, il me déçoit.

Elle replanta son regard dans celui d'Elizabeth après avoir gommé d'un coup le sourire sur sa bouche :

— Et vous n'avez pas répondu à l'autre question : vous faites quoi là ?

— On est venu chercher Mona et Lisa, mes petites-filles. Et toi. Et Alice aussi, pendant qu'on y est.

— Mona et Lisa, c'est les deux nanas qui ressemblent comme deux gouttes d'eau à ma frangine ?

— Oui. Ce sont tes petites sœurs. Ça fait quinze ans qu'on te cherche.

Juliette soupira et regarda une dernière fois vers l'homme étendu au sol, en secouant la tête. Elle fit alors les quelques pas qui la séparaient d'Elizabeth pour l'entourer de ses bras, presque violemment. Elizabeth l'étreignit à son tour, doucement, pour une sorte d'accolade de paix, à la fois froide et chaude, neutre. Le silence s'installa le temps de quelques secondes puis une sirène de police retentit à l'extérieur, au loin. Théau s'approcha des deux femmes :

— Ez, pardon, mais ce serait mieux qu'on ne traîne pas trop…

Les deux visages se tournèrent vers lui et Elizabeth comprit à l'expression sur la figure de Théau qu'il était sans doute interpellé par le mélange de ressemblances et de dissemblances entre elle et Juliette.

La jeune fille sourit en s'écartant du buste de l'étrangère

qu'elle venait d'accepter comme grand-mère.

— Et lui, c'est qui ?

— Lui, c'est Théau.

Juliette lui tendit la main et Théau fit une grimace en montrant sa blessure.

— Salut Juliette. Content de faire ta connaissance, mais une balle m'a traversé le bras. Ce serait bien qu'on trouve des pansements et du désinfectant.

Puis en se tournant vers Elizabeth :

— Et je pense vraiment qu'il faut qu'on se casse vite fait d'ici Ez.

— OK.

Elizabeth se pencha pour ramasser le pistolet et le fit disparaître au fond de son sac à dos. Elle s'approcha ensuite de Théau qui lui tendait son t-shirt.

— Sers-le autour du biceps. Fort. Faut que ça arrête de couler.

Elizabeth fit du mieux qu'elle put puis s'adressa à Juliette.

— Il faut qu'on bouge. Tu nous montres où sont les filles ?

— Ouais. Suivez-moi.

Elizabeth et Théau sortirent à la suite de Juliette. Dehors, ils contournèrent la carcasse en miettes du drone de surveillance qui les avait talonnés quelques minutes plus tôt, du portail jusqu'ici.

Ils longèrent le chemin entre la maison et le mur de bambous, jusqu'à l'escalier en acier qui montait à la terrasse du premier étage. Juliette posa une main sur la rampe et se retourna :

— Elizabeth ?

— Oui ?

— La mère d'une mère, ça s'appelle une grand-mère, non ?

— Ouais. Il paraît. Mais tu peux m'appeler Ez ou Ezzie, comme tes frangines.

Juliette gravit la première marche et pivota à nouveau en

ouvrant la bouche, mais Elizabeth l'arrêta avant qu'elle ait pu prononcer la moindre syllabe :

— Et si tu m'appelles *Mamie*, *Granma*, *Grand-mère* ou *Mémère*, je t'assomme…

Juliette sourit en gardant les lèvres pincées, sans doute pour retenir un rire ou une vanne puis, devant le visage imperturbable de sa grand-mère, décida de reporter les essais de diminutifs et autres noms familiers à plus tard. Elle grimpa l'escalier en faisant sonner les boucles de ses rangers le plus fort possible, talonnée par Elizabeth et Théau.

Mona, Lisa et Alice attendaient dans l'encadrement de la baie vitrée restée ouverte. Elizabeth devina sur leurs visages la détresse et le soulagement. Les jumelles s'expulsèrent du salon et se jetèrent dans les bras d'Elizabeth en criant *Ezzie* ! Théau les rejoignit et ils formèrent à quatre une mêlée affectueuse, diffuseuse d'une immense délivrance pour tous.

Elizabeth suivit des yeux Juliette, partie retrouver sa sœur à l'intérieur et qui maintenant la dirigeait vers elles et Théau en la tenant par la main. Les bras se levèrent dans l'air et des sourires fusèrent alors que Juliette et Alice étaient accueillies dans l'étreinte géante que Mona et Lisa étaient venues chercher, seules, tout au bout de la Floride. La troisième jumelle s'était incrustée entre ses deux nouvelles sœurs et Elizabeth réalisa qu'Alice ne comprenait pas tout à fait ce qu'elle faisait là. Pour l'instant en tout cas, elle acceptait.

Elizabeth les contempla longuement toutes les trois, à tour de rôle, pour repérer dans leur attitude, leurs regards, leurs expressions, tous les éléments identiques, tout ce qui les rassemblait malgré toutes ces années passées éloignées les unes des autres. Elles avaient les yeux brillants, elle aussi d'ailleurs, et bougeaient la tête et se tordaient les lèvres de la même manière. Elle reporta son attention sur la plus grande. Juliette la dévisageait. Elle lui lança un sourire et Elizabeth sentit alors ses larmes affluer en réalisant qu'il lui avait fallu plus de quinze années avant de pouvoir rencontrer sa petite-fille née début 2015. Une éternité.

Ce fut Alice qui, la première, constata la présence magique dans le ciel. Elizabeth lut l'étonnement sur sa figure, puis l'incrédulité et enfin l'émerveillement. Elle leva à son tour les yeux pour découvrir le ballet effarant des aurores boréales en même temps que Mona, Lisa, Juliette et Théau. Les bras se détachèrent et ils rivèrent tous leurs regards aux projections géantes, psychédéliques, qui submergeaient le ciel par vagues successives, douces. Des klaxons se firent entendre au loin, ainsi qu'une rumeur étouffée par la distance. Juliette s'allongea sur le plancher chaud pour mieux profiter du spectacle et ses sœurs s'assirent. Elizabeth constata que des larmes roulaient sur le t-shirt de Théau. Elle s'approcha de lui et posa la tête sur son épaule.

Le phénomène dura plus de cinq minutes, irréelles, sans que personne sur la terrasse ne prononce aucun mot.

Les vagues indigo et mauve s'estompaient lorsqu'une fusillade d'une dizaine de coups de feu retentit au loin. Les quatre filles échangèrent des regards interrogateurs avant de se tourner vers les deux adultes, et Théau décida de prendre les choses en main.

— Juliette, il me faut des pansements et un produit désinfectant. Tu peux me trouver ça ?

— Oui, bien sûr.

— Et avec Alice, vous préparez vos affaires pour venir avec nous, il faut qu'on parte le plus vite possible.

— Pour aller où ?

— Chez nous, à Cuba. Je pense qu'on y sera davantage en sécurité qu'ici. À mon avis, il n'y a plus d'électricité nulle part en ville et ça risque de bientôt mitrailler dans tous les sens.

Juliette se tourna vers sa petite sœur habituelle qu'elle interrogea des yeux en serrant la mâchoire et en fronçant les sourcils. Alice maintint son regard accroché à celui de son aînée. Elle soupira, parut analyser une dizaine de paramètres complexes en une fraction de seconde, puis afficha un sourire résigné. Sa réponse ne se fit pas attendre :

— OK. On reste ensemble. On va prendre le yacht de Maman. Comme ça, on reviendra quand on voudra.

Le visage de Juliette se décontracta et les deux filles Banks-Melville hochèrent la tête, y trouvant chacune les informations dont elles avaient besoin pour aller de l'avant et faire confiance. En se ménageant la possibilité de retourner à Miami quand elles le désireraient. Elizabeth, après les avoir observées, réalisa que cet accord muet entre les filles Banks-Melville venait d'aplanir la partie la plus périlleuse du périple délirant initié par Mona et Lisa. Le plus dur était fait.

Elizabeth suivit des yeux Alice pendant quelques secondes. La sœur des jumelles n'avait parlé qu'une fois depuis leur arrivée sur la terrasse, et il y avait dans ce qu'elle venait de dire beaucoup de détermination, d'intelligence dans la compréhension de la situation. Et de fidélité aussi, à sa *maman*. Elizabeth réalisa qu'Alice allait les suivre *pour voir*, parce que les évènements la portaient vers Cuba, avec deux nouvelles sœurs, jumelles, Mona et Lisa, et avec une pseudo grand-mère qui, toutes, sortaient de nulle part. Il était clair qu'Alice, une fois que tout cela serait passé et digéré, se réserverait la possibilité de retourner à sa vie d'avant, auprès de sa mère adoptive.

Elizabeth réalisa également que, malgré les apparences et la facilité déconcertante avec laquelle les choses se passaient depuis qu'ils étaient arrivés sur cette terrasse, rien ne serait simple pour les filles… Mais pour le moment, il s'agissait de foutre le camp de cet endroit.

Elle observa Théau suivre Juliette jusqu'à un placard d'où elle sortit une trousse médicale. Il prit le tout et s'installa devant l'évier de la cuisine, après avoir contourné des débris de verre et ceux d'un smartpad en miettes, mélangés dans un liquide qui ressemblait à du lait. Il retira son t-shirt et entreprit de passer son biceps sous l'eau froide. Elizabeth vint se planter à côté de lui et observa la blessure.

— C'est bien déchiré, sur un centimètre de profondeur,

dans le gras du muscle. Ça ne semble pas trop grave, mais ce serait mieux de recoudre. C'est douloureux ?

— Ça fait très mal.

— Tu as ce qu'il faut pour la douleur ?

— Oui, bien sûr. Je me suis envoyé une bonne dose d'analgésique… Tu m'aides à nettoyer ? Ensuite, on met un pansement, pas trop serré, et on se casse. Pour l'atelier de couture, on verra ça plus tard, au Centro.

Elizabeth hocha la tête et commença à sécher la plaie pendant que Théau suivait des yeux Juliette et Alice qui allaient et venaient entre le salon et l'étage supérieur.

Ez appliqua un désinfectant à l'aide d'une compresse.

Les filles Banks-Melville posèrent chacune un sac à dos dans l'entrée du salon puis s'assirent dans le canapé, auprès de Mona et Lisa qui attendaient, l'air toujours un peu groggy. Juliette pesta contre le vieux téléphone portable qu'elle avait dans les mains, ce qui fit sourire les trois jumelles. Elizabeth se dit qu'il devait s'agir d'une blague entre elles. Mona demanda s'ils avaient le temps de repasser à l'hôtel chercher leurs valises, et Elizabeth lui répondit que non, ce ne serait pas possible.

Théau indiqua aux adolescentes qu'elles devaient toutes avoir de l'eau pour le voyage. Juliette se leva, ouvrit un placard et en sortit six grandes bouteilles en plastique. Elle les tendit d'abord aux trois jumelles, puis dans la cuisine, à Théau et Elizabeth. Elle fit la grimace en observant la blessure de l'homme qui accompagnait sa grand-mère.

— Et toi, Théau, t'es qui ?

Théau lui envoya un sourire décontracté.

— Moi ? Je suis le… petit ami de… la mère de ta mère.

Juliette sourit à son tour et regarda sur le côté, vers le canapé et les filles, comme si elle attendait que Mona ou Lisa confirme ou ajoute quelque chose. Mais non. Alors qu'Elizabeth appliquait une compresse avec un air concentré sur la peau brûlée et déchirée, Juliette continua de s'adresser à Théau, sans prêter attention aux débris de verre éparpillés qu'elle piétinait :

— Et ma vraie mère, elle est où ?

— Raja est quelque part en France, à Paris, ou en Suisse, pour son travail. Il est prévu qu'elle nous rejoigne ce week-end, à Cuba.

— Raja ? Elle s'appelle Raja ?

— Oui. Raja Connor.

Juliette se tourna vers Alice pour vérifier que sa sœur avait entendu cette information, puis posa ses yeux dans ceux de Théau pour y chercher une ultime confirmation du réel de tout ce qui s'était passé au cours de la dernière demi-heure. Elizabeth observa la lueur d'interrogation, d'incrédulité, se former dans le regard de Juliette alors qu'elle réalisait que le copain de sa grand-mère avait une pupille beaucoup plus dilatée que l'autre. Elle termina d'enrouler une bande de tissu extensible par-dessus la compresse et s'adressa à Juliette :

— Oui, son œil, c'est normal… Aide-moi plutôt : pose ton doigt là.

Elizabeth coupa deux morceaux de sparadrap qu'elle colla sur les extrémités du rectangle de gaze.

— C'est bon, merci Juliette.

Théau remercia d'un faible sourire et récupéra son sac à dos d'où il sortit un t-shirt propre, à manches longues. Il l'enfila et se tourna vers Alice :

— Il est où le bateau ?

— Au bout de la rue, au ponton. On y sera en cinq minutes.

— Tu as la clé, tout ce qu'il faut pour le démarrer ?

— J'ai la paume de ma main, ça sera suffisant.

— Il est paré à partir ?

— Oui. Toujours. Avec assez d'essence pour naviguer toute la journée.

— Alors, si vous êtes prêtes toutes les quatre, on y va.

Théau passa la courroie de son sac à dos sur l'épaule de son bras valide puis reporta son attention sur son boîtier

Memo2. Elizabeth s'approcha pour observer le petit écran et y lut le nom d'un psychostimulant suivi du chiffre 50.

— C'est pas un peu fort ?

— Si, Ez. Je suis justement en train de monter la dose, ça commence à faire vraiment mal. Et c'est ça ou je me couche tout de suite.

Elizabeth interrogea chacune des pupilles de Théau, celle de gauche ouverte au maximum et celle de droite aussi petite qu'une tête d'épingle. Elle lut dans son regard une détermination confiante ainsi que, peut-être, quelque chose de nouveau. Ou quelque chose en moins. Elle lui planta un baiser sur les lèvres, repoussant à plus tard, à ce soir même, dans leur lit, la possibilité de le prendre dans ses bras et de lui demander ce qui n'allait pas.

Ils sortirent par la terrasse et Alice referma la porte de la baie vitrée derrière eux. Ils remontèrent le chemin gravillonné avec Elizabeth et Juliette en tête, suivies des trois jumelles et de Théau. La température avait encore augmenté. Plusieurs sirènes d'alarme résonnaient dans l'espace, des bruits de détonations claquaient régulièrement et une odeur de plastique brûlé s'installait dans l'air stagnant.

Alice regarda derrière elle à plusieurs reprises avant de s'adresser à Théau.

— Et Murdoch, il est où ?

— Murdoch, c'est le gars qui nous a accueillis ?

— Oui.

— Il nous a tirés dessus. On l'a assommé. Il se réveillera avec un bon mal de crâne.

— OK.

La petite troupe était maintenant rassemblée devant le portail. Elizabeth et Juliette, Mona et Lisa, Alice, toutes attendaient que Théau continue de parler.

— Il a failli nous tuer, Alice. Ça s'est joué à quelques centimètres. Il a voulu nous menotter et nous enfermer. Et nous, on venait juste chercher Mona et Lisa. Tu te rends compte ?

— Oui. C'est pas cool.

Elizabeth vit une grande colère passer dans les yeux de Théau, ponctuée d'une inspiration profonde, prise en contemplant le ciel vide, puis par l'affichage d'un sourire finalement rassurant. Elle décida de ne pas intervenir et laissa Théau continuer. Il s'essuya le front à l'aide de sa manche.

— Non, comme tu dis, c'est pas cool. C'est même franchement pas cool du tout.

Théau envoya un regard à Elizabeth. Un coup d'œil qui signifiait *c'est bon, je gère, on y va quand tu veux*. Elle se tourna vers Juliette :

— Tu nous ouvres le portail et on se casse.

Dans la rue, Elizabeth fit un tour complet sur elle-même, attentive aux bruits, à la chaleur moite. Le quartier était toujours aussi calme qu'à leur arrivée mais, au loin, le concert de sirènes d'alarme ne faiblissait pas. Une tension s'était installée dans l'air, impalpable mais gluante et lourde. Juliette passa devant, suivie par Elizabeth, aux aguets, puis par les filles et Théau.

Avant d'atteindre le premier carrefour, ils virent débouler deux types qui couraient comme des dératés, torses nus, en shorts et tongs. Ils traversèrent l'intersection sans ralentir. Elizabeth croisa leurs regards et n'y lut rien d'inquiétant : les deux hommes étaient trop occupés pour s'intéresser à elle ou aux filles. Ces types n'étaient pas en train de faire un jogging… Une énième rafale d'arme automatique se fit entendre au loin. Elle se tourna vers les adolescentes et leur demanda d'accélérer le pas.

Alors qu'ils étaient encore à cinquante mètres de l'embarcadère, Elizabeth jeta un coup d'œil derrière elle, vers le carrefour qu'ils venaient de traverser. Une voiture de police passa à toute allure dans la rue transversale, dans un souffle brûlant et toutes sirènes hurlantes. Les quatre filles échangèrent des regards mi-amusés, mi-inquiets, et Théau remit tout le monde en marche.

— Dépêchez-vous.

Mona le rattrapa pour les derniers mètres et Elizabeth vit la jumelle l'embrasser sur la joue puis lui demander comment il se sentait. Deux pas devant elle, Lisa et Alice avaient sorti leurs smartpads et se montraient leur écran respectif en secouant la tête. Sans ralentir le pas, Elizabeth saisit son téléphone portable dans son sac à dos pour le consulter. L'absence de tout signal lui confirma ce qu'elle avait déjà compris : il n'y avait plus de réseaux de télécommunications. En plongeant l'appareil dans une poche de son jeans, elle se souvint qu'elle avait toujours le pistolet de Murdoch dans son sac et qu'elle pourrait s'en servir, au besoin.

Le ponton était désert, hormis les cinq yachts rutilants posés sur l'eau, immobiles derrière les grilles qui enfermaient le petit embarcadère privé. Elizabeth parcourut la plage des yeux, de chaque côté. Des dizaines de gens se trouvaient là, de tous âges, venus passer l'après-midi au bord de l'eau, certains le regard collé en l'air et d'autres tournés vers le centre-ville, sur la gauche, où plusieurs colonnes de fumée noire grimpaient de manière rectiligne dans un ciel impassible. Elizabeth distingua deux voitures en train de brûler ainsi qu'un début d'incendie à la base d'un groupe de trois buildings. Les filles et Théau s'étaient figés sur place, paralysés par le silence de la plage, où la bande-son si particulière des vacances d'été avait été remplacée par celle d'un saisissement géant, muet, haché par des détonations sporadiques qui provenaient du centre-ville. Avec, toujours en bruit de fond, une symphonie de sirènes et alarmes de toutes sortes, à présent devenue omniprésente, presque ordinaire. On pouvait apercevoir au loin des voitures de police garées ou en déplacement, gyrophares allumés, des camions de pompier, des véhicules de secours. Et des gens, partout, agglutinés sur les rives, probablement sortis à l'air libre après l'arrêt des climatiseurs. Hagards.

Alice s'avança vers l'entrée sécurisée de l'embarcadère et posa sa main sur la plaque d'identification. Le système demeura muet et Elizabeth s'approcha pour pousser des deux mains la porte métallique. Celle-ci s'écarta de quelques centimètres et Juliette aida Elizabeth à l'ouvrir suffisamment, en pesant de tout son poids. Elizabeth entra, suivie des quatre filles. Théau passa à son tour, tenta sans trop y croire de refermer derrière lui, et rejoignit la troupe qui avait atteint le yacht amarré le plus loin. Ce n'était pas le plus gros, mais il était imposant. Au moins vingt-cinq mètres de long. Elizabeth s'adressa à Juliette et Alice :

— C'est celui-là ?

Juliette tourna la tête vers sa sœur. Alice répondit.

— Oui. Et je sais très bien le piloter.

Juliette fit une grimace puis répéta la phrase d'Alice sans émettre aucun son et en levant les yeux au ciel. Alice l'écarta du bras.

— Pousse-toi, tu me gènes.

Elle bondit sur la plateforme arrière du bateau et fit signe aux autres de monter.

Les trois adolescentes sautèrent à leur tour et, alors qu'Elizabeth allait s'élancer, une voix retentit vers l'entrée du ponton. Elle tourna la tête. Un gros type barbu, en chemise hawaïenne, venait de se faufiler difficilement dans l'ouverture de la porte métallique. Il marchait vers eux en criant qu'ils ne pouvaient pas prendre le yacht comme ça, qu'ils n'étaient pas autorisés. Alice leva un bras :

— Jim. C'est nous ! Tout va bien.

Juliette se pencha vers Elizabeth :

— C'est un voisin. Il passe son temps à tout surveiller. Il est très con. À mon avis, il va faire chier.

— Ouais. Pas sûr…

Le type devait peser pas loin de cent quarante kilos et était un peu plus grand que Théau. Il se tenait maintenant devant le bateau et avait saisi le cordage qui le reliait au ponton. Il était hors d'haleine, transpirait beaucoup. Il leva une main en l'air, index tendu, et la secoua :

— Je ne peux pas vous laisser partir les filles. Murdoch n'est pas là, votre mère non plus !

Il posa ses yeux exorbités sur Elizabeth et Théau, puis sur les jumelles. Il sembla un instant perdu, n'arrivant pas à interpréter ce qu'il voyait, en respirant fort.

— Et il n'y a aucun adulte que je connais. Non, impossible. Descendez, je vais appeler Murdoch.

Elizabeth fit deux pas sur le côté, pour se retrouver un peu à l'arrière du type. Un bref échange de regards avec Théau suffit pour qu'il s'avance vers l'homme en écartant les bras :

— Hello Jim, content de vous rencontrer. Il n'y a pas de souci, vous avez raison, on va attendre tranquil…

Elizabeth neutralisa le type d'un coup violent du tranchant de la main, porté à la base du cou. Les jambes de Jim fléchirent en même temps que ses yeux se révulsèrent. Théau amortit légèrement sa chute en essayant de l'agripper pendant qu'il s'affalait, sur le côté, et Elizabeth s'accroupit pour retenir la tête du type avant qu'elle heurte le sol. Elle se redressa et s'essuya les mains sur son t-shirt en faisant une grimace de dégoût.

Les quatre filles étaient restées immobiles, en brochette, les unes à côté des autres sur la plateforme arrière du yacht. Juliette ne put s'empêcher d'ouvrir la bouche :

— Waouh. Elle gère grand-mère !

Théau sourit puis lança une jambe en avant pour franchir, au-dessus de l'eau, le mètre qui séparait le bateau du ponton en acier. Il empoigna une rambarde puis pivota vers Elizabeth. Avant de monter à son tour, elle pointa son index vers Juliette, qui continuait de la regarder, admirative.

— Toi, t'es la prochaine sur ma liste si tu m'appelles encore une fois grand-mère, OK ?

Les trois jumelles rirent en chœur tandis que Juliette se contenta de hocher la tête en haussant les épaules.

Mona et Lisa s'affalèrent dans le canapé en cuir blanc qui

trônait au centre du salon couvert. Théau fit le tour du bateau avec Juliette pour libérer les dernières amarres tandis qu'Alice montait vers la cabine de pilotage, accompagnée par Elizabeth. Elle approcha son smartpad d'un microscanner et plusieurs diodes s'allumèrent autour du volant. Sa grand-mère se posta à ses côtés et observa le tableau de bord électronique.

— C'est facile à manœuvrer ?

— Ouais. Je le conduis souvent. C'est vraiment simple. Mais par contre, il va falloir faire sans GPS.

Alice désigna du menton un écran vide, qui indiquait *no signal*. Elizabeth jeta un coup d'œil à la boussole incrustée dans le tableau de bord et constata qu'elle fonctionnait :

— C'est pas compliqué Alice. On va longer les îles Keys et après on continuera plus ou moins vers le soleil, en direction du sud. Ensuite, je te guiderai, j'arriverai à me repérer dès qu'on commencera à voir les côtes. On visera l'extrémité ouest de Cuba.

Alice hocha la tête, s'assit sur le siège du pilote et fit vrombir le moteur.

Le yacht quitta son emplacement et suivit le chenal délimité par des bouées jaunes. Puis Alice mit les gaz et le bateau se cabra au fur et à mesure qu'il prit de la vitesse. Elizabeth s'approcha de l'escalier métallique et vérifia que tout le monde était bien installé, en dessous, dans le salon ouvert sur la mer. Théau était en train de discuter avec Mona et Lisa assises à côté de lui dans le canapé *king size* tandis que Juliette faisait des allées et venues d'un bord à l'autre du yacht. Leurs regards se croisèrent et Juliette leva le pouce en direction d'Elizabeth. Tout était OK.

Une nouvelle colonne de fumée était apparue, plus au nord, à la périphérie du centre-ville. Tout au long de la côte, les rives semblaient recueillir de plus en plus de monde. À certains endroits, la foule était compacte et immobile, et le concert de sirènes et d'alarmes était toujours perceptible. Elizabeth vérifia son téléphone portable.

— On dirait qu'il n'y a plus du tout de réseau.

— Oui. C'est pareil pour moi. Comme pour le GPS. Il doit y avoir une grosse panne.

Elizabeth fit à nouveau le lien avec la discussion qu'ils avaient eue le matin, avec Théau. La fameuse tempête solaire. Alice lui confirma ce qu'elle pensait.

— Murdoch m'avait dit qu'il y aurait une coupure de courant, c'est pour ça qu'il voulait qu'on soit à la maison pour le déjeuner. Il avait peur qu'il se passe quelque chose. Et, depuis plusieurs jours, on lisait pas mal de trucs au sujet d'une tempête solaire…

— Oui Alice. C'est ça. Ça explique aussi pourquoi le portique électrique du ponton ne fonctionnait plus.

Juliette venait de les rejoindre. Elle avait retiré son t-shirt déchiré et enfilé un haut de maillot de bain orné de têtes de mort jaunes sur fond bleu. Sa peau était blanche, apparemment peu habituée à s'offrir aux rayons du soleil. Elle n'avait visiblement pas perdu une miette de la conversation.

— Ça explique surtout les aurores polaires de tout à l'heure. Tom avait prévu le truc et d'après ce qu'il m'a raconté, elles ont été déclenchées par l'arrivée des ondes solaires dans l'atmosphère… Ou dans la magnétosphère. En tout cas, c'était cool.

Elizabeth se tourna vers la fille aînée de Raja.

— C'est qui Tom ?

— C'est mon copain. Mon *petit ami* si tu préfères. Il est passionné par les étoiles et l'observation du ciel. Et j'ai bien peur qu'il ait loupé le spectacle.

— Pourquoi, il est où ?

— Dans un putain d'abri antiatomique, depuis midi. Ses parents étaient hyper flippés par la tempête solaire, ils disaient que ça serait la fin du monde… Tu le crois ça ? Quelle bande de loosers !

Le rire de Juliette fut coupé par la détonation d'une explosion puissante, quelque part dans Miami. Les regards fusèrent vers la ville au loin, déjà distante de plusieurs kilomètres. Un nouveau panache de fumée grise émergea d'un groupe d'immeubles avant de s'élargir, se densifier et s'assombrir dans un ciel parcouru d'hélicoptères surgis de nulle part.

Une vingtaine de minutes après le départ, une vedette de la garde côtière de l'État de Floride vint se poster à cinq mètres du yacht, à bâbord. Alice leur fit un grand signe de la main et toute la troupe envoya des sourires ou leva le pouce en direction des deux militaires à bord. Les types se consultèrent du regard le temps de quelques secondes puis la vedette fit une embardée et disparut en rebondissant sur les vagues.

Juliette abandonna la plateforme de pilotage pour descendre et s'installer dans un fauteuil, face aux jumelles et à Théau. Elizabeth fit pivoter son siège pour pouvoir les observer. Les filles commencèrent à bavarder entre elles, en alternant des moments sérieux et des rires. Théau lui envoya un sourire, visiblement ça n'allait pas trop mal. Suivre la discussion des adolescentes semblait lui plaire. *Tu m'étonnes.* Mona et Lisa étaient en train de parler à leur sœur aînée, à cette Juliette qu'elle n'avait encore jamais vue. Dans le salon d'un yacht, en plein été, entre les Bermudes et le Golf du Mexique. Avec, au loin, des scènes de film catastrophe, des rumeurs d'apocalypses.

Elizabeth se tourna vers Alice, toujours concentrée sur la navigation, les yeux plissés derrière ses lunettes de soleil et cheveux au vent.

— Ça va ?

— Oui, très bien. Je te dirai quand j'en aurai marre. Mais j'ai l'habitude du secteur. C'est assez dangereux ici, il n'y a pas beaucoup de fond.

Elizabeth contempla les eaux turquoise, du côté des Keys. La mer était zébrée, tachetée de zones plus claires où, par endroits, des rochers affleuraient.

— Non. Je voulais dire, ça va de nous avoir rencontrées ?

De voir débouler chez toi Mona et Lisa et de découvrir que tu as deux sœurs de plus ?

Alice maintint son regard tourné vers le large, droit devant, et Elizabeth observa ses mains qui serraient plus fermement le volant.

— J'en sais rien, je réalise pas trop le truc. C'est du délire. Et pourtant, il n'y a pas de doute. On est pareils. Et puis ma mère m'a toujours dit que j'avais été adoptée...

Elle se tourna vers Elizabeth.

— Vous êtes ma famille biologique, c'est clair. Mais, je ne sais pas si... je ne sais pas si j'avais besoin de ça.

Elizabeth retint la main qu'elle aurait aimé tendre vers Alice, qu'elle aurait voulu spontanément poser sur sa joue ou sur son bras.

— Alice, j'admire comment tu réagis. Tu peux compter sur moi si tu as envie qu'on parle. Et compte sur moi aussi pour ne rien brusquer. Mais dis-toi surtout qu'on est ensemble pour le plaisir et qu'on n'a pas à se forcer.

Elles échangèrent un nouveau regard et Elizabeth ne put retenir la main qu'elle vint plaquer sur l'épaule d'Alice. Elle y imprima une caresse légère avant de replier son bras après avoir compris que ce contact physique était suffisant. Puis elle reprit.

— Et tu n'es pas au bout de tes surprises...

Alice rit en essayant de placer pour la énième fois une boucle de cheveux derrière son oreille.

— Ha non ? Il y a *encore* des surprises !

— Oui. À Cuba, je m'occupe d'une école pour ados, ça s'appelle le *Centro*. J'y accueille en ce moment quinze pensionnaires. Ils ont entre 9 et 16 ans et viennent d'un peu partout dans le monde.

— C'est une sorte de *summer camp*, de colonie de vacances ?

— Si tu veux, oui. Tu verras ça sur place. Ils sont en train de préparer une fête pour ce soir.

— Ha ! Cool.

Elizabeth ajusta les lunettes de soleil sur son nez et se perdit dans la contemplation de l'océan devant elle. Son regard s'attarda, un instant, sur une tache de naissance dans le cou d'Alice, légèrement plus foncée que sa peau, et que le vent découvrait régulièrement. Elle repensa au dessin qu'elle avait réalisé des années plus tôt, ces trois petites filles nues et posées sur le dos, âgées de quelques semaines et qui regardaient droit devant avec de grands yeux écarquillés, surpris. Le bébé du milieu avait, dans le cou, une tache qu'Elizabeth avait toujours prise pour une erreur de dessin. Elle n'avait plus qu'à admettre que son crayonné était parfait…

Elizabeth observa la dernière île Keys disparaître derrière le yacht. En scrutant l'eau de chaque côté du bateau, d'un bleu plus profond, elle comprit qu'ils avaient atteint la zone de haute mer. Elle descendit chercher sa crème solaire et, en passant à côté de Théau, lui caressa une joue piquante du bout des doigts. Il souriait toujours, en écoutant Mona et Lisa expliquer à Juliette comment les journées se déroulaient au Centro. Il était clair, en regardant l'expression de leur sœur aînée, qu'elle ne les croyait qu'à moitié et ne voulait surtout pas avoir l'air étonnée. Elle hochait la tête et remontait son menton pour indiquer qu'elle comprenait, *ouais*, mais qu'elle verrait sur place, *ouais*, il en fallait certainement beaucoup plus pour l'impressionner. Elizabeth faillit éclater de rire. Au lieu de ça, elle s'étala de la crème solaire sur les bras et les épaules, le nez et les joues, dans le cou.

— Ez !

C'était la voix de Théau. Il s'était levé et pointait quelque chose vers le large, à gauche du bateau. Une masse en feu tombait du ciel, en ligne droite et en crépitant, entourée de fumée noire et de vapeurs d'étincelles. Elle rejoignit Théau et les filles à bâbord pour accompagner l'objet des yeux jusqu'à ce qu'il percute silencieusement l'océan à plusieurs kilomètres au loin.

Mona et Lisa ouvrirent la bouche à peu près en même temps, mais Juliette les coiffa au poteau :

— C'était quoi ce truc ? Une fusée de détresse ?

Théau répondit en ne mettant pas une once de doute dans l'intonation de sa voix.

— C'était un satellite.

Il consulta l'heure à son boîtier Memo2, 14 h 30, avant de reprendre, sous le regard sceptique de Juliette.

— Ça fait deux heures que la tempête solaire a frappé l'atmosphère et, des satellites artificiels, il y en a plusieurs milliers en orbite, pas loin de 7 000 il me semble. La plupart ont dû être gravement endommagés, ils perdent de l'altitude peu à peu. À mon avis, on va en voir d'autres.

Juliette haussa les épaules, prit un air goguenard et ouvrit la bouche pour dire quelque chose, mais un cri d'Alice, *regardez ça !*, attira toutes les attentions vers le poste de pilotage du bateau. Elle pointait du doigt une flammèche, de l'autre côté du yacht, qui traçait dans le ciel un trait parfaitement rectiligne. Le point lumineux chuta pendant cinq ou six secondes supplémentaires puis s'éteignit dans la mer.

Juliette se tourna vers Théau :

— OK. Ce sont des satellites. On n'a plus qu'à prier pour qu'on s'en prenne pas un sur la gueule, c'est ça ?

— Oui, c'est ça Juliette. Sur *la tête.*

Juliette tordit la bouche dans un sens puis dans l'autre, voulut rajouter quelque chose puis laissa finalement tomber en disant :

— J'ai faim. Pas vous ?

Les trois jumelles crièrent *oui !* en chœur et Juliette disparut par la porte centrale au fond du salon, où quelques marches descendaient vers une cuisine, deux cabines pour dormir, une douche et des toilettes. Mona et Lisa montèrent pour rejoindre Alice à son poste de capitaine de corvette. Elizabeth l'entendit les accueillir :

— Oh non, pas les clones !

La réponse des jumelles lui parvint instantanément, en stéréo :

— Ça va hé, clone toi-même !

Les trois sœurs rirent aux éclats.

Elizabeth s'assit à côté de Théau qui la regardait avec un air bizarre qu'elle interpréta comme une forme de résignation typiquement parentale. Ce qu'il lui dit alors résumait parfaitement la situation :

— Ça va pas être de tout repos de passer du temps avec ces quatre nénettes. J'ai l'impression qu'il n'y en a pas une pour rattraper l'autre.

— Tu m'étonnes ! Ce serait bien que Raja rapplique le plus vite possible pour les reprendre en main et qu'on puisse être peinards.

Théau et Elizabeth terminaient leurs deux derniers sandwichs lorsque Juliette sortit du fond du yacht en portant un plateau garni de petits-fours de toutes sortes, qu'elle avait visiblement pris le temps de faire réchauffer. Elle passa devant le canapé où Elizabeth et Théau étaient moitié assis, moitié couchés, en leur demandant *vous n'en voulez pas hein ?*, sans s'arrêter, et elle monta au poste de pilotage où elle fut accueillie par des hourras tonitruants. Elle posa le plateau directement par terre et redescendit en sautant presque pour retraverser l'espace devant le canapé, disparaître à nouveau vers la cuisine, accompagnée par les cliquetis métalliques des boucles de ses rangers. Elle en ressortit aussi vite qu'un bouchon de champagne, un grand saladier en plastique transparent en main, rempli de plusieurs sachets de chips et de cannettes de soda. Elle repassa devant la mère de sa mère et le petit ami de la mère de sa mère en leur redemandant *vous n'en voulez pas hein ?*, toujours s'en s'arrêter, et grimpa une dernière fois jusqu'au poste de pilotage où son arrivée fut acclamée par des hurlements hystériques.

L'attention des quatre adolescentes se recentra sur le partage des paquets de chips, de parfums différents, et des cannettes de soda de plusieurs marques. Ce qui eut pour effet de déclencher des tractations et des arrangements complexes, jusqu'à ce que Lisa repère une nouvelle torche qui fendait le ciel, parfaitement perpendiculaire à l'horizon, à plusieurs kilomètres à l'avant.

— Encore un satellite en feu !

— Putain, classe !

— On dirait une descente aux flambeaux. Avec un seul flambeau.

— T'as raison ma vieille ! Allez, reprends un peu de chips au wasabi, comme ça t'arrêteras de dire des conneries.

— (*la voix de Lisa*) Faut faire un vœu !

— Ha ouais pourquoi ?

— Ben parce que, quand on voit un satellite en feu, faut faire un vœu, c'est bien connu.

— Mais non, t'es idiote ou quoi, les vœux c'est pour les étoiles filantes !

— C'est pareil… En tout cas, moi j'ai fait mon vœu.

— Et c'était quoi ?

— Je vous le dirai pas. Un vœu, c'est privé.

— (*En chœur*) Allez, on est tes sœurs !

Puis des rires et encore des vannes, des bruits de chips qu'on mâche, des pschitt de boissons gazeuses qu'on ouvre et le martèlement des pieds sur le sol en plastique. Et la voix de Lisa :

— Y a pas des frites ?

Les filles finirent par se calmer, Elizabeth et Théau parvinrent à s'assoupir.

Mona et Lisa les rejoignirent dans le grand canapé pour s'y étendre. Elizabeth souleva délicatement la tête de Théau, posée sur ses cuisses. Il se réveilla et la regarda, elle lui dit qu'il fallait qu'il continue de dormir, de se reposer. Que tout était sous contrôle. Elle monta les marches jusqu'au poste de pilotage qui était à présent couvert par une toile épaisse, tendue au-dessus des têtes pour faire de l'ombre. Elle poussa du pied le plateau sur lequel ne restaient que trois petits-fours partiellement grignotés. Alice avait laissé le volant à Juliette, les frangines Banks-Melville étaient assises côte à côte.

— Ça va les filles ? Pas trop fatiguées ?

— Alice a eu un coup de barre, j'ai pris sa place. Ça va nickel, Ezzie !

Elizabeth se tourna vers la plus jeune des deux sœurs :

— Va te reposer en bas, si tu veux.

Alice hocha la tête et, sans un regard pour personne, descendit rejoindre le salon puis, probablement, une cabine à l'intérieur du yacht.

Elizabeth s'assit sur le siège libéré à côté de Juliette, qui planta des écouteurs dans ses oreilles. Chacune resta silencieuse pendant la demi-heure suivante, attentive à l'océan, à la marche du bateau, et à la dizaine de traits de fusain qui entaillèrent le ciel pendant ce laps de temps. L'une et l'autre relevèrent la tête à plusieurs reprises, pour vérifier qu'aucun satellite en feu n'était en train de leur tomber dessus. En échangeant par instants des regards surpris.

Il était 16 h 20 lorsqu'Elizabeth aperçut les côtes cubaines au loin. Elle demanda à Juliette de se diriger vers le point le plus à l'ouest, en haussant la voix pour qu'elle puisse l'entendre à travers le déluge musical qui filtrait de ses oreillettes.

— Donc à droite Ezzie, c'est ça ?

— Oui. Exactement.

Elizabeth jeta un coup d'œil en bas, Théau était toujours allongé, les paupières ouvertes, le regard perdu sur un repère fixe à l'intérieur de lui-même. Mona et Lisa avaient disparu. Elle descendit et s'assit à côté de Théau. Elle but une gorgée d'eau et posa une main sur sa cuisse.

— Ça va ?

— Bof. Ça fait mal. Et j'ai mal au cœur.

— Tu veux monter un peu, prendre l'air ?

— Non. Je suis bien là, il y a de l'air aussi. Et je préfère rester allongé.

Elizabeth lui passa les doigts dans les cheveux puis l'embrassa sur la bouche avant de se relever et descendre vers l'intérieur du yacht. Elle fit quelques pas et, par l'ouverture d'une porte, distingua les trois jumelles étalées sur une moquette épaisse, en train de regarder un film. Alice et Mona se tournèrent vers elle et lui envoyèrent un sourire avant de replonger dans l'écran où un requin s'attaquait à un voilier. Ça criait, hurlait, et des jets d'hémoglobine coloraient des tourbillons d'eau de mer. Elizabeth retourna dans le salon pour saisir son sac à dos. Elle en sortit le pistolet et s'adressa à Théau :

— On fait quoi de ça ?

Il n'hésita pas :

— Balance-le. On ne se servira jamais de ce truc.

Elizabeth s'approcha du bord du bateau et vérifia qu'aucune des filles ne la regardait avant de lâcher l'arme au-dessus de l'eau.

Elle remonta au poste de pilotage et constata que Juliette avait retiré ses écouteurs.

— Tu as besoin de quelque chose ? Tu veux que je te remplace ?

— Non. C'est bon Ezzie. Je te dirai. Mais tu peux rester avec moi…

Elizabeth devina que Juliette avait à présent envie de parler.

— La gueule de Jim ! Comment tu l'as neutralisé, c'était énorme ! Il faudra que tu m'apprennes ce truc, hein ?

— On verra si on a le temps.

— Donc, c'est quoi ton travail à Cuba ? C'est une sorte d'école ?

— Oui. C'est une école. Mais c'est aussi un refuge, une maison familiale et un centre thérapeutique.

— Ils ont quoi qui cloche tes élèves ?

— C'est un peu long à expliquer Juliette. Tu constateras ça toi-même, on y sera dans moins d'une heure. Mais pour simplifier, je dirai qu'ils ont tous un truc en plus par rapport aux gens normaux.

— Un truc en plus ? Comme une sorte de pouvoir ?

— Ha oui, c'est ça. Tout à fait ça.

— Un peu comme une école de mutants ? Comme les *X-Men* et l'académie du Professeur Xavier ?

— Ha ça, j'en sais rien. C'est quoi les *X-Men ?*

— Des super-héros. C'est sorti au cinéma, il y a au moins trente films avec eux. Tu connais pas ?

Elizabeth secoua la tête. Puis Juliette changea de sujet.

— Elle ne sera pas là ma mère ?

— Non. Raja arrivera pendant le week-end.

— J'ai hâte de la rencontrer. En fait, je pense qu'elle m'a toujours manquée. J'ai l'impression que je me rappelle d'elle. Alors que c'est sûrement impossible, je veux dire, j'avais un mois quand on a été séparées, c'est ça ?

— Oui. Ou cinq semaines, quelque chose comme ça.

Silence. Puis Juliette à nouveau :

— Tu sais quoi, Ezzie ?

— Non ?

— J'ai toujours su qu'il se passerait un truc… Que je retrouverai ma vraie mère, même si on m'a toujours expliqué qu'elle était morte.

Elizabeth lui envoya un grand sourire puis lui ébouriffa sa crête. Elle eut envie de lui rétorquer *attends, c'est pas encore fait*, mais elle se retint. Ce n'était pas le moment de casser l'ambiance.

Il fallut trente minutes supplémentaires pour atteindre la plage la plus proche du Centro. L'équipage au complet s'était retrouvé sur le pont supérieur du yacht pour y observer la côte en détail. Ils n'avaient croisé que très peu de bateaux, de loin, et Elizabeth s'était fait la réflexion que cette inactivité, en plein mois d'août, était étrange, inhabituelle. Elle se figura que l'humanité devait être tétanisée, à l'arrêt depuis la tempête solaire.

Elle avait rejoint Théau. Il grimaçait.

— Tu as toujours mal ?

— Oui. Mais bon, ça reste supportable.

— Réactive une dose d'antidouleur.

— C'est fait.

— T'as pas de la morphine dans ton boîtier Machin ?

— Si. Mais j'attends d'être à la maison, dans la chambre. Ça risque de me shooter.

— On demandera à Esteban de jeter un coup d'œil à ta blessure.

— Oui. J'y pensais. Mais le mieux, ce serait que tu me conduises chez le doc.

— OK. Tu as raison… Laisse-moi un peu de temps en arrivant. Ça va être du délire quand les garçons vont voir qu'on a doublé le nombre de filles invitées. Mais on va faire ça, oui. Pas question que tu gardes cette plaie ouverte sans qu'on s'en occupe sérieusement.

Elizabeth posa une joue sur son épaule droite, du côté où tout allait bien.

Théau repéra de loin la bouée fixe qui servait de point d'ancrage pour les deux ou trois bateaux qui, chaque année, mouillaient dans la crique la plus proche du Centro. Alice reprit son poste de capitaine pour effectuer les dernières manœuvres, tandis qu'Elizabeth, en équilibre sur la plateforme arrière, parvenait à empoigner la corde de la bouée. Juliette lui tendit une amarre équipée d'un mousqueton, qu'elle saisit et fixa sur l'attache flottante. Alice coupa le moteur et, par sécurité, libéra l'ancre du yacht, dont la chaîne produisit un cliquetis métallique assourdissant.

Sans que ni Théau ni Elizabeth donne d'instruction particulière, les quatre filles rassemblèrent leurs affaires puis Juliette et Alice fermèrent les différents accès à l'intérieur du bateau avant de rejoindre la plateforme arrière pour mettre à l'eau le zodiac qui y occupait plus de la moitié de l'espace.

Une simple chaîne avec un cadenas le reliait à la passerelle. Juliette se chargea de l'ouvrir puis vérifia, après avoir retiré la bâche de protection, que l'embarcation possédait bien des rames. Elle agrippa ensuite la corde fixée à l'avant et indiqua à ses trois sœurs qu'elles pouvaient pousser ou tirer le zodiac, comme elles voulaient, le but étant qu'il se retrouve dans la flotte. Mona, Alice et Lisa s'arc-boutèrent sur les boudins plastifiés et l'embarcation fut mise à l'eau en quelques secondes.

Les filles sautèrent dans le petit bateau en se bousculant et ce qui devait arriver arriva : il fallait bien que l'une d'entre elles tombe. Ce fut Mona. Elle s'agrippa au bord du pneumatique, vérifia que son sac était bien au sec puis interrogea du regard Elizabeth en pointant la plage, à environ quarante mètres de distance. Le coin était sans danger, Elizabeth lui envoya un grand sourire. Mona lâcha un *Gorilla !* tonitruant puis entama un crawl parfait en direction de la côte. Comme Elizabeth l'avait deviné, ce fut ensuite au tour de Lisa de lui lancer un regard admirablement lisible. Elle lui adressa le même accord muet et les trois filles se débarrassèrent de leurs sacs, t-shirts, shorts, rangers rouges pour Juliette qui ne les avait pas quittées une seule seconde depuis le départ de Miami, pour se jeter à la baille de manière plus ou moins synchronisée, dans une explosion de gerbes et de cris de défi.

Elizabeth se tourna vers Théau qui était resté immobile, assis les pieds dans l'eau sur le rebord de la passerelle en bois. Il avait l'air d'avoir repris un peu du poil de la bête. Elle lui tendit la main et approcha le zodiac. Théau grimaça de douleur en se retenant avec son bras blessé puis se laissa tomber au fond de l'embarcation. Elizabeth sauta à son tour, retrouva son équilibre puis empoigna les rames et s'assit sur la planche en bois qui servait de banc central.

— On va chez le médecin dès qu'on arrive. Tu peux pas rester comme ça…

Elle se mit à ramer et Théau tourna la tête vers les bruits

d'eau, pour suivre en souriant l'avancée des quatre folles qui hurlaient, crachaient, nageaient. Il lui fit face à nouveau et le même sourire continuait de s'afficher sur sa bouche.

— On s'en va, Ez ?

— Quoi ? Où ça ?

— On les laisse là, on part tous les deux avec le yacht. On s'installe sur une île déserte.

Elizabeth lâcha les rames et s'accroupit en se penchant, lèvres et sourire en avant. Ils échangèrent un baiser et cet instant d'intimité rétablit immédiatement l'écran de protection, le cocon formé par leurs deux champs électromagnétiques juxtaposés. Elle reposa les fesses sur la planche et, rames en main, répondit à Théau.

— Oui. On fera ça. Dès qu'on pourra, promis.

Une ou deux minutes passèrent.

Théau tourna plusieurs fois la tête sur les côtés, en reniflant et fronçant les sourcils.

— C'est quoi cette odeur ?

Elizabeth lâcha une rame pour pointer du doigt les godasses de Juliette :

— Tu veux dire : le truc qui pue ?

L'homme devant elle se mit à rire et Elizabeth évacua d'un coup toute forme d'inquiétude.

Tout le monde récupéra ses affaires avant de traîner le bateau pneumatique plus haut sur la plage, au pied d'un palmier autour duquel Juliette referma la chaîne et le cadenas.

La chaleur était infernale, la vitesse ne brassait plus l'air autour d'eux. Théau fit un geste à Elizabeth pour dire qu'il marcherait sans aide, puis un autre pour l'inviter à passer devant. Il ajouta :

— Prends juste mon sac à dos, s'il te plaît. M'attendez pas, commence à faire les présentations.

Il s'appuya contre le tronc d'un arbre et porta une bouteille d'eau à la bouche. Elizabeth s'adressa aux filles :

— Vous êtes prêtes ?

Elles répondirent en chœur, avec un sourire identique et, dans les yeux, la même excitation. Ça promettait. Elles se mirent en file indienne derrière Elizabeth et commencèrent à se faufiler dans la végétation tropicale, sur un sentier à peine visible, en direction du Centro.

Elles marchèrent pendant une quinzaine de minutes et Elizabeth sentit une tension palpable s'installer derrière elle, au fur et à mesure qu'elles approchèrent du Centro.

En arrivant à la clôture, elle consulta l'heure sur son téléphone et vérifia en même temps l'indicateur télécom. Il était 17 h 12 et les réseaux cubains ne faisaient apparemment pas mieux que ceux qui s'étaient effondrés en Floride.

Elles firent encore quelques pas et des notes de musique leur parvinrent, ainsi que des cris d'enfants en train de jouer. Elizabeth s'arrêta et se tourna vers les filles en levant les mains :

— Stop ! Mona et Lisa, vous connaissez les garçons. Vous savez qu'ils vous adorent. Ils vont être fous en vous voyant débarquer et encore plus quand ils vont réaliser que vous êtes quatre au lieu de deux. Franchement, ils vont halluciner. Ça va les rendre dingues. Alors, s'il vous plaît, Mona et Lisa, faites les présentations, occupez-vous de Juliette et d'Alice… On se défoulera plus tard, mais pour l'instant, je veux que l'ambiance reste… comment dire ? Tranquille et sous contrôle. Dak ?

Les jumelles répondirent en chœur, avec un air très sérieux :

— Compte sur nous Ezzie.

— Il va falloir que j'amène Théau voir un docteur. Sa blessure est vraiment moche.

Elizabeth recommença à marcher tout en expliquant à Mona, qui la suivait deux mètres derrière, qu'elles pourront toutes les quatre s'installer dans le salon, au rez-de-chaussée de la maison, qu'il suffira de mettre deux matelas supplémentaires par terre.

Ce fut Ashitaka qui aperçut en premier la petite colonne de marcheuses. Il courait au milieu du sentier devant elles.

Il s'arrêta à plusieurs mètres de distance, le visage illuminé d'un sourire géant en reconnaissant Mona puis Lisa qui suivaient Elizabeth. Ses lèvres se figèrent lorsque son regard s'immobilisa sur Alice. Puis ses yeux s'écarquillèrent en glissant sur la dernière silhouette, celle de Juliette. Sa bouche s'ouvrit alors largement, emportée par la disparition soudaine de toute tension au niveau de sa mâchoire inférieure, et il resta paralysé jusqu'à ce qu'Elizabeth s'arrête devant lui et pose les mains sur ses épaules.

— On est venus avec les sœurs des jumelles.

Il répéta :

— Les sœurs des jumelles.

Elle se tourna pour les indiquer du doigt.

— Oui, c'est ça. Là, tu as Alice, un peu plus bronzée que les jumelles. Et derrière, Juliette, l'aînée, avec la crête rouge.

Il redit :

— Les sœurs des jumelles.

Elizabeth contempla une dernière fois l'expression de grande surprise d'Ashitaka, qui restait vitrifié au milieu du chemin, puis le contourna pour rejoindre le groupe de bâtiments qui n'était plus qu'à une centaine de mètres. Elle entendit Mona et Lisa faire une bise au jeune garçon puis Alice et Juliette dire *salut*, sans s'arrêter.

Ashitaka dépassa Elizabeth vingt secondes plus tard en courant comme un dératé et en criant.

— Mona et Lisa sont là ! Mona et Lisa sont là ! Avec leurs sœurs !

Elizabeth leva les yeux au ciel et se tourna vers les filles. Les jumelles souriaient franchement alors qu'Alice et Juliette affichaient des mines inquiètes. *Tu m'étonnes !*

Elles arrivèrent sur la place centrale du Centro quelques minutes plus tard, face au préau. Ashitaka avait déjà rameuté tout le monde et Elizabeth aperçut Esteban et Ophilio en train de se diriger, eux aussi, vers l'attroupement spontané, électrique… Elle aurait presque pu voir des étincelles parcourir la rangée de visages. Oui, c'était exactement ça : les têtes *crépitaient.*

Elizabeth fit un geste aux filles pour qu'elles s'arrêtent puis avança en levant les mains afin que le silence s'installe. Elle se campa sur ses jambes, croisa les bras et vérifia d'un coup d'œil que tous les garçons étaient là, à la manière d'un officier prêt pour une revue de troupes. Elle envoya un sourire circulaire puis, anticipant que tous allaient commencer à parler en même temps, elle porta l'index à sa bouche en poussant un *chut !* sonore.

— Bonjour à tous. J'espère que vous avez passé une bonne journée. Comme vous le voyez, Mona et Lisa sont déjà là. Et elles sont accompagnées par Juliette, leur sœur aînée que vous ne connaissiez pas encore, et par Alice, qui est leur jumelle. Chut ! Juliette et Alice ont besoin que vous vous montriez courtois, attentifs, doux et surtout, surtout calmes avec elles, car le voyage a été très fatigant. Elles vont rester plusieurs jours et… chut ! Elles vont rester plusieurs jours, alors allez-y mollo, d'accord ? Il y en aura pour tout le monde !

Le groupe répondit *Si commandanté !* comme un seul homme, et Elizabeth se dirigea vers les garçons en ébouriffant quelques tignasses, faisant un câlin rapide aux deux plus petits. Elle s'approcha ensuite d'Esteban et Ophilio qui n'arrivaient pas à détacher leurs regards des quatre filles à présent encerclées par les pensionnaires du Centro. Mona et Lisa faisaient les présentations en souriant, décontractées, les garçons les écoutaient, totalement captivés, hypnotisés.

Elizabeth tourna les yeux vers le sentier, n'y distingua pas la silhouette de Théau. Elle posa une main sur l'épaule d'Esteban.

— Esteban, Ophilio, la journée a été épuisante et

mouvementée, je vous raconterai, et Théau est blessé. Il arrive, il était derrière nous. Je vais l'amener en voiture, maintenant, pour consulter le docteur Morales.

Ophilio hocha la tête et demanda :

— C'est grave sa blessure ?

— Oui. Sur le haut du bras. Il va falloir que vous gériez tout le monde pendant qu'on est là-bas… Ça va aller ?

Esteban répondit, sûr de lui :

— Bien sûr, Ez, ne t'en fais pas. On va finir de préparer les décorations pour la fête et le dîner de ce soir. On va faire des groupes, de la musique, du rangement, on va organiser des jeux…

— J'imagine qu'on ne peut pas utiliser nos téléphones ?

— Non, il n'y a plus aucun réseau et l'électricité est coupée.

— Donc on va se pointer directement chez le médecin, en espérant qu'il sera là.

Le visage d'Ophilio changea d'expression et Elizabeth se retourna pour suivre son regard. Théau arrivait, en avançant lentement, sa figure blanche et crispée révélait une grande fatigue, un épuisement. Le haut de la manche de son t-shirt était rouge sombre, imbibé de sang. Elle courut jusqu'à lui, accompagnée par les deux hommes.

Théau réussit à marcher seul jusqu'à la voiture du Centro, en s'appuyant légèrement au bras d'Elizabeth.

En conduisant le pickup, elle repensa à Alice et Juliette.

Les sœurs Banks-Melville vivaient sans aucun doute la journée la plus incroyablement déstabilisatrice de toute leur existence. Il fallait que ça se passe bien, il fallait absolument qu'elles acceptent leur vraie famille et qu'elles arrivent à continuer à se construire avec ça, avec ce passé, cet héritage. Ce chaos qui ne demandait qu'à se changer en équilibre.

Par chance, le docteur Morales était à son cabinet. Dès le début de la conversation, Elizabeth comprit que le médecin avait passé une bonne partie de la journée à La Havane, où il était parti en début de matinée pour des courses qu'il n'avait jamais pu faire. Les rues du centre-ville avaient été bloquées par la police et l'armée dès midi. À la coupure générale de l'électricité trente minutes plus tard, le cours de la vie avait été interrompu et les gens s'étaient spontanément retrouvés dehors, au soleil ou à l'ombre, dans le calme. Tout le monde avait commencé à boire, à chanter et à danser, à faire la fête. Morales avait mis plus de quatre heures pour rentrer. Et l'électricité n'était toujours pas revenue, ni l'eau du robinet. Elizabeth lui avait coupé la parole en lui disant que le bras de Théau avait été salement amoché, qu'elle avait peur que le muscle ait été en partie arraché. Le médecin avait retiré le pansement sommaire et examiné la plaie attentivement, sans la toucher.

— Comment il s'est fait ça ?

Elizabeth et Théau échangèrent un bref regard. Il décida de répondre et elle comprit qu'il avait préparé une explication plausible :

— Un type m'a tiré dessus à Miami, après la coupure d'électricité. C'était la panique dans toute la ville, je ne sais pas comment on a fait pour réussir à revenir aussi facilement à Cuba…

— Vous étiez à Miami ? Le courant a sauté ?

— Oui docteur. Comme partout sur Terre à mon avis…

— Ah ! Alors, vous avez vu les aurores boréales ?

Elizabeth s'incrusta à nouveau dans la discussion en se disant que, décidément, les deux hommes avaient vraiment tendance à disperser leur attention :

— Oui, on les a vues. Et vous en pensez quoi de sa blessure ?

Morales plongea à nouveau son regard dans la bouillie de chair, souleva délicatement un petit morceau de peau noircie du bout d'une pince puis, tout en sortant des instruments et des produits d'un placard situé derrière lui, débita d'une traite ce qu'il avait à dire sur l'état du bras de Théau.

— Le milieu du muscle est endommagé, mais pas les

tendons. Il n'y a pas de fracture, la peau est brûlée profondément et au moins dix centimètres carrés d'épiderme ont été arrachés. Par chance, l'artère brachiale n'a pas été touchée, sinon ça aurait pissé le sang. Il n'y a rien à recoudre. Je vais enlever les bouts de peau morte, bien nettoyer la plaie, et vous repartirez avec tout ce qu'il faut pour lui faire des pansements, tous les jours, avec un gel de reconstitution antiseptique. Il lui restera une grosse cicatrice, mais le muscle devrait retrouver un fonctionnement à peu près normal.

Théau releva la tête.

— *À peu près normal* ?

— Ça veut dire que votre biceps remarchera après pas mal de repos, mais qu'il va rester douloureux à l'effort. Il faudra le ménager. Essayez de ne pas le bouger pendant plusieurs jours, en l'immobilisant avec une écharpe ou en mettant votre main gauche dans une poche de pantalon ou de short. Ne laissez pas pendre votre bras, ça va tirer sur le muscle. Et surtout, pas de bain de mer, la douleur serait insupportable. Évitez même l'eau douce, si possible. Il faut que ça reste tout le temps sec. D'accord ?

Le médecin s'occupa de la plaie, sous le regard attentif d'Elizabeth qui observa la réalisation du pansement. Théau lui offrit un visage rassurant : il allait mieux, il n'était plus inquiet, le mental et le tonus semblaient de retour. Morales remplit un sachet avec des compresses, un rouleau d'adhésif et un gel de cicatrisation, puis y ajouta une boîte d'antalgiques. Théau faillit lui dire qu'il n'en avait pas besoin, mais il se rappela qu'au Centro, ces cachets pourraient toujours servir.

— D'ici deux ou trois jours, je vous conseille de laisser la plaie à l'air libre pendant quelques heures, le matin. Ça cicatrisera plus vite.

Avant de partir, le médecin leur demanda des nouvelles des quatre ou cinq garçons du Centro qu'il connaissait et Elizabeth prit le temps de lui répondre, poliment. Dehors, ils s'arrêtèrent devant le pickup et s'étreignirent un instant. Elizabeth sentit que Théau était rassuré, qu'il n'avait plus mal. Il lui passa une main dans le cou.

— Me voilà convalescent.

— Oui. Tu essaieras de pas trop bouger. Laisse-toi chouchouter. D'accord ?

Personne ne fit attention à eux lorsqu'ils arrivèrent au Centro. Elizabeth attrapa les deux sacs à dos à l'arrière de la voiture et Théau se chargea du paquet ramené de chez le docteur. En traversant les jardins, ils eurent l'impression d'être des parents qui venaient chercher trop tôt leurs enfants en colonie de vacances. D'être volontairement ignorés.

Elle repéra les quatre invitées. Trois garçons mettaient le couvert avec Alice. Une partie de ping-pong à six avait démarré sous la supervision de Lisa et les ados tournaient autour de la table en criant et en se bousculant. Mona s'occupait de la décoration du préau en installant des guirlandes et des lampions avec les quatre enfants les plus jeunes. Assis sous les figuiers, Juliette était en grande conversation avec les aînés du Centro. Max, Obayana et Dimitri l'écoutaient, captivés, et Elizabeth se demanda de quoi ils pouvaient parler ensemble. Jusqu'à ce que Juliette mime un coup porté avec le tranchant de la main puis s'allonge en simulant un évanouissement…

Ils contournèrent le bâtiment central pour rejoindre, un peu à l'écart, la vieille maison coloniale. Ils posèrent tout dans le salon, et Elizabeth avertit Théau qu'elle allait prendre une douche et se changer.

En retirant son débardeur, ses pensées se concentrèrent brusquement sur sa fille, Raja. Juliette avait été retrouvée, elle était là, au Centro. Avec une surprise supplémentaire, une jumelle de plus, Alice. Elizabeth sortit son téléphone portable et consulta à nouveau l'indicateur de réseau, toujours muet. À tout hasard, elle essaya d'appeler, mais il ne se passa rien, aucune tonalité, aucun message ne vint la prévenir d'une impossibilité d'établir la ligne. Elle posa l'appareil sur le lavabo puis termina de se déshabiller. Debout sous le pommeau de douche, elle tourna le robinet d'eau chaude. Les tuyaux émirent une plainte gutturale, une sorte de grand cri assoiffé, rêche, et quelques gouttes tièdes atterrirent sur son crâne. Elle leva les yeux en soupirant. Oui, bien sûr, il n'y avait plus d'eau. Elle renfila sa culotte et son haut puis sortit de la salle de bains pour monter l'escalier, rejoindre Théau. Il était assis, face à la fenêtre qui donnait sur le jardin et les nombreuses silhouettes, toutes occupées à jouer sérieusement. Il déverrouilla son regard perdu dehors pour le porter sur Elizabeth.

— Il n'y a pas d'eau, c'est ça ?

— Bien vu. On va faire comment pour se laver ?

— Je peux remettre en route le courant. Nos batteries sont chargées à bloc et on peut compter sur notre réservoir d'eau pendant deux ou trois jours.

Elizabeth réfléchit pendant quelques secondes.

— Tu peux rebrancher l'électricité uniquement dans le bloc des sanitaires ? Histoire qu'on puisse tous utiliser les toilettes et se laver ?

— Si tu veux. Je laisse éteint ailleurs ?

— Ce serait mieux, oui. Comme ça, on économise si jamais la coupure s'éternise. Et puis on se fera une soirée à la bougie. Ce sera sympa.

— OK. J'y vais.

Théau se leva et, lorsqu'il passa devant Elizabeth, leurs bras s'étirèrent et s'agrippèrent comme deux pièges aux tentacules d'acier, parfaitement programmés. Leurs têtes se cognèrent presque, leurs poumons se vidèrent d'un coup, violemment, avant de se gonfler à nouveau, très lentement. Ils se serrèrent l'un contre l'autre le plus fort possible sous les coups d'accélération de leurs pouls, pour se délester d'une pression violente et glacée, coincée en eux depuis midi. Ou depuis leur réveil. Théau posa ses lèvres sur la joue puis dans le cou d'Elizabeth, elle apposa les paumes de ses mains sur son flanc et dans son dos. Leurs regards s'allumèrent d'un coup, impuissants devant le trop-plein d'émotions qui n'attendaient que cette proximité pour jaillir.

— J'ai eu très peur.

— Moi aussi, Théau.

Ils restèrent longtemps immobiles, incapables de ne plus bouger et de se détacher. Incapables de quitter la chaleur de l'autre et d'arrêter de goûter encore le merveilleux, le miracle de leur présence commune, intacte. Elizabeth posa sa main sur le bras gauche de Théau qui sursauta immédiatement.

— Aïe ! Ça fait mal.

Elizabeth chuchota *pardon* puis son torse tressauta contre celui de Théau. Elle rit et il ne put s'empêcher de l'imiter. Elle constata que le visage de l'homme devant elle avait repris toutes ses couleurs, tous ses beaux reliefs. Elle s'écarta légèrement du buste chaud et redevint sérieuse après avoir respiré profondément :

— Il faut vraiment qu'on prévienne Raja qu'on a récupéré les filles. Tu as vérifié NoT ? Tu crois que ça fonctionne ?

— Non. Je n'ai pas regardé, mais ce n'est pas la peine, tu sais. Tant que le réseau électrique n'est pas rebranché, il est impossible que ça marche.

— Tu pourras essayer de te connecter, après avoir remis en route les batteries ?

— Oui, si tu veux. Mais tant que l'électricité n'est pas rétablie à Cuba, en France et en Suisse, ça ne fonctionnera pas. Il faut qu'il n'y ait aucun trou, aucune rupture de ligne entre ici et Raja, où qu'elle se trouve.

Elizabeth eut un mouvement de résignation avant de reprendre :

— Et comment on saura quand ça remarche ?

— Il faut vérifier régulièrement nos portables, même si je n'ai pas trop d'espoir là-dessus, vu le nombre de satellites qui ont dû cramer cet après-midi. Et il n'est pas impossible que les antennes-relais aient également subi des dégâts. Mais on ne sait jamais… En tout cas, dès que NoT sera fonctionnel, je suis certain que Thomas me préviendra. Cela ne m'étonnerait pas qu'il soit déjà sur le chantier, à tenter de rétablir le réseau point par point.

— Tu penses qu'on en a jusqu'à quand ?

— À mon avis, ce n'est pas la peine d'attendre une amélioration avant demain midi… Donc autant se concentrer sur la soirée, non ?

— Oui. Tu as raison. On va faire ça, on n'a pas le choix de toute manière. J'espère juste que Raja n'est pas trop inquiète.

Ils se détachèrent l'un de l'autre. Théau descendit l'escalier et sortit de la maison pour aller remettre le courant dans le bâtiment qui servait de salle de bains et de toilettes collectives.

Elizabeth partit se doucher quinze minutes plus tard, après que Théau lui eut confirmé qu'elle aurait de l'eau. Chaude ou froide, les deux fonctionnaient très bien. Mais qu'il fallait qu'elle se lave rapidement, histoire d'économiser les réserves.

Sous la douche, elle fut contrariée de ressentir de la colère envers Mona et Lisa. Le fait était qu'elles avaient pris des risques inconsidérés. Et qu'elles avaient mis en danger d'autres personnes, dont Théau et elle. Il faudrait qu'elle leur parle. Sans les engueuler, elle laisserait cette option à leur mère ou à Goran. Mais il fallait qu'elles comprennent qu'il ne s'était pas agi d'un jeu, d'une course au trésor ou d'une compétition. Qu'elles réalisent qu'elles n'auraient jamais dû faire ça.

Elizabeth enfila un pantalon de toile léger et une tunique noire, sans manches. En traversant le jardin, elle distingua Théau en grande discussion avec Ophilio et Esteban. Il portait un bermuda à carreaux et une chemise unie, en lin, d'un bleu turquoise qui attirait les regards. Elle le trouva très classe.

Le préau était décoré de lampions et guirlandes multicolores. Des bougies avaient été disposées sur les tables et, en s'approchant, Elizabeth réalisa que des prénoms avaient été écrits sur des bouts de papier pliés en deux, posés avec plus ou moins de minutie au milieu de chaque assiette. Elle fit un tour complet, consciente qu'un plan de table extrêmement réfléchi avait été mis au point. Elle recompta le nombre de couverts, vingt-trois, répartis sur trois tables de six et une table de cinq. Il y avait une adolescente et un adulte par tablée. Théau dînerait à celle de Juliette, elle à celle d'Alice. Ce qui était sans aucun doute possible une disposition très intelligente des nouvelles arrivées. En relevant la tête vers la cuisine, Elizabeth croisa le regard attentif d'Alice et de Mona. Elle leur envoya un sourire accompagné d'un clin d'œil pour leur confirmer que la répartition des invités était parfaite.

Peu de temps avant de passer à table, Mona et Lisa vinrent trouver Théau et Elizabeth dans la cuisine. Elles se tinrent un instant silencieuses puis se consultèrent du regard, pour savoir laquelle des deux parlerait. Mona ouvrit la bouche et, trop émue, actionna ses lèvres sans qu'aucun son en sorte. Lisa prit le relais :

— On voulait vous dire qu'on était désolées. D'être allées là-bas sans prévenir…

Elizabeth posa les deux bouteilles d'eau qu'elle avait en main et Théau referma le placard d'ustensiles. Mona réussit alors à parler :

— On ne savait pas que ça pourrait être dangereux. Pardon. On a eu vachement peur.

Elizabeth comprit à cet instant qu'elle n'aurait pas à les prendre entre quatre yeux, qu'une engueulade ne servirait à rien. Il suffisait de les voir toutes les deux, en pleurs et presque tremblantes, pour réaliser qu'elles avaient toutes les deux compris l'énormité de leur entreprise à Miami. La scène s'acheva en étreinte pacifiante, apaisante et réconfortante.

Les jumelles demandèrent à Théau comment allait son bras, puis lui redirent qu'elles étaient désolées. Elizabeth se promit à cet instant de faire le point avec Raja, avec Goran et Théau aussi, pour savoir ce qu'ils penseraient de raconter aux quatre filles tout ce qui s'était passé en 2015 et 2016. Tout. Y compris le faux décès puis la vraie mort de leur père, la tentative d'assassinat de Raja et les nombreux autres cadavres qui jalonnaient le récit. Il fallait qu'elles sachent, même si beaucoup de choses violentes risquaient d'être dures à encaisser.

Théau sonna la cloche de la Cantina quelques minutes avant 20 heures. Les quinze pensionnaires du Centro, les quatre filles de Raja et les quatre adultes tournèrent autour des tables pour y trouver leur place. Les adolescentes allumèrent les bougies, dans un cérémonial qu'elles avaient apparemment savamment réglé entre elles. Le menu était simple, destiné à étouffer les appétits de tous : salade de semoule façon taboulé, frichti de pommes de terre à l'huile d'olive. Tout le monde se servit, sous la direction des adultes à chaque table. Puis, sans que l'action ait été préméditée, les enfants exigèrent un discours d'Elizabeth.

Devant le brouhaha croissant, Elizabeth se leva brusquement, ce qui eut pour effet immédiat d'imposer un silence à peine entrecoupé de quelques rires nerveux. Elle prit ensuite le temps, dans un grand regard circulaire, de poser ses yeux sur chaque garçon, fille ou adulte présent sous le préau autour d'elle. Puis, elle parla et, sans avoir rien préparé, réussit à faire un résumé rapide de ce qu'elle ressentait et désirait partager à cet instant :

— Je remercie chacun de vous pour cette très belle fin de journée. Les garçons, vous êtes des gentlemen, je suis fière de vous. Vous faites honneur au Centro en accueillant les filles comme vous le faites. C'est un bonheur immense de vous connaître, Alice et Juliette, et une joie aussi de vous retrouver, Mona et Lisa. Comme à chaque fois. Je trinque à chacune et à chacun de vous, à tous les miracles rassemblés ce soir autour de ces tables. Je vous aime tous.

Il y eut des hourras et quelques larmes. Puis le dîner exceptionnel se mua en repas presque commun, empli de discussions de tous les jours, de propos de gamins insouciants, émerveillés. Elizabeth y admira une fresque fabuleuse composée de portraits heureux, de regards brillants de la lueur des bougies, et de sourires aveuglants.

Alice semblait à l'aise, attentive à ce que lui racontait le petit Enzo à sa gauche. Elle parvenait à consacrer également un peu de son attention à Abdel et Mokhtar, assis face à elle. Elle se servit copieusement de salade et de patates, sous le regard amusé d'Obayana, qui ne parla pas beaucoup et qu'Elizabeth trouva beaucoup plus calme que d'habitude. Elle en déduisit que le jeune nigérian était probablement victime d'un charme, d'un envoûtement.

Il y eut au dessert un assortiment de cookies de toutes sortes, au chocolat, à la noisette et à la banane, préparés par les garçons en fin de matinée.

Tout le monde débarrassa, provoquant un embouteillage dans la cuisine où résonnèrent des faux bruits de klaxons et quelques interpellations du type *vas-y avance !*

Mona et Lisa accompagnèrent Ophilio dans le gymnase avec une dizaine de gamins, pour regarder un film. Esteban et Théau partirent à pied faire un tour vers les installations électriques, le potager et le poulailler.

Sous le préau, Juliette avait rejoint Alice et quatre garçons s'étaient assis avec elles : Max, Ashitaka, Obayana et Magnus. Après s'être servi un petit verre de rhum, Elizabeth retrouva la même chaise que pendant le repas. Elle posa les yeux sur Alice, puis sur Juliette.

— Ça va les filles ? Le dîner vous a plu, vous n'êtes pas trop fatiguées ?

Juliette répondit d'un bref mouvement du menton et en tordant la bouche, ce qui voulait sans doute dire, dans l'ordre, *ouais pas mal* et *non pas trop*. Alice formula quant à elle une réponse avec des mots articulés.

— C'était très bon, on s'est régalé avec les cookies. Et sinon, non, pas trop fatiguée, ça va. Mais je serai quand même contente de retrouver un lit. Ça n'a pas l'air très reposant de vivre ici…

Elizabeth sourit largement et fit l'effort de confirmer la signification de son hochement de tête par une courte phrase.

— Oui. Les journées sont bien remplies, on ne s'ennuie pas.

Un silence s'installa que personne ne trouva suspect ou déplaisant. Les yeux de tous se promenaient, sereinement, d'un visage à l'autre, puis se posaient sur la lumière de la bougie disposée au centre de la table. Autour d'eux, au-delà du toit du préau, l'obscurité prenait place et le coucher de soleil imprimait sur quelques nuages des couleurs ocre et framboise. Des courants de brise marine vinrent s'insérer entre les strates d'air trop chaud et caresser les peaux moites, sous le tissu des vêtements.

Elizabeth croisa les yeux de Juliette et comprit à son sourire qu'elle désirait prendre la parole, mais n'osait pas. Ez savait de quoi sa petite-fille punk souhaitait discuter, puisqu'elle ne lui en avait pas assez dit sur le bateau. Elle lui envoya un regard de confirmation : oui, elle pouvait parler de ça. Juliette contempla le visage des quatre garçons, à ses côtés et en face d'elle, puis se lança.

— Ezzie m'a raconté que vous étiez tous ici, au Centro, car vous aviez quelque chose *en plus* par rapport aux gens *normaux*. J'ai beau vous observer, je vous trouve différents, c'est certain, vous avez tous quelque chose que les autres n'ont pas. Mais je ne sais pas quoi…

Les quatre adolescents sourirent ou rirent, en jetant des coups d'œil vers Elizabeth, à la fois amusés ou gênés. Elizabeth s'autorisa un dernier avertissement avant de laisser la main aux garçons :

— Tu verras, c'est étonnant. Mais certaines de leurs

capacités ne sont pas forcément drôles ou… agréables.

Elizabeth porta le verre de rhum à ses lèvres et le liquide parfumé, sucré, en diffusant son onde de chaleur, installa immédiatement en elle un calme d'Olympe. Elle constata qu'Obayana était déjà concentré sur la réalisation d'un de ses exercices préférés. Les attentions convergèrent vers la figure ébène et anguleuse de l'adolescent, dont les yeux fixaient un point précis, situé quelque part au-delà de la flamme de la bougie. Au bout d'une vingtaine de secondes, le téléphone portable de Juliette émit une succession de notes électroniques dissonantes. Elle le tira de la poche arrière de son pantalon en riant :

— Pardon, excusez, c'est *shark* de recevoir un SMS en pleine réunion de spiritisme !

Le smartpad d'Alice sonna au moment où Juliette regardait fixement l'écran de son téléphone. Obayana se détendit et expulsa l'air de ses poumons en même temps qu'Alice réalisait qu'il n'y avait toujours aucun réseau et qu'il s'agissait d'autre chose. Les deux frangines observèrent chacune le *smiley* qu'elles venaient de recevoir, signé *Obayana*. Elles se montrèrent leur message puis interrogèrent du regard les faces détendues autour d'elles. Alice ajusta une mèche de cheveux derrière son oreille, sourcils froncés en secouant légèrement la tête, et Juliette posa son téléphone sur la table en fixant Obayana.

— C'est toi qui fais ça ?

L'adolescent confirma en haussant les épaules et en prenant un air à la fois désolé et fier. Les trois autres garçons rirent. Elizabeth constata ensuite que l'aînée de Raja avait un solide sens de l'humour et qu'il en fallait décidément beaucoup pour qu'elle se laisse impressionner :

— Toi au moins, t'as pas besoin de demander aux filles leurs numéros de téléphone !

Il s'en suivit plusieurs échanges typiques entre adolescents, qui commentèrent avec de grands moulinets des bras et des mains les expressions de surprise qu'avaient affichées les deux sœurs. Elizabeth nota qu'Alice semblait légèrement en retrait depuis que son appareil avait sonné. Plus tout à fait là. Elle en déduisit que c'était trop pour elle. Entre la découverte des jumelles et de leur famille de cinglés, leur fuite de Miami, les aurores boréales et l'école de sorciers, ça faisait beaucoup. Sans compter qu'il n'y avait plus de réseaux, plus d'internet et plus de wifi. Une vraie catastrophe pour n'importe quelle adolescente du XXIe siècle. Elizabeth se résolut à casser l'ambiance.

— Les gars, il vaut mieux s'arrêter là pour aujourd'hui. Vous continuerez demain. Les filles sont crevées et il commence à être tard.

Juliette insista.

— Allez, Ezzie, c'est bon. T'inquiète, on gère.

Obayana, Max et Magnus avaient l'air de vouloir poursuivre la présentation de leurs talents. Ashitaka, de son côté, avait plaqué ses mains sur la table et semblait déjà préparer sa démonstration, en fixant à son tour, de ses iris noirs, laqués, la flamme vacillante de la bougie. Elizabeth croisa les bras en se redressant, consciente qu'il était inutile de résister davantage.

— OK. Mais après, tout le monde va se coucher. D'accord ? Max, tu nous feras ta démonstration demain soir. Et, Ashitaka, s'il te plaît, tu le fais qu'à Juliette, d'accord ?

L'adolescent aux traits asiatiques et aux longs cheveux noir de jais hocha la tête en même temps que Juliette sursauta sur sa chaise :

— Quoi, faire quoi ?

Il s'en suivit un nouveau silence et une tension perceptible chez chacun des participants après qu'Ashitaka eut fermé les yeux. Juliette passa nerveusement en revue les visages sérieux autour de la table, à la fois amusée et curieuse. Pas inquiète. Puis, au bout de quelques secondes, elle fronça les sourcils et secoua la tête, comme pour essayer de se débarrasser d'un chatouillement, d'une sensation de picotement.

Une perle de sang apparut sous sa narine gauche et glissa

lentement jusqu'à sa lèvre supérieure, en traçant une traînée brillante, d'un rouge profond. Alice se plaqua les deux mains sur les joues, les traits tirés par un mélange de stupeur et d'amusement.

Intriguée par la sensation sous son nez et par les regards tournés vers le milieu de sa figure, Juliette porta la main à ses narines et étala du bout de l'index la goutte de sang sur sa bouche. Elle contempla son doigt tout en glissant la langue sur ses lèvres.

— C'est toi qui fais ça ? Trop classe !

Les enfants s'esclaffèrent et Elizabeth ne put faire autrement que de se joindre à l'hilarité générale. Ashitaka souriait, aux anges. Il expliqua :

— C'est la première fois qu'on me dit que c'est classe de faire saigner un nez. Merci Juliette. Ça me va droit au cœur.

Juliette et Ashitaka ne se quittèrent pas des yeux pendant quelques secondes et Elizabeth sentit qu'il se passerait sans doute quelque chose de spécial entre ces deux-là. Dans un futur plus ou moins proche.

Il était temps de mettre un terme aux exercices et Elizabeth demanda à ses quatre pensionnaires de dire bonsoir à Alice et Juliette. Les garçons râlèrent pour la forme, sachant que leurs protestations ne serviraient à rien. Les six ados se souhaitèrent une bonne nuit en se faisant la bise d'une manière très appliquée, en feignant une sorte d'indifférence très soignée, alors qu'Elizabeth le savait, les cœurs des quatre garçons battaient sans doute un peu plus fort que d'habitude.

Elle s'adressa à Magnus, avant qu'il quitte la lueur des bougies du préau, pour lui demander qu'il réveille tout le monde à 8 heures. Demain matin. Il confirma en lui lançant un sourire, sous le regard perplexe de Juliette et d'Alice. Puis Elizabeth suivit des yeux les quatre silhouettes jusqu'à ce qu'elles disparaissent dans l'obscurité qui venait de s'emparer du Centro. Elle s'attarda ensuite sur Juliette qui demeurait immobile après avoir observé les contours physiques des garçons s'évanouir dans la pénombre. Son nez continuait de saigner. Elizabeth lui conseilla de s'asseoir et de pencher la tête en arrière en attendant que ça passe. Ce qu'elle fit, sans parvenir tout à fait à ne pas bouger, le buste secoué de rires nerveux, sous le regard amusé d'Alice. Qui en profita pour demander à Elizabeth :

— Ils font ça comment ?

— C'est un peu long à expliquer. Disons, pour faire simple, qu'ils ont accès à quelque chose. Dont je te parlerai demain, c'est promis.

Puis elle ajouta :

— Je pense que la journée a été assez riche en émotions. Non ?

Elizabeth indiqua la pile de matelas au fond du salon. Elle aida Juliette et Alice à les disposer par terre puis à les recouvrir de draps-housses. Elle sortit ensuite d'un grand coffre en bois quatre duvets légers ainsi qu'autant d'oreillers.

— Vous avez besoin de t-shirts ou de pyjamas pour dormir ?

Les deux filles confirmèrent et Elizabeth ouvrit les battants d'une armoire remplie de vêtements.

Théau arriva quelques minutes plus tard, alors qu'Alice et Juliette étaient en maillots de bain, en pleine séance d'essayage. L'aînée se plaignait de coups de soleil sur les bras.

— Le film est terminé, tout le monde est en train de se coucher. Tout va bien ici ?

Mona et Lisa arrivèrent et il y eut une grande discussion entre les quatre filles pour déterminer où chacune dormirait. Elizabeth partit ensuite accompagner Alice et Juliette au bloc des sanitaires.

Lorsqu'elles réapparurent au rez-de-chaussée, Mona et Lisa étaient déjà au lit, occupées à bouquiner des bandes dessinées sélectionnées dans la bibliothèque qui tapissait le mur du fond. Elizabeth embrassa ses quatre petites-filles et monta se coucher.

Théau était allongé, en pantalon de pyjama au-dessus des draps. Il lisait.

— Ça va ton bras ?

Il la regarda par-dessus ses lunettes, visiblement surpris de sa question, et elle n'eut pas besoin d'entendre sa réponse. Apparemment, sa blessure ne le faisait pas souffrir.

Elizabeth se déshabilla pour enfiler un t-shirt qui lui arrivait aux genoux. Elle s'allongea contre Théau et il grogna alors qu'elle le bousculait pour se faire une place au plus près de son corps.

— T'es collante comme fille.

— Ouais, il paraît. Tu lis quoi ?

— Un bouquin de Barjavel. La planète est en feu, il y a des millions de morts. C'est bien écrit. Ça s'appelle *Ravage*.

Elizabeth éteignit la lampe de sa veilleuse puis se pressa à nouveau contre Théau. Elle observa son profil parfaitement concentré sur son livre. Comment faisait-il pour *lire* après une journée comme ça ?

Elle avait une dernière chose à lui dire avant de fermer les yeux et de se laisser glisser vers demain.

— Il faudra qu'on parle aux filles. À toutes les quatre.

— Pour ?

— Pour leur expliquer ce qui s'est passé à Londres et à Riga. Et puis aussi du Psycosme.

— Ça, à mon avis, Mona et Lisa sont déjà en train de leur faire un topo précis de tout ce qu'elles savent.

Elizabeth tendit l'oreille et perçut des chuchotements à travers le plancher. Effectivement, les quatre filles bavardaient. Et, oui, elles devaient probablement discuter des pensionnaires du Centro et de leurs pouvoirs… voire de leurs potentiels de séduction… En tout état de cause, il faudrait, demain, qu'avec Théau ils leur parlent des évènements de 2015 et 2016. Pour tout leur dire, sans attendre l'arrivée de Raja.

Puis, Elizabeth décida que la journée avait été

suffisamment longue et fatigante comme cela. Qu'elle avait son compte et que, s'il y avait encore beaucoup de questions, de doutes, de craintes, tout cela se dissiperait dans le repos d'une longue nuit.

Elle se souvint que, après le coup de feu, en fuyant Miami, elle avait senti que Théau avait été transformé, que quelque chose avait muté en lui. Mais non. Il avait été secoué, c'était tout.

Elle s'endormit, insensible aux froissements des feuilles du livre tournées par Théau. Et dans les limbes de son esprit, les lueurs opalescentes des aurores boréales prirent place pour submerger totalement sa conscience.

Jeudi 15 août 2030

THÉAU

Il avait merdé. Gravement.

Théau se retourna sur le côté et ses yeux fouillèrent la demi-obscurité de la chambre. Il repoussa le drap en faisant attention à ne pas découvrir le corps d'Elizabeth. Il avait trop chaud et son bras gauche le lançait, de l'épaule jusqu'au poignet. Il contrôla sa température à son boîtier Memo2 : 38,2°. Après avoir programmé l'émission de la fréquence de l'antidouleur qui lui convenait le mieux, il parcourut son bilan sanguin sans y déchiffrer la moindre anomalie. Sa tension était bonne. Il était 5 heures du matin. Il bougea à nouveau pour se remettre sur le dos et détendit le bracelet du Memo2 pour se l'enrouler sur le poignet droit. Il écouta la respiration d'Elizabeth, régulière et paisible, puis ses pensées filèrent vers Miami et toute la scène qui s'était jouée là-bas, quelques minutes avant l'attaque solaire.

Il avait reçu une balle et le pire, c'était qu'il ne pouvait s'en prendre qu'à lui-même…

À un centimètre près, l'os de son humérus aurait été pulvérisé, le projectile aurait tranché l'artère et arraché son biceps. Il aurait perdu beaucoup de sang ainsi que l'usage de son bras. Cinq ou six centimètres plus à droite, il l'aurait reçue en plein cœur. Tout ça parce qu'il avait merdé, qu'il avait sous-estimé les risques qu'ils prenaient. Parce qu'il s'était conduit comme un abruti et s'était jeté dans la gueule du loup, inconscient de la dangerosité de la situation. Confiant. Comme il l'était toujours. *Trop* confiant. Alors qu'Elizabeth, elle, était sur ses gardes… Mais non, il avait suivi ce type, Murdoch, en admirant le jardin et les proportions très étudiées de la villa moderne qu'ils avaient longée. Avec son attitude habituelle, parfaitement détendu, avenant et poli comme pour n'importe quelle visite de courtoisie. Insensible au piège qui se refermait sur eux. Comme un con.

Il aurait fallu neutraliser cet homme dans le jardin, avant qu'il ouvre la porte à l'arrière de la villa. Bien avant qu'il sorte le flingue caché sous sa chemise. C'était tellement *évident* que les choses tourneraient mal. Après tout ce qui s'était passé à Paris, à Londres. À Riga.

Elizabeth bougea et marmonna quelque chose, lèvres closes.

Il était impardonnable. Même si, pour cette énième confrontation avec le destin, la chance avait continué de veiller sur lui. En tout cas, les miracles, c'était terminé maintenant. Tout comme les cascades en moto pour sauver des inconnus ou les missions de secours en territoire ennemi.

Il activa sur son boîtier l'envoi d'une dose EM d'un somnifère puissant. Pour arrêter de ressasser tout ça, de se repasser pour la dixième fois le film des évènements, en revoyant chacun des instants où il aurait dû faire un signe à Ez pour mettre le type hors d'état de nuire, avant de se retrouver en position de faiblesse, acculés. Il voulait être téléporté plus tard, dans plusieurs jours, pour zapper la douleur et la culpabilité. Avec un bras rétabli, un quotidien redevenu paisible et doux, et ses souvenirs effroyables de Miami remisés dans une boîte hermétique, cachée au fin fond du grenier de sa mémoire oubliée. Ou dans une malle, enterrée dans un trou, dans une zone morte de son cerveau.

À cinquante centimètres près, cette balle, Elizabeth aussi aurait pu la recevoir. En pleine tête, dans la colonne vertébrale ou dans le ventre. Et tout se serait arrêté.

Il ne prendrait plus de tels risques, il ne se retrouverait plus jamais dans une telle situation de vulnérabilité. Théau se le jura en contemplant les projections symétriques de l'ombre des persiennes : *je ne me soumettrai plus aux évènements.*

Quitte à faire des choses dingues. Comme attaquer en premier et ne plus faire confiance à personne.

Il finit par s'entendre ronfler et en déduisit qu'il s'était rendormi.

Il se réveilla en sursaut, dans une secousse brutale qui l'expulsa du sommeil vers l'éveil sans étapes intermédiaires. La chambre était éclairée par la lumière du jour. Il se mit sur le dos et contempla le plafond staffé de moulures complexes en plâtre. Elizabeth bougea sur sa gauche puis son visage apparut au-dessus du sien. Elle souriait, parfaitement réveillée elle aussi, en lui offrant une figure à l'expression charmante.

— Il est quelle heure Ez ?

— Il est 8 heures. J'ai commandé à Magnus un réveil collectif pour ce matin… Il est très ponctuel.

Théau contempla les yeux pétillants de malice, démesurés, perchés au-dessus de lui.

— Pourquoi ?

— Pourquoi 8 heures ou pourquoi Magnus ?

— Pourquoi as-tu demandé à Magnus de réveiller tout le monde ?

— C'est pour les deux nouvelles qui ont dormi en dessous. Surtout pour Juliette d'ailleurs. Elle est convaincue que le Centro est une école de mutants. Comme ça, maintenant, elle connaît le *super-pouvoir* de Magnus.

— Franchement, les secousses hypniques et me réveiller en panique, avec l'impression de tomber dans le vide, c'est pas trop mon truc Ez. Je préfère les réveils en douceur.

— Je sais, moi aussi. Ça va ton bras ?

— Non, ça va pas. Ça fait mal quand je le bouge. Et je me sens crevé, j'ai vraiment pas bien dormi cette nuit.

— Reste couché si tu veux. Repose-toi.

— Je verrai. Mais j'ai faim, je vais me lever avec toi. Et il faut que je vérifie le circuit de récupération des eaux de douche.

Elizabeth baissa la tête sans quitter Théau des yeux et son sourire découvrit ses dents. Ils échangèrent un baiser puis un regard dans lequel il décela encore davantage de tendresse. Et le parfum d'Ez, et le goût de ses lèvres. Il se fit la remarque qu'il était entier, vivant et aimé. C'était pas si mal.

Des rires traversèrent le plancher, suivis de gloussements, de roulades et de bruits qui confirmèrent le début de ce qui devait être une bataille d'oreillers dans le salon du dessous. Théau soupira et Elizabeth lui fit une proposition qui correspondait exactement à ce qu'il avait envie d'entendre.

— On prend le petit-déj en vitesse et on part marcher tous les deux ?

Alors qu'il enfilait un short, Elizabeth s'approcha de lui pour examiner le pansement. Elle lui indiqua qu'elle le changerait après la balade et la douche. Ils vérifièrent leurs téléphones, à tout hasard, avant d'échanger d'une œillade la confirmation muette de ce que l'absence de réseau signifiait : ils ne pouvaient toujours pas prévenir Raja que ses filles étaient en sécurité. *Toutes* ses filles.

En reposant son smartphone sur la table de nuit, Théau se fit la réflexion que les humains ce matin en étaient vraisemblablement tous réduits à la même constatation de l'impossibilité de passer un coup de fil, d'envoyer un SMS ou un mail. Au même sevrage d'informations au-delà de leur périmètre physique, à la même coupure brutale au monde.

Théau enfila un t-shirt en revoyant leur fuite de Miami, l'ambiance bizarre qui régnait sur la plage, ce parfum de désolation et de sidération collective, le voyage interminable en yacht. Il avait vécu tout ça dans un état second, choqué. Vaseux. Il n'avait vraiment réalisé le miracle de la présence de Juliette et de celle de cette nouvelle sœur, Alice, qu'au moment du dîner. En dévisageant Juliette assise face à lui, parfaitement à l'aise et qui souriait avec un sourire identique à celui de sa grand-mère. D'un sourire qui mettait un trait définitif sur quinze années de mystère. Comme ça, en quelques heures. Même si rien n'était tout à fait terminé et que cette situation génèrerait encore des emmerdes : la mère adoptive de Juliette et d'Alice n'en resterait pas là.

Il y avait déjà une dizaine d'enfants et d'adolescents sous le préau, penchés au-dessus de leur bol de céréales ou occupés à confectionner des tartines géantes, avec beurre et confiture. Esteban était dans la cuisine, il releva la tête vers Elizabeth et Théau dès qu'ils pénétrèrent dans la pièce.

— Tous les gamins débarquent en même temps. Magnus est dans le coup ?

Elizabeth opina en arborant un air désolé. D'habitude, le réveil des enfants s'étalait jusqu'à 8 h 45, ce qui permettait au préau de ne pas se transformer en cocotte-minute.

— Oui, pardon. J'avais besoin qu'il nous fasse une démo…

— OK. Ça explique pourquoi ils sont aussi réveillés !

Théau se servit du café puis mangea une orange et une banane debout, en déambulant dans la cuisine, comme à son habitude. Il engouffra quatre biscuits secs puis s'assit à une table sous le préau, à côté d'Elizabeth. Il termina son bol en observant Enzo pourchasser Max en zigzaguant entre les pins.

— On y va ?

Elizabeth confirma mais temporisa quelques minutes, le temps qu'Ophilio les rejoigne. Histoire qu'il y ait deux adultes pour surveiller le début de journée.

Théau ficha son poing gauche dans la poche de son short et Elizabeth lui prit la main droite. Ils s'enfoncèrent dans le sentier qui menait à la portion de littoral où ils avaient débarqué la veille.

— C'était exactement de ça que j'avais envie.

— Je sais Théau. Moi aussi.

Ils marchèrent en silence. Ils firent une halte sur la plage et s'allongèrent sans rien faire d'autre qu'écouter le bruit des vagues et éprouver la chaleur des rayons du soleil sur leurs peaux. Le yacht était là, posé sur une mer immobile, à l'arrêt. Théau nota qu'il se sentait, à cet instant, parfaitement bien : sa plaie n'irradiait plus de douleur, il n'avait plus mal au crâne et son sentiment de culpabilité avait décampé. En se relevant, son regard fut attiré par des reflets inhabituels à la surface de l'océan, à quelques mètres du rivage. Il abandonna ses espadrilles sur le sable et fit quelques pas dans l'eau. Il s'agissait d'une plaque métallique longue d'environ un mètre. Elle était recouverte d'un revêtement qui ressemblait à celui des panneaux solaires du Centro. Elizabeth s'était approchée :

— C'est quoi ?

Il renversa l'objet en prenant garde aux éclaboussures et constata qu'il était moins lourd qu'attendu. Il réussit à lire quelques inscriptions noircies sur l'autre face du débris, entre plusieurs composants électroniques calcinés.

— Un morceau de satellite. Ou d'avion.

Au retour, Théau ressentit des démangeaisons dans le bras gauche. Assez semblables à ce que produirait un défilé de fourmis *sous* son épiderme. Il eut soudain très soif et comprit qu'il faudrait qu'il se repose le plus possible s'il voulait se rétablir vite. En tout cas, la marche et cet épisode de quiétude avec Elizabeth avaient chassé toutes ses pensées négatives… C'était toujours ça. Pour le reste, il suffirait d'être patient et de se tenir tranquille.

Il regarda Elizabeth partir en trottant vers la salle de classe, puis rejoignit la maison. Il croisa Mona et Alice au rez-de-chaussée, qui sortaient avec leurs affaires de toilette en main. Il eut à peine le temps de leur dire bonjour. Il monta à l'étage, avala un reste d'eau dans une bouteille, remarqua qu'il aurait bien bu un café, puis s'allongea sur le lit avec l'intention de lire et s'endormit jusqu'à midi.

Elizabeth l'avait réveillé en lui caressant le front et en passant la main dans ses cheveux. Il avait ouvert les yeux et lui avait décoché un sourire. Il se sentait mieux. Faible, mais mieux.

— Il est bientôt midi. Il faut que je change ton pansement.

Il se redressa et se leva pour retirer son t-shirt, en cherchant du regard une bouteille ou la carafe d'eau.

— Tu veux quoi ?

— J'ai soif.

— Je m'occupe de ta plaie, après tu pourras bouger.

Théau acquiesça et s'assit sur la chaise où il posait ses vêtements. Elizabeth commença à ôter le bandage et secoua la tête après avoir soulevé le pansement sale :

— C'est moins moche qu'hier, mais ça reste dégueu. Tu me dis si ça picote…

Elizabeth tamponna délicatement la plaie avec une compresse imbibée de lotion antiseptique. Ça piquait, mais Théau ne broncha pas. Elle laissa sécher à l'air libre le temps de faire l'aller-retour, dehors, dans la cuisine, et de rapporter une gourde remplie. Théau but plusieurs gorgées et Elizabeth appliqua sur la plaie une fine couche de crème cicatrisante ainsi qu'une compresse avant de rouler la bande de tissu autour du biceps.

— Repose-toi encore. Les filles nous aident, elles sont déjà en cuisine. Juliette a décidé de prendre le repas en main. Je ne sais pas du tout ce qu'on va manger. Ce sera la surprise.

Théau se leva et constata que son niveau de forme, toujours assez moyen, lui permettrait de sortir, de faire un tour pour contrôler les batteries ou les réserves d'eau. Et de vérifier si l'électricité était revenue ou pas.

— Ne t'en fais pas. Si j'ai un coup de fatigue, je m'allonge. Mais là, j'ai envie de bouger.

Il se prépara un café qu'il but assis dans un fauteuil, au soleil. Ça commençait à taper. Il ne s'éternisa pas et se dirigea vers le bâtiment technique. L'électricité n'avait pas été rétablie, pas plus que la distribution d'eau. Il était midi et demi et Théau se fit la remarque que cela faisait vingt-quatre heures que tout avait été coupé. À Cuba, en Floride et sans doute à peu près partout sur le globe. Ce qui voulait dire que la situation devait commencer à être intenable, dramatique même, dans toutes les mégalopoles touchées.

À son retour, il nota que la disposition des tables sous le préau avait été modifiée : elles formaient ensemble une table de banquet. Il s'approcha et constata que les petits papiers qui portaient les prénoms de chacun avaient refait leur apparition. Quelqu'un avait décidé qu'il siègerait sur la gauche d'Elizabeth. C'était parfait : sa main valide pourrait, à volonté, tâter la présence d'Ez à son côté.

Il s'ouvrit une bière dans la cuisine, qu'il but au goulot en suivant des yeux Juliette et Lisa qui finalisaient la préparation du déjeuner, puis en vérifiant l'état des réserves alimentaires. Ça tiendrait encore pendant quatre ou cinq repas sans faire de courses. Pas davantage. Lisa l'avertit quelques minutes plus tard qu'il pouvait faire résonner la cloche de la Cantina, c'était prêt.

Tout le monde se mit à table. Juliette et Lisa furent acclamées par les garçons pour le plat unique qu'elles avaient préparé : une sorte de salade de pâtes, avec tomates, lard fumé et champignons en boîtes, qu'elles avaient ensuite recouverte de fromage râpé et passée au four pour gratiner. Théau trouva tout d'abord le résultat surprenant puis, réalisant qu'il mangeait avec appétit, s'en resservit une assiette sous le regard reconnaissant de Lisa et Juliette, manifestement ravies de constater que leur recette plaisait à toute l'assemblée.

La température était montée d'un coup et Ophilio confirma que la journée serait la plus chaude depuis le début de l'été. Ce qui expliquait l'ambiance calme, le fait que les garçons mangeaient sans chahuter, en donnant l'impression d'économiser leurs gestes et leurs paroles… Les t-shirts, chemises et débardeurs collaient aux peaux.

Alice et Mona apportèrent trois plateaux de fruits et, bien que les estomacs aient été généreusement remplis de pâtes, la plupart des jeunes se jetèrent sur les bananes. Théau prit une orange qu'il garda en main comme un trésor, pour être sûr d'en déguster une en milieu d'après-midi. Au signal d'Elizabeth, les enfants se levèrent tous ensemble, déclenchant le concert habituel de raclement de pieds de chaises et de bruits de verres.

Il ne fallut que quelques minutes pour que les quatre adultes se retrouvent entre eux. Esteban retourna en cuisine pour revenir avec la cafetière et quatre tasses empilées. Il posa le tout sur la table puis s'adressa à Elizabeth et Théau :

— Je pars à La Havane demain matin, très tôt. Pour faire des courses et aller aux nouvelles.

Elizabeth se leva pour servir le café.

— Tu es inquiet pour tes parents ?

— Oui. Entre autres. Il faut aussi racheter des fruits, des légumes et du lait. Et pas mal d'autres trucs en fait.

Théau écouta la discussion pendant quelques minutes, sans y contribuer, en buvant son café. Entre l'absence d'électricité ou d'eau courante et l'arrêt brutal, la veille, de toutes formes de système de communication, l'inquiétude était palpable chez Ophilio et Esteban. Elizabeth était d'avis que tout redeviendrait normal rapidement, qu'il n'y avait pas lieu de se faire du souci. Elle embraya sur le programme de l'après-midi et la répartition des tâches. Théau remarqua avec satisfaction qu'elle avait pris soin de l'en exclure.

Il se sentit de nouveau épuisé en se levant de table. Il adressa un signe de la main à Elizabeth, en pointant l'index vers la maison, et traversa les jardins écrasés de chaleur.

Il referma les persiennes de la fenêtre de la chambre qu'il laissa entrouverte, retira son short et s'allongea. Il se mit sur le dos et tira le drap sur lui. Il éprouva le bien-être intense d'être là, dans la chambre tiède, peu éclairée, qui résonnait des quelques bruits d'été familiers, exotiques, diffusés en une bande-son d'arrière-plan, lointaine et apaisante.

Le matelas gigota vaguement lorsque le corps d'Elizabeth vint s'étendre à ses côtés pour la sieste. Puis le souffle de leur respiration commune fit dériver Théau vers un sommeil parfaitement réparateur.

Lorsqu'il se réveilla, Elizabeth était déjà assise sur une chaise de l'autre côté du lit. Songeuse ou inquiète.

— Quelque chose ne va pas ?

— Oui. Je ne retrouve pas Aditya. Impossible de me connecter à lui. Ni à personne d'ailleurs…

— Personne ?

— C'est ce que j'ai dit, oui. Personne. Je n'ai trouvé personne dans le Psycosme. Même pas Azul…

Il se leva, contourna le lit et se posta devant elle.

— Il n'y avait personne là-bas, Théau. Comme si tout le monde était caché… Ou comme si les consciences avaient été éparpillées, qu'elles s'étaient déconstruites.

— Tu es certaine d'y être entrée ?

Elle soupira, énervée.

— Mais oui, bien sûr. Je sais ce que je vois.

— On vérifiera cette nuit, si tu veux ? Mais, à mon avis, si tu y as accédé, c'est qu'ils sont toujours là-bas. Il a bien fallu qu'ils te laissent entrer, non ?

Il réfléchit à nouveau à cette information, l'éventualité d'un Psycosme déserté. Il reprit :

— Il n'est pas impossible que la déflagration d'ondes électromagnétiques ait perturbé le Psycosme, où en tout cas les voies d'accès…

— Oui, peut-être.

Elizabeth regarda sur le côté et se gratta le crâne. Théau connaissait ce geste par cœur.

— Et c'est quoi l'autre sujet ?

Elle secoua la tête en soupirant, puis ficha ses yeux dans les siens.

— L'autre sujet, c'est que j'ai promis aux filles qu'on allait leur parler, là, maintenant, après la sieste.

— Leur parler de quoi ?

— De ce qui est arrivé à Raja, en 2015.

— Tu voudrais qu'on leur raconte tout ?

— Oui. Tout ce qu'on sait. Elles ne peuvent pas continuer à avancer, à comprendre d'où elles viennent, si on ne leur explique pas. Elles insistent, elles n'en peuvent plus qu'on leur cache des choses. Et c'est aussi bien qu'on déblaie le terrain avant que Raja arrive... Tu te joins à nous, maintenant ?

Théau s'entendit répondre exactement ce qu'il pensait plutôt que de tourner autour du pot ou d'éluder la difficulté, comme il le faisait souvent. Il mit ça sur le compte des effets du choc de la veille.

— C'est mieux si tu le fais sans moi, Ez... Que ça se passe entre toi et les filles. Elles pourront ensuite me demander des confirmations ou des détails, si elles en ont envie, et je serai disponible pour leurs questions. Mais, si c'est moi qui leur parle, elles risqueront de m'en vouloir.

— Pourquoi ?

— Parce que je ne suis pas de la famille. Je vois bien comment Juliette et Alice me regardent par moments, elles ne comprennent pas mon rôle. Je serais à leur place, je détesterais ça, d'avoir un type dans les pattes qui écoute tout, qui sait tout alors qu'il n'est pas de ma famille. C'est intime ce que tu vas leur expliquer. C'est votre histoire, c'est entre toi et elles que ça doit se faire. Et avec Raja dès qu'elle sera là.

Elizabeth expulsa une boule d'air qui avait noué une tension autour de sa cage thoracique.

— OK. On va faire ça dans le salon en bas, au calme, sur les matelas. Une discussion entre filles. J'imagine que c'est la bonne option.

Elle accrocha son regard au sien et Théau ne parvint pas à déterminer ce qu'il devait y lire. Il y devina finalement un remerciement violent fait de plusieurs ressentis contraires : elle savait qu'il avait raison, même si elle pensait que ce n'était pas un bon prétexte pour qu'il se dégonfle. Ou quelque chose comme ça.

Elle le contourna et marcha d'un pas rapide jusqu'à l'escalier avant de se retourner.

— En fait, c'était ça qui me gênait, que tu te joignes à moi pour leur raconter tout ça. Avec toutes tes explications techniques, tes digressions alambiquées à n'en plus finir, le pourquoi du comment de chaque truc, on en aurait eu jusqu'à demain matin et je n'aurais pas pu en placer une. Donc, merci de me laisser gérer ça toute seule. Je vais chercher les filles, toi, tu n'as qu'à te reposer en attendant. Passe une bonne après-midi. Salut.

Elizabeth disparut de l'escalier en tapant chaque marche des pieds, puis claqua la porte d'entrée.

Théau soupira. Un geste involontaire du bras gauche lui fit immédiatement ressentir le retour de la douleur, qui lui rappela qu'il devait continuer d'instruire son sang des propriétés de l'antalgique habituel. Il mangea l'orange et quitta la maison, baskets au pied.

Il traversa le Centro et pénétra dans le local technique, avec une intuition forte de ce qu'il allait constater. Il ouvrit l'armoire électrique qui renfermait le compteur et le disjoncteur. Il remarqua au premier coup d'œil que le voyant général était repassé au vert. Il rétablit le courant partout, jeta un coup d'œil au niveau de charge des batteries, puis actionna le robinet d'eau au-dessus du bac en béton qui, bien des années auparavant, avait dû servir pour laver le linge. Le tuyau crachota plusieurs fois puis libéra une eau d'abord marron, puis parfaitement claire, d'un débit constant.

Théau ressortit du local et aperçut à l'extrémité du parc Elizabeth et les adolescentes se diriger vers la maison.

Oui, c'était mieux qu'il ne participe pas à ces explications intimes, potentiellement traumatisantes, qui contribueraient au rapprochement d'Ezzie et de ses quatre petites-filles. Elizabeth avait d'ailleurs raison, lorsqu'elle lui avait dit qu'il les aurait saoulées avec des détails sans importance, ses précisions de témoin pas assez impliqué émotionnellement. Théau le savait qu'il pouvait être raide, distant et trop bavard, quand il s'agissait d'expliquer des choses compliquées.

Il fit un détour par l'aire réservée aux fleurs solaires et constata du premier coup d'œil qu'elles étaient orientées correctement. Il se dirigea ensuite jusqu'à la salle de classe où il ouvrit la porte pour annoncer en plein cours à Ophilio le retour de l'électricité et de l'eau. Les enfants, ravis de cette interruption, lancèrent plusieurs hourras, sous le regard satisfait d'Ophilio, visiblement soulagé par cette information.

Esteban n'était pas dans la cuisine. Il le trouva dans le gymnase, occupé à mettre en place les panneaux de basketball avec Max, dispensé de leçons de maths. Ils se tournèrent vers lui et il leur annonça la bonne nouvelle en s'approchant :

— On a de nouveau de l'électricité et de l'eau.

Théau distingua nettement les traits de visage d'Esteban se détendre d'un coup.

— Ha, merci. Je commençais vraiment à être inquiet pour mes parents. Et pour tout le monde.

— Tu pars quand même demain matin à La Havane ?

— Oui, bien sûr. Ils seront contents de me voir.

À ce mot, il sortit son téléphone de la poche arrière de son jeans.

— Surtout qu'il n'y a toujours pas de réseaux et aucun moyen de les contacter. Je ne serai rassuré que quand je serai certain qu'ils vont bien, que tout s'est bien passé pour eux depuis hier.

Théau fit demi-tour puis s'arrêta à mi-chemin de la porte de sortie.

— Esteban… On n'a pas une vieille radio quelque part ?

— Si. Dans la réserve, normalement. Tu crois qu'on pourrait capter quelque chose ?

— C'est pas impossible. En tout cas, ça ne coûte rien

d'essayer. Ensuite, je vérifierai si internet donne quelque chose.

— OK. Attends-moi, on a presque fini avec Max.

Théau les regarda installer le deuxième panneau, puis ils quittèrent ensemble le gymnase. Direction l'arrière-cuisine.

Le poste de radio était bien là, en haut d'une étagère, recouvert d'une fine couche de poussière. Esteban l'attrapa et le brancha sous le préau après y avoir passé un coup de torchon. L'appareil crachota, grésilla dans des modulations stridentes avant de capter une voix. Et les premières nouvelles du monde par delà le Centro parvinrent à Théau, Esteban et Max.

La première information relayée, et qui était répétée toutes les sept ou huit minutes, concernait l'état des réseaux électriques et de distribution d'eau potable de Cuba. Le courant n'était pas rebranché dans l'est de l'île, mais les derniers secteurs encore en panne n'auraient plus longtemps à attendre. L'eau coulait à nouveau partout, mais il restait déconseillé de la boire avant que les autorités sanitaires ne donnent leur accord : les stations d'épuration et d'assainissement étaient restées à l'arrêt plus de vingt-quatre heures et les dernières analyses microbiologiques démontraient des pollutions bactériologiques, légères, mais bien réelles.

Entre chacun de ces flashs, des grappes d'informations étaient lâchées pêle-mêle, au fil de ce que les journalistes de Radio Habana recevaient. En dehors de quelques incidents mineurs enregistrés à tel ou tel endroit de l'île ou de la capitale, Théau retint que de nombreux bateaux accostaient à Cuba, chargés de personnes qui, de toute évidence, fuyaient les côtes du sud de la Floride. Ils racontaient tous la même chose : des pillages et des incendies, des gangs, des armes à feu dans les centres-villes, l'impossibilité pour les secours et la police d'agir efficacement en l'absence de moyens d'alerte, de coordination et d'intervention. La radio diffusa le témoignage malgré tout rassurant d'un Américain, prénommé Michael, débarqué dans la matinée avec sa femme et ses deux enfants, qui avait préféré, puisqu'il possédait un gros bateau à moteur, fuir un endroit qui devenait dangereux plutôt que d'attendre sur place que les choses empirent. L'homme termina en expliquant que, *avec l'aide de Dieu*, il était certain que, tout comme à Cuba, la situation allait bientôt revenir à la normale à Miami.

Une journaliste intervint pour donner des conseils pratiques concernant les contenus des congélateurs qu'il fallait soit jeter, soit consommer sans tarder. Elle précisa qu'il n'y aurait aucun souci d'approvisionnement en eau potable et en nourriture, y compris pour les produits frais qui n'avaient pas eu le temps de s'avarier, et qu'il était déconseillé de se précipiter dans les magasins pour faire des réserves, comme cela avait été observé. La panne était terminée et la voix remercia tous les Cubains de continuer à rester solidaires et à aider leurs voisins.

Enfin, après un énième rappel concernant la non-potabilité de l'eau du robinet jusqu'à nouvel ordre, une nouvelle journaliste intervint pour expliquer qu'il n'y avait plus aucun réseau téléphonique actif sur l'île et qu'internet n'était plus accessible nulle part. La voix précisa que, sur ces deux sujets, il était à prévoir que la panne dure encore quelques jours, notamment au vu du nombre de satellites en feu observés dans le ciel de Cuba au cours de l'après-midi du 14 août.

Théau conclut pour lui-même que le quotidien allait reprendre son cours, partout dans le monde, et que s'il y avait eu bon nombre d'incidents, l'humanité se remettrait à vivre dès le lendemain comme avant. Ou d'ici quelques jours, le temps de finir de nettoyer les lieux de saccage et d'inhumer les victimes collatérales de la plus grosse tempête solaire jamais enregistrée sur Terre depuis l'invention de l'électricité.

Il laissa Esteban et Max à leur écoute du flash d'information suivant, consacré à la fête annuelle organisée à La

Havane en l'honneur de la Vierge Marie. Il saisit sur la table de la cuisine une grande bouteille d'eau à moitié vide, puis se replongea dans l'impitoyable chaleur du milieu d'après-midi.

Théau se dirigea vers une zone sauvage, où il aimait se promener seul. Il s'enfonça dans un chemin qu'il avait déjà parcouru à plusieurs reprises et qu'il redécouvrait à chaque fois, renouvelé, transformé par la nature prodigieusement indisciplinée et vigoureuse.

On était loin de la forêt vierge, mais l'abondance de variétés impressionnantes de fougères qui jaillissaient du sol ou le réseau désordonné de lianes couvertes de mousses qui reliait les arbres les uns aux autres, tout ça donnait à cette forêt une apparence résolument exotique pour un Européen de base, comme Théau, peu habitué aux tropiques. Le taux d'humidité augmentait au fur et à mesure de sa progression, il ruisselait à présent. Il jeta un coup d'œil sur son pansement, toujours immaculé, mais trempé de sueur. Il faudrait le changer avant la nuit.

Théau avança sans penser à rien, en regardant autour de lui, attentif aux sons de la forêt et au rythme de sa respiration. Trois perroquets verts le suivirent pendant quelques minutes, en volant d'une branche à l'autre, curieux. Il franchit une zone humide qui se transformait en marécage après les grosses pluies, puis atteignit un secteur aride, ou des blocs de granit blanc s'extirpaient d'une végétation desséchée. Après avoir grimpé sur un promontoire rocheux, il but une gorgée d'eau, chaude mais désaltérante. À quelques kilomètres plus loin, vers le sud, le relief avait dressé une colline au sommet aplati, couverte de cactus sur ses flancs et d'un enchevêtrement d'arbustes de plusieurs essences sur toute sa circonférence. Il lui sembla distinguer, au centre du plateau de cette colline, les contours d'une clairière naturelle. Ses yeux glissèrent le long des pentes pour observer la zone marécageuse qui en protégeait l'accès.

Il vérifia l'heure. Il n'était parti que depuis une demi-heure et, bien qu'il se sente en forme, Théau décida de rebrousser chemin et de remettre à plus tard ses désirs d'exploration. Il reviendrait, l'endroit lui paraissait intéressant, *parfait* même… Il but une nouvelle gorgée d'eau, puis redescendit pour rejoindre la piste, en petites foulées. Il comprit, au retour d'une douleur piquante dans son bras gauche, qu'il devrait s'abstenir de courir pendant plusieurs jours. Ce qui était un véritable renoncement pour lui, la privation d'une action que son organisme lui réclamerait plusieurs fois par jour et dont il devrait le sevrer.

Il s'arrêta à l'ombre d'un grand pin, unique représentant de son espèce dans les environs. Tout comme lui. Il but à nouveau et constata qu'il ne restait guère que deux gorgées au fond de la bouteille. Il eut alors un étourdissement bref, le genre de perte d'équilibre que l'on ressent après s'être accroupi trop longtemps.

Théau s'adossa au tronc de l'arbre et eut un flash visuel extrêmement précis d'une scène de la veille. De cet instant où il avait discerné… la *possibilité d'un truc*. De ces secondes hallucinantes au cours desquelles il avait été touché par la balle de revolver et où il s'était retrouvé suspendu au-dessus de la scène. Qu'il avait observée dans son intégralité et avec tous ses acteurs : l'homme avec le pistolet dans son poing et ses genoux ployant sous son poids un instant avant qu'il s'effondre ; Elizabeth qui hurlait en lâchant une dernière salve de matière noire puis qui se penchait vers lui et qui criait une seconde fois en constatant tout ce sang sur son bras ; et lui, Théau, sous ses yeux, projeté contre un mur puis qui s'écroulait par terre, un ultime jet de cristaux translucides fusant en dehors de son crâne. Il s'était vu, lui, Théau, comme s'il s'était agi d'une autre personne. Il avait regardé son propre corps partir en arrière, abandonné de toute force, tel un pantin, un organisme désarticulé, déserté par une conscience qui avait surplombé la scène pour se transformer en témoin externe. Il avait été un observateur détaché, passif, de l'effondrement de son corps. Ensuite, tout s'était éteint, sous ses yeux et en lui. Il avait mis deux ou trois minutes avant de redécouvrir la présence de ses membres, rattachés à son buste, puis l'articulation de ses pensées dans un endroit niché dans son crâne, derrière ses globes oculaires aveugles dans la pénombre. Puis la voix d'Elizabeth et la douleur brûlante dans le haut de son bras.

Théau s'éloigna du support d'écorce sous son dos. Son étourdissement était passé. Il lui restait une quinzaine de minutes de marche. Il vida la bouteille et se remit en route vers le Centro tout en concentrant à nouveau ses pensées sur la même scène. Sur ce moment où il avait flotté au-dessus de son corps inhabité.

Il avait entrevu d'autres choses, en plus de la séquence du coup de feu et du ballet des trois acteurs sous lui. Il s'en souvenait maintenant avec précision. Un chaos d'images kaléidoscopiques, des projections d'un album intime, photos et vidéos mêlées, des voix, de la musique, des plages sonores de nature et de ville, des parfums, tout ça juxtaposé au ballet des corps sous ses yeux. Ou en arrière plan. Ou dans une autre salle du complexe de ses neurones. Et Théau, en parcourant les dernières centaines de mètres vers le Centro, se rendit compte qu'il comprenait parfaitement à quoi correspondaient ces extraits confus, ce fatras documentaire et toutes ces informations incohérentes qui semblaient arrachées d'une base de données qui aurait perdu les pédales. Tout ça émanait de la conscience de ce type, Murdoch. C'était ses souvenirs, son vécu.

Il les avait vus, lus, ressentis. Il y avait accédé après s'être extirpé de lui-même.

Théau secoua la tête en enjambant la barrière qui délimitait le terrain du Centro. *La possibilité d'un truc.* C'était ça qu'il avait découvert là-bas.

En passant à côté de la voiture et du minibus, ses yeux cherchèrent sa moto. Il s'immobilisa en se rappelant qu'elle était restée sur le port, à La Havane, attachée à un poteau. Pas loin de l'embarcadère du ferry pour Miami. Il fallait qu'il en parle à Esteban et qu'il lui donne les clés de l'antivol, pour que, demain, il essaie de la confier à quelqu'un plutôt qu'elle demeure dehors, en plein soleil, trop vulnérable pour quiconque la repèrerait. Il y tenait à cette moto. Même s'il était évident qu'il ne pourrait plus se cramponner à un guidon avant longtemps.

Il était déjà 17 heures. Dans la cuisine déserte, il se prépara un jus orange banane. Il rinçait son verre lorsque les cris des enfants résonnèrent dehors, en composant un brouhaha de cour de récréation. C'était l'heure du goûter. Ophilio débarqua pour prendre plusieurs bouteilles d'eau ainsi que les plateaux de fruits, aidé par Max et Enzo. Théau sortit plusieurs paquets de biscuits secs qu'il posa sur une table du préau.

Il échangea quelques mots avec Ophilio et deux enfants, indiquant notamment qu'il ne fallait pas boire l'eau du robinet et qu'on pouvait écouter les informations à la radio.

— Les filles sont où Théau ?

— Elles sont avec Ez. Dans la maison, en train de discuter.

Ophilio posa son verre et lança un sourire à Théau.

— Il y en a d'autres ?

— De quoi ?

— Des Jumelles, ou des *sœurs* de jumelles ?

Théau se marra. Franchement, ce serait la meilleure ça, qu'il y en ait encore d'autres dans la nature.

— Non. J'espère pas ! A priori, c'est bon là, on est complet…

Il poussa la porte de la maison et grimpa directement l'escalier pour ne pas perturber la réunion qui se tenait encore au fond du salon. En bas, trois visages rougis par les larmes s'étaient tournés vers lui. Il avait croisé les yeux de Juliette et il lui avait semblé que quelque chose s'était transformé dans son regard.

Dans la chambre, il distingua le filet ténu des voix chuchotées sous lui. Il retira son t-shirt puis défit son pansement et le jeta dans sa poubelle de bureau. Il nettoya la plaie. Les contours de sa blessure étaient maintenant blancs, légèrement moins enflés qu'au matin. Le milieu était d'un rouge cramoisi presque noir. Le tout ne lui parut pas trop moche et il décida de laisser ça à l'air libre en attendant la douche qu'il prendrait un peu avant le dîner.

Il s'installa à son bureau et sortit son ordinateur portable du sac à dos d'où il n'avait plus bougé depuis l'arrivée en ferry à Miami. Il testa internet puis sa messagerie NoT. Ni l'un ni l'autre ne fonctionnait. Il entendit des pas en bas puis quelqu'un renifler, des chuchotements et le bruit de la porte d'entrée qu'on refermait. Les voix continuèrent, dehors, en passant sous la fenêtre. Les explications d'Elizabeth avaient duré environ deux heures et demie. Il fallait au moins ça.

Théau se leva pour suivre des yeux les quatre filles et leur grand-mère qui marchaient vers le préau et la cuisine. Mona et Lisa se bousculaient en se chamaillant… Elles arriveraient à faire la part des choses, il en était certain.

Il se rassit et ouvrit l'application dans laquelle il avait paramétré, la veille, la recherche victoria_banks_ melville. L'outil avait eu le temps de fonctionner avant la tempête solaire : le chiffre 532 clignotait à côté de l'intitulé de la requête. C'était le nombre de documents que NoT avait rapatriés sur le disque dur, avant l'effondrement des réseaux. Tout ça en moins de deux heures. Théau en déduisit que si l'outil avait continué de compiler des renseignements sur cette femme, le nombre de résultats définitifs aurait été bien supérieur.

Il cliqua sur le chiffre et l'écran afficha quatre dossiers qui regroupaient les documents par catégories : info_internet, info_bases_officielles, info_privées, info_perso. Il sélectionna la base d'informations officielles et commença à parcourir les fichiers en énumérant mentalement les questions pour lesquelles il voulait trouver le maximum d'éléments de réponse dans ce que remontaient les filets de NoT : *qui êtes-vous, Madame Victoria Banks-Melville* ? *Que faisait la fille aînée de Raja Connor chez vous* ? Et enfin : *quel rôle jouiez-vous en 2015* ?

Au bout d'une trentaine de minutes de lecture attentive du contenu des deux premiers dossiers, à savoir les informations trouvées sur internet et dans les bases officielles (État civil, fichier des permis de conduire, des universités, casier judiciaire, etc.), Théau avait une idée précise de qui était cette femme. Une multimilliardaire à la tête d'un des fonds d'investissement les plus riches de la planète, spécialisé en biologie, biochimie et nanotechnologies. Entre autres, car la liste de ses participations était interminable. Elle avait 48 ans, deux filles adoptives – bonne nouvelle : il n'y en avait pas d'autres à cet endroit ! –, et présentait bien. Un physique de première de la classe sûre d'elle et de l'effet qu'elle devait avoir sur les hommes puissants. Théau ne s'attarda pas sur ses états de service et le nombre impressionnant d'articles de journaux qui mettaient en avant son flair, sa vision des affaires, etc. Il passa au répertoire info_privées, qui contenait les informations remontées des comptes bancaires à son nom, dossiers médicaux et fiscaux, abonnements divers et variés. Il parcourut la liste de ses participations dans des sociétés, en se disant qu'il y lirait peut-être le nom de XY-Labs. Ce ne fut pas le cas, bien sûr, cette société ayant vraisemblablement été dissoute depuis plusieurs années. Il ouvrit le dernier dossier, info_perso, censé contenir les informations directement prélevées sur les outils connectés au nom de Victoria Banks-Melville. Le répertoire était vide. La dame était prudente, les appareils et réseaux privés qu'elle utilisait étaient forcément puissamment sécurisés.

Théau éteignit son ordinateur en se disant qu'il faudrait qu'il discute de tout cela avec Thomas et qu'il relance les recherches dès que NoT serait fonctionnel. Il faudrait également faire le point avec Raja et Goran, pour qu'ils s'adjoignent les conseils d'un bon avocat et se mettent en ordre de bataille. Compte tenu du pédigrée de madame Banks-Melville, il était à exclure qu'elle ne tente rien pour récupérer ses filles adoptives. Elle emploierait tous les moyens juridiques imaginables, un arsenal complet même, où tous les coups seraient permis. Il fallait donc s'organiser, pour pouvoir riposter, contre-attaquer en l'accusant, elle, de l'enlèvement de Juliette Connor et de la mort officielle de son père, Alberto Garcia, un matin de mai 2015, à Londres.

Bien sûr, une autre option se présentait pour Victoria Banks-Melville. Celle de prendre en main la récupération de ses filles comme elle avait géré le cas Alberto Garcia. Dans l'ombre, et avec des méthodes violentes. Il faudrait aussi se préparer à ça, essentiellement en restant caché. Il se dit qu'il faudra qu'il en parle à Juliette et Alice, qu'il les persuade, dès le retour des réseaux, de n'utiliser ni leurs numéros de téléphone habituels ni même leurs smartpads.

Il était 18 heures lorsque Théau entendit la porte du bas s'ouvrir et se refermer. Il vérifia le pansement sommaire qu'il venait de réaliser et passa une chemise propre. En sortant son smartphone de la poche de son short, il décida de ne plus garder sur lui un appareil inutilisable et le laissa sur la table du bureau. Il commença à descendre l'escalier et s'arrêta en apercevant, en bas de marches, quatre figures identiques levées vers lui. Il se dit qu'il était impossible de s'habituer à ça, à la vision de ces quatre visages parfaitement similaires, occupés à l'observer avec la même expression, les lèvres arquées de manière identique, timides et désolées.

— Ça va les filles ?

— Oui, on voulait te parler.

Il descendit les marches lentement, intrigué, son regard allant de l'une à l'autre. Arrivé en bas, les adolescentes ne s'écartèrent pas. Il passa à nouveau en revue les quatre paires d'yeux braqués sur lui, légèrement brillants. Il leva les bras en signe de reddition :

— C'est bon. Je me rends !

C'était Mona qui lui avait répondu, alors qu'il était en haut de l'escalier. Ce fut Lisa qui clarifia la situation :

— On voulait te remercier, Théau.

— Me remercier de quoi ?

— D'avoir sauvé maman, à Londres. Et après de l'avoir protégée. Et d'avoir rendu possibles beaucoup de choses. Jusqu'à hier, où tu as été blessé. Merci pour tout ça.

Il les contempla à nouveau, incapable de répondre. Ému. Juliette lui envoya un sourire encore plus large que celui de ses sœurs avant de clore la séance officielle de leurs remerciements :

— Ouais. Ezzie nous a dit que tu étais un ange gardien. Le sien, mais aussi celui de Raja. Et le nôtre. Voilà. C'est cool. On est contente d'avoir un ange gardien comme toi. Merci Théau.

Il étreignit Juliette. *Merci Juliette.* Puis il serra Alice dans ses bras. *Merci Alice.* Puis Mona, *merci Mona*, et Lisa, *merci Lisa.* Puis, constatant qu'elles restaient toutes agglutinées dans l'entrée de la maison à ne plus savoir quoi faire, il leur donna rendez-vous du côté du préau, pour écouter et jouer de la musique.

Il les regarda courir à travers le jardin. Mona s'était engouffrée la première dans la pièce où tout était rangé. Elles sortirent plusieurs instruments, dont le piano qu'elles firent glisser sur ses roulettes, les djembés, une guitare et un xylophone. Lisa transporta une grosse enceinte que Mona brancha. Puis les filles se mirent d'accord pour passer chacune des morceaux de musique, l'une après l'autre, à partir de leurs smartpads. Les premières notes résonnèrent et il traversa le préau pour jeter un coup d'œil dans la cuisine. Esteban préparait le dîner, Théau lui demanda s'il avait besoin d'aide. Le cuisinier lui indiqua une bassine en plastique remplie de courgettes, oignons, aubergines et tomates.

— Ratatouille ?

— Presque : crumble.

Théau prit un couteau et deux grandes casseroles, qu'il posa avec les légumes sur la table sous le préau, en plusieurs voyages pour n'utiliser que son bras droit. Lorsqu'il s'assit pour commencer à éplucher, les filles chantaient avec une dizaine de garçons, sur une chanson qu'il n'avait jamais entendue, mais qu'apparemment, tous les ados connaissaient par cœur.

Elizabeth et Ophilio arrivèrent quelques minutes plus tard et s'échauffèrent, à la guitare et à la trompette, en accompagnant une chanson sélectionnée par Alice et Lisa. Puis Max installa une batterie minimaliste au fond du préau et Wolfgang, 13 ans, qu'on ne voyait jamais tellement il était petit et discret, s'assit au piano. À la fin du morceau, les musiciens discutèrent ensemble pendant quelques minutes. Finalement, Ophilio porta la trompette à sa bouche pour interpréter une intro chaude et vibrante.

Théau avait observé Juliette et Alice, en notant qu'elles avaient affiché un air dépité à l'arrêt de la musique enregistrée. Leur déception augmenta encore quand elles comprirent que les musiciens s'apprêtaient à jouer ensemble et qu'elles ne pourraient plus écouter leurs morceaux préférés. Juliette avait même gratifié Théau d'une grimace qu'il interpréta comme quelque chose qui aurait pu ressembler à : *Ho non, ça va être trop pourri.*

À voir comment elle écarquillait à présent les yeux, au-dessus d'un sourire énorme et en balançant le crâne en rythme, il était clair que Juliette était maintenant sous l'emprise du tempo, des pulsations mélodiques et des vibrations *live* produites par les instruments. Mona se mit au djembé et Théau trouva qu'elle se débrouillait pas mal, très bien même. Lisa et Alice dansaient, timidement, avec plusieurs garçons, tout en discutant. Juliette disparut plusieurs secondes dans la pièce de rangement, pour finir par en sortir avec un micro. Elle le brancha et s'approcha d'Elizabeth, qui la regardait à présent sans réaliser tout à fait ce qu'elle s'apprêtait à faire. Puis la fille aînée perdue et retrouvée de Raja se mit à chanter. Comme ça, pas dégonflée. En inventant des paroles tantôt chantées tantôt clamées en mode rap. En souriant et en balançant des bras. Elle fit un signe à Alice pour qu'elle monte, en indiquant le piano, mais celle-ci rougit d'un coup en faisant non de la tête. Juliette n'insista pas.

Elizabeth rejoignit Théau dans la cuisine alors qu'il finalisait avec Ophilio les quatre plats de crumble de légumes, façon créole, avant de les mettre au four. Il se tourna vers elle.

— J'ai l'impression que ça s'est bien passé avec les filles.

— Oui. Mona et Lisa ont pas mal pleuré. Elles étaient choquées qu'on leur ait caché autant de détails jusqu'à maintenant. Juliette a posé beaucoup de questions et Alice est restée silencieuse la plupart du temps, à écouter posément. J'ai l'impression que c'est elle qui va avoir le plus de mal avec tout ça.

— Ha bon ?

— Elle est étonnante. Elle m'a dit qu'elle préférait tout savoir plutôt que des choses demeurent cachées. Que ça ne la rendait pas plus heureuse qu'avant, mais que c'était mieux qu'elle connaisse la vérité. Et qu'il fallait qu'elle accuse le choc.

— Oui. C'est le bon mot. Le choc. Je pense pas qu'on puisse faire pire dans le genre non ?

— Pire que quoi, Théau ?

— Pire que d'apprendre que c'est sa propre mère adoptive, qu'elle adore apparemment, qui est responsable de... de la mise à l'écart de sa mère biologique, du kidnapping de sa sœur aînée. De la mort du père de Juliette. Et je ne te parle même pas de ce qu'elle doit ressentir chaque fois qu'elle voit ses deux nouvelles sœurs...

— Quoi ? Qu'est-ce qu'elle ressent devant Mona et Lisa ?

— Qu'elle est, qu'elles sont le résultat d'une expérience. Voulue, là encore, par sa mère adoptive.

— Donc, la boucle est bouclée non ?

— C'est-à-dire ?

— Sa mère adoptive a une part de responsabilité dans sa conception. C'est pas si mal, après tout…

— C'est surtout un sacré bordel, Ez.

Elizabeth se tourna vers lui avec, dans le regard, une pointe d'énervement.

— En tout cas, c'était bien que je parle avec elles. Il n'y a plus qu'à attendre que Raja et Goran arrivent. Pour qu'ils apprennent à se connaître et tissent ensemble tous les liens qui les uniront. Et que le temps fasse son œuvre, apaise tout ça.

Les quatre plats étaient dans le four. Esteban vérifia la température puis sortit pour consulter le tableau des travaux collectifs. C'était au tour d'Ashitaka et d'Obayana de mettre la table. Il les repéra parmi les danseurs ou musiciens et leur fit signe de venir. Les deux adolescents s'exécutèrent immédiatement, pressés d'en finir le plus vite possible avec leur corvée.

Théau s'approcha d'Elizabeth, lui prit la main et l'entraîna devant l'orchestre pour l'inviter à danser. Elle lui lança un large sourire, surpris, épanoui, et se laissa diriger ensuite par les étranges pas et mouvements de son *petit ami*. Théau constata que beaucoup de garçons et toutes les filles l'observaient en riant ou secouant la tête.

— Ils vont encore se moquer de toi.

— Je m'en fous, Ez. Je me sens bien, il faut que j'en profite.

Il planta ses yeux dans ceux de la jolie rousse qui bougeait contre lui, animale, et qui exhalait un prodigieux parfum de vie amplifié par une aura magnétique.

— N'importe comment, je suis ange gardien. Pas danseur professionnel.

Ils ne purent faire autrement que de s'embrasser pendant

quelques secondes, insensibles aux vivats de la foule autour d'eux.

Au cours du dîner, Théau échangea quelques mots en français avec Alice. Elle se débrouillait bien, avec un accent qu'elle avait dû beaucoup travailler. Elle lui demanda à quoi servait le petit écran carré à son poignet droit et Théau lui expliqua que c'était un boîtier de contrôle de ses paramètres biologiques, mis au point par Raja, *oui ta mère*, qui permettait, non seulement de mesurer la tension ou d'effectuer des analyses sanguines complètes, mais aussi d'émettre dans ses veines les fréquences électromagnétiques de plusieurs molécules, dont celle d'un antidouleur qu'il utilisait en permanence depuis Miami. Il s'en suivit une discussion très sérieuse entre Alice et lui sur les propriétés chimiques des médicaments, et en particulier sur la possibilité de véhiculer leurs paramètres EM grâce aux facultés des rondes de molécules d'eau.

— Tu veux dire que grâce à ça, on pourrait même télécharger des médicaments ?

— Oui Alice. Entre autres.

L'adolescente demeura un long moment sans rien dire. Théau devina qu'elle terminait l'analyse et le classement de tout ce qu'elle venait d'apprendre concernant le boîtier développé par sa mère biologique. Elle avait tout pigé et ça l'avait captivé. Théau imagina un instant qu'Alice Banks-Melville l'avait écouté comme l'aurait fait un investisseur potentiel, quelqu'un à la recherche des bonnes idées et qui aurait pas mal d'argent à placer.

Théau essaya ensuite de suivre les conversations autour de lui, mais le brouhaha lui parut tel qu'il renonça, préférant se concentrer sur les expressions de visages, sur son assiette et, par instants, sur la chaleur imprimée par la paume d'Elizabeth sur sa cuisse. En débarrassant, il nota, mentalement, qu'il faudrait qu'il pense à faire un bilan auditif. Un de ces jours.

Les garçons étaient tous fatigués. Ophilio les accompagna pour veiller à ce que toute la troupe se couche dans le calme.

Personne ne fit attention au retour d'Ophilio des dortoirs : le transistor avait été branché sur la table, sous le préau, et plusieurs bougies éclairaient les visages concentrés d'Elizabeth, Théau, Esteban, et des quatre filles assises côte à côte et figées dans des positions différentes. Tous écoutaient une voix parfaitement britannique, sur une fréquence assez bonne, sans parasites, qu'Esteban avait réussi à régler depuis quelques minutes. Une radio internationale de la BBC, qui débitait en boucle des flashs d'information en provenance du monde entier. Théau invita Ophilio à s'asseoir en poussant une chaise vers lui. Puis il concentra à nouveau son attention sur le portrait brossé à grands traits d'une humanité ébranlée par la plus grosse catastrophe naturelle jamais enregistrée de mémoire d'homme.

Comme tous les typhons et cyclones majeurs, la tempête solaire du 14 août 2030 avait reçu un nom. Elle avait été baptisée *Solar Max*. Et, évidemment, les ondes ne parlaient que de cela.

L'électricité avait été remise en route à peu près partout dans le monde. Trente heures après l'arrivée sur Terre de la déflagration électromagnétique, il n'y avait guère plus d'une poignée de pays encore à pied d'œuvre pour réparer leurs infrastructures électriques. Dans tout l'hémisphère Nord, la moitié la plus touchée de la planète, des travaux de grande ampleur de consolidation des réseaux avaient d'ores et déjà été initiés pour pallier les défaillances de certains équipements devenus inutilisables. Mais ce contexte d'amélioration, jugé fragile, nécessitait que tous continuent de freiner les consommations afin de ne pas trop solliciter les installations. La plupart des pays frappés par Solar Max avaient décrété que le vendredi 16 août serait chômé, en préconisant que chacun reste chez soi, afin de laisser les équipes de réparation, de secours et de nettoyage faire leur travail dans les meilleures conditions possible. Le trafic aérien, stoppé partout une heure avant l'arrivée des ondes solaires, reprenait progressivement, les trains et autres transports publics restaient en service minimum.

Un journaliste avait indiqué que si la même tempête avait heurté l'hémisphère nord en plein hiver, les dégâts et conséquences directes auraient été bien plus graves.

Le pire semblait avoir été évité, sauf aux USA où les pannes se prolongeaient de manière inquiétante. Les nouvelles concernant la Californie étaient aussi mauvaises que parcellaires. De nombreux incendies s'étaient déclarés dans la région de Los Angeles, et la situation à San Francisco paraissait proche de celle d'une guérilla urbaine. Le journaliste conclut en précisant que les informations en provenance de l'Amérique du Nord étaient peu nombreuses et qu'elles étaient difficiles à vérifier.

Il n'y avait plus de réseaux mobiles nulle part sur Terre et internet ne montrait plus qu'une page d'erreur, dans le monde entier. Les liaisons téléphoniques classiques allaient incessamment être remises en route partout, tout comme internet, via les lignes physiques comme le câble, la fibre optique ou *ces bons vieux fils de télécommunication*. La toile serait alors de nouveau accessible à l'aide de tout appareil raccordé à ces réseaux terrestres. Mais il faudrait attendre encore quelques jours pour pouvoir interroger des comptes bancaires ou n'importe quel contenu privé consultable à distance : de nombreux data centers avaient été frappés directement par les surtensions trop puissantes. Les dizaines de millions de serveurs abrités dans ces hangars sécurisés, réfrigérés, constituaient tous ensemble le moteur concret d'internet. Et, tous ensemble, ils refusaient de redémarrer. La montée en charge était trop forte, trop instantanée, insoutenable pour toutes ces machines qui, en moins d'une seconde, étaient bombardées par des déferlantes de milliards de requêtes qui les faisaient aussitôt replanter. Les quatre multinationales qui se partageaient l'internet diffusaient des communiqués rassurants, mais vides de toutes informations détaillées. Ils travaillaient à remplacer les serveurs grillés, à tester les lignes, les hubs, les bandes passantes et beaucoup d'autres choses qu'ils désignaient sciemment avec des noms savants. En clair, c'était un foutoir complet.

Les satellites en orbite autour de la planète avaient souffert et les estimations tablaient sur le fait qu'à peine 50 % du parc actif avaient résisté à Solar Max. Cela signifiait la fin des données GPS pour une durée indéterminée, mais, encore plus impactant pour l'humanité, l'impossibilité d'utiliser au quotidien les smartpads, smartphones et autres gadgets portables de communication. Il faudrait que l'homme se contente à nouveau d'appareils branchés, raccordés aux réseaux par un fil : combinés téléphoniques filaires, ordinateurs ou flextab connectés en wifi ou par câble Ethernet. Et c'était précisément dans cette information que l'on devinait la gravité des conséquences de Solar Max. Pour le genre humain, il s'agissait d'un retour trente années en arrière, en 1999. Un changement de siècle.

En l'absence de toute identification possible via leurs appareils connectés, des milliards de personnes ne pouvaient plus utiliser les transports en commun, ne pouvaient plus entrer chez eux ou même démarrer leur voiture, ne pouvaient plus se rendre à leurs bureaux, magasins, usines, etc. Il fallait ruser, réapprendre à se servir de clés ou de badges magnétiques, à sortir sa carte d'identité, conduire en ne faisant que conduire, acheter des billets de bus, payer son pain avec des pièces, prendre des rendez-vous et les noter dans un agenda, se donner des points de rencontre précis plutôt que de compter sur des coups de fil pour se retrouver. Il fallait également passer des disques pour écouter de la musique, sauf dans les cas où les fichiers audio avaient été stockés directement sur les appareils concernés. Et il faudrait même, dans certains cas, dévisser les portes de frigidaires pour atteindre leurs contenus ou fracturer ses propres fenêtres pour faire entrer de l'air. L'humanité était privée de réseaux, autant dire qu'elle était dénuée de tout. Plus d'argent, plus de déplacements, plus d'informations et plus de contacts entre proches, plus de loisirs et plus aucun accès à ses multitudes de services qui n'étaient plus gérables qu'en ligne.

Tout ça pour une durée qui varierait de quelques jours à plusieurs semaines. Tout dépendrait du rythme de remise à niveau des infrastructures, dans l'espace et sur Terre, qui permettaient aux fréquences radioélectriques de recommencer à circuler.

C'était la revanche des fils sur les ondes.

Théau savait qu'il pourrait compter sur NoT pour contacter Thomas et Raja dès le lendemain. À part un peu de wifi en bout de ligne, NoT n'utilisait que les installations électriques. Et compte tenu des efforts d'anticipation de Thomas pour éviter les effets de la tempête solaire, il était fort probable que les serveurs et relais du réseau privé n'aient subi *aucun* dommage.

Un flash d'information nouveau démarra, cette fois-ci entièrement consacrée à la situation aux USA. Los Angeles était ravagée par un incendie géant depuis plus de vingt-quatre heures, et ailleurs en Californie, au Texas et en Floride, des émeutes extrêmement violentes avaient éclaté. À l'opposé, les habitants de New York avaient démontré un sang-froid extraordinaire et un niveau de solidarité dont ils pouvaient être fiers. Tout n'était pas si noir. En revanche, il n'y avait plus aucune activité à Wall Street et il était à prévoir une coupure sans précédent de la cotation des valeurs mobilières à New York, ainsi que sur toutes les places boursières de la planète. Une catastrophe effarante pour le monde de la finance. Un marché gris, parallèle, faisait état d'une baisse potentielle de plus de 60 % du Dow Jones. Solar Max avait déclenché une crise financière majeure… Une réunion internationale d'urgence se tiendrait en début de semaine suivante pour statuer sur les conséquences de l'évènement et définir les plans d'aide, de soutien. De colmatage d'un système bancaire et monétaire victime d'un AVC fatal. Ce regroupement d'experts se pencherait également sur la reprise des cotations sur les marchés de matières premières. Le journaliste conclut sur le fait qu'il y aurait des fortes tensions sur les prix de la nourriture, de l'eau et de tous les biens manufacturés. L'année 2030 serait certainement celle du come-back, au niveau mondial, d'une inflation qui avait pourtant semblé à jamais retirée des affaires, bannie des économies du XXIe siècle.

Ils écoutaient la BBC depuis plus d'une heure. Elizabeth bâilla avant de lever un bras au-dessus de sa tête et d'envoyer aux trois hommes un signal d'au revoir silencieux. Elle quitta ensuite le préau, talonnée par les quatre filles, éteintes. Ophilio, Esteban et Théau demeurèrent assis le temps d'un dernier flash complet d'actualités avant de couper la radio. Ils restèrent dehors pendant un bon quart d'heure, à commenter ce qu'ils venaient d'entendre et de comprendre.

Pour Théau, il était clair que tout se terminait plutôt bien. Il y aurait encore quelques informations terribles, des drames dans tel ou tel pays, des tueries, des accidents, mais il y aurait aussi beaucoup de belles histoires, des *happy ends*, des récits de sauvetage, d'entraide. Et même de rencontres. Mais, pour lui, Solar Max était clairement un avertissement à destination de l'humanité tout entière, qui continuait de s'organiser, de se structurer autour du vide. Cela faisait depuis combien d'années qu'il n'y avait plus de vrai progrès sur Terre ? Depuis trente ans, cinquante ans ? Et si cette tempête constituait une chance, un avertissement qu'il fallait prendre au sérieux ? Solar Max n'avait engendré rien d'autre qu'un mauvais film d'anticipation, un feuilleton catastrophe à petit budget. Le prochain Solar Max, à puissance équivalente, causerait, dans dix ans par exemple, bien plus de dégâts et de désastres en série sur une civilisation encore davantage construite, échafaudée sur des technologies fragiles qui contribueraient à rendre l'humanité toujours plus dépendante et vulnérable. Tant que ces technologies ne servaient qu'à lire des vidéos de chutes en musique ou de bandes-annonces de film sur un téléphone, les conséquences d'interruptions de réseaux n'étaient pas dramatiques. Au contraire même. Par contre, lorsque ces pseudo-progrès devenaient incontournables pour tous les gestes quotidiens d'un homme chez lui, en déplacement ou à son travail, alors ces ruptures de service étaient dramatiques. Car elles pouvaient rendre chacun incapable de boire, de se nourrir, de protéger les siens et lui-même, de se laver, d'alerter ou de secourir, de se déplacer, de se soigner, etc. Sans ondes, l'homo sapiens du futur serait tétraplégique, renvoyé à son passé troglodyte.

Théau se leva et souhaita bonne nuit à Esteban et Ophilio. En se redressant, il se sentit vieux, vouté, fatigué. Il partit droit devant, traversa le jardin éclairé par la lune. Il s'arrêta, observa la Voie lactée. Il entra ensuite dans la maison où les quatre filles de Raja dormaient déjà, et gagna l'étage sans faire de bruit.

Il se sentit instantanément merveilleusement bien dans son lit. Sur cette embarcation intime. Il avait passé une excellente soirée. Grâce à Elizabeth et à tout le monde. Il avait adoré danser, suivre la musique en rythme, admirer Ez et ses mouvements charmants, harmonieux et même, par instants, timides.

Son bras allait continuer de s'autoréparer, il pourrait bientôt recommencer à courir ou à faire de la moto.

Et demain serait encore un autre jour, qui se construirait autour d'une multitude de bonheurs variés. Et demain, il faudrait réussir à joindre Raja, Goran, Thomas. Pour se mettre en ordre de bataille pour la dernière étape de récupération de Juliette… Il fallait se préparer à se protéger contre des attaques juridiques, voire physiques, déclenchées par une Victoria Banks-Melville qui ferait tout pour se défendre. Ou pour se venger.

Au milieu de la nuit, il entendit Elizabeth pleurer. À chaudes larmes. À moins que ce ne fût qu'un rêve. Elle répéta plusieurs fois Azul. Azul, Azul.

Quelque part, son smartphone émit un grésillement de robot, qu'il capta du fin fond de son sommeil. Et, d'où il était, Théau réalisa qu'il avait reçu un message. Qu'il lirait plus tard.

Vendredi 16 août 2030

MONA ET LISA

Elle l'avait entendu pleurer, au milieu de la nuit.

Dans l'obscurité totale du salon, Mona s'était redressée et avait cherché à repérer d'où provenaient les sanglots discrets, étouffés. Juliette ronflait légèrement sur sa droite et, sur le matelas à sa gauche, c'était Lisa qui dormait, sans émettre d'autre son que celui de sa respiration cadencée, paisible. Les larmes, régulières, venaient du lit suivant. Celui d'Alice.

Mona prononça quelques mots dans le noir. Pour réconforter sa sœur, pour qu'elle l'entende même si elle était en plein cauchemar.

— Alice ? Ne pleure pas, on est là.

Alice avait arrêté de sangloter et Mona s'était rallongée, parfaitement heureuse au milieu de ses trois sœurs, par moments synchronisés à la perfection. Oui, elle avait trois frangines…

Elles avaient toutes les quatre écouté les longues explications d'Elizabeth sur les circonstances de l'enlèvement de Juliette et sur celles de la découverte, à Riga, de Mona et Lisa. Ainsi, les trois filles de Raja nées en 2016 avaient été le résultat d'une expérience de clonage conduite par leur père biologique, Alberto Garcia, exécuté par un tueur rendu fou par le décès de son frère. Un père censé être mort dix mois plus tôt… On avait tenté d'assassiner leur mère et Théau était intervenu. Oui, ce même Théau que Mona considérait depuis toujours comme une sorte de grand-père, attentif et aimant. Un vieux sage qui scotchait les gens d'un simple regard, qui imposait respect et confiance. Et vers qui on pouvait se tourner pour partager un secret, un doute, une peur. Quelqu'un dont les filles avaient de tout temps constaté la présence, pas loin de Raja et de Goran, puis collée à Elizabeth. Théau qui, quinze ans auparavant, avait sauvé Raja et Goran à Londres, devant une morgue. Un ange gardien aux pupilles étranges, qui semblait lire dans les pensées avec son œil-aspirateur.

Ezzie avait rencontré Théau par miracle, en 2015, après avoir envoyé un S.O.S. à travers le Psycosme. Il y avait eu beaucoup de morts, de souffrance, de privation. Et, pour Ezzie, il était clair que toute cette histoire allait bientôt connaître son dénouement définitif. Elle avait minutieusement choisi ses mots lorsqu'elle en était arrivée à l'évocation du rôle de la mère adoptive de Juliette et Alice. Mais pour Ez, il y avait un lien évident entre Victoria Banks-Melville et la société XY-Labs, qui avait embauché Alberto Garcia…

C'était probablement cette femme, patronne d'un puissant fonds d'investissement, spécialisé notamment en biologie, qui avait fait exploser la petite cellule familiale constituée autour de Raja. Elle y avait participé, puisqu'elle avait ensuite été capable de récupérer Juliette et Alice. Mais, on pouvait dire et conclure n'importe quoi, et même en vouloir à la Terre entière ou souhaiter que Victoria soit morte, il n'en restait pas moins que toutes les trois, Mona, Lisa et Alice, avaient réalisé qu'elles n'auraient jamais vu le jour sans la volonté de cette femme. Qu'elles lui devaient quelque chose puisqu'elle était un des maillons de la chaîne qui avait conduit à leurs trois conceptions.

Mona se souvenait qu'elles s'étaient toutes les quatre observées quand Elizabeth avait prononcé le mot *clonage*…

Avec Lisa, elles avaient toujours conservé cette hypothèse en tête, le fait qu'elles avaient été conçues dans un laboratoire. Mais ça n'avait été qu'une sorte de délire, de fantasme. Un truc de jumelles. Et voilà que c'était vrai… Dans le fond, qu'est-ce que ça changeait ? Rien. Elles étaient trois jumelles. Et c'était tout.

La question à laquelle il fallait maintenant qu'elles trouvent chacune une réponse était simple : est-ce que leur existence aurait un sens ? Est-ce que d'être vivantes, même en ayant été conçues clandestinement, par des procédés interdits et confiées à des mères porteuses anonymes pendant neuf mois, est-ce que la vie qui leur avait été offerte mériterait d'être vécue ? Ou encore : est-ce que la vie serait supportable ? Mona n'avait aucun doute sur les réponses à toutes ces questions. Oui, elle se sentait forte, aimée, chanceuse et capable de beaucoup. Elle était une personne à part entière, totalement unique. À présent, il n'y avait plus aucun secret, dorénavant tout était partagé, et ça, c'était bien… En se couchant avec ses sœurs, après avoir écouté à la radio les informations d'un monde qu'elles avaient oublié, elles s'étaient toutes les quatre juré une fidélité absolue et d'être plus fortes que tout, ensemble. Même si, à l'avenir, le sol risquait de trembler encore sous leurs pieds. Et même si, de temps en temps, l'une ou l'autre se mettrait à pleurer en pleine nuit.

Mona concentra ses pensées sur un nouveau passage du récit d'Ezzie. Sur le moyen qu'elle avait utilisé pour contacter Théau. Ce *satané* Psycosme. Ce *machin* qui intervenait dans leur histoire et que chaque garçon du Centro distinguait, maîtrisait, et dont elles, Mona et Lisa, mais aussi Juliette et Alice, n'avaient jamais aperçu la moindre foutue *brique* de matière. Un monde qui continuait de se dérober à leurs sens. Cet univers ou cette dimension de la réalité qui, selon Elizabeth, ne s'ouvraient aux femmes qu'après la puberté. Sans qu'elle sache, d'ailleurs, expliquer pourquoi.

Mona se rendormit, concentrée sur la promesse que leur avait faite Max en sortant de table. Il leur montrerait aujourd'hui, pendant la sieste, ce qu'était le Psycosme. Il leur ferait une démonstration de son *super-pouvoir*, comme Juliette l'appelait.

Les quatre filles se réveillèrent plus ou moins en même temps et se rendormirent à plusieurs reprises entre l'aube et l'instant où la porte d'entrée s'ouvrit et que Théau leur indiqua avec sa voix grave et lente, chaude, qu'il était déjà 9 heures et que, si elles prévoyaient de prendre un petit déjeuner, elles n'avaient plus que quelques minutes pour rejoindre la cantina.

Il fallut moins d'une minute pour qu'elles se retrouvent toutes les quatre sous le préau, haletantes, visages rougis par le sprint effectué à travers le jardin en criant. Elles s'installèrent à table et suivirent des yeux Théau qui passait devant elles. Il leur adressa un signe de la main et marcha jusqu'à la salle de cours où l'attendaient les garçons qui, pour certains, avaient collé leurs bouilles contre les carreaux et le regardaient arriver en chahutant et riant.

Mona se confectionna un savant mélange de céréales, de fruits et de fromage, sur lequel elle versa du miel liquide et du lait sous le regard dégoûté de ses voisines. Juliette lui demanda si elle voulait ajouter du ketchup et Mona lui répondit que, trop dommage, il n'y en avait plus. Lisa sortit sans y croire son smartpad de la poche arrière du short qu'elle avait enfilé en vitesse au saut du lit. Alice constata la mine légèrement déçue de sa sœur avant de vérifier la détection de réseaux sur son propre appareil. À tout hasard.

— Vous avez compris quoi, vous, des infos à la radio hier soir ? Ça va revenir quand le téléphone ?

— J'ai l'impression que c'est mort pour quelques jours. En attendant, il va falloir qu'on communique avec des trucs reliés par des fils aux boîtiers internet. Tu vois le genre ?

— Ouais. C'est la préhistoire.

Lisa se gratta le haut du crâne à la façon d'un chimpanzé et fourra une demi-banane dans sa bouche en poussant des grognements, pour ce qui était une imitation assez réussie de femme préhistorique.

Elles riaient toutes les quatre lorsqu'Elizabeth sortit de la maison. Elles distinguèrent immédiatement dans son attitude que quelque chose n'allait pas. Mona et Lisa échangèrent un regard qui confirma ce que chacune pensait : Ezzie était toujours la première levée et prête à prendre les journées à bras le corps. Alors que là, elle semblait tout juste tombée du lit et approchait du préau avec une démarche étrange, en donnant l'impression de ne pas savoir où elle allait. Arrivée à une dizaine de mètres, elle réussit à se composer un visage habité.

— Salut les filles. Ça va ?

Elles répondirent toutes par des mouvements à peine perceptibles des épaules et par quelques *ça va et toi ?* qui n'obtinrent pas d'autre retour qu'un frémissement des lèvres d'Elizabeth qui accompagna parfaitement sa réponse :

— Bof.

Elle disparut dans la cuisine et en ressortit avec un bol. Elle s'assit à table, à côté de Lisa, et attrapa une pomme et un yaourt qui n'avaient pas encore été engloutis par les filles. Lisa se tourna vers sa grand-mère :

— Ça va pas Ezzie ? Tu as mal dormi ?

Elizabeth but une gorgée de thé puis essaya d'afficher un sourire, trop large, trop forcé. Puis elle réussit à ne pas pleurer.

— J'ai passé une mauvaise nuit… Je vous ai déjà parlé du Psycosme, hein ?

Les trois filles face à elle hochèrent la tête et Lisa, sur le côté, s'approcha d'elle en faisant glisser sa chaise.

— Oui. Plus ou moins. C'est pas vraiment clair pour nous…

— Non, c'est sûr. Bref, j'y suis connectée avec quelqu'un depuis très longtemps. Quelqu'un qui compte beaucoup pour moi. Mais je ne le trouve plus. Il a disparu.

Lisa envoya un coup d'œil à Mona, puis à Alice et Juliette.

— Tu parles d'Azul ?

Elizabeth se tourna lentement vers Lisa. Les filles notèrent qu'elle avait l'air à la fois surprise, contrariée et soulagée.

— Qui t'a parlé d'Azul ?

— Maman. Elle nous a toujours expliqué qu'elle le rejoignait la nuit. Qu'ils discutaient ensemble, qu'il veillait sur elle.

— Elle t'a dit qui c'était ?

— Oui, bien sûr, c'est son père. Il est dans le Psycosme et il est mort avant sa naissance. Il était follement amoureux de ma grand-mère, ils avaient partagé une formidable histoire d'amour et…

Elizabeth la coupa en plaquant une main sur son bras :

— C'est moi la grand-mère Lisa.

Lisa faillit s'envoyer une gifle… Les larmes jaillirent dans les yeux d'Ezzie, mais ses traits demeurèrent étrangement paisibles, détendus.

Elle reprit et un grand sourire parvint, peu à peu, à éclairer son visage :

— On s'est rencontré en 1990 et on a vécu un coup de foudre instantané. Je pense que ça s'appelle comme ça. Et puis il est mort, trop vite et trop tôt. Mais je l'ai immédiatement retrouvé dans le Psycosme, grâce à sa conscience reconstituée là-bas. Depuis, il a toujours été là. C'est lui qui m'a alerté pour Raja, lorsqu'elle était en danger. Il nous a aidés, Théau et moi, à la sortir du coma. Il veillait sur moi, sur nous. Mais de plus en plus loin…

Elizabeth but une nouvelle gorgée de thé, en reniflant. Lisa constata que sa grand-mère semblait aller mieux et que cela lui faisait du bien de parler, de partager ça avec elles.

— Depuis hier, ou la nuit d'avant, il n'est plus là, il ne vient plus, ne se montre plus.

— Tu crois que c'est lié à Solar Max ?

Elizabeth pencha la tête pour regarder Alice en face d'elle sur la gauche, en fronçant les sourcils, peut-être gênée que ce soit elle qui émette cette hypothèse.

— Oui Alice. C'est *forcément* lié à Solar Max. En fait, j'imagine que les ondes solaires ont balayé pratiquement tout ce qui s'y trouvait. Je vais essayer de faire un point exact là-dessus, mais je n'y ai croisé que des nouveaux.

— Des nouveaux quoi ?

C'était au tour de Juliette de recevoir le regard d'Elizabeth, toujours aussi terriblement chaud et froid, dur et doux. Aiguisé, attentif, aimant. Exigeant.

— Des nouvelles consciences. De gens qui viennent d'arriver dans le Psycosme.

— Qui viennent de mourir, c'est ça ?

Ezzie confirma d'un dernier mouvement des lèvres, du menton, avant de se concentrer sur l'épluchage de sa pomme.

Les filles terminèrent leur petit déjeuner en silence. Et Elizabeth fit une proposition qu'elles acceptèrent en chœur.

— Vous m'accompagnez à la plage ?

Elles empruntèrent le même chemin que deux jours auparavant. Mona se posta à côté d'Elizabeth :

— Avec Alice, on a promis à Esteban qu'on s'occuperait du déjeuner. Il faudra qu'on rentre pas trop tard.

— On sera de retour pour midi. Ça ira ? Vous allez préparer quoi ?

— On va faire des pizzas. Avec une salade. On a besoin d'une heure, pas plus.

— Je pourrais vous aider ?

— Oui. Bien sûr.

Mona passa la main dans le dos d'Elizabeth, qui la prit par le cou et lui colla un baiser sur le front. Elles continuèrent de marcher l'une à côté de l'autre.

— Je suis désolée pour Azul. Maman doit être triste aussi. Il était… une présence à laquelle elle tenait beaucoup.

— Merci. Oui, il va beaucoup nous manquer à toutes les deux. Je vous expliquerai tout ça mieux, bientôt. Mais tu sais…

Elizabeth chercha ses mots, le temps de plusieurs pas.

— Azul est toujours là, en moi. Et en chacune de vous. C'est ça le plus important. Et puis, je le savais de toute manière…

— Quoi ?

— J'étais certaine que sa présence là-bas n'était pas éternelle. Il s'est éteint. Pour de bon. Quelque part, je me dis que si ça se passe maintenant, c'est que je n'avais plus besoin de lui… Maintenant que nous sommes toutes réunies.

Mona envoya un nouveau sourire à sa grand-mère qui reporta son attention droit devant elle, en serrant la mâchoire.

Il faisait déjà très chaud, le ciel était sans nuages.

Elles arrivèrent en sueur à la plage après vingt minutes de marche. Lisa et Alice coururent jusqu'au sable, où elles laissèrent tomber vêtements et chaussures pour se jeter à l'eau. Cinq minutes plus tard, tout le monde nageait, s'éclaboussait et criait.

Alice et Mona décidèrent de rejoindre le yacht avec le zodiac. Elizabeth, Juliette et Lisa, allongées sur leurs serviettes, suivirent l'embarcation des yeux, observant les coups de rames désordonnés et les difficultés de l'équipage à se coordonner pour avancer en ligne droite.

— Juliette, tu vas encore cramer si tu ne te mets pas de crème solaire.

— T'en fais pas, je gère.

Elizabeth se retourna sur le ventre, une joue posée sur l'avant-bras et Juliette se redressa pour s'asseoir sur sa serviette, face à la mer.

— Ezzie ?

Elizabeth rouvrit les yeux et invita Juliette à continuer.

— C'est quoi l'histoire d'Ashitaka ? Il vient d'où ? Il n'a pas de famille ?

Lisa retira les écouteurs de ses oreilles et posa son smartpad au-dessus du petit tas de ses vêtements d'été. Elle envoya un regard malicieux à sa grand-mère en train de se rasseoir et de saisir dans son sac une bouteille d'eau. Elizabeth en but une gorgée en étirant les lèvres puis son visage redevint sérieux :

— Ashitaka ? Pourquoi Ashitaka ?

Lisa ne put se retenir de ricaner et Juliette fit semblant de vouloir lui balancer une claque.

— Toi, tu la fermes. T'es même pas là, OK ?

Elizabeth sourit en contemplant l'horizon, comme pour signifier qu'elle avait compris pourquoi Juliette s'intéressait à Ashitaka. Elle rangea la bouteille et regarda un instant les deux autres filles qui atteignaient le yacht. Puis elle raconta l'histoire d'Ashitaka. Et ni Juliette ni Lisa n'en perdirent une miette.

Ashitaka était né au Japon, à Tokyo, en 2016, comme les jumelles. Il était enfant unique, ses parents étaient des cadres moyens. Les soucis avaient commencé quelques semaines après sa naissance. Il était un nourrisson normal, sa croissance se déroulait bien, il mangeait à heures régulières et faisait ses nuits. Bien sûr, il lui arrivait de pleurer, quand il avait faim ou lorsque sa couche était pleine. Comme tous les bébés. Sauf que ses parents saignaient du nez. D'abord une ou deux fois par semaine, puis systématiquement, à chaque épisode colérique. Au cours d'une vaccination, un pédiatre s'était mis à saigner abondamment du nez, jusqu'à l'évanouissement. Ses parents avaient passé des scanners, effectué des tas d'examens médicaux, s'étaient inquiétés au sujet de leur propre santé. Ils avaient mis plus de trois années à comprendre que ces hémorragies nasales étaient déclenchées par leur fils. Ils avaient renoncé à l'éloigner d'eux et refusé de le soumettre à des tests poussés ou de le faire examiner par des spécialistes en maladies orphelines. Tout en continuant de l'élever le plus normalement possible, dans un environnement paisible, où tout stress était banni. À l'écart de tous.

Elizabeth les avait rencontrés, elle était d'ailleurs encore en contact régulier avec eux, et Ashitaka était l'unique pensionnaire dans ce cas, le seul élève du Centro dont les parents étaient toujours présents. Ils l'aimaient et avaient tout fait pour le protéger, surtout des autres. Et ça avait été très compliqué pour eux… Elizabeth avait repéré Ashitaka dans le Psycosme et elle avait débarqué chez une famille qui venait à peine de déménager, une fois de plus. Ils étaient épuisés, au bout du rouleau et en proie à des migraines de plus en plus fortes. Elle leur avait proposé de prendre en charge leur fils, dans son centre spécialisé. Ils avaient accepté le troisième jour. C'était il y a six ans. Ashitaka avait été totalement déboussolé à son arrivée au Centro. Il avait fallu qu'il apprenne l'anglais et à contrôler sa faculté à faire *pisser les nez*. Aujourd'hui, il allait bien. Même si ses parents lui donnaient de moins en moins de nouvelles et qu'un retour chez lui ne semblait plus à l'ordre du jour. En tout cas pour l'instant. Ils avaient besoin de temps.

— Et ça lui vient d'où ce pouvoir ? Le fait qu'il arrive à faire saigner du nez ?

— Avance Juliette. Franchement, tu vas vraiment choper des coups de soleil. Je vais te mettre de la crème.

Pour Elizabeth, l'origine de cette faculté atypique était évidente. Ashitaka était né dans le centre-ville de la plus grosse aire urbaine du monde, à Tokyo. Plus de quarante millions d'habitants, tous bombardés en permanence par les ondes pulsées de millions de bornes et boîtiers wifi. Sans parler des innombrables antennes-relais. Lorsqu'Elizabeth avait fait le voyage pour le rencontrer, son ordinateur avait détecté environ trois cents réseaux wifi privés dans l'appartement de ses parents, logés dans un immeuble d'une cinquantaine d'étages. Alors, Elizabeth l'expliquait comme ça ce pouvoir, cette connexion avec le Psycosme : le pilonnage incessant et massif d'ondes avait eu un impact, avait modifié quelque chose dans son cerveau, pendant la gestation. Pour Elizabeth, il était clair que ça avait joué. Tout comme il était évident que cette surcharge de radiofréquences autour de l'homme moderne expliquait pourquoi les cas d'enfants connectés au Psycosme augmentaient d'année en année. Des individus naissaient transformés, avec des cerveaux modifiés par les ondes et dont certaines zones sensorielles avaient fusionné au lieu de demeurer cloisonnées. Cette *mutation* les rendait capables de percevoir et de visualiser l'univers du Psycosme. De réaliser des trucs bizarres et de passer de l'autre côté, à volonté.

— Il vient du film *Princesse Mononoké* son prénom ?

— Ça, j'en sais rien. Je connais pas. Faudra que tu lui demandes. En tout cas, c'est un garçon adorable, attentif. Doué pour beaucoup de choses, sportif. Il a beaucoup d'humour aussi.

Elizabeth s'assit, but à nouveau une gorgée d'eau et en proposa à Juliette. Plutôt que de répondre, la jeune fille extirpa une bouteille du paquet de ses vêtements. Lisa tendit le bras et Elizabeth, en croisant son regard, devina qu'une vanne était en préparation, prête à sortir.

— En tout cas, Juliette craque complètement pour lui...

La réplique de la grande sœur fusa en même temps qu'elle se redressa :

— Toi ma vieille, tu vas prendre cher.

Une course poursuite démarra, avec projections de sable en tous sens et zigzags sur toute la largeur de la plage, et qui s'acheva en gerbes, roulades et rires dans les vagues.

Elizabeth se leva pour se remettre à l'eau et nager.

Lorsqu'elle regagna sa serviette, Alice et Mona étaient en train d'enfiler leurs chaussures.

— Ezzie, on y va, comme ça on aura le temps de se doucher avant de préparer les pizzas.

— OK les filles. Ça ira pour rentrer ?

— Ouais. C'est fastoche : toujours tout droit !

Juliette s'affala sur le sable, à l'endroit où les vagues se chevauchaient avant de disparaître. Elle se laissa malmener par les mouvements de va-et-vient du faible ressac.

Elizabeth était allongée sur sa serviette et Lisa la contempla pendant plusieurs minutes, admirative. Admirative de sa condition physique, de sa beauté, de son énergie et de tout ce qu'elle avait fait dans la vie. Admirative de son regard sur les choses et de sa force. Ezzie sentit cette attention sur elle. Elle avait toujours le visage tourné vers l'océan quand elle lui demanda :

— Et toi, Lisa. Tu vas comment ?

Lisa sursauta. Elle se concentra immédiatement sur la question posée par sa grand-mère :

— Ça va. J'absorbe les informations. C'est dense… Entre ce qui s'est passé avec Maman et Théau, avec Goran, et tout ce que tu nous as expliqué sur le rôle probable de Victoria. Sans compter ton truc fantastique là, le Psycosme, auquel j'ai jamais rien compris. Et mes deux nouvelles sœurs.

— Ha, oui. Deux frangines de plus… Sacrée surprise hein !

— Tu m'étonnes. En fait, tu sais, on avait repéré la signature EM d'Alice. Et lorsqu'on l'a rencontrée, on croyait vraiment que c'était *elle* notre grande sœur. Alors, je te dis pas, quand Juliette a débarqué, tout s'est écroulé. On comprenait plus rien. Heureusement que vous êtes arrivés avec Théau. Sinon, on serait encore là-bas, la bouche grande ouverte.

Juliette s'allongea sur sa serviette, en éclaboussant légèrement les deux corps déjà secs d'Elizabeth et de Lisa, qui restèrent concentrées sur leur conversation.

— Et Alice ? Ça va, elle gère ?

Lisa échangea un regard avec Juliette et comprit qu'elle pouvait sans problème s'exprimer sur le sujet :

— Oui. On a pas mal discuté ensemble, tu imagines. Elle va plutôt bien, mais elle est un peu triste. Elle est très liée à Victoria. Je pense qu'elle l'admire, que c'est un modèle pour elle… Elle a du mal avec tout ça. Elle aurait envie d'être chez elle, avec ses amies, mais, en même temps, elle est bien ici aussi. Bon, elle pige tout, je suis certaine qu'elle fait la part des choses, elle est contente d'avoir des sœurs jumelles, de découvrir le Centro. Elle te trouve cool, ça lui plait d'être ta petite-fille. Elle est impatiente de rencontrer Maman, bien sûr. Et puis, tu sais quoi ?

— Non.

— On s'est promis de rester soudées. Quoiqu'il se passe.

— Vous avez raison. C'est bien. Vous êtes quatre filles uniques, quatre frangines formidables.

Elizabeth s'était assise en tailleur pour observer la ligne impeccablement plate de l'horizon bleu de mer et de ciel, vers le nord. Elle consulta l'heure.

— On y va ?

Elizabeth se leva et secoua sa serviette dans l'air, aussitôt imitée par Lisa.

Juliette se redressa sur les coudes, face au soleil. Elle porta une main au-dessus de ses sourcils.

— Ezzie, c'est quoi la prochaine étape ?

— Il faut que Raja vienne et que vous passiez du temps ensemble. Elle t'a beaucoup cherchée, elle t'attend depuis quinze ans.

— Oui, ça, j'ai hâte qu'elle arrive. Mais, non, je voulais dire par rapport à ma mère adoptive, à Victoria. On va faire quoi ?

Elizabeth enfila son short en constatant que Lisa était prête à partir. Mais qu'elle n'était pas pressée : elle écoutait.

— On va la contacter dès qu'on pourra. Pour lui dire où vous êtes et qui on est. Pour lui dire qu'on reprend tout à zéro. Qu'on pense qu'elle est coupable de rien.

— De rien ? Tu rigoles ou quoi ?

— Non Juliette, je ne rigole pas. Elle n'était qu'associée dans XY-Labs. Les trois autres actionnaires sont morts à Riga, dont deux investisseurs russes pas très fréquentables d'après ce que j'ai compris. À mon avis, ce n'est pas elle qui prenait les décisions, par rapport à Garcia, à l'enlèvement de Juliette et tout ça…

— Elle nous a quand même récupérées, Alice et moi.

— Oui. Mais Raja avait disparu, elle se cachait… C'était la moindre des choses que Victoria pouvait faire, de vous protéger toutes les deux, plutôt que de vous abandonner dans la nature. Non ?

— Ouais. Tu as peut-être raison… En tout cas, ça fera plaisir à Alice quand je lui expliquerai ça. Ça va la rassurer.

Elizabeth fourra son t-shirt dans son sac.

— Allez, debout. On bouge.

Juliette se redressa, visiblement à contrecœur.

— N'empêche qu'elle va être en pétard. Surtout que la dernière fois que je l'ai eue au téléphone, je l'ai envoyée chier.

Lisa clôtura la discussion :

— Ouais. Grave.

Théau buvait son café, le buste calé au fond d'un transat. Elizabeth se dirigea vers lui, et Lisa les regarda un instant alors qu'ils se parlaient en souriant. Théau pointa du doigt son pansement avant de se lever et prendre Elizabeth par la main pour disparaître dans la cuisine.

Juliette partit vers les douches et Lisa décida de repasser par la maison pour y rassembler ses affaires de toilette avant d'aller se doucher.

En passant devant la salle de cours, elle aperçut par la fenêtre le visage de Max tourné vers elle. Elle lui envoya son plus beau sourire avant de rougir immédiatement en voyant Elizabeth en face d'elle, à quelques mètres, serviette sur l'épaule. Une main devant la bouche, Ezzie essayait de cacher le trop large étirement de ses lèvres… Lorsque Lisa arriva à sa hauteur, elle avait deviné le sujet de la remarque à venir de sa grand-mère.

— Bon, le chouchou de Juliette, c'est Ashitaka. Et toi, le tien, c'est Max, c'est ça ?

Pour toute réponse, les joues de Lisa virèrent du rouge au cramoisi. Elle s'immobilisa devant Elizabeth et occupa sa main libre en la glissant dans ses cheveux :

— OK. Oui, je l'aime bien, Max. Il a un côté mystérieux, il ne parle pas beaucoup. Il a l'air encore plus timide que moi… Et Mona, si tu veux tout savoir, elle craque pour

Magnus. N'importe comment, elle a un faible pour les blonds. Quant à Alice, tu n'en tireras rien, mais je peux te dire qu'à chaque fois qu'Obayana la regarde, elle est à deux doigts de défaillir…

Elizabeth releva un sourcil avant de s'esclaffer devant la mine déconcertée de Lisa :

— Quoi ? C'est quoi le truc marrant ?

— Rien. C'est toi et tes sœurs. Au moins, vous perdez pas le fil de l'essentiel, c'est cool.

— Si tu le dis. Bon, sinon, avec les filles, on commence vraiment à avoir des vêtements qui puent. Il y aurait pas moyen de faire une lessive ?

— Oui, bien sûr. Si tu veux, on s'en occupe ensemble après le déjeuner.

— OK. Mais Ezzie…

— Oui ?

— Tu pourrais nous prêter quelques fringues ? On n'a plus rien pour s'habiller. Tout est resté à l'hôtel…

— Pas de souci. On fera ça ce soir si tu veux.

Lisa hocha la tête et courut jusqu'aux douches.

Théau s'était installé au fond du préau. Il avait branché son ordinateur portable et était assis face à l'écran. Lisa faillit lui demander s'il avait internet, accès à ses mails, aux réseaux sociaux, mais réalisa qu'elle avait envie de tout sauf de se mettre devant un ordinateur. Ce qui était une performance au moins aussi extraordinaire que de ne pas se laver les cheveux pendant quatre jours. Elle fila jusqu'à la cuisine.

Mona et Alice pétrissaient des boules de pâte à pizza dans deux saladiers pendant qu'Elizabeth inventoriait dans le frigo et les placards les ingrédients susceptibles de participer à la confection d'un déjeuner à l'italienne. Mona râlait en donnant des coups de poing dans sa boule de pâte.

— C'est chiant de pas avoir internet, on fait comment pour trouver une recette, nous ?

Elizabeth contourna la vieille table de ferme et ouvrit la

porte d'un buffet en bois. Elle parcourut les titres des livres puis en sortit deux énormes qu'elle tendit aux filles.

— On va faire avec l'ancienne méthode. Là-dedans, il y en a plusieurs centaines, en français. Et dans celui-là, il y a plein de recettes de pizza et de salades en tous genres.

Elizabeth confia à Lisa un paquet de jambon blanc en lui demandant de couper les tranches en lanières. Elle rassembla ensuite sur un plan de travail des bocaux de sauce tomate, des oignons, plusieurs types de fromages, des olives et du saucisson. Elle vérifia les boules de pâte et indiqua aux filles qu'elles pouvaient commencer à les rouler.

Elizabeth effectua un aller-retour rapide à l'extérieur. À son retour, elle rafraichit plusieurs branches d'herbes aromatiques dans l'évier et aida à déposer les pâtes sur les plaques de four. Les trois filles s'activèrent chacune sur une pizza, avec pour instruction de faire *comme elles le sentaient*. Mona et Lisa se concentrèrent aussitôt, y décelant la possibilité d'un concours, celui de la meilleure *pizzaiolette*. Sous le regard amusé d'Alice qui, l'air de rien et en continuant régulièrement de replacer ses boucles de cheveux derrière ses oreilles enfarinées, souhaitait participer elle aussi à la compétition. Elizabeth s'occupa de la préparation de la dernière pizza et les filles réalisèrent qu'Ezzie était sans aucun doute la favorite du championnat. Ce qui n'empêcha pas les trois concurrentes de critiquer l'œuvre de l'une ou de l'autre.

— Je serais toi, Lisa, j'ajouterais des céréales. Et du miel.

— Et toi, la tienne, elle serait plus jolie avec des tranches de banane.

— Banane toi-même.

Finalement, Elizabeth décida que les pizzas suffiraient largement pour le déjeuner, qu'il n'était pas nécessaire de préparer une salade. Surtout que les trois compositions des filles ressemblaient à des sandwichs géants ou à des pièces montées… Du fromage et des fruits complèteraient le repas. Elle saisit une bouteille d'huile d'olive, en versa des filets sur chaque pizza.

Des cris de gamins résonnèrent dehors. Lisa et Mona jetèrent un coup d'œil à l'horloge de la cuisine. Il était midi et demi, le dernier cours de la matinée venait de finir. Elizabeth ouvrit la porte du four :

— Allez, on enfourne.

Alice et Mona avaient saisi les plaques de cuisson quand elles se figèrent au milieu de la pièce en souriant. Elizabeth et Lisa tournèrent la tête derrière elles, vers ce point qui captait l'attention des deux adolescentes. Les visages de Magnus et d'Obayana s'affichaient dans l'encadrement de la fenêtre de la cuisine. Les deux garçons étaient indiscutablement contents d'être là et offraient leurs belles figures, l'une blanche et aussi blonde que possible, l'autre ébène, d'un noir profond, en opposition parfaite. Le yin et le yang dans une version éblouissante. Les joues d'Alice et de Mona se tintèrent légèrement, Lisa leva les yeux au ciel et Elizabeth fit des grands signes dans l'air avec une spatule en bois :

— Ohé ! Les filles, c'est quand vous voulez, les pizzas vont pas cuire toutes seules.

Lisa pouffa, Alice et Mona la mitraillèrent du regard et Théau apparut à la porte de la cuisine en annonçant qu'il avait réussi à communiquer via le réseau NoT avec Thomas, en France. Mais qu'il n'avait toujours pas de nouvelles de Raja et de Goran.

À l'instant précis où il termina sa phrase, un bruit de moteur se fit entendre au loin. Max et Enzo avaient commencé leurs allers-retours entre la cuisine et le préau pour mettre la table. Le grondement mécanique augmenta encore et Elizabeth s'approcha de Théau.

— C'est Esteban qui revient déjà ?

Théau fronça les sourcils et Lisa distingua dans ses yeux une légère inquiétude.

— Non… C'est un avion.

Il se précipita dehors et tout le monde sortit de la cuisine à sa suite.

Plusieurs garçons s'étaient rassemblés autour d'un ballon

au milieu du jardin, à cet endroit où l'herbe était sèche, en plein soleil. Théau les rejoignit et leva la tête vers l'espace de ciel plus ou moins circulaire que les branches des arbres laissaient dégagé. Il pointa un doigt vers le sommet des pins, côté mer.

— Oui, c'est un avion. Regardez, il est là !

Un vacarme de moteur surgit, à moins d'une cinquantaine de mètres au-dessus du Centro. Tous levèrent les yeux pour suivre un bimoteur de tourisme jusqu'à ce qu'il disparaisse au bout de quelques secondes derrière les arbres, en direction du sud.

— C'est quoi cet avion ?

C'était Juliette qui avait posé la question. Elle arrivait, accompagnée par Ashitaka, ils avaient l'air amusés par la situation. Contrairement à Théau et Elizabeth, qui s'interrogèrent longuement du regard. Le bruit lointain du moteur résonna encore pendant quelques secondes. Il sembla à Mona et Lisa que l'avion, quelque part dans le ciel, était en train de changer de direction pour disparaître pour de bon, en s'éloignant ou en prenant de l'altitude. Les six ou sept garçons qui avaient interrompu leur jeu recommencèrent à se faire des passes. Elizabeth tapa dans ses mains plusieurs fois de suite et lança à la cantonade :

— On mange dans dix minutes !

Théau et Elizabeth retournèrent vers le préau, flanqués de Mona et Lisa. Ophilio s'était installé sur une chaise, une bouteille de bière à la main. Elizabeth fila dans la cuisine pour vérifier les pizzas, accompagnée par Mona. Théau et Lisa s'assirent à côté d'Ophilio.

— C'était quoi, un avion ?

— Oui. Peut-être des touristes. D'habitude, ils volent plus haut. Ça s'est bien passé ton cours ?

— Oui. On a fait une heure de géographie. Ça leur plait, ils participent, racontent leurs pays d'origine, les paysages, le climat. Ce qu'on y mange. Tous les garçons étaient attentifs, c'était sympa.

Les deux hommes discutèrent ensuite du programme de l'après-midi et Théau demanda à Lisa si elle se sentait capable d'animer un cours, comme ça, pour le plaisir.

— Un cours de français ?

— Oui Lisa, si tu veux. Ou d'autre chose.

— Bonne idée, on peut essayer. Je vais en parler à Mona.

Elizabeth sortit de la cuisine en précisant qu'elle avait éteint le four. Théau quitta sa chaise pour se diriger vers la cloche de la cantina lorsque, tous, ils perçurent à nouveau le grondement de moteur. Mais loin, haut. Elizabeth descendit la marche du préau, avança de quelques pas dans l'herbe en regardant en l'air. Elle s'adressa à Théau.

— Ça ne me plait pas cet avion…

Il haussa légèrement les épaules et se frotta les mains.

Il fit retentir la cloche et, lorsqu'il lâcha la ficelle qui l'actionnait, le carillon métallique fut prolongé par le cri d'un gamin. Les six garçons occupés à jouer au foot regardaient à nouveau en l'air. Le cadet des enfants pointait quelque chose dans le ciel en trépignant. Mona et Lisa quittèrent aussitôt l'ombre du préau pour rejoindre Enzo, suivies par Théau, Elizabeth, Alice et Juliette. Ils se rassemblèrent au centre du jardin. Enzo lança un deuxième cri, au comble de l'excitation :

— Un parachute ! Là !

Mona et Lisa s'étaient approchées l'une de l'autre, en encadrant Enzo, puis Alice était venue se poster derrière le garçon en lui posant les mains sur les épaules. Ils accompagnèrent des yeux la coupole blanche qui descendait rapidement. Lisa entendit nettement Ezzie dire quelque chose comme je *n'aime pas ça*, puis Mona se pencha vers le visage du petit Enzo qui affichait son sourire le plus large en observant le parachutiste, encore très haut dans le ciel. Les iris de l'enfant battaient frénétiquement de droite et de gauche, comme s'il cherchait à fixer des points mouvants à grande vitesse devant lui. Puis ses pupilles s'immobilisèrent en même temps qu'il ouvrit la bouche pour libérer les adultes d'une inquiétude qui était devenue palpable :

— C'est Goran !

Mona fit quelques pas en avant et Lisa entendit Théau lâcher un gros mot, ce qui était rarissime. Un juron qui, lorsqu'elle le prononçait, lui valait systématiquement des yeux indignés.

— Putain.

Elizabeth se rapprocha encore de Théau et lui saisit la main.

— On n'a même pas eu le temps de le prévenir au sujet des filles. Il va tomber sur le cul.

Le parachute poursuivait sa descente dans l'axe du terrain dégagé entre les arbres. Mona et Lisa reconnurent alors leur père, hilare, les traits tirés par la sensation forte de chute libre qu'il venait de vivre. Les garçons étaient tous là, en grappes sur la pelouse brûlée. Théau leva les bras et cria :

— Écartez-vous, allez !

Goran s'immobilisa un instant dans le ciel, à dix mètres de hauteur, calculant son approche et son atterrissage. Il descendit brusquement de quelques mètres, se balança d'un côté et de l'autre, se stabilisa puis tira sur les sangles. L'immense toile blanche s'inclina vers l'avant, à deux mètres du sol. Goran actionna à nouveau les courroies, se redressa, puis ses pieds touchèrent la pelouse grise. Il courut sur quelques mètres en décélérant progressivement et s'arc-bouta sur ses jambes. Le parachute retomba lourdement sur un massif dense de jeunes palmiers, dans un vacarme de toiles griffées, à quelques mètres de plusieurs cactus en fleurs.

Goran commença à défaire son harnais. Mona et Lisa se précipitèrent sur lui :

— Papa !

Il les accueillit en ouvrant largement les bras, autant pour s'assurer un équilibre stable, sur terre, que pour amortir le choc de la réception de ses filles adoptives. Elles se plaquèrent contre lui et il les étreignit alors qu'elles lui claquaient deux gros baisers sur chaque joue.

— C'est cool que vous soyez déjà là ! Vous m'avez manqué les filles !

Puis les jumelles s'adressèrent à lui et il mit plusieurs secondes à comprendre ce qu'elles lui disaient :

— On a retrouvé Juliette !

— Oui. Et Alice aussi.

— Elles étaient à Miami, on est allées les chercher là-bas !

— Avec Théau et Ezzie. Elles sont ici, Papa !

Goran les dévisagea et sa bouche tenta de prononcer plusieurs mots qui se bousculaient au rythme de ses pensées disloquées.

— Quoi ? Qui ça ? Vous me parlez de quoi les filles ?

Elizabeth et Théau s'étaient approchés avec Juliette et Alice, chacun un bras passé autour des épaules d'une fille. Goran les regarda un instant puis reposa ses yeux sur Mona, sur Lisa. Puis encore sur les deux adolescentes qui avançaient timidement vers lui. Devant l'expression perdue, incrédule de son père, Mona répéta :

— On a retrouvé Juliette, papa. Et Alice, notre jumelle.

Puis, alors qu'il finissait de se libérer de son harnais, Mona et Lisa virent Goran se mettre à pleurer dans un jaillissement de larmes. Leur gros costaud de père, l'aventurier en quête de sensations fortes, l'ancien flic. Elles ne l'avaient jamais vu pleurer, ne pensaient même pas que c'était possible… Il les embrassa encore, dégrafa sa combinaison de haut en bas pour s'en extraire et la laisser tomber à terre. Il fixa à nouveau les quatre personnes devant lui et ses yeux se reposèrent sur Mona et Lisa. L'une d'elles réussit à lui répéter, en riant et sanglotant :

— On a retrouvé Juliette, Papa.

Il dégagea ses pieds de la combinaison, retira les bretelles d'un sac à dos qu'il retint un instant au-dessus du sol avant de le lâcher. Il embrassa encore Mona et Lisa sur le front et s'avança vers Théau, Elizabeth, Juliette et Alice, en se frottant les yeux des deux mains pour en chasser les larmes. Puis il afficha son plus beau sourire et écarta les bras pour étreindre Elizabeth, puis Théau. Puis Juliette et Alice.

— C'est toi Juliette ? Et c'est toi Alice ?

Elles confirmèrent du même soulèvement du menton et Goran allait être secoué d'une nouvelle déferlante d'émotion lorsqu'Elizabeth prit la parole :

— Toi, on peut dire que tu sais réussir tes entrées ! Elle était parfaite ton arrivée en parachute, très classe !

Elle se retourna alors vers l'assemblée des adolescents, qui affichaient des expressions d'admiration et qui, pour certains, mimaient les mouvements d'un parachutiste en train de toucher le sol.

— Ophilio, tu peux commencer à faire déjeuner les garçons ?

Ophilio indiqua le préau de la main en criant *à table !* et les pensionnaires affamés se ruèrent vers les chaises en se bousculant gentiment, dans un concert de phrases en tous genres. *On mange quoi ? Trop classe l'arrivée en parachute. On s'assied où on veut ? Bravo Enzo, tu l'as vite identifié dans le ciel ! Y a quoi à manger ? Hé, c'est ma place ! Waouh des pizzas ! Non, mais t'as vu comment il a atterri ? Qui a mis la table, y a pas d'eau ? On mange quoi ?*

— Ça fait plaisir de te voir Goran. Tu étais au Mexique, c'est ça ?

Goran envoya un regard reconnaissant à Théau et les jumelles comprirent qu'il fallait vite parler pour diluer l'émotion massive qui avait allumé tous les visages. Goran inspira profondément et refit un inventaire complet des personnes devant lui pour vérifier que les quatre filles étaient toujours là. Il sembla ensuite essayer de se rappeler quelle était la question que lui avait posée Théau. Ha oui, le Mexique.

— Oui. J'ai pris un avion tôt ce matin pour me rendre à Cancún. De là, j'ai réussi à convaincre un pilote de me lâcher au-dessus de Cuba et de me vendre son matériel de saut. On a mis moins d'une heure pour venir. Sans GPS.

— C'est pour ça que vous voliez aussi bas ?

— Oui. Je voulais être sûr de sauter au bon endroit pour ne pas avoir à galérer pendant des heures dans la jungle.

Mona et Lisa s'étaient de nouveau collées contre lui.

— C'est dingue ce qui se passe les filles. Faut que vous me racontiez tout ça.

Il dévisagea Elizabeth, puis Théau, avant de reprendre :

— Vous avez prévenu Raja ?

— Je lui ai envoyé un message ce matin, via NoT. Elle n'a pas encore répondu. Mais elle est au courant, c'est elle qui nous a avertis que Mona et Lisa étaient parties en expédition à Miami, sur la trace de Juliette.

Goran regarda ses deux filles, collées contre lui. Il comprima les muscles de sa mâchoire en fronçant les sourcils.

— Faut que vous m'expliquiez tout ça, Mona et Lisa. Vous aviez repéré Juliette... et Alice, c'est ça ? Et vous y êtes allées ? Toutes seules ?

Les jumelles demeurèrent muettes et Elizabeth décida de venir à leur secours.

— Oui Goran. Et tu peux être fier d'elles, elles ont bien géré.

Goran secoua la tête en posa un dernier regard fâché sur Mona et Lisa. Puis il s'avança vers Juliette qui s'était tenue immobile, légèrement en retrait, les poings enfoncés dans les poches de son short militaire. Il plaça les mains sur ses épaules et elle parut instantanément intimidée, fluette, minuscule.

— Il faut que je te dise un truc, Juliette. Je t'ai portée dans mes bras quand tu avais un mois... Et tu sais quoi ?

Juliette se gratta la crête et, voyant que toutes les attentions étaient braquées sur elle, se résolut à ouvrir la bouche, la tête penchée d'un côté :

— Non, quoi ?

— Franchement, c'était atroce ! Tu gigotais dans tous les sens en hurlant, je ne savais pas comment te tenir... et tu sentais tellement mauvais !

Tout le monde rit et Alice entra dans la ronde décontractée, familiale, en enfonçant un peu plus sa sœur aînée :

— Le pire, c'est qu'elle a pas changé.

Juliette répliqua avec une grimace et Théau invita l'assemblée à bouger.

— J'imagine que tu as soif. Allez venez, on va se poser à l'ombre, avec une bonne bière.

Goran ramassa son sac à dos et tous se dirigèrent vers la Cantina.

Elizabeth indiqua aux filles qu'elles pouvaient manger sans les attendre et, dans la cuisine, elle sortit trois *cervezas* fraîches du frigidaire. Goran salua Ophilio chaleureusement puis fit le tour de la tablée pour dire bonjour à chaque garçon. Avec accolades, checks et poignées de main, tapes amicales, phrases personnelles, avec toute la sincérité qu'il mettait en permanence dans ses rapports avec les gens. Il appela chaque pensionnaire par son prénom et tous le regardèrent comme s'il était un héros. Dès qu'il eut terminé, Elizabeth lui tendit une bouteille de bière décapsulée. Il en but une gorgée puis ses yeux se posèrent une nouvelle fois sur les quatre filles assises en bout de table, occupées à déguster leurs parts de pizza et, visiblement, à se chambrer. Puis Théau, Elizabeth et Goran quittèrent le préau pour se mettre à l'écart de l'autre côté du jardin et s'asseoir dans des fauteuils à l'ombre, sous un fouillis de branches de figuiers. Au calme.

— Franchement, la meilleure c'est la mienne.

— Non, c'est celle d'Ezzie, la tienne elle dégouline de sauce tomate !

— Trop pas.

— C'est la tienne celle-là, Mona ?

— Avec toutes les olives ? Ouais.

— Top *gorilla*. J'adore les olives.

— Ce serait pas mal avec des frites. Je veux dire, une pizza aux frites, ça le ferait…

— N'importe quoi ! Tu veux mourir étouffée ou quoi ?

Ophilio indiqua qu'il fallait laisser au moins six parts pour Elizabeth, Théau et Goran. Les filles râlèrent puis mangèrent quelques fruits le plus vite possible avant de joindre leurs efforts à la fanfare des bruits de chaises et d'assiettes. Mona fit équipe avec Alice pour la vaisselle et Lisa observa Juliette et Ashitaka s'asseoir sur les deux planches qui servaient de balançoires sous l'eucalyptus. Elle rangea quelques trucs qui traînaient dans la cuisine puis demanda à Ophilio quels étaient les cours prévus l'après-midi.

— Français et Histoire.

— C'est quoi le sujet en histoire ?

— On est partis loin dans le temps, ça les intéresse davantage que le XXe siècle. On est en pleine Antiquité, en Égypte, en Grèce, en Italie et dans l'Irak actuelle.

— Et le français, c'est à quelle heure ?

— À 16 h 30. Tu as envie de te joindre à nous ?

— Oui. Pour voir comment ça se passe.

— Bonne idée Lisa. Tu es la bienvenue.

Lisa traversa le jardin et posa ses mains sur les épaules de son père. Il tourna la tête de côté pour lui lancer un visage détendu et elle se pencha pour l'embrasser sur la joue, heureuse de constater qu'il n'était plus fâché.

Ils parlaient de Victoria.

— On vous a laissé de la pizza.

Elizabeth la remercia, indiqua qu'elle avait faim, et les adultes se déplacèrent sous le préau.

Lisa s'assit dans un fauteuil de jardin, où elle fut bientôt rejointe par Mona et Alice.

— Ça va ? On dirait que Papa ne nous en veut plus trop…

— Non, c'est bon. Ils sont plutôt en train de discuter du reste.

— C'est-à-dire ?

— Ben, de Victoria il me semble.

Alice se raidit :

— Et ils comptent faire quoi ?

— Ezzie m'en a parlé ce matin, sur la plage.

— Et ?

— Ils vont la contacter. Lui dire où vous êtes et pourquoi vous êtes là. Ils ont prévu de la jouer cartes sur table. Ils pensent que Victoria n'est pas responsable de ce qui s'est passé à Londres et à Riga. Que si elle vous a gardé avec elle, toi et Juliette, c'est parce que Raja avait disparu.

Alice frotta les mains sur ses cuisses et regarda ensuite ses deux sœurs sans rien dire. Mona reprit :

— Et toi, tu crois que ta mère va réagir comment ?

— Je n'en sais rien. Ce qui est certain, c'est qu'elle n'a pas l'habitude de se laisser faire… Ça risque de pas être simple.

Un silence s'installa, écrasé de chaleur moite. Puis Mona fit un bond sur son fauteuil.

— Hé, on s'était pas donné rendez-vous avec Juliette et les garçons après le déj ?

Il faisait moins lourd dans le gymnase.

Juliette, Ashitaka, Max, Magnus et Obayana étaient assis ou allongés sur la pile de tapis de gymnastique, au fond de la salle, dans une partie basse qui servait d'aire de rangement.

Mona, Lisa et Alice traversèrent le terrain de basket et la voix de Max leur chuchota de s'asseoir. Il y avait une place libre entre chaque garçon. Les trois filles s'accroupirent en choisissant leurs voisins attentivement et il y eut des échanges de regards en tous sens. Les crânes touchaient presque le plafond de ce recoin du gymnase et la luminosité faible donnait à cette réunion une atmosphère de secret, de conspiration.

Max reprit :

— Bon, vous savez pourquoi vous êtes là ?

Juliette réagit illico.

— Oui. Pour que tu nous fasses une démonstration de

ton super-pouvoir.

Max sourit puis se passa une main sur sa bouche.

— Juliette, personne ici n'a de super-pouvoir.

— Ha ouais ? Et le réveil de Magnus, ou quand Ashitaka m'a fait saigner du nez ? Et Obayana qui nous envoie des smileys en fronçant les sourcils, c'est quoi ?

— Tout ça, c'est grâce au Psycosme.

Mona se tapa la main sur la cuisse.

— Oh non, pas ce truc encore !

— C'est pas un truc. Ça existe vraiment. C'est là, tout autour de nous. Ou, comme dirait Elizabeth, c'est *derrière* la réalité.

Ce fut au tour de Lisa de réagir, en soupirant. Max poursuivit le cours de ses explications sans afficher le moindre signe d'impatience.

— Écoutez, on sait que c'est dur à avaler. En tout cas, nous, on est bien forcés d'y croire, on a commencé à y accéder quand on était petits. Parce qu'on a une sensibilité aux ondes que les autres n'ont pas.

Alice écarquilla les yeux :

— Tu captes les ondes ?

— Non, pas tout à fait. C'est à la fois simple et compliqué et le mieux c'est que je vous montre un aperçu du Psycosme et de ce que j'arrive à faire avec. Il y a juste une chose les filles…

Elles répondirent toutes les quatre ensemble.

— Quoi ?

— On ne devrait pas être là à vous parler de ça.

— Pourquoi ?

— Parce qu'Elizabeth ne veut pas qu'on montre… nos super-pouvoirs comme tu dis.

— Mais pourquoi puisqu'elle connaît le truc ?

— Elle ne veut pas parce que c'est à cause de ce *truc* qu'on a souffert. Qu'on a été jetés par nos familles et qu'on s'est retrouvés chez les dingos ou à la rue. Elle sait que ça génère du rejet, que ça fait peur aux gens… Tu piges ?

Juliette consulta Ashitaka des yeux.

— Oui, c'est pigé, bien sûr. Et comptez sur nous pour pas vous jeter après la démonstration. Au contraire…

Mona, Lisa et Alice hochèrent la tête et il y eut un nouvel échange de regards géant. Juliette renoua le fil de la conversation.

— Donc tu vas nous faire visiter le Psycosme ?

— Non. Ça ne se visite pas. Ce n'est ni normé ni dimensionnel.

— Pfft.

— En fait, si, on va y accéder. Vous verrez, c'est structuré par des sortes de briques…

— Et on fait comment pour y entrer ?

— Pour l'instant, c'est nous, les garçons, qui allons nous connecter au Psycosme et, comment dire, vous allez profiter de notre connexion pour voir les mêmes choses que nous… Non ! Laisse-moi terminer Juliette. En ce qui vous concerne, Théau m'a expliqué que ça viendra. Comme pour Raja et Elizabeth, parce que vous avez en vous la séquence de signature EM nécessaire pour accéder plus tard par vous-même au Psycosme.

— Oh quelle salade ! Bon, on y va ? On commence ?

— OK les filles. Mais ce que je vais vous montrer, on sait tous le faire au Centro. Plus ou moins bien.

Les adolescentes se consultèrent une dernière fois, silencieusement et en pinçant leurs lèvres, sous les mines satisfaites des quatre garçons. Max décida que les préliminaires étaient terminés :

— Bon, les filles. À partir de maintenant, vous vous taisez. Je ne veux pas entendre un bruit. Ça ne va pas durer longtemps, vous poserez vos questions après. OK ?

Les participants de l'assemblée secrète procédèrent au même geste d'assentiment collectif. Max ajouta *Accrochez vos ceintures* et ferma les yeux. Mona envoya un sourire à Lisa, mais constata sur le visage de sa sœur le début d'une surprise, d'un étonnement qui allait croissant. Elle reporta son attention sur l'espace devant Max, au milieu du cercle des huit adolescents, et elle distingua quelque chose dans l'air. Ça avait commencé.

Les briques émergèrent graduellement, au fur et à mesure de la matérialisation de leurs contours faiblement luminescents. Il ne s'était agi au tout début que de reflets, comme si la lumière était réfléchie par quelque chose d'invisible, caché dans la pénombre. Ces miroitements se concrétisèrent, architecturés en fractions symétriques de lignes verticales et horizontales qu'on aurait dites vivantes, palpitantes, heureuses de former ensemble un tout. Les couleurs étaient apparues, irriguées d'un ultraviolet électrique et accompagnées par une note excessivement basse, à peine perceptible mais vaguement gênante. Les briques occupèrent progressivement toute la place au centre du cercle et continuèrent de s'assembler en hauteur à travers le plafond comme s'il n'existait pas, à perte de vue, et vers le bas, au-delà des matelas de gymnastique, du plancher, du socle de terre et de roche du sol cubain. Une *colonne* de matière noire sans extrémités, un tube sans fin totalement affranchi des limites physiques du décor réel, concret du gymnase.

Max avait rouvert les paupières. Il tendit les mains côté pour prendre celles de ses voisines, Lisa et Alice. Les trois autres garçons firent de même. Il y eut quelques expressions d'effarement, minimalistes pour ne rien casser, ne rien perturber de la manifestation sidérante. La colonne palpitait à intervalles réguliers, du centre vers les bords, et cette pulsation rythmée s'accompagnait d'une matérialisation plus *concrète* des briques traversées, qui leur donnait un aspect palpable. Les figures autour de l'apparition baignaient dans un halo de lueurs douces, spectrales.

Les filles sentirent une légère secousse au bout de leurs doigts lorsqu'un mouvement, une forme lointaine se profila en hauteur, à l'intérieur de la colonne. Il sembla à cet instant à Lisa que même Magnus, à sa droite, avait frémi, qu'il était surpris. La chose descendit tout doucement vers eux et se matérialisa en une sorte de feuille d'arbre, simple, mince et incurvée, légèrement galbée en son milieu, incolore et brillante, longue comme un pied. Elle parcourut la colonne de haut en bas, dans une oscillation étrange qui tenait à la fois d'un déplacement dans l'air, comme celui d'une feuille morte qui tombe d'un arbre, et d'un déplacement dans l'eau, semblable à celui de la même feuille emportée par des fluides. Comme soutenue par le fil d'un courant invisible, mais parcourue de sa propre ondulation. Une chose vivante, électrique, qui avancerait en surfant ou en ondoyant. Tous l'avaient suivie de leurs yeux écarquillés, en retenant leur souffle de peur de provoquer une hésitation ou une déperdition, une fuite.

Lorsque la forme disparut dans les profondeurs de la colonne, Max observa chacune des filles, puis chacun des trois garçons. Il lâcha les mains d'Alice et de Lisa et leva un bras devant lui pour atteindre du bout de l'index la surface de la colonne, qui réagit instantanément en produisant un crépitement électrique.

La deuxième partie de la démonstration commença à l'instant où se matérialisèrent au bout du doigt de Max les contours d'un cube parfait, fermé, d'environ trente centimètres de côté. Max sourit et, en le regardant, Mona et Lisa comprirent que l'exercice était facile pour lui. Que c'était un jeu qu'il maîtrisait à la perfection. La construction géométrique se tinta d'un bleu cobalt sur toutes ses surfaces pleines. D'une faible poussée de la dernière phalange de son index, Max le fit pivoter sur lui-même, en rotation sur l'un de ses sommets. Chaque face du cube se teinta alors d'une couleur distincte dont il projeta les lueurs douces sur les visages émerveillés. Mona observa Juliette, constata qu'elle tenait toujours la main d'Ashitaka. Alice avait lâché celle d'Obayana et reposé ses paumes à plat sur les cuisses.

Puis Magnus brisa le silence.

— Faut qu'on arrête. Théau arrive.

Max fronça les sourcils et replia son bras brusquement. Le cube disparut aussitôt et ce fut la fin brutale d'une vibration qui s'était installée sans qu'on la distingue tout à fait. Les participants contemplèrent les briques de matière noire s'estomper trop vite. Les vaguelettes de réalité liquide les recouvrirent bientôt totalement, pour submerger la structure du Psycosme et la rendre de nouveau invisible.

La colonne avait entièrement disparu et Mona allait râler ou protester contre cet arrêt d'un spectacle *trop top*, lorsque la porte du gymnase s'ouvrit en grand et que la voix de Théau résonna dans la salle de sport.

— Les filles vous êtes là ?

A priori, Théau n'avait rien vu. En tout cas, il ne fit aucune remarque et afficha simplement une mine satisfaite en trouvant les filles qu'il avait commencé à chercher cinq minutes plus tôt.

Juliette expliqua qu'ils discutaient et se reposaient dans un *coin peinard* et Théau informa le groupe qu'avec Goran, ils souhaitaient aller faire un tour vers la côte avec elles. Les huit adolescents se levèrent à contrecœur, résignés. Ils savaient qu'ils se retrouveraient en fin d'après-midi. Pour débriefer sur ce qu'ils venaient de vivre ensemble.

Aussi loin qu'elles s'en souvenaient, ça avait toujours été une habitude de Théau, de se promener en parlant. Mona et Lisa avaient suivi sans rechigner, finalement contentes de ce retour à la réalité. Mais avec en permanence, l'image d'un cube lumineux projetée sur l'écran de leurs rétines.

Goran avait d'abord marché devant avec Alice, et, d'après les bribes de conversation que Mona avait captées, elle en avait déduit qu'ils racontaient leurs vies, ce qu'ils faisaient ou ce qu'ils aimaient faire, tous ces sujets qu'on aborde lorsque l'on souhaite connaître quelqu'un. D'une manière infiniment naturelle. Mona reconnut l'attention habituelle de Goran sur la discussion et sur son interlocutrice. Alice lui avait parlé et l'avait écouté en souriant, contente que l'on s'intéresse à elle.

Le courant était bien passé entre eux.

Arrivés à la plage, Goran avait continué de marcher, les pieds dans l'eau, cette fois accompagné d'une Juliette qui avait ri à plusieurs reprises devant Goran qui imitait un homme en train de transporter, affolé, un paquet dangereux ou une sorte de bombe à retardement. Il avait fait des gestes dans l'air, comme s'il berçait la chose invisible dans ses bras, comme on le fait avec un bébé. Ils s'étaient serrés l'un contre l'autre et, Mona en était certaine, Juliette avait pleuré. Pour la première fois depuis leur rencontre, à Miami.

Tout le monde avait fini par plonger pour se rafraichir, en maillot ou en short et t-shirts, sous le regard de Théau, privé de bain de mer et qui avait avancé dans l'eau jusqu'au ventre.

Au retour, Mona et Lisa avaient accaparé leur père, lui demandant comment s'était passé son travail au Mexique et quels avaient été les impacts là-bas de Solar Max. Il avait lui aussi admiré les aurores boréales dans le ciel. La situation était restée sous contrôle dans la petite ville où il était et l'électricité était revenue dès le lendemain matin. Par contre, il n'y avait plus de téléphonie mobile là-bas non plus.

— Tu as réussi à joindre Maman ?

— Non. Enfin, je lui ai envoyé un message via NoT ce matin, dès que j'ai réalisé que le réseau était de nouveau fonctionnel au Mexique. Mais elle n'a sans doute pas encore rebranché son appareil sur une ligne électrique active.

— Elle est où ?

— Elle devait être à Genève mercredi, au moment de la tempête solaire. Connaissant les Suisses, l'électricité n'a pas dû être coupée bien longtemps. Elle est certainement en déplacement, entre Paris et Genève. Dans tous les cas, je pense qu'on aura des nouvelles avant la nuit.

— J'espère qu'elle est contente de sa conférence. C'était important pour elle.

— Tu sais, Lisa, avec Solar Max, je pense que la conférence n'a pas eu lieu.

— Mince. Elle va être déçue…

— Ça m'étonnerait, vu la surprise que vous lui avez préparé. Mais, franchement les filles, vous n'auriez jamais dû vous lancer toutes seules à la recherche de Juliette…

— Oui. On s'en est rendu compte. Pardon.

C'était vrai. Ni Mona ni Lisa ne trouvèrent quoi que ce soit à ajouter sur le sujet.

Comme prévu, Lisa anima la leçon de français, accompagnée de Mona qui avait décidé de l'assister. Au bout de quelques minutes, Ophilio s'était installé au fond de la salle pour laisser les jumelles se débrouiller seules avec les quinze élèves ravis de changer de professeur. Les pensionnaires du Centro eurent, ce jour-là, leur premier aperçu de ce que donnaient, en français, les échanges de deux adolescentes modernes et délurées. Le dernier quart d'heure ressembla d'ailleurs beaucoup plus à une série de sketchs qu'à une leçon classique, et la plupart des phrases furent ponctuées par des déferlantes de rires. Y compris d'Ophilio, qui apprit à l'occasion plusieurs expressions qu'il ne connaissait pas. Comme : *ça le fait trop pas*, qu'il n'était d'ailleurs pas certain de bien comprendre… Ou qu'il était certain de *trop pas* comprendre ?

À la fin du cours, les occupants du Centro se rassemblèrent sous le préau pour un goûter léger et boire de l'eau fraîche mélangée à du citron et des sirops variés. Elizabeth informa que d'ici le dîner, chacun était libre de faire ce qu'il souhaitait, que le repas serait prêt pour 20 heures et qu'ensuite, si le ciel le permettait, tout le monde serait invité à s'allonger dans le jardin pour regarder les étoiles et écouter Goran, le grand spécialiste de la voûte céleste. Projet qui fut bien accueilli, d'après ce qu'Elizabeth comprit des quelques phrases bizarres échangées en français autour d'elle.

Les filles et leurs chevaliers servants se dirigèrent vers le gymnase, accompagnés de quatre autres garçons plus jeunes qui, comme eux et surtout Alice, avaient très envie de disputer un match de basketball. Max et Obayana prirent en charge la composition des équipes, en s'efforçant de construire deux groupes équivalents en force, en adresse, en sexe et en âge.

Au bout d'une dizaine de minutes, il devint évident que les équipes n'étaient pas équilibrées, tant Alice était entraînée et indiscutablement douée pour ce sport. Elle marquait des paniers avec une précision diabolique et était, sur le terrain, totalement insaisissable, incroyablement agile au dribble.

Max décida de permuter quelques joueurs et, finalement, les quatre filles se retrouvèrent du même côté, avec le petit Enzo. Alice se révéla encore plus intenable et précise, tout en veillant à régulièrement faire des bonnes passes au garçon de l'équipe, *trop mignon*. En face, c'était Obayana qui jouait le mieux, et les contacts entre lui et la meneuse de la team féminine furent acharnés, parfaitement représentatifs de ce que deux compétiteurs étaient capables de produire sur un terrain. De son côté, Juliette se débrouillait pas mal lorsqu'il fallait tirer au panier et envoyer de bons ballons, mais elle refusait de se déplacer autrement qu'en marchant, avec ses godasses rouges trop lourdes qu'elle avait exceptionnellement lassées pour ne pas se *casser la gueule*. Quant à Mona et Lisa, plutôt assez sportives, elles couraient beaucoup, sautaient dans tous les sens, interceptaient pas mal de passes et n'hésitaient pas à aller au contact avec les garçons. Par contre, elles étaient maladroites, incapables de marquer des paniers : Lisa trouvait que le ballon était trop gros et Mona n'arrivait plus à savoir si elle était gauchère où droitière…

Les filles gagnèrent avec une avance de douze points et, à la fin du match, les membres de l'équipe adverse les applaudirent chaleureusement. Les quatre sœurs portèrent en triomphe un Enzo hilare et fier. *Vraiment trop mignon.*

Ils quittèrent le gymnase pour retourner sous le préau et

finir les bouteilles de sirop. Puis ce fut douches, repos, quelques discussions par-ci, par-là.

Elizabeth les invita vers 19 heures dans le salon de la maison pour une séquence d'essayage de robes, jupes, pantalons, débardeurs et de toute une collection d'autres fringues extraordinairement *vintages*.

Peu avant le dîner, le regroupement des huit adolescents se fit naturellement, sous l'eucalyptus blanc et pelé, assis ou allongés dans l'herbe recouverte de feuilles desséchées. Mona et Lisa félicitèrent les garçons pour leurs belles chemises puis Max revint sur l'expérience qu'il avait conduite quelques heures plus tôt.

— Vous en avez pensé quoi de cette initiation au Psycosme ?

Les jumelles laissèrent leur aînée répondre. Juliette n'attendait que ça, avec sa jambe droite qui dansait la gigue.

— Oui, ça nous a plu, bien sûr. C'était incroyable, magique. Mais...

Elle changea d'interlocuteur :

— Magnus, comment tu savais que Théau arrivait ?

L'adolescent se pencha en avant en tournant la tête sur le côté, vers Juliette :

— Ben, j'ai capté sa signature électromagnétique. Un peu comme Enzo avec Goran, ce midi.

Juliette contempla chacune des prunelles du garçon presque albinos à force d'être blond, puis reporta son attention sur un point invisible situé quelque part au centre du cercle qu'ils avaient naturellement reformé :

— Oui. Bien sûr. J'aurais dû m'y attendre.

Elle s'adressa ensuite de nouveau à Max, en se grattant le coude :

— Donc, les briques ou les pavés qui sont apparus, c'est ça, la... structure du Psycosme ?

Max répondit par un battement de paupières.

— Et ton cube au bout du doigt, que tu fais tourner et qui

change de couleur, c'est quelque chose que tu peux créer et diriger parce que tu es connecté ?

— Oui. On s'entraîne avec Elizabeth une fois par semaine, en groupe. C'est une manière de matérialiser les énergies captées et concentrées. Mais ce n'est pas très compliqué, c'est un jeu, un exercice, un moyen de s'approprier la structure, les ondes, et de canaliser notre lien avec le Psycosme. Pour apprendre à le maîtriser.

Magnus précisa ce dernier point :

— C'est grâce à ces exercices que je ne réveille plus tout le monde au milieu de la nuit.

Et Ashitaka de conclure :

— Et c'est grâce à cet entraînement que vous n'êtes pas toutes les quatre en train de saigner du pif.

Les trois jumelles opinèrent, plus ou moins en même temps, et Juliette émit un sourire énorme et fier à l'attention du garçon qui l'avait fait saigner du nez à son arrivée au Centro. Puis Alice posa la question avant Mona et Lisa :

— Et c'était quoi la forme qui descendait ?

— La feuille ? Ça, c'est autre chose. C'est rare d'en voir, on a eu de la chance. D'habitude, elles ne se laissent pas observer, elles s'évanouissent très vite, comme si elles fondaient d'un coup.

— Oui, OK. Mais c'était quoi ?

Les garçons se consultèrent des yeux, visiblement gênés.

— Vous ne le répétez à personne, que vous avez vu ça. D'accord ?

Aucune des filles ne demanda pourquoi et toutes s'engagèrent à garder le silence sur ce point. *Juré craché, comptes sur nous, on sera muettes comme des tombes, même sous la torture.*

— C'était une *conscience.*

Les adolescentes se consultèrent à leur tour, amusées et intriguées.

— Une conscience… de quoi ?

— La conscience de quelqu'un. D'un homme ou d'une

femme qui est là-bas. Qui se déplace.

Juliette se tapa le front avec la main, un peu trop fort.

— Oh là là. C'est de plus en plus le délire votre truc !

Mona et Lisa constatèrent la marque rouge sur le front de leur sœur aînée et ne purent s'empêcher d'émettre un rire qui devint rapidement viral. Juliette s'énerva :

— Fermez-la, c'est bon ! Arrêtez de déconner, c'est chiant à la fin.

Obayana appliqua sa main sur la jambe de Juliette qui avait recommencé à frétiller. Il décida de poursuivre l'explication débutée par Max.

— C'est là que le secret est indispensable et c'est pour ça qu'il faut que vous n'en parliez à personne en dehors d'ici. Moi, quand j'étais petit, ce sont ces consciences que j'ai perçues, avant même le Psycosme. Et tout le monde a cru que j'étais fou, ou envouté. Ou pire, que je voyais et discutais avec des personnes mortes.

— Et alors ?

— Alors ? C'était exactement ça. Je communiquais avec des morts. Avec les esprits reconstitués là-bas.

Un frisson parcourut les filles. Juliette retint son bras pour ne pas se claquer à nouveau le front.

— Putain. Arrête tes conneries…

Mona et Lisa étaient redevenues sérieuses depuis qu'Obayana avait pris la parole. Lisa posa la main sur la cuisse de sa sœur, comme pour lui signaler qu'elles pensaient probablement toutes les deux à la même chose. Mona décida de parler. Pour confirmer à tous qu'elles acceptaient ce qu'elles venaient d'entendre.

— Avec Lisa, on comprend ce que tu dis, Obayana. Maman, vous la connaissez, c'est Raja, elle nous a raconté qu'elle était *connectée* à son père, Azul, qui est mort avant sa naissance. Elle nous a toujours évoqué le Psycosme, Ezzie aussi. Les *gens* qu'elles croisaient là-bas. D'après ce que j'ai compris, ce sont eux, ou ces consciences comme vous dîtes, qui leur ouvrent les portes…

Obayana leur offrit son beau sourire, soulagé de constater qu'il n'aurait pas à expliquer davantage quelque chose d'inconcevable et qui lui avait causé tant de souffrance avant d'arriver au Centro.

— Alors vous savez tout.

Ce fut au tour d'Alice, la pure cartésienne, d'embrayer.

— Donc, si je comprends bien, nos consciences, après la mort, se reforment pour aller se promener dans le Psycosme ? Comme des fantômes ?

Max se leva d'un coup, énervé.

— Oui, c'est comme ça Alice, on n'y peut rien. C'est difficile à accepter, toutes ces histoires d'ondes, d'énergie cérébrale et tout le bazar. Mais j'en ai marre d'en parler, c'est lourd. C'est pas la vraie vie. Pour nous, ça n'a jamais été que des emmerdes. Vous vouliez voir, et bien vous avez vu. Maintenant, vous acceptez le truc en bloc sans vous foutre de notre gueule ni mettre en doute ce qu'on vous montre, ce qu'on vous explique. Ça existe, c'est comme ça, il n'y a ni mystères ni fantômes. Et en ce qui me concerne, ça n'a toujours été qu'une putain de malédiction ce truc… J'en ai marre de cette discussion, je me casse.

Max s'en alla sans se retourner et ils le suivirent des yeux jusqu'à ce qu'il disparaisse derrière le dortoir. Obayana et Magnus se levèrent à leur tour.

— On se retrouve au dîner ? On va faire un tour avec Max.

Mona confirma en se redressant. Elle tira Lisa par le bras, puis Alice, et elles partirent toutes les trois vers la maison.

— Pourquoi il s'énerve comme ça ? Qu'est-ce que j'ai dit ?

— Je ne sais pas Alice. Ce n'est pas de ta faute. Il n'aime pas parler de ça, c'est tout.

— Oui. Ça lui rappelle des mauvais souvenirs. C'est pas grave, t'en fais pas.

Juliette et Ashitaka restèrent allongés dans l'herbe, côte à côte, immobiles à l'exception de leurs bouches occupées à former des mots et à se raconter l'un et l'autre. Seuls, sur un îlot.

Esteban rentra de La Havane à 20 heures avec la moto de Théau solidement arrimée à la plateforme du pickup. Quatre garçons donnèrent un coup de main pour porter et ranger les courses dans l'arrière-cuisine. Après avoir salué un Esteban très surpris de le voir, Goran s'associa à Théau et Ophilio pour détacher et descendre la moto. Théau remercia Esteban et l'invita à s'asseoir avec eux pour qu'il leur raconte sa journée en ville.

Les quatre filles rejoignirent les adultes sous le préau, attirées par les bols de cacahouètes. Elles les vidèrent en quelques minutes sans se faire enguirlander puis, apercevant à nouveau les quatre garçons qui revenaient du dortoir, foncèrent sur eux.

Max avait l'air détendu quand elles se plantèrent devant lui. Il s'excusa de s'être énervé et se rendit vite compte qu'il était totalement pardonné. Et même davantage en recevant sur les joues quatre baisers au parfum d'arachides. Il avait encore des étoiles dans les yeux lorsqu'il réussit à articuler cinq mots, qu'il lâcha dans une phrase étranglée, en riant :

— Ça, c'est la vraie vie !

La cloche de la Cantina résonna.

Il n'y avait aucun petit papier indiquant les places. Les filles s'assirent à côté des quatre adultes, en laissant une chaise libre pour Ezzie, qui cria du fond de la cuisine :

— Il me faudrait quatre gars.

Les quatre garçons les moins éloignés s'activèrent spontanément pour disposer plusieurs plats le long de la table.

Ce fut Lisa qui pensa à demander à Théau s'il avait des nouvelles de Raja. Il se rendit compte qu'il n'en avait pas encore parlé :

— Pardon ! Oui, j'ai complètement oublié de vous le dire, elle a répondu à mon message, il y a quelques minutes.

Les visages des filles se figèrent avant de s'orienter vers

celui de Théau.

— Elle dit quoi alors ?

— Elle va réserver une place d'avion dès que possible. Elle est immensément heureuse de savoir que vous êtes toutes ici, saines et sauves.

— On peut l'appeler ?

— Non, ça ne fonctionne pas encore. On a échangé plusieurs messages avec Thomas, il m'a promis une liaison vocale NoT pour demain soir au plus tard. Si tout va bien, elle appellera dès le signal de Thomas. Tu as un compte NoT ?

— Oui, bien sûr.

— Envoie-lui un SMS, ça lui fera plaisir. Elle le lira vite, elle est connectée maintenant. Elle a hâte de venir, même si elle m'a dit qu'elle était sous le choc, qu'elle ne réalisait pas encore que vous étiez toutes les quatre ici.

— Et quand on n'a pas de compte NoT, on fait comment ?

Théau se pencha pour regarder Alice :

— Demande à Mona ou Lisa. Elles te l'installeront sur ton smartpad. Tu verras, c'est vraiment pas mal.

— C'est quoi, en fait, *NoT* ?

— C'est le réseau qu'on utilise entre nous. Tes frangines t'expliqueront ça mieux que moi…

Le dîner se déroula dans une ambiance parfaite, vibrante de discussions multiples, détendues et chaleureuses. Un moment de bonheur partagé, fusionnel.

En y repensant plus tard, Mona et Lisa se feraient la remarque que ce dîner au Centro aura constitué pour Alice l'ultime épisode de sa vie d'avant. Et que, bien des années après, elle se souviendrait encore de chacune des conversations, de chaque visage et de chaque instant de ces minutes passées sous le préau du Centro, à Cuba, le 16 août 2030, avant que Théau et Goran ne décident, en fin de dîner, d'allumer la radio pour écouter les nouvelles de la planète.

Les pensionnaires du Centro étaient partis vers les dortoirs ou le jardin, comme s'ils voulaient éviter d'entendre des flashs d'information provenant d'un monde qui ne les intéressait plus. Théau leur donna rendez-vous à 22 h 30 pour observer les étoiles. Alice avait insisté auprès de ses sœurs pour qu'elles restent ensemble le temps d'écouter au moins un ou deux flashs d'informations. Elle était inquiète pour ses amies à Miami et, d'une manière générale, de la situation aux États-Unis, où, elle le savait depuis la veille, Solar Max avait causé davantage de dégâts que partout ailleurs.

Les quatre filles avaient retrouvé leurs chaises, mentons dans la main ou bras croisés, concentrées avant même que la fréquence devienne claire, sans bruit de fond d'ondes hertziennes. Puis Goran s'était assis à côté d'Elizabeth, face aux trois autres hommes, attentifs, pour écouter la radio en langue anglaise qu'il avait sélectionnée.

Le premier flash d'information concernait, un peu partout dans le monde, le rétablissement des services de téléphonie mobile. Les auditeurs du Centro en déduisirent que la situation était compliquée et qu'elle n'évoluerait pas avant plusieurs jours. Les réseaux étaient imbriqués les uns dans les autres, interdépendants, ce qui complexifiait énormément les choses. Le carnage déclenché par Solar Max parmi les milliers de satellites qui relayaient les ondes avait été fatal aux opérateurs qui commençaient à communiquer sur les dommages enregistrés sur les antennes-relais ou leurs parcs de serveurs. Il ne fallait pas espérer un retour des premiers réseaux avant la fin du mois.

Un deuxième flash débuta. Il s'agissait d'informations qui concernaient les retombées de la tempête solaire en termes financiers, boursiers, d'activité industrielle ou de distribution de produits alimentaires. Il était prévu que les cotations en bourse reprennent après le week-end et le monde de la finance retenait son souffle, s'attendant à une nouvelle tempête sur les marchés qui conduirait sans aucun doute possible à la plus grave crise économique et financière depuis celle de 1929.

Les quatre filles s'étaient levées, pas vraiment intéressées par le volet industrialo-financier de Solar Max, lorsque la voix masculine à la radio conclut son flash en mentionnant que plusieurs multinationales avaient communiqué dans la journée sur la disparition de présidents, fondateurs ou directeurs généraux, victimes indirectes de la tempête solaire. Alice se figea et ses sœurs l'imitèrent. Un homme d'affaires influent avait été retrouvé mort, asphyxié avec sa femme et ses deux enfants dans son abri antinucléaire, manifestement défectueux, qui les avait privés d'air et de toute possibilité de s'échapper de ce qui était devenu un piège mortel. Par ailleurs, une dizaine de dirigeants de sociétés implantées à Los Angeles et San Francisco étaient portés disparus.

Les quatre filles se tenaient debout, immobiles derrière leurs chaises, lorsque la voix annonça que la fondatrice, présidente et directrice générale de VBM Technologies avait trouvé la mort dans le crash de son avion privé au-dessus de l'Atlantique. L'appareil avait décollé sans autorisation et s'était abimé en mer quelques minutes seulement après la déferlante d'ondes solaires. Il était fort peu probable que l'on retrouve le corps de Victoria Banks-Melville ou ceux de ses deux pilotes. Des recherches avaient été mises en œuvre et un morceau de son jet avait été authentifié. C'était une perte inestimable pour le monde de la finance et pour les industries pharmaceutiques, chimiques ou spécialisées en nanotechnologie. Le speaker énuméra la liste impressionnante de ses investissements, en louant le don de visionnaire de cette femme hors du commun, et… Plus personne sous le préau n'écoutait la radio.

Alice s'était statufiée après avoir agrippé le dossier de sa chaise. Puis son corps s'était mis à trembler et ses sœurs l'avaient entourée avant d'apposer leurs mains sur ses épaules, son cou ou son dos. Les adultes s'étaient tous levés, muets et abasourdis par la nouvelle, incapables de parler.

Elizabeth participa à la pelote de bras autour d'Alice.

— Je suis désolée, Alice. On est tous désolés.

Alice lâcha la chaise en serrant la mâchoire et ses larmes se mirent à couler. Elle souleva les bras pour se dégager de la mêlée, lentement, contempla les visages braqués sur elle et afficha un pauvre sourire, désolé, les yeux inondés de pleurs. Elle quitta le préau, les épaules secouées par les sanglots, accompagnée par les filles et Elizabeth. Elles traversèrent le jardin dans la lumière déclinante et marchèrent jusqu'à la maison.

Alice s'écroula sur son lit. Mona et Lisa déplacèrent deux matelas pour s'allonger près d'elle. Elizabeth et Juliette approchèrent deux fauteuils, pour continuer d'être présentes, auprès d'Alice, en boule, figée sur ses draps. Il n'y eut aucune parole, rien que le souffle des respirations choquées et les sanglots d'Alice. Mona et Lisa avaient posé chacune une main sur une épaule et sur une cuisse de leur sœur. En observant Juliette, immobile dans son fauteuil, Mona constata qu'elle pleurait également, réconfortée par Ezzie.

Au bout de plusieurs minutes interminables, Alice déplia son corps et s'allongea sur le dos, le regard fixé sur les poutres du plafond. Ses sanglots se tarirent peu à peu et elle recommença à respirer normalement, de manière apaisée. Elle finit par se redresser, se mettre en tailleur. Ses yeux se posèrent sur Mona et Lisa et, toujours sans rien dire, elle entoura des bras chacune de ses jumelles. Une nouvelle montée de larmes la saisit, qu'elle repoussa en secouant la tête. Puis elle se tourna vers Ezzie pour lui décocher un regard brillant qu'elle prolongea en fixant Juliette. Et, sans interrompre le mouvement pacifique et doux qui venait de se former sur ses lèvres, Alice s'adressa à sa sœur aînée. Pour que tout soit dit, maintenant, et qu'elles n'en parlent plus jamais :

— Tu ne l'aimais pas.

Juliette se sécha les yeux sur les manches de son polo avant de répondre :

— Non, je ne l'aimais pas. Tu le sais très bien. Mais je ne la haïssais pas, je ne souhaitais pas sa mort. Je n'avais pas besoin qu'elle soit morte, je ne lui en voulais pas. Elle s'est bien occupée de nous… Et je ne lui en veux toujours pas.

Alice respira profondément avant de porter à nouveau son attention sur le plafond.

— Moi, si. Je lui en veux.

Elle chercha quelque chose dans la poche de son short et Mona lui tendit un mouchoir en papier. Elle se moucha bruyamment et l'atmosphère se déchargea d'une tension trop forte. Elle rit et son rire fut prolongé par ceux, à la fois désolés mais libérés, de ses sœurs et d'Elizabeth. Alice conserva le mouchoir dans la main.

— Oui, je lui en veux. C'est de sa faute. Elle n'avait pas l'autorisation de voler, c'est évident. Et tu sais, Juliette, je vois parfaitement la scène, et sans doute toi aussi, avec un des pilotes qui vient lui dire que les avions doivent rester au sol et elle qui l'envoie balader. Qui n'en a rien à faire et qui lui donne l'ordre de décoller quand même.

Juliette confirma en hochant la tête et Alice reprit :

— Elle voulait toujours faire ce qu'elle décidait, mettait un point d'honneur à surmonter les obstacles. À être plus forte que tout. Sans peur, sans regret. Et sans égard pour les autres. Et elle en est morte.

Un nouveau silence s'installa en même temps qu'un échange de regards intense entre Alice et sa grand-mère, dans lequel Mona et Lisa décelèrent une conversation secrète. Jusqu'à ce qu'Elizabeth l'interrompt en se levant brusquement de son fauteuil.

— Je vais chercher quelque chose, Alice. Pour toi.

Ezzie monta les marches de l'escalier en bois deux par deux puis ses pieds martelèrent le plancher de l'étage. Elle fit un aller-retour vers un point situé au-dessus de la bibliothèque et redescendit ensuite, lentement, avec un objet dans les mains dont elle ne détachait pas les yeux. Elle retrouva sa place dans son fauteuil en tenant contre elle un cadre en bois. Celui d'une reproduction, d'une image encadrée.

— Alice. Je vais te donner un dessin que j'aime beaucoup.

Elizabeth fit une pause et balaya l'espace devant elle en glissant son regard sur chacune des filles.

— C'est une sorte de portrait. Que j'ai fait il y a bien longtemps, en 2016. À l'époque, je dessinais régulièrement, un peu comme un médium, au cours d'allers-retours dans le Psycosme.

Elle s'arrêta sur ce dernier mot puis écarta le cadre en bois de son ventre pour le contempler.

— Je l'ai fait alors que Raja s'apprêtait à partir pour Riga. Ou bien elle y était déjà, je ne me rappelle plus exactement. Enfin, elle cherchait Juliette. Elle savait que Goran était là-bas et qu'il se passerait quelque chose. Moi je vivais encore à New York, loin de Raja…

Juliette s'était penchée de son fauteuil vers Ezzie, pour admirer le dessin. Ses iris se mirent instantanément à luire.

— Personne ne se doutait de ce qu'elle allait trouver à Riga et elle en est revenue avec Mona et Lisa. Mais j'ai toujours su, grâce à ce dessin, qu'il manquait quelqu'un. Il manquait Juliette bien sûr. Mais il manquait un troisième bébé. Et c'était toi.

Elizabeth se leva, très émue, et vint s'asseoir sur le matelas face à Alice. Elle lui tendit le cadre.

— Tiens, c'est pour toi. Je veux que tu le gardes.

Alice saisit le tableau en bois clair, le retourna et le regarda longuement, le visage bordé par ceux de Mona et de Lisa. Elles contemplèrent le portrait parfait de trois bébés nus allongés sur le dos, trois petites filles qui semblaient elles aussi les fixer de leurs yeux grand ouverts. Juliette s'était approchée, debout, penchée derrière ses trois jumelles.

Par-dessus le cadre, Elizabeth désigna de l'index le bébé du milieu.

— C'est toi, Alice, là. Avec la tache de naissance dans le cou. Avec Mona et Lisa. Je vous avais vu toutes les trois à travers le Psycosme.

Il y eut des rires de barrages qui cèdent. Il y eut des embrassades et des pleurs. Suivis d'un apaisement collectif, massif, d'un silence parfait. Puis Juliette étreignit Alice en lui disant qu'elle l'aimait. Puis Mona claqua une bise sur la joue de sa sœur redécouverte, *moi aussi je t'aime*. Puis Lisa s'associa à ses frangines :

— Ouais, moi aussi. Même si t'as une tache dans le cou…

La vanne de Lisa déclencha un chahut réparateur qu'Elizabeth interrompit au bout de quelques secondes :

— Allez, c'est bon. Juliette, les jumelles, allez faire un tour dehors. Pour regarder les étoiles avec les autres. On vous rejoint avec Alice.

Mona, Lisa et Juliette pénétrèrent dans une obscurité splendide, nimbée d'une lueur de lune à peine décroissante. Elles repérèrent les silhouettes allongées sur l'herbe. Les chuchotements s'intensifièrent à leur approche et elles se séparèrent pour prendre place à côté de tel ou tel garçon. Goran était assis au centre des corps et il ne s'interrompit qu'un instant, le temps que les filles soient à leur tour allongées sur le dos, face au spectacle merveilleusement lisible et détaillé des millions d'étoiles dans le ciel. Magnifié par une voie lactée incroyablement lumineuse qui se détachait, en relief, du reste du système astrologique.

Goran expliqua la constellation du Dragon, pile au-dessus d'eux. Ensuite se trouvaient la Petite Ourse, puis la Grande Ourse sur la droite. Puis le *M* de Cassiopée, sur la gauche. Et plus loin, toujours sur la gauche, Andromède et Pégase.

Il s'allongea à son tour, à un endroit miraculeusement libre entre Mona et Lisa.

— Ça va les filles ?

— Oui. Ça va mieux.

— Tu parles d'un choc…

Lisa allait ajouter quelque chose lorsqu'une étoile filante griffa le ciel sur la droite, entraînant dans sa traîne une clameur toute terrestre ainsi que plusieurs échanges à haute voix, universels et communs à tous les hommes sur la planète : *tu l'as pas vue ? Si, là, à droite ! Gorilla ! Juste au-dessus des arbres, mince je l'ai loupée, c'était pas un avion ? T'as fait un vœu ?*

Quelques minutes et deux étoiles filantes plus tard, Elizabeth et Alice s'insérèrent dans la disposition complexe des corps allongés. Il y eut de nouveaux chuchotements, puis un rire ponctué d'un *chut !* d'Elizabeth, qui tenait peut-être à indiquer à tout le monde qu'elle était là.

Il y eut l'attente trop longue de l'étoile filante suivante, puis un garçon demanda :

— Goran. La lune, elle était pleine hier, et ce soir, elle commence à se réduire, c'est ça ?

L'homme au parachute identifia la voix :

— Oui Enzo. Elle est en phase décroissante.

— D'accord… Mais, est-ce que quand c'est la pleine lune pour nous, c'est la pleine lune partout ? Est-ce que tout le monde la voit pareil ?

— C'est une excellente question. Est-ce que quelqu'un veut répondre ?

Il y eut quelques messes basses et personne n'osa ouvrir la bouche. Jusqu'à ce que la voix d'Alice surgisse de la grande masse des corps, sereine et gonflée d'assurance.

— Enzo. Oui, quand c'est la pleine lune, tout le monde sur Terre voit une lune entière, pleine. En fait, quelle que soit la position de la lune autour de la Terre, on observe tous la même zone d'ombre sur elle. Parce que le soleil l'éclaire, elle, et nous, on la regarde tous du même endroit, de la Terre. Tu comprends ?

Il y eut un silence, au cours duquel Mona et Lisa constatèrent que le profil de Goran souriait aux étoiles. Puis Enzo, qui avait pris le temps de réfléchir, formula une nouvelle interrogation, visiblement pas encore convaincu par les explications d'Alice.

— Oui, c'est clair. Mais la lune, elle fait le tour de la Terre, hein ? Sauf qu'on voit toujours la même face, de partout sur Terre. C'est ça, on voit tout le temps le même côté ? C'est bizarre non ?

Alice ne temporisa pas avant de poursuivre :

— Tu as raison, c'est super bizarre. Sauf que la lune tourne autour de la Terre en vingt-neuf jours, tout en faisant un tour sur elle-même en autant de jours, sur un axe symétrique par rapport à son degré de rotation autour de nous. Tu comprends ? Donc, elle nous offre toujours la même face.

Elle y eut quelques commentaires d'admiration ou de protestation et Lisa, jamais à court de réactions *trop* spontanées, exprima tout haut une remarque que beaucoup partageaient en silence :

— Pfft ! J'y pige que dalle !

Ce à quoi Goran rétorqua :

— C'est tout à fait ça, Alice. Tu l'as parfaitement expliqué.

Puis Enzo annonça, très fier :

— Moi, j'ai tout compris.

Et Alice conclut :

— Non, mais, tous là, vous apprenez quoi à l'école ?

Sur ce, tout le monde se mit à rire en se tordant par terre. Une étoile filante énorme apparut en plein milieu du ciel qui fit taire l'assemblée d'observateurs le temps de trois longues secondes avant de disparaître dans une salve d'applaudissements. Puis le silence revint progressivement.

Jusqu'à ce qu'Enzo ouvre à nouveau la bouche :

— Alice ?

Il y eut plusieurs rires sympas, chaleureux, d'admiration pour le petit frère de tous. De toute évidence, il n'avait pas décidé de lâcher Alice. Elle lui répondit d'une voix colorée par le sourire probablement radieux sur son visage :

— Oui Enzo. C'est encore la lune ?

— Oui. C'est encore la lune…

Il s'interrompit le temps de deux secondes et de formuler sa question :

— Alice, si je suis en Australie, tout en bas de la planète, par rapport à nous, je peux pas voir la lune pareille ? Si ?

Plusieurs voix s'élevèrent pour dire que si, bien sûr, puisque la lune était identique pour tout monde, c'était évident. Goran se redressa pour contempler l'assistance. Il trouva certainement que l'ultime explication d'Alice était, à nouveau, parfaite.

— Non. On ne la voit pas tous exactement de la même manière, tu as raison. Ils sont comment les Australiens par rapport à nous ?

Plusieurs garçons crièrent en cœur :

— Ils ont la tête en bas !

— Et bien, c'est très simple, si vous voulez admirer la lune comme les Australiens, il faut que vous vous mettiez la tête en bas.

Il s'en suivit un concours de poiriers et plusieurs figures plus ou moins acrobatiques et maîtrisées, réalisées dans le noir, ponctuées de nombreuses onomatopées, de quelques gros mots et de plusieurs cascades de fous rires.

L'observation du ciel étoilé se poursuivit un quart d'heure de plus. Il n'était pas loin de minuit lorsqu'Elizabeth indiqua qu'il était largement l'heure d'aller se coucher. Les garçons disparurent vers le dortoir et le bloc sanitaire, accompagnés par Ophilio et Esteban.

Goran et Théau se levèrent à leur tour et tendirent les bras vers les adolescentes pour les aider à se relever. Alice eut droit à des compliments et des accolades pleines de chaleur. Puis Goran partit vers le préau avec Théau.

Elizabeth indiqua aux filles qu'il était l'heure, également pour elles, d'aller se coucher. Juliette lui demanda, à tout hasard :

— On peut dormir dehors Ezzie ?

— Oui bien sûr… Faites juste gaffe aux scorpions, aux araignées, aux moustiques et aux serpents.

— Nan, c'est bon en fait, on va dormir à la maison.

— Comme vous le sentez, mais ce sera sans doute mieux. Ça m'embêterait que vous abimiez des bestioles.

Il y eut encore quelques rires puis les quatre filles se changèrent pour la nuit. Elles se brossèrent les dents ensemble dehors, avec une bouteille d'eau et en crachant dans l'herbe.

Elles embrassèrent Elizabeth qui les attendait en bas de l'escalier.

Ezzie monta, bientôt rejointe par Théau qui leur souhaita une bonne nuit.

Les filles se couchèrent dans le calme et, une fois installées sur leurs matelas, regrettèrent toutes le temps d'un instant de ne pas passer quelques minutes sur l'écran de leurs smartpads.

Elles s'endormirent d'un coup, étourdies par une journée trop dense, avec en toile de fond dans leurs cerveaux, des images de parachutes, de cubes luminescents, d'étoiles filantes et de constellations, de feuilles ondulantes, de sourires de pensionnaires du Centro et de crashs d'avions en pleine mer.

Samedi 17 août 2030

GORAN

Cela faisait combien d'années qu'il n'avait pas chialé comme ça ?

Depuis son enfance ? Vers l'âge de 12 ans, après avoir été piqué par une guêpe en pêchant... Ou bien un an plus tard, lorsqu'il s'était retrouvé seul, orphelin, après le siège de Vukovar ?

Non, il ne se rappelait pas avoir pleuré en réalisant qu'il ne verrait plus ni sa mère, ni son père, ni son frère. Il s'était senti desséché, tari, avec le sentiment que plus jamais des larmes ne réussiraient à se former en lui... Ça devait être cette guêpe, pendant ses vacances d'été sur l'île de Krk. Elles s'étaient mises à plusieurs pour le harceler, attirées par les moules qu'il utilisait comme appât. L'une d'entre elles l'avait piqué sur l'avant-bras, il l'avait écrasé avec la main et son dard s'était planté sur un de ses doigts. Il avait alors cru qu'une autre guêpe l'avait piqué et, par réflexe, avait tapé la même main contre sa cuisse et à nouveau sur le bras et, à chaque fois, le dard l'avait égratigné. Il avait pleuré ensuite, de douleur, de peur, de colère et de frustration de s'être repiqué lui-même.

Goran avait eu le temps de procéder à cet inventaire rapide en contemplant Mona et Lisa, Elizabeth et Théau, Juliette et Alice, derrière la cascade de ses larmes. Deux ou trois secondes maxi, au cours desquelles la recherche dans sa mémoire s'était télescopée avec ses propres souvenirs de Juliette bébé, avec le voyage en voiture en compagnie de

Raja, quinze années plus tôt, puis Mona et Lisa à Riga et toutes ces années d'attente.

Les jumelles avaient retrouvé Juliette. Et une autre sœur. Une quatrième fille qui s'appelait Alice. Deux secondes supplémentaires de chute libre malgré ses pieds à plat sur le sol.

Il avait réussi à interrompre, puis à couper net l'afflux de larmes en se concentrant sur sa combinaison de saut. Théau et Elizabeth s'étaient mis à parler et à rire. En faisant comme s'il ne s'agissait que de retrouvailles banales, d'une réunion familiale parmi tant d'autres.

Il les avait dévisagées, toutes les quatre. Il avait fini par tout comprendre en absorbant les informations infiltrées dans le magma de ses émotions, dans son chaos intérieur d'images anciennes et actuelles. Les jumelles étaient allées les chercher à Miami. Elles avaient dû se servir des signatures EM. Elles avaient préparé ça depuis longtemps et avaient décidé de faire un détour en venant de New York pour ramener leur sœur aînée à Cuba, au Centro. Pour faire la surprise. Pour démontrer qu'elles en étaient capables, qu'elles la voulaient cette grande sœur. Pour leur mère, pour Raja. Pour qu'elle arrive enfin à s'ouvrir à la joie. À toutes les formes de joies.

Ensuite, et toujours dans un tumulte effrayant, Goran avait réalisé le danger, les risques pris inconsciemment. Innocemment. Et il avait ressenti de la colère. Là encore, Elizabeth était intervenue et il s'était immédiatement senti apaisé, vidé. Vidé par ce saut en parachute, les trente secondes de chute et le pur bonheur qu'il avait éprouvé pendant que son corps tombait. Puis envahi par l'adrénaline de l'approche et de l'atterrissage. Puis rempli encore par le plaisir simple d'être les pieds sur terre et par celui de recevoir violemment Mona et Lisa contre lui. Et vidé par la nouvelle, le scoop ultime de la présence là, devant lui, de Juliette, leur sœur aînée disparue. Et d'une quatrième sœur.

— Quoi ? Qui ça ? Vous me parlez de quoi les filles ?

Puis encore rempli par l'émotion. Et encore vidé, et encore rempli.

— C'est toi Juliette ? Et c'est toi Alice ?

Il s'était forcé à respirer lentement.

Théau lui avait proposé une bière. Ou c'était Elizabeth. Ils avaient rejoint le préau et il avait pris le temps de dire bonjour aux garçons, pour reprendre contact avec la réalité, avec les habitudes. Parce qu'il adorait chacun de ces gamins. Ils étaient ensuite partis s'asseoir dans un coin à l'ombre, dans un bouquet d'air rempli d'odeurs de figues chaudes et de graines torréfiées. Il avait bu une gorgée de bière et là, Théau et Ez lui avaient tout expliqué à grands traits. L'appel de Raja en pleine nuit, le trajet en moto, en ferry, la villa, les menottes et le coup de feu, Juliette, Alice et les filles, les aurores boréales, le yacht pour rentrer. Ça faisait déjà deux jours, c'était en plein Solar Max.

Goran avait ressenti un retour de colère lorsque Théau avait attiré son attention sur le bandage autour de son bras. Il avait réalisé que quelqu'un aurait pu mourir là-bas. Et puis aussi, mais confusément, que tout n'était pas terminé, qu'il y aurait encore des suites à tout ça. Avec la mère adoptive de Juliette et Alice. Une femme prénommée Victoria.

Il avait observé de loin les adolescentes manger leurs parts de pizza en discutant entre elles, complices. Quatre sœurs magnifiques, identiques et différentes, épanouies et visiblement heureuses d'être ensemble.

Un truc de dingues.

Ils avaient déjeuné au calme, sous le préau. En parlant de tout sauf des filles. De Solar Max, du Centro, du Mexique. De Raja.

Et là, Goran s'était souvenu d'un coup. De la dernière fois qu'il avait chialé comme un môme.

C'était à Riga. Il avait laissé Raja et les deux bébés chez lui pour retourner dans le laboratoire dévasté de XY-Labs. Pour jouer une ultime fois au flic sur une scène de crime. Sur place, un sentiment de panique extrême, une frayeur sans nom l'avait saisi puis projeté au volant de sa voiture. Il avait conduit sans rien voir, les mains tremblantes et le corps parcouru de secousses brutales, en pleurant sans s'arrêter pendant les vingt minutes de trajet jusque chez lui. Parce qu'il avait eu peur qu'à son retour Raja ne soit plus là. Qu'elle ait encore disparu. Comme à Londres.

Comme Juliette.

Après le café, Goran avait pris le temps de replier sa toile de parachute, avec l'aide d'Elizabeth, toujours curieuse de tout et qui s'était à nouveau promis de faire un jour un saut, avec lui. Il avait ensuite porté sa combinaison et son sac à dos dans la chambre d'ami, à l'étage de la maison. Il s'était assis sur le lit double et avait trouvé la lumière et la température parfaites, idéales pour une sieste.

Théau avait toqué à sa porte pour lui proposer de marcher avec les filles en direction de la plage, et Goran s'était extrait de la chambre pour aller à la rencontre de Juliette et d'Alice.

Sur le chemin qui traçait vers la côte, Goran avait signalé à Mona et Lisa la présence d'un couple de tocororos blancs et rouges, sur une branche à droite du sentier. Il leur avait expliqué que cet oiseau était l'emblème de Cuba. Il avait ensuite laissé les jumelles avec Théau et Juliette pour rejoindre Alice en tête du groupe.

Ils avaient discuté jusqu'à la plage. La vingtaine de minutes de conversation avait été suffisante pour que chacun adopte l'autre, pour casser les barrières qui tenaient à distance. Le reste, l'intime, viendrait petit à petit. Goran en sortait avec une première impression qu'il savait définitive, et même, sans doute, correcte : Alice était une jeune fille brillante qui analysait et comprenait, qui prenait des décisions et qui s'y tenait. Tout en réussissant à être spontanée, sensible à l'humour et capable de savourer les bons moments qui se présentaient à elle. Visiblement très attachée à sa vie à Miami. Et parfaitement ressemblante à Mona et Lisa. Avec une peau plus bronzée, une coiffure plus soignée avec des mèches claires, des cheveux bien coupés, très longs. Et plus musclée, ce qui lui donnait une démarche, une expression corporelle plus nerveuse. La parfaite adolescente américaine issue d'un milieu aisé. Goran avait souri en se disant qu'il ne lui manquait que l'appareil dentaire pour finaliser le cliché. Sauf qu'elle avait une dentition parfaite. Avec une mâchoire carrée, comme toutes les femmes de la famille Connor.

Sur la plage, il avait parlé avec Juliette, en marchant les pieds dans l'eau. Il n'avait pas réussi à se retenir de lui raconter les moments qu'il avait passés avec elle, en mai 2015, dans la voiture avec sa mère, puis le soir et la nuit à l'hôtel, aux abords de Londres. De ces minutes interminables où il était resté seul avec ce bébé dans les bras, Juliette, qui s'était débattue en braillant et en le lardant de regards assassins. C'était la première fois de sa vie qu'il partageait le quotidien d'un nourrisson. Il s'était ensuite bien rattrapé avec Mona et Lisa, et avait fini par se débrouiller plutôt bien avec les biberons, les couches archipleines, les bains. Et puis tout était passé trop vite, les filles avaient poussé à vitesse grand V, avec la promesse d'une sœur aînée, cachée quelque part, perdue mais qu'il faudrait un jour retrouver. Juliette lui avait posé quelques questions sur lui, puis plusieurs sur Raja. Goran lui avait expliqué qu'elle lui ressemblait beaucoup, avec ses traits de visage un peu plus allongés que ceux des jumelles, sa silhouette plus fine et moins musclée. Il lui avait dit aussi qu'il trouvait que sa crête présentait un mélange parfait entre les cheveux ras d'Elizabeth, rouges, et la tignasse épaisse de sa mère, coupée mi-long. Juliette avait semblé apprécier le compliment et lui avait envoyé un sourire, lèvres jointes et menton en avant. Un geste qu'il avait observé des milliers de fois, chez Ez et Raja.

Après la plage, il avait discuté avec Mona et Lisa. De son boulot, de ses collègues, du fait que la conférence de Raja avait forcément été annulée et que, oui, ce serait bien qu'elle soit là. Sur le chemin du retour, il avait trouvé Théau fatigué et gris. Sa démarche lui avait donné l'impression qu'il était ailleurs. Comme s'il marchait sur un autre sentier, seul.

L'après-midi était passée rapidement, dans l'ivresse effervescente du Centro. Il s'était senti merveilleusement bien, à sa place et totalement coupé de ses soucis habituels. Il avait encore pensé à Raja, avait vérifié à plusieurs reprises ses messages NoT et l'indicateur de réseaux de téléphonie.

Raja. Il ne manquait plus qu'elle pour que *tout* soit parfait.

L'annonce de la mort de Victoria Banks-Melville avait sidéré tout le monde. Les regards s'étaient tous portés vers la troisième sœur jumelle. Alice qui se raidit, Alice qui serre la mâchoire et qui encaisse la nouvelle en titubant. Et tout autour d'elle, les attitudes foudroyées, les figures décomposées, la fin de la parole. Les filles et Elizabeth qui partent avec Alice vers la maison pour la réconforter.

Au bout de quelques minutes, Goran s'était posé la question de savoir si cette mort était une bonne chose et, un peu honteux, l'avait énoncée tout haut, pour la partager avec Théau. Qui, de toutes évidences, en était au même point que lui dans ses réflexions. La mère adoptive d'Alice et de Juliette avait sans aucun doute participé activement, de loin ou de près, à la création de XY-Labs, à l'embauche d'Alberto Garcia et à l'opération visant à le faire passer pour assassiné. Elle avait peut-être joué le rôle principal lors de la décision, imposée ou non à Garcia, de procéder au clonage de sa propre fille. Cette femme aurait forcément tout fait pour récupérer ses filles adoptives, même si un test ADN aurait suffi à démontrer que Juliette et Alice étaient les enfants biologiques de Raja Connor. Victoria Banks-Melville avait été une personne très puissante, capable de faire traîner un procès pendant des années. Maintenant qu'elle était morte, Théau pensait que cela simplifiait tout. Goran était quant à lui dubitatif, ne sachant plus quoi déduire de tout cela. Ils avaient décidé de remettre toutes ces réflexions à plus tard, d'en discuter avec Raja, avec Elizabeth. Et, dès que le réseau NoT serait totalement rétabli, de tout faire pour récupérer un maximum d'informations sur cette femme. Pour se préparer à toutes les éventualités.

La fin de la soirée avait été parfaite. L'observation collective des étoiles et de la Voie lactée avait gommé les émotions de la journée en remettant tout le monde à sa place. En renvoyant chacun à l'insignifiance de sa propre vie et au bonheur simple d'être là, allongé dans l'herbe une nuit d'été, face au spectacle inouï d'une voûte formidablement étoilée.

Juliette, Mona et Lisa avaient rejoint le groupe des observateurs éparpillés dans l'obscurité. Puis, quelques minutes plus tard, Alice et Elizabeth.

Enzo avait posé ses questions sur la lune et toute la suite avait été un pur régal. Les interrogations du plus jeune des garçons avaient été spontanées et aiguisées. Alice avait impressionné toute l'assemblée en revenant malgré son chagrin, par la force qu'elle dégageait en étant simplement là, entourée de ses sœurs, allongée près d'Ez. Sa prise de parole pour répondre aux questions d'Enzo lui avait valu une profonde admiration de la part des adultes présents. Alice avait parfaitement exposé la révolution de la lune, son orbite autour de la Terre et de tout ce que cela impliquait en matière d'observation du satellite naturel, de Cuba ou d'ailleurs sur la planète. Et ses explications très didactiques sur le visage de la lune vue de l'hémisphère sud étaient les meilleures qu'on eut pu donner à une tribu de gamins.

— Ils sont comment les Australiens par rapport à nous ?

— Ils ont la tête en bas !

Goran s'était couché un peu après minuit pour s'endormir dans un télescopage géant d'images en tous genres, toutes issues de la longue journée harassante d'émotions.

Il se réveilla tard.

Le premier geste qu'il fit, sitôt extirpé du lit, fut de vérifier l'écran de son smartpad. Il était 9 h 30, samedi 17 août 2030. Et trois jours après Solar Max, il n'y avait toujours pas de réseau. Il ouvrit son application NoT pour constater que Raja lui avait enfin envoyé une réponse à son dernier message. Elle allait bien et avait regagné l'appartement de la rue Cler, à Paris. Une atmosphère bizarre régnait dans la capitale, qu'on aurait dit sortir d'un long siège. Thomas l'avait informée qu'elle pourrait appeler le Centro vers midi, heure cubaine. Elle avait hâte d'être au Centro et de retrouver les jumelles. Hâte de parler à Juliette, de la connaître, de passer du temps avec elle. Hâte de rencontrer Alice. Elle terminait en indiquant que Théau lui avait écrit au sujet de son arrivée en parachute, spectaculaire, qu'elle était contente qu'il soit déjà là et impatiente de se jeter dans ses bras.

Il rédigea une courte réponse. *J'attends ton appel. Tu manques à tout le monde.*

Avant de descendre, il retira le boîtier Memo2 de son poignet pour le poser sur le lit puis glissa son smartpad dans la poche de son short.

Le rez-de-chaussée de la maison était toujours plongé dans l'obscurité. Il s'arrêta devant la porte d'entrée et perçut les bruits de respiration tranquille des filles, semblable à un ronron quadriphonique qui monterait du fond d'une tanière. Identique à celui d'une portée de petits mammifères qui attendrait leur mère.

Il sortit et, pieds nus dans une lumière aveuglante et déjà trop chaude, marcha jusqu'au préau où seul Théau s'activait à terminer d'effacer les reliefs du premier repas de la journée.

— Les garçons ont pris leur petit déjeuner ?

— Oui. Ils sont partis avec Ophilio et Esteban en minibus, pour rejoindre un club de surf, sur une plage à quelques kilomètres d'ici. Avant qu'il fasse vraiment trop chaud. Bien dormi ?

— Oui. Comme un bébé.

— Café ou thé ?

— Café. Mais je peux m'en occuper.

— Il est prêt, bouge pas.

Théau réapparut avec un plateau garni de quelques tranches de fromage, d'une salade de fruits, de pain maison et d'un grand bol de café fumant.

— Merci beaucoup. C'est royal. Mais je ne pensais pas avoir réservé une chambre avec petit déjeuner.

— T'inquiète, c'est inclus dans ton forfait.

Théau avait bonne mine, les traits de son visage étaient détendus, ses yeux étaient agiles, à la fois tranquilles et perçants. Goran se fit la remarque que le Théau original était de retour. Il but une gorgée de café et reposa son bol, trop chaud.

— J'ai l'impression que les filles dorment toujours. On les réveille ?

— Non. On est samedi, c'est les vacances. Elles se remettent de leurs émotions d'hier. Rien ne presse. En plus, Elizabeth est encore couchée.

— Quoi ? La *commandanté* n'est pas levée ?

— Faut croire qu'elle a besoin de repos elle aussi. La semaine a été intense.

Goran hocha la tête et attaqua la salade de fruits.

— J'ai enfin reçu un message de Raja. Apparemment, elle venait de lire le tien, elle sait que je suis arrivé hier.

— Oui. Mais, à mon avis, elle n'est pas encore au courant de la mort de Victoria Banks-Melville. Ni qu'elle était leur mère adoptive d'ailleurs.

— Mouais. Elle m'a dit qu'elle comptait appeler vers midi, que ça semblait faisable d'après Thomas. Je lui expliquerai tout ça. Mais, tu sais quoi ?

Théau s'assit face à lui avant de répondre en secouant la tête.

— Ce prénom, Victoria, il est apparu dans des mails échangés entre Garcia et son chef de labo. J'en suis sûr…

— Ça me dit vaguement quelque chose. Mais je n'ai pas

conservé ces documents sur mon ordinateur. Il y en avait trop. C'est sauvegardé quelque part, il faudra que je cherche dans mes archives numériques dès que j'y aurai accès.

— J'ai une clé sur laquelle j'ai tout stocké. J'ai gardé toutes les notes que j'avais prises, les vidéos, les rapports de police, les échanges de mails, de SMS. Tout. Et ça fait quinze ans que, quand je n'arrive pas à dormir, je vais m'y perdre pour relire une énième fois telle ou telle synthèse, en espérant tomber sur un détail, un début de piste qui remonterait jusqu'à Juliette…

— Tu crois que tu les as, ces messages qui citent une Victoria ?

— Oui. J'en suis certain.

Théau se leva pour saisir une banane dans la cuisine. Il se rassit devant Goran en l'épluchant :

— La mort de la mère adoptive de Juliette et d'Alice a ceci de bon qu'elle nous débarrasse d'un adversaire coriace. Quelqu'un qui aurait tenu à récupérer ses filles coûte que coûte. Mais je reste inquiet…

— Tu semblais plutôt positif, hier quand on en a parlé.

— Oui. Mais je n'arrive pas à me persuader que la suite va être simple.

— Qu'est-ce que tu veux qu'il se passe, Théau ? Moi, c'est le contraire, je suis plus confiant qu'hier.

— Je n'en sais rien. C'est juste que, depuis le début, on a passé notre temps à se faire surprendre. Quand on s'est pointé à Miami, dans la maison où habitaient Juliette et Alice, on a été accueilli par un type entraîné, armé, qui voulait nous coffrer.

— Tu penses qu'ils vous auraient fait disparaître ?

— Peut-être, je n'en sais rien. En tout cas, il ne faut plus courir aucun risque. Même si Victoria est morte, elle avait des associés, des relations d'affaires peut-être impliquées dans ce qui s'est passé en 2015, dans les décisions prises à l'époque. On ignore qui on a en face de nous.

— Tu as raison. Faut qu'on fasse gaffe. On met Thomas

sur le coup ?

— C'est déjà fait. Le réseau NoT est en train d'aspirer tout ce qui existe sur cette femme, en tout cas là où les informations sont accessibles. Il faut qu'on pénètre dans ses données privées, qu'on chope tout ce qui remonte aux années 2015 et 2016.

Les deux hommes en étaient à dresser la liste de ce qu'il fallait mettre en œuvre pour prendre les devants, anticiper et se protéger, lorsqu'Elizabeth sortit de la maison, suivie de ses quatre petites-filles, titubantes, à peine extirpées du sommeil. Une maman canne et ses canetons, éblouis par la lumière trop intense du début de journée.

Théau reçut cinq bises. Tout comme Goran, qui embraya :

— Qu'est-ce que vous avez envie de faire aujourd'hui, les filles ?

Elles se consultèrent du regard et, voyant que l'unanimité était évidente, haussèrent toutes les épaules en marmonnant des morceaux de phrases désarticulées, entrecoupées par des bâillements incontrôlables. Il était trop tôt pour obtenir une réponse claire, y compris d'Elizabeth.

Goran termina son petit déjeuner puis partit se doucher.

C'était au tour d'Elizabeth d'être seule sous le préau lorsque Goran réapparut. Il faisait un peu plus chaud et le thermomètre avait encore quelques beaux degrés à conquérir.

— Dès que les filles sont prêtes, on va à la plage. Tu te joins à nous ?

Goran réfléchit un instant et décida de repousser à plus tard la recherche qu'il voulait faire sur son ordinateur. Il ferait ça dans sa chambre, au frais, pendant les heures vraiment trop chaudes.

Il s'ensuivit une matinée ordinaire d'été à la plage. Avec des jeux, un château de sable, de la musique dans les oreilles, des parfums de crème solaire. Face au yacht Banks-Melville.

Après leur deuxième baignade, les filles s'étaient mises à l'ombre, sous un groupe de plusieurs cocotiers, jusqu'à ce que Elizabeth leur indique que c'était la dernière chose à faire : le plus grand danger qui attendait les touristes en visite à Cuba était précisément de se prendre une noix de coco en pleine tête, au bord de la plage. Les filles avaient ri puis s'étaient fabriqué en quelques minutes un coin à l'abri du soleil en relevant un côté du zodiac et en le maintenant avec ses deux rames. Tout était redevenu calme jusqu'à ce que deux noix de coco tombent lourdement dans le sable, pile dans la zone d'ombre où les filles avaient commencé à s'allonger. Lisa avait crié :

— Merci de nous avoir sauvé la vie Ezzie !

Ce à quoi Mona avait ajouté :

— Ouais. Encore que toi, ça t'aurait fait du bien, une bonne noix de coco sur la tête.

Goran observa Alice et ses sœurs, toutes occupées à se lancer des vannes – qu'il trouva assez marrantes – tout en se tartinant les unes les autres de crème solaire. Il se fit la remarque qu'à 14 ans on était probablement capable d'encaisser la plupart des gros traumatismes, d'absorber les ondes de choc tout en continuant de vivre.

Goran les suivit des yeux lorsqu'elles foncèrent dans l'eau pour rejoindre Elizabeth qui faisait tranquillement la planche à dix mètres du bord. Il profita du moment de calme pour faire le point sur ce qu'il percevait de la situation de chaque adolescente… Parmi les quatre filles de Raja, Alice était la seule qui avait trois mères : une mère adoptive, Victoria ; une mère biologique, Raja, qui avait tout à faire pour prendre place dans la vie affective d'Alice ; et une mère porteuse, inconnue. Une femme effacée des tablettes, mais qui aura, d'une manière ou d'une autre, influencé les débuts de construction de la future personnalité de l'embryon porté. Les quatre filles étaient forcément dissemblables par cela, par leurs quatre gestatrices différentes, par leurs vécus dans quatre poches de liquides amniotiques distinctes, qui avaient toutes résonné de rumeurs organiques à la fois similaires et singulières.

Les adolescentes et Elizabeth nagèrent jusqu'au yacht pour s'y hisser l'une après l'autre. Elles firent des signes à Goran en l'appelant. Oui, bonne idée, il faisait vraiment trop chaud.

Il plongea et nagea sur un rythme lent, histoire de pouvoir maintenir la cadence jusqu'au bateau. Sans qu'il le veuille, alors qu'il aurait dû se concentrer sur la sensation agréable de l'eau glissant sur son corps, Goran poursuivit le cheminement de ses pensées. En formulant très clairement un concept qui, il le savait, avait son importance dans la compréhension de ce que les trois jumelles avaient dorénavant à gérer : Victoria devait être considérée comme étant, pour les triplées, une sorte de mère *intentionnelle*. Une troisième mère pour Mona et Lisa, à incorporer dans l'histoire intime de leur conception, dans cette chaîne de responsabilités qui avait abouti à leur existence. Un rôle d'intention qui venait renforcer pour Alice celui qu'avait joué Victoria en tant que mère adoptive. Quelque part, sa mère adoptive l'avait *désirée*.

Mais, à l'opposé, un rôle d'intention qui ne pourrait, pour Juliette, que contribuer à lui faire encore davantage rejeter cette mère adoptive, à l'origine de sa séparation d'avec Raja, sa mère biologique, d'intention et gestatrice. Cette femme, à présent morte, qui les avait confisquées l'une à l'autre et qui avait décidé de fabriquer plusieurs *Juliettes*.

Goran arriva à la plateforme du yacht. Il s'y assit après s'être propulsé hors de l'eau d'un dernier coup de pied et en s'aidant des bras. En regardant la plage face à lui, il conclut ses réflexions sur le fait que, même morte, Victoria Banks-Melville occupait une place énorme dans l'existence des quatre sœurs. Pour Raja, allait commencer une partie extraordinairement complexe à jouer, où elle devra maintenir et conforter son rôle de maman auprès de Mona et Lisa, tout en retrouvant sa fille Juliette et en gommant le vide des années passées, pour tenter de rattraper le temps perdu. Et pour devenir quelqu'un d'important pour Alice.

— Tu en veux une ?

C'était Alice, elle lui tendait une cannette de soda. En souriant.

— Oui, merci beaucoup.

Il ouvrit la boisson fraîche et en avala une gorgée.

Il faudrait que Raja soit forte, aimante et animée, ferme, inspirée et inspirante, joyeuse, maternelle et grande sœur, tout en étant protectrice, capable de recul et de colère. Alors que pour l'instant, elle n'était que bouleversée…

Goran se leva pour faire le tour du yacht, avec une certitude en tête. Celle qu'il faudra que Raja gère tout cela le plus naturellement possible, en prenant soin d'être elle-même. En se laissant gagner par toutes les joies, maintenant qu'elle s'était libérée de cette amarre qui l'avait retenue à quai toutes ces années.

Il s'assit dans le salon ouvert sur la mer, face aux trois jumelles occupées à parler musique avec Ez et Juliette. Il suivit la conversation, bercé par les mouvements du yacht et par la discussion chaleureuse où il apparut que la grand-mère des filles connaissait la plupart des chansons écoutées par la jeune génération. Et que, vu de loin, on aurait pu la prendre pour une adolescente de plus dans le groupe charmant, pétillant, rassemblé sur ce bateau de luxe, ancré dans une rade au niveau du tropique du Cancer, sous un soleil parfaitement d'aplomb.

Quelques minutes avant de quitter le yacht, Goran visita les deux chambres, la cuisine et la salle de bains, impressionné par les finitions des boiseries, la qualité des matériaux utilisés ou le soin apporté à l'aménagement et la décoration. C'était un peu trop clinquant à son goût, mais représentait bien ce que l'on pouvait se payer de mieux quand on avait beaucoup d'argent à dépenser dans un bateau pas *trop* imposant. Il resta plusieurs secondes devant un coffre-fort mural, dans la plus grande chambre. Il tira sur la petite poignée et la porte s'ouvrit pour dévoiler un intérieur vide.

Il regagnait le pont arrière lorsqu'il entendit un premier plouf. Juliette l'interpella :

— On y va, Goran. Saute ! On ferme le yacht avec Alice.

Le retour se fit en silence, presque au ralenti tant la chaleur était dense. Goran repensa vaguement à la rentrée de septembre, à tout ce qu'il devait préparer pour le séminaire qui viserait à remobiliser tout le monde chez GROW. Il repoussa le sujet en se concentrant sur les milliers de crépitements autour de lui, en provenance des pins, des palmiers et des cocotiers qui, tous, cuisaient sous le grill du soleil.

Ils arrivèrent au Centro aussi trempés qu'en sortant de l'eau.

Les filles se mélangèrent aux garçons, de retour depuis peu de leur spot de surf. Goran rejoignit Ophilio et Esteban, dégoulinants et visiblement épuisés, attablés sous le préau. Ils discutèrent en espagnol, essentiellement de Solar Max et de ses conséquences à Cuba ou au Mexique.

Théau avait préparé plusieurs salades à base de semoules, lentilles et pois chiches, agrémentées de légumes et de fruits frais. Elizabeth décréta que ce midi, ce serait pique-nique, et que chacun pourrait manger ce qu'il voulait, où il voulait, à l'heure qu'il voulait. Théau se leva pour faire passer le mot aux groupes de gamins, un peu partout dans les coins d'ombre du jardin, dans le dortoir ou dans le gymnase. Il revint et un sourire s'agrandit sur ses lèvres au fur et à mesure qu'il s'approcha du préau. Elizabeth l'interrogea :

— Qu'est-ce qui te fait sourire comme ça ?

— Les filles. J'ai l'impression qu'elles ont des goûts très différents en matière de garçon.

Elizabeth fit alors, très précisément, la liste des prétendants de chacune des adolescentes. Goran approuva très sérieusement, en imaginant que Max et Magnus feraient chacun des *petits-copains* tout à fait *acceptables* pour Mona et Lisa. Mais que, décidément, le temps filait trop vite.

Goran mit plusieurs secondes avant de réaliser que son smartpad sonnait. Il s'excusa et se leva de table en extirpant l'appareil de la poche de son short, sous les regards surpris autour de lui.

À l'intonation de la voix de Raja, Goran la visualisa, debout dans la cuisine de l'appartement-atelier de la rue Cler, avec un regard aiguisé, sourire aux lèvres et parfaitement là, présente à l'autre bout du fil et totalement concentrée sur tout ce qu'il allait lui dire.

— On est en train de déjeuner avec ta mère, Théau, Ophilio et Esteban. Les gamins sont un peu partout, ils mangent et comatent à moitié, comme nous. Il fait une chaleur torride. Et toi ? Comment tu te sens ?

— Très bien, Goran. J'ai l'impression de revivre. La conférence a été annulée et le pire, tiens-toi bien, c'est que je m'en fous. J'ai envie d'être avec vous, c'est tout.

— Tu penses venir quand ?

— J'ai réservé un vol lundi matin, à 9 heures. Le trafic aérien redémarre à peine et les avions sont pris d'assaut, je m'en tire avec une place hors de prix, mais c'est pas grave. J'arriverai vers 13 heures à La Havane. Après-demain.

— Tu sais que tu auras un sacré comité d'accueil.

— Oui. Je m'en doute. Comment vont les filles ?

— Elles vont bien. Très bien même… Attends, je te reprends.

Goran indiqua à Elizabeth et Théau qu'il allait continuer la conversation plus loin, en marchant. Elizabeth fit un signe pour dire qu'elle embrassait Raja. Il hocha la tête et se dirigea vers le fond du jardin.

— Ta mère t'embrasse. Et Théau aussi… Il faut que je t'explique un truc…

— Oui. Quoi ?

— Je vais te passer les filles, mais d'abord il faut que je te résume la situation. Juliette et Alice ont été adoptées par une femme qui s'appelle Victoria Banks-Melville. C'est chez elle que Mona et Lisa se sont pointées. Là-bas, ça a été assez chaud pour Ez et Théau, mais ça, on en parlera plus tard. Pour faire simple, Juliette a toujours plus ou moins rejeté cette femme, Victoria. Elle a toujours été en opposition avec elle. Alors que pour Alice, j'ai l'impression que c'était le contraire, qu'elle était très proche de sa mère adoptive. Bref, Elizabeth leur a expliqué tout ce qui s'est passé à Londres et à Riga, je pense qu'elles ont tout pigé de la situation et…

— Mona et Lisa aussi, elles ont compris qu'elles avaient été… clonées ?

— Oui, c'est clair pour tout le monde, même si ce mot n'est jamais prononcé. Elles sont toutes formidables, pétillantes, avec des personnalités fortes. Elles ont l'air d'être bien dans leurs baskets et elles ont hâte de te rencontrer, de passer du temps avec toi…

— Mais ?

— On a appris hier soir, à la radio, que Victoria Banks-Melville était morte pendant Solar Max. Son avion s'est crashé en mer.

Il y eut un silence au cours duquel Goran visualisa les sourcils de Raja en train de se tordre, de partir en virgules. Il la revit quinze ans plus tôt, debout dans le parking de son immeuble à Paris, à cet instant fatidique où il avait décidé de l'accompagner en voiture jusqu'à Londres. Cet instant précis où il était tombé amoureux.

Il reprit :

— On s'occupe d'en savoir davantage sur elle, sur son implication dans XY-Labs. On en fait notre affaire avec Théau, pour l'instant laisse ça de côté. Je te raconte tout ça avant que tu parles aux filles, pour que tu ne fasses pas de gaffes avec Alice. Elle a appris la mort de sa mère adoptive hier soir.

Il y eut un nouveau silence, coupé cette fois-ci par Raja :

— OK, j'ai pigé le topo Goran. Tu me les passes ?

— Tu commences avec Mona et Lisa ?

— Oui. Dans l'ordre que tu veux.

Il y avait un sourire dans cette dernière phrase que Goran reproduisit sur ses propres lèvres en levant la tête vers le gymnase. Le mouvement de sa bouche se fit un peu plus large lorsqu'il aperçut les quatre filles de Raja debout devant la porte et qui, toutes, l'observaient attentivement.

— OK.

Il fit quelques pas puis s'arrêta net. Dans un trou d'air. Il ressentit l'effet d'une chute libre de deux ou trois secondes et, parfaitement immobile :

— Je pense à toi tous les jours, tu me manques… Ce serait bien qu'on retente quelque chose tous les deux…

Ses jambes recommencèrent à avancer, son souffle à passer dans ses bronches et Raja lui répondit :

— Moi aussi, Goran. Tu me manques, depuis longtemps.

Il s'approcha des adolescentes, secoua la tête pour chasser l'émotion, et leur envoya un sourire en levant la main. Lisa courut pour le rejoindre.

— Tu as quatre filles formidables Raja.

Lisa se jeta sur lui en criant *c'est Maman ?*, il hocha la tête puis tendit le smartpad à sa fille qui s'en saisit aussitôt, le porta à son oreille en affichant le plus grand sourire de sa collection.

— Allo, Maman, c'est Lisa. Tu vas bien ? Alors, quand est-ce que tu arrives ?

Lisa marcha lentement vers la maison, où elle s'assit sur le petit banc à l'ombre de la façade. Goran regarda les trois autres filles et Mona lui demanda :

— Après c'est moi ?

— Oui. Vous n'aurez qu'à vous passer le téléphone à tour de rôle. Tu verras ça avec ta mère. En tout cas, elle va bien, elle arrivera lundi midi et elle est impatiente de vous voir toutes les quatre.

Il fit une pause en observant les trois visages attentifs devant lui avant de continuer :

— Et elle est très heureuse de pouvoir enfin vous parler.

Mona posa une question qui visiblement lui avait brûlé les

lèvres :

— On a le temps ? Je veux dire, pour discuter un peu avec elle ?

— Oui, bien sûr. Mais, Mona, essaie de ne pas faire trop long quand même, hein ? À mon avis, Juliette et Alice sont pressées aussi de l'avoir au téléphone.

Il prit alors Mona dans ses bras, sans réfléchir, instinctivement. Puis, voyant qu'Alice s'avançait timidement, il lui fit signe d'approcher pour l'inclure dans ce câlin d'un père à sa fille. Juliette fit quelques pas en affichant un pauvre sourire, elle aussi était très émue. Mona et Alice se tournèrent vers elle pour l'accueillir et qu'elle puisse également s'agripper au roc du corps de Goran.

— Ne vous en faites pas, Raja a autant le trac que vous. Ce n'est pas un examen, c'est juste une prise de contact, un échange de voix. Alice et Juliette, faites comme vous le sentez, soyez naturelles. Si vous n'avez qu'un truc à lui dire, ce n'est pas la peine d'en faire des tartines. À mon avis, elle est bouleversée, infiniment heureuse de vous entendre. Vous la verrez lundi, on aura tout le temps ensuite pour apprendre à se connaître.

Elles lui envoyèrent chacune leur plus beau sourire et ils firent quelques pas pour rejoindre l'ombre d'un grand pin.

Après Lisa, rayonnante et émue, ce fut au tour de Mona de parler à sa mère. Pendant sa conversation avec Raja, elle dessina plusieurs ellipses à travers le jardin en marchant d'une cadence de métronome, inattentive aux zones d'ombres ou de soleil qu'elle traversait.

Elle tendit quatre ou cinq minutes plus tard le smartpad à Alice en affichant le même visage que Lisa plus tôt.

— Tiens Alice, je te passe Maman.

Alice partit rejoindre le banc en face alors que Mona s'asseyait à son tour sur le tapis d'aiguilles de pin avec Juliette, Lisa et Goran.

— Elle a l'air d'aller bien. Elle avait une belle voix.

Goran confirma :

— Oui Mona. Elle a une très belle voix. Une voix heureuse, libérée.

Alice resta finalement assez longtemps au téléphone avec Raja, et Goran se demanda de quoi elles avaient parlé lorsqu'il la vit s'avancer vers eux. Juliette se leva pour rejoindre sa sœur à mi-chemin de la maison au pin, où le smartpad changea de main. Goran devina le poids de l'émotion écraser Juliette au fur et à mesure qu'elle s'approchait du banc. Elle pleurait lorsqu'elle s'assit, c'était certain, et elle demeura un bon moment le visage tourné vers le sol, les deux coudes plantés sur les genoux, sa main libre frottant sa joue, son crâne, fouillant sa crête. Finalement, elle releva la tête et balaya le monde d'un sourire interminable.

Il ne put s'empêcher de questionner Alice, allongée sur le dos à un mètre de lui, le regard garé entre deux nuages :

— Ça va ? Vous avez parlé de quoi ?

Sans changer de position et en tournant la tête sur le coté, elle lui envoya un sourire qui se recouvra lentement d'un voile d'une douceur triste.

— Elle m'a dit qu'elle était désolée pour ma mère. Qu'elle avait hâte de me rencontrer. Et puis on a parlé de la mémoire de l'eau.

Goran ne fit aucun effort pour cacher sa surprise :

— De la mémoire de l'eau ?

— Oui. Théau m'avait expliqué grosso modo comment marchait le boîtier à son poignet, son Memo2. C'est passionnant, on pourrait faire plein de choses avec ce type de procédé. Ensuite, je lui ai dit que je découvrais le Psycosme, grâce aux garçons du Centro. Elle maîtrise bien le truc apparemment, mais j'ai senti que ça la rendait triste. Je lui ai dit que j'avais hâte de la connaître. De *vraiment* la connaître. Alors elle m'a dit que c'était pareil pour elle et qu'elle m'embrassait et j'ai passé le smartpad à Juliette.

Juliette finit par raccrocher et Goran regretta de ne pas

pouvoir dire un dernier mot à Raja. À l'heure qu'il était, elle devait être vannée, émotionnellement épuisée, mais sans aucun doute prête à se regonfler très vite d'enthousiasme et de curiosité.

Juliette affichait une expression nouvelle en même temps qu'un visage serein, renouvelé. Sitôt le smartpad de Goran rangé dans sa poche, elle le sollicita pour l'installation de l'application NoT sur son appareil et celui de ses sœurs.

— Maman m'a dit que cette appli marchait bien. Comme ça, on pourra lui envoyer des messages. Et essayer aussi de reprendre contact avec nos amis, en attendant que le téléphone et nos emails refonctionnent.

Goran se leva, imité par les autres filles, et Juliette effectua un aller-retour éclair vers la maison pour y chercher son smartphone.

Sous le préau, il se resservit une assiette en piochant dans trois saladiers presque vides. Elizabeth et Théau s'étaient éclipsés. Il s'installa à table alors que les filles étaient déjà toutes penchées sur leurs appareils, entourées de deux ou trois garçons curieux.

Tout en mangeant, il se connecta au wifi du Centro puis testa plusieurs sites internet qu'il avait l'habitude d'utiliser. Google était en rade, tout comme les principaux réseaux sociaux, au grand dam de Mona et Lisa qui pestaient. Baïdex, le site d'origine chinoise, troisième plus gros média internet au monde et disponible dans toutes les langues possibles, fonctionnait à peu près correctement, quoique pas mal ralenti par rapport à l'avant Solar Max. Il testa le portail d'un quotidien d'information français, celui de sa banque puis le site institutionnel de GROW, tous actifs, mais encore engourdis par la décharge d'ondes électromagnétiques du 14 août. Ces premiers résultats confirmèrent à Goran que le Wifi, raccordé au réseau téléphonique et électrique, permettait, ici à Cuba, mais probablement partout dans le monde, de se connecter à internet et aux modes de communication habituels.

Il s'apprêtait à partager avec Alice et Juliette le programme d'installation de l'interface privée NoT, lorsqu'un détail lui revint en mémoire, de ce que Juliette lui avait dit de sa conversation avec Raja. Il s'adressa à la crête rouge, face à lui :

— Raja t'a parlé d'une *application* NoT, c'est ça ?

— Oui, oui. Elle m'a dit texto *tu télécharges l'application NoT*, en précisant que c'était un gars qui s'appelle Thomas qui l'avait programmée. Tu le connais ?

— Oui, bien sûr. C'est lui qui dirige MyEn, tu as peut-être déjà entendu parler de ce nom…

Juliette répondit négativement, mais sans réellement faire attention, les yeux plongés dans le petit écran d'un smartphone antédiluvien.

Goran retourna sur le site de Baïdex et tapa *application NoT* dans le formulaire de recherche. Une dizaine de pages de résultats apparurent, qui proposaient le téléchargement de cette application de messagerie, disponible depuis le 14 août 2030 à 8 heures, opérationnelle partout dans le monde et compatible avec tous les systèmes d'exploitation, à condition d'être utilisée sur un appareil soit relié par fil au réseau électrique, soit connecté à une borne wifi elle-même raccordée via une box ou un modem quelconque à une ligne téléphonique terrestre.

Il ouvrit le premier site de la liste des résultats. D'après les avis postés sur le site du plus gros fournisseur d'accès des Caraïbes, l'application était saluée pour sa simplicité. Un utilisateur affirmait qu'elle faisait parfaitement l'affaire lorsqu'il s'agissait d'envoyer et recevoir des messages écrits.

Une *application* NoT. Thomas avait eu le temps de programmer un utilitaire grand public en s'inspirant de l'interface NoT, et de la diffuser avant que Solar Max atteigne la Terre. Avec comme objectif qu'elle puisse offrir une alternative de communication entre les hommes, au cas où les réseaux de téléphonie mobile ne fonctionnent plus.

Bien vu Thomas.

Sur le site de téléchargement, NoT avait été chargé six millions de fois au cours des vingt-quatre dernières heures. Pour une zone géographique qui ne dépassait guère les quarante millions d'habitants, et sur laquelle d'autres points de téléchargement étaient sans doute disponibles. Cela représentait une performance ahurissante. En extrapolant au niveau mondial, Goran se dit qu'il n'était pas impossible que le nombre total d'applications activées ait déjà dépassé le milliard.

Un nouvel avis d'utilisateur s'incrusta sur la page de téléchargement : *Merci NoT, je peux à nouveau joindre mes proches ! Tu me sauves la vie !!*

L'application NoT était devenue, en vingt-quatre heures, le seul outil fonctionnel qui permettait de faire le lien entre des personnes éloignées physiquement. Goran resta un long instant figé, parfaitement immobile. Tétanisé par tout ce que cela représentait pour la fondation No Trace, dont le nom apparaissait en tant qu'*éditeur* de l'application. Tétanisé par ce que cela représentait en termes de maitrise technique ou de puissance de calcul et de traitement pour les téraoctets d'informations qui devaient déjà circuler via l'appli.

Goran parvint à se désincarcérer de son état de sidération. Il regarda les filles et constata qu'elles étaient en train de répondre à leurs SMS, en tapant fébrilement des messages en silence, hyper concentrées et surexcitées par cette réception soudaine d'autant de signes de vie terrestre au-delà du Centro.

Le téléchargement de l'application NoT mit plusieurs minutes et Goran en profita pour finir sa salade et abandonner l'assiette et son couvert dans l'évier de la cuisine. Il se servit une tasse de café tiède. Les filles se levèrent en lui disant qu'elles partaient se reposer dans un endroit frais. Il les regarda s'éloigner, accompagnées par Max et Ashitaka, puis disparaître à l'intérieur du gymnase. Il but son café en lisant les conditions générales d'utilisation du programme qui venait de s'installer sur son smartpad.

Selon les CGU rédigées en anglais, l'application NoT était éditée par la Fondation No Trace, organisme à but non lucratif basé en France. La transmission des messages supposait un raccordement au réseau électrique de l'appareil utilisé, soit directement soit via une connexion sans fil assurée par un émetteur lui-même relié aux lignes téléphoniques terrestres, câbles et autres circuits de distribution filaire. Il était précisé que les communications ne faisaient l'objet d'aucun stockage après réception et que les fonctionnalités proposées avaient été conçues pour être basiques.

Goran accepta les CGU et l'appli suggéra que son identifiant soit le numéro de téléphone portable détecté sur son appareil. Il n'eut qu'à entrer un mot de passe, deux fois, et l'interface s'ouvrit. Le pavé *Réception* affichait déjà un total de quatorze nouveaux messages. Goran réalisa à quel point Thomas avait bien conçu l'application : en imposant aux utilisateurs qu'ils créent leur identifiant NoT en se basant sur leur numéro de téléphone mobile, le programme leur permettait de communiquer avec leurs contacts habituels, pourvu qu'eux aussi aient installé l'appli en choisissant leur numéro de téléphone comme identifiant. Ce qui expliquait la vitesse hallucinante de propagation de l'outil.

Il rédigea un texte de félicitations à l'attention de Thomas, puis se concentra sur ses messages reçus.

Carlos et Robert lui avaient chacun envoyé un SMS du Mexique, d'où ils n'avaient pas bougé. Le quotidien avait repris un cours à peu près normal là-bas, si ce n'était l'absence de tout réseau téléphonique mobile. Ce qui constituait une difficulté contournable, mais finalement très handicapante pour de nombreux gestes de tous les jours. Goran leur répondit que tout allait bien de son côté, qu'il allait profiter à fond d'au moins deux semaines de vacances et qu'il leur donnait rendez-vous à la rentrée. La dizaine d'autres messages avaient été envoyés par différentes personnes à travers le monde, en Inde, en Pologne.

Il reçut une réponse de Thomas en notant qu'elle avait mis dix minutes pour lui parvenir. Le patron de MyEn confirmait ce que Goran avait deviné : c'était une vraie galère pour suivre au niveau infrastructure de serveurs et les messages transitaient de moins en moins vite, ralentis par les déferlantes de SMS échangés par plus de 1,4 milliard d'utilisateurs. Il secoua la tête en se demandant comment Thomas pouvait rendre ça possible.

Goran posa son smartpad sur la table et se servit un verre d'eau. Il parcourut des yeux les jardins du Centro et distingua trois silhouettes occupées à somnoler dans des hamacs à l'ombre. Des bruits de jungle parvenaient par instants à ses oreilles, tamisés, compressés par la chaleur et la lumière trop intenses. Il porta le verre dans l'évier de la cuisine et constata les piles d'assiettes sales. La vaisselle attendrait. Il rempocha son smartpad et traversa la fournaise qui le séparait de la maison.

La chambre était relativement fraîche. Il ôta ses vêtements humides et, en slip, s'allongea sur le lit. Il repensa à Raja, à la torture lancinante que son absence représentait. Puis à chacune des filles et enfin à l'application NoT. La chaleur rendit ensuite chaque sujet, chaque idée, trop épuisante à formuler.

Il fut tiré de sa sieste par des voix, lointaines. Il se leva et, à travers les persiennes, constata que le Centro était sorti de sa torpeur : une dizaine d'adolescents prenaient leur goûter tandis que quatre courageux venaient d'entamer une partie de ping-pong en équipe. Les bruits de la petite balle en plastique sur la table étaient une invitation parfaite pour une fin d'après-midi occupée à jouer. Goran enfilait son ultime t-shirt propre lorsqu'il entendit des notes de piano, délicatement plaquées sur les touches et très sûrement organisées, rythmées. Il pencha la tête pour apercevoir l'extrémité gauche du préau, à l'endroit habituel où l'on installait l'instrument. Il reconnut Alice de profil, concentrée sur une partition, en débardeur et short de basket.

Il descendit dans la salle de bains, but plusieurs gorgées d'eau au robinet puis se doucha. Sous les jets rafraichissants, il décida de prendre le temps, sur son ordinateur, de récupérer ces fameux emails échangés entre Garcia et Whiteback, ces deux textes où apparaissait, il en était certain, le prénom de Victoria.

Il se sécha vite fait et, torse nu, regagna la chambre où il alluma son ordinateur. Il brancha sa clé de stockage et ne mit que quelques minutes à retrouver les deux mails qu'il cherchait. Le premier, très court, avait été envoyé par Robert Whiteback à Alberto Garcia le 12 décembre 2014 : *Victoria nous a donné son feu vert.* Le deuxième, daté du 4 février 2015, était plus long, toujours rédigé par le chef de laboratoire, installé à Riga, à l'attention d'Alberto Garcia, directeur scientifique de XY-Labs : *J'ai transmis toutes tes remarques et tes préconisations à qui de droit. J'ai également fait part de tes réticences récentes à démarrer dès le 1er mars les travaux sur le projet C. Le retour ne s'est pas fait attendre et est conforme à ce que je pressentais : Victoria souhaite que l'on ne perde pas de vue notre objectif initial. Comme je te l'ai déjà dit, je me range à son avis et me charge de tout mettre en œuvre pour que l'on initie au plus tôt les premiers tests. Je suis à ta disposition pour en discuter, bien sûr. Mais je reste persuadé que nous sommes, sans aucun doute, au démarrage de quelque chose d'énorme, qu'aucun chercheur doté d'autant de moyens ne peut refuser.*

Après plusieurs relectures des deux mails, il apparut à Goran qu'il n'était plus possible de minimiser la responsabilité de Victoria Banks-Melville dans tout ce qui s'était passé. Elle était à l'origine du projet XY-Labs, c'était elle qui fixait les objectifs et recadrait les intervenants quand c'était nécessaire…

Dehors, plusieurs instruments de musique s'étaient joints au piano. Goran fit glisser l'ordinateur sous le sommier du lit. Avant de quitter la chambre, il vérifia ses messages reçus par l'application NoT : Raja et Thomas lui avaient écrit.

Raja lui disait qu'elle était contente d'avoir parlé aux filles, qu'elle était très émue et aurait du mal à meubler les heures d'ici son départ. Thomas l'informait qu'il avait préparé plusieurs dossiers très complets sur Victoria Banks-Melville et qu'il le lui enverrait sur son répertoire de stockage NoT habituel ainsi qu'à Théau. Il précisait qu'il avait pu localiser et s'infiltrer dans l'espace numérique privé de *VBM*, qu'il était tombé sur de nombreux documents cryptés datant de 2014, 2015 et 2016. Il avait passé beaucoup de temps pour décoder un fichier qui s'était avéré être les statuts d'une société-écran basée dans les îles Cayman, société mère de XY-Labs, dont tous les actionnaires, à l'exception de *VBM*, avaient été tués à Riga en 2016. Thomas concluait son message en indiquant que cette femme était probablement la dernière personne vivante qui connaissait la véritable histoire, intégrale, de Juliette et de ses sœurs. Goran hocha la tête en réalisant que la disparition de la milliardaire était donc le point final de quinze années de mystère.

Il enfila son t-shirt et décida de sortir se dégourdir les jambes.

En traversant le jardin, il lui sembla qu'il faisait moins chaud, mais que le taux d'humidité dans l'air avait encore grimpé. Dans la cuisine, il repéra une pastèque entamée. Il s'en coupa une très large tranche et s'installa à table, sous le préau, où Elizabeth et Juliette bavardaient assises l'une à côté de l'autre. Il contempla les musiciens, occupés à jouer un morceau lent, relaxant : Alice était toujours au piano, les percussions étaient assurées par Obayana, et Magnus soufflait dans un très vieux saxophone duquel il parvenait à sortir des sons minimalistes et répétitifs.

Goran s'intéressa à la discussion entre Ezzie et Juliette.

— Tu faisais des tatouages ? Tu crois que tu pourrais m'en faire un ?

— Tu es mineure, il me faudra l'autorisation de tes parents Juliette. Mais, en tout cas, je n'ai pas de matériel ici pour t'en faire un. Sauf si j'utilise un clou et un marteau.

— Ouais, bon, ça attendra. Et Théau, c'était quoi son métier, à l'origine ?

— Comptable.

La jeune fille s'esclaffa :

— La vache ! C'est shark !

— Oui, je sais. On lui a déjà dit. Mais il a fait beaucoup d'autres choses, comme initier la création de la société MyEn et de la Fondation No Trace.

— No Trace ? Ceux qui ont fait l'application NoT ?

— Oui. Le réseau NoT, c'est lui.

Juliette hocha la tête en se synchronisant avec le rythme de la musique, ses yeux passant d'Ez à Goran. Elle reprit la parole en s'affalant encore davantage sur sa chaise :

— Donc, pour faire court, il est une sorte de visionnaire génial, mais avec le côté chiant d'un comptable ?

— Ha oui, si tu veux. C'est pas mal résumé…

Goran se retint de demander à Juliette de se redresser, en même temps qu'il décida de ne pas s'en faire pour elle, même si elle était à deux doigts de glisser de sa chaise et de tomber. Il repéra Théau au fond du jardin. Il portait un léger sac à dos, il était trempé de sueur, ses mollets étaient couverts d'une boue verdâtre, jusqu'au genou sur une jambe, et sa démarche était celle de quelqu'un qui revenait d'une trop longue randonnée. Inattentif à la discussion des deux femmes devant lui, il ressentit de la tristesse pour Théau en le suivant des yeux jusqu'à ce qu'il atteigne la maison. L'homme à la moto, celui qui l'avait sauvé à Londres, l'homme qui l'avait mis sur des rails pour sa réorientation professionnelle, ce type hyper dynamique, hyper sportif et vif, et bien cet homme avait pris *un coup de vieux*. Il chassa cette idée et cette formulation de sa tête en la secouant. Il faisait chaud, c'était à cause de ça. La chaleur et la moiteur ralentissaient tout le monde. Et cette blessure au bras devait le fatiguer, lui pomper beaucoup d'énergie. Il se retaperait et il serait bientôt dans une forme éblouissante…

Il se concentra à nouveau sur les paroles entre Elizabeth et Juliette. Apparemment, le sujet avait déjà changé :

— Les consciences dans le Psycosme, ça veut dire que notre esprit est immortel ?

— Non Juliette. Personne n'est immortel. Même là-bas, il y a une fin, ça finit par s'arrêter.

— Tant mieux. Donc, en fait, pour ne jamais mourir, il faudrait pouvoir changer de corps. Dès qu'il commence à se dégrader, hop !, on part s'installer chez quelqu'un d'autre. Tu vois le délire ?

Goran, les discussions sur le Psycosme, il avait toujours décidé de ne pas les suivre. Sans qu'il parvienne à se l'expliquer d'ailleurs. Mais, pour lui, il s'agissait d'une sorte de jardin secret qu'il réservait à Raja et Ez, un espace privé dans lequel il ne souhaitait pas entrer et auquel il ne voulait pas croire. Parce qu'après la mort, il n'y avait rien.

Un groupe de six garçons se dirigeait vers le fond du jardin avec un ballon de foot. Goran se leva avec une idée très précise de ce qu'il avait envie de faire à présent : transpirer tout ce qu'il pouvait en courant après un ballon. *Jouer*. En attendant que Raja arrive et le délivre de cet épisode étrange, de cet intervalle figé dans la frise du temps.

Trois heures plus tard et après avoir joué au foot dehors puis participé à un match de basket dans le gymnase, Goran sortit de la cabine de douche pour la troisième fois de la journée.

Il quitta la maison et une rapide lecture du ciel lui apporta la confirmation d'un gigantesque rassemblement de nuages dont il avait décelé les prémices en rejoignant la salle de bains. Le soleil avait disparu, mais pas la chaleur. Il balaya l'espace devant lui et nota que plusieurs garçons, avec Mona et Lisa, avaient commencé à ramasser les jeux, les coussins des hamacs, les vêtements et serviettes qui pendaient un peu partout aux arbres. Il n'allait pas tarder à pleuvoir.

En arrivant dans la cuisine, il tomba à nouveau sur Juliette et Ez, occupées à finaliser le dîner. Il demanda s'il pouvait aider et Elizabeth lui indiqua qu'il pouvait sortir trois *cervezas* du frigo et quelques trucs à grignoter, pour un apéritif rapide. Juliette ne laissa pas passer l'occasion de se faire remarquer et de tester les deux adultes présents :

— Je peux boire une bière avec vous ?

Elizabeth n'attendit pas la réponse de Goran :

— Tu aimes ça ? Tu en as déjà bu ?

— Ouais, avec mon copain, Tom. J'adore ça.

Elizabeth envoya un regard à Goran, qui voulait dire : « à toi de gérer, moi, ce n'est pas mon boulot, je ne suis *que* la grand-mère ». Juliette adressa un grand sourire au père adoptif de Mona et Lisa, tout en réussissant la prouesse de ne lever qu'un sourcil. Goran capitula :

— Si tu veux Juliette. Mais ça ne m'étonne pas que tu aimes ça.

— Pourquoi ?

Il ouvrit le frigidaire et en sortit quatre bières, tout en vérifiant discrètement leur teneur en alcool. Autour de 5°. Bien. Il les posa sur la table et se mit à la recherche d'un décapsuleur, l'esprit parti très loin dans le temps, sur un ferry Calais-Douvres.

— Ta mère apprécie beaucoup la bière. La première fois que j'en ai bue une avec elle, c'était sur un bateau pour l'Angleterre. Elle te nourrissait au sein et ça m'avait étonné qu'elle en boive.

— Ha d'accord. Là, je comprends mieux pourquoi j'adore ça !

Goran trouva ce qu'il cherchait dans un tiroir et décapsula les bières.

— Ez ? Esteban et Ophilio sont partis ?

— Oui. Ils passent le week-end en famille.

Théau apparut sur le perron de la cuisine. Il s'était reposé, douché et habillé avec une chemise en lin et un bermuda qui lui donnait un air de gentleman anglais. Il prit une bouteille de bière sur la table et la porta directement à sa bouche. Il en avala deux petites gorgées avant de remarquer que Juliette, les fesses posées sur le bord d'un meuble, en tenait une dans la main.

— Tu bois de la bière ?

— Oui. Mais Ezzie et Goran sont d'accord ! J'adore ça.

— Tu dois tenir ça de ta mère, qui tient ça de la sienne. Ez est née dans un pays où la bière est sacrée, elle est tombée dedans quand elle était petite.

— Ha bon ? T'es née où Ezzie ?

— En Grande-Bretagne, au Pays de Galles.

Juliette hocha la tête en distribuant quelques sourires vers chacun des trois adultes. Puis elle termina sa bouteille et en prit une autre dans le frigidaire tandis que Théau levait les yeux au ciel, que Goran observait ses pieds avec une attention très marquée, et qu'Elizabeth secouait la tête en souriant. Ça promettait.

Les premières gouttes de pluie parvinrent au Centro en fin de dîner, précédées de quelques roulements de tonnerre lointains et d'une diminution progressive de la luminosité. Il ne fallut que quelques minutes pour que le préau soit rangé. Elizabeth proposa que les garçons et les filles se retrouvent dans le gymnase pour regarder un film. Le projet fut unanimement voté à main levée et tous coururent jusqu'au bâtiment en criant et en tentant vainement d'échapper aux gouttes d'une pluie transformée en déluge.

Goran s'activa pour aider à positionner la dizaine de tapis de gymnastique au sol tandis que Théau installait le projecteur puis réglait la netteté sur le mur blanc du fond de la salle. Les filles et Ez fouillèrent dans deux cartons renfermant des vieux DVD dans l'espoir de trouver un film qui plaise à tout le monde. Les quatre adolescentes étaient pour une fois toutes d'accord : il n'y avait *que des navets du siècle dernier*, des *trucs chiants et mal faits*, des *histoires qui durent des plombes*, bref, c'était *trop shark*. Elizabeth s'arrêta sur une pochette de DVD au fond d'une pile, le titre lui disait quelque chose. Elle tapa du doigt sur l'épaule de Juliette et lui montra ce qu'elle avait déniché :

— Tu m'as pas parlé de ce film ?

L'expression de Juliette passa de boudeuse à surprise puis extrêmement contente. Voir hystérique. Elle saisit le DVD puis fit des bonds dans le gymnase en criant :

— Princesse Mononoké ! Princesse Mononoké !

Elle marcha sur un lacet d'une de ses rangers rouges et faillit se casser la figure, ce qui déclencha une hilarité générale qu'elle prolongea en continuant de trébucher, de s'emmêler les jambes en titubant puis de s'écrouler de manière assez spectaculaire sur un coin de tapis rembourré, entre Abdel et Mokhtar qui eurent tout juste le temps de s'écarter. Elle mima plusieurs soubresauts et poussa un long râle qui devait certainement être interprété comme une sorte de dernier souffle. Elle demeura ensuite à peu près immobile, allongée dans une position très alambiquée, un avant-bras dressé en l'air, le DVD dans la main. Les rires avaient à peine diminué lorsqu'Elizabeth approcha de Juliette pour récupérer l'objet du délire. Elle s'accroupit près d'elle et saisit le film en lui caressant la joue :

— On va le regarder, ce film, dak ?

Juliette lui sourit puis fit mine de ne pas comprendre ou d'être perdue, en écarquillant les yeux. Elle mima ensuite une grande douleur, se redressa, lâcha un profond soupir puis s'écroula à nouveau.

Il y eut des applaudissements et Juliette se releva d'un coup pour saluer le public, en se pliant en deux vers l'avant, en faisant des courbettes hilarantes. Elle finit par rejoindre Ashitaka, Max et Lisa, visiblement très contente de son numéro.

Elizabeth marcha jusqu'à Théau et Goran, assis sur des chaises à côté du projecteur et du lecteur de DVD. Elle tendit le film à Goran en ajoutant à voix basse :

— Il faut qu'elle y aille mollo avec la bière.

— Tu en parleras à sa mère…

Le long-métrage démarra et plongea toute l'assistance dans un autre monde, totalement inventé, fantastique.

Goran ne connaissait pas, n'avait même jamais été fan de dessins animés ou de film d'animation. Il trouva l'histoire, la musique et la réalisation vraiment bien, très réussies, les images étaient bluffantes de beauté. Les personnages étaient à la fois *gentils* et *méchants*, ils reflétaient cette touche japonaise où le manichéisme et la caricature n'avaient pas leur place. Il avait aimé ce souffle épique, cette dimension poétique.

À la fin du film, Théau indiqua qu'il pensait que la pluie risquait de continuer tout le dimanche et qu'il n'était pas nécessaire de ranger le gymnase. Les garçons profitèrent d'une accalmie pour regagner leurs dortoirs, accompagnés par Ez.

Au rez-de-chaussée de la maison, Goran occupa la salle de bains pendant quelques minutes, le temps de se laver les dents. Il embrassa ensuite les quatre filles déjà prêtes à dormir et monta se coucher.

Il s'endormit, fenêtre entrouverte sur un concert hypnotique de plusieurs rideaux d'eau, des plages de sons en rigoles, en cataractes et plic-ploc, en salves répétées, dissonantes ou, par instants, musicalement parfaites.

Dimanche 18 août 2030

THOMAS

Combien d'heures avait-il dormi depuis le 14 août ?

Il n'en avait aucune idée... En fait, il bossait jusqu'à ce que ses paupières n'en puissent plus de rester levées. Il rejoignait alors son lit pour un sommeil de quatre heures, borné par la sonnerie stridente du chronomètre de son smartpad.

Cette organisation temporelle déphasée du rythme des jours et des nuits lui avait permis de supporter une charge de travail colossale, parfaitement adaptée à la situation de panique généralisée qui avait saisi le monde au cours de ces derniers jours. La pression était à présent un peu retombée, même s'il restait beaucoup à faire... Il s'autoriserait une vraie nuit ce soir, en se couchant en même temps que Marion.

Marion et ses parents étaient arrivés à la ferme deux jours plus tôt, vendredi midi, suivis par la voiture de sa sœur et de son mari, accompagnés de leurs deux enfants. Leur voyage avait duré plus de seize heures, ils étaient exténués. Ils étaient partis la veille au soir, alors que le courant venait à peine d'être rétabli. La journée du 15 août avait été cauchemardesque : plus d'eau et plus d'électricité, plus aucun moyen de communication et partout des rumeurs de panique, des gens qui se ruent pour acheter de l'eau minérale, pour des courses qui se transforment en pillages spontanés, ciblés, puis totalement hors de contrôle. Et très vite, de tous côtés, des sirènes de police, de pompiers, du

SAMU, des odeurs de feu dans l'air.

Marion avait réussi à persuader ses parents de rejoindre la ferme où il y avait tout ce qu'il fallait pour vivre en sécurité et en autarcie. En fin de journée, ils avaient fermé la maison et roulé dans une circulation assez fluide jusqu'au village où habitait sa sœur. Avec l'aide des parents, elle l'avait convaincue, ainsi que son mari, de partir avec eux. L'électricité était revenue, mais les robinets d'eau tournaient toujours à vide. Et la tension, partout, était à son comble.

La caravane des deux voitures avait démarré vers 20 heures. Ça avait bien roulé jusqu'à ce qu'ils quittent le réseau de routes secondaires : ils avaient alors découvert un spectacle d'exode, de migration forcée, résignée. Figée. Ils avaient fait demi-tour et trouvé une départementale moins engorgée. Marion s'était mise au volant et son père avait fait un copilote parfait, avec son atlas routier ouvert sur ses cuisses. Ce foutu atlas écorné, dont certaines pages étaient arrachées, et qui lui avait toujours valu des moqueries au temps du GPS roi. Cet atlas qui les avait sauvés, en les guidant sur des itinéraires que plus aucun panneau ne balisait.

À la nuit tombante, en enjambant une autoroute bondée, ils avaient distingué à perte de vue des voitures arrêtées. Les milliers de silhouettes ressemblaient, de loin, à celles de réfugiés hagards, manquant de tout et s'apprêtant à passer la nuit dehors, dans une sorte de serpent-bidonville improvisé, fait de tôles et de serviettes de plage. Marion avait ralenti sur le pont, le temps d'apercevoir au loin un hélicoptère en train de déposer une palette de packs de bouteilles d'eau. Elle avait finalement accéléré en voyant les gens se battre et se ruer sur le chargement alors qu'il était encore à un mètre du sol.

Vers 2 heures du matin, ils avaient miraculeusement pu faire le plein d'essence dans une station-service réquisitionnée par la gendarmerie. Un gendarme avait établi une reconnaissance de dette au nom de Marion, après avoir noté ses coordonnées complètes dans un cahier à spirales. En apposant sa signature, Marion s'était engagée à effectuer un virement bancaire dans un délai d'un mois. Avant de repartir, les militaires leur avaient donné à chacun une bouteille d'eau.

Ils étaient arrivés une heure avant que Thomas ne se couche. Il les avait accueillis, à la fois étonné et rassuré par le débarquement soudain de sa femme et de sa belle-famille. Ils s'étaient installés à l'étage du bâtiment principal et Thomas les avait aidés à décharger leurs voitures. Marion lui avait trouvé un air fatigué et il lui avait expliqué qu'il avait adopté des horaires de crise, décalés par rapport aux journées normales. Il l'avait serrée dans ses bras en se rendant compte qu'il ne s'était pas inquiété pour elle, alors qu'elle s'était trouvée dans une zone très densément peuplée au moment de Solar Max. Il avait à cet instant vécu une angoisse rétrospective étouffante, vite effacée par le soulagement intense de la voir devant lui, contre lui. Il lui avait ensuite souhaité *bonne nuit* et était monté se coucher. À 13 heures passées de 7 minutes.

Lorsqu'il s'était réveillé pour une énième journée de travail consécutive, il était 17 heures et les invités de la ferme étaient en pleine sieste, occupés à rattraper leur nuit blanche et les trop longues heures coincés dans leurs voitures, à ne pas savoir s'ils atteindraient leur but. Marion ne l'avait pas rejoint dans le lit, dans leur chambre de la tour d'angle. Il l'avait retrouvée, endormie dans le canapé du salon. Il s'était approché d'elle et l'avait l'embrassée, pour la réveiller. Il lui avait fait un résumé de l'application NoT qu'il avait programmée, en lui expliquant qu'elle pouvait la télécharger, que ça fonctionnait très bien.

La montée en puissance du trafic était fulgurante, le nombre de messages envoyés via NoT doublait tous les quarts d'heure et il fallait qu'il boucle des accords de partage de réseaux et de serveurs avec les principaux fournisseurs d'accès de la planète. Un boulot de titan. Sans compter les appels au secours incessants qu'il recevait des distributeurs publics ou parapublics d'électricité qui demandaient à toutes les sociétés telles que MyEn de s'associer à leurs efforts pour rétablir définitivement le courant.

Marion lui avait décoché son plus beau sourire en lui disant qu'il devait faire ce qu'il avait à faire, en adoptant son propre rythme, et qu'elle serait heureuse de profiter de quelques minutes avec lui, chaque fois qu'ils se croiseraient. Elle lui parla ensuite de leur voyage en voiture et de l'épisode de l'autoroute. Elle avait eu très peur. Peur de ne jamais arriver à la ferme, peur que cette scène de fin du monde ne les rattrape et les engloutisse. Ils s'étaient serrés l'un contre l'autre et donné rendez-vous pour le dîner, à 21 heures.

Il avait regagné son bureau et passé trois heures à peaufiner l'infrastructure NoT. Après une énième session de rafistolage et la distribution d'une nouvelle version, Thomas considéra l'application comme étant 100 % fonctionnelle dans la majorité des pays du monde. À l'exception notable de l'Amérique du Nord, toujours privée d'électricité sur les deux tiers de son territoire.

Avant de passer à un autre sujet, il avait envoyé un message à Théau, Goran, Gabriel et Raja pour les prévenir que l'émission de textes courts était désormais possible via NoT. Il avait fait de même avec ses proches collaborateurs au sein de MyEn, en incluant un point complet concernant la situation électrique sur la planète.

Thomas avait fait une pause, le temps de se doucher et de s'habiller de manière correcte. Il avait rejoint le salon, attiré par le son de la télévision. Marion, ses parents et la famille de sa sœur étaient rassemblés, muets et figés face à l'écran géant, à l'écoute des nouvelles du monde de l'après-Solar Max.

Il s'était forcé à regagner son bureau pour contacter les directeurs de plusieurs sociétés de télécommunication mobile qu'il connaissait et qui avaient déjà installé l'application NoT sur leurs appareils. Son objectif était de les convaincre de participer à la mise en place, au sein de leurs propres infrastructures techniques, de tout ce qu'il fallait pour que les communications par la voix via NoT puissent être rendues possibles. Ils avaient tous accepté de mettre la puissance de leurs équipements à disposition de NoT… Au détour d'une conversation avec un de ses interlocuteurs, Thomas avait compris quatre choses : qu'il était *impensable* que les réseaux de téléphonie mobile puissent redémarrer avant *trois ou quatre* mois, que les géants du Net étaient *morts*, que les objets connectés étaient *bons à jeter*, en tout cas avec leurs systèmes d'exploitation actuels, et que NoT représentait pour l'instant *le seul outil de communication à distance entre humains.*

Avant le dîner, il avait vérifié ses messages NoT. Théau l'avait informé d'une nouvelle incroyable : les jumelles avaient repéré leur sœur aînée, Juliette, à Miami, il était parti là-bas avec Elizabeth pour les ramener mercredi dernier. Ils y avaient trouvé une *troisième jumelle*, Alice. La mère adoptive d'Alice et de Juliette se nommait Victoria Banks-Melville, Théau souhaitait que Thomas collecte tout ce qu'il pouvait concernant cette femme, en prévision de ce qu'il appelait *la suite.*

Thomas avait programmé la requête *victoria_ banks_melville* dans l'outil de recherche NoT, afin d'être certain d'avoir les résultats, même parcellaires, pour le lendemain matin. Tout en décidant de ne rien dire à Marion concernant ce sujet et d'isoler cette information Juliette/Alice dans un recoin éloigné de son cerveau, à distance de la zone de gestion de ses émotions : tout était déjà suffisamment compliqué comme cela.

À 22 heures, il était descendu dîner et avait retrouvé à nouveau tout le monde dans le salon, devant la télévision, en train de manger des pâtes au beurre. Il ne manquait que son neveu et sa nièce, occupés à regarder un film pour enfants qui les tiendrait éloignés du torrent d'infos catastrophiques qui provenaient pour l'essentiel des USA.

En ce vendredi soir du 16 août 2030, soit quarante-huit heures après Solar Max, la situation là-bas semblait à peu près contrôlée. Il restait les décomptes, les inventaires macabres, quelques foyers d'incendie, les constats accablants sur l'impréparation, sur le manque d'anticipation et l'aveuglement, sur les conséquences effarantes et pourtant prévisibles liées à la présence sur le territoire américain d'un stock d'armes à feu estimées à plus de quatre cents millions d'unités. Là où, dans la majorité des autres pays de l'hémisphère nord, le plus touché par la tempête solaire, les pannes avaient été grosso modo gérées collectivement, de manière solidaire, les Américains avaient réagi à la panique en sortant leurs flingues. L'Europe avait envoyé des renforts militaires en masse, ainsi que des unités de soins, de recherches ou d'identification des victimes. D'autres situations critiques avaient été observées dans les pays impactés par Solar Max, mais les pannes moins longues associées à la présence rapide des forces de l'ordre, de l'armée et des secours sur place, avaient permis de limiter partout les dégâts, débordements, émeutes et échauffourées. En France, le bilan était évalué entre 4 et 5 000 morts, pour l'essentiel des accidents de la circulation, des arrêts cardiaques, des victimes de bousculades, etc.

Un journaliste spécialiste en technologies était intervenu en rappelant que les objets connectés devaient demeurer éteints et que les détenteurs d'appareils mobiles devaient désactiver l'intégralité de leurs fonctionnalités hors téléphonie ainsi que toutes leurs applications. Ceci afin de désengorger les réseaux de télécoms des tempêtes de requêtes inabouties qui contribuaient à l'effondrement systématique des infrastructures. Un redémarrage des réseaux mobiles ne pourrait s'effectuer que progressivement, avec l'aide de tous. Le journaliste avait ensuite passé quelques minutes à présenter l'application NoT, dont il recommandait l'utilisation, en répétant qu'elle ne serait fonctionnelle que sur des appareils raccordés directement ou via wifi aux réseaux filaires. Il conclut son intervention en précisant que les communications par la voix seraient vraisemblablement rendues bientôt possibles grâce à cette application. Il n'en fallut pas plus pour que Thomas se hâte de terminer son assiette de pâtes.

De retour à son bureau, il s'était concentré pendant six heures d'affilée sur ses contacts avec plusieurs dizaines de directions techniques de gros providers internet et de gestionnaires de réseaux téléphoniques afin que, partout dans le monde, l'infrastructure NoT soit relayée par les puissances de calcul et de mises en relation assurées par des centaines de milliers de nouveaux serveurs.

Avant de rejoindre Marion dans son lit, un peu avant 5 heures du matin, il avait vérifié le comptage du nombre d'applications NoT téléchargées. La barre des 500 millions venait d'être dépassée, soit un humain sur seize, et Thomas se fit la remarque que ce chiffre allait plus que doubler au cours des prochaines vingt-quatre heures.

Il s'était réveillé le samedi matin en même temps que Marion, vers 9 heures. Ils en profitèrent pour faire l'amour, très lentement et avec d'infinies précautions, comme pour une première fois. Thomas avait joui trop rapidement et s'était excusé en prenant un air gêné qui avait fait rire Marion. En allant se doucher, elle lui avait demandé à quelle heure il serait de retour dans le lit. Il avait répondu sans réfléchir, totalement synchronisé avec son nouveau rythme : sa prochaine nuit débuterait vers 22 heures.

Ce samedi matin, il avait petit-déjeuné vite fait dans la cuisine vide avant de rejoindre son bureau, en pyjama.

Il avait commencé par les résultats des recherches concernant la mère adoptive de Juliette, histoire de se débarrasser du sujet. Au bout d'une demi-heure, il avait lu suffisamment d'informations pour se faire une idée précise du rôle qu'elle avait tenu au sein de la société XY-Labs : c'était elle qui avait piloté cette structure et il ne faisait aucun doute qu'elle était à l'origine des évènements de 2015 et 2016. Il avait consacré trente minutes de plus à un dossier crypté remonté miraculeusement d'une archive digitale privée de la présidente de VBM Technologies. La lecture du fichier décrypté des statuts d'origine de la maison-mère de la société basée à Riga lui avait apporté la confirmation de ses conclusions concernant Victoria Banks-Melville. Il avait envoyé le tout à Goran et à Théau, en se disant qu'il continuerait à fouiller dans ces fichiers plus tard.

La matinée avait ensuite été consacrée au peaufinage d'une quatrième version de l'appli NoT, ainsi qu'à la poursuite de la mise en place d'accords techniques avec les sociétés de télécom, partout dans le monde. Y compris aux États-Unis où les veines des réseaux électriques reprenaient peu à peu leur fonctionnement normal, transportant à nouveau le flux d'énergie vitale qui sous-tendait toute activité au XXIe siècle.

En rejoignant le rez-de-chaussée vers 15 heures, Thomas avait retrouvé une maison déserte. Il découvrit dans la cuisine une assiette de tomates mozzarella, garnie d'olives noires et de filets d'anchois, ainsi que de quelques feuilles de basilic frais. Un des plats qu'il préférait. Il ajouta un peu de sel et arrosa copieusement d'huile d'olive. Il posa l'assiette sur un plateau, avec du beurre et une demi-baguette, puis rejoignit le salon pour allumer le téléviseur et faire un point sur les dernières news de la planète.

La chaîne d'information en était à l'énoncé de la liste des personnalités célèbres disparues, victimes collatérales de Solar Max. Il avait suivi d'une oreille distraite, légèrement agacé de ne pas connaître ces *people* du monde du spectacle, pour la plupart décédés dans des conditions grotesques. Il était en revanche redevenu parfaitement attentif lorsque la présentatrice avait fait un zoom sur les pertes humaines recensées au sein des conseils d'administration de plusieurs multinationales. Deux grands patrons étaient portés disparus, ainsi que plusieurs dirigeants de sociétés installées dans la région de San Francisco.

Thomas n'avait pas cillé à l'annonce de la mort de la fondatrice et présidente de VBM Technologies. Tout juste s'était-il fait la réflexion que cela faisait un sujet de moins dans la liste interminable des trop nombreux chantiers qu'il avait à gérer.

À 15 h 30, un nouveau journal complet avait commencé, avec un flash de dernière minute qui lui avait fait lâcher ses couverts : un accident critique était en cours dans une centrale nucléaire située dans la région des Grands Lacs, au nord des USA. Les autorités craignaient que le cœur du réacteur ne soit entré en fusion, faute de refroidissement depuis le mercredi après-midi. Les informations en provenance du site étaient parcellaires et contradictoires, et aucune image n'était disponible. Le ton du présentateur était pessimiste, une zone de plus de cinquante kilomètres carrés autour de la centrale était en cours d'évacuation. Un spécialiste intervint en rappelant que l'Amérique du Nord comptait une centaine de réacteurs nucléaires, tous construits avant l'an 2000, et que leur gestion par les exploitants avait régulièrement été pointée du doigt par les autorités de contrôle ou les organisations écologistes. En vain. Le dernier accident en date dans le monde remontait à la catastrophe de Fukushima, en 2011, et il était à craindre que le scénario en cours soit parfaitement identique à celui observé au Japon.

Thomas avait arrêté la télévision et, en colère, s'était retenu de lancer la télécommande sur l'écran face à lui. La connerie des hommes en matière de nucléaire lui avait toujours paru insondable. Incompréhensible, illogique et aberrante, économiquement injustifiée et éminemment dangereuse, polluante et coûteuse. Grotesque et mensongère dès lors qu'il s'agissait du traitement des déchets. L'ultime créature monstrueuse issue de ce que le XXe siècle avait engendré de pire. Chaque centrale nucléaire était une bombe à retardement, chaque réacteur avait englouti davantage de moyens financiers que des installations « vertes » équivalentes.

Thomas s'était forcé à interrompre la liste interminable de ce que l'humanité avait à reprocher à cette technologie d'apocalypse : le monde de 2030 avait compris que le stockage d'énergie au niveau domestique, local, rendait obsolètes les installations basées sur la fission nucléaire. Il restait à espérer que cet accident atomique serait le soubresaut final d'une horreur technologique non maitrisable.

Il avait épluché une pomme et était sorti en concentrant à nouveau son attention sur l'application NoT. En faisant le tour du bois derrière la ferme, il avait vérifié sur son smartpad le comptage du nombre d'installations de son appli. Le chiffre venait de dépasser le milliard. Et le temps moyen de réception d'un SMS via NoT était passé d'un peu plus d'une minute à plus de cinq minutes. Ce qui signifiait que ça chauffait et qu'il fallait vite qu'il retourne dans son bureau pour optimiser, architecturer, renforcer, etc. Et que l'on était encore très loin de pouvoir utiliser l'application NoT pour des appels vocaux…

Le reste de l'après-midi du samedi avait été dédié aux travaux d'extension du maillage physique des infrastructures, à l'ajout de capacités supplémentaires. Notamment grâce au ralliement de deux nouveaux opérateurs majeurs en Europe, qui souhaitaient participer à la consolidation du réseau NoT afin d'en faire profiter leurs abonnés.

Un peu avant 19 heures, il avait consacré quelques minutes à la fixation d'un tunnel d'appel vocal entre le wifi du Centro, à Cuba, et le wifi de l'appartement de la rue Cler, à Paris. Il avait testé la ligne, constaté qu'elle fonctionnait parfaitement bien et confirmé à Raja qu'elle pouvait appeler Goran.

Thomas avait refait un point vers 20 heures sur les recherches concernant Victoria Banks-Melville. Il ne s'était pas attardé à étudier tel ou tel nouveau document : il avait envoyé le tout à Goran et Théau. Il s'était réattelé ensuite à la correction de quelques bugs mineurs dans l'application.

Il s'était couché avec le soleil, à 22 heures, sans s'endormir tout de suite. Il avait laissé à son esprit le temps de se désencombrer de ses fragments de réflexions, de ses lambeaux de raisonnements quasi organiques qui flottaient à la surface du magma de ses pensées. Et qui, par instants, composaient des chimères improbables, des monstres splendides.

Le Memo2 le réveilla en pleine nuit, à 4 h 22. Il se rendit compte que Marion dormait sur le côté, tournée vers lui. Il écouta le va-et-vient de sa respiration puis lui caressa une cuisse. Des tableaux d'ordonnancement de taches, des schémas complexes, colorés, s'affichèrent progressivement en lui. Il quitta le lit en faisant le moins de bruit possible. Il enfila un peignoir et descendit sur la pointe des pieds l'escalier, guidé par la lueur de pleine lune qui s'infiltrait par les lucarnes de la tour d'angle.

Il prit un petit déjeuner complet sur la terrasse. L'air était frais, sentait bon, une fine rosée recouvrait déjà tout et, dans le ciel, le champ était encore d'étoiles. Quelques gazouillis d'oiseaux s'inséraient dans l'espace sonore. Thomas repensa à ce qu'un de ses interlocuteurs lui avait dit la veille, que les géants du net étaient *morts*. Il se promit de faire le point en fin de matinée sur la situation de Google, Baïdex et FaceApp. Tout en jugeant plausible que les services innombrables de ces multinationales, trop diversifiées et monolithiques, ne puissent jamais redémarrer tant les dégâts devaient être considérables aux niveaux matériel, logiciel, réseau et humain.

Il s'installa face à ses six écrans restés allumés.

L'écran du bas à gauche affichait la console d'administration de NoT et Thomas fixa longtemps le chiffre du décompte du nombre d'applications actives : 2,3 milliards. Au cours des cinq dernières heures, un milliard d'utilisateurs supplémentaires avaient installé NoT sur leurs appareils. Et plus de 45 milliards de SMS NoT avaient été envoyés depuis la veille au soir.

Depuis qu'il s'était couché, la quasi-totalité des opérateurs de téléphonie avait décidé de supporter eux-mêmes la part de trafic NoT générée par leurs abonnés, en mettant leurs *hubs* et data centers à contribution. Ce qui avait délesté d'autant les serveurs surchauffés que Thomas contrôlait. Les SMS via NoT circulaient à présent en quelques secondes, y compris sur tout le territoire des USA. Véhiculer des appels vocaux grâce à NoT ne devrait plus poser de problème, il n'y avait plus qu'à faire évoluer l'appli dans ce sens.

Thomas ouvrit sur les deux moniteurs centraux ses fenêtres de codage de l'application NoT, version 5. Il ne lui fallut que quelques minutes pour reconfigurer l'écran d'accueil afin qu'il se découpe en trois parties : *Réception*, *Émission* et *Appels*. Il copia ensuite le logiciel de téléphonie qu'il avait développé pour le réseau NoT d'origine et le colla à l'intérieur du code de l'appli NoT, dans le réceptacle binaire qu'il venait de créer. Il se déconnecta alors du monde réel pour se plonger dans les lignes de caractères alphanumériques et adapter, trancher et ligaturer, souder, réécrire, en visualisant en direct sur les deux moniteurs de droite ce à quoi ressemblait l'application en cours de développement.

Il entendit les marches de l'escalier craquer alors que, sur les deux écrans de gauche, le programme simulait un appel entre deux utilisateurs NoT virtuels situés à Paris et à Rio. Marion s'installa dans le fauteuil à côté du sien et attendit que Thomas ait terminé le test en cours. Une conversation étrange, dans une langue inconnue, aléatoire et chantante, fut échangée entre les deux émulateurs, ponctuée par un signal sonore de fin d'appel. Thomas tourna la tête vers Marion, un sourire léger sur les lèvres.

— Ça marche ?

— Oui Marion. Ça fonctionne très bien.

— Tu vas encore travailler comme ça longtemps ?

— Oui. Mais je pense que c'est ma dernière grosse journée. Je vais pouvoir déléguer à peu près tout à partir de demain et l'appli est pratiquement finalisée. Dès ce soir, je reprends un rythme normal. Et vous, vous faites quoi ?

— Mes parents repartent aujourd'hui, en fin d'après-midi. Les autres hésitent encore. Tu essaies de déjeuner avec nous, vers 13 heures ?

Thomas consulta l'heure affichée sur un des terminaux : il était déjà 10 heures. Il commençait à avoir faim.

— Oui, bien sûr. Je descends d'ici dix minutes pour manger un petit truc, histoire de tenir le coup.

Marion se leva de sa chaise avec sa figure habituelle, à la fois résignée et heureuse, et l'escalier se remit à craquer sous ses pas.

Thomas lança la procédure de création du fichier d'installation de la nouvelle mouture de l'appli NoT. Pendant que ça tournait, il configura et renseigna tout ce qu'il fallait pour que la version 5 soit disponible sur toutes les plateformes de téléchargement. Il valida le tout cinq minutes plus tard et descendit à la cuisine. Il se prépara un sandwich avec du pain frais qu'il mangea debout, hermétique aux discussions entre Marion, sa sœur et ses parents.

Il fit un arrêt de quelques minutes dans la salle de bains pour se doucher puis enfiler un jeans et un t-shirt. De retour dans son bureau, il vérifia le rythme de diffusion de la nouvelle version de NoT. Il se plongea ensuite dans sa console de débug, qui rassemblait en direct les erreurs et dysfonctionnements rencontrés par les utilisateurs de l'appli. Il se consacra dès lors à peaufiner au fil de l'eau son code, satisfait qu'aucun plantage majeur ne soit remonté par l'outil.

Lorsque Marion l'appela du bas de l'escalier en colimaçon, la version 5.2 de l'appli était en cours d'envoi vers les sites de téléchargement des 782 providers et opérateurs de réseaux mobiles dans le monde qui, à présent, comptaient sur cet utilitaire miraculeux pour que leurs clients puissent téléphoner avec leurs smartpads et smartphones.

Le déjeuner eut lieu dehors, sur la terrasse, à l'ombre de la pergola chargée de vigne. Thomas écouta les conversations distraitement. L'ambiance était détendue et il eut l'impression pendant trente minutes de participer au repas habituel de milieu de journée au mois d'août. Il était remonté après s'être excusé de ne pas pouvoir passer davantage de temps avec Marion et ses invités. Son beau-frère l'avait félicité pour NoT et toute la famille de Marion en avait profité pour lui montrer leurs smartpads, qui affichaient déjà le nouvel accueil de l'application, avec son option d'appel.

Il consacra une heure de plus à NoT et, satisfait, décida de se pencher sur l'état des sites internet les plus couramment utilisés *avant* Solar Max. Histoire de se faire sa propre idée de leur situation, décrite comme catastrophique par ses différents interlocuteurs.

Il parcourut des communiqués de presse officiels qui, tous, se voulaient rassurants. Aucun ne mentionnait une panne majeure ou de quelconques difficultés handicapantes au-delà de deux ou trois jours. Il n'en restait pas moins que 90 % des cent sites internet les plus visités au monde ne montraient plus que des pages d'erreur. Il passa une heure à consulter des échanges de mails entre techniciens, à prendre la mesure de l'état des data-centers, à examiner des rapports d'incidents. En milieu d'après-midi, il en avait assez vu pour se faire une idée précise de la situation : Solar Max avait terrassé les géants du net.

Le quart des serveurs administrés par ces sociétés étaient inutilisables : disques durs effacés par les surcharges électriques ou composants fondus à la suite des surchauffes. Pour le reste, les directions informatiques ne parvenaient plus à reprendre le contrôle de leurs bataillons de machines survivantes, qui continuaient de saturer les unes après les autres, bombardées par des salves monstrueuses d'instructions spontanées émises au démarrage par des milliards d'appareils désorientés. Les objets connectés s'étaient changés en sangsues, collées sur une architecture technique exsangue. Dont ils sapaient inlassablement les redémarrages en les saturant de déferlantes de requêtes de géolocalisation inabouties, de demandes de mises à jour logicielles, d'activations intempestives et incessantes de dizaines de milliards d'applications, de millions d'instructions de connexion et d'authentification toutes les secondes, systématiquement en échec. Toutes ces requêtes, ces bombardements de codes paniqués refaisaient s'écrouler les restes d'un château de cartes : sitôt réinitialisés, réinstallés, rebootés, les serveurs replantaient, étouffés en moins d'une seconde sous les déluges de giga-octets. Dans cette guerre perdue d'avance, des milliers de processeurs grillaient à leur tour à chaque nouvel assaut, à chaque nouvelle tentative de *reboot*, entamant à chaque fois un peu plus des infrastructures moribondes.

Thomas évalua qu'il faudrait plusieurs mois, voire une année, pour que les géants du net réaffichent autre chose qu'une page blanche. Et encore, ils n'offriraient alors que des services diminués. Car ces sociétés étaient confrontées à des trous béants, irréparables, dans leurs programmes et logiciels tentaculaires, associés à des défaillances humaines qui, jour après jour, se faisaient un peu plus dramatiques. Ces deux derniers facteurs, nécessairement liés, étaient pour Thomas, et de loin, les deux principales raisons qui lui faisaient craindre le pire pour la réactivation des services de ces multinationales massivement présentes sur internet et sur le marché des systèmes d'exploitation pour smartpads, smartphones, ordinateurs, voitures, objets connectés, etc.

En ce qui concernait les infrastructures de téléphonie mobile, les antennes-relais avaient bien résisté à la colère du soleil. Les dégâts étaient finalement minimes, leur réparation ne représentait guère plus de quelques semaines de travail. Le constat était par contre sans appel pour les satellites de communication, dont plus de la moitié étaient grillés ou perdus. Ce qui signifiait notamment la disparition des fonctions de géolocalisation. Un *truc* dont l'humanité était tombée éperdument *amoureuse* depuis le milieu des années 2010, d'une passion folle, sans limites, qui consistait à ne plus pouvoir vivre, se déplacer ou envisager de se déplacer sans cette fonctionnalité magique qui permettait de se situer précisément sur un plan affiché dans un écran. Thomas finit par sourire en réalisant que Solar Max venait également de neutraliser pour longtemps la totalité des forces militaires de la planète…

Du côté des programmes, logiciels et systèmes exploités par les multinationales d'internet, le constat de Thomas était à la fois pessimiste et sans appel. En gérant et en imbriquant davantage de services tous les ans, les directions informatiques de ces sociétés s'étaient peu à peu retrouvées à faire tourner des lignes de programmes de moins en moins cohérentes et optimisées, toutes emboîtées les unes dans les autres. Depuis la fin des années 2010, les innovations en cascade n'avaient plus été gérées que par des ajouts de codes, de fonctionnalités, sans que plus personne ne prenne le temps de tout refondre, faute de qualification, de budget, de courage. Il en résultait des empilements de programmes, une mégastructure inorganisée et foutraque où les défaillances d'une fonction étaient systématiquement solutionnées par la juxtaposition de lignes de codes additionnelles. Le corps des logiciels d'origine s'était couvert de verrues informatiques, de bubons binaires, de plâtres et de bandages digitaux, de membres et d'organes supplémentaires, dysfonctionnels.

Depuis le milieu des années 2020, ces verrues avaient

évolué en métastases, aussitôt isolées par de nouvelles couches de codes qui affaiblissaient encore davantage tous ces grands corps malades, malformés, devenus trop complexes pour survivre sans l'assistance permanente de bataillons de programmeurs spécialisés dans telle ou telle fonctionnalité : mail, photo, vidéo, partage, avis, système d'exploitation, téléphonie, géolocalisation, publicité, tracking, musique, sécurité, paiement, gestion multicompte, abonnements, etc.

En neutralisant définitivement 25 % des 500 millions de machines qui abritaient ces logiciels monstrueux, le déluge d'ondes électromagnétiques de Solar Max avait contribué à la perte irrémédiable d'un nombre incalculable de pièces d'un puzzle délirant, anéanties avec leurs serveurs opérationnels et de sauvegarde. Ces organismes numériques, jusqu'ici malades, étaient dorénavant paniqués et amputés, fractionnés, bancals. Une situation très proche de l'état de choc, où les fonctions vitales d'un accidenté cèdent l'une après l'autre dans un collapsus général impossible à freiner, interrompre ou inverser. Thomas savait exactement quel était l'unique diagnostic à faire face à un tel effondrement : laisser la bête mourir et tout reprogrammer. Une tâche colossale et qui demanderait largement plus d'une année. À condition d'avoir des codeurs.

Au niveau des ressources humaines de ces multinationales, le constat était lui aussi terrifiant. Thomas s'en rendit compte en lisant les informations qui provenaient de Californie : alors que Los Angeles terminait de brûler, la ville de San Francisco s'était changée en une ville sinistrée, où chacun se terrait chez soi et où les rues étaient encore le théâtre d'affrontements entre milices privées, policiers et bandes organisées. Les salariés des multinationales installées là-bas, occupés à survivre, ne pouvaient plus travailler. L'armée reprenait peu à peu le contrôle et découvrait des quartiers pillés, vandalisés, des rescapés traumatisés, et des victimes calcinées dans des carcasses de voitures ou exécutées dans leurs salons. Sans téléphonie, la pagaille restait énorme et le bilan complet impossible à réaliser. Il résultait de cette situation que les directions techniques, les bataillons de programmeurs, les gestionnaires de réseaux, les administrateurs de serveurs, que tous ces individus ne pouvaient plus travailler. Ni seuls ni ensemble.

Thomas conclut ces deux heures d'enquête sur un constat sans appel : celui que les multinationales devenues incontournables en matière d'accès à l'information et aux services, de stockage, de paiement à distance et de fourniture de systèmes d'exploitation étaient à terre et qu'elles ne se relèveraient pas. Qu'il faudrait repartir de zéro, ou à peu près, pour se retrouver grosso modo à l'internet et la téléphonie mobile de la fin des années 1990.

Avant de quitter son bureau pour le dîner, il prit une feuille de papier et un crayon pour lister les chantiers sur lesquels il faudrait qu'il se concentre au cours des semaines à venir.

Marion l'appela du bas de l'escalier : les invités partaient.

Il descendit pour les rejoindre dans la cour centrale de la ferme et leur souhaiter un bon retour, en s'excusant encore d'avoir été aussi peu disponible. De toute évidence, Marion les avait briefés, ils étaient tous conscients de l'importance de son travail et visiblement admiratifs. Il réalisa à cet instant que, oui, c'était lui qui avait rendu ça possible, de livrer à l'humanité un outil simple, léger, qui permettait à tous de rester en contact. Il ne put se retenir de consulter discrètement sur l'écran de son smartpad, l'inventaire à jour du nombre d'applications NoT actives. Il ne lut que le premier chiffre, un quatre, et comprit que la moitié des Terriens utilisaient en cet instant un programme qu'il avait entièrement conçu et codé, de A à Z. Seul. Les deux voitures s'engagèrent dans le chemin privé avant de disparaître au bout de la ligne droite qui reliait la ferme au monde.

Marion lui envoya un sourire, il remonta dans son bureau.

Il travailla encore sur NoT, puis décida de partager sa liste de choses à faire avec les meilleurs développeurs qu'il connaissait. Il consulta ses messages reçus, en provenance de Goran, de Raja, de Théau et de plusieurs directeurs régionaux MyEn qui anticipaient des hausses significatives de commandes de piles domestiques.

Thomas ressentit un gros coup de barre avant le dîner. Il se força à descendre pour rejoindre Marion dans la cuisine. Il finalisa avec elle une salade complète et ils s'installèrent dehors pour manger. Ils discutèrent encore de Solar Max, de ses répercussions multiples. Ils rirent en dressant la liste interminable des objets connectés utilisés par l'homme moderne et avec lesquels il pouvait *communiquer* : caméras, drones, robots, véhicules, assistants médicaux, téléviseurs et appareils hifis, frigo, lave-linge et sèche-linge, lave-vaisselle, radiateurs, chaudières, robinets, poubelles, chaussures, manteaux, sacs à main, cartables, colliers pour chiens, implants pour chats, portes et portails, fenêtres, volets roulants, stores, piscines, bornes de paiement, caisses automatiques, rasoirs, brosses à dents, etc. Ils rirent de toute cette liste effarante tout en n'étant pas certains qu'elle soit vraiment drôle. Sans réussir à isoler dans le temps à quel moment les *innovations* proposées à l'homme du XXIe siècle étaient devenues abêtissantes, aliénantes, à quel moment le progrès s'était inversé. Sans parvenir à comprendre comment l'homo sapiens s'était laissé convaincre qu'il tirerait quelque chose d'une *discussion* avec une fourchette…

Pour Thomas, la réponse était simple : après l'empoisonnement des mers, des sols, des airs et de toute la Terre, l'homme moderne s'était attelé à un nouveau chantier, celui de la pollution des ondes et des esprits. Alors, les impacts de Solar Max, Thomas ne pouvait que les juger très positifs. Salvateurs même. Un vrai miracle. Il restait à l'humanité à en tirer les bonnes leçons, à redresser la courbe délirante de son évolution. Et à enfin réfléchir à un changement de modèle, de civilisation.

Après le dîner, il promit à Marion de ne pas travailler plus de deux heures et de la rejoindre dans le salon, devant la télé.

Il regagna son bureau et se plongea dans les documents décryptés en provenance de l'archive numérique de Victoria Banks-Melville. Il y avait là-dedans tout ce qu'il fallait pour démontrer la culpabilité de cette femme devant un tribunal, même si la production au cours d'un procès de ces documents n'était pas possible compte tenu du moyen, illicite, de leur récupération.

Une autre information retint son attention. Elle concernait Juliette et Alice Banks-Melville : après le décès de leur mère adoptive, les deux adolescentes se retrouvaient à la tête d'une fortune colossale évaluée à plusieurs milliards de dollars. Qui serait divisée par trois ou quatre dès la reprise de la cotation sur les marchés boursiers mondiaux, mais immense fortune tout de même.

À la nuit tombante, comme promis, il descendit rejoindre Marion dans le salon. Il s'intéressa aux informations qui passaient en boucle à la télévision, en hochant la tête à plusieurs reprises : Solar Max avait vraiment fait du bon boulot.

Il n'y avait plus qu'à espérer que l'humanité reparte du bon pied.

Lundi 19 août 2030

RAJA

Après les pigeons et les moineaux, voilà que certains chats arboraient des couleurs inhabituelles…

Ce lundi matin à 6 h 30, le gros matou qui passa devant elle pour traverser le boulevard exhibait fièrement un pelage tigré bleu et jaune. Raja l'observa remonter le trottoir, lui aussi en direction de la station de métro La-Tour-Maubourg. Dans l'obscurité éclairée par les lampadaires, les poils du chat luisaient et imprimaient sur la rétine une marque, une empreinte permanente. Le félin phosphorescent disparut en se glissant dans un bosquet d'arbustes du petit jardin public. Raja s'engouffra dans la bouche du métro.

Elle s'arrêta devant un automate pour acheter un aller pour Roissy-Charles-de-Gaulle. Un message clignotait sur l'écran, qui indiquait que, suite à Solar Max, la vente de billets était interrompue et que les trajets étaient gratuits sur tout le réseau de transport public parisien. Un second avertissement précisait qu'aucun Wifi n'était plus disponible dans les stations. Elle passa le tourniquet en soulevant la valise légère qu'elle avait préparée pour ses deux semaines de séjour à Cuba. Pour ses retrouvailles avec Juliette, avec Mona et Lisa, avec Goran. Et pour sa rencontre avec Alice.

Elle attendit le métro pendant cinq minutes, tout d'abord seule sur le quai puis rejointe par une dizaine de personnes qui partaient au travail. Elle regarda ces hommes et ces femmes en se faisant la remarque que tous avaient dans leur attitude ou leur visage quelque chose d'étrange. Lorsque la rame pénétra dans l'espace de la station, Raja avait réalisé pourquoi ce lundi matin était différent des lundis matins habituels : les gens se regardaient, examinaient le décor, semblaient attentifs aux autres, curieux ou timides. Deux femmes avaient sorti un *livre* de leur sac à main, un homme lisait un *journal* imprimé, probablement acheté la veille. En quittant le wagon trois stations plus loin, Raja réalisa l'énormité de la scène qu'elle observait : les regards, les attentions, la *présence* de chaque individu, toutes ces personnes étaient réellement là, dans cette rame du métro de la ligne 8 et pas ailleurs. Déconnectés de leurs *nuages* de données, incapables de consulter leurs SMS, leurs livres et journaux numériques, sans écouteurs sur les oreilles, les yeux libérés des écrans de leurs smartpads, smartphones, tablettes flexibles, liseuses, etc.

Raja parcourut plusieurs couloirs souterrains et attendit sa correspondance moins d'une minute, debout sur un quai désert. En montant dans le wagon, elle constata à nouveau les figures qui se tournent vers elle, les regards habités, les attentions non siphonnées par les appareils électroniques. Un spectacle qu'elle n'avait *jamais* observé.

Un jeune type d'une vingtaine d'années s'était assis en face d'elle. En l'examinant discrètement, Raja se dit qu'il ressemblait à quelqu'un en pleine cure de désintoxication, qui avait perdu ses repères et était en manque. En manque d'ondes. Entre deux stations, il sortit précipitamment un micro-smartpad rétractible de la poche de sa veste en jeans, le visage soudain éclairé. Il consulta l'écran avant de reprendre sa figure de catastrophe naturelle. Il dit *J'ai cru qu'il avait sonné*, sans adresser cette phrase à personne en particulier, et quitta la banquette pour aller se planter devant les portes coulissantes les plus proches et se dissoudre dans la contemplation de la silhouette fantomale reflétée dans la vitre face à lui.

Quelques minutes plus tard, Raja s'installa dans la rame spacieuse et moderne de la ligne de grande banlieue qui desservait l'aéroport. Elle sortit son smartpad de son sac à main et contempla la photo que Goran lui avait envoyée la veille. Un portrait de famille pris sous le préau du Centro, avec Elizabeth et Théau, Goran et les filles. Ses quatre filles.

Le RER quitta le dernier tronçon de ligne souterraine et la lumière du jour emplit le wagon. Raja reporta son attention sur le décor qui défilait, à nouveau envahie par la certitude évidente qu'une parenthèse de quinze années de sa vie venait de se refermer. Qu'elle était sortie du tunnel, qu'elle revoyait enfin la lumière du jour et que Louise Eiberg était morte. Avec le sentiment de reprendre son existence là où elle s'était arrêtée quinze années plus tôt, en 2015. Avec la même force qu'elle avait alors, la même confiance en l'avenir, la même volonté, intacte, de découvrir, d'aimer et de vibrer. Avec cette sensation de légèreté qui ne l'avait plus quittée depuis le choc visuel des aurores boréales, fluides, renversées dans le ciel de Genève.

Elle était restée deux jours là-bas et s'était sentie comme une étudiante en vacances. Sans aucune appréhension en ce qui concernait le rapatriement des filles à Cuba, persuadée qu'Elizabeth et Théau les ramèneraient saines et sauves au Centro. Parce que c'était dans l'ordre des choses.

Elle avait lu le message NoT de Théau après avoir branché son smartpad dans l'appartement d'Azul. C'était le vendredi soir, après son voyage en train depuis la Suisse. Elle avait accueilli la nouvelle de la présence d'une troisième jumelle comme étant naturelle, logique. En revoyant parfaitement la nurserie de Riga, au rez-de-chaussée des bureaux de XY-Labs, avec ses trois petits lits alignés. Alice était l'ultime rebondissement de toute cette histoire. Et Raja savait qu'elle serait capable de lui réserver autant d'amour et d'attention qu'à Mona et Lisa ou Juliette. Elles étaient ses quatre filles et Raja se sentait forte, surpuissante. Régénérée et incroyablement, totalement mère, sans aucune inquiétude pour l'avenir. Il n'y avait plus qu'à construire sur ces fondations exceptionnelles. Et la mort de Victoria Banks-Melville n'avait fait que confirmer tout cela, elle était un point final.

Raja arriva à l'aéroport cinquante minutes avant l'heure prévue pour l'embarquement. Elle fit enregistrer sa valise puis s'assit à la table d'une brasserie de l'aérogare pour petit-déjeuner et profiter du réseau wifi, fonctionnel, avant de passer les contrôles de sécurité. Elle activa l'application NoT de son smartpad et, en attendant que les messages reçus se chargent, elle observa un couple qui venait de se retrouver, dans la zone des arrivées. Elle revit alors la silhouette, le visage de Goran, ainsi que la gamme complète des expressions qu'il avait affichées en venant la chercher à l'aéroport de Riga, quinze années plus tôt. Avec sa barbe de Viking, son corps massif et toute sa fragilité devant la situation qu'elle lui imposait. Sa délicatesse…

Dans son SMS de la veille, il lui avait indiqué qu'il viendrait la chercher avec Juliette, à l'arrivée des voyageurs, pour retrouver ensuite le reste de la famille dans le minibus du Centro.

Sur son application NoT, Raja n'avait créé de compte que pour elle-même : Louise Eiberg n'était plus joignable. Elle avait reçu cinq messages depuis sa dernière connexion, la veille avant de se coucher. Elizabeth lui avait écrit un long texte, inhabituel, où elle se réjouissait de son arrivée imminente et où elle décrivait avec beaucoup de détails tout ce qu'elle avait perçu des personnalités d'Alice et de Juliette, en précisant que l'une et l'autre étaient *adorables*. Il n'avait pas arrêté de pleuvoir de tout le dimanche, avec beaucoup de vent. Si la météo ne changeait pas d'ici lundi soir, ils s'installeraient dans le gymnase pour le dîner et la fête qu'il comptait donner en son honneur ainsi que pour l'anniversaire d'Enzo, qui venait d'atteindre ses 9 ans, dont plus de la moitié passée au Centro. Les quatre autres messages avaient été envoyés quelques heures plus tôt par Lisa, Juliette, Alice et Mona, probablement peu de temps avant qu'elles ne se couchent. Les styles étaient différents, mais les intentions étaient identiques : elles étaient toutes pressées qu'elle arrive.

Elle rédigea un texte groupé à l'attention de ses quatre filles, d'Elizabeth et de Goran : *Je suis à l'aéroport, l'avion décolle dans une heure. J'ai hâte d'être avec vous. Bises.*

Le smartpad disparut dans une poche et elle s'intéressa à son petit déjeuner.

Raja vérifia l'heure et estima qu'elle pouvait encore temporiser pendant une vingtaine de minutes avant de se diriger vers la zone d'embarquement. Avec les dix heures de vol, elle calcula qu'elle n'était plus qu'à une douzaine d'heures d'une étreinte fabuleuse avec Juliette. Une étreinte qui prendrait du temps, qui serait longue et qui durerait autant qu'il lui faudra pour se charger du parfum de sa fille et pour lui laisser happer le sien, pour contempler son grain de peau, ses yeux, écouter sa voix, éprouver la force de ses bras autour d'elle, leurs chaleurs respectives, réunies. Pour mélanger leurs larmes.

La seule ombre au tableau était l'absence d'Azul. Son père ne venait plus, la nuit, dans la maison au bord de la plage. Elizabeth lui avait confirmé qu'elles ne distingueraient plus sa présence dans le Psycosme. Que sa conscience s'était désagrégée pour de bon, emportée par les rayons surpuissants de Solar Max ou doucement éteinte par la fin d'une tension. Le retour de Juliette auprès de Raja signifiait l'arrêt programmé d'une mission couronnée de succès, le tarissement d'une source d'énergie. La conscience d'Azul s'était immensément détendue, relâchée, en comprenant que tout était fait, qu'il n'avait plus qu'à ne plus être.

Raja laissa 30 euros sur la table et quitta la brasserie. L'avion décollait à 9 heures, l'embarquement commençait dans un quart d'heure. L'idéal serait de dormir un peu pendant le vol, afin de pouvoir profiter à fond de l'après-midi et de la soirée au Centro.

Une longue file de voyageurs serpentait jusqu'aux contrôles de sécurité. Des vacanciers pour la plupart, à en croire les allures et tenues décontractées. La vie avait repris son cours.

Raja déposa son sac à main, son passeport et son smartpad dans un panier pour qu'ils passent aux rayons X. Le portique ne bipa pas lorsqu'elle le franchit, mais son sac à main fut retenu plusieurs minutes par une femme qui lui demanda d'en extraire le contenu sous ses yeux. Rien de spécial n'attira l'attention de l'auxiliaire de sécurité, mais celle-ci l'informa qu'elle devait patienter, le temps d'attendre le retour d'un collègue parti *vérifier quelque chose.*

Le type revint au bout de cinq longues minutes, accompagné par deux hommes, en civil. L'un d'eux tenait son passeport dans la main. Il s'avança vers Raja :

— Vous vous appelez bien Raja Connor ?

— Oui, c'est ça. C'est moi.

— Veuillez nous suivre s'il vous plaît.

Raja obtempéra, déjà consciente qu'elle ne prendrait pas l'avion pour La Havane. En tout cas, pas aujourd'hui.

Elle emboîta le pas au premier homme, qui ouvrit plusieurs portes d'accès sécurisées. Ils longèrent un couloir interminable avant de pénétrer dans un bureau isolé où le deuxième homme lui fit signe de s'asseoir. Elle demeura debout.

— Est-ce que vous pouvez m'expliquer ce qu'il se passe ?

— Oui, bien sûr madame Connor. Mais il me semble que vous vous faites aussi appeler Louise Eiberg. C'est exact ?

— Oui. C'est mon nom professionnel, celui que j'utilise dans le cadre de mes recherches en biologie et…

— Nous avons un double mandat d'arrêt international contre vous, aux noms de Raja Connor et de Louise Eiberg. Je pense que vous allez devoir rester avec nous un bon moment…

Raja ne put rien faire d'autre que sourire en hochant la tête, sans tout à fait réussir à deviner ce qui lui était reproché, mais parfaitement consciente que tout ceci était sérieux et constituerait la dernière embûche sur le chemin qui s'ouvrait droit devant elle. C'était frustrant, mais il ne s'agirait que d'un délai temporaire, un ultime obstacle.

— Qu'est-ce qu'on me reproche ?

— La justice suisse a été saisie de deux plaintes à l'encontre de Louise Eiberg, pour pratique illégale de la médecine et plusieurs infractions sur les droits de propriétés intellectuelles relatifs à des brevets pharmaceutiques et chimiques. Et nous avons reçu tôt ce matin un mandat de la justice française, établi à vos deux noms, où vous êtes accusée d'usurpation d'identité, d'association de malfaiteurs, de complicité dans plusieurs assassinats qui remontent à 2015 et 2016, ainsi que d'enlèvement et de séquestration de mineurs, sur deux bébés kidnappés en Lettonie début 2016…

Le sourire disparut totalement du visage de Raja tandis qu'elle comprit que, même morte, Victoria Banks-Melville continuerait de lui pourrir la vie, de l'empêcher de profiter de la présence de Juliette auprès d'elle. Elle eut également pleinement conscience du temps et des efforts qui seraient nécessaires pour la sortir de ces accusations et les retourner contre l'instigatrice de tout cela. Tout comme elle devina qu'il faudrait la jouer serré sur pas mal de points.

Elle tira une chaise vers elle et s'assit en posant son sac à main sur la table.

— Je peux téléphoner ?

TROISIÈME PARTIE

Six mois plus tard

Vendredi 21 février 2031

RAJA

Ses cheveux avaient retrouvé leur teinte naturelle, réglisse, ça et là striée de lignes argentées, sages. Ils ondulaient jusqu'à ses épaules, elle ne les avait plus coupés depuis l'été.

Le regard de Raja quitta son double dans la vitre pour zoomer plus loin, sur les montagnes des Alpes suisses qui s'éloignaient à plus de deux cents kilomètres-heure. Elle suivit des yeux plusieurs bâtiments recouverts de neige jusqu'à ce que le TGV s'engouffre dans un tunnel. Le décor extérieur disparut pour être remplacé par celui, reflété, de la cabine de première classe dans laquelle elle était installée avec son accompagnateur, le capitaine Florent Martin, officier de police criminelle affecté à sa surveillance pendant ses déplacements. Un ancien collègue de Goran, qui avait eu pour lui une connaissance poussée du dossier Alberto Garcia lorsqu'il s'était agi de trouver un flic disponible pour cette mission. Un type bien. Même s'il lui imposait par moments les menottes aux poignets, histoire de ne pas être taxé de laxisme envers la prisonnière qu'il escortait régulièrement dans toute l'Europe, au gré des audiences ou reconstitutions indispensables à l'avancée des procédures civiles et pénales instruites contre elle.

Aujourd'hui était un grand jour, puisque cette dernière audience « Mémoire de l'eau », à Genève, venait ponctuer d'un point final les deux actions en justice intentées à l'encontre de la chercheuse Louise Eiberg. Six mois de débats épuisants et cinq rendez-vous avec la juge avaient été nécessaires pour parvenir à une relaxe totale : aussi bien des accusations de pratique illégale de la médecine que celles relatives à des infractions multiples aux droits de propriété intellectuelle, sur une liste qui ne comptait pas moins de cinquante molécules brevetées. Ses avocats s'étaient révélés très combatifs. Les six représentant des parties adverses avaient eux aussi bien joué le coup, même s'il y en avait un dans le lot qui avait régulièrement passé la ligne blanche à ses yeux, en la calomniant, et qu'elle aurait adoré gifler violemment, voire plus.

Personne n'avait gagné. La justice suisse avait finalement rendu une sorte de jugement de Salomon, où Raja Connor n'était condamnée à aucune peine de prison, à aucune amende, et où l'ONU se retrouvait valablement propriétaire des résultats des travaux qu'elle avait menés sous le nom de Louise Eiberg. La contrepartie de tout cela était que Raja Connor n'avait plus le droit de se consacrer, de près ou de loin, à des recherches en biologie ou en chimie. C'était la fin de sa carrière de scientifique.

À l'énoncé de cette partie du verdict, elle avait souri, en réalisant qu'il confirmait quelque chose qu'elle avait décidé pour elle-même six mois plus tôt. Par contre, elle avait ressenti de la colère lorsque la juge avait ajouté que la diffusion des résultats de ses découvertes sur la mémoire de l'eau était frappée d'un gel absolu pour une durée de vingt années. Une sorte de moratoire au cours duquel il était interdit de mettre en application les propriétés de transport par l'eau des codes électromagnétiques de molécules thérapeutiques. Ses deux avocats s'étaient redressés à ce point des conclusions de la juge pour planter leurs yeux dans les siens et elle avait compris qu'il fallait qu'elle se taise, qu'elle n'essaie pas de protester contre ce jugement. Avant de quitter le tribunal, elle les avait patiemment écoutés : cette décision était équilibrée, équitable, même s'il était clair que les intérêts des plaignants avaient été largement pris en compte. Il s'agissait d'une demi-victoire pour le consortium des neuf multinationales pharmaceutiques et chimiques associées pour l'occasion, et d'un demi-échec pour Raja. Mais elle s'en tirait bien, sans condamnation à aucune peine de prison, bien qu'avec l'impossibilité de retravailler dans le même secteur. Elle leur avait demandé ce qu'elle pourrait gagner en faisant appel et avait compris qu'elle n'aurait rien d'autre à en attendre qu'une ou deux années supplémentaires de procédure, avec un jugement éventuellement moins favorable à la clé. Elle les avait quittés en les remerciant et en précisant qu'il était sans doute sage de s'en tenir là.

Un peu plus d'une heure après son départ du tribunal, installée dans ce train pour Paris, Raja n'avait plus aucun doute sur le fait que ce premier volet de ses ennuis avec la justice était clos. Ses avocats lui avaient rappelé que la procédure accélérée dont elle avait profité à Genève était miraculeuse en soi. Pour Raja, ses six mois d'attention sur les deux procès liés à ses publications concernant la mémoire de l'eau lui avaient coûté beaucoup d'efforts, de découragements et d'accès de colère, de frustrations et d'espoirs. Elle ne ferait pas appel de cette décision de la justice suisse… C'était terminé, ce chapitre de sa vie était définitivement clos. Et c'était tant mieux : elle pourrait maintenant consacrer toute son énergie aux autres accusations dont elle était l'objet et qui étaient bien plus sérieuses. Même si elles étaient tout aussi infondées.

Les six derniers mois avaient été éprouvants. Malgré cela, et en dehors de quelques phases d'abattement, Raja se sentait de plus en plus forte, sereine et inentamable. Cuirassée par ses batailles. D'après ses deux avocats parisiens, pénalistes réputés, il faudrait qu'elle tienne encore bon au moins trois mois avant d'être blanchie des accusations qui pesaient sur elle. Trois mois sans pouvoir voir Goran, lui aussi sous contrôle judiciaire strict, trois mois sans pouvoir vivre au quotidien avec ses filles, sans pouvoir se déplacer librement. Quatre-vingt-dix jours à porter au poignet gauche ce bracelet électronique, dont une diode s'éclairait toutes les cinq secondes, battant la mesure d'un compte à rebours d'une lenteur tétanisante.

Après son arrestation à l'aéroport, Raja vécut une garde à vue épuisante de trois jours avant d'être présentée à deux juges distincts, à Paris et Genève. Il fallut batailler ferme avec le magistrat parisien, qui instruisait contre Raja Connor des accusations très graves, pour qu'il consente à ce que la prévenue ne soit pas jetée en prison mais autorisée à vivre dans l'appartement de la rue Cler, sous contrôle policier et avec l'obligation de porter un bracelet électronique.

Dès leur première entrevue, le juge décida de faire procéder à l'analyse de l'ADN de Mona et Lisa Connor, sur la base de prélèvements de cheveux effectués à la ferme, dans la campagne limousine. Les résultats de ces tests ne prirent que trois jours pour être communiqués au parquet ainsi qu'aux avocats. Ils validèrent le fait que Raja Connor était bien la mère biologique des jumelles, ce qui ébranla l'accusation sur la partie du dossier qui concernait l'enlèvement des deux nourrissons à Riga début 2016, et eut pour effet de confirmer la bonne foi de la prévenue et donc son placement en détention à domicile. Ces résultats signifièrent également que Mona et Lisa pouvaient rentrer en France sans risquer d'être envoyées dans un centre d'accueil, privées de la tutelle légale de Raja Connor et Goran Alaric, père adoptant. Par contre, ces analyses ADN semèrent un trouble considérable parmi les intervenants aux dossiers, aussi bien du côté de l'accusation que de la défense : le génome des cellules des jumelles Connor était *parfaitement* identique. Ce qui était *parfaitement* impossible. Ce fut Raja qui, la première, mentionna le terme de « clonage humain ». Sans attendre de nouvelles analyses, le juge décida de placer l'ensemble de l'affaire sous une chape de confidentialité absolue, qui dépassait le cadre du secret de l'instruction : rien ne devait filtrer, ni auprès des médias ni au sein du tribunal.

Le mardi 3 septembre 2030, soit deux semaines après son arrestation et cinq jours après le retour des analyses ADN, le juge fut saisi d'une nouvelle accusation : Raja Connor se voyait à présent également inculpée de l'enlèvement et la séquestration de Juliet et Alice Banks-Melville, filles adoptives d'une multimilliardaire décédée pendant Solar Max, dont la disparition du domicile datait précisément du 14 août 2030. Raja fut immédiatement convoquée au Tribunal et, sans se démonter, demanda au juge à ce qu'il soit procédé à la même analyse génétique qu'avec Mona et Lisa, en expliquant que Juliet Banks-Melville était sa fille enlevée à Londres en 2015 et qu'Alice, sa sœur, était en réalité une troisième clone produite à Riga et née en mars 2016. Aussi bien le juge que ses propres avocats tombèrent des nues au cours de cette audience. Ils réalisèrent que le dossier qu'ils traitaient les amènerait très loin de toutes leurs affaires précédentes. Et, à partir de ce jour, le juge développa une méfiance accrue vis-à-vis de la mise en cause, à qui il reprocha de lui avoir caché l'existence de ses deux autres filles. Il n'en décida pas moins d'ordonner que deux analyses ADN complémentaires soient effectuées afin de comparer celles des filles adoptives de Victoria Banks-Melville avec celle de Raja.

Les conclusions de ces nouvelles analyses ADN, produites à partir de cheveux collectés dans la maison familiale de Miami, arrivèrent sur le bureau du juge le 25 septembre. Celui-ci ne put que se rendre à l'évidence : Raja Connor était bien la mère biologique des quatre filles, dont trois clones fabriqués par la société XY-Labs à Riga. Le même jour, il reçut un nouveau dossier d'accusation très complet qui concernait cette fois-ci Goran Alaric. Cet ancien policier qui avait accompagné Raja Connor à Londres et qui était devenu le père adoptif de Mona et Lisa. Selon la nouvelle accusation formalisée par les enquêteurs, il avait participé aux meurtres de Riga avec la complicité de Raja. Parmi les éléments à charge dans ce dossier contre lui, un rapport de la police lettone qui le citait nommément comme s'étant rendu sur les lieux du crime après l'assaut qui avait fait quatorze morts. Ainsi que deux vidéos où on les voyait, lui – avec une arme à feu en main – et Raja, entrer dans le bâtiment de la société XY-Labs à la suite d'un dénommé Lamal Kraftchek qui venait d'assassiner trois individus à l'extérieur. Puis ressortir un peu plus tard avec chacun un bébé dans les bras et sans Kraftchek, mort pendant l'attaque. Dès lors, l'accusation, devenue beaucoup plus précise et argumentée, eut pour conséquence l'émission d'un mandat d'arrêt international contre Goran Alaric et un renforcement du contrôle judiciaire de Raja Connor. Qui échappa à la prison de justesse, grâce au travail de ses avocats, qui intimèrent à leur cliente l'ordre de ne rien tenter d'expliquer sur son implication éventuelle dans ces assassinats.

À ce stade de l'avancée des travaux des enquêteurs et de la justice, cela faisait plus d'un mois que Goran et les filles restaient cachés à Cuba. Le 30 septembre, le juge réclama que les quatre filles se rendent à Paris, afin de démontrer qu'elles étaient libres de circuler sans contraintes. Il exigea également que Goran Alaric se livre à la justice dans l'objectif de prouver sa bonne foi et de répondre aux questions des enquêteurs de la police criminelle.

Gabriel, l'ancien tatoueur de Bastille, se chargea de trouver un appartement spacieux à Paris pour les filles Connor. Le 4 octobre, à leur arrivée à l'aéroport, elles furent accueillies par des policiers qui les accompagnèrent jusqu'au bureau du juge afin d'y être entendues, une par une. Goran atterrit en France deux jours plus tard et fut immédiatement placé en garde à vue pour trois jours. Il en ressortit avec un traitement identique à celui de Raja, une assignation à résidence avec bracelet électronique, sous les mêmes accusations de meurtre et de kidnapping que celles portées à l'encontre de sa complice présumée. Avec interdiction absolue de communiquer avec elle pendant tout le temps que durerait l'instruction.

Raja sortit son smartpad de son sac à main et activa l'application NoT. Elle jeta un coup d'œil au policier assis en face d'elle, il parcourait les informations d'un site d'actualité sur une flextab. Elle avait le droit de communiquer autant qu'elle le voulait avec Juliette et les jumelles, aussi bien via SMS que par téléphone.

— J'envoie un SMS aux filles pour leur annoncer la bonne nouvelle.

Florent Martin la regarda sans bouger la tête et lui répondit tout en reposant les yeux sur le texte qui défilait sur l'écran translucide de son appareil.

— Allez-y, pas de souci.

Raja rédigea le même message à ses quatre filles : *le procès à Genève est terminé. Tout va bien, je vous raconterai ça. Je vais pouvoir souffler un peu ! Je vous embrasse fort. À demain.*

Elle en profita pour envoyer discrètement à Goran un SMS à peu près identique, puis un autre à Elizabeth, en précisant qu'elle l'appellerait dès qu'elle serait arrivée à l'appartement de la rue Cler.

Les filles avaient emménagé à Paris depuis un peu plus de quatre mois. Elles allaient bien et semblaient vivre le procès de leur mère et de Goran avec beaucoup de résignation et de confiance. Elles avaient été accueillies dans un lycée et un collège privés, en seconde pour Juliette et en troisième pour Mona, Lisa et Alice, réparties sur trois classes différentes. Elles étaient autonomes, concentrées sur leurs études, appliquées, sérieuses. Elles avaient des nouvelles amies, quelques copains, communiquaient régulièrement avec les garçons du Centro et étaient, tout comme Raja, terriblement frustrées de ne pas être autorisées à se voir plus d'une fois par semaine. Elles étaient confiantes en l'avenir, et patientes, il ne s'agissait pour elles que d'un frein, d'un carcan qui sauterait bientôt. Elles étaient en tout cas toutes ravies d'habiter dans une *vraie ville*, avec des *vraies gens*, heureuses de se sentir au cœur d'un univers foisonnant et grouillant, multiculturel, bien loin de Miami ou de la campagne limousine.

La première rencontre avec Juliette s'était déroulée dans le bureau du juge, en présence de deux policiers et des deux avocats qui avaient tous versé une larme devant la scène prodigieusement émouvante à laquelle ils avaient assisté. Celle de retrouvailles bouleversantes entre une mère et sa fille, séparées pendant plus de quinze ans. Une scène qu'un des avocats de Raja avait filmée, discrètement et sans son accord, et qu'il avait ensuite tenu à verser au dossier de la défense comme un élément de vérité irréfragable, qui attestait une fois de plus du statut de victime de Raja Connor ainsi que de sa fille Juliette. Un témoignage capable d'émouvoir n'importe quel jury de cour d'assises.

Juliette lui avait dit : *je reconnais ton odeur*. Et puis aussi : *je savais que tu existais et que je te retrouverai*s. Raja n'avait rien pu répéter d'autre que le prénom de sa fille, en pleurant et riant à la fois. Les policiers avaient laissé entrer les trois jumelles et Raja avait enfin pu rencontrer Alice, revoir Mona et Lisa. S'en était suivi un fouillis de bras et de mains, de contacts physiques rassurants, d'une infinie douceur et rempli d'une énergie capable d'effacer les ennuis, les procès, le monde entier.

Pour le juge chargé de démêler les fils des différentes enquêtes criminelles, d'innombrables zones d'ombre demeuraient, qui laissaient en suspend de multiples questions. Et, pour la justice, ces interrogations formaient ensemble un doute très sensible, la possibilité réelle de la culpabilité de Raja et de Goran dans l'opération conduite dans les bureaux de la société XY-Labs. Comment s'étaient-ils retrouvés à Riga alors qu'ils n'étaient pas censés être en contact ? Comment expliquer qu'ils se trouvent ensemble sur les lieux en même temps que Lamal Kraftchek ? Pourquoi ne pas s'être rendus à la police lettone avec les deux bébés ?

Pourquoi rester caché toutes ces années ? Pour l'accusation, ces trois personnes étaient complices, elles avaient monté cette opération ensemble. Pour se venger de l'attaque de Londres, au cours de laquelle Juliette Connor avait été kidnappée, où Raja Connor et Goran Alaric avaient failli perdre la vie, et pendant laquelle Guyda Kraftchek, le frère jumeau de Lamal, avait trouvé la mort... Une autre question perturbait également le juge : comment expliquer la disparition de Raja Connor de l'hôpital de Londres ? Une interrogation à laquelle là aussi les enquêteurs répondaient simplement : il s'agissait pour cette femme de s'évanouir dans la nature pour mieux préparer sa vengeance, pour sortir des radars afin de ne plus être inquiétée par la justice. Pour l'accusation, la disparition de Raja Connor était un aveu.

Il avait bien fallu donner des réponses à toutes ces questions. Thomas avait accepté de quitter sa campagne pour expliquer au juge et aux policiers chargés de l'enquête le procédé de codification des signatures EM. Il illustra ses propos de nombreux documents, copies d'écran et enregistrements de l'époque. C'était grâce à cet outil que Raja Connor avait pu repérer sur une carte les déplacements du tueur de Londres, en route vers la ville de Riga. C'était les signatures EM qui avaient permis à Raja Connor de retrouver Goran Alaric à Riga, puis de localiser le tueur devant les bureaux de XY-Labs.

Goran avait de son côté tout dit de son installation à Riga, de la profession de traducteur qu'il avait exercée là-bas de juin 2015 à mars 2016. Deux policiers français étaient partis en Lettonie interviewer plusieurs personnes citées par Goran, et toutes avaient confirmé sa présence dans la capitale lettone pendant dix mois. Ce qui validait le fait qu'il n'y était pas allé uniquement pour massacrer une douzaine d'individus un soir de mars 2016. Il avait bel et bien séjourné sur place. Dans le but de retrouver Alberto Garcia, et avec le désir de tirer au clair la disparition de Raja

Connor.

Quant à l'exfiltration de Raja de l'hôpital de Londres, elle avait été conduite par Théau Brodeur, initiateur de la fondation No Trace et cofondateur de MyEn, aujourd'hui à la retraite à Cuba. Ce dernier avait été alerté par la mère de Raja, Elizabeth Connor, une amie à lui, que sa fille était en danger. Il l'avait suivie jusqu'à Londres, c'était lui qui avait précipité sa moto sur Guyda Kraftchek, le tuant sur le coup. Avec un médecin anglais, ils avaient organisé la disparition de Raja de l'hôpital londonien pour faire admettre la patiente dans un centre spécialisé en Belgique sous le nom de Louise Eiberg. Pour la protéger efficacement, après deux tentatives d'homicide que la police n'avait pas pu empêcher. À ce récit que le juge trouva tout d'abord *abracadabranqueste*, Théau apporta toutes les précisions attendues, encore une fois avec l'aide de Thomas, en cachant le moins de choses possible. Le dossier issu de la clinique belge révéla au magistrat que Raja y était restée dans le coma pendant dix jours et qu'il s'en était fallu de très peu pour que la jeune femme d'alors se retrouve paralysée ou très handicapée.

Théau avait fait le voyage à Paris début décembre. Il avait répondu aux questions des policiers pendant deux journées complètes, sans jamais varier d'un iota dans ses dépositions, parfaitement à l'aise avec les informations qu'il donnait et avec celles qu'il expliquait ne pas pouvoir divulguer, qui concernaient pour l'essentiel le montage de l'opération d'escamotage de Raja de l'hôpital de Londres. Les points qu'il mentionna et qui impliquaient Thomas furent tous corroborés par l'inventeur des signatures EM, et inversement. Ce n'est qu'après que le juge eut pris connaissance des dépositions de Théau et de Thomas que Raja fut à nouveau interrogée sur les circonstances de sa disparition, de sa convalescence, celles de son arrivée à Riga. Il fut fait de même avec Goran et le magistrat ne put dès lors que se rendre à l'évidence : les déclarations de ces quatre personnes étaient parfaitement raccords, cohérentes, et étayées par de nombreux documents, mails, relevés de positions EM, etc.

Toutes ces étapes depuis son arrestation à Roissy, tous ces interrogatoires, la validation des dépositions, leur analyse, les confrontations de témoins, les rapports d'experts, les recherches complémentaires à Riga, tout ceci avait pris plus de cinq mois. Il n'y avait plus qu'à espérer que l'équipe d'enquête ne produise plus de nouvelles pièces et que la prochaine audience, prévue dans six jours, le 27 février, ouvre sur le prononcé d'un non-lieu par le juge.

Raja avait compris que quelqu'un de très bien informé fournissait des éléments à charge contre elle et Goran. Elle s'était entretenue de cela non seulement avec le juge, mais aussi avec ses avocats. Ainsi qu'avec Goran, discrètement, grâce au procédé qu'avait développé Thomas pour leur permettre d'échanger des SMS et d'avoir des conversations téléphoniques sans risquer une interception par la police. Pour Goran aussi, il était clair que l'accusation était alimentée par un tiers bien informé. Il ne pouvait s'agir que d'un proche de Victoria Banks-Melville, de quelqu'un qui avait le dossier XY-Labs en main et qui avait pour mission de les faire coffrer, elle et Goran.

Elle n'avait pas pu discuter avec Théau lorsqu'il était venu à Paris, mais elle avait eu le temps de l'apercevoir, d'échanger un regard avec lui dans le grand hall du palais de justice. Il lui avait envoyé son sourire habituel, intense et réconfortant. Elle avait essayé de lui rendre le même sourire, en se doutant qu'il y lirait de l'appréhension, de la fatigue. Elle lui avait trouvé un air fourbu et l'avait suivi des yeux alors qu'il était raccompagné à l'extérieur par des policiers en tenue qui avaient pour mission de ne pas le laisser s'approcher d'elle. Il lui avait semblé que le déplacement de sa silhouette n'était pas entouré de l'énergie habituelle. Depuis, à chaque fois que Raja repensait à l'homme qui l'avait sauvée à Londres et à Riga – c'était lui qui avait neutralisé l'inconnu armé au rez-de-chaussée –, un sentiment de tristesse s'emparait systématiquement d'elle.

Il ne restait que quelques jours avant l'audience du 27 février. Les avocats étaient fébriles. Leur stratégie de défense paraissait solide puisqu'il n'y avait aucun élément attestant d'une préméditation ou d'une implication dans l'organisation du massacre chez XY-Labs, ni même qu'ils y aient tiré un seul coup de feu : ils n'avaient fait qu'assister, impuissants, à la déferlante de haine vengeresse du jumeau Kraftchek survivant. Mais, en dépit du fait que la raison de leur présence à tous deux au moment de la tuerie ait été éclaircie, corroborée par les témoignages de Thomas et de Théau, un procureur ne manquerait pas de pointer du doigt leurs explications douteuses d'un point de vue scientifique, car tout reposait sur la détection de la signature électromagnétique de Kraftchek. Du *délire* pour l'accusation. La défense de Raja et Goran restait la même depuis la première audience : Raja était une victime, et rien d'autre. Goran, lui, n'avait fait qu'accompagner Raja au siège de XY-Labs, pour observer et s'assurer qu'il ne lui arriverait rien. Quant à l'utilisation par Raja d'une seconde identité, elle avait été rendue nécessaire par le fait qu'elle devait demeurer cachée, que Raja Connor continuerait d'être en danger tant que sa fille Juliette n'aurait pas été retrouvée.

Il demeurait impossible de relier les frères Kraftchek, la société XY-Labs, le dynamitage de la morgue ou le massacre de Riga avec Victoria Banks-Melville. Pour Raja, c'était sur ce point qu'il fallait non plus se défendre, mais attaquer : le meilleur moyen de se disculper de toutes les accusations était de prouver que c'était cette femme, elle en était convaincue, qui était à l'origine de tout : du projet XY-Labs, de la fausse mort d'Alberto Garcia, de l'assassinat de Robert Whiteback et du kidnapping de Juliette. Sans oublier le massacre de Riga. Car cela ne faisait plus aucun doute dans l'esprit de Raja : Lamal Kraftchek avait été renseigné par quelqu'un, il avait reçu un SMS qui l'avertissait du lieu de réunion des dirigeants de XY-Labs. Il avait été armé et c'était probablement à l'hôtel devant lequel il était resté si longtemps qu'il avait récupéré le fusil mitrailleur, le pistolet et les deux grenades assourdissantes qui lui avaient permis de mettre en œuvre son plan. Le tout dissimulé dans un sac de sport. Cette personne qui avait armé le tueur et l'avait envoyé chez XY-Labs, c'était forcément Victoria Banks-Melville ou l'un de ses proches. Quelqu'un qui voulait faire un grand ménage.

Elle s'était entretenue du sujet avec Goran, Thomas, Théau, et tous ils cherchaient les éléments pour étayer cette affirmation qu'elle n'avait pas encore pu présenter au juge. Ses avocats l'avaient prévenu : non seulement il ne fallait pas accuser sans preuve, mais il faudrait que celles-ci, pour être valables, aient été obtenues légalement par la police au cours d'une perquisition, ou fournies à la justice par leurs propriétaires, témoins directs de toutes ces affaires. Dès lors, il apparut à Raja que la difficulté était double : trouver des documents accusant VBM serait compliqué, voire impossible, mais il faudrait ensuite pouvoir les produire d'une manière recevable par la justice. Autant dire qu'il n'y avait plus qu'à croiser les doigts pour que la prochaine audience ne soit pas l'occasion pour l'accusation de sortir de nouveaux éléments…

En attendant, pour le juge, Victoria Banks-Melville ne s'était retrouvée liée à cette instruction qu'à la suite d'un pur hasard : les dossiers d'adoption de Juliette et Alice ayant été validés en respectant une procédure tout à fait classique, la présence chez la femme d'affaires de la fille kidnappée de Raja et du troisième clone de Riga ne pouvait donc pas être considérée comme suspecte.

La première qui répondit à son SMS fut Alice. Dans un style toujours bref, sans fioritures : *Bravo Maman ! Courage pour la suite.*

Alice était à New York pour la semaine. Aussi étonnant que cela puisse paraître, la fille adoptive cadette de la femme d'affaires avait toujours suivi de près les investissements de

VBM Technologies, se passionnant pour les plans de financement, les études de marché, les dossiers stratégiques sur cinq ans ou les comptes prévisionnels. Dès son arrivée à Paris, Alice avait demandé au juge l'autorisation d'entrer en contact avec chacun des vingt-quatre salariés de la société fondée par sa mère adoptive. Elle désirait en reprendre la présidence à terme, c'était ce qu'elle avait toujours voulu. Elle disait qu'elle avait été *programmée* pour cela. Le juge avait dans un premier temps donné son accord pour des contacts à distance, par email ou téléphone, avant de l'autoriser à se déplacer, à faire le voyage une fois par mois au siège de la société.

Passé le moment de sidération, l'instant où ils avaient compris que leur nouvelle patronne n'avait pas encore 15 ans, les salariés de VBM Technologies l'avaient acceptée comme telle. Ses décisions étaient pertinentes, argumentées. Brillantes. Elle n'hésitait pas à demander leur avis à Goran, Théau, Thomas ou Raja, en fonction de ce qu'elle pensait être les spécialités de chacun. Son voyage en cours à New York était l'occasion de participer à plusieurs conseils d'administration pour faire valider son statut d'administrateur en remplacement de sa mère adoptive. Ce qui s'annonçait très compliqué dans la plupart des cas, les autres actionnaires des sociétés concernées voyant d'un mauvais œil systématique la présence à leur côté d'une *gamine*, si douée soit-elle.

Alice n'avait pas beaucoup fréquenté le collège depuis le début de l'année 2031, préférant se concentrer sur la maîtrise des dossiers, à discuter de tel ou tel point avec les différents analystes et professionnels de VBM Technologies. Elle n'avait de toute évidence aucunement besoin de suivre une scolarité, même adaptée.

Une des premières décisions prises par Alice fut de procéder au licenciement des deux personnes embauchées à temps plein par Victoria, affectées au service de la villa à Miami. Le juge parisien ne s'opposa pas à la mise en vente de la propriété. Aux dernières nouvelles, une offre d'achat venait d'être signée par Alice et Juliette.

Au-delà de la vitre du train, Raja constata le retour d'une nature préservée du choc de l'hiver 2030-2031, le plus froid du siècle selon les météorologues. Elle vérifia l'heure, il ne restait plus qu'une heure avant l'arrivée à Paris.

Le smartpad de Raja bipa : c'était au tour de Juliette de répondre à son SMS. Sa fille aînée sortait du lycée, il était 17 h 15, elle était heureuse de savoir que cette partie des ennuis juridiques de sa mère était terminée. Elle était passée prendre sa guitare et partait pour son cours. Elles se verraient le lendemain, samedi matin, à l'appartement de la rue Cler, avec Mona et Lisa, pour leur rencontre hebdomadaire.

Les filles Banks-Melville étaient les héritières de l'empire bâti par leur mère adoptive. Juliette avait confié à Raja qu'elle ne souhaitait pas accepter sa part d'héritage, qu'elle ne voudrait jamais de ces milliards de dollars. Qu'elle les lèguerait à la Fondation No Trace, à MyEn ou GROW, à des ONG qui portaient de belles causes. À Elizabeth aussi, pour le Centro. Raja avait demandé à sa fille aînée de n'en parler à personne avant la fin de ses ennuis judiciaires, anticipant que le sujet était sensible et qu'il était hors de question que cette option de legs vienne perturber le juge, les avocats, l'accusation. Juliette avait accepté en précisant que sa décision était prise, qu'elle ne se sentirait jamais propriétaire de ce dont elle avait hérité, qu'elle ne voulait pas pourrir son avenir avec un boulet au pied. Que tous ces milliards ne constitueraient que le retour d'un emprisonnement, alors qu'elle se sentait totalement libre depuis qu'Ezzie avait débarqué à Miami, le dernier jour de son ancienne vie.

Mona et Lisa répondirent à leur tour au SMS de Raja, synchronisées comme toujours. Elles venaient de quitter le collège, elles rentraient à l'appartement et avaient des tonnes de choses à lui raconter pour le lendemain.

Les jumelles avaient perdu une insouciance, une légèreté. Elles s'entendaient parfaitement avec leur grande sœur et étaient étonnement complice avec Alice, malgré une différence de maturité évidente. Raja sentait que Mona et Lisa voulaient continuer d'être les plus jeunes de ses filles, qu'elles considéraient Alice comme leur aînée. C'était sans doute le meilleur moyen de reprendre une vie de famille équilibrée. Lorsque Juliette avait émis le souhait d'organiser une semaine de vacances au Centro courant avril, Mona et Lisa s'étaient aussitôt mises en retrait du projet, heureuses de pouvoir à nouveau profiter de leur mère de manière exclusive, comme avant. Juliette n'avait pas insisté, excitée à l'idée de partir seule à Cuba, rejoindre une grand-mère qu'elle avait totalement adoptée. À qui elle vouait même une admiration sans bornes.

Elizabeth était venue à Paris à l'occasion des fêtes de fin d'année et avait eu l'autorisation de dormir avec Raja, rue Cler. Théau était resté au Centro. Cela avait été l'occasion pour elles de beaucoup parler, des filles, des procès en cours. De Théau qui avait changé, qui se plaignait toujours de son bras, qui s'exprimait peu et semblait en permanence ailleurs, concentré sur quelque chose qu'il ne voulait pas partager. Même s'il restait attentif, tendre, et totalement impliqué dans la gestion du Centro et de ses pensionnaires. De fait, Théau ne s'intéresserait plus qu'au Psycosme. Il y faisait des allers-retours quotidiens afin, disait-il, d'apprivoiser encore le moyen d'y accéder, de faire sien ce changement de décor, de s'habituer aux infrasons, d'affiner sa perception des modes de déplacements dans les strates d'ondes. Elizabeth le soupçonnait d'y faire des incursions de plus en plus longues, d'y voyager. De se rendre là où il voulait, quand il voulait. Et, dans tout cela, Elizabeth décelait que Théau ne jouait pas, qu'il n'était pas un scientifique qui étudiait une nouvelle matière, non, elle sentait qu'il cherchait quelque chose dont il ne souhaitait pas lui parler… Et dont elle préférait ne rien savoir.

Goran avait été privé de contacts physiques avec la famille Connor, avec Théau, Thomas ou Gabriel. Ainsi qu'avec tous ses collaborateurs chez GROW. Ce qui ne l'empêchait pas d'être très actif, à distance, au sein de la société où il occupait toujours son poste de directeur. Raja l'appelait tous les jours ou presque, vers 23 heures. La plupart du temps pour parler de tout sauf de leurs ennuis judiciaires. Pour de longues discussions, sur GROW, sur la mémoire de l'eau encore, ou sur les filles. Et d'autres fois pour échanger des mots de réconfort, de confirmation du manque et de ce qu'ils avaient envie de faire dès qu'ils seraient dégagés de leur bourbier judiciaire.

Ils n'avaient jamais été aussi proches depuis leur séparation forcée. Il s'agissait maintenant que l'audience du 27 se passe bien, sans éléments complémentaires à charge, pour que le juge prononce un non-lieu et qu'ils sortent de ce cauchemar. Pour enfin reprendre le cours de leur vie.

Le train arriva à Paris à l'heure prévue. Une voiture attendait Raja et le capitaine Martin.

Sitôt dans l'appartement rue Cler, le policier activa le boîtier de surveillance et vérifia que le bracelet était bien détecté. Une diode confirma que le périmètre de déplacement de Raja venait de se réduire à un rayon de trois cents mètres autour de son lieu de résidence. Une distance qui lui permettait de faire ses courses et d'aller au café-restaurant du coin sans risquer l'émission d'une alerte vers le centre de contrôle des détenus sous surveillance électronique.

Dès que le policier fut parti, Raja se débarrassa de la panoplie que lui imposaient ses avocats : un tailleur, veste et jupe assorties anthracite, un chemisier blanc, des escarpins noirs et pointus. Une tenue qui ne lui plaisait pas, mais qui était un uniforme dans lequel elle se glissait de plus en plus aisément, dans lequel elle sentait son intimité protégée, à l'abri. Elle envisagea un instant de se doucher, mais renonça en constatant qu'il était déjà plus de 20 heures. Elle enfila un jeans, un t-shirt et un pull épais à col roulé. Elle récupéra son smartphone dans son sac à main et s'allongea sur le lit après avoir composé le numéro de sa mère.

Après les quelques phrases d'introduction habituelles, Elizabeth démarra la conversation sur le fait du jour, le jugement rendu par la justice suisse.

— Franchement, Raja, cette décision est dégueulasse, il n'y avait aucune raison qu'on te punisse de quoi que ce soit…

— C'est sûr. Le pire c'est que les multinationales derrière l'accusation espéraient exactement obtenir ça, un gel de toutes les applications tirées de mes travaux. Pour leur permettre de mettre en place une stratégie, pour adopter tranquillement mes découvertes et en sortir gagnants. Même si, dans vingt ans, les hommes et les femmes profiteront gratuitement des effets de toutes les molécules de bases, essentielles à leur santé.

— Oui, grâce à toi Raja.

— Non, pas grâce à moi, c'est Louise Eiberg qui a conduit ces travaux et qui a déposé tous les brevets au nom de l'ONU

— Ho, arrête avec ça ! C'était toi Louise Eiberg…

— Oui, si on veut. Mais, on en a déjà parlé Maman, tout ça c'est du passé. De toute manière, je n'ai fait que finaliser les recherches initiées par un chercheur français. Et puis, je ne sais pas si je te l'ai déjà dit, mais c'est Théau qui m'avait lancé là-dessus.

— Je le sais. Et c'est grâce à ça qu'il passe tout son temps dans le Psycosme, avec son foutu boîtier.

Raja temporisa, laissa un silence s'installer et la conversation se décharger de la tension qui venait de grimper d'un coup. Parler du Psycosme avec Elizabeth était devenu compliqué. Le Psycosme obnubilait Théau, mais Raja percevait également que ce sujet était délicat pour sa mère, depuis Solar Max et l'effacement définitif de la conscience d'Azul. Après quarante années de présence ininterrompue, d'attention aimante, bienveillante. Et la disparition de ce petit Indien, Aditya, n'avait pas arrangé les choses : Elizabeth s'était promis de le sauver mais il s'était volatilisé le jour de la tempête solaire, sans que personne n'ait jamais réussi à le retrouver, ni ici ni là-bas.

— Tout va bien au Centro ? Quelles sont les nouvelles ?

Dans le court silence qui suivit, Raja ressentit une lassitude palpable chez sa mère. Une grande fatigue.

— Ça va oui. Ashitaka va repartir dans sa famille, à Tokyo, en juin prochain. C'est sûr maintenant. Il est prêt, il en a très envie, ses parents aussi, ils ne pensent plus qu'à ça depuis Solar Max. J'en ai parlé à Magnus, Obayana et Max. Figure-toi qu'ils m'ont tous les trois dit qu'ils aimeraient eux aussi quitter le Centro, retourner dans leurs pays d'origine, retrouver la *vraie vie*. Vivre comme tes filles. Ça m'a bien foutu les boules, mais ils ont raison.

— Sauf que tu ne pourras plus les protéger.

— Ils n'ont plus besoin que je les protège… Ils maîtrisent, ils sont grands. Je leur ai dit que j'allais me mettre à la recherche de lycées avec des pensions ou des familles d'accueil. Mais, tu sais Raja…

— Oui. Quoi ?

— J'ai beaucoup appris ces quinze dernières années, je n'ai aucun doute sur le fait que ces enfants avaient besoin d'une aide urgente. Mais ce n'était sans doute pas la bonne solution de les extraire de leur pays, de leur culture, et de les rassembler en un lieu unique, pour les mettre à l'abri. Je ne ferai plus comme ça à l'avenir : il faut imaginer des moyens de les aider là où ils sont. J'en ai parlé à Théau. Cela ne devrait pas être compliqué de trouver des familles prêtes à accueillir mes pensionnaires.

— Sans doute, oui. Mais le Centro va devenir quoi ?

— Tu sais, avec le recul je me dis que c'était délirant ce projet et…

— Délirant ? Certainement pas, c'est un lieu unique, plein de sens. Tu ne…

— Raja, le Centro, je l'ai créé parce que c'était ça que j'aurais voulu trouver quand j'étais adolescente, larguée, à la rue. C'était probablement égoïste de ma part de concevoir ce lieu et de le remplir d'enfants que je subtilisais à leur malheur pour me les attacher. Aujourd'hui, je n'arrive plus à porter tout ça. Sans compter que j'ai la certitude que ce n'est plus la meilleure façon de les aider et d'assurer leur avenir, leur intégration.

— Laisse-toi le temps de la réflexion, tu as peut-être juste besoin de te changer les idées, de prendre de vraies vacances.

— Mais je ne peux pas. Ils ont besoin de moi, ici…

Quelques secondes défilèrent, au cours desquelles il sembla à Raja qu'elles venaient d'entériner ensemble la fin du Centro. Puis Raja sentit qu'Elizabeth réfléchissait, hésitait.

— Tu voulais me parler d'autre chose, Maman ?

Dans le temps d'attente qui suivit, Raja passa en revue les sujets que sa mère aurait pu juger délicats à partager avec elle, sans parvenir à n'en trouver aucun. Elles avaient discuté de Théau, et Raja savait qu'Elizabeth et lui traversaient un cap difficile, fait d'une résignation face à la vieillesse qui approchait inexorablement, et qu'eux aussi étaient écrasés par la menace du procès. Mais elle ne s'attendait pas à ce que sa mère lui parle de sa fille.

— C'est à propos de Juliette…

— Oui ? Son voyage au Centro est organisé ? Il me semble qu'elle m'a dit qu'elle avait trouvé des billets pas chers, vers le 15 avril, c'est ça ?

— Tout à fait. Mais ce n'est pas de ça que je voulais te parler…

Juliette et sa grand-mère avaient développé une relation particulière pendant le séjour d'un mois et demi des filles au Centro. Elles se téléphonaient régulièrement.

— Elle accède au Psycosme depuis qu'elle est arrivée à Paris… Ça s'est déclenché d'un coup. Je l'y retrouve souvent. Elle ne veut pas t'en parler pour l'instant, elle a peur que tu réagisses mal.

Raja fut doublement surprise par cette nouvelle.

— Pourquoi je le prendrais mal ? C'est bien qu'elle soit connectée là-bas, même si ça peut être déstabilisant. De toute manière, après les initiations de l'été dernier, elle n'aurait jamais accepté d'en être privée…

— Oui, bien sûr. Mais elle a peur que ça t'inquiète. Et aussi… que tu sois jalouse ou que tu lui en veuilles.

— Ha bon, c'est la meilleure ça. Et pourquoi je lui en voudrais ?

— Parce que, toi, tu en as été privée de cet accès, tu n'as pas cette faculté. Il y a juste cette petite ouverture qu'Azul t'a réservée pendant ton coma.

— Je suis contente pour elle, tu sais. Et, dès que je pourrais à nouveau me servir de mon boîtier Memo2, je recommencerai à m'intéresser de près au Psycosme. Mais je ne suis pas jalouse, au contraire, ça me réjouit !

— Ne lui dis pas que je t'en ai parlé, elle m'en voudrait. Je vais lui dire moi-même, en précisant que tu es contente pour elle. Ça lui enlèvera un poids.

Raja temporisa le temps de quelques secondes, pour s'assurer qu'il n'y avait effectivement en elle aucune rancœur, aucune appréhension, nulle trace de jalousie. C'était le cas, et même tout le contraire : elle se sentait heureuse de cette nouvelle, elle la voyait comme une ultime récompense, une énorme marque d'affection. Juliette avait été accueillie dans la famille, jusque dans le Psycosme.

— Tu crois que ce pouvoir ou cette faculté se transmet en sautant une génération ?

— Je n'en sais rien Raja.

— En tout cas, merci de me l'avoir dit. L'essentiel maintenant, c'est que Juliette absorbe bien tout ça, que ça ne la perturbe pas trop, que ça ne l'empêche pas de vivre normalement.

— Non, ne t'inquiète pas, elle assure. Elle a beaucoup de

conseillers spécialisés, totalement dévoués.

— Ha oui, je sais. Des admirateurs transis d'amour pour elle, c'est ça ?

— Oui. Exactement !

Les deux femmes rirent ensemble et Raja sentit que ce moment, cette discussion avec sa mère venait de les regonfler toutes les deux. De les recharger en énergie positive, en preuves consistantes de bonheur. Et que tout cela dessinait de nouvelles ouvertures sur l'avenir.

— Bon, c'est pas tout ça, mais il faut que je bouge, Raja. Je te téléphone demain, pour te souhaiter ton anniversaire.

— D'accord. Appelle entre midi et 14 heures, je serai avec Juliette et les filles.

— OK ma belle. Et encore bravo pour aujourd'hui.

— Oui, merci Maman. À demain.

Raja posa le smartphone sur le couvre-lit et resta allongée, incapable de faire le moindre geste, occupée à se repasser la conversation qu'elle venait d'avoir avec sa mère.

La vie était faite de cycles, de projets, d'expériences plus ou moins abouties. L'essentiel était de faire les choses bien, sans traîner avec soi des remords. Elizabeth ne changerait plus d'avis sur le devenir du Centro et Raja sentait qu'elle avait raison. Ce projet de recueillir ces enfants dans un lieu unique était formidable, mais il avait montré ses limites. Notamment en termes d'isolement, dans tous les sens du terme. Et puis, à 63 ans passés, il fallait que sa mère pense à l'avenir, aux années qui lui restaient, pour les vivre tranquillement, sans pression, sans cette responsabilité écrasante qui pesait sur elle continuellement et qui la tenait pieds et poings liés au Centro. Ses pensionnaires s'en sortiraient très bien sans elle. Grâce à tout ce qu'ils avaient partagé ensemble, grâce au lien qui les reliait à travers le Psycosme.

Raja quitta le lit et ouvrit le frigo. L'inventaire rapide qu'elle en fit lui confirma son absence d'envie de cuisiner. Elle enfila une paire de baskets, son manteau, et sortit pour dîner dehors. En espérant que cette petite escapade à l'intérieur du périmètre autorisé la tienne éloignée de ses pensées accaparées par le Centro, la mémoire de l'eau, ou par son implication supposée dans la tuerie de Riga.

Elle s'installa à une table qui faisait face à un écran et commanda son repas.

Six mois après Solar Max, les chaînes d'informations en continu continuaient leur inventaire de ses impacts et conséquences. Ce traumatisme collectif était toujours là, au quotidien, dans la mémoire et les pensées de chaque homme et chaque femme sur Terre.

Raja se concentra sur le son de la télévision, tout en piochant méthodiquement dans son plat du jour, une brandade de morue plutôt réussie, accompagnée d'une salade verte un peu trop vinaigrée à son goût et de quelques tranches de baguette. Les bourses mondiales étaient toujours sinistrées. Des sociétés jadis en pleine croissance continuaient de déposer le bilan, incapables de s'adapter à une récession violente qui n'épargnait aucune zone géographique. La Chine et l'Inde connaissaient leur première crise économique et financière majeure. Les marchés des matières premières avaient flambé, l'inflation était redevenue un indicateur que tous les observateurs surveillaient attentivement. De nombreuses banques avaient plongé, entraînant une pénurie de prêts et alimentant un peu plus la mise au pas de l'activité de millions d'entreprises dans le monde. Pour les journalistes, il s'agissait de la pire crise des cent dernières années.

Malgré tout, Raja discernait dans tout cela beaucoup de points positifs, notamment la fin d'un aveuglement collectif, l'aboutissement d'un modèle arrivé en bout de course, celui d'un libéralisme forcené, follement capitaliste, qui n'avait contribué qu'à rendre les hommes, les États, les entreprises de plus en plus interdépendants et fragiles, totalement tributaires d'une pseudo croissance économique sans fin qui n'était qu'un mirage. Un mur. Partout dans le monde, des gens décidaient de quitter les villes, de s'organiser en rétablissant des communautés solidaires, si possible autonomes. En fondant leurs valeurs sur la modération, la recherche permanente de l'autosuffisance, le refus d'une vie de consommateur. De nombreux gouvernements venaient de rendre obligatoire l'installation de panneaux solaires et d'éoliennes reliées à des batteries de stockage dans chaque logement et bâtiment public où cela était faisable. Ce qui voulait dire à peu près partout, y compris pour les immeubles de centre-ville, où les toits et les façades se recouvraient progressivement de panneaux aérovoltaïques et d'air-panels de dernière génération. Et cela même aux USA et au Canada, deux pays qui n'avaient pu que constater l'absolue impossibilité de continuer d'entrevoir le futur en refusant ces solutions individuelles de stockage. Parce que, sans celles-ci, le bilan humain de Solar Max ne se serait pas arrêté à deux millions de morts et disparus – dont les deux tiers en Amérique du Nord –, mais aurait dépassé, selon la Commission d'enquête internationale réunie sous le contrôle de l'ONU, les vingt millions de victimes à travers le monde. Le bilan en terme financier aurait quant à lui été multiplié par dix et l'humanité affronterait en ce moment, non pas une crise économique majeure, mais un cataclysme ultime, total. Parce que les piles de MyEn et consorts avaient largement contribué à protéger, soutenir ou alléger les réseaux classiques de fourniture d'énergie pendant les journées qui ont suivi Solar Max, évitant ainsi une rupture définitive de la circulation des fluides d'électricité, de télécommunications et d'informations.

Plus simplement, la nécessité de rendre les équipements de stockage obligatoire au niveau individuel résultait de cette constatation évidente : il n'était plus envisageable de prétendre que des installations collectives puissent subvenir aux besoins en électricité de plus de huit milliards d'humains sans continuer d'épuiser des ressources énergétiques non renouvelables ou de construire et d'entretenir des centrales nucléaires qui constituaient autant de bombes à retardement. Le réacteur qui avait explosé suite à Solar Max avait nécessité l'évacuation d'un territoire deux fois grand comme la France. Cette zone morte immense entre les USA et le Canada avait été l'occasion d'une prise de conscience définitive et mondialement partagée de l'impossibilité de continuer d'exploiter ce type d'équipement. Trois cent mille personnes avaient été irradiées là-bas, en même temps que plus d'un million de kilomètres carrés de terrains, qu'il ne faudrait plus fouler pendant des milliers d'années. La première conséquence de cette tragédie, pourtant prévisible, était qu'il n'y avait plus un seul réacteur actif sur Terre. La deuxième conséquence directe était que la production et la gestion de l'électrique était devenue l'affaire de chacun, un paramètre de vie quotidienne. L'homme du futur fabriquerait et stockerait son énergie, la gèrerait au jour le jour en ajustant ses consommations, en en vendant ou en achetant à son voisin. Les réseaux nationaux ou privés ne serviraient plus qu'à effectuer des recharges ponctuelles.

Raja se laissa tenter par un fondant au chocolat. Elle le dégusta en absorbant les dernières informations de la journée : un programme de drones solaires européen venait d'être lancé, qui aurait comme fonction la géolocalisation et le relais de fréquences de télécommunication, afin de pallier les pertes en satellites. Les réseaux mobiles avaient peu à peu retrouvé leur efficacité d'avant Solar Max pour toutes les communications par la voix ou SMS. Par contre, il était encore compliqué d'accéder à internet via son abonnement téléphonique.

Les autres informations mises en avant par la chaîne étaient parfaitement hétéroclites. Trois États fédéraux de la côte est des USA réclamaient leur indépendance, deux attentats à la bombe au Texas venaient d'être revendiqués par un groupe de fondamentalistes chrétiens, jusque là totalement inconnu. La Chine confirmait sa mainmise sur le web depuis la mort des multinationales occidentales. L'application NoT de la Fondation No Trace équipait plus de trois smartphones ou smartpads sur quatre dans le monde. De nouvelles tensions avaient vu le jour entre la Chine et trois pays voisins, qui accusaient ensemble les Chinois de *faire pleuvoir* les nuages avant qu'ils ne quittent le sud de leur territoire, à coup d'envoi de bombes chimiques dans l'atmosphère, privant d'eau de pluie la Birmanie, l'Inde du Nord et le Bangladesh. Pour les médias, il s'agissait d'un épisode de plus de la *Guerre des nuages*, qui représentait une menace sérieuse pour la paix dans cette région du globe.

Raja secoua la tête. Un sourire apparut sur ses lèvres, pour finir par s'arquer totalement. Tant pis pour sa décision de ne plus y penser, elle allait revenir sur le sujet du jour, son information à elle, non reprise par les médias : la fin du procès de la mémoire de l'eau. Le dernier épisode de la deuxième partie de sa vie, cette parenthèse monumentale de quinze années qui s'était étirée depuis le carnage de Riga et la récupération de Mona et Lisa, jusqu'aux retrouvailles avec Juliette, la découverte d'Alice, et ce foutu procès en sorcellerie.

Finalement, cette période actuelle d'isolement forcé avait du bon. Elle coupait une tranche dans sa ligne de vie, elle gelait une portion dans la frise du temps et créait un sas de décompression entre deux étapes de son existence. Cette mise à l'écart lui permettait de faire le point, de se rassembler, de se forger une détermination pour l'avenir et d'abandonner ce qu'elle avait été pendant les quinze dernières années de sa vie. Car, au cours de cette période, Raja n'avait rien fait pour elle-même, elle avait vécu sans désir, sans envie, dans le besoin insupportable de retrouver Juliette, inattentive à Goran qui attendait pourtant beaucoup d'elle, et sans doute pas suffisamment chaleureuse avec les jumelles. Ses travaux sur la mémoire de l'eau n'avaient été que du remplissage. Pour figer sa propre mémoire, pour neutraliser le vide douloureux de l'absence. Un moyen de s'étourdir, d'occuper son esprit, ses mains, ses jambes. D'inonder sa boîte crânienne, pour immerger sa conscience.

Raja paya et quitta le restaurant. En sortant, elle demeura immobile quelques secondes face à la rue qui partait vers les quais de Seine. Elle avait envie de se promener, mais savait qu'elle ne pourrait pas faire plus d'une centaine de pas vers le nord sans que son bracelet déclenche une alarme. Elle comprima les muscles de sa mâchoire puis se força à sourire avant de faire une dizaine de tours du pâté d'immeubles, en marchant vite et en repoussant à plusieurs reprises l'impression d'être un chimpanzé en cage ou un hamster courant dans sa roue.

Elle reçut un court SMS de Goran à 23 h. Leur heure. Il lui souhaitait une bonne nuit, tout simplement. Elle lui répondit qu'elle était contente de sa journée, que c'était toujours ça de moins à gérer. Qu'elle avait hâte de reprendre une vie normale. Elle lui souhaita une bonne nuit, après lui avoir promis de l'appeler le lendemain.

Six jours plus tard : Jeudi 27 février 2031

RAJA

C'était quoi ces conneries ?

Ses empreintes digitales ainsi que celles de Goran avaient été identifiées sur le pistolet-mitrailleur de Riga. La police lettone était catégorique, les résultats venaient d'être confirmés par les enquêteurs français : leurs empreintes correspondaient à celles retrouvées sur l'AK-47 utilisé par Lamal Kraftchek pour assassiner douze personnes dans les locaux de XY-Labs. L'arme ayant été détruite courant 2020, procéder à de nouveaux relevés n'était donc plus possible, mais il était évident pour l'accusation que cette double identification confirmait les soupçons qu'ils essayaient d'étayer depuis plusieurs mois. Et ce n'était pas tout : un informateur que les policiers refusaient de nommer leur avait fourni la copie d'un mail envoyé par Goran Alaric à Raja Connor l'avant-veille de la tuerie. Alors même que tous deux n'étaient pas censés être en contact. *Raja, tout est prêt, tu peux venir.* Pour l'accusation, ce texte prouvait de manière indéniable le fait que les deux prévenus avaient prémédité l'opération de Riga, qu'ils avaient armé Kraftchek avec comme objectif de faire un ménage complet chez XY-Labs et de récupérer les deux bébés qui s'y trouvaient.

— Vous persistez à ne pas reconnaître que vos empreintes puissent s'être retrouvées sur cette arme ?

Raja lança un regard à ses deux avocats. Ils avaient l'air encore plus sonnés qu'elle.

— Oui, bien sûr. Vous imaginez quoi ? En admettant qu'on ait planifié tout ça avec autant de soin et de détermination, vous pensez qu'on se serait amusé à tripoter ce fusil mitrailleur avec Goran, pour bien marquer nos empreintes dessus ? C'est du délire… Je n'ai jamais touché une arme à feu de ma vie !

— Et votre complice, Goran ?

— Goran n'est pas mon complice. Et c'est un ancien flic, vous pensez vraiment qu'il serait suffisamment stupide pour laisser ses empreintes sur un flingue qui va servir pour un crime ?

Raja observa la figure du juge sans rien y décerner d'autre qu'une extrême concentration, une absence totale d'affect. Elle se fit la remarque que si un romancier devait mettre en scène ce professionnel du parquet, il le décrirait sommairement. Parce qu'il exerçait un métier stéréotypé, comme les psychiatres, les croque-morts ou les éleveurs de moutons. Et parce que, pour Raja, il correspondait pile-poil à l'image qu'elle se faisait d'un juge. Son bureau, son costume étaient ceux d'un magistrat, et il flottait dans l'air une odeur de vieux papier, de cire et de poussière, un parfum de justice.

Elle se reconcentra sur la discussion au moment où son interlocuteur reprit la parole.

— Et ce mail, vous prétendez que c'est un faux ?

— Oui, bien sûr. Je n'ai jamais été propriétaire de ce compte email et nous n'avons jamais communiqué avec Goran avant que je le retrouve à Riga le jour du massacre. Ce mail est un faux grossier. J'imagine qu'en faisant des recherches chez les deux providers concernés vous constaterez qu'ils n'en ont aucune trace.

— D'après ce que je lis, ce travail est en cours pour l'email utilisé par monsieur Alaric. En ce qui concerne le vôtre, l'hébergeur a répondu qu'ils n'avaient aucun moyen de retrouver ce type d'information quinze années en arrière, sur un compte qui n'existe plus dans leur base.

Raja allait reprendre la parole lorsque l'avocat assis à sa droite leva une main pour lui intimer de garder le silence. Il déplaça légèrement une pile de dossiers afin de pouvoir poser ses coudes sur le grand bureau du magistrat.

— Monsieur le Juge, vous le savez tout aussi bien que moi, cette pièce est inutilisable. Le deuxième fournisseur sera dans l'incapacité de retrouver cet échange de mail dans ses bases de données, rien ne pourra donc être avancé qui en prouvera l'authenticité. Ce mail a, de plus, été obtenu d'une manière mystérieuse, tombé du ciel, d'on ne sait où, et il aurait très bien pu être fabriqué par n'importe quel bricoleur qui s'y connaît un tant soit peu en informatique. Vous ne pouvez qu'écarter cet élément grossier du dossier, et je vous remercierai de ne même plus l'évoquer à l'avenir.

Le juge demeura silencieux, en passant alternativement son regard sur ses interlocuteurs. Il soupira puis se redressa dans son fauteuil pour s'adresser à Raja :

— Vous savez, Madame Connor, plus nous avançons sur votre disparition de l'hôpital de Londres, sur la tuerie de Riga, sur le clonage de votre fille ou sa récupération à Miami, plus nous creusons ces sujets, et plus j'y distingue des zones d'ombres. Plus on cherche à comprendre et plus on se heurte à des mystères, à des silences. Il est évident que vous nous cachez encore beaucoup de choses. Et votre bonne volonté apparente ou votre statut de victime ne suffisent plus, à mes yeux, à vous protéger de toutes les accusations qui se précisent au fil du travail des équipes de police.

Raja s'adossa dans son fauteuil en croisant les bras. Elle reprit la parole.

— Vous nous avez dit que vous disposiez de trois nouveaux éléments, apportés par les enquêteurs. C'est quoi le troisième scoop de la journée ?

Elle sentit ses deux avocats se tendre imperceptiblement. Elle savait qu'il ne fallait utiliser que du vocabulaire choisi, neutre, pour prouver qu'elle n'était en toutes circonstances ni sur la défensive ni agressive. Elle faisait du mieux qu'elle pouvait. Elle aurait certainement dû remplacer *scoop* par *information*, pour obtenir une phrase froide, vide de tensions. Mais elle avait quand même réussi à éliminer *scoop foireux* de sa question. Ce qui n'était déjà pas si mal.

Le juge posa les feuilles agrafées et le stylo qu'il n'avait pas lâchés depuis le début de l'audience.

— J'ai trois enregistrements vidéo à vous montrer.

Il fit pivoter l'écran de son ordinateur afin de l'orienter face à ses trois interlocuteurs.

— Les deux premiers ont été filmés par le drone de surveillance extérieur de la villa de Victoria Banks-Melville, le 13 août dernier. Le troisième est un extrait de la vidéo de déposition de l'ancien gardien de cette même villa, un dénommé Murdoch Parry, qui apporte des précisions inédites sur l'opération de récupération de Juliette et Alice Banks-Melville par votre mère, Elizabeth Connor, et monsieur Théau Brodeur qui l'accompagnait. Vous le verrez, tout ceci est surprenant.

Le juge appuya sur une touche de son clavier et la première vidéo s'afficha. Théau y tenait un pistolet et menaçait un homme en jeans et chemise qui correspondait à la description qu'on lui avait faite du garde du corps d'Alice et Juliette. Elizabeth passait des menottes aux poignets du type, mains dans le dos, et le poussait fermement vers une porte d'accès à la maison, où les deux hommes pénétrèrent. Théau ressortit seul quelques secondes plus tard et Elizabeth referma derrière lui. La scène filmée s'arrêtait là.

— Ça ne s'est pas passé comme cela, on vous l'a expliqué plusieurs fois. Il me semble que les filles vous ont également raconté ce qui s'est passé dans la villa à Miami. C'est Murdoch qui a accueilli ma mère et Théau avec un pistolet et qui les a menacés. Il a même tiré sur Théau avant de se faire neutraliser. C'est une fausse vidéo, un montage très bien foutu, avec des images de synthèse.

Le juge hocha la tête, sans afficher d'expression particulière.

— Ce n'est pas fini. Attendez de voir la deuxième.

La deuxième vidéo montrait Elizabeth et Théau accompagner les deux filles Banks-Melville, menottées, poussées sans ménagement le long d'un chemin de graviers, vers un portail coulissant, avant de disparaître dans la rue.

Raja ne put s'empêcher de rire en secouant la tête.

— C'est du délire. C'est n'importe quoi. Même Juliette vous a confirmé ce qu'il s'est passé là-bas. Mona et Lisa aussi d'ailleurs, et Alice. Vous avez trouvé que mes filles avaient l'air d'avoir peur de nous, qu'elles vous cachaient quelque chose ? Qu'elles vivaient sous une contrainte quelconque ?

— Madame Connor, selon les policiers qui enquêtent, l'authenticité de ces deux vidéos de surveillance ne pose aucun problème. De plus, celle-ci est corroborée par le témoignage sous serment du principal témoin.

— Murdoch Parry ?

— Oui. Je vous propose de l'écouter tout de suite, c'est la troisième vidéo. Cette déposition filmée a été enregistrée par la police de Miami, dans leurs locaux. C'est en anglais, vous comprenez tous cette langue ?

Les deux avocats répondirent en hochant la tête et Raja ressentit, au moment où la troisième vidéo se mit en route, un très faible bourdonnement, à peine audible, qu'elle identifia aussitôt. Un infime murmure, un ralentissement infinitésimal du temps qui s'écoulait, une altération imperceptible de la pesanteur. Ce son infrabasse caractéristique de l'ouverture, dans le bureau du juge, d'une lucarne sur le Psycosme. Un son qui s'accompagnait invariablement d'une sensation diffuse autour de sternum, qui allait se transformer peu à peu en un léger écœurement. Si quelqu'un venait d'arriver dans la pièce via le Psycosme, cela ne pouvait être que Théau. Probablement pour faire un point précis sur l'audience du jour… Ce qui voulait dire qu'il savait qu'il s'y passerait des choses nécessitant une présence discrète.

Raja sourit et se concentra sur la vidéo du témoignage de Murdoch Parry, l'ancien gardien de la villa de Miami, récemment licencié par sa nouvelle patronne. Elle n'avait encore jamais vu le visage de cet homme, un métis aux yeux verts et aux traits fins, cheveux longs, lissés et rassemblés en catogan. Un type athlétique et qui parlait de manière franche, sans chercher ses mots, parfaitement à l'aise avec les mensonges qu'il confirmait, face caméra. Le couple qui apparaissait sur la vidéo de surveillance l'avait effectivement menacé avec un revolver sitôt qu'il leur avait ouvert la porte de la propriété. La femme lui avait passé des menottes, ils l'avaient ensuite assommé dans l'appartement situé sous la villa. Il s'était réveillé quelques minutes après et avait entendu de nombreux cris retentir au-dessus de sa tête, dans le salon où les filles se trouvaient lorsqu'il était sorti ouvrir le portail aux visiteurs. Il affirmait qu'il avait eu très peur pour Alice et Juliette et qu'il n'y avait pas d'autres adolescentes ou enfants sur les lieux. Que l'homme et la femme qui avaient enlevé les filles étaient venus seuls. Il ne les avait jamais vus avant. Il était resté enfermé toute l'après-midi, jusqu'à l'arrivée de la cuisinière, Olivia, vers 18 heures. Cette dernière avait d'ailleurs confirmé qu'elle l'avait entendu appeler et crier, puis trouvé menotté dans l'appartement du rez-de-chaussée.

À la fin de la vidéo, le juge replaça l'écran dans sa position initiale et croisa les bras avant de s'adresser à Raja.

— J'imagine que vous allez m'affirmer que cet homme ne dit pas la vérité…

— Oui. Il ment. Les faits se sont passés comme mes filles, Théau et moi vous l'avons expliqué. Mais le pire dans tout ça, c'est que je ne vois pas à quoi servent ces mensonges, ses preuves inventées. Je ne comprends pas pourquoi quelqu'un voudrait absolument que je sois condamnée, que j'aille en prison.

Le juge allait reprendre lorsque l'avocat à gauche de Raja leva la main.

— S'il vous plaît Madame Connor, nous verrons ensemble ces questions. Pour l'instant, vous confirmez vos déclarations précédentes concernant la… récupération de Juliette et Alice à Miami, c'est bien cela ?

— Oui.

— Et concernant les deux nouvelles informations vous impliquant, vous et Goran Alaric, dans la préparation de la tuerie de Riga, vous confirmez que vous pensez qu'il s'agit de faux, d'éléments montés de toutes pièces ?

— Je ne pense pas qu'il s'agisse de faux : ce *sont* des faux. Et je vous le dis une nouvelle fois : nous sommes arrivés devant les locaux de XY-Labs quelques minutes avant le tueur, avec uniquement l'intention d'observer les lieux. Nous ne savions même pas que cette société se trouvait là.

L'avocat se tourna à nouveau vers le juge.

— Ma cliente conteste tous ces nouveaux éléments. Nous n'avons rien d'autre à ajouter.

Raja se cala au fond de son fauteuil et attendit que le magistrat affiche son visage de conclusion, de fin d'audience. Ce qu'il fit après avoir vérifié discrètement l'heure sur l'écran de son ordinateur et rangé son stylo dans la poche intérieure de sa veste. Comme d'habitude.

— Je vais réentendre en début de semaine prochaine monsieur Alaric en ce qui concerne Riga. On verra ce qu'il aura à me dire sur le sujet. Je vais devoir interroger à nouveau monsieur Brodeur, sur les circonstances de la récupération de votre fille Juliette et de sa sœur Alice, à Miami. Que je reconvoquerai pour l'occasion. Je ne vous cache pas que la situation me semble de plus en plus compliquée pour vous, aussi bien en ce qui concerne votre implication à Riga que pour l'enlèvement des deux filles Banks-Melville. Et, en l'état actuel des choses, je ne vois pas comment nous pourrions ne pas aller au procès.

Il fit une courte pause, jeta un coup d'œil à la greffière qui occupait un petit bureau sur sa gauche.

— Dans l'éventualité où nous nous dirigerions effectivement vers un procès, je serai dans l'obligation de durcir votre régime de surveillance. J'en suis désolé, mais je suis certain que vous comprenez la situation…

Les deux avocats de Raja hochèrent la tête de manière plus ou moins synchronisée et Raja se força à ne plus ouvrir la bouche avant d'avoir quitté la pièce. En regardant les visages autour d'elle, elle constata que le bourdonnement infrabasse produisait les effets habituels, un ralentissement infime de la circulation dans les vaisseaux sanguins qui entraînait une pâleur caractéristique, ainsi qu'un état interne proche du mal de mer. Raja nota que le juge semblait pressé de clore la séance. Il porta une main à son front, l'avocat sur sa gauche réprima un bâillement.

— Je vous remercie. C'est tout pour aujourd'hui. On se voit dans une semaine, à la même heure.

Les avocats de redressèrent immédiatement :

— Mais, Monsieur le Juge, ce délai est beaucoup trop court, comment voulez-vous que l'on…

— Messieurs, tous ces travaux ont déjà trop duré, je vous rappelle que l'instruction court depuis six mois. On fait un dernier point dans une semaine et je clôturerai l'instruction dans la foulée. Les dossiers de l'accusation me semblent bien ficelés, ils contiennent suffisamment d'éléments à charge, avec des pièces et des argumentations qui me paraissent solides. Donc, je le répète, sans nouveaux éléments dans votre défense qui me permettraient de tirer un trait définitif sur les accusations et de prononcer une relaxe, un procès sera, j'en suis convaincu, l'occasion de faire toute la lumière sur les zones d'ombre qui demeurent en de trop nombreux points du dossier.

Il y eut les échanges de poignées de main d'usage, plus brefs que d'habitude, effectués dans un silence pesant.

Dans le couloir, Raja retrouva le capitaine Martin qui l'attendait, debout face à la porte. Elle passa devant lui, descendit l'immense escalier en pierre pour rejoindre une sortie qui donnait sur la cour intérieure du Palais de justice. Sitôt à l'extérieur, elle prit une grande inspiration d'air frais avant de s'adresser à Florent Martin :

— Vous m'accompagnez ? J'ai besoin de marcher un peu avant de débriefer avec ces messieurs.

Puis en se tournant vers ses avocats :

— On se retrouve ici dans un quart d'heure ?

Il faisait beau, une brise froide flattait les quais de Seine. Flanquée de son policier attitré, Raja remonta jusqu'à l'extrémité ouest de l'île de la Cité, pour faire le tour de ce petit jardin public qu'elle aimait bien, qui terminait en pointe, comme la proue d'un grand navire dans le fleuve. Un endroit agrémenté d'un lampadaire parfaitement parisien et d'un saule pleureur dont les branches basses flirtaient avec les pavés et les pierres.

Dès qu'elle serait chez elle, au calme et non surveillée, elle téléphonerait à Thomas pour lui demander qu'il lui transfère toutes les informations dont il disposait concernant Murdoch Parry. Pour réfléchir avec lui et tenter d'identifier qui pouvait être derrière tout ça, qui était responsable de ce faux témoignage et de ces preuves fabriquées. Pour trouver cette personne qui, alors même que VBM était morte, continuait de vouloir l'enfoncer, la faire condamner, la priver encore d'une vie normale avec les siens. Elle appellerait ensuite Théau, pour voir ce qu'il avait pensé de l'audience et procéder à un point complet sur la situation. Et pour lui demander pourquoi il avait fait le déplacement spécialement pour cette audience et pas pour une autre. Elle en était certaine, Théau et Thomas avaient forcément une idée précise sur l'identité de la personne qui tirait les ficelles de cette farce.

Ses deux avocats l'avaient attendue dans le hall du tribunal. De loin, Raja avait constaté qu'ils discutaient vivement, visiblement en désaccord. Lorsqu'elle s'approcha d'eux, ils lui firent signe de la rejoindre derrière une colonne de pierres en prenant des airs de conspirateurs. Le capitaine Martin resta en retrait d'une dizaine de mètres. Elle décida d'entrer dans le vif du sujet avec les deux professionnels en affaires pénales qui suivait sans cas depuis six mois. Qu'elle trouvait très compétents, quoiqu'un peu mous à son goût.

— Bon. Pour résumer la situation, je pense qu'on peut

dire qu'on est mal barrés, Goran et moi. C'est ça ?

Ils affichèrent un air surpris, échangèrent un regard. Puis le plus petit des deux prit la parole :

— Oui. C'est le moins qu'on puisse dire, Raja. Le mail envoyé par Goran à votre intention ne tient pas la route, c'est même scandaleux que le juge ose produire ce type de pièce. Je pense que l'on n'en entendra plus parler. Par contre, les empreintes digitales sont accablantes, elles sont des preuves parfaites pour l'accusation. Si l'on n'arrive pas à décrédibiliser cette pièce, à démontrer que ces expertises ont été falsifiées ou qu'il y a un vice de procédure quelconque, on va droit au procès.

— Vous allez demander une vérification de ces empreintes, de tout le circuit qui a conduit à ces conclusions bidon ?

— Oui, bien sûr, mais cela prendra largement plus d'un mois… Il faut qu'on trouve autre chose.

— Comme quoi ?

Le second avocat assura le relais, visiblement énervé.

— On n'en sait rien, c'est bien le problème. Pour tout vous dire, en ce qui me concerne, je pense qu'on aurait tout à gagner à nous préparer au procès, à commencer à rassembler nos propres éléments de preuves, en faisant des interviews sur place, en enquêtant sur la destruction de l'AK-47 ou sur les policiers lettons qui ont effectué les prélèvements d'empreintes, en reconstituant précisément votre parcours ainsi que celui de Goran Alaric, à Riga le jour des meurtres.

— Mais enfin, messieurs, pourquoi aurions-nous fait ça, dégommer tout le monde sur place, ça n'a aucun sens, vous le savez bien.

— Pour le juge, le mobile éventuel est clair. C'est la vengeance et la récupération de votre fille. Vous êtes d'ailleurs revenus de là-bas avec vos jumelles, sans passer par la police pour vous présenter comme témoin, ce que vous auriez dû faire. Et vous avez continué ensuite de vivre sous un faux nom. Ce dernier point est également accablant.

— Mais il n'est pas question qu'un procès s'ouvre et qu'on soit accusés, Goran et moi, de complicité d'assassinats ! En plus, ça prendrait combien de temps tout ça ?

— Un procès ne se tiendrait pas avant un minimum de dix-huit mois.

Le premier avocat enfonça le clou :

— Si vous voulez qu'on prépare votre défense le mieux possible, la meilleure chose à faire et de se mettre en ordre de bataille dans l'optique du procès. Pour nous assurer que vos conditions de surveillance ne se transforment pas en conditions de détention, pour vous et Alaric, et pour initier dès à présent la totalité des contre-expertises et enquêtes dont nous aurons besoin pour prouver votre innocence.

Raja hocha la tête. Il n'était pas question que ce vaste délire aboutisse à un procès. Et elle en avait ras le bol de cette discussion.

— OK. Messieurs, je vous propose que vous commenciez à plancher sur une stratégie de défense complète en cas de procès. Dans le même temps, faites-moi un mémo de tout ce qui pourrait décider le juge à prononcer une relaxe. En y notant tout ce qui vous passe dans la tête, y compris des choses qui vous paraissent délirantes. On est jeudi, l'idéal serait que ces deux rapports soient prêts pour lundi midi au plus tard. Je suis à votre disposition demain et pendant tout le week-end pour répondre à vos questions, affiner des idées, etc. On se réserve ensuite l'après-midi de lundi prochain pour phosphorer ensemble sur tout ça. Ça vous va ?

Les deux hommes hochèrent la tête, semblant approuver ce plan de travail, le fait d'avancer en suivant deux pistes. Raja se dit qu'ils seraient sans aucun doute très efficaces en ce qui concernait le chantier de préparation au procès. Quant au chantier de la relaxe, c'était à elle de se démener. Avec l'aide de Thomas et Théau.

Ils sortirent du Palais de justice et Raja remercia ses avocats en les gratifiant d'un sourire sincère. Elle les regarda s'éloigner vers une brasserie qui faisait le coin de la rue. Il était déjà 13 heures. Elle rejoignit le capitaine Martin et s'assit à côté de lui, sur un banc.

— Ça va si mal que ça ?

— Oui Florent. Les enquêteurs ont retrouvé nos empreintes digitales sur le fusil mitrailleur utilisé par le frère Kraftchek, à Riga.

— Les vôtres et celle de Goran ?

— Oui.

— Putain, mais c'est n'importe quoi…

— C'est ce que je pense aussi. Pour vous, en tant que flic, ça vous paraît possible de falsifier ce genre d'éléments, sur une affaire qui remonte à quinze ans en arrière ?

— Ça l'est forcément, mais c'est complexe. Ça suppose notamment de graisser pas mal de pattes au passage.

— Payer des gens, c'est ça ?

— Oui. L'officier de police qui travaillait sur le dossier à l'époque et probablement un ou deux types qui bossent dans les services d'identification. À Riga.

Raja fixa son regard devant elle, attentive aux bruits de la ville, à la lumière du soleil qui se reflétait sur les fenêtres, sur les vitrines de magasins et de restaurants, sur les carrosseries. Le policier se leva.

— J'ai froid. Vous voulez faire quoi ?

Raja contempla ses chaussures de femme d'affaires, ces escarpins aux talons un peu trop hauts, désespérément noirs et raides. Elle avait envie de marcher, seule, en forêt ou en montagne. Ou en bord de mer, avec Goran, main dans la main. De faire du bateau avec ses filles, en Bretagne. D'être à nouveau une adolescente insouciante, de retrouver son quotidien parfait de gamine privilégiée, couvée par sa mère, en plein centre de Brooklyn. Elle avait envie d'être libre de faire ce qu'elle voulait, tout ce qu'elle désirait.

— On va rentrer Florent… J'ai une grosse semaine à

préparer.

De retour rue Cler, Raja improvisa une salade rapide qu'elle mangea debout dans la cuisine, les fesses contre le plan de travail. Le puits de lumière éclairait parfaitement bien l'espace où son père peignait. Elle imagina Azul tel que sa mère le lui avait décrit, à quatre pattes, dans une combinaison couverte de traces de couleurs, cerné par les pots, les pinceaux.

Raja avait décroché des murs les vieux croquis, les notes punaisées par son père, et avait tout repeint en rouge cerise et ocre. Pour s'occuper et s'approprier les lieux. Elizabeth lui avait dit qu'elle pouvait remanier la décoration comme elle le souhaitait, à son goût, que l'appartement de la rue Cler n'était pas un mausolée. Elle avait fait agrandir plusieurs photos : un très beau portrait du couple formé par ses parents, pris sur le pont d'un bateau, l'été, où leurs visages envoyaient des sourires radieux, solaires ; Azul debout en maillot de bain sur la plage, les lettres RAJA tracées dans le sable à ses pieds ; la reproduction d'un dessin réalisé par sa mère, qui représentait une madone portant un nourrisson dans ses bras. Elle avait fait encadrer plusieurs tableaux signés par son père, dont un portrait énigmatique qui affichait le visage d'un homme qui aurait pu ressembler à Théau. Pour le reste, elle n'avait touché à rien, hormis le matelas qu'elle avait remplacé. Côté cuisine, la porte du frigidaire s'était recouverte progressivement de photos de ses filles.

40 ans. Elle venait d'avoir 40 ans. Et elle se retrouvait coincée à l'endroit où elle avait probablement été conçue. À quelques mètres de l'urne qui renfermait les cendres de son père, toujours là, posée contre le mur de l'atelier, sous le puits de lumière. En buvant son café, assise sur le banc de la cuisine, Raja se dit qu'il faudrait qu'elle en parle avec sa mère, qu'elles décident ensemble ce qui serait le mieux pour les cendres d'Azul. Qu'elles trouvent un endroit où les déposer, quelque part où elles seraient bien.

Qui pouvait lui en vouloir à ce point ?

Victoria Banks-Melville était morte quelques heures après avoir initié les accusations contre elle. D'après les documents récupérés par Thomas, c'était elle qui était à l'origine de l'enquête criminelle ouverte pour association de malfaiteurs, assassinats et kidnapping. Mais les motivations qui l'avaient poussée à entamer cette procédure étaient difficilement compréhensibles… Avait-elle fait tout cela pour éviter qu'un jour Juliette et Alice découvrent toute la vérité sur leur mère adoptive ? Avait-elle attaqué afin de conserver l'avantage, au lieu d'attendre et de se retrouver en difficulté, impréparée et vulnérable, le jour où Raja Connor l'aurait poursuivie en justice, après avoir remis la main sur Juliette ? Le plus étrange était que l'accusation avait continué d'être alimentée par de nouveaux éléments après le décès de VBM, comme si quelqu'un avait repris le flambeau de cet acharnement contre elle.

La seule explication était qu'il demeurait une personne pour laquelle Raja continuait de constituer une menace. Quelqu'un qui se savait vulnérable, un ultime associé de XY-Labs ou un proche de Victoria Banks-Melville avec qui elle aurait partagé des informations confidentielles et sensibles. Quelqu'un qui aurait été impliqué dans la tuerie de Riga et dans l'attaque de Londres.

Si une telle personne existait, il fallait que Thomas et Théau parviennent à l'identifier.

Il était 15 heures lorsqu'elle composa le numéro de Thomas. Elle le mit au courant de ce qui s'était passé le matin, dans le bureau du juge. Il ne parut pas surpris, elle commença à parcourir la pièce en tous sens, tendue.

— Thomas, ne me dis pas que tu savais que l'accusation allait revenir avec ses foutues empreintes digitales, un faux mail, des vidéos truquées et un témoignage bidon. Si ?

— Non Raja. Je sais simplement que quelqu'un continue d'alimenter les policiers, de manière anonyme.

— Mais tu sais qui c'est, non ?

— On a identifié l'informateur, oui. J'ai tout passé à Théau et il m'a demandé de n'en parler à personne.

— Pourquoi Thomas ? Pourquoi ne pas me le dire ?

— C'est quelqu'un que tu ne connais pas. Et c'est mieux que ça reste comme ça, il n'est pas question que la police ou le juge pensent que tu sais de qui il s'agit, tu n'es pas censée connaître cette information. Pareil pour moi, c'est pour ça que je n'ai pas voulu aller plus loin. C'est Théau qui s'occupe de la suite, il m'a dit qu'il préparait quelque chose. Il sait ce qu'il fait.

— Mais quoi, qu'est-ce qu'il prépare ?

— Je ne devrais pas t'en parler… Il m'a expliqué qu'il comptait convaincre quelqu'un de témoigner.

Raja ne parvint plus à contenir la colère et la frustration qui étaient montées trop rapidement, au fil de la discussion.

— Mais putain, c'est moi qui suis dans la merde, avec Goran. Pourquoi vous nous cachez des choses ?

— Raja, je te le répète, je ne suis pas allé dans les détails. Théau m'a demandé de l'aider à décrypter des dossiers, à s'introduire dans des nuages de données personnelles. Ce que j'ai fait. Mais je me suis interdit d'y farfouiller. Je te rappelle que moi aussi j'ai été interrogé par les enquêteurs. Il n'est pas exclu qu'ils me convoquent à nouveau et il n'est pas question qu'ils aient l'impression que je détiens des informations auxquelles je ne devrais pas avoir accès. Ça risquerait de tout foutre en l'air, de leur remettre un gros doute sur notre implication réelle dans ce qui s'est passé à Riga. Plus on sait des choses et plus on est potentiellement coupables, tu comprends ? Et c'est valable surtout pour toi Raja. Le juge pense déjà qu'on lui cache un paquet de trucs, alors il n'est pas question qu'on augmente encore la quantité d'informations qu'on n'est pas censés connaître. C'est suffisamment le bordel comme ça, non ?

La colère de Raja reflua d'un coup. Elle retourna contre elle ce qu'il en restait, en se reprochant de ne pas avoir conservé son calme. Elle ne s'était jamais emportée contre

Thomas. Elle se servit un verre d'eau.

— OK. Excuse-moi de m'énerver. Mais j'en ai vraiment assez de toutes ces conneries…

— Je comprends, mais il faut que tu fasses confiance à Théau. Il m'a dit qu'il s'occupait de la suite. Cette semaine. Il a tout récupéré sur ce type, des documents compromettants, imparables contre ce qui t'est reproché. Il a même la preuve du lien entre VBM et XY-Labs. Mais, en attendant, il faut que tu restes en dehors de ça. Vraiment.

— Si tu savais à quel point j'en ai marre.

— Tu vas t'en sortir Raja. Je n'ai aucun doute là-dessus. Théau a prévu d'agir. Continue de travailler avec tes avocats, élaborez votre stratégie de défense comme s'il n'allait rien se passer dans les jours qui viennent. Pareil pour Goran. Restez calmes, sereins. Goran et toi, vous êtes parfaitement innocents.

Raja but, lentement.

— Tu as raison. Excuse-moi encore, je n'aurai pas dû m'énerver.

— T'inquiète. Ça fait chier tout ça, y a pas d'autres mots. Mais c'est bientôt terminé. Je te le promets. Théau m'en a parlé hier, il a un plan et a prévu de le mettre en œuvre aujourd'hui.

Raja secoua la tête pour éparpiller, dissiper les dernières flammèches de colère, les ultimes lames de frustration. Elle ouvrit la fenêtre qui donnait sur la cour et inspira à fond. Elle sourit en constatant que Thomas restait silencieux, respectueux de son retour au calme.

— Et toi, tu vas bien ? Tout se passe bien chez MyEn, pour l'application NoT ? Et Marion ?

Thomas rit à l'autre bout de la ligne et Raja comprit que l'incident était clos.

— Ça fait beaucoup de questions !

— Oui. Alors, tout va bien ?

Thomas la mit au courant des dernières nouvelles depuis la fin janvier. C'était toujours la folie au niveau des commandes chez MyEn. Un nouveau modèle d'unité de stockage pour appartement était en phase de test, des films de revêtement aérovoltaïques pour fenêtres et façades étaient en cours de développement avec un industriel chinois chez qui Thomas devait bientôt se rendre. Il était fasciné par la Chine, parfaitement à l'aise avec leur façon de gérer les projets et de faire des affaires. Il en parlait à Raja à chaque appel. En ce qui concernait l'application NoT, Thomas se retrouvait à la tête de la première solution mondiale de communication unifiée entre les hommes. Une équipe dédiée d'une centaine de personnes était affectée à temps plein sur l'outil. La Fondation No Trace était maintenant connue et reconnue, courtisée au quotidien par des fonds d'investissement ou des multinationales.

Il était 16 heures lorsque la conversation avec Thomas prit fin. Soit 10 heures du matin à Cuba. Raja décida de ne pas attendre et d'essayer de joindre Théau. Il ne décrocha pas et elle lui laissa un message en lui demandant de la rappeler dès qu'il aurait une minute.

Sans attendre, elle décida de joindre sa mère.

Elle était à La Havane pour la journée, occupée à faire un ravitaillement complet avec Esteban. Elizabeth expliqua que Théau était probablement en train d'assurer un cours ou de bricoler.

— Il te rappellera dès qu'il pourra, ne t'en fais pas.

— OK Maman, je te laisse faire tes courses.

— Oui. Et sinon, ça va toi ? Il y avait une audience ce matin, non ? Ça s'est bien passé ?

— Bof. Non, c'était l'horreur. Je te raconterai. Mais on garde le moral, ne t'inquiète pas. Je te rappellerai ce week-end.

Raja s'apprêtait à sortir lorsque la sonnerie de son smartpad retentit. C'était l'un de ses avocats. Il lui demanda si elle était certaine que ni elle ni Goran n'avaient touché l'AK-47 de Riga après qu'il ait servi.

— Non, comme je vous l'ai dit, je ne suis pas allée à l'étage où Kraftchek a zigouillé tout le monde. Et Goran, qui y est monté comme vous le savez, n'a fait que constater que le type était mort. À mon avis, il n'a pas touché l'arme non plus, il n'avait aucune raison de le faire. Mais posez-lui la question, vous verrez bien quelle sera sa réponse.

— Raja, pour être tout à fait sincère, je pense qu'il faudrait qu'on affirme que vous avez touché cette arme après la tuerie, que vous l'avez déplacée, pour vous défendre peut-être. Il faut trouver une raison qui justifie la présence de vos empreintes.

Raja réfléchit. L'idée n'était pas idiote, au cas où le procès se tienne et que la contre-expertise concernant l'identification des traces digitales ne donne rien.

— OK, on peut essayer de travailler dans ce sens. Mais, vous allez trouver que j'insiste : je n'ai pas touché cette arme, ni avant, ni après, ni jamais… Le mieux, c'est quand même de ne pas mentir, non ?

Il y eut un silence au cours duquel Raja ne put réprimer un sourire, en imaginant que cette question n'était pas si anodine que cela pour un avocat.

— Oui. Sauf si c'est pour la bonne cause…

Les lèvres de Raja s'étirèrent davantage. Elle secoua la tête en réalisant qu'il fallait absolument qu'elle réussisse à contacter Théau, pour qu'il la rassure. Pour ne pas que la situation devienne vraiment indémerdable. Elle se résolut à dire ce que l'avocat voulait entendre.

— OK. S'il le faut, continuez sur cette piste, voyez ce qu'en pense Goran…

— On vous envoie d'ici quelques minutes la synthèse évoquée ce midi. Je vous laisse cogiter ça et on en rediscute après le week-end ?

— Très bien. À lundi.

La fin d'après-midi passa lentement, Raja parvint à maintenir à distance toutes ses pensées qui concernaient

Riga ou Londres, VBM et même Théau. En faisant quelques courses rue Cler, elle se concentra sur ce qu'elle pourrait se faire à manger pour le soir et le lendemain midi. Elle marcha ensuite pendant quarante minutes, en tournant en rond dans le périmètre autorisé, l'esprit vide de toutes pensées construites. Elle eut froid d'un coup et rentra en pressant le pas.

Après sa douche, Raja enfila un pyjama et s'allongea pour parcourir sa messagerie. Pas de nouvelles de Théau, ni par mail, ni par SMS ou dans sa boîte vocale. Le document envoyé par ses avocats ressemblait à un diagramme de gestion de projets, avec des bulles d'hypothèses qui dirigeaient vers des lignes de défense différentes. Elle referma le fichier, trop complexe pour une fin de journée, lança sa playlist pour se remplir les oreilles et parcourut deux sites d'information, sans conviction. Elle appela Mona, Lisa puis Juliette, pour de courtes conversations qui lui firent du bien, où elle n'eut à se concentrer que sur des problématiques légères, des sujets d'adolescentes en pleine forme, heureuses et pas encore tout à fait autonomes ou réalistes. Elles se mirent d'accord au sujet du menu de leur déjeuner habituel du samedi midi. Ce serait des frites et des nuggets, le repas de fête idéal pour les jumelles. Juliette et elle s'occuperaient de faire une salade exotique, avec du pamplemousse, des avocats et des crevettes, histoire de se mettre quelque chose de bon sous la dent.

Elle laissa un nouveau message vocal à Théau puis se fit réchauffer une soupe asiatique. Elle la mangea en choisissant un film sur son ordinateur portable. Elle appela ensuite Goran, pour être certaine de ne plus être dérangée une fois qu'elle serait enfouie sous la couette devant le long-métrage qu'elle avait choisi. Un vieux truc, a priori une belle histoire d'amour, réalisé par Clint Eastwood à la fin du siècle précédent, et qu'elle avait décidé de regarder en se disant qu'il parviendrait peut-être à la faire pleurer.

Les avocats l'avaient déjà appelé et Goran semblait aussi épuisé et dégoûté qu'elle. Raja lui résuma sa conversation avec Thomas : Théau avait réuni des documents qui devaient les innocenter de la tuerie de Riga. Elle cherchait à le joindre, sans succès.

— Raja. On sait ce qu'on a fait et on sait ce qu'on n'a pas fait. Si on va à un procès, c'est pas possible qu'on le perde. Avec ou sans l'aide de Théau.

— Je n'en suis pas aussi sûre que toi. Le coup des empreintes est vraiment imparable… Et, en attendant, j'ai peur qu'ils nous foutent tous les deux en taule.

— Non, là-dessus ne t'inquiète pas, j'en ai reparlé avec les avocats, pour eux il est hors de question que le juge aille aussi loin avant le procès. Surtout que nos bracelets électroniques remplissent parfaitement leur rôle.

— Tu crois ? Même si Raja Connor a disparu de la circulation pendant quinze ans, sous le nez des flics anglais ? Je te rappelle que c'est un point que le juge n'a toujours pas digéré.

— C'est pas faux. Mais il faudrait que je disparaisse aussi, pareil pour les filles, pour Théau et Elizabeth ou pour Thomas. Ça fait beaucoup de monde…

Raja réalisa que Goran restait combatif, inébranlable. Confiant.

— Tu fais comment, Goran ?

— Pour faire quoi ?

— Pour encaisser tout ça, pour rester zen ?

— On est innocents Raja. Et, j'ai confiance en la justice. À mon avis, l'authentification des empreintes ne va pas résister à une contre-expertise. Et je ne vois pas comment un jury pourrait gober qu'un ancien flic s'amuse à laisser ses empreintes digitales sur une arme de crime, c'est n'importe quoi.

— Mais ça va encore prendre des mois !

— Oui. Sauf si Théau débarque sur sa moto, en mode super-héros.

— Ha ouais, c'est ça !

Ils partagèrent un rire qui mit un terme à leur échange sur

les sujets juridiques. Ils discutèrent pendant quelques minutes des filles, de GROW, de Thomas.

— Tu embrasseras les filles de ma part samedi matin, d'accord ?

— Compte sur moi. Bonne nuit.

— Bonne nuit Raja. Et n'oublie pas : dans tout ce bordel, nous, on est les gentils.

— Ouais, c'est ça… Tu penses vraiment que ce sont toujours les gentils qui gagnent ?

Le film *Sur la route de Madison* parvint à la faire pleurer et c'était bien. Une histoire de coup de foudre, d'amour impossible, réalisé à l'ancienne. En sentant couler les larmes sur ses joues, Raja se dit qu'elle n'était pas encore faite de granit ou de n'importe quelle autre roche, qu'elle était toujours vivante et sensible.

Elle s'apprêtait à se coucher lorsque son smartpad se mit à sonner. C'était Elizabeth. Elle était de retour au Centro depuis une demi-heure et, d'après Ophilio qui l'avait cherché, Théau avait disparu depuis le début d'après-midi. Il avait juste laissé un mot manuscrit sur le lit de leur chambre, où il lui demandait de ne pas se faire de soucis, qu'il s'absentait quelque temps. Raja perçut dans la voix de sa mère une tension diffuse, quelque chose qu'elle ne partagerait pas totalement avec elle.

— Tu es inquiète, je le sens. Tu as peur qu'il fasse quoi ?

— Je n'en sais rien Raja. Franchement, il est bizarre depuis cet été, depuis qu'il s'est pris cette balle dans le bras. Il a réessayé de faire de la moto la semaine dernière, mais c'est impossible, son biceps le fait souffrir au bout de quelques minutes. Et quand je m'adresse à lui, il élude, il évite de parler de lui, de ce qu'il ressent. Franchement, il me fait l'effet d'être dépressif, de ne plus avoir d'énergie.

— Et avec les pensionnaires, il est comment ?

— Il est toujours le même, pareil avec Ophilio et Esteban. Mais j'ai l'impression qu'il joue un rôle avec eux. Avec moi, il est moins attentif, comme s'il était en permanence préoccupé. Et il ne veut pas en discuter. J'ai essayé plusieurs fois, il me répète que ça va ou qu'il se sent fatigué. Qu'il est inquiet pour le procès.

— Thomas m'a expliqué qu'ils avaient réussi à mettre la main sur des documents, des preuves de la culpabilité de VBM. Que ça leur a pris beaucoup de temps… À mon avis, dès que le juge aura prononcé son non-lieu, ça le libérera lui aussi d'un poids.

— Oui. J'espère. Mais j'espère surtout le revoir vite et qu'il ne tente pas quelque chose d'insensé.

— Comme quoi ? De quoi as-tu peur ?

— Je n'en sais rien Raja. Mais il est réellement concerné par vos ennuis, à toi et à Goran. Il trouve que c'est injuste, ça le mine en permanence. Et je pense aussi qu'il s'en veut de ne pas avoir agi plus tôt, pour retrouver Juliette et neutraliser les personnes qui aujourd'hui vous enfoncent. En fait, j'en suis certaine, il se sent responsable. Tout comme il se sent responsable de la balle qu'il s'est prise dans le bras.

— Ha bon ? Mais pourquoi ? Il ne pouvait pas prévoir que le type vous accueillerait avec un flingue ?

— On n'a plus jamais parlé de ce qui s'est passé à Miami, mais j'ai toujours senti qu'il s'en voulait de ne pas avoir été plus prudent en arrivant là-bas. Il m'a dit un jour qu'il était trop gentil et qu'à cause de ça j'aurais pu me faire tuer. Je pense que ça l'obsède, il est convaincu qu'il n'a pas su me protéger, que s'il avait été prudent, agressif, il aurait dû foncer sur le type ou l'attaquer via le Psycosme avant que ça parte en saucisse.

Il y eut un bref silence, puis Elizabeth reprit :

— C'est pour ça que j'ai peur qu'il tente un truc dangereux pour vous protéger… Mais bon, quoi qu'il fasse, il m'a demandé de ne pas essayer de le retrouver et de le laisser faire ce qu'il avait à faire.

Raja se résolut à livrer à sa mère le peu de choses que

Thomas lui avait confiées en début d'après-midi.

— Thomas m'a dit qu'il souhaitait convaincre quelqu'un de témoigner devant les flics et le juge.

À l'autre bout du fil, Raja perçut un jaillissement de cris de perroquets.

— Tu es en train de marcher ?

— Oui, je fais l'aller-retour à la plage, c'est notre balade habituelle de fin d'après-midi.

— Bon, en tout cas, Théau n'est pas fou, c'est même probablement le plus cartésien de nous tous. Et puis, il tient à toi, au Centro. S'il ne nous explique rien, c'est forcément pour ça, pour pas qu'on s'inquiète. Non ?

— Oui. On va dire ça Raja. Mais c'est justement ça qui est flippant non ? De toute manière, on n'a pas le choix. Je vais essayer de me faire à son absence, même si ça me fait bizarre qu'il ne soit pas là. En tout cas, je suis certaine d'une chose…

— Quoi ?

— Il sait exactement ce qu'il fait. S'il a pris une décision, c'est après l'avoir longuement mûrie. Et ce qu'il fait, il le fait pour Goran et toi, pour les filles et pour moi. À partir de là, on n'a plus qu'à espérer qu'il réussisse ce qu'il est en train de tenter.

Raja se coucha avec un livre sur lequel elle fut totalement incapable de se concentrer, l'esprit obnubilé par la disparition de Théau. Non par ce qu'il prévoyait de faire, par la dangerosité éventuelle de son projet, mais par le fait qu'il n'en avait rien dit à Elizabeth. Pour Raja, cela ne pouvait s'expliquer que d'une seule façon : sa mère s'y serait opposée, elle l'en aurait empêché ou aurait tout tenté pour l'en dissuader.

Au milieu de la nuit, Raja retrouva la maison blanche extraite de la mémoire d'Azul, devenue totalement sienne, intime, implantée dans sa conscience depuis bientôt seize années. La mer était magnifique, d'un bleu laiteux, phosphorescent, elle s'étalait sous un ciel où quelques nuages d'été, ocres et roux, glissaient tranquillement vers le large. Ses narines flairèrent un parfum de jardin sauvage, de sable chaud et de sel marin. Sous ses doigts, elle sentit le derme calcaire des pierres du banc installé contre la bâtisse sans étages.

Elle perçut une salve de cris d'hirondelles, puis une présence à ses côtés. Une conscience était venue la rejoindre, pour s'asseoir à côté d'elle, face à l'océan.

Raja se tourna et son regard se posa sur le visage de Juliette qui lui souriait, les yeux remplis de cristaux étincelants. Les contours de sa silhouette grésillaient comme jadis celle d'Azul et Raja se dit que sa fille maîtrisait parfaitement bien la matérialisation de son corps dans cet espace si particulier, dans le brouillard d'ondes du Psycosme. Au cœur du souvenir légué par Azul.

Le même jour

THÉAU

6 heures du matin.

Théau avait tenu à se lever et à petit-déjeuner avec Elizabeth, dans la cuisine déserte et fraîche, avant qu'elle prenne la route pour La Havane.

Il aurait voulu lui dire qu'il l'aimait et que, quoi qu'il se passe dans les jours à venir, leur lien ne serait jamais rompu. Qu'au pire, ils se retrouveraient dans le Psycosme puisqu'il le rejoindrait définitivement si son plan ne se déroulait pas comme prévu… Il s'était contenté de la serrer contre lui, de loger le nez dans son cou et de se remplir de son parfum. Il l'avait embrassée sur une joue puis sur la bouche. Elle s'était davantage plaquée contre lui et ils avaient échangé un baiser qui avait achevé de les réveiller. Elle avait dit *il faut que j'y aille, Esteban attend au pickup*, et là encore il avait voulu lui dire que toutes ces années vécues avec elle avaient été formidables, les plus belles de sa vie. Il lui avait simplement souhaité une bonne journée et l'avait regardé rejoindre la voiture, puis s'installer à côté d'Esteban. En recevant le sourire débordant d'amour qu'elle lui avait envoyé, il avait senti le doute l'envahir…

Lorsque les feux arrière du pickup avaient disparu dans le virage au bout de la route, Théau avait retrouvé sa résolution calme, la certitude que ce qu'il allait faire était juste et qu'il n'avait pas le choix. Parce qu'il avait fait suffisamment d'erreurs comme ça et que le temps était venu de prendre les devants plutôt que d'attendre encore, sans rien faire, que la situation dégénère. Et parce que tout avait une fin et que les bonnes fins étaient celles que l'on maîtrisait, que l'on anticipait.

Elizabeth partie, Théau avait regagné sa chambre et activé à son boîtier la fréquence EM d'entrée dans le Psycosme. Les briques de matière noire étaient apparues pour s'agglomérer autour de lui, et il avait fermé les yeux pour rejoindre Raja, en pleine audience chez le juge. Comme prévu, ce dernier avait présenté les expertises truquées des empreintes digitales ainsi que les trois vidéos… Il avait quitté la scène quelques minutes avant que ses acteurs n'y mettent fin.

Cette brève escapade ne lui avait apporté aucune information qu'il ne connaissait pas, mais lui avait confirmé le bien-fondé de son plan : il n'y avait plus que lui pour mettre un terme au calvaire de Raja et rendre sa liberté à toute la famille Connor. Le juge avait été clair : sans nouvel élément de défense, il clôturerait l'instruction et ordonnerait la tenue d'un procès. Avec un verdict qui se jouerait sur l'intime conviction de jurés qui seraient plus réceptifs aux thèses précises de l'accusation qu'à celles pas toujours très claires de la défense. Autant dire qu'il était impensable que Raja et Goran ne s'en tirent sans une peine de prison ferme.

Théau avait assuré un cours d'anglais de 9 à 10 heures puis s'était concentré sur un dernier tour complet des installations d'eau et d'électricité. Il savait qu'après son départ, Esteban et Ophilio seraient opérationnels pour prendre le relais sur toutes les tâches qu'il effectuait. Peu après 10 heures, Raja avait tenté de le joindre et lui avait laissé un message. Il avait renoncé à la rappeler. Pour la protéger.

Il avait préparé seul le déjeuner du Centro, pendant plus d'une heure. Le repas était passé trop vite à son goût et Théau avait à peine mangé. Il aurait voulu prendre davantage de temps avec chaque garçon, pour discuter de l'avenir, leur dire à eux aussi qu'il les aimait et que, où qu'ils aillent après leur long séjour au Centro, il penserait toujours à eux.

Il avait rejoint la maison et allumé son ordinateur pour envoyer à Thomas le mail préparé la veille. Les documents qu'il avait rassemblés pour la police française y étaient attachés, accompagnés d'une note de synthèse numérotant et décrivant chaque fichier. Il demandait à Thomas de transmettre le tout aux enquêteurs s'il n'avait pas de nouvelles de lui d'ici une semaine dernier délai, veille de la prochaine audience de Raja auprès du juge.

Après avoir vérifié que son sac à dos contenait son hamac d'escalade ainsi que la corde et la bâche qui lui servait pour ses campements suspendus, il avait enfilé un short, un t-shirt propre et ses chaussures de randonnée. Dans la salle de bain, il avait rempli sa gourde et s'était immobilisé devant le miroir accroché au-dessus du lavabo, incapable de détacher son regard du reflet de son visage. Il avait fini par se lancer un sourire désolé et avait quitté la pièce pour rejoindre la chambre où il avait refermé son sac. Là, il avait rédigé la courte note qu'il avait prévu de laisser à Elizabeth. Ces quelques phrases qu'il ressassait depuis des jours, où il lui demandait de ne pas s'inquiéter et de ne pas lui en vouloir, mais qu'il devait partir. Pour faire ce qu'il avait à faire. Il posa la feuille sur le lit et s'efforça, à partir de cet instant, de ne plus penser à rien. De ne regarder ni les meubles ni les couleurs et textures de cet endroit où il avait été si parfaitement heureux, où il s'était senti *accompli.*

Il avait refermé la porte d'entrée et avait passé son sac sur le dos en ressentant la lame habituelle vriller son bras gauche. Le docteur lui avait dit que l'os était atteint par un parasite, ce qui expliquait l'infection qui ne guérissait pas et les douleurs récurrentes, de plus en plus intenses. Qui l'empêchaient de courir plus de cinq minutes d'affilée, de se déplacer en moto ou même de conduire plus d'un quart d'heure sans avoir mal de l'épaule jusqu'au poignet. Théau régla sur son Memo2 l'envoi d'une faible dose de morphine, en vérifiant l'heure : 14 h 30.

Il sortit de la maison dans la lumière aveuglante du début d'après-midi et passa une dernière fois par le préau, pour y prendre une banane et quelques biscuits, ainsi qu'une machette dans un tiroir de l'arrière-cuisine. Il traversa les jardins trop secs, privés d'eau de pluie depuis plus de trois mois. Il ne se retourna pas en quittant le terrain du Centro.

Il coupa la route goudronnée, le corps déjà couvert de sueur, et s'engagea dans le sentier étroit qui filait plein sud à travers la jungle.

Des nouveaux éléments de défense à transmettre au juge, Théau en possédait plusieurs. Tous obtenus via l'outil de recherche No Trace. De manière illégale puisque volés dans des bases de données, des mémoires d'ordinateurs ou des clés de stockage, grâce à des intrusions pirates ou des logiciels espions.

Ni lui ni Raja ou Goran ne pouvaient utiliser ces informations, voire les confier aux enquêteurs : le juge les aurait exclues, écartées de toutes procédures judiciaires. Et, pour ne rien arranger, le magistrat en aurait conçu une méfiance accrue vis-à-vis de Raja et Goran. Non, il fallait que ce soit un complice ou une personne au service de Victoria Banks-Melville qui apporte ces éléments aux enquêteurs. Quelqu'un qui témoigne, qui explique, qui fournisse ces pièces qui feraient voler en éclats l'accusation.

Les dossiers qui accusaient Raja Connor de kidnapping et d'assassinats avaient été transmis aux flics français quelques heures avant Solar Max. Ils avaient été montés à la demande de VBM par un homme qui s'appelait Matthew Ellesmere, surnommé Matt. C'était lui qui continuait d'alimenter les enquêteurs, c'était cet homme qui avait repris le flambeau et qui s'acharnait sur Raja et Goran, alors même que sa patronne était décédée.

Matthew Ellesmere était salarié de VBM Technologies depuis le début des années 2010, chargé des opérations de renseignement concernant les personnes et les sociétés que sa direction lui indiquait. Avant cela, il avait travaillé plus de quinze années dans divers services de police. Il était chez VBM Technologies en 2014, lorsque le projet XY-Labs avait été lancé… Thomas était parvenu à l'identifier dès septembre, assez facilement : l'outil NoT avait remonté des échanges d'emails non cryptés qui démontraient sa responsabilité dans la fourniture du dossier initial aux policiers français. Par contre, le type était prudent, utilisait des disques durs externes pour stocker les documents sensibles, tout en évoluant dans un environnement sécurisé, avec cryptage, portails d'authentification, logiciels de surveillance, etc. Ce qui expliquait que ni Théau ni Thomas n'ait réussi avant le mois de janvier à récupérer de nouvelles informations ayant un lien avec XY-Labs.

La question qu'ils se posaient avec Thomas était bien sûr de savoir pourquoi cet homme continuait de s'acharner sur Raja. S'agissait-il d'un dévouement indéfectible envers son ex-boss, une sorte de fidélité, de point d'honneur à terminer ce qui avait été démarré ? Mais dans ce cas-là, pourquoi aller jusqu'à tricher, trafiquer des éléments de preuve ? Si cet homme se démenait comme il le faisait, c'était qu'il était impliqué dans ce qui s'était passé à Riga et qu'il craignait qu'un jour la justice remonte à lui. Cette réponse à la fois vague et précise était restée une hypothèse de travail pendant plusieurs semaines.

Jusqu'à janvier, où Matthew Ellesmere avait fait deux erreurs majeures. D'abord, celle d'appeler un correspondant à Riga qui, lui, ne disposait pas d'une ligne sécurisée, pour une discussion au sujet des empreintes digitales de Raja et Goran, qui devaient être identifiées sur la Kalachnikov utilisée lors du massacre de XY-Labs. Thomas avait enregistré la conversation puis réussi à pister un virement de deux millions de dollars sur le compte bancaire de l'ancien policier letton, un nommé Krasts, qui fournirait la preuve, le moment voulu, de la falsification des analyses palmaires. La deuxième erreur, se fut Théau qui en profita un soir, lorsque Matt brancha sur son ordinateur une clé de stockage externe qui contenait une mine d'or d'informations en tous genres, concernant XY-Labs et d'autres dossiers sur lesquels le type avait bossé depuis une vingtaine d'années. À la lecture des documents, Théau avait déduit qu'Ellesmere les avait conservés pour se protéger au cas où sa patronne, ou quelqu'un d'autre, se retourne un jour contre lui. Ce soir-là, Matthew Ellesmere avait accédé une dernière fois à ces fichiers pour les détruire et Théau les avait intégralement recopiés, quelques secondes avant qu'ils ne soient perdus à jamais.

Théau suivit le sentier qui serpentait à travers cette zone marécageuse qu'il connaissait bien, encore verte malgré la sécheresse, où les fougères survivaient grâce au sol gras, toujours humide et préservé de l'évaporation par la végétation épaisse, totalement isolante. Il s'arrêta pour boire dès qu'il fut en vue des premiers rochers à découvert, qu'il trouva plus blancs que lors de ses visites précédentes. Il s'assit sur le tronc d'un arbre couché, retira son sac à dos puis son t-shirt pour le tordre. Il mangea la banane en contemplant le paysage sur sa gauche, qui débordait de couleurs et foisonnait de vie, puis la nature sur sa droite, qui s'asséchait brusquement et devenait aride, grise et poussiéreuse.

Parmi les documents récupérés chez Matthew Ellesmere, des échanges d'emails entre VBM et Matt, datés de début mai 2015, évoquaient la nécessité de *recadrer* Alberto Garcia afin que ce dernier poursuive les travaux pour lesquels il avait été embauché. Une semaine avant la fausse mort de Garcia, Matt avait indiqué à sa patronne que ses deux associés russes avaient pris en charge l'opération visant à s'assurer du dévouement futur du chercheur vis-à-vis des projets de XY-Labs. Il avait terminé ce mail en précisant qu'il ne sentait pas le truc, qu'il avait peur que les Russes *en fassent trop*, ce à quoi VBM lui avait répondu *ne t'inquiète pas, ils savent ce qu'ils font.* C'était tout ce que Théau avait trouvé qui lui parut utilisable dans la foultitude de données dupliquées, les autres dossiers ne comportant rien d'intéressant concernant les évènements de Londres et de Paris. Mais ces éléments étaient parfaitement suffisants pour offrir un nouvel éclairage sur les meurtres de mai 2015.

Théau envoya sa peau de banane voler dans le massif d'arbustes le plus proche. Il vérifia l'heure et se remit en route, attentif au décor qui s'ouvrait à lui, à ces fragments de roches énigmatiques, éparpillés dans le panorama légèrement vallonné, oubliés là après une pagaille géologique. Un paysage vierge de toutes pistes, de tous chemins hormis ceux tracés par la faune locale. Un endroit idéalement vide de toute présence humaine.

Un dimanche après-midi, fin janvier, Théau avait parcouru sans conviction plusieurs de ses dossiers accumulés au fil des ans, pour relire une douzaine de documents récupérés par Thomas lorsque Raja se trouvait à Riga. C'était comme ça qu'il était retombé sur la liste des clients de l'hôtel devant lequel le frère Kraftchek était resté garé si longtemps. Et d'où il était sorti, sac de sport en bandoulière, quelques heures avant de débarquer au siège de XY-Labs… Matthew Ellesmere avait dormi trois nuits dans cet hôtel, la dernière le soir même du massacre. Cette preuve de la présence de cet homme là-bas était capitale pour la compréhension de ce qui s'était passé à Riga : pour Théau, le responsable des questions de sécurité de VBM Technologies s'était rendu sur place pour armer Lamal Kraftchek.

Cet après-midi-là, au calme sous le préau et à ce stade de ses déductions, Théau avait réalisé qu'il ne connaissait pas le visage de Matt Ellesmere, qu'il avait parcouru des milliers de kilo-octets d'informations à son sujet, mais qu'il n'avait jamais pris le temps de regarder des photos de cet homme. Il avait affiché plusieurs clichés du type, issus de papiers d'identité et d'un document interne de VBM Technologies, et Théau s'était façonné une certitude de plus en les observant. Une conviction basée sur une intuition, une sensation diffuse, une pulsion électrique qui se tendait entre ces images d'Ellesmere et le brouillard visuel dans lequel Théau était intervenu à Riga pendant la tuerie, via le Psycosme.

Lorsqu'il avait neutralisé un individu qui s'apprêtait à tirer sur Raja, caché dans l'ombre d'une pièce, mais dont il avait pu deviner les traits en le ceinturant et en le bombardant d'ondes infrabasses. À partir de cet instant, Théau avait réalisé qu'il avait reconstitué à peu près toute l'histoire du carnage de Riga, en tout cas l'essentiel : le responsable des basses œuvres de VBM s'était déplacé à Riga avec pour mission de *clore* définitivement le dossier XY-Labs. Pour ce faire, il avait choisi d'utiliser le jumeau Kraftchek survivant en l'armant et en lui donnant l'heure et le lieu de la réunion du conseil d'administration de la société. Matt Ellesmere s'était lui-même rendu dans les locaux du labo, s'était planqué au rez-de-chaussée et avait attendu que le nettoyage soit terminé à l'étage, avec l'intention d'abattre Kraftchek dans la foulée… Histoire que le ménage soit complet.

Depuis ce dimanche après-midi, Théau avait en main tout ce qu'il fallait pour innocenter Raja et Goran : le lien entre Victoria Banks-Melville et XY-Labs, le mail qu'elle avait reçu d'Ellesmere où il lui confirmait qu'une opération de recadrage de Garcia était planifiée, un document qui établissait qu'Ellesmere était à Riga au moment du massacre, dans cet hôtel d'où le tueur était ressorti avec des armes. Et la preuve que la présence des empreintes digitales de Raja et Goran avait été obtenue après une falsification qui avait donné lieu au paiement d'une grosse somme sur le compte de l'officier de police letton chargé à l'époque d'enquêter sur l'affaire XY-Labs. Dès lors, il ne restait plus que deux soucis à résoudre : trouver le moyen recevable par le juge de verser toutes ces pièces au dossier de la défense, et démontrer que les vidéos de surveillance de Miami étaient des fausses, que l'ancien gardien de la villa Banks-Melville avait menti lors de sa déposition filmée.

Depuis le début du mois de février, Théau s'était concentré sur Murdoch Parry, embauché en 2025 par VBM pour veiller à la sécurité de sa villa et de ses deux filles adoptives. Un homme qui, accessoirement, lui avait tiré dessus et avait failli le tuer quelques mois plus tôt.

En quatre jours, Théau avait compilé tout ce qu'il pouvait au sujet de cet homme né en juin 2002 et qui avait passé cinq années dans un corps d'élite de la Marine américaine. Un type dévoué, sain et intelligent, célibataire récemment licencié avec une indemnité de deux années de salaire. Et qui venait d'encaisser 500 000 dollars sur son compte en banque, probablement comme paiement de son faux témoignage. Parmi les contenus récupérés, Théau avait également mis la main sur la vidéo de surveillance d'origine, où on pouvait les voir, Elizabeth et lui, entrer dans la pièce du rez-de-chaussée sous la menace d'un Murdoch Parry revolver au poing. Cet enregistrement était suffisant pour faire voler en éclat son témoignage et prouver que les deux vidéos produites par l'accusation étaient bidon.

Le sentier zigzaguait entre les blocs rocheux et Théau aperçut le promontoire qu'il avait repéré en août de l'été précédent. Il ne lui restait qu'à se frayer un chemin sur la pente ouest, pas trop raide mais couverte d'une nappe de cactus compacte. Au pire, il se taillerait un passage à coups de machette.

Il fit une nouvelle pause, à l'ombre d'un pin mort.

Théau savait à présent tout sur Murdoch Parry. Il aurait pu réciter sa vie dans toutes les largeurs : les différents théâtres de conflits sur lesquels il était intervenu en tant que militaire, les trophées sportifs qu'il avait remportés pendant ses années de lycée, les bars qu'il fréquentait, les gens qu'il connaissait. L'homme vivait à l'ouest de Miami, dans un quartier récent, réservé aux classes moyennes. Il sortait peu depuis son licenciement et ne semblait pas pressé de retrouver du travail. Il entretenait sa forme dans une salle aménagée chez lui et se cuisinait des plats variés, inventifs.

Théau possédait deux Memo2 ajustés à ses paramètres bioélectriques, parfaitement fonctionnels lorsqu'il s'agissait de le soigner ou de propulser son esprit dans le Psycosme.

Deux jours plus tôt, il avait glissé son deuxième boîtier ainsi que sa carte bancaire dans une enveloppe timbrée qu'il avait confiée au docteur Morales, pour qu'il la dépose au bureau de poste de la capitale cubaine où il devait se rendre. Ce que le doc lui avait confirmé par SMS en fin de journée. Théau avait alors compris qu'il ne reculerait plus, que la mission qu'il avait programmée avait démarré et que plus rien ne pourrait l'arrêter : l'enveloppe ne mettrait guère plus de trois ou quatre jours pour parvenir à Miami, au domicile de Murdoch Parry. Il fallait qu'il se presse d'y être à ce moment-là, opérationnel et prêt pour la suite.

En commençant à grimper le flanc de la colline escarpée qu'il s'était fixée comme objectif, Théau repensa une dernière fois au dîner entre amoureux partagé avec Elizabeth la veille au soir, ce pique-nique sur la plage qu'il avait préparé, accompagné d'une bouteille de vin blanc et d'une étreinte parfaite, fusionnelle. Une sorte de repas d'adieux, au cours duquel ils avaient très peu parlé, tous deux concentrés sur l'autre, sur le bonheur de l'instant. Et au cours duquel il s'était figuré à plusieurs reprises qu'Elizabeth lisait dans ses pensées, qu'elle savait à peu près tout de son plan et qu'elle acceptait son départ.

Théau plongea dans la forêt de cactus, machette en main, taillant un passage le plus discret possible, tout en se remémorant la note manuscrite qu'il avait placée en évidence sur le lit de la chambre.

Ez, pardonne-moi, il faut que je te laisse seule quelque temps. Pour tenter quelque chose, quelque chose qui me paraît juste. Pour secourir Raja. Et pour sortir Goran de là aussi. Je pense que ça va marcher, en tout cas je ne peux plus rester comme un con à ne rien faire.

Je prends des risques, mais je sais ce que je fais. Pour aider les filles, pour enterrer le passé.

Fais-moi confiance.

On se retrouvera dans le Psycosme dans quelques jours.

Parvenu au sommet, Théau se dirigea vers la pointe

septentrionale du plateau, insensible aux nombreuses griffes sur sa peau à vif, irritées par le sel de sa sueur, inattentif à la sensation d'épuisement et à l'air trop chaud. Inattentif à sa bouche entrouverte, asséchée, au battement trop rapide de son pouls dans ses tempes.

Il traversa une zone d'arbustes et atteignit la clairière qu'il avait devinée de loin. Il identifia très vite, face à lui, l'arbre qu'il avait repéré, un tamarinier épais au feuillage persistant qui lui ferait un abri parfait. Il s'engouffra dans la masse des branches basses, touffues, puis, parvenu au tronc, s'y adossa pour boire à nouveau. Il respira l'air un peu moins chaud, riche de parfums d'humus et de champignons, puis vida sa bouteille d'eau qu'il fourra dans son sac à dos.

Théau reporta son regard vers la cime de l'arbre et repéra les branches hautes qui soutiendraient son hamac.

Son bras gauche n'était plus qu'une immense douleur, il grimaça en grimpant les trois mètres qui sépareraient son cocon du sol.

Le même jour

MURDOCH

Deux séries de trente pompes, entrecoupées d'une séance d'abdominaux. Puis quarante minutes de course à pied sur tapis roulant à allure soutenue, face à la retransmission en direct d'un match de baseball des *Marlins* de Miami contre les *Braves* d'Atlanta.

La rencontre avait été agréable, avec pas moins de cinq *home runs*. Et Miami avait gagné. Les prises de vue de la diffusion, réalisées par des drones impeccablement programmés, avaient été époustouflantes. Murdoch avait éteint la télé et terminé sa séance d'entraînement par une vingtaine de mouvements en développé couché, en soulevant cent kilos. Il avait ensuite ouvert la fenêtre de sa salle de fitness pour aérer, dégagé les poids de la barre de traction pour les ranger, avant de rejoindre la cuisine pour s'hydrater.

Murdoch alluma la radio et se concentra vaguement sur le flash d'information de midi, le temps que la température de son corps redescende suffisamment pour qu'il arrête de transpirer. Il ressentit très vite la frustration habituelle, la colère et l'incompréhension qui le gagnaient chaque fois qu'il entendait le terme *Solar Max*. C'est-à-dire à chaque fois qu'il s'intéressait à l'actualité : plus de six mois après la tempête solaire, le sujet était toujours aussi intimement lié au quotidien de chaque Américain. Le traumatisme était collectif et personne sur le territoire ne pouvait prétendre que sa vie n'avait pas été bouleversée le 14 août 2030.

Chacun avait été blessé, choqué, avait perdu un proche ou son emploi suite aux conséquences de Solar Max. Murdoch n'échappait pas à la règle : il n'avait plus de boulot et le souvenir de cette journée le renvoyait à la stupeur, à la frayeur sans nom qui l'avait saisi dans l'appartement du rez-de-chaussée de la villa Banks-Melville. À l'attaque qu'il avait subie là-bas et qu'il n'arrivait toujours pas à s'expliquer : chacun de ses sens avait été bombardé, s'était retrouvé saturé de sons en tous genres, d'explosions de couleurs, de palpations sur tout le corps, de goûts et d'odeurs de sang, de tôles chauffées, d'alcools forts, d'herbe amère. Il s'était senti désaxé, tordu, incapable de ne plus rien ressentir normalement, enfermé dans un manège infernal, sans plus aucun repère visuel. Il s'était évanoui et le doigt sur la gâchette de son arme s'était crispé. Le souvenir de la détonation était encore là, bien réel. Il avait repris ses esprits bien plus tard, le pantalon plein de pisse, un coquard à l'œil gauche, les poignets entravés. Il s'était redressé, en alerte, et n'avait perçu aucun bruit dans la maison. Il avait alors désactivé les menottes en prononçant leur mot de passe et réalisé que son colt n'était plus nulle part au sol. Il avait contemplé les traces de sang par terre et sur le mur du fond, et avait été satisfait de constater qu'il n'avait pas juste subi. Qu'il avait su réagir de manière proportionnée à l'attaque dont il avait été la cible… Il avait fait le tour de la propriété, puis, à l'intérieur, avait procédé à une inspection complète de chaque pièce, pour réaliser que Juliette et Alice avaient disparu, ainsi que les deux autres adolescentes et le couple qui avaient sonné au portail. Il n'avait fait ensuite qu'attendre, sur place, que le réseau de téléphonie ou internet redevienne opérationnel, pour pouvoir alerter Victoria et Matt. Il avait passé la nuit à la villa et, au petit matin, constatant la coupure prolongée de tous moyens de communication, il était rentré chez lui en traversant des scènes de guérilla urbaine, extraits de films post-apocalyptiques. Arme au poing.

Murdoch éteignit le poste de radio-wifi et ouvrit le frigidaire pour y reposer la bouteille de boisson énergisante. Il en profita pour vérifier l'état de ses provisions. Il retourna ensuite dans la salle de gym pour refermer la fenêtre et remettre en route la clim, puis partit se doucher.

En s'habillant, Murdoch repensa à son réveil, en nage, au beau milieu de la nuit précédente, au sortir de son cauchemar récurrent. Un mauvais rêve qui revenait moins souvent à présent, une fois par mois tout au plus. Mais invariablement la même scène, l'habitacle surchauffé du transporteur de troupes, les deux soldats assis face à lui, le vacarme des détonations à l'extérieur et le choc des impacts de balles dans le blindage. Les échanges de regards neutres, figés par la peur et l'excitation, l'obligation de rester concentré, l'absolue nécessité de maîtriser leurs émotions. Les blagues habituelles pour dédramatiser, la voix du lieutenant qui lui parvient dans son oreillette puis la déflagration colossale, la roquette antichar qui perfore le véhicule sur toute sa longueur, les projections de sang, de tripes, les visages de Miles et Tron tournés vers lui, surpris et incapables de piger ce qu'il se passe, leurs boyaux à l'air, avec la voix du lieutenant qui crie dans ses oreilles alors qu'une deuxième explosion, celle d'une mine antichar, envoie tout valdinguer dans l'espace. Tout ça dans des images hyperréalistes, filmées en Cinémascope, effets 3D et stéréo, avec le parfum si particulier du sang qui cuit instantanément, dans l'air suffocant du golfe Persique en plein mois d'août. Un fumet écœurant de barbecue gore, d'abattoirs, et de poudre à canon… Il avait quitté son lit pour vider une demi-bouteille d'eau en contemplant par la fenêtre du salon le quartier résidentiel endormi, la lune basse et les traînées de nuages filasse. Le psy qu'il avait vu après son rapatriement lui avait dit qu'il ne se débarrasserait sans doute jamais de ces projections récurrentes, qu'il fallait qu'il les accepte et que le mieux était qu'il arrive à les remplacer par d'autres images, neuves. Il avait décidé de démissionner des *Marines* quelques jours plus tard. Pour commencer à recouvrir ces flashbacks de tout ce qu'il avait encore à vivre, loin de tout engagement militaire et des terrains de conflits armés.

Il s'en était sorti sans une égratignure, le seul survivant de son groupe de six soldats, tous des potes. Il s'était caché sous les décombres d'un immeuble et avait réussi à rejoindre le camp de base en marchant trois nuits de suite, aidé par son implant rétinien de vision nocturne et par un sens de l'orientation inné, surnaturel. Privé de tous moyens de communication. Son unité l'avait cru mort ou aux mains de l'ennemi. Mais non, il était rentré au bercail, seul, déterminé à s'en sortir, coûte que coûte. Entier. Il lui restait de ses cinq années d'armée beaucoup de souvenirs, la plupart précieux, d'engagement et d'amitié. Et ses retours épouvantables, ses terreurs nocturnes qui s'espaçaient et qu'un jour il réussirait à évacuer définitivement.

Murdoch sortit deux blancs de poulet du frigidaire et commença à les couper en tranches.

Il avait attendu son licenciement pendant trois mois, en se tenant à la disposition de Matthew Ellesmere, directeur de la sécurité de VBM Technologies. La décision avait fini par être entérinée, il s'en était tiré avec une indemnité de deux années de salaire, soit largement plus que ce qu'il était en droit de prétendre. Et Matt lui avait promis qu'il le recommanderait à toute personne qui chercherait un garde du corps ou un responsable de sécurité privée. Les deux mois suivants, Murdoch les avait consacrés à faire un vrai break, en montagne, dans le Colorado, ponctué par une virée de quatre jours à Las Vegas. Comme un roi… Le retour n'avait pas été pénible : il fallait qu'il se mette à chercher du boulot. Matt lui avait rédigé une lettre de recommandation élogieuse et Murdoch avait renoué des contacts à droite à gauche avec d'anciens *Marines*. Il avait refusé deux propositions pas assez intéressantes. Il savait qu'il était bon, fiable à 100 %.

Après le poulet, il éminça du gingembre frais, quatre feuilles de citronnier *kaffir*, un peu d'ail et un oignon. Il coupa ensuite un poivron rouge, deux carottes et une petite courgette.

Un mois plus tôt, c'était fin janvier, Matt avait débarqué chez lui pour lui demander un service. Un truc bizarre, lié à l'enlèvement des filles.

Avant cette entrevue chez lui, Murdoch n'avait rien caché à son boss sur ce qu'il avait vécu ce jour-là. Ni la sensation d'avoir été assailli, comprimé et saturé de partout, ni qu'il s'était pissé dessus et évanoui. Ni qu'il n'avait rien compris à ce qui s'était passé. Mais qu'il avait tiré avec son arme et au moins blessé la femme ou l'homme qui s'étaient pointés au portail de la villa. Il avait pensé que Matt se serait foutu de sa gueule, mais non. Il avait même semblé comprendre ce qu'il avait vécu. *Une sorte d'attaque virale, doublée d'une électrocution ?* Ouais, il lui avait répondu que c'était exactement ce qu'il avait ressenti : un choc à la fois biologique et électrique. Les deux hommes n'en avaient plus parlé pendant cinq mois, jusqu'à cette visite de Matt.

Assis un verre à la main dans le salon, son ancien boss lui avait expliqué ce qu'il attendait de lui : qu'il fasse un faux témoignage, basé sur une vidéo de surveillance reconstituée par une société spécialisée en images de synthèse.

— Je te demande simplement de raconter aux policiers que l'homme et la femme t'ont menacé avec une arme, t'ont menotté, enfermé et assommé. Comme dans la vidéo que tu viens de voir. C'est tout, rien de plus.

— Matt, tu le sais aussi bien que moi, mon fonds de commerce, c'est la droiture. Et certainement pas de baratiner des agents de police. Pourquoi devrais-je faire ça ?

— Parce que je te le demande. Pour aider Alice et Juliette. Et pour contribuer à faire plonger les deux gugusses qui t'ont mis hors circuit ce jour-là… Et ça, j'y tiens tout particulièrement.

Murdoch avait dû lui paraître sceptique, en tout cas Matt avait ajouté qu'il y avait une prime de 500 000 dollars à la clé, en rémunération d'une mission inhabituelle, sensible. Il avait accepté de ravaler toutes ses interrogations, en se persuadant que son boulot était de faire ce qu'on lui disait de faire, comme un bon soldat. Point. Et que la dernière chose à faire était de se mettre Matthew Ellesmere à dos.

Murdoch posa le wok sur le gaz et y fit chauffer une pâte de curry rouge, de la sauce de poisson, du vinaigre de riz et du lait de coco. Il ajouta les légumes, le poulet, et baissa le feu. Il se servit un verre de vin rosé.

C'était Matt qui l'avait embauché après sa démission de l'armée, début d'année 2026. C'était à peine trois mois après son retour d'opérations. Matt avait été impressionné par ses états de service au sein du corps d'élite des *Marines*. Tout comme Victoria Banks-Melville, qui avait été convaincue par son calme, son aura rassurante et son apparence qu'elle avait jugée *sympathique*. Murdoch avait dès leur première rencontre vu en Matt le genre de gars dont il fallait se méfier, avec qui il ne faudrait jamais qu'il partage la moindre chose intime. Quelqu'un qui ne faisait pas dans le sentiment, mais qui pouvait être réglo, en tout cas tant qu'on faisait ce qu'il demandait. Quant à Victoria, c'était une femme tordue qui vivait sur une autre planète… Murdoch s'était régulièrement senti comme un jouet à son contact et, au cours des années à son service, il s'était souvent fait la réflexion que c'était un véritable miracle que rien ne soit jamais arrivé entre cette femme et lui. Avec toutes ces heures passées ensemble, avec les filles, à faire des courses, à manger à l'extérieur, à faire des virées en bateau, en avion. Les occasions avaient été nombreuses où il avait senti que sa patronne s'amusait à les placer, elle et lui, sur une corde raide, où elle le testait, et où il avait décelé chez elle un mélange de cruauté et de curiosité malsaine. Il s'en était toujours sorti sans franchir la ligne blanche. Quelquefois chargé de colère ou d'autres fois avec une forte érection.

Murdoch versa le reste de lait de coco, goûta la sauce et l'ajusta avec du jus de citron. Il se servit et ajouta trois branches de coriandre fraiche qu'il coupa au ciseau au-dessus de son assiette. Il se mit à manger en hochant la tête, satisfait de ce qu'il dégustait.

Matt l'avait appelé ce matin, avant sa séance d'entraînement, pour le prévenir qu'il avait passé son CV à deux connaissances qui recherchaient des gardes du corps expérimentés, discrets et dévoués. Pour un poste en Australie et l'autre en Chine. Murdoch avait été instantanément intéressé et avait répondu qu'il allait se mettre sur le coup très vite. Il avait ensuite passé une heure à peaufiner les deux mails et les pièces jointes qu'il avait envoyés aux deux interlocuteurs indiqués par Matt. Il avait reçu quelques minutes plus tard deux confirmations pour des rendez-vous téléphoniques fixés aux lundi et mardi prochains.

L'Australie et la Chine, oui, pourquoi pas… C'était le moment de passer à autre chose. Pour ne pas s'encroûter, pour contempler des paysages inédits et continuer d'enfouir certains mauvais souvenirs sous de nouvelles expériences. Pour quitter Miami, son décor et ses habitants de boule à neige tropicale, pour s'éloigner de Matthew Ellesmere et de ses combines plus ou moins pourries.

Murdoch n'avait rien compris à ce qu'il s'était passé ce mercredi 14 août. Cela devait être une journée comme tant d'autres, à faire le garde-chiourme de deux gamines finalement pas trop chiantes, qu'il avait fini par connaître et apprécier, qu'il trouvait même attachantes. Aussi bien Alice que Juliet, et pour des raisons opposées. Sans Victoria sur le dos. Presque des vacances, avec un bon salaire et pas grand-chose à faire. La succession d'évènements bizarres, anormaux, avait débuté la veille par la réception sur le smartpad d'Alice d'un SMS non autorisé auquel il n'avait sans doute pas suffisamment prêté attention, le renvoyant à une défaillance du système de brouillage et de codage du numéro sécurisé de la fille Banks-Melville. La rencontre devant la plage privée avec les jumelles françaises avait par contre été une surprise qui l'avait sonné aussi sûrement qu'un uppercut. Les trois adolescentes se ressemblaient à la perfection. Il avait appelé Victoria pour la tenir au courant et, bizarrerie supplémentaire, celle-ci n'avait pas parue étonnée. Mais elle lui avait donné l'ordre de ne pas laisser repartir les deux Françaises… Puis les deux vieux s'étaient pointés au portail d'entrée et Murdoch avait voulu les neutraliser, les enfermer en bas, menottés. Il s'était finalement passé le contraire et il s'était retrouvé groggy, prisonnier de son propre piège, après avoir subi l'agression physique la plus brutale qu'il avait jamais vécue. Un truc bioélectrique qui avait azimuté ses radars sensoriels, un type d'attaque auquel il n'avait pas été préparé au cours de ses cinq années de service au sein des *Navy Seals*. Tout ça constituait une vraie énigme, quelque chose qui lui restait en travers de la gorge et qui lui laissait un goût d'inachevé, un poids qu'il traînerait encore quelque temps sans doute. Une affaire qui avait nécessité qu'il fasse un faux témoignage devant un officier de police de Miami. Et ça, c'était vraiment quelque chose qu'il avait détesté faire.

Murdoch rangea son couvert dans le lave-vaisselle, rinça le wok sous l'eau puis consulta l'heure sur la montre digitale à son poignet. 14 h 33. Il décida de s'allonger une petite heure avant de se consacrer à son cours d'espagnol en ligne. Il irait ensuite faire quelques courses.

Il gagna sa chambre, retira son pantalon et se glissa sous le drap, en t-shirt et slip. Il lut un chapitre du roman qu'il avait commencé une semaine plus tôt, un vieux bouquin d'Haruki Murakami, un de ses auteurs japonais préférés. Il le reposa dix minutes plus tard pour s'assoupir.

Il fut expulsé de son sommeil léger et se réveilla en sursaut, dans un état de stress intense, inexplicable. Il avait senti quelque chose, ou entendu un bruit. Il jaillit hors du lit et fila vers le séjour où il se figea face à la cuisine ouverte. À l'angle de la pièce, la diode de surveillance électronique était allumée, de sa couleur verte habituelle. Le silence était parfait, à peine voilé par le battement régulier, infime, de la climatisation.

Il essaya d'analyser ce qui l'avait alerté et eut beaucoup de peine à se souvenir de ce qu'il avait ressenti en se réveillant. Il s'aperçut qu'il ne savait absolument pas ce qu'il devait faire, ni pourquoi il était debout en slip au milieu de son salon. En balayant l'espace du regard, le ciel par la fenêtre, il en déduisit qu'il faisait jour. Mais quel jour ?

Il voulut faire un geste, mais fut incapable de commander ses bras ou ses jambes, incapable de décider quoi que ce soit. Il fut alors assailli de sons multiples, de respirations ou de pompes, des grincements métalliques et des bruits de vent, de feuillages. Il devina un goût de mer dans sa bouche et ses yeux distinguèrent dans l'espace immédiat autour de lui un quadrillage apparaître, translucide et géométrique. Il décida sans doute de se laisser tomber dans le fauteuil derrière lui, en tout cas son corps s'y retrouva : avant-bras sur les accoudoirs, jambes écartées et la tête rejetée en arrière. Ses yeux fixaient le plafond. Il sentit une brûlure dans son œsophage en même temps qu'il perçut nettement qu'il flottait, ou bien que le fauteuil bougeait au rythme d'un courant cadencé, calé sur la pulsation de son cœur. Sa dernière action organique, dans son corps et dans cette pièce, fut de tourner la tête vers la diode de l'alarme pour constater qu'elle restait verte, qu'aucune autre présence en dehors de la sienne n'avait été détectée. Il articula la pensée qu'il devait faire un malaise, qu'il vivait les symptômes d'une intoxication alimentaire violente, puis ses pensées redevinrent impossibles à formuler et il ne fit plus qu'assister au lent détachement de sa conscience, à l'éloignement de son propre corps, enfoncé dans le fauteuil. Son champ de vision s'élargit jusqu'à devenir panoramique, à 360°, en même temps que son point de vue sur toute la scène s'élevait dans l'espace. Son corps se recroquevilla violemment et il vit sa tête heurter le parquet sans qu'il ressente la moindre douleur. Il réalisa qu'il ne percevait plus aucun son, plus aucune sensation physique. Les couleurs s'estompèrent peu à peu. Il s'observa se redresser lentement et avancer de deux pas, dans une scène en noir et blanc.

Son corps se tint immobile, debout devant lui. Il distingua sur son visage un sourire s'afficher ainsi qu'un filet de sang sombre couler de son arcade sourcilière gauche, dans une luminosité qui faiblissait rapidement. Ses mains se levèrent vers son point de vue, à l'endroit où son regard s'était niché. Elles battirent dans l'air comme pour chasser de la fumée. Puis ce fut le noir et le silence, l'absence de perceptions.

Puis, il n'y eut plus rien.

Une semaine plus tard : jeudi 6 mars 2031

RAJA ET GORAN

— Goran !

Il pivota vers la voix qui venait du bout du couloir, juste à temps pour voir Raja se précipiter sur lui en écartant les bras. Elle se colla contre Goran avec une grande douceur, comme en entrant dans un bain chaud, en éprouvant très précisément la montée de la chaleur des extrémités de son corps jusqu'à son ventre. Il plaça ses mains dans son cou, dans son dos, pour la serrer contre lui et pouvoir la tenir fermement, pour résister à la secousse de leur jonction physique. Il repoussa son pied droit de quelques centimètres pour parfaire son équilibre et plaqua sa joue contre le front de Raja. Il reconnut sa présence, les contours incarnés de son corps, l'aura et les parfums qui s'en dégageaient. Elle éprouva l'épaisseur de Goran, sa solidité douce. Elle remonta une main et la posa sur le menton dissimulé sous une barbe fournie.

— Bien, la barbe.

— Merci. Pareil pour ta coiffure. Tu es très belle.

Ils tendirent les bras pour détacher leur buste et prendre le temps de s'observer, de laisser leur regard se réhabituer l'un à l'autre, en affichant des sourires épanouis et des yeux étonnés, à la fois hésitants et conquérants. Goran fit glisser ses mains sous le manteau ouvert de Raja pour les plaquer sur ses hanches.

— Le juge t'a appelé hier, toi aussi ?

— Oui.

— Pour t'expliquer qu'un témoin surprise était arrivé, c'est ça ?

— Oui. Avec des preuves de notre innocence. Mais il ne m'a rien dit de plus.

— Pareil.

— On va en savoir davantage aujourd'hui…

Goran hocha la tête en souriant. Il prit une grande inspiration et Raja l'imita pour caler sa respiration sur la sienne, pour être dans le même souffle. Ils échangèrent un regard illuminé, chargé de la certitude d'un désir mutuel, réalisable, à leur portée. Ils se détachèrent l'un de l'autre et Goran rattrapa une main de Raja pour garder le lien. Ils quittèrent la sphère d'intimité qui venait de se former autour d'eux pour se retrouver à nouveau dans le couloir du deuxième étage du Palais de justice de Paris. Devant la porte du bureau du juge, flanqués de leurs gardiens et avocats habituels. Elle tendit la main vers les avocats tandis que Goran partagea une accolade avec Florent Martin. Les deux policiers se saluèrent à leur tour avant de faire quelques pas vers un banc un peu plus loin, toujours aussi attentifs à être discrets, à ne pas s'immiscer dans la vie privée des deux personnes dont ils devaient surveiller les déplacements.

Raja se tourna vers les avocats :

— Le juge vous a également appelé hier, j'imagine ?

Ils se consultèrent du regard, et affichèrent deux expressions opposées. Pour l'un, une sorte de surprise amusée, pour l'autre quelque chose qui ressemblait beaucoup à de l'agacement. Ce fut le premier qui prit la parole :

— Non. Et nous ne savions pas que vous étiez convoqués à la même heure, Goran et vous. Qu'est-ce que le juge vous a dit ?

— Qu'un type, un Américain, était arrivé à Paris mardi matin pour se présenter à la police et leur déballer toute une série de documents qui prouvent notre innocence, à Goran et moi.

Le deuxième avocat intervint :

— Il aurait pu nous appeler, franchement. On voit ça où,

des juges qui joignent directement nos clients ?

Raja hocha la tête en même temps qu'elle réalisa à qui cet avocat lui avait toujours fait penser : à Grincheux, un des sept copains de Blanche-Neige. Elle reprit :

— Il m'a juste indiqué que les enquêteurs s'étaient fait balader depuis le début et qu'il était désolé d'avoir donné trop d'importance à des éléments de l'accusation qui ne tenaient pas la route.

— Ben voyons. Un juge qui s'excuse, c'est la meilleure celle-là…

Goran intervint pour mettre fin à la conversation, inutile.

— En tout cas, on va en savoir plus dans quelques minutes. Vous permettez qu'on discute en privé, Raja et moi ?

Les deux hommes confirmèrent d'un sourire pour l'un et d'un mouvement de tête brusque pour l'autre. Goran attira Raja devant une fenêtre à une dizaine de mètres, non loin des deux policiers qui les suivaient des yeux.

— Il est un peu lourd Simplet.

Raja réprima un rire en mettant une main devant la bouche.

— Moi, il me fait plutôt penser à Grincheux.

Elle s'adossa contre le mur et Goran se plaça de manière à la dissimuler aux regards des deux juristes.

— Bon, tu crois qu'il se passe quoi là, exactement ?

— Je n'en ai aucune idée, Goran. Comme je te l'ai déjà dit, j'ai appelé Thomas après la dernière audience. Il m'a expliqué que Théau avait regroupé des informations qui prouvaient notre innocence, qui démontraient que quelqu'un s'acharnait sur nous. Mais aussi qu'il devait convaincre quelqu'un de témoigner, quelqu'un qui pourrait valablement produire toutes ces pièces, les fournir aux enquêteurs… Il faut croire qu'il a réussi.

Goran hocha la tête en regardant par la fenêtre. Il repensa au mystérieux motard de Londres puis au type neutralisé au rez-de-chaussée de XY-Labs alors qu'il s'apprêtait à tirer sur

Raja. Théau venait de la sauver une troisième fois.

Il l'invita à continuer d'une caresse sur la joue.

— Ez m'a appelée le même jour, en fin de soirée, pour me dire qu'il avait disparu, que ce n'était pas la peine que j'essaie de le joindre. Qu'il était parti en lui laissant juste un mot où il expliquait qu'il devait tenter quelque chose pour nous sortir de là. Et depuis, il n'a pas réapparu.

— Il n'a pas donné de nouvelles ?

— Si. Via le Psycosme. Il a dit que tout allait bien, que son truc avait marché.

La porte du bureau du magistrat s'ouvrit et la greffière les invita à la suivre. Raja croisa le regard confiant du capitaine Martin en se levant, puis elle entra en passant derrière Goran, talonnée par leurs deux avocats. À l'intérieur, un type était déjà installé devant le bureau envahi par les piles de documents. Le juge et l'homme se redressèrent pour les salutations habituelles et l'inconnu se présenta comme étant le chef de la cellule d'enquête. Raja et Goran s'assirent face au magistrat, le policier sur leur droite. Les avocats se contentèrent de deux chaises sommaires disposées légèrement en retrait. Ce qui eut l'air de déplaire à Simplet-Grincheux. Les regards convergèrent vers le juge que Raja trouva plus habité que d'habitude, une expression moins détachée, plus impliquée émotionnellement. Une mine joueuse. Elle approcha son fauteuil de celui de Goran et retrouva sa main sur l'accoudoir. Puis leur interlocuteur confirma la fin imminente de leurs ennuis judiciaires.

— Comme je vous l'ai brièvement expliqué au téléphone, un témoin s'est présenté avant-hier matin aux enquêteurs avec de nouveaux éléments, qui non seulement vous disculpent des charges pesant contre vous, mais qui nous livre le véritable responsable de la tuerie de Riga… Qui se trouve être précisément la personne qui cherche à vous faire condamner depuis plusieurs mois. Ce témoin est toujours entendu par l'équipe du commandant Meursault, ici présent. La validation des pièces fournies par cette personne prendra encore quelques jours. Nous nous reverrons donc dans une semaine pour que je prononce votre relaxe à tous les deux, argumentée par ces éléments, définitivement annexés aux dossiers.

Les yeux de Raja se mirent à briller. Goran se tourna vers elle, s'approcha et passa le bras autour de ses épaules. Avant de rediriger son attention sur le juge.

— On peut en savoir davantage ? Sur ce témoin et sur l'identité du nouveau suspect, pour Riga ?

Le magistrat pivota dans son fauteuil et s'adressa au policier :

— Commandant ? Je vous laisse fournir les quelques détails que vous pensez, à ce stade de vos travaux, pouvoir divulguer.

L'homme planta ses coudes sur les accoudoirs de son siège.

— Je vais faire simple, tout sera consigné noir sur blanc d'ici quelques jours. Le témoin s'appelle Murdoch Parry, vous le connaissez, il était au service de Victoria Banks-Melville. Il est revenu sur sa déclaration précédente en avouant qu'il avait menti et en confirmant finalement mot pour mot vos explications de ce qu'il s'était passé à Miami. En fournissant la véritable vidéo de surveillance, qui est là pour valider les versions données par Elizabeth Connor et Théau Brodeur. Voilà pour Miami. En ce qui concerne Riga, je ne souhaite pas en dire grand-chose en l'état de nos vérifications, si ce n'est que plusieurs documents semblent démontrer l'implication de Victoria Banks-Melville dans les meurtres, associée à un de ses employés, responsable de la sécurité. Un individu dont la présence est attestée à Riga le jour de la tuerie, puisqu'il a été enregistré parmi les clients de l'hôtel devant lequel vous aviez repéré Kraftchek. Il n'est pas impossible que ce type ait armé le tireur. Mais nous avons encore besoin de temps pour valider ces éléments…

Goran profita d'un silence un peu trop long pour relancer le policier.

— Et pour les fausses empreintes digitales, vous avez quoi ?

— Sur ce point, nous avons de sérieux indices qui tendent à prouver que ces expertises ont effectivement été falsifiées. Il n'est pas impossible qu'un ancien flic letton ait été corrompu. Mais à ce stade de nos investigations, il me paraît prématuré de…

Le juge leva une main pour couper le commandant de police.

— À ce stade du travail des enquêteurs, et compte tenu des six mois que nous venons de perdre en étayant des accusations graves au moyen d'éléments finalement peu crédibles, ou fabriqués de toutes pièces, il ne me paraît aucunement prématuré de vous libérer dès aujourd'hui des surveillances électronique et policière dont vous êtes l'objet. Ainsi que de toutes les contraintes de confinement qui pèsent sur vous et vos filles. Vous allez ressortir de ce bureau totalement libres de vos mouvements, de faire ce que bon vous semble, de rencontrer qui vous voulez. Tout en restant à la disposition de la justice, le temps que je conclue définitivement et prononce votre relaxe. Ce qui sera fait dans une semaine, jeudi prochain : le commandant Meursault m'a en effet garanti que, d'ici là, les travaux d'enquête seraient bouclés et que tout sera prêt pour émettre un mandat d'arrêt contre le véritable instigateur des assassinats de Riga.

Le juge se rapprocha de son bureau en faisant glisser son fauteuil et sortit deux feuilles d'une chemise cartonnée avant de s'adresser une dernière fois au policier.

— J'imagine que vous n'avez plus rien à ajouter ?

Meursault confirma en secouant la tête et le juge présenta les deux documents à Raja et Goran.

— Je vais vous demander de signer ces papiers qui mettent fin aux dispositifs de surveillance qui vous concernaient. Et nous nous en tiendrons là pour aujourd'hui.

Raja et Goran se firent face, échangèrent un sourire en constatant chacun dans les yeux de l'autre l'apparition d'une émotion scintillante. Puis Raja sortit un stylo de son sac à main tandis que Goran indiqua de l'index le pot à crayons posé sur le bureau. Le juge tendit le bras pour le faire glisser vers lui.

Les deux documents signés, le magistrat quitta son fauteuil pour se diriger vers la porte qu'il ouvrit. Il passa la tête dans le couloir et fit signe aux deux policiers assis. Il leur présenta les ordonnances de levée de contrôle judiciaire en leur précisant qu'ils pouvaient dès à présent retirer leurs bracelets électroniques aux deux anciens prévenus. Ce qu'ils firent en moins d'une minute. Puis le juge prononça la fin de l'audience, en renvoyant ses participants au rendez-vous suivant.

Raja et Goran prirent congé des deux avocats qui les félicitèrent pour cette issue inespérée, sincèrement pour l'un et d'une manière assez crispée pour l'autre. En sortant du Palais de justice, Raja fit la bise au policier en le remerciant d'avoir été une présence bienveillante plutôt qu'une contrainte froide dans tous les moments difficiles où il l'avait escortée.

Le capitaine Martin reparti avec son collègue, Goran et Raja se retrouvèrent seuls. Et libres.

— Tu as envie de faire quoi, Raja ?

— Franchement ? Tu veux que je te dise ?

Goran l'attira à lui après être descendu d'une marche. Sa barbe fournie renvoya Raja au souvenir de son arrivée à l'aéroport de Riga, à ce moment précis où elle avait perçu la possibilité qu'elle puisse tomber amoureuse de cet homme qui l'avait si bien *accompagnée* à Londres. Il observa sa bouche, ses joues, ses yeux, avec l'air de détailler un objet de gourmandise.

— Oui. Dis-moi.

— J'ai envie de marcher en forêt ou le long de la Seine. J'ai envie de prendre le métro, de monter en haut de la tour

Eiffel. J'ai envie qu'on débarque ce soir chez les filles et qu'on improvise une grande fête tous ensemble. J'ai faim, je voudrais qu'on aille déjeuner dans un bel endroit… Mais d'abord, il faut qu'on fasse l'amour.

Goran avait hoché la tête à l'énoncé de chacun des souhaits de Raja, pour les valider un par un en les faisant siens. Il interrompit le mouvement de balancier de son crâne en même temps qu'il formula une phrase pas tout à fait romantique, mais à laquelle il trouva néanmoins un certain charme :

— On va chez toi ou chez moi ?

La réponse de Raja lui fut portée à quelques millimètres de ses lèvres, en même temps qu'il reconnut le parfum de son souffle.

— Chez toi.

Ils s'embrassèrent, bien que ce désir ne fut pas mentionné dans la liste fatalement non exhaustive des souhaits de Raja. En cet instant, ils évacuèrent toutes formes de tension, d'inquiétude et d'appréhension en même temps qu'un nuage de vapeur les enveloppa.

— On bouge Goran ? Je ne voudrais pas être inculpée d'attentat à la pudeur ou de violence sexuelle. Surtout en plein milieu de l'escalier du Palais de justice.

Ils descendirent les dernières marches et Goran leva un bras pour appeler un taxi qui remontait l'avenue. La voiture s'arrêta, il entraîna Raja en la tenant par la main et ils traversèrent pour s'engouffrer dans le véhicule. Il indiqua son adresse, dans le Marais. Ils y furent en moins de dix minutes pendant lesquelles ils se concentrèrent sur ce qu'il y avait à voir de la ville offerte, accessible, qui défilait à leur fenêtre. Le taxi s'immobilisa et Goran glissa un billet au chauffeur puis tendit la main à Raja tout en disant *gardez la monnaie*. Il passa son smartpad devant le boîtier d'identification de l'immeuble et poussa l'imposante porte en bois. Ils prirent le premier escalier sur la droite et montèrent jusqu'au troisième étage. Goran ouvrit son appartement et fit un pas en arrière pour laisser entrer Raja.

— Tu risques d'être déçue par la décoration, c'est un peu spartiate…

— Je m'en fous. Tu as un lit ?

— Oui.

— Ça sera suffisant.

Il referma en précisant qu'il avait également *un canapé et une cuisine équipée*. Raja rit en retirant son manteau et se jeta au cou de Goran. Il réussit à s'extraire de son blouson, la souleva en faisant remonter sa jupe, elle émit un cri de surprise ou de plaisir, et il la porta jusque dans la chambre, les cuisses de Raja nouées autour de ses hanches, bouche contre bouche. La masse des deux corps enlacés s'écroula sur le lit double puis l'ensemble s'organisa : Goran allongé sur le dos, Raja assise sur lui, occupée à défaire les boutons de sa chemise.

— Ça te va vachement bien la jupe, le tailleur et le chemisier. J'adore…

— Arrête tes conneries. Je pense que je vais les brûler ces vêtements. C'était ma panoplie de victime.

— Tu devrais mettre des jupes et des robes plus souvent. Tu as des jolies jambes, des articulations fines, une peau magnifique. Probablement de belles fesses aussi et…

Raja lui posa une main sur la bouche :

— Et toi, tu parles trop.

Elle plaqua ses lèvres sur celles de Goran puis leurs différents vêtements volèrent en tous sens, dans un ordre a priori aléatoire bien que découlant d'une logique inévitablement pratique. Et, malgré leurs gestes devenus lents et appliqués, les deux artificiers entrèrent en combustion.

Raja quitta le lit pour tirer les rideaux devant la fenêtre de la chambre et atténuer la lumière trop crue. Elle l'entrouvrit ensuite pour laisser passer un peu d'air frais. Goran la regarda faire sans rien dire et Raja revint nicher la tête au creux de son épaule en rougissant légèrement. Leurs mains imprimèrent quelques caresses délicates çà et là, sur leurs corps nus, bouillants. Goran se redressa sur un bras pour la contempler. Il glissa l'extrémité de ses doigts sur un sein puis l'autre et déposa un baiser sur son ventre. Elle ouvrit la bouche en souriant :

— Bon. On fait quoi maintenant ?

— On reprend ta liste depuis le début ?

— Dak, ouais. On ira manger après.

En sortant un peu trop vite de l'immeuble, quarante minutes plus tard, Goran bouscula un jeune type dont l'attention avait été détournée par la lecture de l'écran de son smartpad. Le gars se retrouva par terre, complètement sonné. Goran lui tendit une main pour l'aider à se redresser, en s'excusant. L'homme ne trouva rien à dire et afficha une mine désolée le temps de deux secondes. Il repartit aussitôt, à nouveau concentré sur son appareil. Raja avait regardé toute la scène en souriant. Elle prit la main de Goran ainsi que la direction des opérations de recherche d'un restaurant sympa dans le quartier.

Il y avait une place charmante, à l'écart des bruits de circulation, non loin de la rue de Rivoli, un coin touristique où ils servaient encore à 14 h 30.

Ils enregistrèrent leur commande via le serveur vocal incorporé à leur table. Ils s'adossèrent et croisèrent les bras simultanément. Puis leurs yeux se retrouvèrent et ils comprirent que leurs pensées venaient de se recentrer sur un sujet identique.

Raja entama la conversation à l'endroit où ses réflexions s'étaient arrêtées :

— Donc, il y avait quelqu'un dans l'hôtel.... C'est pour ça que Kraftchek est resté devant si longtemps.

— Oui. À mon avis, quand on l'a croisé, Kraftchek avait tout juste récupéré les armes : le flingue à sa ceinture, le fusil mitrailleur et les grenades dans le sac de sport qu'il avait en bandoulière. Le type dans l'hôtel venait de tout lui filer.

— Et c'est le même homme qui a envoyé le SMS avec l'adresse et l'heure de l'A.G. de XY-Labs. C'est ça ?

— Peut-être bien Raja. On en saura davantage la semaine prochaine.

— En tout cas, le juge semblait penser que cette personne travaillait pour Victoria.

— C'est ce que j'ai compris, oui.

— Ce serait mieux qu'on n'en parle pas aux filles. Pour l'instant, la responsabilité de Victoria est officiellement limitée à l'adoption de Juliette et Alice.

— Oui, bien sûr. On ne va rien dire à personne. Pas avant d'en savoir plus.

Le déjeuner ne dura pas plus d'une quarantaine de minutes, au cours desquelles ils abordèrent le sujet de leur avenir. Un futur qui venait de s'élargir d'un coup et qui leur parut difficile à borner, tant le champ des possibles était vaste. Goran souhaitait continuer de s'investir à fond dans GROW et faire découvrir l'Inde à Raja, à Juliette et aux jumelles ; Raja avait décidé d'étudier le Psycosme, mais surtout de se consacrer à ses filles jusqu'à ce qu'elles deviennent adultes. Et de passer du temps avec sa mère aussi. Elle ne voulait plus habiter dans la ferme près de Limoges, elle mentionna la Suisse et Genève où elle s'était sentie si bien au moment de Solar Max. Elle finit par déclarer à Goran qu'elle souhaitait qu'ils vivent ensemble, qu'ils forment à deux un socle, un camp de base pour les filles et un refuge amoureux permanent. Goran lui confirma qu'il désirait la même chose. Exactement la même chose. Et que le reste suivrait, qu'il s'adapterait.

Ils prirent un taxi jusqu'à l'appartement de la rue Cler, où Raja ne parvint pas à se changer en moins d'une heure, à nouveau accaparée par la première entrée de la liste de ses envies.

— Mes parents ont fait l'amour ici, dans cette pièce. Dans ce lit.

— Elizabeth et Azul ?

— Oui.

— C'est lui sur la photo, qui vient d'écrire ton prénom dans le sable ?

Elle redressa légèrement la tête et ses paupières clignèrent à deux reprises. Goran interpréta cet infime mouvement comme une réponse positive. Ses yeux se posèrent à nouveau sur le portrait accroché face au lit.

— Il est splendide ton père, sur cette photo.

Le silence s'installa pendant de longues secondes. En contemplant la gymnastique complexe des sourcils de Raja, Goran comprit qu'elle malaxait les idées, qu'elle était partie en voyage dans ses souvenirs. Qu'elle faisait le point, une immense synthèse. Elle laissa sa tête retomber sur l'oreiller et se perdit dans l'étude de la surface du plafond. Goran se tourna vers elle, ajusta plusieurs mèches de cheveux sur le bord de son visage puis lui caressa les lèvres en les effleurant avec le pouce. Elle arrêta de fixer le point imaginaire dans l'air et ses yeux se posèrent dans les siens :

— On a beaucoup parlé de tout ce qui s'est passé à Riga, de ce qu'on sait ou qu'on ne sait pas. Des gens qui sont morts là-bas, de Kraftchek, de XY-Labs, de Mona et Lisa… Mais moi, le souvenir le plus précis que j'en ai gardé, il n'a rien à voir avec tout ça.

— Non ?

— Chaque fois que j'entends le mot *Riga*, c'est le visage d'Alberto qui m'apparaît. Toutes ces secondes avant qu'il meure dans mes bras.

Une pause : rafale de battements de cils, pincement des lèvres. Puis reprise de la parole.

— Je *sais* qu'il a été heureux à ce moment-là. Quand je me suis précipitée sur lui, il souffrait, hagard, les yeux perdus dans les flocons de neige. Il m'a reconnue, penchée au-dessus de lui, et ça lui a fait du bien, ça lui a causé une joie intense, j'en suis persuadée. Je pense même que ça l'a délivré, soulagé.

— Tu crois qu'il a travaillé sous la contrainte ?

— Oui, jusqu'à un certain point. Disons que sa curiosité de scientifique a été largement récompensée, mais qu'il aurait sûrement préféré que les choses se passent autrement. XY-Labs était un piège et il l'a sans doute toujours su. Mais cela ne l'a pas empêché de se jeter dedans…

Ils se douchèrent puis Raja enfila une paire de collants et une jupe colorée qui s'arrêtait sous le genou. Un body et un pull pour le haut, un peu de maquillage autour des yeux, des chaussures confortables. Ils sortirent et rejoignirent les jardins du Champ-de-Mars, qu'ils remontèrent jusqu'à la Seine en renonçant à faire la queue pour accéder à la tour Eiffel. Il faisait beau, pas trop froid. Ils marchèrent le long des quais pendant un peu moins d'une heure, main dans la main. Ils étaient au niveau du Jardin des Plantes lorsque Raja propose à Goran d'aller chercher les filles au collège. Elles terminaient leurs cours à 18 heures, ils avaient le temps d'y aller en métro et de les cueillir à la sortie de l'établissement pour leur faire la surprise.

Les jumelles se jetèrent dans les bras de Raja et Goran, en se relayant pour pleurer. Raja s'étonna de ne pas voir Alice, ce à quoi Mona et Lisa répondirent en levant les yeux au ciel puis en se partageant l'explication :

— Elle est restée à l'appart cet après-midi. Elle bosse.

— Ouais. Genre : elle se *cale* sur les heures de New York !

— Et Juliette est déjà rentrée ?

— Oui. Elle finit tôt le jeudi.

— Elle a laissé tomber ses cours particuliers de français…

— En fait, elle compte sur nous pour enrichir son vocabulaire !

Les sons stridents et saturés de la guitare électrique que martyrisait Juliette emplissaient la cage d'escalier du vieil immeuble où les quatre filles Connor avaient déballé leurs affaires. Lisa poussa la porte d'entrée de l'appartement situé au dernier étage. Raja et Goran découvrirent une vaste pièce et distinguèrent Alice de dos, debout, concentrée sur l'écran d'une flextab posée sur le bar de la cuisine, hermétique à la musique trop forte et absorbée par la lecture de courbes statistiques. Sur la gauche, Juliette gigotait en face d'un miroir, guitare en bandoulière, en hochant sa crête rouge dans tous les sens et en martelant les cordes d'allers-retours nerveux de la main droite. Le résultat était très convaincant visuellement, il ne manquait que les casques antibruit pour profiter du spectacle. Juliette et Alice détectèrent les nouvelles présences dans l'espace simultanément et elles abandonnèrent ce qu'elles faisaient pour se ruer sur les deux adultes.

Le point fut vite fait en ce qui concernait l'évolution récente de la situation judiciaire de Raja et Goran. Les filles décidèrent de préparer un dîner de fête. Le début de soirée y fut consacré, avec une demi-douzaine d'excursions désordonnées à l'épicerie du coin. Les discussions se firent en français. Juliette avait fait des progrès impressionnants et Alice avait assimilé les dernières sonorités qui lui avaient donné du fil à retordre : elle répétait régulièrement une phrase d'entraînement à la prononciation, suggérée par Mona une semaine plus tôt. *Tu préfères trois truites crues ou trois truites cuites ?*

Raja et Goran évoquèrent la décision du juge sans entrer dans les détails : un témoin surprise s'était rendu à la police française et avait fourni des documents qui établissaient leur innocence complète. Les filles ne posèrent aucune question, ne montrèrent aucune curiosité particulière sur le sujet, visiblement déjà pressées d'en oublier chaque détail. Raja y vit la confirmation qu'elle devait faire la même chose, se forcer à abandonner tout cela. Et, au fur et à mesure du repas, elle réalisa que ce serait finalement très facile d'enterrer les évènements des derniers mois. Maintenant qu'il n'y avait plus de mystères, plus aucun doute sur rien.

Le projet de partir ensemble au Centro pendant les

vacances de Pâques fut adopté à l'unanimité. Même si Juliette fut tout d'abord contrariée de ne pas y aller seule, comme prévu. Goran se porta volontaire pour réserver les billets d'avion et Raja proposa de faire du shopping avec les filles le samedi suivant. Puis les discussions devinrent multiples. Goran observa à plusieurs reprises l'assemblée si particulière de cette famille recomposée atypique, biologiquement singulière, unique. En se sentant fier, heureux et chanceux.

Vers 22 h 30, Alice annonça qu'elle était crevée et qu'elle n'allait pas tarder à se coucher. Les jumelles embrayèrent en rappelant qu'elles commençaient à 8 heures le lendemain. Raja fit le tour de l'appartement dont les murs défraichis et le manque de rangement contribuaient à donner aux lieux un faux air de squat. Elle nota qu'une cinquième chambre était vide, disponible pour elle et Goran. Il n'y avait plus qu'à faire le lit et remplir l'énorme placard avec leurs affaires. Elle retourna dans le salon et constata que Goran avait passé son manteau.

— Il y a une chambre pour nous, Goran.

Mona et Lisa bondirent du canapé, visiblement peu emballées par le projet :

— C'est bon, vous n'allez pas vous incruster non plus ?

— Ouais, on est très bien toutes les quatre !

Juliette mit fin au sujet en relevant les yeux de son smartpad :

— Vous êtes les bienvenus ici. On a toutes envie de vivre avec vous. Et si vous êtes sages, vous aurez le droit d'aller dormir ailleurs de temps en temps…

Les jumelles hochèrent la tête sérieusement et Goran éclata de rire.

Raja enfila son manteau, puis ils embrassèrent les filles en leur souhaitant bonne nuit. Ils quittèrent l'appartement et s'engouffrèrent dans la cage d'ascenseur où ils ne purent éviter de s'enlacer. Ils passèrent la porte de l'immeuble et, dans la rue, la voix d'une des filles attira leur attention au-dessus de leurs têtes. Quatre visages hilares, agglutinés les uns aux autres dans l'encadrement d'une fenêtre, leur lancèrent un monumental *Gorilla !*, ponctués de rires tonitruants. Raja et Goran leur répondirent d'un signe de la main avant de se diriger vers la station de métro la plus proche.

— Ça ne va pas être très reposant de vivre avec elles.

— Non, c'est certain. Mais bon, ça fait six mois qu'on se repose, on devrait être capables d'encaisser le choc…

Ils s'arrêtèrent devant la bouche du métro.

— On va chez toi, Goran ? C'est plus près et je suis morte de fatigue.

— Oui, si tu veux. J'en profiterai pour bosser un peu, pas plus d'une demi-heure… Je te prêterai une brosse à dents.

Raja reçut un SMS d'Elizabeth pendant le trajet : *Immensément heureuse de la bonne nouvelle. Je peux t'appeler vers 23 h 30 ?* Elle tapa sa réponse : *Oui bien sûr Maman.*

Goran fit chauffer de l'eau en arrivant, pour deux infusions, et s'installa devant son ordinateur après avoir questionné du regard Raja qui lui avait confirmé qu'il pouvait travailler, qu'elle aussi allait faire le point sur ses mails.

Son smartpad sonna, elle décrocha sans vérifier l'identité du correspondant.

— Maman ?

La discussion se dirigea spontanément sur Théau, et Raja comprit qu'Elizabeth n'était plus inquiète, ni même en colère.

— Il va bien. On se capte la nuit, dans le Psycosme. Il m'a dit qu'il avait réussi sa mission, et ce qu'il s'est passé aujourd'hui le prouve. Je suis tellement heureuse pour toi et Goran, pour les filles. Tout va rentrer dans l'ordre maintenant.

— Tu sais, on a décidé de passer les vacances de Pâques au Centro. Tu penses que tu pourras tous nous accueillir ?

— Bien sûr. Mais on va pouvoir en discuter de vive voix, je vais venir à Paris dans quelques jours.

— Ha bon ? C'est super. Tu vas réussir à t'organiser, Ophilio et Esteban vont assurer l'intérim pendant ton absence ?

— Oui. J'ai fait le point avec eux, ils seront aidés par un couple que je connais bien, un enseignant et une psychologue. Ils vont dormir au Centro. Je peux partir l'esprit tranquille.

— Tu arrives quand ?

— Mardi prochain, en fin d'après-midi.

— C'est génial Maman. On va passer du temps ensemble, ça va te faire du bien, tu vas pouvoir réfléchir sereinement à l'avenir…

— J'ai déjà beaucoup discuté avec Gabriel. Tu sais qu'il bosse pour l'UNESCO depuis plusieurs années ?

— Oui. C'est grâce à son boulot qu'il a eu le tuyau pour l'appart des filles.

— J'ai prévu de le voir mercredi matin. Il va me faire rencontrer des personnes qui peuvent m'aider à organiser la fin du Centro.

— Donc, ta décision est prise ?

— Oui Raja. Je ne peux plus continuer comme ça. C'est trop fragile. Et puis il faut que les garçons vivent dans la société, pas en dehors, pas coupés du monde. C'est la meilleure chose à faire pour qu'ils réussissent leur vie.

— Tu sais, la première fois que tu m'en as parlé, ça m'a choqué. Je me suis dit que tu étais fatiguée. Mais je pense que tu as raison. En tout cas, on pourra en rediscuter, si tu veux, quand tu seras là.

— Oui Raja. Avec plaisir. Et Goran va bien ?

— Oui. Il va très bien. Il est comme moi, un peu étourdi, désorienté. On va s'installer ensemble, on en a tous les deux très envie.

— Ça fait longtemps que vous auriez dû le faire.

— Sans doute. Il faut croire qu'on avait besoin d'un grand

choc pour nous en rendre compte.

Raja but une gorgée d'infusion en regardant Goran éteindre son ordinateur et se diriger vers la salle de bains. Elle bâilla avant de reprendre la conversation :

— Je vais aller me coucher, j'en peux plus. La journée a été épuisante.

— OK ma belle.

— Tu me confirmes ton heure d'arrivée mardi ?

— Oui, je te l'enverrai par SMS.

Raja se leva pour poser sa tasse dans la cuisine.

— Et Théau, il rentre quand au Centro ?

Un court silence précéda la réponse d'Elizabeth :

— Tu sais Raja, s'il pouvait revenir, il serait déjà ici. Non, il est retenu là où il est. S'il ne me contacte que *via* le Psycosme, c'est qu'il ne peut pas faire autrement…

Raja hocha la tête, incapable de se figurer précisément ce qui pouvait empêcher Théau de quitter l'endroit où il était pour rejoindre Elizabeth. Ils formaient ensemble un couple fusionnel, il y avait forcément une contrainte forte, une impossibilité quelconque, technique ou physique.

— OK Maman. Tu me diras quand tu auras des nouvelles, d'accord ?

— Oui, compte sur moi, tu seras la première avertie. Je te souhaite bonne nuit, moi, il faut que j'aille donner un coup de main en cuisine.

— Je t'embrasse.

— Pareil. Mais… Raja ?

— Oui, quoi ?

— Allez-y mollo avec Goran, forcez pas trop. Ne dormez pas tout le temps ensemble, reposez-vous…

Raja s'esclaffa et Goran sortit la tête de la salle de bains, l'air amusé, ce qui déclencha une nouvelle cascade de rires.

— T'inquiète pas Maman, on gère : on s'hydrate bien, on fait des étirements. Et puis tu sais, il commence à se faire vieux, il y va doucement.

— Ouais, c'est ça… Allez, bonne nuit !

Dans la salle de bains, Goran enfilait un pantalon de pyjama à rayures.

— J'adore ton pyjama.

— Je l'ai acheté en pensant à toi.

Il ouvrit le placard sous l'évier et en sortit une brosse à dents neuve qu'il tendit à Raja :

— C'est moi le *vieux* ?

— Oui. Pardon. J'ai dit ça pour rassurer Ezzie, elle a peur qu'on se fasse mal en faisant l'amour, après toutes ces années d'abstinence.

— Non ? Elle t'a pas parlé de ça !

— Si si. Elle a dit texto : *allez-y mollo avec Goran.*

— Mince. Et tu comptes faire quoi ?

— Essayer ta douche, tout de suite. En ta compagnie, sauf si tu trouves ça trop risqué.

— Trop risqué ? Tu rigoles ?

Ils se couchèrent une demi-heure plus tard. Goran se plaignait de la cuisse droite, il s'était probablement claqué un muscle pendant leurs mouvements acrobatiques sous les jets d'eau. Et Raja se massait la fesse gauche, sur laquelle s'était formé un bleu très large, consécutif à sa glissade sur le pommeau de douche. Avant d'éteindre la lumière, Goran résuma parfaitement la situation :

— C'est plus de notre âge ces conneries…

Ils écoutèrent les bruits de l'immeuble et de la rue, changèrent plusieurs fois de position en s'offrant quelques caresses douces, apaisées et confiantes, puis finirent par trouver la combinaison secrète, l'assemblage des corps qui ouvrait les portes du sommeil.

Une semaine plus tard : jeudi 13 mars 2031

ELIZABETH

Oui, Théau avait fait du bon boulot.
Mais il n'était plus là, avec elle.

À la lecture de la note qu'il lui avait laissée sur le lit, Elizabeth avait deviné qu'elle ne le reverrait plus avant longtemps. En tout cas, pas sous son apparence habituelle, incarnée. C'était une évidence, la conclusion logique de son mutisme, de la forme de désolation qui s'était emparée de lui après leur retour de Miami. Depuis qu'il s'était pris cette balle dans le bras, cet instant qui avait marqué la fin de son intégrité physique et du monolithe de son psychisme. Depuis qu'il avait été fendu, fêlé. Depuis qu'elle avait senti le corps de l'homme qu'elle aimait devenir peu à peu inhabité, sa conscience plus tout à fait là. Ailleurs.

Officiellement, Théau était parti précipitamment à Paris pour assister Raja, Goran et les filles, pour les aider à se dégager de leurs ennuis judiciaires. Les garçons n'avaient pas posé de questions, ils regrettaient qu'il ne leur ait pas dit au revoir. Enzo avait demandé quand il rentrerait et Elizabeth avait répondu *dans un mois*. En privé, elle avait indiqué à Ophilio et Esteban que cette absence serait probablement plus longue.

Théau lui était apparu le lundi soir vers 22 heures, au moment où elle se couchait. Sa silhouette scintillait très faiblement, étendue sur le lit, du côté qui lui était réservé. Elizabeth s'était allongée le long de l'incarnation électrique et lui avait demandé s'il était mort, définitivement passé du côté du Psycosme. Comme jadis Azul. Il avait secoué la tête en serrant les lèvres pour réprimer un sourire ou une expression de tristesse. Il s'était tourné pour lui faire face et elle avait pu distinguer les contours exacts de son visage, le détail de ses iris, dans des traits parcourus de fines ondulations de lumière blanche, semblables aux reflets sur un objet complexe en cristal. Elle lui avait demandé s'ils se reverraient et il avait hoché la tête en écarquillant les yeux et en lui envoyant un sourire franc. Elle avait fini par lui dire qu'elle souhaitait qu'il lui écrive des mails, des SMS ou des vraies lettres, il avait confirmé d'un nouveau sourire. Il avait ensuite fermé les yeux et elle s'était rapprochée de l'apparition allongée sur son lit, persuadée que cette proximité électrique, incorporelle, lui permettait de partager quelque chose avec lui, où qu'il soit.

C'était trois jours après sa disparition, après qu'il ait abandonné le Centro. Le lendemain matin, mardi, pendant qu'elle déjeunait avec Esteban et les enfants, elle avait reçu un mail où Théau lui expliquait qu'il avait quitté Cuba et qu'il prenait l'avion pour Paris, pour parachever ce qu'il avait entamé. Il lui indiquait qu'il allait très bien, qu'il se sentait même en pleine forme, mais qu'elle lui manquait atrocement. Elizabeth lui avait répondu qu'elle aurait préféré qu'il lui parle de son projet avant de le mettre en œuvre, qu'ils se concertent, qu'il partage ça avec elle. Mais qu'elle était contente pour lui, et donc pour eux. Puis la journée s'était écoulée sans heurt, sans inquiétude, et elle avait animé deux cours, parfaitement à l'aise, heureuse de discerner un futur proche qui allait s'alléger pour Raja et les filles, pour Goran.

Le soir après dîner, en partant se promener sur la plage habituelle, Elizabeth avait décidé de se rendre elle aussi à Paris. Pour participer avec sa fille et ses petites-filles à une libération qui ne faisait plus aucun doute. Et pour faire un point complet avec Gabriel sur les possibilités de trouver, via l'UNESCO et ses correspondants dans le monde, des familles d'accueil pour les pensionnaires du Centro. Pour l'été qui arrivait.

Margaret et Enki seraient présents pour étoffer l'équipe d'adultes du Centro pendant son absence, ils resteraient une dizaine de jours à partir du week-end. Franchement, tout se goupillait bien. Et faire un break lui ferait le plus grand bien.

Avant de se coucher, elle avait vérifié ses mails. Théau lui avait réécrit. Pour expliquer qu'il lui avait caché ses projets pour ne pas qu'elle s'y oppose. Et qu'il en était désolé. Elizabeth lui avait répondu qu'il lui manquait, mais qu'elle voulait maintenant être tranquille, qu'il n'entre plus en contact avec elle pendant quelques jours. Qu'elle lui enverrait un mail dès qu'elle serait de nouveau prête à affronter son absence. Elle avait éteint son smartphone et s'était couchée. Allongée sur le dos, dans une chemise de nuit qu'il lui avait offerte, elle avait pleuré, sans essayer de retenir ses larmes.

Au cours des trois journées suivantes, elle avait passé du temps avec chaque pensionnaire pour expliquer ce qu'elle envisageait pour les mois à venir. Le but était qu'ils intègrent des familles d'accueil en douceur, si possible dans leurs pays d'origine, sans rompre les ponts avec le Centro qui leur resterait ouvert, disponible pour des retrouvailles régulières avec ceux qui le souhaiteraient, pendant les vacances scolaires ou à n'importe quel autre moment de l'année. Ashitaka était fébrile, mais content à l'idée de retrouver ses parents qui viendraient le chercher début mai. Il serait le premier à partir et Elizabeth savait qu'il servirait d'exemple pour les départs suivants. Il était prêt, volontaire pour replonger dans la *vraie vie* et montrer aux autres garçons, à ses frères comme il les appelait, que c'était non seulement faisable, mais aussi réalisable et excitant. Et que cela ne romprait aucun lien.

Elle avait été immensément heureuse d'apprendre le jeudi en fin de matinée la libération de Goran et de Raja, le fait que la justice les avait innocentés, qu'ils ne risquaient plus rien. Elle avait accueilli cette nouvelle comme la confirmation que ce qu'avait tenté Théau avait réussi, que son action avait fait s'écrouler des accusations devenues trop graves pour être évitables sans une manœuvre forte, sans un coup de théâtre. Elle avait appelé Raja pour lui dire qu'elle viendrait à Paris en début de semaine suivante, le mardi soir.

Margaret et Enki étaient arrivés le vendredi midi, en provenance de Berlin. C'était leur deuxième visite à Cuba, le courant était bien passé avec les pensionnaires ainsi qu'avec Ophilio et Esteban. En dehors de permettre à Elizabeth de s'éloigner du Centro pendant dix jours, le but de leur séjour était d'évaluer chaque enfant avec précision. Margaret était psychologue et Enki avait travaillé dans une ONG qui s'occupait de secours aux populations déplacées. C'est Gabriel qui les avait mis en contact, et leur disponibilité au moment de Noël avait confirmé à Elizabeth que ce qu'elle entrevoyait pour le futur était réalisable. Même si le cas de chaque garçon était particulier et que tout prendrait beaucoup de temps. Et même si la période qui s'ouvrait à eux tous serait à la fois très difficile et excitante.

Le dimanche soir pendant le dîner, elle avait annoncé à l'assemblée des pensionnaires que Raja et Goran, accompagnés de leurs quatre filles, passeraient deux semaines au Centro pour les vacances de Pâques. La nouvelle avait été accueillie comme il se doit et Elizabeth était partie détendue, confiante pour les mois à venir et la direction nouvelle que prenait sa vie.

Elle avait envisagé d'envoyer un message à Théau et y avait finalement renoncé après avoir refoulé l'apparition d'un sentiment de tristesse. L'absence de l'homme qui l'avait si bien accompagnée ses dernières années lui avait permis de concrétiser son projet de fermeture, à terme, du Centro. Cette absence qu'elle ressentait depuis des mois lui avait confirmé que, seule, elle ne pourrait plus continuer.

Ophilio l'avait conduite à La Havane au milieu de la nuit du lundi au mardi. Elle avait insisté pour qu'il la dépose au lieu d'attendre avec elle l'ouverture de la porte d'embarquement. Elle avait dormi environ cinq heures pendant le vol et regardé un film de super-héros qu'elle avait trouvé incompréhensible du début à la fin. Goran et Raja étaient venus la chercher à l'aéroport et elle avait eu un bref retour de larmes en les voyant s'approcher vers elle, main dans la main.

Le dîner s'était déroulé dans le grand appartement occupé par Juliette et ses sœurs depuis six mois. Elizabeth s'était émerveillée de voir ses petites-filles à ce point épanouies, bien dans leur peau, aussi bien ensemble que prises séparément. Elle avait passé du temps avec chacune, joué de la guitare avec Juliette et constaté qu'elle avait un bon sens du rythme, qu'elle apprendrait vite ; partagé une conversation en français avec Alice, au sujet du Centro et de l'emploi du temps de la nouvelle présidente de VBM Technologies ; discuté avec les jumelles de l'organisation des vacances de Pâques à Cuba et de leurs vies de collégiennes. Elizabeth adorait ces quatre gamines, ses petites-filles. Elles étaient différentes, vives et curieuses.

Goran et Raja avaient insisté pour la ramener rue Cler. Ils l'avaient laissée devant l'immeuble et Raja l'avait embrassée en lui souhaitant une bonne nuit et en ajoutant *j'espère que tu aimeras la nouvelle déco*. Elizabeth avait poussé la porte avec une légère appréhension, incapable d'anticiper la réaction qu'elle aurait en découvrant l'atelier d'Azul modifié, désanctuarisé. Elle avait pénétré dans un espace intact, conforme à ses souvenirs, mais renouvelé. Les couleurs choisies par Raja lui plurent, tout comme sa sélection d'encadrements de photos ou de peintures. Elle avait pris une douche avant de retrouver parmi des vieilles affaires le grand t-shirt en batik bleu. Il était 23 heures lorsqu'elle avait décidé d'appeler Gabriel pour lui confirmer le rendez-vous du lendemain. Ils passeraient la journée ensemble, pour brosser les contours du projet d'accompagnement des pensionnaires du Centro sur les douze mois à venir. La conversation avait été chaleureuse et brève, comme toujours avec Gabriel. Son bureau était situé à Bastille, dans ce quartier de Paris qu'il n'avait jamais quitté, à quelques rues de l'atelier de tatouage où il l'avait initié à un métier qu'elle avait pratiqué pendant plus de vingt-cinq années.

Après avoir constaté qu'il y avait de la menthe fraîche dans le frigidaire, Elizabeth s'était préparé un thé en utilisant une théière qu'il lui semblait avoir toujours connue. Elle avait bu à table en contemplant le tableau peint par Azul, ce portrait qui aurait pu ressembler à celui de Théau, construit autour d'un regard prémonitoire formé par deux yeux aux iris de tailles différentes. Elle avait ressorti son smartpad pour envoyer un SMS à l'homme qui avait quitté le Centro presque deux semaines plus tôt et à qui elle avait promis de faire un signe dès qu'elle serait à nouveau capable de penser à lui sans ressentir la douleur hémorragique du manque. *Je suis dispo, je peux t'appeler ?*

Moins d'une minute plus tard, Théau lui avait répondu qu'il ne pouvait pas parler où il se trouvait. Ils avaient alors échangé une trentaine de SMS via NoT… Il collaborait avec la police française. L'audience du jeudi prochain ne serait qu'une formalité pour Raja et Goran, et la confirmation de leur libération initiée la semaine précédente. Le juge allait prononcer une relaxe totale et on parlerait bientôt de tout cela comme d'un mauvais souvenir, une épreuve surmontée qui aurait scellé les liens familiaux qui reliaient dorénavant Raja à ses quatre filles.

Et toi, tu vas bien ?

Oui, vraiment bien, ne t'inquiète pas pour moi Ez…

Mais pourquoi ne pas s'appeler ? Pourquoi ces mystères ?

Je t'expliquerai dans quelques jours, pour l'instant je reste discret…

Ce que tu as fait, ça ne va pas me plaire, c'est ça ? C'est pour ça que tu ne m'en as pas parlé ?

… Oui. Tu ne m'aurais pas laissé faire…

Ça veut dire qu'on ne se reverra pas.

... pas comme avant...

J'en ai marre de tes points de suspension tu fais chier je vais me coucher.

OK. Bonne nuit Ez.

Elizabeth s'était allongée après avoir désactivé son smartpad. Incapable de s'endormir, elle s'était relevée une heure plus tard après avoir réfléchi en boucle à ce qu'avait fait Théau, sans parvenir à deviner ni la nature exacte de son projet, ni pourquoi elle lui aurait demandé d'y renoncer. Tout en réalisant que ce compagnon avec qui elle avait partagé tant d'années avait toujours conservé une large part de mystère : Théau ne parlait jamais de son passé, de sa jeunesse ou de sa famille, elle ne savait rien de ses années de construction, ni où il avait grandi ni quelles avaient été les étapes majeures ou épreuves qu'il avait dû traverser. Mais puisqu'elle non plus n'évoquait jamais sa propre adolescence ou ses parents, il lui avait toujours semblé que ce point les rassemblait, que cette inaptitude totale à s'intéresser à leur passé les portait, rendait possible leur couple.

Elizabeth avait fini par sortir des feuilles et des vieux crayons de couleur pour dessiner pendant deux heures des motifs géométriques fleuris, des frises enchevêtrées, entrelacées. Son regard pendant cet exercice s'était posé, à plusieurs reprises et sans réellement la voir, sur l'urne contenant les cendres d'Azul. Ce n'est que lorsqu'elle s'était levée pour rejoindre le lit, ivre de fatigue, qu'elle avait remonté d'un dernier regard la décision de lui trouver une destination finale. Un bel endroit pour se souvenir.

La journée du mercredi avait réellement commencé à 10 heures, dans le bureau de Gabriel. Il avait prévu des séances de travail entrecoupées de courtes pauses d'une dizaine de minutes. Les dossiers de chaque pensionnaire avaient été passés en revue, il ne demeurait que trois cas problématiques, pour lesquels la recherche de famille d'accueil n'avait encore rien donné. Ils avaient longuement discuté du cas d'Enzo : le benjamin du Centro avait dit à Elizabeth qu'il voulait continuer de vivre au Centro, avec elle, tout ça les yeux débordants de larmes, remplis d'une détresse sincère. Elle avait suggéré à Gabriel qu'il reste au Centro un peu plus longtemps, ce à quoi il avait répondu que ce ne serait pas une bonne solution qu'il s'y retrouve seul, sans plus aucun *frère*. Gabriel lui avait soumis l'idée qu'Enzo soit accueilli par Raja, Goran et leurs filles. Elizabeth avait écarté cette possibilité avant de se rendre compte au cours de l'après-midi que cette idée était venue s'incruster solidement dans son crâne. Enzo comme petit frère des filles, pourquoi pas ?

Gabriel avait réservé une table dans un restaurant à deux pas de ses bureaux. En fin de déjeuner, il avait évoqué le fait qu'il trouvait bizarre que la fondation No Trace, dont l'application NoT avait connu un succès foudroyant et planétaire, utilise la même appellation que l'organisation d'activistes du même nom.

— Ha bon ? Ils s'appellent No Trace aussi ? Connais pas…

Au fil de l'énumération par Gabriel de quelques actions pilotées à travers le monde par ces *No Trace*, Elizabeth s'était souvenue d'une discussion avec Théau, vieille de quelques mois. Il avait été étonné d'apprendre que des groupuscules extrémistes avaient choisi comme nom un terme qu'il avait défini des années plus tôt. Pour lui, il était possible que, parmi les initiateurs de ce mouvement non hiérarchisé, se soient trouvées des personnes qui avaient jadis participé au tout premier réseau No Trace. Où leurs valeurs communes auraient commencé à éclore : modération dans les modes de consommation, rejet des pouvoirs centraux et autonomisation, renoncement à se reproduire. Et la nécessité absolue de ne laisser aucune trace de leur passage sur Terre.

Parmi la dizaine d'actions radicales organisées par les No Trace, les plus emblématiques consistaient en des blocus de maternité ou de sièges de multinationales soigneusement ciblées, en démontages d'antennes-relais ou occupations de centres commerciaux. Ils avaient revendiqué plusieurs opérations de piratage informatique et de sabotage de retransmissions de matchs de football. Le dernier coup médiatique en date avait été retentissant : la stérilisation, dans un hôpital suédois, d'une centaine de volontaires masculins âgés de 20 à 30 ans avait été commentée par les médias du monde entier. La courte interview d'un Hollandais de 23 ans avait été diffusée en boucle sur toutes les chaînes d'information, où le jeune homme expliquait qu'il avait reçu sa stérilisation comme un *baptême éblouissant*, une véritable *venue au monde*, un acte qui le rendait libre et fort. La certitude d'être *définitif*. Un appel avait été lancé afin que des femmes se portent candidates à la même opération, programmée au début du mois de juin dans un hôpital tenu secret.

Gabriel cautionnait toutes ses actions, elles lui semblaient pertinentes et nécessaires. Il espérait que certaines de leurs revendications soient un jour adoptées, comme l'abandon des aides familiales ou l'interdiction du deuxième enfant, la légalisation de l'euthanasie active, la proscription des produits de consommation inutilement polluants (gels douche, savons liquides, bouteilles et jouets en plastique, etc.), l'arrêt des cultures et élevages intensifs, etc.

Elizabeth se remémora la conversation qu'elle avait eue quinze ans plus tôt avec Théau, sur une plage en Belgique. Sur le fait qu'il ne fallait plus faire d'enfants et sur ce qu'elle lui avait dit concernant le nom de son réseau, qu'elle avait alors trouvé fumeux… Une *sorte de société secrète à la con*. Il fallait reconnaître que, depuis 2015, certaines de ses idées avaient fait du chemin.

Gabriel lui avait demandé des nouvelles de Théau et Elizabeth lui avait répondu qu'il allait très bien. Elle l'avait quitté vers 18 heures en lui promettant d'évoquer le cas d'Enzo avec Raja.

Elle avait dîné seule ce mercredi soir, après avoir prétexté à ses différents interlocuteurs de la journée qu'elle avait un engagement auquel elle ne pouvait pas se soustraire. Depuis Bastille, elle avait rejoint la Seine à pied, traversé l'île Saint-Louis et encore marché jusqu'à Saint-Michel. Elle avait trouvé un restaurant où elle avait été la première cliente. Elle avait dîné en observant les gens aller et venir dehors. Elle avait ensuite attendu un taxi pendant dix minutes avant de décider de rallier la rue Cler en longeant les quais, persuadée que cela permettrait à son niveau de fatigue corporel de rattraper celui de son épuisement mental, psychique. Arrivée à l'appartement une heure plus tard, elle s'était couchée pour s'endormir aussitôt, sans un regard pour les traits géométriques dans l'air qui s'étaient, pendant quelques brèves secondes, enluminés à son passage.

Ce jeudi 13 mars au matin, la sonnette de l'appartement la tira du sommeil. Elle bâilla en vérifiant l'heure, 9 h 30, puis bondit hors du lit pour ouvrir la porte à Raja.

— Tu dormais ?

— Oui. C'est un peu la honte, j'ai eu une panne de réveil. Ça fait des années que ça ne m'est pas arrivé.

— Faut croire que tu en avais besoin.

— J'ai le temps de me doucher vite fait ?

— Oui, bien sûr. Je vais faire du thé.

Mère et fille se retrouvèrent autour de la table de la cuisine. Elizabeth mangea une pomme et un yaourt, puis une tartine beurre-confiture.

— On a jusqu'à quelle heure ?

— Le rendez-vous chez le juge est à 14 heures pile. Goran y sera à moins dix. On va viser moins le quart, histoire d'être sûr de ne pas arriver en retard et de pouvoir échanger quelques mots avec les avocats. Tu veux faire quoi ce matin ?

— M'acheter un pull chaud et un jean, peut-être des chaussures aussi. Mais surtout passer du temps avec toi, flâner, discuter, déjeuner dans un endroit sympa.

— Pour le shopping, on peut aller vers Hôtel-de-Ville si ça te convient… Comme ça, on ne s'éloigne pas trop du Palais de justice.

— Oui, très bien. Mais avant, je voudrais qu'on fasse quelque chose.

— Oui. Quoi ?

— Je voudrais qu'on s'occupe des cendres de ton père…

Raja se tourna vers l'urne posée sous le puits de lumière. Elle envoya un sourire à sa mère en écarquillant les yeux.

— Tu veux qu'on disperse ses cendres quelque part ?

— Non Raja, je ne veux pas les *disperser*, j'aimerais déposer l'urne à un endroit précis.

— Où ça ?

— Dans la Seine, au niveau de la passerelle Debilly.

— C'est en allant vers la tour Eiffel, c'est ça ?

— Oui, juste après le pont de l'Alma.

— Si tu veux Maman, on peut faire ça. Il doit en avoir marre d'être là.

Raja se remplit une nouvelle tasse de thé en fronçant les sourcils et Elizabeth posa le menton sur le dos d'une main en souriant, déjà attentive à ce que sa fille allait lui dire. Leurs regards se croisèrent et Elizabeth accentua encore le travail d'étirement de ses lèvres pour inviter Raja à lui confier ce à quoi elle venait de penser.

— Moi aussi j'en ai assez de la voir cette urne. On ne vit pas avec les restes d'un corps, ça n'est pas possible.

— Oui Raja. Tout à fait d'accord avec toi.

Elizabeth se leva après avoir englouti une tranche de fromage. Tout en mâchant, elle farfouilla dans plusieurs tiroirs puis dans le vieux meuble en bois blanc qui séparait la cuisine de l'atelier. Elle en sortit un rouleau de gros scotch qu'elle posa sur la table avant de ramener l'urne dont elle commença aussitôt à scotcher le couvercle.

— Tu fais quoi ?

— J'essaie de la rendre hermétique, pour pas qu'elle s'ouvre. Voilà, c'est presque terminé. Tu es prête à partir ?

— *Yes mum.*
Elizabeth enfila un pantalon, un pull à col roulé, ses chaussures et un manteau.
Elle vérifia les affaires dans son sac à dos avant d'y charger l'urne, puis mère et fille quittèrent l'appartement, remontèrent la rue Cler pour filer jusqu'aux quais de Seine.

Le temps était couvert, la température douce et la circulation automobile peu dense. Elles ne croisèrent personne le long de la rive gauche du fleuve.
La passerelle Debilly était parfaitement déserte lorsqu'elles l'empruntèrent. Elizabeth s'arrêta au milieu et se tourna vers Raja :
— Ça te plaît comme endroit ?
— Oui, bien sûr. J'ai toujours adoré les quais de Seine. Et c'est beau ici.
Elizabeth sortit l'urne de son sac et Raja se rapprocha d'elle.
— Pourquoi ici Maman ? C'était un lieu important pour papa, pour vous ?
— Oui. Et pour toi aussi. Tu as été conçue sur cette passerelle…
Raja contempla la surface de l'eau. Ses yeux revinrent se poser dans ceux de sa mère et elle ne put s'empêcher de rire franchement.
— Tu veux dire que vous avez fait l'amour ici, dehors ?
Elizabeth rougit faiblement avant de répondre en plissant les paupières.
— Oui. C'est bien comme ça qu'on fait des enfants, non ?
Ce fut au tour de Raja d'afficher une expression de légère gêne qui la fit rire à nouveau. Elle ne put s'empêcher d'ajouter :
— Oui. C'est la manière classique…
Elizabeth hocha la tête en comprenant bien le sens de la remarque de sa fille. C'est sûr, on pouvait aussi faire du clonage. Mais c'était plus complexe. Sans compter que ça

procurait moins de plaisir.

Raja déploya un sourire qu'elle envoya à Elizabeth d'un mouvement du menton qui voulait dire *vas-y raconte.* Ce qu'Elizabeth fit avec le regard tourné en elle-même, sur un souvenir vieux de quarante années :

— C'était en pleine nuit, un dimanche soir, on n'arrivait pas à dormir, il faisait trop chaud. C'était à la fin du mois de mai. On est sortis marcher dehors, à poil sous nos imperméables, avec des baskets aux pieds. On s'est arrêté au milieu de la passerelle, ça sentait bon, il y avait des courants d'air frais, doux et caressants. Il y avait quelques bancs à l'époque. On s'est assis à peu près à ce niveau, je pense. Et là… je ne vais pas te faire un dessin… on t'a fabriquée.

Raja hocha la tête en souriant toujours, les yeux fermement accrochés à ceux de sa mère. Elle fit ensuite un tour sur elle-même pour apprécier la vue, l'air et les bruits d'eau. Raja hocha à nouveau la tête et Elizabeth se figura que sa fille devait approuver en cet instant le lieu jusqu'ici secret, confidentiel, de sa conception.

— J'ai toujours adoré les quais de Seine…

— Je sais Raja, tu l'as déjà dit !

Elles suivirent des yeux le glissement d'une péniche sous la passerelle puis redevinrent sérieuses. Un grand silence paisible, un calme prodigieux s'installa. Elles se baissèrent et, chacune une main sur l'urne, elles la soulevèrent pour la poser sur la rampe métallique où elles la maintinrent quelques secondes au-dessus du fleuve. Elles échangèrent un ultime regard-sourire et lâchèrent simultanément le pot renfermant les cendres d'Azul. Celui-ci fendit l'air et s'enfonça dans l'eau sans un bruit, sans une vague, instantanément avalé, absorbé par le lieu. Elizabeth et Raja s'enlacèrent ensuite longuement, sans larme ni parole, heureuses d'avoir accompli ce geste ensemble, d'avoir partagé ce moment, en cet endroit.

Elles prirent le bus jusqu'à Hôtel-de-Ville.

Elizabeth s'acheta un jean et un pull, comme prévu, et Raja essaya plusieurs jupes sans parvenir à se décider. Elles burent un café puis firent un tour complet de l'île de la Cité avant de chercher un restaurant. Elizabeth voulait manger une choucroute, elle en rêvait souvent, c'était un truc absolument impossible à trouver à La Havane. Raja consulta son smartpad et repéra un établissement dont c'était la spécialité, à dix minutes de marche.

Pendant le déjeuner, les discussions tournèrent autour de Cuba et du futur de Raja. Elizabeth évoqua le cas d'Enzo, le fait qu'il était compliqué de trouver une famille d'accueil adaptée aussi bien à son manque d'enthousiasme pour changer de quotidien qu'à sa faculté très développée de distinguer, de reconnaître les gens présents autour de lui dans un rayon de cinq cents mètres. Même dans le noir ou à travers des obstacles. Même quand il ne le souhaitait pas. Une sorte de sens radar qui, pour l'instant, perturbait encore beaucoup les autres capacités sensorielles du garçon, et notamment le fonctionnement de ses globes oculaires. Désigné sous le nom de *nystagmus* par les médecins, le mouvement oscillatoire saccadé des yeux d'Enzo s'amplifiait avec le stress, et Elizabeth voulait tout faire pour qu'il se retrouve dans un environnement adapté, qui lui permette de poursuivre l'apprentissage de la maîtrise et de la coordination de ses six sens.

De son côté, Raja expliqua qu'elle désirait conserver un lien avec chaque garçon, pour profiter de leur expérience singulière, pour continuer d'inventorier les caractéristiques et les *fonctionnalités* du Psycosme. Pour explorer ce monde caché, physique et électrique, pour étudier les puissances de *derrière l'air* avec un regard scientifique, pour codifier ses règles et en comprendre les mécanismes. Elizabeth avait approuvé, validé ce projet, en ajoutant qu'elle était à la disposition de sa fille au cas où elle aurait besoin de son aide sur le sujet. En précisant à Raja qu'elles pourraient même faire équipe, au cours des mois à venir, pour participer à la *libération* des garçons, à leur restitution au monde réel. Pourquoi pas en prenant chacune en charge des visites régulières dans leurs familles d'accueil. Mère et fille s'étaient mises d'accord pour y travailler ensemble, dès le lendemain, et Elizabeth avait réalisé qu'elle serait bien aidée, que tout serait fait pour que la transition des garçons dans la vraie vie se fasse en douceur.

Au moment du dessert, Raja demanda à sa mère si elle avait des nouvelles récentes de Théau.

— Oui, on s'est envoyé des SMS avant-hier soir. Il est à Paris, en contact avec les enquêteurs.

— Vous ne vous êtes pas téléphoné ?

— Non, il m'a expliqué qu'il ne pouvait pas me parler là où il était.

— Il est venu ici avec l'Américain alors ? Ce Murdoch qui vous avait si mal reçu à Miami ?

— Je n'en sais rien Raja… Il refuse de me dire ce qu'il a fait. Il dit que ça ne va pas me plaire.

— Et tu en penses quoi ? Qu'est-ce qu'il a fait d'après toi ?

— Il fait chanter ce type, d'une manière ou d'une autre. Il le contrôle…

Raja consulta l'heure sur son smartpad et commanda deux cafés. Elizabeth repoussa son reste d'île flottante en clôturant la conversation :

— J'espère qu'on en apprendra davantage chez le juge.

Le temps s'était découvert, le soleil perçait une fine membrane de nuages. En marchant vers le Palais de justice, Raja retint Elizabeth par le bras.

— Tu sais, Maman, il faut que j'en parle à Goran… Mais, pour Enzo, je me dis qu'on pourrait l'accueillir chez nous. Il va bientôt avoir 10 ans et tout le monde l'adore. Et avec les filles, il serait un vrai petit prince.

Elizabeth posa les mains sur les épaules de Raja en lui souriant, chaque trait de son visage totalement épanoui :

— Ha ça, c'est certain. Il les mènerait par le bout du nez ! C'est une bonne idée, je te laisse y réfléchir avec Goran.

Elles arrivèrent au Palais de justice dix minutes en avance. L'un de deux avocats et Goran attendaient devant la porte habituelle. Ce dernier embrassa les deux femmes puis présenta Elizabeth.

— Monsieur Brodeur n'a pas fait le déplacement avec vous ?

L'avocat s'était adressé à Elizabeth, qui fit un pas en arrière, nerveuse. Raja décida de répondre :

— Non, Théau est resté à Cuba. C'est gênant ?

— Non pas du tout.

— Et votre collègue, il ne vient pas ?

— Non, je serai seul pour représenter votre défense à cette audience. Mais, à mon avis, on ne va rien apprendre de nouveau.

Le commandant Meursault n'était pas là non plus, seul le juge les attendait dans son bureau. Il rassura immédiatement ses visiteurs :

— Comme je vous l'ai annoncé la semaine dernière, je vais prononcer la relaxe aujourd'hui. J'ai quelques papiers à vous faire signer pour officialiser tout ça.

Goran décroisa les bras et s'adressa au juge :

— Du côté de l'enquête de police, vous pouvez nous en dire davantage ? Les enquêteurs ont dû encore pas mal avancer cette semaine…

— Oui, effectivement. Un ancien officier de police letton a été arrêté, ainsi qu'un employé du laboratoire d'analyse scientifique. Ils ont tous les deux reçu de fortes sommes d'argent en rémunération de la falsification des relevés et certifications d'empreintes digitales. Les virements correspondants ont été tracés, ils remontent jusqu'à un certain Matthew Ellesmere, ancien salarié de VBM Technologies, actuellement recherché pour sa participation active aux multiples assassinats de Riga. Sa présence est attestée dans un hôtel de cette ville pendant les deux journées qui ont précédé la tuerie, ainsi que le soir même. Dans ce fameux hôtel, celui que vous nous aviez indiqué et qui est très certainement l'endroit où il avait donné rendez-vous à Kraftchek pour l'armer. Ses empreintes digitales ont également été identifiées parmi celles relevées dans les locaux de XY-Labs par la police lors de son intervention cette nuit-là. On a aussi plusieurs échanges de mails très explicites entre lui et Victoria Banks-Melville au sujet des meurtres, qualifiés d'opérations de *recadrage*, qui ont eu lieu à Londres en 2015. Il ne reste à la police qu'à appréhender ce Ellesmere, qui demeure introuvable d'après un compte-rendu que je viens de lire. Le mandat d'arrêt international n'a été validé qu'en début de semaine, j'espère qu'il n'a pas eu le temps de quitter les États-Unis.

— Vous pensez qu'il est en fuite ?

— Oui. C'est même une certitude puisqu'il n'est pas passé à son domicile depuis plusieurs jours et qu'il n'utilise plus ses cartes bancaires ou téléphones ni aucun de ses objets connectés habituels.

Goran se renfonça dans son fauteuil tandis que Raja se redressa, dos bien droit et mains à plat sur les cuisses :

— Et Murdoch Parry. Qu'avez-vous appris sur lui ?

— Rien de nouveau. Comme je vous l'expliquais la semaine dernière, il a reconnu avoir tenté, sur ordre de Victoria Banks-Melville, de menotter Elizabeth Connor et Théau Brodeur à leur arrivée à la villa de Miami, en les menaçant d'un pistolet. Mais c'est surtout lui qui a mis à disposition de la police et de la justice tous les éléments qui ont permis de rétablir les faits.

Elizabeth, jusqu'ici très discrète, ne put s'empêcher de s'immiscer dans la conversation :

— Il vous a expliqué pourquoi il a fait ça ?

— Fait quoi ? Mentir dans un premier temps puis dire la vérité en nous fournissant des preuves accablantes contre son ancien patron ?

— Oui.

Le juge soupira en braquant ses yeux sur Elizabeth qui ne bougea pas d'un cil, son regard fermement suspendu à celui du magistrat. Il finit par faire une tentative de sourire qu'il écourta en secouant la tête et en déplaçant l'écran de son ordinateur pour le positionner dans l'angle gauche de son bureau.

— Je n'avais pas envisagé de vous montrer cette vidéo, mais, après tout, il n'est pas inutile que vous la voyiez. Il s'agit de la dernière déposition de Murdoch Parry, filmée il y a quelques jours. Il y en a pour vingt minutes…

Le juge lança le fichier vidéo et l'homme apparut accoudé à une table en acier, lunettes de soleil sur le nez, dans un t-shirt à manches longues. La tête du policier qui l'interrogeait se dessinait de trois quarts, en bordure du cadre de prise de vue. La première partie du témoignage était consacrée à l'épisode de Miami, et Elizabeth y apprit que le témoin avait menti pour répondre à une demande insistante d'Ellesmere, qu'il avait été payé pour ça et qu'il avait détesté le faire. Il avait décidé de revenir sur ses déclarations mensongères après avoir réalisé qu'elles iraient à l'encontre du bonheur de Juliette et d'Alice, deux *gamines* qu'il avait appris à apprécier. Il ne voulait pas leur gâcher l'existence. Et puis, il était un ancien *Marine*, l'injustice l'avait toujours dégoûté, il ne se voyait pas porter un mensonge toute sa vie. Victoria morte, il n'était plus lié par aucune obligation de loyauté. En ce qui concernait les documents qu'il avait confiés aux enquêteurs, Murdoch Parry affirmait qu'il avait été intrigué par Matthew Ellesmere et sa demande de faux témoignage. Il avait réussi à s'infiltrer dans son espace de stockage sécurisé chez VBM Technologies pour essayer d'en savoir davantage. Ce qu'il avait trouvé l'avait décidé à se rendre à la police avec toutes les informations en sa possession : il ne souhaitait ni participer à une injustice ni contribuer à couvrir le responsable de plusieurs meurtres.

En regardant et écoutant le témoignage filmé de Murdoch Parry, Elizabeth remarqua d'emblée plusieurs détails qui lui interdirent d'être totalement attentive à ses propos. D'abord les lunettes noires, dans une pièce dépourvue de lumière naturelle. Ensuite ce qui ressemblait à un boîtier Memo2 à son poignet gauche, le même que celui porté par Raja, assise à sa droite et qui, après y avoir jeté un coup d'œil deux fois de suite, s'était probablement fait la même remarque qu'elle. Il était impossible qu'un inconnu utilise un tel appareil : Théau le lui avait donné, il ne pouvait pas y avoir d'autre explication. Mais pourquoi ?

Elizabeth s'était concentrée sur la voix du type et ce phrasé atypique qui, s'il coulait bien la plupart du temps, avec un accent clairement typé côte est des USA, ralentissait par instants pour se changer en un débit haché, avec des intonations indéfinissables, des mélanges d'accents trainants ou pointus. Un résultat tel qu'Elizabeth en conclut pour elle-même que ce Murdoch Parry devait être sous tranquillisants, qu'il n'était pas dans son état normal. Restait son comportement corporel, sa gestuelle de personne mal à l'aise, de menteur. Le type avait commencé à mentir lorsqu'il avait expliqué comment il avait récupéré les fameux documents privés, accablants contre Ellesmere. Ça s'était vu à son port de tête, au coude qu'il avait ramené contre lui ou, plus tard, à la main qu'il avait passée dans ses cheveux coupés très courts. Encore un détail bizarre pour Elizabeth, qui se souvenait du type qui les avait piégés dans la villa de Miami : il avait un catogan, donc des cheveux très longs. Et cet homme était parfaitement calme, serein, a priori peu enclin à produire des gestes de nervosité face caméra. Oui, Murdoch Parry avait un sérieux problème, qui devait avoir un rapport avec des tranquillisants, une drogue quelconque, ou avec la peur, une trouille bleue de quelque chose. De Théau.

À la fin de la vidéo, le juge replaça l'écran dans sa position initiale et tourna la tête vers Elizabeth :

— Je pense que ses propos répondent à votre question sur les motivations du témoin ?

Elizabeth confirma d'un mouvement sec du menton, lèvres pincées, sans parvenir à se débarrasser d'un sentiment de malaise. Elle aurait voulu à nouveau visionner ce film, pour observer à nouveau ses gestes, sa posture sur la chaise, ces temps durant lesquels il semblait réfléchir.

Il y eut quelques secondes de silence pendant lesquelles les bruits de circulation automobile envahirent l'espace de la pièce. Goran lança un regard sur l'avocat qui ne s'était pas encore exprimé et qui ne paraissait pas vraiment être là, pas très impliqué dans l'instant, l'attention focalisée sur l'écran d'un smartpad. Il consulta Raja des yeux, puis Elizabeth, avant de s'adresser au juge :

— On lui doit une fière chandelle. Qu'est-ce qu'il risque ?

Le juge approuva la remarque de Goran en ouvrant les mains, puis répondit à la question :

— Monsieur Parry est mis en examen à partir de ce jour, pour faux témoignage. Il n'y a que cette charge qui pèse contre lui et, compte tenu de sa collaboration spontanée et instructive, je ne pense pas qu'il risque davantage que quelques années de prison. Car il a tout de même participé, jusqu'à récemment, à des actions qui ont entraîné de graves accusations contre vous et la mobilisation de nombreux fonctionnaires de police et de justice. Sans compter que sa première déposition filmée, mensongère, a été recueillie sur le territoire américain, qu'il est lui-même américain, et que le parjure n'est jamais pardonné aux États-Unis…

— Il va être jugé là-bas ?

— Non. J'ai compris qu'il ne le souhaitait pas. Et l'affaire est française, elle sera jugée en France. Mais un procureur ne pourra pas se soustraire à une sorte de fidélité vis-à-vis des lois américaines auxquelles aurait dû se conformer monsieur Parry.

— En clair, il risque quoi ?

— Entre trois et cinq ans de prison ferme. Sachant qu'il faut compter moitié moins avec les remises de peine.

Raja leva la main :

— Il a un avocat ?

— Il ne me semble pas. Pas pour l'instant.

Elle échangea un regard avec le spécialiste du droit de la défense, assis à sa droite et sur le visage duquel elle lut de la surprise ou de l'incompréhension.

— Je pense que nos avocats vont prendre en main son dossier. Ils le connaissent par cœur.

Le juriste confirma en retrouvant son sérieux et partagea une courte conversation, technique, avec le juge sur le sujet.

Il y eut ensuite quelques papiers à signer. Goran et Raja s'y employèrent après avoir parcouru les documents qui les concernaient. La relaxe était officielle. Goran ajouta qu'il souhaitait pouvoir être tenu au courant des suites de l'enquête, le magistrat lui donna les coordonnées du commandant Meursault. Le rendez-vous se conclut par des poignées de main accompagnées d'un sourire sincère, inhabituel du juge à Raja et Goran.

Elizabeth avait assisté aux dernières minutes de l'audience dans un état second, proche du malaise, d'un sentiment puissant de fuite de ses forces vitales. Un état qu'elle ne comprenait pas puisque tout allait bien. Le juge ne lui avait pas déplu, l'avocat avait été transparent, mais sa présence n'avait pas été utile. Alors pourquoi se sentait-elle si mal ? Elle se leva, une main sur le bureau, et vérifia au premier pas qu'elle tenait debout, qu'elle était capable de marcher et qu'elle n'avait besoin que de respirer, de bouger de cet endroit où l'atmosphère était confinée, plate, vide de vie. Raja lui demanda si ça allait et Elizabeth lui répondit qu'il fallait qu'elle prenne l'air.

Raja la raccompagna en enroulant le bras autour du sien. Elles sortirent du bureau suivies par Goran et l'avocat qui parlaient entre eux. Les deux hommes souriaient. Elizabeth s'assit sur le rebord d'une fenêtre et retira son pull-over. Elle se retrouva bras nus, en débardeur blanc, et elle eut la sensation de se débarrasser d'une oppression violente, d'une impression d'enfermement qui l'avait saisie tout entière, qui avait comprimé chacun de ses organes.

— Ça va mieux Maman ?

— Oui. Ça va. Mais j'ai vraiment envie de sortir d'ici. On y va ?

— Oui, bien sûr. Viens.

Raja lui tendit la main et Elizabeth la prit pour se relever.

— Merci Raja.

— Qu'est-ce qu'il t'est arrivé ? Tu étais toute blanche !

— Je ne sais pas. Ça a commencé au début de la vidéo. C'est de revoir le visage de ce type, je pense. Tu sais, à Miami, ça n'a pas duré très longtemps toute cette scène où il nous a menacés, quand on l'a bombardé d'infrabasses et d'ondes, quand il a tiré, et toutes les secondes suivantes, interminables, pendant lesquelles j'ai cru que Théau était mort. Je n'avais jamais ressenti une telle trouille, une telle panique.

Elles avaient commencé à remonter le couloir vers l'escalier monumental. Raja lui passa une main dans le dos.

— Tu es trempée…

— Oui, j'ai eu un coup de chaud. Et puis, je ne sais pas, cette vidéo était étrange. Il m'a fait une drôle d'impression ce type. Tu ne l'as pas trouvé bizarre ?

— Si. Tu as vu qu'il avait un Memo2 ?

— Oui. Théau a dû lui en prêter un… Mais il parlait bizarrement, il n'était pas à l'aise. Comme s'il ne maîtrisait pas sa langue maternelle ou qu'il était dans les vapes, un peu comme s'il…

Elizabeth interrompit sa phrase en s'arrêtant de marcher. Elle s'apprêtait à expliquer à sa fille ce qu'elle venait de comprendre, que Murdoch Parry lui donnait l'impression de ne pas contrôler totalement sa voix. Et puis aussi qu'elle avait remarqué qu'il n'avait pas bougé son bras gauche pendant les vingt minutes qu'avait duré la vidéo. Mais elle ne pouvait plus parler, ses cordes vocales restaient bloquées, loin.

Raja fit un pas de plus et se tourna vers elle, le regard

interrogateur. En voyant les yeux de sa mère tendus vers l'escalier et chargés d'une intensité inhabituelle, elle pivota à nouveau vers le bout du couloir. Trois hommes venaient d'en gravir les dernières marches. Elizabeth lui lâcha le bras en même temps qu'elles reconnurent l'homme du milieu. L'homme de la vidéo, l'homme de Miami. Murdoch Parry.

Elizabeth se laissa tomber sur une vieille chaise en bois disposée, avec trois autres, devant une porte qui indiquait *Juge d'application des peines*. Goran entra dans son champ de vision pour rejoindre avec Raja le groupe des trois hommes qui remontaient le couloir dans leur direction. Elle ne quitta pas Murdoch Parry des yeux pendant qu'il avançait, la tête bien droite et le regard toujours caché par les mêmes lunettes de soleil. Goran salua un des deux hommes qui encadrait Murdoch, Raja l'imita puis il y eut un échange de paroles en anglais auquel Elizabeth ne prêta aucune attention, tout entière concentrée sur l'étude de l'homme du milieu qui se tenait à présent bien droit, la main gauche dans une poche de son jean. Il lui refit la même impression qu'à Miami, c'était le même type jeune, à l'approche de la trentaine, beau, musclé, probablement intelligent et cultivé, froid et méthodique. Avec une attitude corporelle reflétant la confiance, mais également une gêne prononcée, contradictoire. Elizabeth observa ensuite Raja, de dos, lui tendre une main qu'il serra en affichant un sourire spontané et retenu, puis Goran lui posa une main sur l'épaule tout en s'adressant à lui. Murdoch resta immobile en souriant franchement cette fois-ci, visiblement très heureux pour les deux personnes qu'il venait de sauver d'un procès inéquitable et qui les aurait envoyés chacun en prison pour des années. Elizabeth devina sur le visage du métis une forme d'émotion intense, celle d'une joie et d'une grande tristesse mêlées, d'une gêne puissante. Il avait sorti la main gauche de la poche de son jean pour la glisser dans celle de son blouson en toile.

Il sembla à Elizabeth que, derrière ses lunettes, les yeux de l'homme venaient de la capter, de saisir son image à dix mètres devant lui. Et Murdoch Parry se figea.

Raja pivota vers sa mère et la questionna du regard.

Elizabeth détourna les yeux et les posa sur une double porte en bois. Sans la voir ni plus rien distinguer du monde réel, concentrée sur un trouble interne, un maelstrom de pensées confuses, un magma bouillonnant fait d'impressions, d'intuitions, de souvenirs qui tous ensemble commençaient à former une certitude inacceptable.

Goran et Raja avaient fait un pas de côté, les trois hommes se remirent à marcher au milieu du couloir. Ils passèrent devant Elizabeth et, à l'instant où Murdoch la dépassa, le visage légèrement tourné vers elle, elle sentit toute son énergie lui revenir, affluer à nouveau dans chacun de ses muscles, dans son abdomen et ses poumons. Elle se releva, regarda Goran et Raja toujours plantés en haut de l'escalier, puis les trois hommes de dos qui s'éloignaient d'elle. Elle fit trois pas vers Raja et sa fille commença à lui parler, à lui dire quelque chose qu'elle n'entendit pas, les mots articulés et portés glissèrent immédiatement dans une fissure, dans le passé ou dans le futur, dans un temps qui n'était plus celui d'Elizabeth, dans un autre lieu que ce couloir de tribunal.

Elle sentit des larmes lui couler sur les joues, envoya une sorte de sourire affreux à Raja puis se retourna brusquement pour se diriger droit vers les trois hommes arrêtés devant le bureau du juge. Murdoch Parry la vit venir vers lui et joignit instantanément les mains l'une contre l'autre. Elizabeth reconnut ce geste.

Murdoch fit un pas dans sa direction et elle réalisa que l'homme pleurait, pleurait autant qu'elle. Il ouvrit les bras et elle l'étreignit de toutes ses forces. Les deux policiers autour d'eux échangèrent un regard d'étonnement et de méfiance, se tenant prêts à intervenir au cas où la situation dégénère, au cas où la mère d'une ancienne accusée pète les plombs et veuille s'en prendre physiquement au véritable coupable. Ils se rassirent en voyant que la scène se prolongeait, que l'homme et la femme se chuchotaient à présent des choses et qu'il ne se dégageait d'eux qu'une immense douleur, douceur, tristesse.

— Comment as-tu pu faire ça ?
— Il le fallait, Ez.
— C'est monstrueux.
— Oui.

Murdoch Parry posa la paume de sa main sur sa joue, elle détacha la sienne de l'épaule qu'elle ne reconnaissait pas.

— Je ne peux plus t'aimer Théau, tu le sais ?
— Oui. Je le sais.
— Ce n'est plus toi.

Murdoch Parry hocha la tête une dernière fois puis Elizabeth lui retira ses lunettes de soleil pour chercher dans son regard ce qu'elle y avait deviné trente minutes plus tôt dans le bureau du juge. Ce qu'elle avait probablement senti depuis deux semaines, depuis qu'elle avait lu la note qu'il lui avait laissée sur leur lit. Les iris verts de Murdoch apparurent à Elizabeth, ponctués par deux pupilles asymétriques. La prunelle gauche, dilatée à l'extrême, finissait d'attester de la présence de Théau dans un corps nouveau.

Elizabeth se détacha du corps étranger, de ce buste et de ces bras qu'elle ne connaissait pas, de l'odeur d'un homme qu'elle n'aimait pas. Murdoch remit ses lunettes de soleil en même temps qu'Elizabeth sentit la main de sa fille sur son épaule.

— Ça va ?

La porte du juge s'ouvrit. Les trois hommes s'y engouffrèrent dans un temps ralenti, brouillé. Elizabeth et Raja s'assirent sur le rebord de la fenêtre, face à face. Raja effaça quelques rigoles de larmes sur les bords du visage de sa mère, obstinément tourné vers le décor derrière les carreaux, les yeux fixes, noyés. Elle lui prit les mains.

— Maman ? Il se passe quoi, tu peux me dire ?

Elizabeth extirpa un mouchoir en papier d'une poche de son pantalon, parcourut du regard quelques éléments de décor avant de l'ancrer dans celui de sa fille.

— Tu as vu ses yeux ?

Raja resta un moment silencieuse, parfaitement immobile, perdue dans le visage d'Elizabeth, y cherchant la trace d'un doute ou une lueur d'incertitude, la possibilité que l'incroyable révélation qu'elle venait de recevoir était truquée. Elle n'y trouva finalement qu'une confirmation de ce qu'elle avait deviné, quelques secondes plus tôt, lorsque sa mère avait découvert les pupilles de l'homme qui venait une fois de plus de la sauver.

— Oui. J'ai vu ses yeux.

— Alors tu sais.

Les regards des deux femmes demeurèrent rivés l'un à l'autre de longues secondes pendant lesquelles Elizabeth constata l'absolue certitude que ce contact physique avec Murdoch Parry venait d'ancrer en elle : elle vivrait dorénavant sans fantômes, sans plus aucune présence surnaturelle, déséquilibrante, à ses côtés.

— Mais, qu'est-ce qu'il a fait de son corps ?

Elizabeth secoua la tête puis contempla le plafond un bref instant avant de reposer son regard dans celui de sa fille :

— Il l'a planqué. Il est quelque part dans la jungle, en train de pourrir.

Elle appliqua une main le long du visage mouillé, perdu, de Raja, qui parvint à formuler une dernière question :

— Mais qu'est-ce qu'on va dire à tout le monde ? On ne peut pas dire que Théau a utilisé le Psycosme pour…

Elizabeth interrompit sa fille en lui plaquant deux doigts sur les lèvres :

— On dira la vérité Raja… On dira qu'il est mort.

Le même jour

THÉAU / MURDOCH

Une fraîcheur intense l'avait envahi au fur et à mesure qu'il s'était installé dans l'organisme de Murdoch.

Ça avait été sa première perception corporelle nouvelle, une douceur sur la peau de ses bras. Celle d'un air conditionné autour des 18°, bien loin des 37° qu'il venait de quitter.

Il avait ensuite deviné le grain résiné des lames de parquet sous la paume de ses mains.

Il s'était relevé lentement, en sentant chacun de ses membres se déplier, les muscles de ses cuisses et de ses mollets se tendre. Il avait flairé l'odeur du sang, de son sang, puis observé trois gouttes tomber à intervalles réguliers depuis sa tête. Puis la sensation chaude sur son arcade sourcilière avait confirmé la blessure occasionnée par la chute du corps de Murdoch, pendant qu'il en extrayait la conscience.

L'opération s'était déroulée comme prévu. La signature EM de sa cible programmée via Memo2 l'avait dirigé droit sur les perles de conscience qu'il avait encapsulées puis détachées de la boîte crânienne de Murdoch. Un jeu d'enfant. Il avait admiré la bulle de particules multicolores et scintillantes flotter dans l'air, suspendue au centre d'une colonne de briques de matière noire dressée dans l'espace. Il avait levé un bras et éparpillé la formation sphérique en la traversant avec la main à trois reprises, provoquant des grésillements électriques. Les milliers de capsules s'étaient désagrégées en s'éteignant par à-coups. Il avait suivi des yeux leur lente extinction le long des faibles courants d'air produits par les mouvements de sa main, observant une disparition semblable à la dilution, inexorable, d'une goutte de sang dans une flaque d'eau.

Ce n'est qu'en faisant son premier pas dans l'appartement de Murdoch Parry que Théau avait capté l'odeur de décharge électrique qui emplissait ses fosses nasales, un parfum de court-circuit interne. Il avait perçu le crépitement dans son œil gauche en même temps que la sensation de déséquilibre et d'écœurement. L'impression d'étouffer. Il s'était concentré sur sa cage thoracique et avait réalisé qu'il avait oublié de respirer depuis qu'il s'était trouvé là, trop absorbé par ce qu'il ressentait dans son nouvel habitacle.

Une main contre un mur, il avait ouvert la bouche pour inspirer sa première goulée d'air. Ses poumons s'étaient remplis et vidés à plusieurs reprises en même temps qu'il avait identifié la pulsation de son nouveau rythme cardiaque, le flux dans ses jugulaires, le battement régulier contre ses tempes. Il était resté immobile plusieurs secondes et avait noté le repli de la sensation de malaise. Mais pas de celle de déséquilibre : en contemplant ses pieds nus, il avait constaté qu'il lui faudrait quelques jours pour s'habituer aux dix centimètres supplémentaires qu'il avait gagnés en taille… Le sol était plus loin, ses membres étaient plus longs, il allait devoir marcher avec l'impression de porter des verres optiques qui éloignaient le plancher. Le monde géométrique et ses propres données anthropométriques s'en trouvaient bouleversés, les objets étaient englobés dans une sphère d'action corporelle élargie, une envergure nouvelle. Il allait se cogner, tomber, se couper, il faudrait qu'il apprenne à se mouvoir dans un organisme disposant d'une morphologie neuve, plus grande et plus lourde, qu'il trouve un nouvel équilibre autour d'une colonne vertébrale différente. De multiples détails auxquels il n'avait pas pensé.

Il avait observé à nouveau le sol, noté les gouttes

d'hémoglobine qui coulaient toujours et rejoint la salle de bains pour s'occuper de son entaille à l'arcade.

Le premier pas avait été correctement effectué, au deuxième son pied avait tapé contre le parquet trop loin. Au troisième, la sensation d'écœurement était revenue, au quatrième il avait réalisé que les symptômes du mal de mer affluaient massivement. La salle de bains se trouvait là où il l'attendait, à l'endroit du plan de l'appartement qu'il avait mémorisé. Avant de vomir dans les toilettes, il avait eu le temps d'apercevoir son visage encadré dans le miroir au-dessus du lavabo et constater qu'il ne s'habituerait pas facilement à cette tête, au choc de voir la figure de Murdoch Parry chaque fois que son reflet s'afficherait quelque part. Son estomac s'était vidé et son ventre s'était contracté à plusieurs reprises sans que Théau essaie de penser à quoi que ce soit, attentif à ne contrarier aucune réaction biologique, neurochimique ou électrique produite par un corps doté d'un centre opérationnel neuf. Il le savait, le fonctionnement de son appareil digestif serait le plus long à s'adapter aux conversations entre les 500 millions de neurones qui en tapissaient les parois et ceux, réinitialisés, qui emplissaient sa nouvelle boîte crânienne. Un travail de synchronisation bioélectrique qui s'ajusterait de lui-même au bout de deux ou trois jours.

Théau s'était redressé en s'agrippant aux rebords de la cuvette, fasciné par ses mains, leur pigmentation plus foncée, les paumes et poignets plus larges, l'absence de taches de vieillesse sur l'épiderme, les ongles rongés. Les avant-bras plus musclés et la disparition des douleurs dans le biceps gauche.

Il avait regagné la chambre en se tenant au mur et en se forçant à marcher le buste droit. Arrivé au lit, il s'était étendu de tout son long, sur le dos, avait calé l'oreiller sous sa nuque et fermé les yeux pour se concentrer à nouveau sur ses perceptions internes. Il avait constaté qu'il respirait calmement, de manière régulière, que ses tympans captaient les sons normalement, avec une restitution d'excellente qualité, qu'il sentait les courants d'air climatisé sur la peau de ses bras. Le goût métallique dans sa bouche avait disparu. L'odeur d'hémoglobine était toujours présente, plus discrète, et Théau avait glissé un doigt au-dessus de son œil. Le sang ne coulait plus. En observant le bout de son index, il avait réalisé qu'il disposait d'une vision parfaite, d'une netteté dont il n'avait plus bénéficié depuis l'âge de 40 ans. Rassuré sur le fonctionnement de son corps, il s'était endormi pendant trois heures. Totalement confiant. Déterminé à continuer de dérouler le plan prévu, une fois qu'il aurait récupéré d'un début d'après-midi éprouvant.

Il s'était réveillé avec l'impression d'avoir dormi dans son hamac, les tympans remplis de bruits de jungle et avec le souvenir d'une trop forte chaleur. Le drap sous son corps était trempé, il avait transpiré abondamment pendant un sommeil vide de toute projection mentale élaborée. Il avait rejoint la salle de bains et s'était douché, concentré sur la perception du parcours de l'eau le long de son dos, de ses fesses et ses jambes, puis sur son crâne, ses pectoraux et son ventre. En se savonnant, il avait découvert l'absence de prépuce sur son sexe circoncis. Il l'avait observé en éprouvant une déception intense, proche du dégoût, l'impression de toucher la verge d'un autre homme. Il avait ensuite procédé à l'inventaire précis du contour de ses muscles, du fonctionnement de ses articulations. Qu'il avait prolongé devant le miroir de la salle de bains par l'étude des cicatrices sur son corps, une petite en bas du ventre et une plus longue et épaisse sur le dessus de l'avant-bras droit. Son biceps gauche s'ornait du tatouage de l'insigne des *Navy Seals*, d'environ dix centimètres de large. Sa mydriase permanente unilatérale de l'œil gauche atténuait le choc de son regard vert. Les traits de son visage étaient multi-métissés : un quart d'Indien d'Amérique, un quart d'origine africaine, et une moitié de Blanc de base, de type européen.

En passant la serviette sur son crâne pour se sécher la tête, Théau avait buté sur le nœud d'un catogan qu'il avait totalement oublié. Il l'avait défait et ses cheveux noirs, épais, s'étaient libérés pour former un buisson humide, volumineux, parfaitement incongru et qu'il trouva grotesque. Il avait saisi une brosse et constaté l'emmêlement, la difficulté d'organiser cette chevelure. Il avait renoué le ruban du catogan, au plus près du cuir chevelu, puis avait mis la main sur des ciseaux et coupé sous le nœud en s'y reprenant à plusieurs fois, énervé de si mal ajuster ses gestes en les suivant des yeux dans le miroir. Il avait ri en constatant que sa nouvelle coiffure était ratée, très proche de celle d'une figurine Playmobil. Il avait ri à nouveau pour réentendre sa voix, encore inconnue, puis prononcé quelques phrases aléatoires, en bougeant lèvres et langue et en actionnant des cordes vocales plus graves que les anciennes. Il avait redonné quelques coups de ciseaux, observé que le résultat avait empiré, puis farfouillé dans les tiroirs de la salle de bains pour y dénicher une tondeuse électrique qui lui avait paru parfaitement adaptée à la situation. Il avait réglé le sabot de manière à laisser le plus de longueur possible et s'était ensuite rasé le crâne, en fignolant légèrement et repassant sur les côtés.

Avant de retourner dans le séjour ou la cuisine, Théau s'était arrêté au milieu du couloir sans plus savoir où il allait, ce qu'il faisait là. Il s'était accroupi puis assis par terre, le dos contre un mur, pour se concentrer sur la liste de ce qu'il devait faire, toutes ces actions qu'il devait accomplir une fois achevée la totale appropriation du corps de Murdoch.

Sa mission était de sauver Raja en apportant des documents à la police française, et de témoigner sur ce qu'il s'était passé à Miami le jour de Solar Max. Il fallait qu'il prenne l'avion le mardi matin, qu'il réserve au plus vite un billet et qu'il prépare sa valise pour un séjour long. Il risquait la prison. Il recevrait un boîtier Memo2 par la poste, soit samedi soit le lundi suivant, qui lui permettrait d'entrer en contact avec Elizabeth, qu'il appelait Ez et avec qui il était en couple. Une femme qui était restée sur l'île de Cuba, où elle habitait dans un endroit nommé *le Centro*. Une femme qui s'inquiétait de son absence. Raja était la fille d'Ez. Il fallait sauver Raja : *SAVE RAJA*.

Théau avait souri en constatant que toutes ces données étaient claires, complètes, structurées et logiques, indiscutables. Son estomac avait gargouillé bruyamment et il s'était relevé pour s'alimenter.

Il avait mangé deux fruits puis fait cuire deux cents grammes de pâtes qu'il avait longuement mâchées, assis sur un tabouret dans la cuisine. Une sirène de police américaine avait résonné au loin, il s'était rappelé qu'il était à Miami.

Après avoir fait le point sur sa garde-robe, il avait enfilé un short et un t-shirt de football américain. Dans la salle de fitness, il avait marché pendant une heure sur le tapis de course, attentif aux mouvements de ses jambes, au ballant de ses bras, en s'absorbant totalement dans la mécanique nouvelle de son corps, en se disant à nouveau qu'il avait choisi une taille un peu trop grande.

Il aurait voulu piquer un sprint, tester l'endurance de cet organisme hyper entraîné, très musclé et parfaitement fonctionnel, mais avait reporté cela au lendemain. Pour ne pas aller trop vite et ne brûler aucune étape du lent accaparement de son nouveau vaisseau corporel. Il était retourné dans la chambre et avait constaté que la nuit commençait à tomber. Il avait mangé une banane, but un verre de lait et s'était couché.

Allongé sous le drap, il avait fait l'inventaire de ses souvenirs les plus précis : Elizabeth qui marchait à côté de lui, dans la forêt, sur une plage, son visage, ses épaules, son ventre et ses seins lorsqu'ils faisaient l'amour ; Raja et ses filles, Goran en parachute, les garçons du Centro, des cubes luminescents qui flottaient dans l'air en tournant sur eux-mêmes. Puis d'autres images plus anciennes, moins nettes, d'une cour de ferme en France avec Sonia, une *ex*, et son fils

Thomas. Un album photo riche de sourires, de bonheurs simples. Théau s'était fait la remarque que la reconstitution de ses souvenirs les plus précieux semblait parfaite, tout comme l'était la liste des choses qu'il devait faire. Il s'était endormi en repoussant une impression de contrariété, préférant conclure qu'il était encore épuisé par son arrivée en Murdoch Parry et, qu'après la nuit, ses sentiments et ce qu'il éprouvait pour tous ces gens seraient à nouveau là, en lui.

Au cours des trois journées suivantes, du vendredi au dimanche, Théau n'avait pas quitté l'appartement, soucieux de poursuivre sa lente intégration dans la peau de Murdoch Parry, attentif à la remise en route de ses fonctions digestives et à l'appropriation progressive de ce que ses cinq sens, rajeunis, lui offraient en termes de restitution. Il avait récupéré le samedi après-midi, sur son espace de stockage de données, la sauvegarde des documents destinés aux enquêteurs à Paris. Puis réservé un aller simple Miami-Paris au nom de Murdoch Parry. Dans la soirée du même jour, il avait fait le point sur les derniers mails reçus par l'ancien salarié de Victoria Banks-Melville. Il avait annulé deux rendez-vous téléphoniques prévus pour le début de semaine suivante.

Il avait dormi dix heures par nuit, en s'allongeant également pour de courtes siestes, de moins en moins longues. À chaque réveil, il avait constaté la disparition de certains de ses souvenirs les plus récents, en concluant qu'il était forcément complexe de faire entrer soixante-neuf années de mémoire dans un cerveau qui en avait quarante de moins au compteur. Ses séances de marche sur le tapis roulant duraient une heure en moyenne, au cours desquelles son esprit se mettait en veille. Il avait fait de la musculation le dimanche, très satisfait de son bras gauche pleinement opérationnel : plus de cicatrice, plus de douleur lancinante au repos ou insupportable lors des efforts. Plus d'infection osseuse, plus de staphylocoque doré.

Le dimanche soir, ses pensées s'étaient concentrées à nouveau sur cette femme rousse, Elizabeth, sans qu'il comprenne pourquoi : elle n'était pas mentionnée dans la liste des tâches qu'il devait accomplir, elle n'entrait pas dans sa mission. Mais, si elle avait été sa compagne, Théau ne s'expliquait pas pourquoi il ne ressentait pas le manque de sa présence. Il n'était pas triste, les faits étaient des faits et ils étaient tous bien là, ancrés dans les synapses de son cerveau. C'était juste qu'ils ne palpitaient plus.

Dans la nuit du dimanche au lundi, il avait fait un cauchemar impressionnant de netteté, avec une bande-son et des odeurs hallucinantes, une séquence de guerre qu'il lui sembla reconnaître. Il y avait identifié deux connaissances, probablement des types croisés pendant son service militaire. Les deux soldats étaient morts devant lui, déchiquetés par une roquette antichar et dans des effluves écœurants de méchoui. Il y avait ensuite eu une seconde explosion et le véhicule blindé s'était changé en fournaise. Il avait réussi à s'en extraire, puis à se cacher au fond d'un trou rempli d'ordures avant de se réveiller dans son lit.

Il n'avait pas reçu le boîtier Memo2 le samedi matin et Théau s'était mis à craindre que son colis se soit perdu ou ait été volé. Quand la sonnette de l'appartement avait retenti lundi vers 11 heures, il avait ouvert après avoir observé dans l'œilleton une grosse femme d'origine hispanique entre deux âges, a priori inoffensive. Il ne s'était souvenu du paquet que lorsqu'elle le lui avait tendu. Il l'avait déballé et constaté qu'il avait oublié qu'il contenait également sa carte bancaire, au nom de Théau Brodeur. Il l'avait rangée dans son porte-monnaie avant de passer le boîtier à son poignet gauche. Une fois activé, il avait reconnu le menu du Memo2 et décidé de s'en servir pour rendre une visite à Ez en toute fin de journée, via le Psycosme.

Après avoir enfilé sa veste habituelle, il avait quitté l'appartement pour effectuer un tour du quartier, prendre l'air et tester sa capacité à marcher longtemps sur autre chose qu'un tapis roulant. Au bout d'une heure de promenade, il avait été satisfait de constater qu'il ne flottait plus dans son corps en mouvement, qu'il s'y était *ajusté*. Il avait déjeuné dans un *mall* situé à deux miles de chez lui, dans un restaurant japonais où la serveuse l'avait chaleureusement salué en l'appelant par son prénom, Murdoch. La fille était jolie, il s'était forcé à reporter son regard sur l'écran des menus incrusté dans le plateau de sa table. Il avait commandé une assiette de sushis et de makis, parfaitement conscient qu'il n'avait jamais aimé ça, *avant*. Il avait été surpris de se régaler en les mangeant, tout comme il l'avait été en terminant les lamelles de gingembre mariné. Un condiment qu'il avait toujours détesté.

Il avait marché toute l'après-midi sur la côte, foulant le sable pieds nus ou remontant des allées goudronnées réservées aux randonneurs. Il avait fait une sieste sur une plage, au soleil, les pensées recouvertes par le clapotis de vagues qui débordaient d'une mer de vasque. Là, il s'était senti totalement retapé, incroyablement jeune, neuf, parfaitement à sa place. Réoptimisé.

Le soir même, après dîner, il avait déclenché le code électromagnétique d'entrée dans le Psycosme, réglé sur la fréquence EM d'Elizabeth. Il l'avait visualisée dans une salle de bains, en train de se laver les dents, et s'était matérialisé allongé sur un lit, en tant que Théau puisque cette apparence était celle qu'Ez rattachait à son ancien compagnon. Il avait immédiatement reconnu la chambre, ses couleurs de fin de journée, son atmosphère et sa chaleur particulière, ronde, animale. La *texture* de l'endroit. Elizabeth était venue s'étendre à côté de lui, il avait constaté qu'il reconnaissait le corps de cette femme, ses mouvements, son regard sur lui, habité, fort et triste. Ils avaient communiqué avec quelques phrases en français, une langue qu'il comprenait. Il avait senti qu'il devait la rassurer et lui avait confirmé qu'il allait bien, tout en lui souriant. Ils avaient ensuite fermé les yeux et Théau avait ressenti de la tristesse pour cette femme. Si le transfert de sa conscience dans le corps de Murdoch s'était bien déroulé, il avait en revanche perdu l'affection, le sentiment amoureux qui le reliait à Elizabeth. Il lui avait promis de lui envoyer des nouvelles par écrit. Il l'avait quittée une quinzaine de minutes plus tard et avait désactivé son Memo2 en réalisant que la présence électrique de cette femme à ses côtés avait eu un effet relaxant sur lui, étrangement euphorisant.

Il avait préparé les affaires qu'il voulait amener avec lui à Paris. Dans sa chambre, il avait repéré sur la table de nuit un livre qu'il n'avait pas touché depuis son arrivée, et l'avait machinalement fourré dans son sac à dos. En se disant que ce roman d'un auteur japonais qu'il n'avait jamais lu l'aiderait probablement à passer les moments d'attente. Il avait marché pendant une heure sur le tapis de course, en redéroulant la liste mentale de ce qu'il devait faire avant de quitter son appartement, puis de ce qu'il ferait en arrivant à Paris.

Il s'était couché vers 22 heures, épuisé, pour se réveiller en pleine nuit sans qu'il parvienne à déceler ce qui l'avait tiré du sommeil. Il avait ouvert les paupières dans l'obscurité de la chambre et avait constaté un dérèglement de ses fonctions visuelles : la luminosité, normalement très faible dans la pièce, était amplifiée et colorisée en nuances de vert émeraude. Il avait cligné des yeux pour finalement réaliser que le souci ne provenait que de son œil gauche. Théau s'était alors rappelé un détail lu dans le dossier médical de Murdoch Parry, qui signalait la présence d'un implant d'origine militaire sous la rétine de cet œil. Ce dispositif interne d'amplification de lumière résiduelle était bluffant d'efficacité, Théau avait pu détailler jusqu'aux veinures artificielles du parquet stratifié. Il avait occupé le quart d'heure suivant à déambuler dans l'appartement plongé dans le noir, en cachant son œil droit, heureux comme un gamin à Noël et pressé de pouvoir tester un jour son implant en forêt ou en centre-ville, la nuit. Il s'était assis dans la cuisine pour passer cinq minutes de plus à essayer de piger comment l'implant s'activait et se désactivait. Il avait fini par trouver : la vision nocturne se mettait en route après deux rotations horaires complètes de l'œil, pareil pour l'arrêter. Il avait regagné la chambre, s'était recouché et rendormi aussitôt.

Au petit matin, il s'était douché et avait pris un petit déjeuner copieux : ses fonctions digestives avaient retrouvé leur routine. Il avait décidé de rejoindre l'aéroport à pied, soit une heure de marche environ, sac sur le dos. Avant de partir, il avait envoyé un mail à Elizabeth pour la rassurer – il allait bien et elle lui manquait – et pour maintenir le lien ténu qui le reliait à elle. Il avait baissé les stores, vidé le frigidaire et sorti la poubelle. Puis fermé l'appartement, en sachant qu'il abandonnait tout ce qu'il contenait : les affaires d'un disparu.

Dehors, le ciel était vierge de nuages et l'air avait un parfum de printemps. Il avait ôté son blouson au bout de quelques minutes de marche pour le fourrer dans son sac.

Une demi-heure après être parti, une voiture de police avait déclenché sa sirène et était venue se ranger sur le bas-côté, à cinq mètres devant lui. C'était au niveau de *Pompano*, le long du boulevard qui longeait l'océan, à mi-chemin de l'aéroport international de Palm Beach. Deux policiers étaient sortis du véhicule, le premier lui avait dit de s'arrêter et de mettre ses mains en l'air et l'autre s'était approché de lui, un poing sur la crosse de son arme de service, mâchoire serrée. Théau avait obtempéré, détendu, en se rappelant qu'il était mal vu de déambuler seul sur ces avenues. Que dans ce pays la marche à pied était un truc inhabituel, suspect. Surtout lorsque l'on était typé, comme c'était son cas. Les deux flics portaient des lunettes de soleil, le premier avait de l'embonpoint, le visage du deuxième affichait une moustache fine, soigneusement travaillée, antipathique. Aucun des deux n'avait répondu à son sourire et le premier s'était adressé à lui :

— Il est interdit de marcher ici.

— Je vais à l'aéroport, je dois prendre un avion dans deux heures. Je vais vous montrer mon passeport...

Il avait fait un geste pour atteindre la sangle de son sac à dos et le policier moustachu lui avait fermement bloqué le bras droit avant de le tendre vers l'arrière. Théau en était à évaluer les options qui s'offraient à lui lorsque le premier flic avait remarqué le tatouage qui ornait son biceps gauche :

— Vous êtes un *Seals* ?

— Oui. J'ai fait cinq ans. J'ai servi en Arabie Saoudite, en Corée du Nord et au Liban. Je suis consultant en sécurité, il faut que j'aille à Paris pour un entretien.

— OK. Vous avez une pièce d'identité ?

Le moustachu lui avait lâché le bras et Théau avait sorti de la poche extérieure de son sac le passeport de Murdoch Parry qu'il avait tendu au premier policier. Celui-ci l'avait parcouru avant de hocher la tête et de le rendre à Théau :

— Désolé monsieur Parry, mais vous ne pouvez pas rester là, c'est une zone contrôlée, les marcheurs ne sont pas autorisés.

Il avait consulté son collègue du regard et ce dernier avait émis un signe imperceptible, une infime variation de la position de ses sourcils froncés ou de ses lèvres pincées. Théau s'était retrouvé assis à l'arrière de la voiture de police, escorté jusqu'à l'aéroport.

Pendant les dix minutes de trajet, il avait senti monter la colère contre ces deux hommes, ces empêcheurs de marcher, ces deux fonctionnaires zélés des beaux quartiers qui le privaient de trente minutes de promenade le long de l'océan. Il n'avait pas réussi à baisser sa vitre et ce détail avait provoqué sa décision : sitôt en vue du terminal blanc, Théau avait activé sur son Memo2 une légère ouverture sur le Psycosme, centré sur sa propre signature EM, suffisante pour déclencher un pilonnage d'ondes infrabasse. La voiture de police s'était arrêtée une cinquantaine de mètres plus loin, en même temps que les deux flics s'étaient vomi, pissé et chié dessus. Le véhicule avançait encore très lentement lorsque Théau s'en était extrait en cachant son sourire derrière une grimace de dégoût. Il avait lancé *merci pour la balade,* puis marché jusqu'au hall d'accueil de l'aéroport, sans un regard en arrière, mais finalement satisfait de cet épisode de la matinée. Les types l'avaient emmerdé, il n'avait fait que leur rendre la pareille.

Il avait passé les contrôles de sécurité parfaitement à l'aise avant de se payer un mauvais café à un distributeur. Assis dans un fauteuil face aux pistes de décollage, il avait sorti le livre de son sac à dos et l'avait ouvert là où une page avait été cornée. Il était revenu quelques paragraphes en arrière et, en parcourant le passage du roman où une pluie de sardines s'abattait sur Tokyo, il avait réalisé qu'il se rappelait l'avoir lu. Il en avait conclu que le souvenir de la lecture en cours de *Kafka sur le rivage* n'avait pas été délogé de la boîte crânienne de Murdoch Parry. Un petit loupé de *curetage*…

À quinze minutes d'embarquer, Théau avait déambulé dans les allées des boutiques *duty free* pour se dégourdir les jambes avant qu'elles ne se retrouvent coincées pour une dizaine d'heures dans un espace qui serait, il le savait, trop exigu pour sa morphologie. Il s'était arrêté devant une enseigne 30Minutes'Sex, intrigué par le logo de la marque de ce service d'escort devenu légal quelques années plus tôt en Amérique du Nord. Un souvenir aussi précis qu'étrange lui était revenu, où une jeune femme d'origine asiatique avait passé à grands jets sur son sexe et ses testicules une lotion teintée, bleue, avant de lui demander de se rincer la bouche en lui tendant un gobelet d'un produit de couleur rouge. Théau avait secoué la tête pour repousser le souvenir gênant, pas à lui, au moment où la fille refermait ses lèvres sur son gland. Il avait ensuite parcouru le terminal, incommodé par une érection durable incompatible avec son jean trop serré. En s'approchant de la queue des passagers s'apprêtant à embarquer, Théau s'était fait la remarque qu'il lui faudrait encore beaucoup de temps avant d'assumer le moindre plaisir sexuel dans son nouvel organisme. Que son organe génital serait la partie de son corps qu'il aurait le plus de mal à intégrer comme étant le sien.

Dans l'avion, il avait bu une bière, la première depuis longtemps, en ressentant son effet euphorisant. Puis il avait dormi, en ne se réveillant que pour les deux plateaux-repas, servis par deux hôtesses qu'il avait trouvé agréables, souriantes. Et qui avait chacune eu un moment d'arrêt en découvrant son regard bizarre.

Il était 5 heures du matin passé de quelques minutes lorsqu'il avait pris le RER pour Paris. Il était descendu station Saint-Michel-Notre-Dame. Le jour commençait à poindre, il avait rejoint la terrasse chauffée d'un bistrot qui venait d'ouvrir. En avalant trois croissants au beurre, il avait envoyé un mail à Elizabeth pour lui expliquer qu'il avait dû lui cacher ses projets pour être certain qu'elle ne s'y opposerait pas. Elle lui avait répondu quelques minutes plus tard qu'elle voulait qu'il la laisse tranquille jusqu'à nouvel ordre, il en avait éprouvé une légère contrariété. Il avait terminé son thé en décidant qu'il ne ferait plus d'efforts pour conserver le lien avec cette femme. Qu'il attendrait qu'elle le contacte, elle, puisque c'était elle qui souffrait.

Il avait parcouru les contours de l'île de la Cité en admirant les quais et les monuments historiques. Il était entré dans la cathédrale Notre-Dame et s'était souvenu qu'il connaissait ce monument, qu'il avait même habité par loin, dans un quartier appelé *Marais*. À 9 heures pile, il s'était mis en route pour le commissariat le plus proche. Il avait annoncé qu'il devait parler au commandant Meursault, au sujet de plusieurs meurtres commis à Riga en 2016. L'officier de police était arrivé quarante-cinq minutes plus tard et Théau s'était fondu dans le rôle qui était le sien, celui d'une sorte de repenti, de quelqu'un qui revenait sur ses déclarations précédentes, faites sous serment dans le cadre d'une affaire criminelle, et qui mettait à la disposition des enquêteurs des documents qui rendaient possible la résolution de plusieurs homicides vieux de quinze années.

Il avait été placé en garde à vue pendant trois jours, dans des locaux vétustes, seul dans une cellule de cinq mètres carrés où il avait dormi chaque fois qu'il s'y était retrouvé. Les policiers s'étaient montrés courtois avec lui, visiblement soulagés de se sortir du bourbier d'une enquête qui empoisonnait leur quotidien depuis plusieurs mois. Les documents qu'il leur avait remis avaient produit l'effet d'une bombe, en retournant les accusations qui visaient jusqu'alors Raja Connor et Goran Alaric contre un nouveau suspect, Matthew Ellesmere. Théau avait dû raconter à nouveau ce qui s'était passé à Miami le jour de Solar Max, l'homme et la femme qui sonnent au portail de la villa, le fait qu'il avait reçu comme instruction un peu plus tôt dans la matinée de ne pas laisser repartir les deux jeunes filles françaises, que c'était Victoria Banks-Melville qui le lui avait ordonné et qu'il avait donc décidé d'enfermer le couple au rez-de-chaussée. Puis que l'homme et la femme l'avaient neutralisé alors qu'il les avait tenus en joue avec son pistolet. Il avait eu l'impression d'avoir été submergé par un torrent d'ondes, il avait perdu le contrôle de son corps, il s'était évanoui. Il ne comprenait toujours pas et en concevait une grande frustration.

Théau avait été présenté à un juge le jeudi suivant, en fin d'après-midi, et il avait réalisé que sa mission se déroulait à la perfection : Raja Connor avait été informée plus tôt dans la journée qu'elle serait bientôt disculpée de toutes les charges pesant contre elle. Pareil pour un nommé Goran Alaric, dont Théau se souvenait à peine, une ancienne connaissance, un homme lié à Raja et à sa fille. Le type au parachute. Au cours de cette audience, le magistrat lui avait signifié qu'il était à présent sous surveillance électronique et qu'il serait maintenu dans un centre de détention ouvert en attendant qu'un acte d'accusation soit émis contre lui. Théau avait demandé de quoi on l'accusait et il avait alors réalisé que son faux témoignage, ou plutôt celui de Murdoch Parry, pourrait lui valoir plusieurs années de prison. Ce qui était injuste puisqu'il n'était pas la bonne personne. Il s'était contenté d'acquiescer sans rien ajouter, après avoir compris qu'il faudrait qu'il soit patient encore une semaine, le temps que les dernières vérifications soient effectuées et qu'un mandat d'arrêt soit diffusé au nom de Matthew Ellesmere. Le temps que Raja soit définitivement sauvée, après une ultime audience fixée au jeudi 13 mars. Ce qui représentait sept jours d'attente.

En fin de journée du jeudi 6 mars, Théau avait été escorté par deux policiers pour être installé dans un centre de détention adapté à son régime de semi-liberté. Un bâtiment moderne qui ressemblait à un foyer d'étudiants si ce n'étaient le flic assis à l'accueil et les bips électroniques continuels émis par le bracelet de contrôle à sa cheville gauche.

Il disposait d'une chambre avec douche, w.c. et lavabo. Les repas se prenaient dans une salle à manger située au rez-de-chaussée et Théau s'y rendit trois fois par jour sans jamais adresser la parole à aucun autre détenu. Une cour fermée était ouverte aux *résidants*, assez grande, qui lui avait permis de faire ses exercices de musculation à l'air libre. Les sorties étaient possibles, mais il fallait demander des autorisations et Théau décida de ne rien quémander.

Pendant les six journées complètes d'attente avant l'audience, il se contenta de manger, de faire ses exercices de musculation et de courir en rond dans la cour, de dormir, de terminer le bouquin de Murakami et de compter les souvenirs qu'il continuait de perdre inexorablement. Ces images, odeurs et sons, ces sensations qui lui échappaient une à une, pas assez puissantes pour se solidifier, pour se fixer dans sa nouvelle boîte crânienne. Un tri aléatoire, désordonné, mais qu'il laissait se faire, confiant dans les choix de ses synapses qui se réorganisaient selon leurs propres règles de classement, instinctives, chimiques. Il dormait un peu moins chaque nuit et ses siestes s'étaient également allégées au fur et à mesure du lent travail de réordonnancement ou de malaxage de son passé. Il le savait, son existence se résumait dorénavant à une équation triviale : un nouveau corps = une nouvelle vie.

La journée tant attendue arriva. Le rendez-vous au Palais de justice avait été fixé à 15 heures. Meursault l'avait appelé la veille pour le prévenir qu'il viendrait le chercher, avec un autre policier, à 14 heures au centre de détention. Au téléphone, Théau avait pris le temps de demander si tout s'était bien passé du côté des enquêteurs et le commandant lui avait confirmé que les travaux d'investigation étaient achevés à 90 %. En précisant qu'ils en verraient le bout dans quelques jours et que tout était à présent clair en ce qui concernait le massacre de Riga. Théau avait ajouté *et pour Raja Connor ?*, son interlocuteur lui avait répondu *elle est libre, totalement disculpée.*

Après son petit déjeuner, Théau fit son lit au carré ainsi que le ménage complet dans sa chambre et sa salle de bains. Il sortit et compta en marchant quarante-deux tours de l'aire rectangulaire de la cour avant de faire une cinquantaine de pompes. Un mouvement de gymnastique qui convenait parfaitement à l'entretien des muscles de ses bras, de ses épaules et de son torse. Il s'assoupit ensuite sur son lit en attendant le déjeuner.

Meursault arriva à l'heure prévue, Théau le salua d'un mouvement de tête avant de s'installer à l'arrière de la voiture banalisée, conduite par un policier en civil qu'il n'avait encore jamais vu. Il regarda à travers la vitre tout le temps que dura son transfert vers le Palais de justice, sans penser à rien. Il n'y eut pas un seul échange de paroles pendant tout ce temps et Théau en fut satisfait puisqu'il n'avait rien à dire.

La voiture se gara derrière le bâtiment gigantesque, dans un parking sécurisé réservé à l'administration pénitentiaire. Il mit ses lunettes de soleil, sortit du véhicule en empoignant son sac à dos et suivit le commandant Meursault. Talonnés par le deuxième flic, ils traversèrent un hall puis gravirent un escalier en pierre.

Sitôt passée la dernière marche, Théau aperçut deux femmes et un homme à vingt mètres devant lui, debout dans le couloir qui menait au bureau du juge. Il reconnut Elizabeth, la femme rousse en débardeur blanc, sa peau légèrement hâlée et la forme de ses épaules, l'énergie qui se dégageait de sa silhouette. Lorsque son regard croisa le sien, il ressentit un choc, un bien-être total, une plénitude de tristesse douce. Il la quitta des yeux et identifia Raja Connor, la fille d'Ez, accompagnée de Goran Alaric, le flic parisien barbu qu'elle venait de retrouver à Riga. Il se fit la remarque que ces trois personnes avaient l'air plus vieilles que dans ses souvenirs résiduels. Il observa Elizabeth s'asseoir sur une chaise en bois puis réalisa que Raja et Alaric se dirigeaient vers lui. Il n'avait pas arrêté de marcher tout ce temps, en suivant Meursault. Le commandant s'immobilisa face au couple, il y eut un échange de poignées de mains pendant lequel Théau resta en retrait sans afficher d'expression particulière, tout entier à son observation de la silhouette de la femme prostrée dix mètres devant lui, qu'il reconnaissait parfaitement bien et dont l'image démultipliée, palpitante, semblait se déployer à présent à l'infini dans les limbes de son cerveau. Il y eut le jaillissement d'un souvenir de cette femme marchant nue sur une plage de sable, un zoom très précis de ses fesses qui bougeaient bien, puis encore de son corps flottant au ras de l'eau et qui se dévoilait par instants dans des extraits fauves ou d'une blancheur aveuglante…

Raja Connor lui tendait la main en souriant.

Théau parvint à repousser l'invasion mentale causée par

Ez. Raja Connor s'adressa à lui en anglais, avec beaucoup de chaleur, émue, pour le remercier de ce qu'il avait fait. Alaric lui posa une main sur l'épaule et renouvela leurs remerciements sincères. Il réussit à sourire en se forçant un peu, puis plus franchement lorsqu'il réalisa que ce que Raja et Goran lui disaient venait confirmer le fait que sa mission était terminée, qu'il l'avait menée à bien. Que l'opération *SAVE RAJA* était un succès. La femme se retourna vers sa mère, toujours assise au même endroit, et Théau reporta à nouveau son attention sur Elizabeth. Il se figea en distinguant qu'elle pleurait. Puis Meursault souhaita une bonne journée au couple et les trois hommes se remirent en marche vers le bureau du juge.

Ils passèrent devant la femme prostrée sur sa chaise. Théau la détailla en passant : elle pleurait toujours, son t-shirt blanc sans manches lui rappela la même femme, jeune, en train de marcher dans une rue qu'il connaissait, où il avait peut-être habité, accompagnée par un homme flou, ivre ou fatigué, qu'elle soutenait. Le tout dans une grande chaleur et beaucoup de lumière. Un souvenir perdu, enfoui profondément au cœur de ses capsules mémorielles et qui venait de se réactiver à la faveur d'une réaction chimique, d'un choc visuel, d'une impression de déjà-vu qui avait fourni la clé d'accès à cette séquence tirée du passé. Ses yeux se brouillèrent à cet instant et, lorsque Meursault s'arrêta devant le bureau du juge en consultant l'heure, Théau ressentit des larmes inexplicables couler sur ses joues. Il fit plusieurs pas sur place en évitant le visage des deux policiers, avant de lancer son regard vers le bout du couloir qu'ils venaient de remonter. Elizabeth avait quitté sa chaise pour rejoindre Raja et Goran. Il la vit de dos, la reconnut à nouveau parfaitement bien.

Puis.

Elizabeth se retourna brusquement pour se diriger droit sur lui. Il la trouva belle, furieusement belle, et les larmes sur ses joues coulèrent de plus belle sans qu'il réalise qu'il pleurait. Il sortit la main de sa poche pour la coller contre son autre main, se les frotta tout en faisant un pas vers Ez. Il écarta les bras largement et elle se colla contre lui violemment en passant ses bras autour de son buste, sous sa veste entrouverte. Il fut envahi d'une onde chaude en identifiant son odeur, le grain de sa peau, en constatant la présence physique miraculeuse de cette femme contre lui, une présence totalement sienne, aussi intime que l'était son ancien corps. Il reconnut l'empreinte de la paume de sa main brûlante dans son dos, à travers le tissu de son t-shirt.

Elizabeth détacha la joue qu'elle avait posée contre sa poitrine et son regard s'accrocha au sien.

— Comment as-tu pu faire ça ?

La mission, il avait changé de corps, quitté sa vie d'avant pour mener à bien une mission. *SAVE RAJA*. Il était un ancien militaire. Il l'avait fait parce que c'était nécessaire.

— Il le fallait, Ez.

Elle répliqua en tordant les sourcils :

— C'est monstrueux.

La seconde qui suivit fut envahie de réactions contradictoires, de ressentis internes sur le choc de l'invasion du corps de Murdoch ou celui de la désertion de celui, fatigué, de Théau. Et bien qu'il ait fait tout cela dans un but très précis, qu'il avait atteint, Théau ne put qu'acquiescer à cette remarque, sans parvenir à sourire.

— Oui.

Théau posa la paume de sa main sur la joue de la femme, elle détacha la sienne de son épaule.

— Je ne peux plus t'aimer Théau, tu le sais ?

Il laissa retomber sa main. Oui, bien sûr. On ne peut pas aimer un monstre.

— Oui. Je le sais.

— Ce n'est plus toi.

Théau hocha la tête sans rien ajouter, bien qu'il ne fut pas totalement d'accord avec cette dernière remarque. Elizabeth lui retira ses lunettes de soleil pour chercher dans son regard la confirmation de ce qu'elle avait compris. Elle lui apparut alors dans la pleine lumière du jour, émouvante, et il réalisa qu'il venait de perdre quelque chose d'infiniment précieux. Leurs deux corps s'écartèrent définitivement et Théau constata que Raja Connor avait rejoint la scène d'adieu, qu'elle se tenait derrière sa mère. Elle posa une main sur l'épaule nue d'Elizabeth en lui demandant :

— Ça va ?

Théau respira profondément, remit les lunettes sur son nez en faisant un pas en arrière et en balayant ses dernières larmes du revers d'une main.

La porte du bureau du juge s'ouvrit, les deux policiers se levèrent et ils entrèrent tous les trois dans la pièce.

Théau se retrouva dans un état de confusion mentale complet pendant une dizaine de minutes au cours desquelles il configura ses réactions corporelles standards, sociales, en mode pilotage automatique : dire bonjour, acquiescer d'un mouvement de tête aux questions simples, donner l'impression d'écouter en regardant dans les yeux la personne qui parle, croiser et décroiser les bras, sourire lorsque les autres sourient. Tout cela l'esprit totalement accaparé par un sentiment de perte irrémédiable, terminale. La certitude que les quelques souvenirs qui lui resteraient d'Elizabeth ne représenteraient bientôt plus que les cendres d'un trésor.

Le juge fronça les sourcils :

— Vous comprenez ce que je viens de vous dire monsieur Parry ?

— Oui. Parfaitement.

— Vous êtes désormais mis en examen pour faux témoignage et vous allez être incarcéré dans un centre pénitentiaire fermé.

Il s'entendit poser une question pertinente :

— Et en ce qui concerne Matthew Ellesmere, où en êtes-vous ?

— Un mandat d'arrêt a été émis avant-hier, les policiers

américains sont à sa recherche. Aux dernières nouvelles, ils n'ont pas encore réussi à l'interpeller.

Le juge fit rouler son fauteuil pour se rapprocher de son bureau.

— Monsieur Parry, vous allez devoir être assisté par un avocat. Madame Connor a proposé que vous profitiez des siens. Est-ce que cela vous conviendrait ?

Son état de confusion s'était dissipé, Théau se sentit à nouveau présent, dans ce bureau, encadré par deux policiers. Un magistrat venait de lui signifier qu'il allait être emprisonné et qu'on lui suggérait de préparer sa défense avec un ou plusieurs avocats. Il pencha légèrement le buste vers l'avant pour répondre au juge :

— Oui.

Le juge acquiesça en souriant puis fixa son attention sur son agenda ouvert devant lui. Lorsqu'il tourna à nouveau la tête vers lui, Théau avait réalisé que tout ce cirque juridique ou judiciaire était devenu trop lourd, absurde, trop éprouvant. Le magistrat lui posa une dernière question :

— Où avez-vous appris à parler français ?

Théau fut légèrement désarçonné par la question, inattendue. Il décida d'y répondre du mieux qu'il pouvait :

— Dans une autre vie.

Le juge et les deux flics sourirent et Théau en eut définitivement assez d'être dans cette pièce, confiné dans un espace qu'il n'aimait pas, en compagnie d'individus qui discutaient de ses conditions d'enfermement. Raja Connor était dorénavant libre, sa mission était terminée, il n'avait plus qu'à partir, laisser là les derniers intervenants d'une histoire qui n'était plus la sienne. Toutes ces conneries allaient s'arrêter maintenant, il allait reprendre le contrôle de sa vie.

Le juge se mit à rassembler les feuilles étalées sur son bureau, le policier sur sa droite fixa son attention sur un smartpad qu'il venait de sortir de sa poche de veste tandis que l'autre croisa les bras, toujours souriant. Théau déplaça sa main sur l'écran tactile de son Memo2 et y activa en deux touches l'émission de la fréquence d'ouverture du Psycosme, puissance maximale.

Il ne fallut guère plus d'une seconde pour que l'espace de la pièce se quadrille de lignes horizontales et verticales d'une densité absolue, immédiatement balayées d'ondes d'énergie sombre. Le flic de gauche eut le temps de se lever de son siège avant de se figer, debout, bouche grande ouverte et yeux écarquillés. Théau quitta son fauteuil en éprouvant l'effet sur son corps de l'air devenu trop épais. Il vérifia la parfaite immobilité des trois hommes ainsi que de la greffière statufiée derrière lui, assise devant l'écran de son ordinateur. Il observa les visages qui s'empourpraient progressivement puis saisit une paire de ciseaux sur le bureau pour trancher à sa cheville la courroie du bracelet électronique dont l'alarme sonore demeura muette, étouffée. Il fit quelques pas vers la porte en passant son sac sur le dos et constata qu'à cet endroit l'air conservait une consistance normale, sans trame. Il ouvrit puis referma derrière lui avant de marcher vers l'escalier, de le descendre et de traverser le hall d'entrée puis de sortir du Palais de justice. Dehors, il désactiva son boîtier Memo2, jeta son smartpad dans la première poubelle et se mit à courir en direction de la rive gauche de la Seine, vers le sud, en espérant que les quatre personnes dans le bureau du juge survivraient à une apnée de 72 secondes.

Moins de dix minutes après avoir quitté l'île de la Cité, il entra dans un magasin d'articles de sport, pour y acheter un hamac d'escalade, dix mètres de corde, une bâche, deux mousquetons et un duvet chaud. Il paya avec la carte bancaire de Théau Brodeur. Sitôt sorti, il reprit sa course après avoir ajusté les courroies de son sac à dos et serré la ventrale.

Il courut pendant plus de deux heures à une vitesse moyenne, en empruntant des petites rues, confiant sur le fait que malgré ses nombreux zigzags, il tenait son cap, plein sud. Il fit quelques achats dans une supérette de banlieue vers 18 heures et attendit de pénétrer dans le couvert d'un bois à la nuit tombante pour s'alimenter et s'hydrater. Il marcha ensuite pendant trois heures sur des sentiers suffisamment dégagés pour qu'il puisse s'y repérer, furieusement conscient de ce qu'il faisait, du bonheur parfait qu'il éprouvait à mouvoir son corps, à se déplacer dans un massif forestier qui lui garantirait une trêve après ces dernières semaines de stress. Dans une nature neutre qui lui permettrait de se rebâtir, qui l'aiderait à se sentir à nouveau entier, unique. Prêt pour une nouvelle vie.

Au cours de cette marche dans l'obscurité, Théau repensa aux confettis multicolores qui s'étaient agrégés les uns aux autres pour reformer la conscience de Murdoch, hors de sa tête, deux semaines plus tôt, avant qu'il ne la dissipe dans l'air de trois battements d'une main. Des confettis semblables à ces capsules mémorielles qu'il se rappelait, dans sa jeunesse, avoir vu filtrer des crânes de trois personnes qui venaient de mourir.

Théau comprenait que ces capsules mémorielles étaient des espaces de stockage qui pouvaient contenir des épisodes de vie, enrichis de tout ce que nos cinq sens pouvaient capter. Des images, des saveurs et des caresses, des sons et des parfums prodigieusement précis. Mais que cela ne suffisait pas à faire de vrais souvenirs. Parce que chaque souvenir ne valait, ne pouvait palpiter et vibrer que s'il avait été vécu dans la chair, dans le corps qui l'avait reçu et vécu. Les souvenirs sauvegardés ou psychochargés ne pouvaient que rester aussi plats, banals et froids, aussi vaguement fascinants que des articles de luxe dans une vitrine ou des objets de répulsion dans des catalogues d'horreurs. Il fallait maintenant qu'il se déleste d'une mémoire morte et qu'il se reconstitue une bibliothèque de souvenirs propres, gravés à la pointe de ses émotions, au cœur de la matière vibrante, organique et sensorielle des cellules de son corps.

Il installa son campement sur la ramure d'un chêne, à plus

de cinq mètres du sol, dans une obscurité magnifiée, verte et scintillante, où il distingua les détails de chaque branche, ravi des performances de son implant de vision nocturne. Il pissa du haut de l'arbre et rit en observant le jet puissant d'une urine verte fluorescente gicler jusqu'en bas. Il s'engouffra dans son sac de couchage avant de s'allonger dans le hamac tendu sous la bâche de protection, parfaitement satisfait de la maîtrise et de l'équilibre de son corps.

Il écouta les bruits du vent qui s'effilochait dans les branches ou qui s'infiltrait plus bas dans les sous-bois. En s'endormant, il se rappela qu'il lui restait une dernière chose à faire avant de pouvoir se concentrer totalement à sa nouvelle vie. Une ultime mission qui mettrait un point final aux soucis de cette femme qu'il devait sauver : neutraliser ce type, Matt, qui était à l'origine de tout. Histoire de pouvoir passer à autre chose, de se débarrasser de ce message, *SAVE RAJA*, qui continuait de s'afficher par moments dans son esprit, en bleu grésillant sur fond noir.

Il se sentit à nouveau terriblement fort, puissant, maître de son destin, quelqu'un qui décidait et agissait plutôt que de se laisser conduire et malmener par les évènements.

Il s'appelait Théau Brodeur.

Il avait 28 ans et toute une vie devant lui pour se construire de nouveaux souvenirs.

Deux jours plus tard : samedi 15 mars 2031

MATT

Quelqu'un l'avait balancé.

Et il serait actuellement en prison s'il n'était pas devenu un fugitif.

Tout avait commencé le mardi, en début de matinée. Cela faisait depuis le jeudi précédent que son interlocuteur chez la flicaille française ne répondait plus à ses envois de mails. Alors que ses retours avaient toujours été immédiats.

Matt s'était connecté au site d'Interpol, en suivant une vague intuition ainsi qu'une inquiétude tenace. Au bout de deux minutes de recherches, il avait constaté qu'il faisait l'objet d'un mandat d'arrêt international depuis quelques heures. Son nom apparaissait sur une *notice rouge* qui exigeait l'arrestation et l'extradition vers la France du dénommé Matthew Ellesmere.

Il était à Washington, en voyage privé. Il avait aussitôt abandonné son hôtel pour louer une voiture sous une identité *bis*, préparée de longue date et qui devait lui servir en cas d'urgence. Et l'urgence était là, indiscutable : il était recherché par la police, il fallait qu'il disparaisse. *Vite.*

Il avait roulé sans trop savoir où il irait, pendant plus de deux heures. Il avait quitté le Maryland pour se retrouver en plein milieu de nulle part, au cœur de la Pennsylvanie, dans une ville minable appelée Harrisburg. Il s'était arrêté devant un Motel qui ne lui avait pas semblé trop pourri et y avait réservé une chambre au nom de Carl Robinson, en présentant son permis de conduire et son passeport. Deux pièces d'identité aussi vraies que nature qu'il avait achetées deux années auparavant en se disant qu'elles pourraient lui servir en cas de pépins.

Il avait dormi deux nuits dans cet endroit, incapable de se décider sur un plan d'action, à se repasser en boucle des dizaines d'hypothèses sur ce qui avait pu lui valoir cet avis de recherche pour complicité d'homicides. La fiche d'Interpol ne mentionnait aucune autre information que celle précisant que la demande d'arrestation émanait de deux tribunaux, situés en France et en Lettonie. Pas besoin d'être grand clerc pour piger qu'il était recherché pour sa participation à l'exécution d'une douzaine de personnes, à Riga, quinze années plus tôt. Le genre d'accusation qui, lorsqu'elle se fonde sur des éléments suffisamment étayés pour déboucher sur un signalement à Interpol, nécessitait de disparaître des radars…

Donc on l'avait balancé.

Quelqu'un avait transmis des informations, des données sérieuses qui démontraient son implication à la fois dans les évènements de Riga et dans ceux de Londres pendant qu'on y était, mais également dans les opérations de falsification de preuves qu'il avait mises en œuvre au cours des derniers mois. Ce qui voulait dire que deux personnes étaient susceptibles, à ses yeux, de l'avoir dénoncé aux policiers français : l'ancien flic de Riga, qu'il avait grassement payé pour bidouiller les relevés d'empreintes digitales de 2016, et Murdoch Parry, qui avait produit, avec pas mal de mauvaise volonté, un faux témoignage contre rémunération.

Deux journées à se repasser en boucle les évènements de 2015 et 2016, à ressasser la frustration qui ne l'avait plus quittée depuis seize années qu'il traînait le dossier XY-Labs comme un boulet. À tourner en rond autour des détails qu'il n'avait pas maîtrisés, autour de tous ces mystères irrésolus. Tels que la disparition de Raja Connor de l'hôpital de

Londres alors qu'elle était dans le coma… Un truc impossible à réaliser à moins d'avoir été préparé de longue date par une équipe entraînée, disposant de moyens inédits et d'une capacité de renseignement hors du commun. Tels que l'irruption devant la morgue d'un type en moto qui avait fracassé le frère Kraftchek alors qu'il s'apprêtait à liquider Raja Connor et le flic qui l'accompagnait. Ou comme cette scène surréaliste et qui l'avait cloué sur place, l'effarement lorsqu'il avait identifié le profil de Raja Connor au rez-de-chaussée du laboratoire de Riga. Au moment précis où le frère Kraftchek survivant, qu'il venait d'armer, s'occupait de zigouiller tout le monde à l'étage.

Il avait été sidéré de reconnaître cette femme disparue qu'il avait cherchée pendant des mois sans résultat. Et qui refaisait surface pour retrouver sa fille, là, pile au moment où il s'apprêtait à étouffer les deux nourrissons… Les deux derniers clones… Et quelques minutes avant qu'il ne s'assure que Kraftchek ne ressortirait pas vivant du bâtiment. Pour faire place nette et que l'on n'entende plus jamais parler ni de XY-Labs, ni de ses actionnaires russes infernaux et de leurs tueurs incontrôlables, ni d'Alberto Garcia et de ses caprices de star. Une opération que Matt avait montée en solo, après avoir pris cette décision sans en informer sa patronne. Pour se débarrasser définitivement de tous les acteurs de ce foutoir géant qui constituait une bombe à retardement, susceptible de leur péter à la gueule à tout moment. Pour protéger Victoria. Pour qu'elle n'ait plus jamais à se préoccuper d'éventuels soucis liés à ce pôle d'activité, pour que personne ne puisse jamais remonter jusqu'à elle.

Deux journées à s'emmerder devant des matchs de baseball ou de football américain, des émissions télévisées débiles et des flashs d'informations qui tournaient en boucle, tout ça sur un écran antédiluvien et dans une chambre qui puait le vieux. Deux journées à revivre ce qu'il avait vécu là-bas, dans une pièce du rez-de-chaussée du laboratoire, ce jaillissement d'ondes qui l'avait tordu, vrillé en tous sens alors qu'il s'apprêtait à tirer sur Raja Connor. Avec un souvenir très précis mais inexplicable de l'espace autour de lui qui se fige et le comprime, son champ de vision qui se quadrille de lignes horizontales et verticales, comme s'il regardait dans l'œilleton d'une arme à visée électronique. Et l'impossibilité de bouger, de respirer. Puis l'évanouissement lorsqu'il avait senti tout son organisme se contracter, écrasé par une main géante invisible, surpuissante.

À son réveil plusieurs minutes plus tard, dans un silence de mort, total, son corps pataugeait dans ses propres excréments, dans son urine et son vomi. Un souvenir qui continuait de lui arracher les mêmes grimaces de répulsion, la même honte, une incompréhension toujours aussi cuisante, amère. Il avait mis cinq minutes à regagner sa voiture sous la neige tombante, en passant à l'arrière du bâtiment, les muscles perclus de crampes et parcourus de secousses incontrôlables, une boule infernale au ventre. Son pantalon souillé avait gelé et il avait conduit en tremblant de douleur, de froid et de peur. Devant l'hôtel, il avait eu la force d'attendre que le hall d'accueil se retrouve désert pour rejoindre sa chambre et y prendre une douche tout habillé en vomissant à nouveau. En pleurant de rage.

Il y avait les mystères, les questions irrésolues. Et il y avait les remords. La certitude d'avoir merdé à plusieurs reprises, alors qu'il était un pro des enquêtes, des missions de renseignement, et que sa spécialité était l'efficacité, l'extrême précision et sa capacité à toujours fouiller toutes les pistes, à ne rien laisser au hasard.

Matt s'en voulait de ne pas avoir, quinze ans plus tôt, suivi à la trace le flic qui avait accompagné Raja Connor à Londres. C'était un immense regret… Il serait remonté jusqu'à cette femme et aux deux clones subtilisés à Riga, et tout ce petit monde aurait pu être liquidé discrètement. Mais non, il avait négligé de s'intéresser à Goran Alaric. Ce dernier n'avait été pour lui qu'un intervenant lambda qui, après Londres, avait repris le cours de sa vie, sans plus se soucier d'une petite Française qu'il n'avait fait qu'escorter.

La police lettone n'avait, à l'époque, rien laissé filtrer de leur enquête sur ce qui s'était passé chez XY-Labs, et Matt avait abandonné, suivant en cela les ordres donnés par VBM, comme un abruti, un bon chienchien. Il n'avait redécouvert le nom de Goran Alaric qu'à la fin de l'été dernier, lorsque Victoria l'avait mis sur la piste de Raja Connor alias Louise Eiberg, en lisant que l'ancien flic était le père adoptif des jumelles. Il avait fini par obtenir quelques semaines plus tard le dossier complet de la police de Riga, où l'inspecteur letton avait consigné en 2016 le passage du policier Goran Alaric chez XY-Labs, une demi-heure après le massacre. Un détail d'une seule petite ligne cachée dans un rapport volumineux et qui avait plongé Matt dans une rage folle : Alaric était de mèche avec la femme depuis le début, il était à Riga avec elle ce soir-là, c'était eux qui l'avaient neutralisé.

C'était pour tout ça qu'il avait décidé de ne plus lâcher Goran Alaric et Raja Connor, de transmettre des informations aux enquêteurs à Paris, quitte à en bidouiller certaines, pour qu'ils se retrouvent tous les deux en prison. Pour se venger. Et cela avait été une erreur de plus puisqu'il était maintenant un fugitif et qu'il ne possédait plus grand-chose d'autre qu'un compte bancaire planqué doté de quelques centaines de milliers de dollars. Il n'avait plus de chez lui, plus de patrimoine ni d'amis. Il était recherché, fiché par Interpol, en cavale, ruiné, tout ça à quelques mois d'une retraite qui s'était annoncée dorée, sans souci.

À présent, c'était une certitude : s'il ne s'était pas entêté à enfoncer Goran Alaric et Raja Connor, il serait resté bien peinard…

Pourquoi avait-il fait ça, élargir le procès à Alaric, vouloir à tout prix démontrer l'indémontrable ? Pourquoi s'était-il acharné alors que VBM était morte et qu'il n'avait rien à gagner dans tout cela ? Et pourquoi VBM avait-elle initié cette putain de plainte contre Raja Connor, pour l'enlèvement des deux clones de Riga et pour association de malfaiteurs ? Ça aussi, ça avait été une belle connerie… Victoria n'avait pas eu le temps de le consulter avant d'entamer les poursuites contre Raja Connor et Louise Eiberg. Ni avant de prendre son avion et de donner l'ordre de décoller en pleine tempête solaire… À partir du dépôt de plainte contre Raja Connor pour enlèvement et assassinats, Matt n'avait plus eu d'autre choix que d'accabler Raja Connor et Goran Alaric de nouvelles accusations. Avant que la police ne remonte jusqu'à lui. Sauf que là, il s'était encore davantage enfoncé dans la merde.

Au rayon *Mystères*, il convenait d'inclure l'épisode de la récupération des filles adoptives de VBM par ce couple de vieux, en pleine tempête solaire. La femme était la mère de Raja Connor, l'homme s'appelait Théau Brodeur, et Matt n'avait pas trouvé grand-chose pour les mouiller eux aussi. La vidéo de surveillance truquée était d'ailleurs une tentative grossière de les impliquer. Ils s'étaient pointés à la villa de Miami, avaient réussi à neutraliser Murdoch, et étaient repartis avec les filles sans laisser le moindre indice qui aurait permis de les retrouver. Comment avaient-ils fait pour pister Juliet et Alice, pour remonter jusqu'à VBM ? Matt n'en avait aucune idée, mais ce mystère supplémentaire avait renforcé sa volonté d'acharnement contre Raja Connor et Alaric. Oui, c'était cela : il n'avait pas eu d'autre choix que de les enfoncer pour tenter de reprendre l'avantage. En attendant des jours meilleurs, que l'affaire se tasse et qu'il s'accorde le temps de monter une ou deux équipes commando pour les envoyer quelques jours en vacances à Cuba et à Paris, pour une ultime mission de dératisation.

Le mercredi soir en se couchant, Matt avait décidé de quitter Harrisburg. Il fallait qu'il bouge, qu'il se remette en mouvement au lieu de rester immobile, tétanisé. Pour se rendre à Miami, se pointer chez Murdoch Parry et lui exploser la cervelle s'il s'avérait que c'était bien lui le mouchard. Il s'était réveillé à 5 heures du matin et avait payé sa chambre en liquide avant de conduire dix-huit heures d'affilée, en ne s'arrêtant que pour faire le plein d'essence, d'eau et de nourriture. En repensant encore à Garcia, ce connard prétentieux qu'il n'avait jamais saqué. Aux frères Kraftchek, deux psychopathes demeurés, primaires, engagés par un des associés russes de XY-Labs qui avait réussi à embobiner Victoria sur le projet de recadrage de Garcia et d'élimination de Whiteback, cet autre connard qui voulait les faire chanter. L'intervention des deux frères à Londres avait été surdimensionnée. Ils étaient censés enlever un bébé et neutraliser Raja Connor, pas dynamiter une morgue, assassiner deux flics et risquer de tuer le nourrisson en fracassant la voiture où il avait été installé. L'opération de liquidation de la voisine, à Paris, avec un procédé spectaculaire et sadique, avait déjà démontré que ces deux types étaient des abrutis, incapables de se rendre compte qu'ils se trompaient de cible, infichus de mener à bien, proprement et discrètement, les missions qu'on leur confiait. Encore qu'à Riga, le frangin survivant avait, lui, parfaitement rempli son rôle… Et Matt en revenait toujours à Raja Connor, à cette scène dans le couloir de la nurserie de XY-Labs, à ce bureau où il s'était planqué et où tout avait recommencé à foirer.

Vers le milieu de l'après-midi, en conduisant, il avait repensé à la discussion qu'il avait eue avec Murdoch quand il s'était pointé chez lui pour le convaincre de revoir son témoignage. Sur ce qui s'était passé à Miami, au domicile de Victoria, le jour de Solar Max. L'ancien *Navy Seals* lui avait décrit ce qu'il avait ressenti lorsqu'il s'était fait neutraliser par Brodeur et la mère Connor. Une sorte d'attaque virale, électrique et biologique, probablement pas très éloignée de ce qu'il avait lui-même subi à Riga. Quelque chose que ni Murdoch ni lui ne parvenaient à expliquer, une arme inconnue basée sur des ondes quasi létales. Un truc qui continuait à lui foutre la trouille.

Il était arrivé peu après minuit devant l'immeuble de Murdoch. Il avait ouvert la porte avec un passe et était entré dans l'appartement colt en main pour découvrir un lieu de vie déserté, électricité coupée, réfrigérateur vide, tous stores baissés. Murdoch s'était tiré. Matt avait tenté de le joindre par téléphone sans succès et il en avait déduit que ses présomptions étaient justes, que c'était bien lui qui l'avait dénoncé. Il s'était couché tout habillé dans la chambre et s'était endormi très vite, après avoir réglé le réveil de son smartpad sur 6 heures du matin.

Au petit matin, il avait quitté l'appartement après s'être retenu d'y foutre le feu : non seulement cela n'aurait servi à rien, mais cela aurait risqué de mettre les flics sur sa piste. Ce qui faisait cher pour un petit plaisir égoïste.

Il s'était remis au volant pour tracer plein nord, en longeant la côte. Parce qu'il fallait qu'il bouge et que conduire lui permettait de réfléchir, de s'extraire d'une angoisse qui se réinstallait dès qu'il restait immobile.

Deux policiers l'avaient arrêté à la sortie de Miami et Matt était parvenu à ne pas paraître trop nerveux. Il avait présenté ses faux papiers en précisant qu'il se rendait à New York où sa sœur venait de décéder dans un accident de la circulation, au milieu de la nuit. Les flics, un gros et un moustachu, l'avaient trouvé crédible et Matt s'était dit qu'il devait vraiment avoir une tête d'enterrement. S'ils avaient fouillé sa valise, ils seraient tombés sur un flingue pour lequel il avait une autorisation de port établie au nom d'un type recherché pour complicité de meurtres.

Au premier arrêt sur la route, Matt avait jeté l'arme dans une poubelle et brûlé ses anciens papiers.

C'est dans sa voiture de location, en quittant la Floride, qu'il avait décidé de conduire jusqu'à New York pour y prendre un train qui l'emmènerait au Canada. Un pays doté d'une frontière aisée à franchir en se fondant parmi les passagers d'une rame Amtrak, et où les recherches pour le trouver seraient moins intenses qu'aux USA. Il avait configuré le GPS de la voiture et n'avait pas sourcillé lorsque l'appareil lui avait annoncé que plus de dix-neuf heures le séparaient de sa destination. La journée du vendredi avait filé comme ça, assis au volant, le regard hypnotisé par la route, à réfléchir encore aux évènements, aux questions et aux regrets, puis, enfin, à se focaliser sur les options qui s'offraient à lui.

Il avait déjeuné en milieu d'après-midi, quelque part en Caroline du Nord. C'était hier. Des crustacés et des fruits de mer, avec du vin blanc. Un repas qui l'avait ragaillardi, qui lui avait redonné confiance. Le reste du voyage jusqu'à New York avait été presque agréable, une sorte de petite résurrection du Matthew Ellesmere qu'il avait toujours été : un type plein de ressources, sûr de lui, intelligent. Optimiste.

Après tout, qu'est-ce que les flics avaient contre lui ? Sa présence à Riga, quinze années plus tôt, était probablement impossible à démontrer. Au besoin, il pourrait expliquer qu'il était là-bas pour l'assemblée générale de XY-Labs, à laquelle il n'avait finalement pas pu participer, terrassé par une gastro-entérite foudroyante. Il avait d'ailleurs servi le même baratin à Victoria. Il pourrait se défendre, collaborer, négocier, prétendre qu'il avait paniqué et admettre que, oui, il avait falsifié des documents, manipulé et corrompu des fonctionnaires de police et un ex-garde du corps. Mais c'était eux les coupables ! Connor et Alaric ! C'était cette femme et cet homme qui avaient armé Kraftchek et l'avaient descendu, que fallait-il donc qu'il fasse pour le prouver ? Et puis que risquait-il finalement, à part quelques années de prison avec sursis ? Il pourrait trouver des soutiens, il avait beaucoup d'amis, y compris dans la police fédérale. Il pourrait au besoin distribuer quelques liasses de billets. Oui, tout ceci était possible, il s'en sortirait. Mais il fallait d'abord se mettre à l'abri, qu'il fuie les USA pour rejoindre le Canada et s'y faire oublier quelque temps avant de définir un plan qui tiendrait la route.

Matt était arrivé dans Manhattan vers 4 heures du matin, exténué, après avoir passé vingt minutes à se donner des claques, fenêtre grande ouverte sur une nuit à 5°. Il s'était garé devant le bureau de location pour s'endormir comme une masse. Il s'était réveillé transi de froid, au lever du jour, avait quitté la voiture valise en main et glissé la carte de commande du véhicule dans la boîte aux lettres de l'agence. Il s'était rendu à pied à Penn Station où il s'était payé un *brunch* copieux, chaud, avant de prendre le temps de se raser dans les toilettes publiques. Il avait ensuite acheté son billet pour Montréal et attendu le départ du train en arpentant la galerie commerciale de la gare, surpris de se sentir détendu, hors tension.

Le train démarra à 9 h 10 et Matt s'endormit aussitôt, se réveillant régulièrement pour regarder le paysage d'une nature préservée, encore engourdie d'hiver et davantage recouverte de neige au fur et à mesure du trajet vers le nord, le long des rives escarpées de l'Hudson River.

Il reprit tout à fait ses esprits un peu après midi et constata qu'il se sentait bien, mais qu'il avait faim. Il s'offrit le repas le plus cher proposé dans le wagon restaurant, un *T-bone* avec des patates au four et une salade de choux, suivi d'un cheese-cake. Il but une demi-bouteille d'un excellent vin de Californie, en mangeant lentement et en parcourant un quotidien d'informations financières.

Le train était pratiquement vide. En remontant les wagons pour regagner sa place, Matt nota la présence de vacanciers, *backpackers* pour la plupart à en juger par les piles de gros sacs à dos de randonnée entassés dans les casiers à bagages, et de retraités gris, scotchés aux vitres par les paysages splendides mais monotones, invariés, que le train traversait. Il s'assit puis se laissa hypnotiser à son tour par le défilé derrière le carreau. L'alcool dans son sang mit un peu plus d'une heure à être filtré par son organisme et il en ressentit l'effet bénéfique tout ce temps, l'esprit accaparé par des pensées positives…

Il se trouverait un coin peinard, quelque part à l'ouest du Canada, il récupèrerait du fric planqué à droite à gauche. Et puis, les mois passeraient qui lui permettraient de se poser, de faire le point sur sa défense et de se sortir de ce merdier. Avant de peaufiner un plan de contre-attaque. Pour préparer une grande fête où il convierait la famille Connor au complet, pour les liquider, les anéantir un par un. Il savait qu'il aurait l'énergie pour le faire, qu'il en était capable. Qu'il laverait son honneur et pourrait retrouver sa vie d'avant, avec un poids en moins. Et alors, tout ce bordel ne serait plus qu'un mauvais souvenir. Il pourrait même raconter en plaisantant qu'il avait voyagé de New York à Montréal en train. *Putain, en train, je te jure !*

Il se rendormit pour se réveiller en sursaut au son du klaxon tonitruant de la locomotive, immédiatement suivi par un freinage brutal et crissant. Il vérifia l'heure puis observa le décor à l'extérieur : des maisons, quelques immeubles, ils arrivaient dans une gare. Le train s'immobilisa cinq minutes plus tard et Matt réalisa qu'il était à la frontière canadienne. Une voix fusa des haut-parleurs réglés trop fort. Un agent des douanes informa les passagers que les polices des frontières des deux pays allaient emprunter chaque wagon pour les contrôles habituels, et qu'il convenait que tous remplissent les fiches vertes qui leur avaient été remises avant de monter à bord. Il était recommandé que chacun reste à sa place et prépare ses papiers d'identité. La voix conclut en annonçant que le train repartirait à 18 heures et Matt se demanda comment il était possible, en 2031, qu'un banal contrôle aux frontières entre deux pays amis puisse durer plus de quatre-vingt-dix minutes. Il sourit finalement en réalisant que s'il recommençait à pester contre des broutilles, c'était que son moral était revenu.

Il sortit la fiche verte de la poche intérieure de son

blouson pour la remplir, puis se concentra sur la fable qu'il raconterait aux douaniers : il travaillait dans les assurances, se rendait chez un gros client installé à Montréal pour une visite annuelle, il prenait le train parce qu'il avait la trouille en avion et que ça lui permettait de bosser peinard, de faire le point. Il s'appelait Carl Robinson, il habitait à New Rochelle, dans la banlieue de New York, il avait une femme avec qui il était marié depuis trente ans, deux enfants et trois petits-enfants, ce qui était plutôt un bon score pour un homme de 53 ans. Matt revérifia les informations sur ses faux papiers d'identité, date de naissance, adresse, pour s'assurer qu'il ne ferait pas de boulettes si les douaniers lui posaient des questions. Il sortit ensuite la flextab de sa valise et se connecta au wifi Amtrak pour parcourir des sites d'information, pour passer le temps et pour se donner une contenance tout en chassant le trac de l'attente.

Les deux flics de la douane américaine ne s'attardèrent pas dans le wagon, se contentant de jeter un œil sur les passeports et cartes vertes, sans engager la moindre conversation. Après tout, les voyageurs quittaient le pays, ils pouvaient bien aller poser des bombes dans des villes canadiennes, ce n'était pas leur problème… Matt attendit trente minutes avant que les trois douaniers canadiens se pointent à leur tour dans son wagon. Et il comprit immédiatement que les types prenaient leur temps et n'hésiteraient pas à fouiller quelques bagages. Il se replongea dans les informations du site boursier qu'il avait commencé à consulter, réellement intéressé par les performances de trois sociétés dans lesquelles il avait investi, via le portefeuille d'épargne qui devait lui assurer une retraite sereine. Il calcula qu'il s'était fait une plus-value potentielle d'environ 50 000 dollars depuis le début de la semaine et cette information finit de le détendre totalement. Même s'il était encore très loin d'avoir récupéré les pertes subies suite à Solar Max.

Le policier canadien qui s'adressa à lui avait dans la quarantaine et portait une moustache fournie qui lui faisait une tête plutôt sympathique, une tronche de bon copain. Il l'interrogea sur le but de son voyage et Matt lui débita la présentation qu'il avait révisée, son boulot dans les assurances, son client à Montréal dans le quartier d'affaires, avec des mots précis, sans en faire trop. Il répondit aux questions avec sérieux, en souriant. Il n'avait rien à déclarer et ne transportait que des vêtements de rechange, sa trousse de toilette et la flextab pour bosser. Le type l'observa à plusieurs reprises sans rien dire et Matt sentit poindre en lui un début d'impatience. Il donna sa fiche verte au douanier qui la parcourut pour vérifier qu'elle était correctement remplie.

— Vous avez oublié de signer.

Matt la récupéra et griffonna sa signature habituelle, qui était la même que celle, illisible, qu'il avait apposée sur ses faux papiers d'identité. Pour éviter les erreurs débiles justement. Il tendit la fiche au douanier qui la plaça dans une pochette en plastique. Ce dernier lui souhaita une bonne journée et se dirigea, deux rangées plus loin, vers un couple de retraités. Matt se concentra à nouveau sur l'écran de sa flextab, soulagé, parfaitement détendu.

Un ultime policier débarqua dans le wagon quinze minutes plus tard, accompagné d'un chien. Il annonça qu'il allait passer dans chaque rangée en laissant l'animal flairer les bagages. Matt releva la tête un instant puis lut l'heure affichée sur sa flextab : déjà une heure et demie qu'ils étaient à l'arrêt, et voilà qu'il allait encore perdre du temps avec un chien renifleur. Et qui reniflerait quoi ? Des explosifs, de la marijuana ou d'autres drogues plus ou moins légales ? Un cadavre découpé en morceaux ? Le fait qu'il ne s'était pas lavé depuis plus de deux jours ? *N'importe quoi.*

Le berger allemand avança, sensible aux odeurs, attentif, probablement curieux et excité par un jeu qui lui valait des récompenses.

Son maître le laissa progresser librement jusqu'à ce que l'animal s'arrête brusquement, un mètre avant le siège de

Matt, les poils du dos hérissés. Il se mit à grogner en retroussant les babines et en fixant un point devant lui, entre les deux rangées de fauteuils, puis aboya furieusement trois fois de suite en se jetant de toutes ses forces dans le couloir vide. La bête attaquait quelque chose d'invisible. Matt se décala de son siège, effrayé par ce déchainement brutal, cette explosion de violence. Le policier rappela son chien en tirant sans ménagement sur la laisse. L'animal émit deux plaintes apeurées, aiguës, et se réfugia dans les jambes de son maître, en pleurant, la queue entre les pattes, oreilles rabattues.

L'homme se baissa pour le caresser et lui parler. Le chien tremblait, ne voulait plus bouger, il regardait de tous côtés, craintif. Tout ça devant un Matt surpris, désolé, mais rassuré que l'animal se soit calmé.

— Qu'est-ce qui lui arrive ?

— Je n'en sais rien, c'est la première fois qu'il fait ça.

— J'espère que ce n'est pas moi qui lui fais cet effet…

— Non, je ne pense pas. Il a commencé à aboyer avant d'être à votre niveau.

L'homme caressa à nouveau son chien : l'animal s'était assis à ses pieds, il respirait en tirant la langue, les oreilles en berne.

— Vous pouvez ouvrir votre valise ?

— Oui, bien sûr.

Matt ouvrit la valise posée sur le siège à sa gauche et se leva pour se tenir debout dans le couloir en attendant que le chien renifle ses affaires. La bête s'en désintéressa au bout de quelques secondes puis tira sur sa laisse, visiblement impatient de quitter le wagon. Le maître-chien porta un doigt à sa casquette :

— Bonne fin de voyage, monsieur.

— Oui, merci.

Matt observa l'homme et l'animal avancer entre les derniers sièges. Ils franchirent la porte automatique et il les revit apparaître sur le quai. Le policier mit un genou à terre et caressa son chien affectueusement.

Une annonce dans le haut-parleur informa les passagers que le départ était imminent.

Matt se releva pour refermer sa valise. Il saisit la bouteille d'eau coincée entre les deux sièges et en but une gorgée, debout dans le couloir. Il contempla la douzaine de personnes disséminées dans le wagon, perçut des conversations à la volée. Les gens parlaient du chien, disaient qu'ils avaient eu peur, que la scène avait été impressionnante. Il échangea un sourire avec deux blondes massives et roses, installées à cinq rangées de son fauteuil. Deux jeunes femmes en vacances et qui se souviendraient longtemps de cet épisode dérangeant. Tout comme lui.

Le train redémarra.

Matt se dirigea vers les toilettes, autant pour se dégourdir les jambes que pour pisser et se laver les mains, se passer un peu d'eau sur la figure. Il regagna sa place en prenant le temps d'observer chaque voyageur, vaguement soucieux, mais sans rien noter de particulier. Il replia sa flextab et joua avec le tube métallique de l'appareil pendant plusieurs minutes. Il calcula qu'il ne devait pas rester plus d'une heure avant d'arriver à Montréal, et reporta son attention sur le paysage d'une campagne nord-américaine classique, avec ces granges aux peintures vives et aux formes géométriques caractéristiques, ces champs blancs à perte de vue. Une belle nature, vallonnée, recouverte d'une neige fraîche qui tombait à gros flocons. La clarté du jour commençait à faiblir. Il se dit qu'il trouverait un hôtel confortable et se paierait un bon dîner après avoir pris un bain relaxant.

Son attention fut attirée par un fil lumineux devant lui, semblable à celui d'une toile d'araignée éclairée par un rayon de soleil. Une entaille dans l'espace. Matt tendit la main et le fil disparut. Il ressentit une gêne infime, un grondement qu'il rattacha à un freinage du train ou à une portion de rails différente. Il capta le retour de son inquiétude, un léger sentiment de malaise, une intuition mauvaise. Il se leva de son fauteuil pour observer autour de lui avant de s'y renfoncer.

Une onde froide passa sur ses membres, il tourna la tête vers la vitre et ses yeux se perdirent au loin dans le décor blanc, ouaté, alors qu'il se concentrait davantage sur ses sensations internes. Il se sentit soudain lourd, collé à son siège comme par une force centrifuge. Il voulut soulever une main, se lever pour marcher, mais constata que ce n'était plus possible, qu'il était tétanisé, que l'air était trop épais, plaqué contre ses jambes et ses bras, son torse et son crâne.

Son regard fit le net sur le reflet de son visage dans la vitre. Il ouvrit la bouche pour crier en même temps qu'il discerna les reliefs de dizaines de lignes horizontales et verticales qui encerclaient sa tête, son buste. Il ne perçut plus aucun son, juste la douleur dans ses tympans compressés, un étau serrer ses tempes, l'impression qu'un bouchon s'était formé dans son œsophage et qu'une pression insupportable s'exerçait sur ses globes oculaires, sur sa cage thoracique, son ventre. Il détecta une sensation de chaleur sous ses fesses, tenta à nouveau de crier et capta la vibration infime de ses cordes vocales assourdies. L'air n'entrait plus dans ses poumons.

Des briques translucides devenues compactes s'étaient agglomérées dans l'espace, contre lui. Il croisa son regard exorbité, emmuré, parfaitement lucide sur l'étouffement progressif, inéluctable, de tous ses organes. Une suffocation générale semblable au souvenir qu'il gardait de ce qu'il avait subi à Riga.

Son visage reflété dans la vitre se pixélisa, il aurait voulu courir, hurler ou se débattre, mais il réalisa qu'il mourrait. Asphyxié par le vide créé autour de lui et par une pression trop forte générée par l'agglutinement contre son corps d'une matière vivante, électrique et froide. Il crut déceler le fait que son cœur ne battait plus et lut dans ses yeux la fin d'une terreur. Il lui sembla distinguer des particules multicolores, irisées, s'échapper de l'intérieur de son crâne et ses paupières parvinrent à s'écarter davantage en même temps qu'il ressentit un grand relâchement, la fin d'une tension.

Puis l'image explosa et son regard demeura pétrifié sur un mystère qu'il ne résoudrait jamais.

Remerciements

Au moment d'écrire ses remerciements, beaucoup de choses se bousculent dans la tête d'un auteur. En tout cas dans la mienne…

Il m'arrive souvent, après deux heures d'écriture intensive, de mettre plusieurs minutes avant de me rappeler où je suis, à quel moment de la journée. Parce que, pendant ces heures passées avec Elizabeth, Raja, Théau, Goran et tous les autres, je ne suis plus là… je suis ailleurs, avec eux.

Alors, aussi idiot que cela puisse paraître, et parce qu'ils m'ont accepté, c'est à eux que s'adressent mes premiers remerciements. Elles et ils font partie de mes proches. Je les ai dans la peau.

Après, la vie a fait que j'ai pu réaliser mon rêve d'écriture. Je ne peux que remercier mes parents pour tout ce qu'ils m'ont apporté, ainsi que ma frangine.

Le socle familial que nous avons constitué avec Aude m'a permis beaucoup de choses depuis 25 ans. Il est costaud, brillant, il irradie d'amour.

Quatre enfants sont venus rejoindre ce beau navire. Après avoir dédié « No Trace » à Jules et Émile, j'ai bien sûr dédié « Solar Max » à Lola et Garance, nos filles nées le même jour, en 2000 (oui, l'année du fameux « Bug » !). Vous vous en doutez, elles ont été une source d'inspiration sensationnelle pour les quatre adolescentes que vous avez suivies dans cette lecture…

Ce roman, je l'ai publié seul, sans l'appui, les conseils et l'expertise d'un éditeur. Mais je remercie encore les Éditions Les Nouveaux Auteurs d'avoir publié « No Trace » et de lui avoir fait profiter de son concours annuel organisé avec

Femme Actuelle, ainsi que du coup de cœur du président de son jury, Gilles Legardinier : cela à beaucoup contribué à (commencer à) me faire connaître en tant qu'auteur. Avec une mention spéciale aux lectrices du comité de lecture de LNA : Isabelle, Charlène et Séverine.

Il me reste à vous remercier, vous ! Pour avoir passé autant de temps en compagnie de ma petite troupe. Pour m'avoir fait confiance et vous être intéressé à ce que j'écris.

Si vous avez aimé « No Trace » et « Solar Max », prêtez-les, partagez-les, laissez votre avis à droite à gauche : c'est grâce à vous que les livres vivent.

Je vous invite, en passant, à suivre mon actualité sur internet… Vous m'y trouverez facilement…

À bientôt !

Pierre-Jean, le 8 décembre 2018.

34948661R10317

Printed in Poland
by Amazon Fulfillment
Poland Sp. z o.o., Wrocław